KB045540

장군의 수염·전쟁 데카메론·

환각의 다리 외

이어령 전집
03

# 장군의 수염·전쟁 데카메론·
# 환각의 다리 외

**베스트셀러 컬렉션 3**
중단편소설_실험소설의 넓이와 깊이

이어령 지음

21세기북스

# 상상력과 흥의 근원에 관한 깊은 탐구

박보균 | 문화체육관광부 장관

　이어령 초대 문화부 장관이 작고하신 지 1년이 지났습니다. 그러나 그의 언어는 여전히 우리 곁에 남아 새로운 것을 볼 수 있는 창조적 통찰과 지혜를 주고 있습니다. 이 스물네 권의 전집은 그가 평생을 걸쳐 집대성한 언어의 힘을 보여줍니다. 특히 '한국문화론' 컬렉션에는 지금 전 세계가 갈채를 보내는 K컬처의 바탕인 한국인의 핏속에 흐르는 상상력과 흥의 근원에 관한 깊은 탐구가 담겨 있습니다.

　선생은 우리 시대를 대표하는 지성이자 언어의 승부사셨습니다. 그는 "국가 간 경쟁에서 군사력, 정치력 그리고 문화력 중에서 언어의 힘, 언어력言力이 중요한 시대"라며 문화의 힘, 언어의 힘을 강조했습니다. 제가 기자 시절 리더십의 언어를 주목하고 추적하는 데도 선생의 말씀이 주효하게 작용했습니다. 문체부 장관 지명을 받고 처음 떠올린 것도 이어령 선생의 말씀이었습니다. 그 개념을 발전시키고 제 방식의 언어로 다듬어 새 정부의 문화정책 방향을 '문화매력국가'로 설정했습니다. 문화의 힘은 경제력이나 군사력같이 상대방을 압도하고 누르는 것이 아닙니다. 문화는 스며들고 상대방의 마음을 잡고 훔치는 것입니다. 그래야 문화의 힘이 오래갑니다. 선생께서 말씀하신 "매력으로 스며들어야만 상대방의 마음을 잡을 수 있다"라는 말에서도 힌트를 얻었습니다. 그 가치를 윤석열 정부의 문화정책에 주입해 펼쳐나가고 있습니다.

선생께서는 뛰어난 문인이자 논객이었고, 교육자, 행정가였습니다. 선생은 인식과 사고思考의 기성질서를 대담한 파격으로 재구성했습니다. 그는 "현실에서 눈뜨고 꾸는 꿈은 오직 문학적 상상력, 미지를 향한 호기심"뿐이었다고 말했습니다. 그는 마지막까지 왕성한 호기심으로 지知를 탐구하고 실천하는 삶을 사셨으며 진정한 학문적 통섭을 이룬 지식인이었습니다. 인문학 전반을 아우르는 방대한 지적 스펙트럼과 탁월한 필력은 그가 남긴 160여 권의 저작물로 남아 있습니다. 이 전집은 비교적 초기작인 1960~1980년대 글들을 많이 품고 있습니다. 선생께서 젊은 시절 걸어오신 왕성한 탐구와 언어의 발자취를 따라가다 보면 지적 풍요와 함께 삶에 대한 진지한 고찰을 마주할 것입니다. 이 전집이 독자들, 특히 대한민국 젊은 세대에게 문화 전반을 아우르는 교과서이자 삶의 지표가 되어줄 것으로 확신합니다.

# 100년 한국을 깨운 '이어령학'의 대전大全

이근배 | 시인, 대한민국예술원 회원

여기 빛의 붓 한 자루의 대역사大役事가 있습니다. 저 나라 잃고 말과 글도 빼앗기던 항일기抗日期 한복판에서 하늘이 내린 붓을 쥐고 태어난 한국의 아들이 있습니다. 어려서부터 책 읽기와 글쓰기로 한국은 어떤 나라이며 한국인은 누구인가에 대한 깊고 먼 천착穿鑿을 하였습니다. 「우상의 파괴」로 한국 문단 미망迷妄의 껍데기를 깨고 『흙 속에 저 바람 속에』로 이어령의 붓 길은 옛날과 오늘, 동양과 서양을 넘나들며 한국을 넘어 인류를 향한 거침없는 지성의 새 문법을 만들기 시작했습니다.

서울올림픽의 마당을 가로지르던 굴렁쇠는 아직도 세계인의 눈 속에 분단 한국의 자유, 평화의 글자로 새겨지고 있으며 디지로그, 지성에서 영성으로, 생명 자본주의…… 등은 세계의 지성들에 앞장서 한국의 미래, 인류의 미래를 위한 문명의 먹거리를 경작해냈습니다.

빛의 붓 한 자루가 수확한 '이어령학'을 집대성한 이 대전大全은 오늘과 내일을 사는 모든 이들이 한번은 기어코 넘어야 할 높은 산이며 건너야 할 깊은 강입니다. 옷깃을 여미며 추천의 글을 올립니다.

# 시대의 언어를 창조한 위대한 상상력

'이어령 전집' 발간에 부쳐

권영민 | 문학평론가, 서울대학교 명예교수

이어령 선생은 언제나 시대를 앞서가는 예지의 힘을 모두에게 보여주었다. 선생은 한국전쟁이 끝난 뒤 불모의 문단에 서서 이념적 잣대에 휘둘리던 문학을 위해 저항의 정신을 내세웠다. 어떤 경우에라도 문학의 언어는 자유가 되어야 한다는 신념으로 문단의 고정된 가치와 우상을 파괴하는 일에도 주저함 없이 앞장섰다.

선생은 한국의 역사와 한국인의 삶의 현장을 섬세하게 살피고 그 속에서 슬기로움과 아름다움을 찾아내어 문화의 이름으로 그 가치를 빛내는 일을 선도했다. '디지로그'와 '생명자본주의' 같은 새로운 말을 만들어 다가오는 시대의 변화를 내다보는 통찰력을 보여준 것도 선생이었다. 선생은 문화의 개념과 가치의 중요성을 일깨우고 그 새로운 방향을 제시하면서 삶의 현실을 따스하게 보살펴야 하는 지성의 역할을 가르쳤다.

이어령 선생이 자랑해온 우리 언어와 창조의 힘, 우리 문화와 자유의 가치 그리고 우리 모두의 상생과 생명의 의미는 이제 한국문화사의 빛나는 기록이 되었다. 새롭게 엮어낸 '이어령 전집'은 시대의 언어를 창조한 위대한 상상력의 보고다.

## 일러두기

- '이어령 전집'은 문학사상사에서 2002년부터 2006년 사이에 출간한 '이어령 라이브러리' 시리즈를 정본으로 삼았다.
- 『시 다시 읽기』는 문학사상사에서 1995년에 출간한 단행본을 정본으로 삼았다.
- 『공간의 기호학』은 민음사에서 2000년에 출간한 단행본을 정본으로 삼았다.
- 『문화 코드』는 문학사상사에서 2006년에 출간한 단행본을 정본으로 삼았다.
- '이어령 라이브러리' 및 단행본에서 한자로 표기했던 것은 가능한 한 한글로 옮겨 적었다.
- '이어령 라이브러리'에서 오자로 표기했던 것은 바로잡았고, 옛 말투는 현대 문법에 맞지 않더라도 가능한 한 그대로 살렸다.
- 원어 병기는 첨자로 달았다.
- 인물의 영문 풀네임은 가독성을 위해 되도록 생략했고, 의미가 통하지 않을 경우 선별적으로 달았다.
- 인용문은 크기만 줄이고 서체는 그대로 두었다.
- 전집을 통틀어 괄호와 따옴표의 사용은 아래와 같다.
  『 』: 장편소설, 단행본, 단편소설이지만 같은 제목의 단편소설집이 출간된 경우
  「 」: 단편소설, 단행본에 포함된 장, 논문
  《 》: 신문, 잡지 등의 매체명
  〈 〉: 신문 기사, 잡지 기사, 영화, 연극, 그림, 음악, 기타 글, 작품 등
  ' ': 시리즈명, 강조
- 표제지 일러스트는 소설가 김승옥이 그린 이어령 캐리커처.

# 차례

**추천사**

상상력과 흥의 근원에 관한 깊은 탐구    4

박보균 | 문화체육관광부 장관

**추천사**

100년 한국을 깨운 '이어령학'의 대전大全    6

이근배 | 시인, 대한민국예술원 회원

**추천사**

시대의 언어를 창조한 위대한 상상력    7

권영민 | 문학평론가, 서울대학교 명예교수

**작가의 말**
소설로 쓴 소설론　14


## 장군의 수염

1　19

2　36

3　56

4　62

5　80

6　93

7　107

8　131


**작품 해설**
부조리 상황과 인간의 존엄　137
이태동

**Q&A**
장군의 수염　160


영화 〈장군의 수염〉 스틸컷　205

## 전쟁 데카메론

서화  니케아의 배  215

제1화  겨울의 산하  225

제2화  장미와 암호  234

제3화  카키색의 단추  245

제4화  어둠 속에 소리가  254

제5화  포탄과 쌀  264

제6화  고독한 시신  274

제7화  아내의 죽음  283

제8화  I&I  293

제9화  내 머리는 블론드  302

제10화  나는 앵무새가 아니다  312

제11화  소년이여 고향을  322

제12화  최후의 법  332

제13화  어느 영웅  343

제14화  적은 어디에 있는가  352

제15화  동화는 이렇게 끝난다  361

제16화  소녀 환상  370

제17화  빈집을 지키는 개  379

제18화  나의 고백  388

제19화  피날레  397

Q&A
전쟁 데카메론  406


**환각의 다리**  415


**저자의 말**
발신자 입장에서의 글쓰기  519

**작가 인터뷰**
환각의 서사를 찾아서, 미래의 문학을 찾아서  521
김용희


**홍동백서**  543


**무익조**  573


**암살자**  609


**소돔의 성 속에서**  647

**여름 풍경 2점** 667


**어느 소년을 위한 서사시** 681


**작품 해설**
대덜러스의 욕망 707
이태동

**작가론**
반만년 민족사의 지평, 돌올하게 솟은 문화의 얼굴 729
김종회


이어령 작품 연보 745


**편집 후기**
지성의 숲을 걷기 위한 길 안내 765

# 소설로 쓴 소설론

『장군의 수염』은 내 소설의 처녀작이다. 물론 그 이전에도 습작에 가까운 것들을 많이 썼지만 널리 알려진 매체에 선보인 것은 이 작품이 처음이다. 남의 작품을 비평해온 사람으로 자신이 소설을 쓴다는 것은 여러모로 부담이 컸다. 사실 많은 비평가들이 창작에 손을 댔다가 실패한 경우를 무수히 보아왔던 터이다.

그러나 나는 새로운 소설론을 비평이 아니라 직접 소설 형식으로 써보겠다는 유혹을 뿌리칠 수가 없어 결국 그러한 모험을 저지르게 된 것이다. 소설로 쓴 소설론이라고 할까? 속된 말로 밑져야 본전이다 싶어서였다.

다행히 이 중편소설이 《세대》에 발표되자 많은 관심들을 보였고 급기야는 영화(태창영화사, 이성구 감독)로 제작되어 문예물 영화로 많은 관객 기록을 이루기도 했다. 마치 도스토옙스키가 추리소설 형식을 빌려 새로운 소설 작법을 시도한 것처럼 『장군의 수염』역시 결말 없는 탐정물 소설이라고 할 수 있을 것이다. 형사는 사건을 추적하고 작가는 한 인물의 내면을 탐색한다. 영원한 평행선 속에서 펼쳐지는 한 인물의 죽음을 통해 당시 군사혁명이 일어났던 역사적 상황까지 액자소설처럼 굴절시켜 소설을 다성적 구조로 만들어본 것이다.

그리고 『전쟁 데카메론』은 일간지에 연재되었던 것으로 제목 그대로 데카메론 양식을 빌려 6·25 전쟁을 파헤친 소설이다. 이 두 소설 모두 당시로서는 실험적인 소설로 천편일률적인 스토리텔링에 물린 소설계에 대한 작은 반란이었다고 할 것이다. 도중에 중편 소설집으로 간행 직전에 계엄령이 선포되어 판금된 적이 있었는데 이제 "이어령 라이브러리"의 총서를 내면서 『장군의 수염』과 함께 새롭게 상재한 것이다. 모두가 1960년대 초 작품으로 40년이라는 이끼가 낀 작품이 되어버렸지만 제목이 암시하고 있듯이 그 역사의 상처는 아직도 만지면 아물지 않고 덧난 것처럼 아프기만 하다. 지금도 그때의 젊음이 살아 있다는 증거일까. 그래서 소설은 역시 좋다.

2002년 11월 26일
이어령

# 장군의 수염

# 1

"심문을 하는 건가요?"

소파에서 나는 벌떡 일어났다. 음성이 지나치게 크지 않았나 싶다. 그의 명함이 티테이블에서 떨어졌지만 줍지 않았다. 그렇지만 불쾌한 빛을 노골적으로 나타낸 것이 오히려 잘됐다고도 생각했다. 더 이상 죄인처럼 앉아서 얌전하게 대답만 한다는 것은 자신을 모욕하는 짓이다. 박형사의 홈스펀 윗조끼에 달린 단추 하나가 실 끝에 매달려 간댕간댕하고 있다. 그것이 내 신경을 거슬리게 했는지도 모른다.

박형사는 따라 일어섰다. 내 옷자락을 잡으려는가 보다. 그러나 나는 못 본 체 뒤돌아서서 창가로 걸어갔다. 1시가 조금 지난 시간이었는데도 호텔방 안은 땅거미가 지고 있었다. 눈이라도 내리고 있는 것인지 모르겠다. 블라인드 커튼을 올리면서 나는 한층 더 대담하고 격한 어조로 말했다.

"난 그의 이름도 제대로 기억할 수 없다고 말했잖아요. 나는 벌써 세 번이나 똑같은 말을 되풀이하고 있는 겁니다. S신문 사진부 기자라는 설명을 듣고서야 겨우 짐작이 갔다구요. 그를 만난 것은 딱 한 번, 그렇죠, 딱 한 번 술을 마신 적이 있었어요. 술집 이름도 지금은 기억할 수가 없구요. 사진부 미스터 김의 소개로 같이 만난 거니까, 그 사람을 찾아보는 편이 더 간단하지 않겠어요? 그런데 대체 '그럴 리가 없다'고만 하면 나보고 거짓말이라도 하라는 건가요? 대체 무엇 때문에 그러는 거요."

낯 모르는 사람이 호텔을 찾아왔다는 것만으로도 나는 유쾌할 수가 없었다. 그가 프론테라의 셰리주를 들고 찾아왔대도 나는 반가워하지 않았을 일이다.

내가 사반나호텔에 들어 있다는 것은 누구도 모르는 일이다. 이곳을 주선해준 출판사밖에는 모르는 일이다. 그러니까 이 형사는 우편배달부처럼 내 주소만을 갖고 찾아올 수는 없었을 것이다. 마치 범인을, 수배된 그 범인을 찾듯이 여러 사람을 거쳐 추적했을 것이다. 절이나 꾸뻑 하고 돌아가려고 애써 이 호텔까지 찾아오지는 않았을 게 분명하다. 그렇다면, 그렇다면 이 형사는 무언가 굉장한 오해를 품고 있는 모양이다.

박형사는 내가 서 있는 창가로 걸어왔다. 그리고 창밖을 내다보고 서 있는 내 등 뒤에서 서류를 읽듯이 말했다. 억양과 감정을 쏙 빼낸 그 말소리가 이상하게 신경을 자극했다.

"그는 죽었습니다. 그저께, 그러니까 첫눈이 내리던 날 말입니다. 김철훈金哲燻은 밤사이에 죽어 있었어요. 그런데…….”

"그런데 어떻다는 말입니까? 유산이라도 나에게 전해주라고 합디까? 결국 당신은 그의 죽음과 나 사이에 무슨 관련이 있었을 거라고 말하고 싶은 거죠……. 여기는 장의사가 아닙니다. 관계도 없는 남의 죽음에 대해서 뒤처리를 의논할 만한 곳이 못 됩니다. 미안하지만 돌아가주실 수 없어요? 지금 당신이 내 시간을 방해하고 있다는 걸 알면 출판사 사람들은 별로 기분이 좋지 않을 걸요. 그들은 이 방값을 지불하고 있으니까요. 지금 이 시간은 내 시간이 아닙니다.”

그가 죽었다는 말이 나를 더욱 흥분시킨 것 같다. 그러나 이번엔 이상한 불안감이 끼어들기 시작했다. 박형사의 시선과 마주치자 담배를 잡고 있던 내 손가락이 가볍게 떨리고 있는 것을 느꼈다.

하늘은 찌푸린 채였다. 눈은 아직 내리고 있지 않았다. 회색으로 오염된 공간 속에서 11월의 도시가 얼어붙어 있다. 덫에 걸린 쥐처럼 낡은 건물들은 아스팔트 위에 늘어붙어 있다. 어제와 달라진 것은 아무것도 없다. 모든 것이 변하지 않고 있다. 나를 흥분하게 할 것은 아무것도 없는 것이다. 그런데 왜 나는 이렇게 서서 성내고 초조하게 굴고 불안한 예감을 느껴야 하는가? 무엇 때문에 그래야 하는가? 그의 죽음이 어떤 것이었든 나와는 상관없는 일이 아닌가.

돌아가라는 말에도 박형사는 성내지 않았다. 오히려 정다운 사람끼리 이야기하듯 미소를 지었다.

"이런 직업을 가졌지만 나는 선생님의 소설이면 무엇이든 빼놓지 않고 읽는 애독자입니다. 심문할 뜻은 애초부터 없었습니다. 협조를 해주셔야겠어요. 우리의 목적은 남을 괴롭히려는 게 아니라, 다만 그의 사인死因을 규명하자는 거니까요."

박형사는 라이터를 꺼내 불을 켜서 내가 물고 있는 담배에 갖다 댔다. 그제야 나는 내 담뱃불이 꺼져 있었다는 것을 알았다. 박형사의 이야기가 옆방 벽 뒤에서 울려오듯이 먼 데서 들려오는 것 같았다.

철훈은 죽어 있었다. 그날은 바로 시골에 계신 그의 어머니가 서울로 올라오는 날이었다. 시체는 그의 어머니에 의해서 발견된 것이다. 방 안에는 연탄가스 냄새가 꽉 차 있었다. 이상스럽게도 연탄 난로의 뚜껑이 열린 채로 있었던 것이다. 철훈은 마치 기도를 올리는 사람처럼 방바닥에 엎드려 두 손을 부여잡고 있었다.

"가스 중독사였습니다. 그러나 그건 부주의에서 온 단순한 사고는 아니었습니다. 자살 아니면 타살이었죠. 그런데 그는 사진부 기자였습니다. 만약에 자살을 하려면 더 손쉬운 방법을 썼을 겁니다. 사진 현상을 할 때 극약을 다루어왔으니까요. 그리고 그는 어머니를 좋아했습니다. 자살을 했어도 어머니를 만나보고 죽었을 것입니다. 한데 그게 어머니가 올라오는 바로 전날 밤 일입니다.”

우리는 다시 소파에 와서 앉았다.

“손톱을 깎지 않은 자살자의 시체를 본 것은 이번이 처음입니다. 그건 참으로 흥미 있는 일입니다. 어떤 자살자도 세상일을 완전히 단념할 수는 없는 법이죠. 세상을 비관하고 자살을 하면서도 그들은 누구나 사후死後의 자신에 대해 염려합니다. 말하자면 유서에 오자가 없도록 조심한다거나, 자기 시체가 더럽게 보이지 않도록 죽기 전에 목욕을 하고 옷을 갈아입는다거나, 결국 끝까지 남의 시선에서 벗어나지 못하는 겁니다. 심한 경우엔 자기의 자살을 극적인 것으로 꾸미기 위해서 신문사에 기사를 제공하는 사람까지 있습니다. 아주 과장된 내용을 말입니다. 뜻밖에도 세상에는 자기의 자살이 몇 단 기사로 보도될까 하는 것을 걱정하면서 죽어가는 염세주의자들이 많다는 겁니다. 나는 많은 자살 사건을 다루어왔습니다마는 그들의 공통점은 누구든 생에 대한 미련을 완전히 뿌리치질 못한 채, 그리고 죽음을 예비하는 데에 있어 모두 한 가지씩 감상적인 증거를 남겨둔 채 죽는다는 사실입니다. 그런데 난처한 건 말입니다. 김철훈의 경우엔 그런 자살의 흔적이 전연 보이지 않는다는 점입니다. 만약 그게 자살이었다면, 인간이 가질 수 있는 가장 절대적이고 완전한 자살이었을 겁니다. 하지만 사람은 그렇게 자살할 순 없을 것입니다.”

“타살이란 말씀이시군요? 그리고 타살이라면…….”

나는 계속 불쾌한 말투로 반문했다.

"그게 바로 문제란 말입니다. 타박상이란 것도 그가 침대에서 떨어질 때 생긴 거였어요. 아직 시체 해부의 결과를 기다리고 있는 중입니다마는 연탄 중독사라는 것은 의심할 수 없어요. 잠든 틈을 타서 누가 연탄난로의 뚜껑을 열어놓았을 거라고 가정할 수는 있습니다. 그러나 물건에 손을 댄 흔적이 한 군데도 없어요. 더구나 중요한 사실은 그에겐 친한 친구가 하나도 없었다는 점입니다. 직장에 있을 때에도 동료들과 어울린 일이 거의 없었다는 겁니다. 훔쳐갈 만한 물건도, 죽일 만한 원한도 그는 갖고 있지 않았습니다.

다만 혐의를 둘 만한 두 가지 사실 가운데 하나는 그의 카메라를 찾아볼 수 없었다는 점, 또 하나는 일주일 전 그와 6개월 동안 동서생활을 하던 여인과 헤어졌다는 사실입니다. 하지만 그것도 별로 신통치가 않아요. 카메라는 롤라이코드였지만, 그는 신문사를 그만둔 뒤에 오랜 실직생활을 했어요. 음악가도 궁하면 혈육 같은 악기를 팔아서 빵을 사온다지 않아요. 반드시 남이 그 카메라를 훔쳐갔다고만은 단정할 수 없지요. 여자도 만나봤어요. 알리바이도 확실했고, 그와의 관계나 배후도 깨끗했어요. 이런 사건은 가장 골치 아픈 일에 속합니다. 소설의 소재로 보아도 싱겁지 않을 겁니다. 정말 그렇지 않습니까?"

박형사는 나를 비꼬고 있는 것 같았다. 이쪽에서도 응수를 해주어야겠다고 나는 생각했다.

"저보고 소설을 써보란 말씀이시군요. 이젠 심문이 아니라 창작 강의를 하시는 겁니까? 다음엔 좀 더 좋은 소재를 갖고 오십시오."

박형사는 다시 정색을 하고 명함을 꺼냈던 안 호주머니에서 구겨진 편지 봉투 하나를 꺼내 들었다.

"그러나 다행히도 마지막 한 가지 실마리가 남아 있습니다. 이 편지죠. 죽기 몇 시간 전에 써놓았던 이 편지가 있었습니다. 선생님은 이 사건의 마지막 열쇠를 쥐고 있는 것입니다. 협조해주십시오."

"유서인가요? 아까 말씀하신 것과는 다르군요. 그도 역시 다른 인간들처럼 자살의 흔적을 남겨두었으니 기쁘시겠습니다."

나는 박형사에게 농락을 당하는 기분이었다.

그러나 그것은 유서가 아니었다. 신문사 전교로 나에게 부쳐질 편지였다. 피봉에는 뚜렷이 내 이름이 적혀 있었다. 우표까지 붙어 있었지만, 스탬프는 찍혀 있지 않았다. 발신인은 김철훈, 다시 손가락이 떨리기 시작했다. 편지는 대학 노트장에 인사말도 없이 메모처럼 몇 자 적혀 있었다.

이번에 선생님을 뵈올 때에는 꼭 완성시킨 것을 보일 것입니다. 일주일 안으로 나는 그것을 해치울 수 있습니다. 자신이 있습니다. 비웃어도 할 수 없습니다. 그것이 안 되면 나는 마지막입니다. 그 다음에 어떻게 할 건가는 아직 생각 않고 있습니다. 선생님의 주소를 가르쳐주시면 고맙겠습니다.

12월 14일 훈

박형사는 수첩을 펼쳤다.

"편지라기보다 꼭 전보문 같지요. 협조해주셔야겠어요. '그것'이라고 한 것을 우리에게 말해주셔야겠습니다. 선생님은 이름도 기억하지 못하는 사람이라고 하셨지만 그의 마지막 유서 같은 글을 받은 사람은 선생님 한 분이십니다. 우리는……."

나는 그제야 웃을 수 있었다.

"그래요. 우리는 너무 먼 길로 돌아왔군요. 가까운 지름길을 놔두고 헤맨 것 같습니다. 유도 심문이라는 것이 때로는 가장 비과학적일 수도 있군요. 왜 처음부터 이 말을 꺼내지 않았습니까? 하지만 별로 좋은 단서는 못 될 것 같습니다. 여기서 '그것'이라고 한 것은 '장군將軍의 수염'을 가리킨 것입니다. 그는……."

이번에는 박형사가 처음으로 얼굴을 붉혔다.

"농담하지 마십시오. 아마 내가 지금쯤 선생님의 농담이나 듣고 이런 꼴로 앉아 있는 것을 서署에서 알면 그들은 기분이 좋지 않을 것입니다. 이 시간은 내 시간이 아닙니다. 농담은 근무시간이 아닐 때, 술집 같은 데에서 듣는 것이 어떨까요?"

박형사는 내가 농담을 하는 줄로만 알았던 모양인지 역습을 했다. 그러나 내 말은 사실이었다. 그가 처음 미스터 김을 통해 나를 만났던 것도 실은 그 '장군의 수염' 때문이었다.

그는 소설을 쓰려고 했던 것이다. 그것을 쓰기 전에 그는 소설가와 의견을 나누고 싶다는 것이었다. 나는 그때 그가 근무하고 있던 S신문에 연재 소설을 쓰고 있었다. 그런 연줄로 아마 나를 선택했는지도 모른다.

나는 처음 그 청년을 대했을 때 별로 대수롭게 여기지 않았다. 거리에 서서 오 분만 있어도 그렇게 생긴 청년은 어디에서고 만날 수가 있다.

지금도 이마에 화상을 입은 흉터밖에는 그의 인상을 생각해낼 수가 없다. 평범한 청년, 대부분의 청년들 중의 하나였던 것이다.

학교에서는 학점이 F로 내려갈까 봐 조바심을 하면서도 꿈만은 화려해서 여비서를 거느린 관리가 되거나, 백만장자의 아름다운 딸─외동딸이라면 더욱 좋다─과 우연히 사랑을 나누게 되고, 미국 유학을 가서 Ph. D를 따고 캐딜락을 타고 다니며, 또 외국의 외교관들과 어울려 브리지 게임이라도 하고……. 그러다가 그런 꿈을 배낭 속에 쑤셔넣은 채 전쟁터로 끌려나가고, 폭발하는 오십 밀리 포탄과 연막탄 속에서 깨진 꿈조각들을 장사 지내고, 사회는 별게 아니라거나, 월급이 후한 일자리라도 한자리 차지하면 좋겠다고 중얼거리게 되는 청년들. 이것도 저것도 모든 것이 다 시시해지면, 누구나 한번쯤은 소설 같은 것을 써보고 싶다고 말로만 벼르는 그런 친구들의 하나였을 것이다.

그저 주의를 끈 것이 있다면, 그가 장차 쓰겠다는 소설 제목이 유별나게도 '장군의 수염'이었다는 점뿐이었다. 스토리란 것도 좀 황당무계해서 카프카의 아류에 지나지 않는 것 같았다.

철훈은 술이 오르자 갑자기 다변증에 걸려버렸다. 그러고는 제법 가르침을 많이 받아야겠다는 애초의 말과는 달리, 이쪽을 경멸하는 투로 지껄여대는 것이었다.

옆에 앉아 있던 미스터 김이 눈짓을 하는데도 철훈은 한국소설이 너무 표피적이고 작가들은 신문 기사에 이스트를 뿌려 그걸 부풀게 해놓는 재주밖에 없는 찐빵가게 주인에 불과하다고 흥분했다.

나는 선술집 벽에 붙은 '외상사절外上謝絶'이라는 표를 바라다보면서 새삼스럽게 '외상外上'이라는 어원이라든가 '사절謝絶'이라는 두 글자가 한 자는 너무 공손하고, 또 한쪽은 너무 살벌하다는 절름발이 이미지에 웃기도 하면서 그의 말에 귀를 기울이는 체했었다. 그것이 그와 나 사이에 벌어진 전부의 일이다.

"그래요? 그러면 그게 소설을 쓰겠다는 편지였군요, 선생님은……."

박형사는 갈포지를 바른 벽 쪽을 향해서 머리를 끄덕였다. 바람이 빠져버린 풍선 같은 표정이었다.

"선생님은 그날 들었던 그 소설의 줄거리를 대충 저에게 말해 주실 수 있겠습니까? 별로 참고는 되지 않겠지만, 그의 책상 위에는 원고지가 널려 있었고 무언가 글을 쓰고 있었던 것 같았는데……."

"사인을 찾을 만한 이야기는 그 소설에 나와 있지 않을 겁니다. 사실 스토리라고 하는 것은 사람의 해골과 같은 것이죠. 그것만 가지고는 그게 미녀인지 추녀인지도 분간할 수 없는 것이니까요. 나도 그에게 말했습니다. 소설은 입으로 쓰는 게 아니라 손으로 쓰는 거라구요."

"어째서 그 소설 제목이 '장군의 수염'입니까?"

박형사는 시간을 낭비한 것을 후회하는 사람이 곧잘 그 초조감 때문에 더욱더 시간을 낭비해버리는 그런 경우에 빠져 있는 것 같이 보였다.

"쿠데타가 일어난 어느 날 아침부터 그 소설은 시작된다고 했어요. 직업은 확실치 않지만 어느 회사의 하급 사원 하나가 그 소설의 주인공이구요. 그런데 혁명군들은 오랫동안 산속에서 숨어 살았었기 때문에 수염을 깎지 못한 얼굴…… 모두들 구레나룻과 턱수염들을 기른 채 나타났다는 거죠. 그때 사람들은 무엇 때문에 혁명이 일어났는지, 장차 나라 일이 어떻게 될 것인지 하는 문제보다도 혁명군의 행진을 지휘하고 있는 '장군의 수염'만을 가지고 화제들을 삼았다는 겁니다. 장군도 역시 똑같은 수염을 기르고 있었지만, 그의 수염은 가위로 잘 다듬어놓아서 한층 더 멋지게 보였던가 봅니다. 이야기를 계속할까요?"

박형사는 아직도 벽지 무늬만을 쳐다보고 있었다. 밖에서는 눈이 날리기 시작했다. 불안감에서 해방되자 나는 갑자기 수다스러워졌다. 박형사에게 심하게 군 것을 미안하다고도 생각했다. 나는 '장군의 수염' 이야기를 그냥 계속해갔다.


혁명이 일어난 다음부터 사람들은 '장군의 수염'과 똑같은 형태의 수염을 기르기 시작한 것이다. 민간인으로 혁명 내각에 들어간 사람들은 앞을 다투어가면서 수염부터 기르느라고 야단들이었다.

어느덧 수염은 혁명을 상징하는 자격증 같은 것이 되어버렸다. 정부의 고급 공무원들은 말할 것도 없고, 정부 관리 기업체, 특혜를 받은 기업가, 은행장들은 모두 충성을 맹세하기 위해서 장군과 같은 수염을 기르고 공석상에 나타났다.

'장군의 수염'은 전염병처럼 나날이 번져갔다. 대학 총장님으로부터 리어카꾼에 이르기까지 모두들 수염을 기르고 거리를 행진하는 것이었다. 아침에 일어나면 사람들의 수염은 그만큼 더 자라나고, 주변에는 규격화된 '장군의 수염'이 하나씩 더 늘어갔다.

이제 수염을 기르지 않고는 세상을 살아가기 어려운 시절이 온 것이다. 소설의 주인공, 그 회사원은 점점 불안이 자기에게로 가까이 다가서는 것을 느끼기 시작했다. 주위에서 하나둘, 수염 없는 사람들의 얼굴 모습이 사라져가고 있는 것이다. 이발소에 들러도 숫제 수염에는 면도날을 대지 않았던 것이다. 그는 이발을 할 때마다 이발소 주인과 언쟁을 하게 되고, 수염 단 사람과 다투게 된다. 결국 그는 버스간에서고 식당에서고 길거리에서고 이상스러운 눈초리로 자기를 지켜보는 타인들의 시선, 수염을 기른 그 타인들의 시선에 불안과 공포를 겪고 사는 것이었다. 그러나 그는 끝내 '장군의 수염'을 기르는 것을 거부한다.

"불안하다면 자네도 수염을 기르면 되지 않는가?"

소담스런 수염을 기른, 그래서 얼굴이 아주 바뀌어버린, 또 그래서 낯선 사람처럼 변해버린 그의 동료들은 그렇게 충고를 했다.

그는 불안할수록 수염을 기르는 것을 거부한다. 그래도 믿고 있었던 몇몇 친구들까지도 면도를 하지 않은 얼굴로 나타나기 시작했다.

'설마? 면도를 하지 않았을 뿐이겠지.'

그러다 보면 날이 갈수록 점점 수염 터가 분명히 잡히게 되고 한 달이 지나면 불길했던 예감대로 아주 다른 얼굴로 바뀌어갔다. 사람들은 그런 순서로 그의 곁을 떠나고 있었다.

그 회사원의 불안은 자꾸 가깝게 좁혀지기 시작했다. '장군의 수염'을 기른 사장이 그를 부른 것이다. 그리고 직장을 쉬고 몸을 치료하라는 권고를 받게 된다.

그는 "수염 때문입니까? 수염을 길러야 한다는 법령이라도 나왔는가요?" 하고 반문한다.

사장은 '장군의 수염' 뒤에서 웃었다. 우리나라는 민주공화국이고, 헌법으로 개인의 자유가 보장되어 있는데, 어째서 수염 이야기를 꺼내느냐고 점잖게 꾸짖었다. 바로 그런 강박관념을 고치기 위해서 정신 요양을 해야 된다는 것이었다. 정신병자로 몰려 직장을 쫓겨나게 된 그의 수난은 거기에서 끝나지 않았다.

그가 길에서 사람들을 만나 무엇을 물어도 수염들은 모두들 피해 달아나는 것 같았다. 그리고 밤이 되면 수염들은 복수를 하러 온다. 밤마다 악몽을 꾸는 것이다. 긴 수염들에 얽혀 숨을 쉴 수 없게 되는 꿈이다. 어디를 가나 수염이 쫓아오고, 그 수염의 밀림은 달아나는 그의 목을 감아버린다. 그는 거미줄에 얽힌 나비처럼 수염 속에서 허우적거리다가 눈을 뜨곤 한다.

그는 자수를 했다. 술을 죽도록 마시고 파출소 문을 걷어차고 들어간다. '장군의 수염'을 기른 파출소 주임에게로 가서 "저를 잡아넣으십시오. 죽어도, 죽어도 수염을 기르지 못하겠습니다. 어서 수갑을 채우고 형무소로 보내주십시오."라고 울면서 말한다. 그러나 그는 거기에서도 쫓겨난다. 수염을 기르고 안 기르는 것은 전연 개인의 자유라는 것이었다. 그는 역시 '장군의 수염'을 기른 파출소 순경들에게 끌려 거리에 쓰레기처럼 내던져진다.

"그는 거리로 내던져진다는 거죠."

박형사의 눈이 번쩍 빛났다.

"정치적인 소설입니까? '장군의 수염'이라고 한 것은 현 정부를 두고 하는 소립니까?"

나는 박형사가 그렇게 긴장해서 묻는 것은 이번이 처음이었다고 느꼈다.

"우화지요. 현대의 이솝우화지요. 아마 철훈 군은 현대의 획일주의를 '장군의 수염'으로 상징하려고 했던 것 같습니다. 반드시 특정한 시간, 특정한 나라의 사건을 풍자하려고 한 것은 아닐 겁니다. 요순 임금 때나 알렉산더 대왕 때나, 아니 미래의, 아주 먼 미래에 나타날 우리들 미지의 황제가 지배하는 시대의 이야기라고 해도 좋을 겁니다."

나는 박형사가 다시 사물을 오해하기 시작하는 것을 근심했다.

"미래의, 아주 먼 미래의 황제가 지배하는……."

박형사는 무엇에 홀린 것처럼 내 말을 되풀이하고 있었다.

"그렇습니다. 날이 갈수록 사회는 획일화되어가고 있습니다. 구두만 해도 그렇고 의복만 해도 그렇고, 만년필, 그릇, 단추, 주택, 모든 것이 판에 찍힌 것처럼 획일적으로 되어갑니다. 그것에 대한 공포입니다. 모든 것, 정치나 생활풍속이나, 그 모든 것들,

그 모든 문명이 '장군의 수염'에 감겨서 질식해가는 그런 인간의 숙명을 그는 다루어보고 싶었을 겁니다. 그러나 소설로서는 너무 관념적이라…… 그래요, 너무 관념적이라 성공하기 어려운 소잽니다."

박형사는 시계를 들여다보았다. 초설인데도 밖은 온통 눈발 속에 파묻혀 있었다. 나는 박형사를 배웅해 주었다. 도어를 열면서 나는 위로를 해줄 만큼 여유가 생겼던 것이다.

"까다로운 사건을 맡으셨습니다. 참 그 이야기 아십니까? 권총 소제를 하다가 그만 오발로 죽게 된 청년이 숨이 넘어가는데도 벽에다가, '나는 오발로 죽은 것임'이라고 사인을 밝히고 죽었다는 어느 외국 이야기 말입니다. 지금 생각해보니 그 청년의 행동을 이해할 수 있겠어요. 수사관들을 괴롭히는 것도 죄일 것입니다. 어때요, 사인은 자살이 아닐까요?"

박형사와 악수를 했다. 그의 손엔 힘이 없었다.

"아닙니다. 타살일 겁니다. 나는 카메라의 행방을 찾아야겠습니다. 자살이라고 생각하신다면 무엇 때문에, 무슨 동기로 죽었는가도 해명해주셔야 합니다. 그것은 형사보다는 선생님 같은 문학자나 심리학자나 철학자들이 할 일이거든요. 만약 협조해주신다면 증거물로 보존된 그의 수기 노트를 보여드릴 수도 있습니다. 그리고 그의 집에 있는 원고를 찾아 읽어보실 수도 있겠구요. 아직 시골에서 올라온 그의 어머니가 그 방을 지키고 있으니까요. 흥미가 있으시다면 말입니다."

피곤이 몰려왔다. 글이 써질 것 같지 않았다. 침대에 눕는다. 계단을 내려가는 박형사의 발자국 소리가 눈이 내리고 있는 회색 공간 속으로 말려들어가고 있었다. 그러다가 아무 소리도 들려오지 않았다. 그는 왜 죽었을까?

# 2

연탄재, 달걀 껍데기, 말라비틀어진 쥐의 시체, 쓰레기들—좁고 질고, 어두운 골목길을 몇 개나 지나왔다. 사그라져가는 판자 울타리들이 늘어선 골목길을 빠져나오자 또 한 번 커브가 꺾였다. 돌아서는 길 어귀에서는 서너 명의 부인들이 골목 안을 넘겨다보며 무엇인가 귀엣말로 수군대고 있었다. 그 골목으로 꺾어들어서자 그들은 놀란 듯이 흩어지며 불안한 곁눈질로 내 얼굴을 훔쳐보았다.

김철훈이 세든 집은 그 골목이 끝나는 막다른 지점에 있었다. 일본 사람들이 살던 철도 관사였던가 보다. 낡은 2층 목조 건물들의 나가야[長屋]인데, 여러 세대마다 제각기 울타리와 대문을 해달 수 있게 뜯어고친 것이라 그 구조가 복잡해 보였다. 박형사가 놓고 간 그 편지의 겉봉 뒤 주소를 다시 확인하고 나는 김철훈의 방을 찾았다.

이 층으로 올라가는 계단은 쥐들의 시체가 썩어가고 있는 미끄럽고 지저분한 그 어두운 골목길의 연장이었다. 닳아빠진 나무 계단은 한 칸씩 올라갈 때마다 지친 듯한 소리로 삐걱거렸다. 노크를 해도 소용이 없을 정도로 낡은 후스마(일본의 장지문)는 바람결에 덜커덕거리고 있었다. 그것이 그의 셋방이었던 것이다. 문을 열자, 나는 흠칫 놀랐다. 맞은편 침대 위에 조바위를 쓴 노파가 보살처럼 눈을 감고 정좌해 있었고 그 아래로는 불공을 드리듯이 중년 부인 하나가 침대가에 머리를 괴고 엎드려 있는 뒷모습이 보였다. 김철훈이 죽은 방이다. 그런데도 나는 그들의 모습을 보자 웃음이 키득 나오려는 것을 억지로 참아야만 했다. 절간 같은 생각이 들었기 때문이다.

노파는 조용히 눈을 떴다. 사람의 얼굴을 보자 다시 그 노파의 눈에는 눈물이 괴었다. 그러나 볼에 잡힌 주름은 꼭 웃고 있는 것처럼 보였다. 나직하고 쉰 목소리로 노파는 독백을 하듯이 입을 열었지만 점점 그 목소리는 크게 떨렸다.

"안 돼, 안 돼. 우리 애를 빨리 돌려줘유. 그 애 몸에 상처를 내게 할 수는 없어유. 안 되는 일이래두. 그 애는 내가 죽인 거라는디…… 왜들 그런대유. 생전에 이마의 흉터 때문에 그 고생을 시켰는디, 안 될 말이여! 누구두 그 애 몸에 칼을 대선 안 된다니까유. 죽어서도 이 에미를 또 원망할 거란 말유."

다시 노파는 잠잠해지면서 눈을 감았다. 그 손에는 염주가 쥐어져 있었다.

노파는 나를 서에서 나온 사람으로 안 모양이었다. 철훈의 누이라고 하면서 중년 부인은 의자를 끌어내다 준다. 그리고 귀엣말로 말했다.

"어머니는 지금 검시檢屍를 해선 안 된다고 말씀하시는 거예요. 어떻게 안 될까요? 어머니는 지금 이상한 자격지심 때문에 더 괴로워하고 있는 겁니다."

"자격지심요?"

나는 의외의 말에 그만 소리를 질렀다. 노파는 눈을 떴다가 감고는 불경을 외며 염주를 돌렸다.

"어머니는 그 애가 이마의 흉터 때문에 죽은 거라고 생각하고 있는 거예요. 철훈이가 젖먹이 애였을 때예요. 어머니는 밤늦게 바느질을 하고 있었어요. 노할머니가 계셔서 그 나이에도 시집살이가 심했거든요. 애에게 젖을 물린 채 인두질을 하시다가 그만 고단해서 깜빡 잠이 드셨다나 봐요. 그때 끔찍스러운 일이 일어난 거죠. 어머니는 잠결에 인두로 그만 애 이마를……."

"인두로 이마를?"

나는 그의 이마 위에서 번쩍거리던 화상의 흉터를 생각해냈다.

화상! 나는 그것이 전쟁터에서 입은 화상인 줄로만 알았다. 저 노파도 지금 그 인두 자국의 화상을 입고 있을 것이다. 그래서 그 노파는 죽은 아들의 시체나마 다시 상처를 입히지 않으려고 애쓰고 있는 것이다.

"그 애는 어렸을 때부터 친구가 없었지요. 늘 심심해했답니다. 혼자 골방에 들어가서 몇 시간씩 숨어 있을 때도 많았어요. 어느 때는 애가 골방에 들어 있는 것도 모르고 우리끼리 저녁 밥을 먹는 일도 많았구요. 어머니는 그 애가 이마의 흉터 때문에 성격이 그렇게 이지러졌다고 늘 그것을 걱정하고 계셨답니다."

갑자기 실성한 노파는 비명을 질렀다.

"안 돼유, 안 돼. 우리 애를 빨리 내놔유."

나는 침대 쪽으로 갔다. 그리고 무어라고 불러야 좋을지 몰라서 잠시 주저했다. '어머니', '아주머니', '할머니'…… 나는 입속에서 한마디씩 불러보았다. 쑥스럽지만 '어머니'라고 부르자. 나는 형사가 아니라 철훈의 친구라고 말했다.

"친구! 친구라니유?"

박형사와는 정반대의 반응을 보였다.

노파는 천천히 고개를 가로젓고 있었다. 너는 내 아들과 아무 관계가 없는 사람일 것이라고 말하는 것 같았다.

나도 '친구'라고 해놓고 당황했다. 나는 박형사가 김철훈을 아느냐고 할 때만 해도 펄쩍 뛰지 않았는가?

나는 왜 그토록 강력하게 그를 부정했을까? 그것은 사실이다. 내가 김철훈의 이름을 기억 못했던 것은 사실이다. 그러나 그건 비굴하지 않았는가.

그렇지 않다. 베드로는 예수를 잘 알고 있으면서도 세 번이나 부정했다. 모르는 사람을 아느냐고 했을 때 부정한다는 것은 당연한 일이 아닌가? 하지만 나는 지금 분명히 그를 친구라고 불렀다. 친구라고 부를 수도 있는 사람을 필요 이상으로 모른다고 잡아뗀 것은 비굴한 짓이다.

단 한 번밖에 만나지 못했다 해서, 이름을 기억하지 못하는 사람이라 해서, 정말 그는 나와 무관할 수 있을까. 그렇다면 나는 왜 이곳에 와 있어야 하는가, 왜 그의 죽음에 대해서 호기심을 갖고 있는가, 왜 사인을 캐내려 하는가. 박형사의 말대로 소설의 소재를 구하기 위해선가. 조금도 어색하지 않게 처음 보는 그 노파를 '어머니'라고 부른 것이나, 어제만 해도 완강하게 박형사 앞에서 부인하던 김철훈을 태연스럽게 '친구'라고 한 그 변화에 나는 잠시 당황했다.

"노여워하지 말아요. 어머닌 철훈이의 일만 생각하고 있어요. 이젠 우리 모녀만이 남았구, 어머니는 실성한 사람과 다를 게 없어요. 난 초년 과부가 되었던 것을 한탄했지만 이렇게 되고 보니 오히려 잘된 일인지도 몰라요. 어머니가 너무 딱합니다."

나는 목적의식을 잃지 않기 위해서 조심했다. 사인을 캐내기 위해 나는 이곳에 와 있는 것이다.

'정말 그 흉터 때문에 철훈이가 자살을 했을까. 애들이 그 흉터를 놀리고, 또 커서는 그것 때문에 남의 앞에 나서기를 주저하고…… 그래서 성격이 비뚤어졌고……. 그렇지만 그는 지금까지

잘 견뎌오지 않았는가.'

누이는 옷고름과 옷깃을 여몄다. 슬픔에 젖은 사람들은 타인의 시선을 두려워하지 않는 것일까. 그녀의 옷깃은 흐트러져 있었던 것이다.

"철훈이가 혹시 그의 형 이야기를 하지 않던가요? 자살을 했다면 그 때문이었을 거예요. 그 애는 그 일이 있고부터 형 이야기를 통 꺼내지 않았으니까요. 흉터가 그 애를 외롭게 만든 것은 사실이지만, 형이 끌려간 것을 보고 더 충격을 받았던 거예요."

"형은 죽었나요?"

"감옥에서 죽었어요. 철훈이는 친구를 사귀지 못해서 그랬는지 유난히도 그 형을 좋아했구, 그 형하구만 놀았어요. 해방이 되고서야 우리는 그가 빨갱이였다는 것을 알았습니다. 일본으로 대학 공부를 보낸 것이 잘못이었죠. 해방이 되자 소작인들에게 땅을 나누어주어야 한다고 아버님에게 덤벼들었던 거예요. 끔찍한 일이었어요. 철훈이를 붙잡고도 가끔 이상한 이야기를 했기 때문에, 아직 국민학교 6학년 때였지만요, 집안에서는 형제를 서로 만나지도 못하게 했답니다. 소작인의 젊은 애들을 모아 당을 만들다 형은 쫓겨난 거예요. 아버지가 내쫓은 거지요."

노파는 여전히 염주를 돌리고 있었다. 댓잎 같은 손가락 사이로 검은 염주들이 소리 없이 굴러갔다.

"그게 충격을 주었군요."

나는 철훈의 누이를 향해 동의를 구했다. 그러나 그녀는 나를 쳐다보지 않고 혼잣말처럼 이야기를 했다.

"훨씬 뒤에 일어난 일이죠. 반자에서 쥐들이 철썩거리며 떨어진 날 밤이었어요. 비바람이 치고 있었지요. 비를 흠씬 맞고 이년 만에 형은 집으로 다시 뛰어든 거예요. 빗방울을 튀기면서 짐승같이 떨고 있었어요. 자기를 숨겨달라고 하면서 누군가를 몹시 욕하고 있었답니다. 그놈 때문에 나는 죽는다고도 했고, 이젠 난 빨갱이도 뭐도 아무것도 아니라고 헛소리처럼 떠들어댔어요. 무슨 일이 일어났었는지는 지금껏 우리도 모르고 있어요. 어쩌면 철훈이는 알고 있었는지 몰라요. 그 애는 방학 때라 시골로 내려와 있었고, 철도 든 때였고, 또 형은 그 애하고만 무슨 이야긴가 서로 주고받았지요."

"아버지가 그를 용서하셨던가요?"

나는 그 일이 궁금했다. "아버지는……" 이라고 그녀는 다시 말했다.

아버지는 그를 보자 곧 밖으로 끌어냈다. 형은 비를 맞으며 땅바닥에 무릎을 꿇고 빌었지만 그의 아버지는 용서하지 않았다.

"난 널 용서할 수 있다. 그러나 조상은 용서하지 않을 것이다." 라고 하며 나가라고 했다.

철훈도 형 옆에 꿇어앉아 같이 비를 맞으며 애원했다. 이제는 조상의 땅들도 토지개혁으로 다 잃었으니 형님을 용서해달라고 했다. 그것이 도리어 아버지의 비위를 건드렸던 것이다. 토지개혁 소리를 듣자 아버지는 미친 사람처럼 되었다. 저런 사상을 가진 놈들 때문에 토지개혁이 되었다는 것이다. 조상들 앞에 낯을 들지 못하게 된 것도, 세상이 이렇게 변한 것도 모두 저놈들의 탓이라고 했다.

그때 뒤쫓아온 형사에게 그는 끌려갔던 것이다.

"끔찍한 일이었어요."라고 여인은 말했다. "철훈이는 그 일이 있고 병이 들어버린 거예요. 비가 내리기만 하면 형이 자기를 부른다고 잠자리에서 뛰어나가곤 했으니까요. 무서워요, 끔찍한 일이었어요."

"끌려가면서 형이 철훈을 불렀었군요."

"줄곧 불렀어요. 할 말이 있다고 하면서 형은 철훈이 쪽으로 가려고 했어요. 또 무엇인가 미안하다고도 했구요. 형이 부르면서 끌려가는데 철훈이는 쫓아가지도 못하고 울지도 못했어요. 그 애는 입술을 깨물고 귀를 틀어막고 있었던 거예요. 그날 밤, 그 애는 신열이 올라서 몸이 장독처럼 펄펄 끓으면서 앓았지요. 입술을 너무 깨물어서 피가 맺혀 있었구요. 그 뒤로 철훈이가 우는 것을 난 본 적이 없어요. 아버지가 돌아가셨을 때에도 철훈이는 딱 한 번 통곡한 일밖에 없어요."

"어머니, 좀 쉬셔야겠습니다."

나는 정말 아들이 어머니를 부르듯 그런 투로 부르면서 침대에 올라앉은 노파의 손을 쥐었다. 나는 죽은 철훈과 친해지고 있는 것이었다.

육조방(다다미를 뜯어낸 마루방)이었지만 가구가 없는 탓인지 허전하도록 공간은 넓었다. 연탄난로는 불이 꺼진 채였다. 책상이 놓인 벽 위에는 그림들이 걸려 있다. 제리코의 그림인가 조난당한 사람이 기우는 뗏목 위에서 먼 수평을 향해 외치고 있다. 폭풍과 어둠 속에서 그들은 옷을 흔들며 구원을 청하고 있는 중이었다.

책상과 책장, 전기스탠드, 캐비닛 그리고 쪽이 떨어진 화병…… 서쪽으로 넓은 창 하나가 뚫려 있는데, 해가 질 무렵에나 겨우 햇볕이 들어올 것 같았다. 흡사 동굴과도 같은 방이었다.

"째지 않도록 해주. 상처를 내지 않게 해주시구료. 내 은공을 잊지 않을 테니 말여."

노파는 다시 검시로 이들의 시신이 상하게 될 일을 생각하며 울기 시작했다. 나는 박형사에게 잘 말해보겠다고 자신도 없는 약속을 했다.

그리고 책장을 뒤져 그의 노트를 몇 권 입수하는 데 성공했다. 경찰에서 가져간 것 말고도 그는 묵은 일기장을 남기고 있었던 것이다.

나는 알아듣든 말든 그들과 이렇게 작별 인사를 하고 나왔다.

"살아 있는 사람이 죽은 사람에게 해줄 수 있는 일은 화려한 꽃상여, 따뜻한 무덤을 만들어주는 것만이 아닐 겁니다. 우리는 왜 그가 죽었는지를 밝혀내야 해요. 그것이 중요한 점입니다. 어떤 사람의 죽음은 법과 경찰을 있게 했어요. 그리고 또 어떤 사람의 죽음은 병원과 새로운 의학 연구를 하게 했어요. 거기에서만 끝나지는 않지요. 남들의 죽음을 통해서 많은 사람들은 생각하고 쓰고 새롭게 사는 방법을 알게 됩니다. 철훈 군의 죽음도 그냥 끝난 것만은 아닐 겁니다."

사반나호텔로 돌아오자 나는 그의 일기장을 조사하기 시작했다. 일기는 그가 죽기 이 년 전부터 시작되고 있었다. 일자는 띄엄띄엄 건너뛰어 있었고 어느 것은 거의 한 달 동안이나 비어 있는 것도 있었다. 내용도 대개는 비망록이나 수기 형식으로 쓰인 것들이 많았다.

행복한 사람의 일기장은 비어 있다.
백지의 일기장을 가진 사람은 거꾸로 충만한 생활을 갖고 있는 사람이다. 그들은 행동으로 하루의 언어를 메운다.
일기장의 두께와 활동의 두께는 언제나 역비례한다. 짐승은 일기 같은 것을 쓰지 않는다. 신도 마찬가지일 것이라고 생각한다.
어느 편이든 언젠가는 공백의 일기장만을 넘기며 살 수 있는 그런 생활을 누리게 되었으면 좋겠다.

일기장 첫머리에는 경구처럼 이런 글이 씌어 있었고, 그 다음장에는 그의 부친이 돌아가신 날의 일을 적고 있었다. 확실한 날짜를 적지 않은 것으로 보아 그것은 일기를 쓰던 때보다 훨씬 먼저 일어났던 일인지도 모른다.

처음엔 대충 줄거리만 읽어 내려가려고 했지만, 그의 부친에 대해서 적은 대목에 이르자 나는 한 자도 **빼놓을** 수가 없었다. 그의 누이에게서 들은 이야기가 연상되었기 때문이다.

사람들은 흔히 금의환향錦衣還鄕이란 말을 쓰고 있다. 그러나 고향은 비단옷을 입은 사람이 돌아가는 곳은 아니다. 비단옷을 입은 사람은 고향을 필요로 하지 않는다. 고향에는 비단옷을 자랑하기 위해서 찾아가는 사람들의 이야기보다는 언제나 비탄에 젖은, 때 묻고 남루한 옷을 파묻기 위해 가는 사람들의 이야기가 더 많은 법이다.

사람은 슬픔 속에서 고향으로 돌아간다. 몸만 고향으로 가는 것은 아니다. 도시에서 살면서 고향을 생각하는 사람은 도시에 지쳐 있다는 뜻이다. 또 도시에 지쳐 있다는 것은 인생에 대하여 지쳐 있다는 뜻이기도 하다.

(……)

아버지의 시체를 묻기 위해서 나는 고향으로 내려간 것이다. 아버지가 갑자기 돌아가셨다는 전보를 받고도 나는 울지 않았다. 상복을 입고 아버지의 영구 앞에 서 있을 때에도 눈물이 흐르지 않았다. 곡을 해야 한다는 긴장감 때문에 그랬을까?

자식이 아버지의 영전 앞에서 울지 않는다는 것도 불효의 하나일 것이다. 상객들을 보아서도 울어야 한다고 몇 번이나 노력했는지 모른다. 왜 어머니처럼 나는 눈물이 쏟아지지 않는 것일까?

눈물을 짜내기 위해서 감상적인 일을 연상해보았다. 교단만 남아 있는 방과 후의 텅 빈 국민학교의 마당, 비가 내리던 장독대, 그물에 걸린 참새들, 황폐한 고향의 냇둑, 책을 읽고 그림을 그리고 노래를 부르고 하던 그 냇둑, 포플라의 잔가지들을 생각해보기도 했다.

하늘과 맞닿은 높은 나뭇가지가 바람에 흔들리는 것을 보면, 뜨거운 햇볕이 내리쬐는 먹먹한 대낮과 그 푸른 잎사귀들의 광채를 생각하면 감상적이었던 어린 시절에 눈물이 될 것만 같았다.

그러나 나는 울 수 없었다. 그런 것들은 이미 내 마음을 슬프게 해주지는 않았다. 잡초가 우거진 기왓골과 무너져가는 담, 황폐해진 정원 그리고 녹슬어가는 대문의 문고리…… 훌쩍거리며 쓰러져가는 우리들 고가古家의 운명을 생각해보았다. 세발자전거를 사다주시던 아버지. 동전을 꺼내 던져주시던 아버지. 바둑을 두시고 노끈을 꼬시고 마른기침을 하시던 그 아버지…… 아버지의 여러 얼굴들을 생각해보았다. 그러나 슬픔을 실감할 수는 없었다.

그때 문득, 아주 문득, 나는 영구를 모신 병풍 옆에 검은 관 같은 함이 놓여 있는 것을 보았다.

그때 울컥 눈물이 쏟아지기 시작했다. 오랜만에 아주 오랜만에 나는 마음놓고 울 수가 있었다. 초상집에서는 누구나 마음놓고 울 수 있는 자유와 특권이 부여된다. 눈물을 보장해주는 장소이기 때문에 뜻밖에도 장례식에는 조금씩은 즐거운 해방감 같은 것이 떠도는 법이다.

"안 된다. 이놈들, 그게 누구 땅인 줄 아느냐."

마을을 돌아다니면서 고래고래 소리치시던 아버지의 목소리를 나는 그 함 속에서 들은 것이다.

그 함은 아버지에게 있어서 판도라의 상자와도 같은 것이었다. 아버지는 돌아가시기 직전까지 그것을 잠시도 곁에서 떼지 않고 틀어쥐고 있었던 것이다. 유언에도 그 함과 함께 묻어달라고 하셨다고 한다.

그 함 속에는 땅문서와 지적도가 들어 있을 것이다. 아! 땅, 토지, 논과 밭과 그리고 붉은 산들. 그러나 지금은 시효를 잃고 한낱 휴지쪽이 되어버린 땅문서를 끌어안고 아버지는 눈을 감은 것이다.

땅은 우리의 운명이었다. 형님을 내쫓게 한 땅, 아버지를 미치게 만든 그 땅. 해방이 되던 그 다음 날부터 우리는 땅의 피해자였다.

땅은 우리들의 운명이었다. 땅을 떠나서는 세상을 어렵게 살아야 하는지를 모르는 지주의 아들이었다. 우리는, 그리고 나는 땅에 속해 있었다. 땅은 우리에게 복수하고 있었던 것이다. 국민학교 생활을 공포와 외로움과 어둠으로 지낸 것도 내가 '땅의 아들'이었기 때문이다. 자유로워진 소작인들의 아이들에게 끌려가 매를 맞고 있을 때 나는 아버지가 많은 땅을 가진 지주라는 것을 슬프게 생각했다.

"이젠 너는 양반도 아니고, 이건 너희 땅도 아닌 거야."

소작인 아이들은 해방의 자유를 확인해보기 위해서 나를 때렸다. 몰락해가는 지주의 아들은 언제나 코피를 흘리며 집으로 돌아왔다. 땅은 친구와 나를 갈라놓고 아버지와 형 사이를 갈라놓았다. 그리고 마을과 우리 가족을 갈라놓았다. 6·25사변 때에는 이미 땅을 모두 잃고 난 뒤였는데도 아버지는 고역을 치러야 했다.

차마 형의 이야기는 적을 수가 없다. 땅이 우리들 곁을 떠나버린 후에도 우리는 땅에서 해방될 수가 없었다. 땅과 함께 사람들의 발길도 사라져가고 있었다. 한 사람, 두 사람 낯익은 얼굴들이 일각대문 밖으로 사라져갔다.

아버지는 팔을 벌리고 땅의 반란을 막으려고 바둥대다가 쓰러진 것이다. 큰 사랑채의 분합문이 닫히고, 기생들이 와서 놀던 누각에 먼지가 쌓이기 시작하고, 기둥에 새긴 현판의 글씨들이 사그라져가고, 가위질을 하지 않은 넓은 정원의 나무들이 황폐해갈 때, 아버지가 틀어쥐고 있는 그 함 속의 문서들은 쓸모없는 휴지 쪽으로 바뀌어가고 있었다.

아, '희망'마저도 나오지 않는 그 판도라의 상자. 남은 것이라곤 먼지밖에 없었던 함을 지키느라고 아버지는 많은 밤을 기침으로 새우신 것이다. 형님도 결국은 가만히 앉아 있어도 휴지가 될 그 함을 부수기 위해서 그 젊음을 걸고 모험했던 것이다. 지키려던 사람이나 부수려던 사람이나 구경하던 사람이나 모두들 그 텅 빈 함을 짊어진 채 돌아가야 한다. 우리에겐 저 시효 넘은 땅문서와 지적도의 함밖에는 남은 것이 없다. 이제 그것이 아버지의 유해와 함께 묻히려 하고 있다.

어머니는 나보고 부조 들어온 조목을 읽어달라고 하셨다. 아까까지 슬프게 우시던 어머니는 부의금을 세고 계셨던 것이다.

"석돌이네가 백 원요."

"저런 망할 것들, 제일 좋은 논을 부치게 했었는데도 배은망덕을 하는구나."

"옥순네가 이백 원이군요."

"살림까지 내주었는데 그래 큰 금전판을 벌였다면서…… 원, 그럴 수가 있니……."

"창표네는 천 원요."

"천 원? 창표 애비는 그럴 줄 알았다. 은공을 아는 놈은 그놈뿐이었지. 하기야 삼대째나 우리 신세를 지고 살지 않았니."

나는 더 이상 부조의 내력을 읽을 수가 없었다.

어머니, 어머니! 그건 다 지난 이야기들예요. 땅을 생각하지 마세요. 그것은 아버지의 유해와 함께 끝나버린 거예요, 어머니.

어머니는 아버지와 마찬가지로 먼지가 뽀얗게 앉은 낡은 땅문서의 함 속에서 벗어날 수가 없으셨던 것이다. 어떤 순수한 슬픔도 저 새큼한 지폐를 뛰어넘게 할 수는 없었던가. 상복을 입고 부조금을 세시는 어머니의 얼굴을 보자 다시 한 번 뜨거운 눈물이 혓바닥에 와닿았다.

어머니는 뿌리치질 못할 것이다. 몇 마지기 남은 헐벗은 유답과 그리고 마지막 땅의 추억에서 헤어나질 못할 것이다. 고향을 떠나지 못하는 그런 사람들 중의 하나이다.

첫 번째 수기는 여기에서 끝나고 있었다. 대학 노트장에 깨알만 하게 써간 글씨라 다른 것을 더 읽지 못했다. 피로한 눈을 쉬기 위해서 창가로 갔다. 벌써 저녁이었다. 오 층 창가에서 굽어본 서울은 연탄재를 엎어놓은 것처럼 메말라 있었다. 돌이라도 던지면 뽀얀 먼지가 푸석일 것만 같다. 전선줄에 연이 얽혀 있는 것이 보인다.

아이들이 날리던 연—종이는 찢기고 해골처럼 남은 댓가지가 바람이 불 때마다 꿈틀댔다. 이 창가에서 똑똑히 볼 수 있는 것은 바로 호텔 앞 뜰에 면한 목욕탕뿐이었다. 목욕탕의 높은 굴뚝은 사화산처럼 연기를 뿜지 않았다. 전쟁 때 기총 사격을 받은 탄흔이 아직 그대로 찍혀 있었다. 그 목욕탕은 주차장으로 쓰이기 위해서 곧 헐릴 것이었다. 유리창들은 모두 깨져 있어서 그 위에 쓴 탕湯자의 삼수변은 읽을 수가 없었다. 임시창고로 쓰고 있는 모양이었다. 폐품들이 쌓여 있는 것이 창 틈으로 보인다.

발가벗은 육체들이 뽀얀 안개 속에서 흐느적거리던 그 욕실엔 아마 거미줄과 먼지와 부서진 자전거 바퀴, 책상, 빈 깡통 그리고 맥주병 같은 것들이 널려 있을 것이다. 그 폐허 속에서 한 청년이 걸어나온다. 그는 함진아비처럼 녹슨 청동 자물쇠가 채워진 검은 목재의 함을 지고 이 우울한 도시의 끈적거리는 골목길로, 생선

썩는 냄새가 풍기는 그 골목길로 걸어나오고 있다.

평생을 그는 끝난 역사의 함 속에서 벗어나질 못할 것이다. 어깨 위에서 내려놓을 수 없는 빈 상자의 유산, 나는 달팽이가 기어다니는 것 같은 철훈의 환상을 보고 있었다.

방 안에 불을 켠 지 얼마 안 돼서 박형사가 찾아왔다. 우리는 적의를 보이지 않고 악수를 할 수 있었다.

"김철훈의 일을 생각하고 계십니까?"

박형사는 티테이블 위에 대학 노트 한 권을 던지면서 말했다. 나에게 보여주겠다던 철훈의 마지막 수기인 것 같았다.

"아, 벌써 다른 일기장을 읽고 계셨군요."

박형사는 티테이블 위에 놓여 있던 철훈의 일기장을 들추어보았다. 나는 그가 승리자처럼 웃고 있는 것이라고 생각했다.

"이번엔 나의 수사에 대해서 말해야겠습니다."

나는 박형사의 말투를 흉내내어 억양을 쑥 빼고 말했다.

"자살할 만한 이유라도 발견하셨는가요? 그러나 한 가지 조심해두어야 할 일이 있습니다. 수사관의 밥그릇으로 따지자면 제가 선생님의 선배이니까요. 자살의 동기는 사건만으로 따질 수 없다는 겁니다. 성격과 우연이 죽음의 신을 부르지요. 기차표 한 장 때문에 자살하는 사람이 있는가 하면, 수억대의 재산을 날리고도 죽지 않는 사람이 있습니다. 자기 아들이 죽었을 때에는 아무렇지도 않던 과부가 스피츠 개 한 마리를 잃고는 수면제를 먹습니다. 물론 이런 심리를 선생님은 더 잘 아실 겁니다. 나는 다만 내가 경험한 사실들을 참고적으로 말하는 거니까요."

나는 박형사와는 꽤 말이 통할 수 있을 거라는 자신을 얻으면서 대답했다.

"그의 고민이 나타났다 하더라도 그것이 곧 자살로 이끌었다는 증거가 될 수 없다는 충고이시군요. 그러나……."

보이가 양주병과 글라스를 들고 들어왔다.

"그러나 안심하십시오. 나의 수사는 아직도 사인보다는 왜 그가 '장군의 수염'이라는 소설을 쓰고 싶어했는가 하는 창작의 동기를 규명하고 있는 중이니까요."

"왜 남들이 다 기르는 수염을 기르지 못하는 겁니까? 아주 간단한 일을 가지고 말입니다."

박형사는 스트레이트로 조니 워커를 마셨다.

"어머니는 그에게 흉터가 있었기 때문이라고 합니다. 그의 누님은, 그 누이도 과부입니다만…… 마지막 남은 육친이지요. 그의 누님은 그가 좋아했던 형이 정치적인 문제로 끌려갈 때 그 충격이 너무 컸기 때문이라고 했어요. 그러나 그 자신의 수기를 보면, 아직 한 날짜분만을 읽었습니다마는 아버지의 함, 땅문서를 넣어둔 그 함 때문이라는 것을 암시하고 있습니다."

"소설가는 늘 어려운 말만 하시는군요. 소설가의 말을 듣고 있으면 세상이 곧 안개가 끼어 있는 것처럼 보입니다. 간단한 말을 수수께끼하듯이 한단 말예요. 그래서 나는 문학을 집어치웠지만요."

박형사의 말이 내 기분을 상하게 한 것은 사실이었지만, 글라스를 잡은 내 손가락은 어제처럼 떨지는 않았다.

나는 변명을 했다.

"사실을 몽롱하게 바라보는 것이 아닙니다. 좀 비약적으로 말하자면 성급하게 이야기한 것뿐이죠. 어쨌든 내 수사는 계속될 것입니다."

이번엔 박형사가 자신의 말을 변명했다.

"서로 사건을 보는 입장이 다르다는 것만을 강조한 것입니다. 어느 쪽이 더 뚜렷하게 현실을 보느냐 하는 능력의 차이를 말한 것은 아닙니다. 그런데 나는 또 그 싫어하시는 심문을 좀 해야겠습니다. 무엇 때문에 선생님은 지금 '남이 지불한 시간' 속에서 이름도 기억 못한다는 그 사람의 사인에 관심을 팔고 있는 겁니까? 유도 심문보다 더 시간을 낭비하는 일일 텐데 말입니다."

나는 선뜻 대답하지 않고 별 의미도 없이 글라스를 맞대고 건배를 했다.

"입장이 서로 다르다는 것은 이미 박형사께서 말씀하신 줄로 기억하는데…… 경찰에서는 왜 사인을 밝히려 듭니까? 그를 죽인 범인이 있다면 찾아내야 되겠지요. 사자死者의 원수를 갚기 위해서인가요? 그런 것만은 아닐 겁니다. 법의 질서를 지키기 위해서라고 하시겠지요. 이렇게 숨쉬며 법에 매달려 사는 사람들을 위해서 말입니다. 그러니까 그가 자살했다면 경찰의 수사는 거기에서 끝납니다. 하지만 우리는, 우리란 말이 또 안개 낀 날 같다고 비난하겠지만, 우리는 그때부터 수사를 해야 할 의무를 갖고 있습니다. 그 범인은 색안경을 썼거나, 리볼버 45구경 권총을 가졌거나, 얼굴에 험상궂은 흉터를 가진 그런 구체적인 인물이 아니라는 데에 더욱 묘미가 있습니다. 우리는 눈에 보이지 않는 그 범인을 잡아 재판을 해야 되는 겁니다. 생명에 매달려 숨쉬고 있는 생의 질서를 지키기 위해서이죠. 그것이 '기쁠 희' 자의 장식이 붙은 '함'이었든지, 이마의 인두 자국이었든지, 비가 내리는 한밤중에 끌려가는 사람의 부름 소리였든지…… 나는 김철훈을 죽게 한 그 범인을 찾아내고야 말겠습니다. 그는 분명히 삶의 권리를 스스로 포기하도록 강요당한 것입니다."

식사 전의 공복이라서 그런지 취기가 돌았다. 너는 제법 모럴리스트인 것처럼 말하고 있구나—나는 속으로 자조自嘲하고 있었다.

먼 데서 패트롤카의 사이렌 소리가 길게 울리면서 사라져갔다. 무슨 사건이 또 일어난 모양이다.

# 3

문제를 냉정하게 따져보기로 했다. 그래서 박형사가 놓고 간
마지막분 철훈의 일기를 곧 읽지 않았다. 다음 날 폴 앵카의 〈크
레이지 러브〉와 엘비스 프레슬리의 〈키스 미 퀵〉 같은 히트한 노
래만 틀어대는 다방에 앉아 있다가 호텔방으로 돌아오자 곧 그의
수기를 펼쳤다.

그가 죽기 직전에 쓴 일기는 편지투로 썼다가 다음엔 그냥 독
백체로 써간 것이었다. 그것은 '혜惠!'라는 여인의 이름으로부터
시작되어 있었다.

11월 24일 흐림, 그리고 첫눈.

혜!

며칠 전 나는 어머니로부터 편지를 받았다. 혜가 있었다면 그때처럼
나는 소리내어 그 편지를 읽었을 것이다.

어머니의 편지를 읽을 때마다 혜는 웃었지만 나는 어머니의 편지를 읽기 좋아한다. 구식 철자법밖에는 쓸 줄 모르는 어머니의 글이 나는 좋다. 우리와 똑같은 그런 어법으로, 그런 신식 맞춤법으로 편지를 쓰시는 어머니를 난 상상할 수가 없다. 아직도 『춘향전』의 시대처럼 아래 아(ㆍ)자를 쓰시는 어머니의 편지글, 그것을 현실의 글로 읽을 수 있다는 것은 얼마 안 되는 내 작은 행복 가운데 하나다.

혜!

그런데 나는 지금 그 어머니의 편지에 대해서 근심하고 있는 것이다. '철훈이 보아라'로 시작하는 그 편지투나 '하야ㄹ · '의 그 철자법도 그전 것과 조금도 달라진 것은 없다. 내가 걱정하고 있는 것은 편지의 내용인 것이다.

어머니는 더 이상 시골에서 사실 수가 없으시다고 하셨다. 머슴이나 일꾼을 사서 농사를 짓던 시절이 지나갔다는 것을 어머니께서도 아시게 된 것이다. 나는 오랫동안 어머니가 땅에서 그리고 고향에서 벗어날 수 없을 것이라는 점을 믿고 있었다.

혜!

언젠가도 말했지만 그렇기 때문에 나는 언제고 생활에 지쳐버리면 고향으로 돌아가 어머니와 농사를 짓겠다고 말할 수가 있었다. 물론 내 말이 거짓이라는 것을, 단순한 둔사遁辭라는 것을 혜도 알았을 것이다. 그러나 그런 것을 상상할 수 있다는 것만으로도 그것은 내 최후의 희망이 될 수 있었다.

혜!

그런데 어머니는 내일 올라오시겠다고 하신다. 김소임이 우리 집과 마지막 남은 그 땅들을 사겠다고 나선 모양이다.

나는 그의 딸을 잘 알고 있다. 김소임도 역시 옛날 우리 집 소작인이었다. 그의 딸은 지금 미군 GI와 동거생활을 하고 있다. 말하자면 장동 김정승 댁은 이제 어느 GI의 처갓집이 되는 것이다.

그러나 혜! 이것이 나를 언짢게 한 것은 아니다. 어차피 그 고가는 주체할 수 없는 추억으로 보든지 홀어머니의 생활로 보든지 너무 거추장스럽고 큰 것이다. 벌써 사랑채는 시골 교회당으로 바뀌었고 행랑채는 S당 지부의 사무실로 쓰이고 있다.

누군가 벌써 새 주인이 들어왔어야 할 집이었다.

혜!

내가 두려워하고 있는 것은, 이제 나에게 '시골로 돌아가 어머니와 농사나 짓고 살면 될 것이 아니냐'는 마지막 자위가 사라져버리게 된 점이다. 어머니와 함께 산다는 것은 다 같은 일일는지 모른다.

어머니가 내게로 오나, 내가 어머니에게로 가나 계산상으로는 똑같은 등식이다. 그러나 어머니가 내게로 온다는 것과 내가 어머니에게로 간다는 것은 우리들 생에 있어서는 근본적으로 다른 의미를 지닐 것이라고 생각된다.


그 다음은 노트의 반 장가량 글을 전부 지워놓아서 읽을 수가 없다. 다시 그 일기는 다음 장 노트에서 이어지고 있었다.


혜!

나는 또 어리석은 짓을 저질렀다. 집을 처분하는 일을 상의하기 위해 어머니는 내일 기차편으로 올라오시도록 되어 있다. 그래서 나는 오늘 서울역 안내계로 전화를 걸었던 것이다.

수화기를 들고 나는, 땅을 팔기 위해 시골에서 어머니가 올라오신다는 것과, 어머니가 혼자 내가 있는 집을 찾아오시기엔 힘들 것이라 마중을 나가야겠다는 이야기를 했다.

그때 안내원은 대체 당신은 무슨 말을 하고 있는 거냐고 성난 목소리로 내 말을 가로채버렸다. 용건만 간단히 말하라고…… 댁의 어머니가 올라오든 할머니가 올라오든, 땅을 팔든, 산을 팔든, 우린 알 바 아니라고……. 안내원은 화를 냈던 것이다.

혜! 나를 비웃지 말기를 바란다. 나는 늘 그런 사람이었다. 안내원의 말은 옳았다. 그들은 바쁜 것이다. 어머니가 삼대째 내려온 집을 팔고 도시로 올라오는 것이, 나 이외의 사람들에겐 조금도 사건이 될 수 없는 것이다.

혜! 그러나 실수는 그것만이 아니었다. 나는 급히 화제를 돌려 내일 경부선 열차가 몇 시에 서울역에 닿느냐고 물었다. 그 시간에 나는 마중을 나가야만 했다.

그때 나는 안내원이 한숨을 쉬면서 시골 사람들은 늘 이렇게 속을 썩인다고 혼잣말로 중얼거리는 소리를 들었다. 하루에도 서울에 도착하는 경부선 객차가 수십 개가 넘는데 도대체 어느 열차냐고 반문하는 것이었다. 그것을 일일이 다 읽어줘야 하냐고 쏘아붙이면서 전화를 끊는 것이었다.

혜! 안내원의 말은 정확했다. 차편을 정확히 알려주지 않았던 것은 어머니의 실수이든 나의 실수이든, 우리 모자의 실수인 것만은 분명하다.

나는 내일 아침 일찍 서울역으로 나가야겠다. 사람이 우글거리는 플랫폼 출구의 입구에 끼어서 하루 종일 기다려야겠다.

많은 어머니들이 시골에서 서울로 올라올 것이다. 수백수천의 어머니들의 얼굴들, 밀려나오는 그 행렬 속의 얼굴을 더듬어야겠다. 나는 그들의 틈에서 어머니의 얼굴을 찾아내야 하는 것이다.

하루 종일, 내일은 하루 종일 서서 기다릴 것이다. 조급하게 뛰어가는 사람들의 발자국 소리와 낯선 사람들의 눈초리를 더듬으며 나는 내일 하루 종일 기다려야 할 것이다.


그런데 그는 기다리지도 못하고 죽은 것이다. 어머니가 왔을 때에는 이미 죽어 있었던 것이다. 죽음이 바로 그에게는 긴 기다림이었을까? 조급하게 뛰어가는 발자국 소리와 낯선 사람들의 눈초리 속에서 숱한 어머니의 얼굴들을 바라보는 기다림이었을까! 나는 어쩌면 그 일기로 보아 그것이 자살이 아니었을지도 모른

다고 생각했다. 혹시 그가 '혜'라고 쓴 그 여인은 철훈의 심정을
잘 알고 있을는지 모른다. '혜'란?

　박형사가 육 개월 동안 그와 동서생활同棲生活을 했다던, 알리
바이와 배후가 일단은 깨끗했다던 그 여인일까. 나는 '혜'라는 여
인을 만나보고 싶었다. 그렇다면 박형사의 도움이 있어야 할 것
이다. 박형사에게 전화를 걸기로 했다. 일기의 맨 처음과 맨 끝을
우선 다 읽은 셈이니까 이젠 남을 만나 더 구체적인 일을 알고 다
시 수기를 읽어보는 것이 좋을 거라는 생각이 들었다.

# 4

출판사에서 원고가 어느 정도 진행되었느냐고 독촉 전화가 걸려왔다. 크리스마스 시즌을 대자면 이제 원고가 탈고된다 하더라도 늦었다는 것이다. 나는 원고에는 전연 손을 대지 않고 있었다. 글이 써지지 않았다. 오늘도 글을 쓸 수가 없을 것 같다. 호텔에서 주는 콘티넨털 블랙퍼스트를 먹자마자 박형사가 가르쳐준 빌딩으로 곧장 나신혜羅信惠 양을 찾아갔다. M빌딩은 종로의 번화가에 자리잡고 있었지만 오랫동안 수리하지 않은 구식 콘크리트의 어두운 건물이었다. 대낮인데도 불이 켜져 있다. 한쪽 눈이 먼 늙은 수위가 손을 내흔들면서 청소부와 무엇인가 말다툼을 하고 있었다. 엘리베이터는 있었지만, 30년대 형의 고물이었다. 그나마 '정전운휴停電運休'라는 푯말을 붙여놓았다. 불이 켜져 있는데도 정전이라고 한 것을 보면 엘리베이터걸이 해고되었거나 기계가 고장이 난 모양이다. 페인트칠이 벗겨진 엘리베이터의 철창문 너머로 심연 같은 컴컴한 어둠의 공동이 뚫려 있었다.

그녀가 근무하고 있는 대지기업사는 오 층—머리를 부딪칠 것 같은 나직한 계단 통로를 올라가기로 했다. 층계를 한 층씩 올라갈 때마다 어두운 공동을 벌리고 있는 엘리베이터의 철창문과 '정전운휴'의 푯말이 눈에 띈다.

사무실에는 여자 하나만이 빈 책상들 사이에 앉아 있었다. 종로 근처의 빌딩에는 사무실만 있는 이런 무역업자들이 많다는 것을 나는 소문으로 알고 있었다. 대지기업도 그런 사무실의 하나일 것이다.

줄칼로 손톱을 다듬고 있던 여인은 묻지도 않는데 "사장님은 외출 중이십니다. 오늘은 들어오시지 않을 거예요."라고 미리 써놓은 대사를 읽듯이 말했다.

그러나 커다란 눈, 까만 불꽃이 타오르고 있는 것 같은 그 검은 눈은 결코 매사에 무관심할 수 없는 열정을 감추고 있었다. 화장은 별로 짙지 않았다. 그래서 더욱 그 눈이 두드러지게 나타나 보였는지 모른다.

"내가 만나고 싶은 사람은 사장이 아니라 나신혜 양입니다. 지금 어디에 계신지…… 만날 수 없을까요?"

나는 직감적으로 그 여인이 나신혜인 줄 알면서도 그렇게 돌려서 물었다.

"서에서 오셨나요? 지금 동행해야 됩니까?"

당황하는 빛은 없었다. 음색은 맑고 앳된 편이었다. 그녀는 핸드백과 책상을 챙겼다. 그러나 나는 굳이 '서'에서 왔느냐는 말을 부정하지 않았다.

"가까운 다방이 좋겠습니다. 사무실을 비우셔도 좋다면 말입니다."

나는 또 많은 계단을 내려와야 했다. 여전히 엘리베이터는 '정전운휴'라는 푯말이 걸려 있었다. 그녀는 앞서 내려가고 있다. 여학생 차림의 포니테일의 헤어스타일, 질끈 동여맨 빨간 리본이 검은 머리카락에 짙은 악센트를 던져준다. 모두가 나이에 어울리지 않는 여학생 차림이었다.

"신혜 양은 김철훈 씨와 함께. 그러니까……."

다방에 들어서자마자 나는 정말 형사처럼 심문조로 말했다.

"주저하실 것 없어요. 육 개월 동안 나는 동서생활을 했답니다. 서에서 말한 그대로예요."

나는 기습을 당하고 흠칫 놀랐다. 활달하고 꾸밈이 없고 대담할 정도로 솔직한 말투였다. 무엇이든지 물어보라는 태도였다. 대부분의 여성들은 남자의 눈을 피해가면서 말한다. 손목의 시계를 본다든지, 상대방의 어깨너머로 시선을 멀리 던진다든지, 대개는 그런 시선 속에서 말한다. 그러나 그녀는 검은 불꽃이 타오르는 것 같은, 그 타원형의 눈으로 내 얼굴을 꼿꼿이 응시하면서 말하는 것이었다.

부끄러움을 모르는 사람은 순수성도 또한 모른다. 그러나 신혜의 경우에는 어떤 악마도 그를 타락시킬 수 없는 딱딱한 순결성을 풍기고 있는 것 같았다. 정조를 잃어도 여전히 동정녀童貞女일 수 있는 신비한 여자가 세상에는 가끔 있다고 나는 생각했다. 나는 멋대로 신혜의 성격을 규정해놓고 안심했다. 이런 여자라면 이쪽에서도 솔직히 털어놓을 필요가 있다.

"나는 서에서 나온 형사가 아닙니다. 그러나 그들보다 훨씬 더 신혜 양의 증언, 그래요. 그 증언을 필요로 하는 사람입니다. 나는 소설을 쓰고 있습니다."

신혜는 약간 미소를 짓는 것 같았다.

"소재를 찾으시나요? 소설도 상상만으로는 어려운가 보죠."

"소설도라니요?"

나는 재빨리 그녀의 말꼬리를 잡아 반문했다.

"상상만을 가지고 여자를 사랑하려고 했던 사람이 있었으니까 말예요."

"김철훈의 이야기를 하시는 거군요."

"그이는 나를 환상 속에서만 사랑하려고 했어요. 할퀴면 상처가 나고, 잠이 들면 코를 고는 현실의 나에게선 도망치려고 애썼습니다. 그이는 다만 그 자신의 꿈들만을 껴안고 산 겁니다. 그이 앞에 나서면 꼭 나는 휘발유처럼 온몸이 증발되어가는 느낌이었어요. 소설도 상상만으로는 써지지 않는 모양인데, 상상만으로 남녀가 깊이 사랑을 지속시킬 수 있다고 생각하세요?

"나는 이야기를 순서대로 차근히 듣고 싶습니다. 음악이 좀 시끄럽지 않을까요?"

종업원이 다가왔다.

"저는 홍차로 하겠어요."

"저 음악소리가……."

"그냥 두세요. 시끄러운 편이 좋을 것 같아요."

신혜는 시계를 들여다봤다. 그러고는 모든 것을 속 시원하게 다 털어버리고 싶다고 했다. 경찰에서 묻는 말들은, 수레바퀴는 그대로 두고 바퀴 자국만을 이야기하라는 식이었기 때문에, 아무 때고 어차피 그와의 관계를 누구에겐가 말하고 싶었다고 했다. 선생님처럼 낯선 사람이 좋을 거라고도 말했다.

"나에게 불행하고 기이한…… 그래요, 몹시 환상적인 아버지가 있었다는 것과 또 내가 멜로드라마틱하게 처녀성을 상실한 과거가 있다는 사실이 아마 그이의 마음을 끌었던 것 같아요. 나는 그것을 자신있게 단정지을 수 있다고 생각해요."

신혜는 고해성사를 하듯이 이야기를 시작해갔다.

그녀는 거의 절망적인 생활을 하고 있었다. 철훈을 만날 무렵에는 비밀댄스홀에서 손님의 팁만을 바라고 댄서 생활을 하던 때였다. 봄의 감촉을 느끼게 하는 2월의 어느 날이었다. 신혜는 자칭 회사 중역이라는 사람과 어울려 춤을 추고 있었다. 그때 갑자기 장지문이 부서지는 소리를 내며 십여 명의 청년들이 들이닥쳤다. 사복 경찰관들의 급습을 당한 것이었다.

신혜는 도망가지 않았다. 미처 끄지 못한 전축에서 〈라 쿰파르시타〉의 탱고 소리가 울려오는 가운데 쫓고 도망치고 화병이 깨지고 끌려가고 하는 그 광경을 보고 신혜는 웃고 있었다. 신혜도 끌려가고 있었다. 그러나 그녀는 무관하게 흘러나오는 저 음악과 같이 있는 것이라고, 음악이 있는 저쪽 세상에 머무르고 있는 것이라고 생각했다. 자기와 같이 춤을 추고 있던 뚱뚱한 중역은 겁에 질린 얼굴을 하고 손수건으로 얼굴을 가리고 있었다. 미리 대기하고 있던 신문사 카메라맨들이 플래시를 터뜨리고 있었기 때문이다.

밖으로 나오자 신혜는 갑자기 아버지의 일이 걱정되었다. 반신불수가 된 그의 아버지는 딸이 돌아오기만 기다리고 있을 것이다. 뒹굴지도 못하는 벌레처럼 누워서 살고 있는 것이다. 며칠이고, 며칠이고 자기가 돌아오지 않으면 그냥 굶은 채로 천장만 바라보며 주기도문을 외고 있을 것이다.

신혜가 수복된 서울로 올라왔을 때에도 그랬다. 그의 아버지는 목사관의 마룻바닥에 던져져 있었다. 전신에 타박상을 입은 신혜의 아버지 나목사는 송장처럼 누워서 천장만을 지켜보고 있었다. 북쪽에서 온 정치 보위부원에게 고문을 당했던 것이다.

신혜는 아버지 일을 생각하자 비로소 가슴이 떨리기 시작했다. 백을 열고 루주를 꺼내 급히 쪽지를 적었다. 자기 집 약도와 주소를 적었다. 그리고 "저의 아버지를 부탁해요. 돌아가서 사례하겠어요."라고 갈겨썼다.

신혜는 기러기에 내맡기는 편지 쪽지 같다고 생각했다. 자기 얼굴을 찍고 있는 한 사진기자에게 신혜는 그 쪽지를 던져준 것이었다.

"부탁해요!"

트럭으로 끌려가면서 신혜는 말했다.

삼 일 동안 유치장살이를 하고 신혜가 돌아왔을 때 그녀는 등잔불을 켜놓고 아버지와 그 기자가 다정스럽게 이야기를 나누고 있는 것을 보았다.

"그이는 아버지와 아주 친해 있었어요. 많은 이야기를 주고받았던 것 같아요. 자식만이 할 수 있는 대소변 시중까지 들고 있었으니까요."

나는 싸늘하게 식은 커피 찌꺼기를 마시면서 신혜의 이야기를 듣고 있었다.

"아버지는 철훈에게 설교를 하고 있었을까요?"

"아녜요. 아버지는 옛날부터 교회를 나서기만 하면 누구에게도 설교를 하려고 들지 않았어요. 아버지는 그런 짓을 하지 않으십니다."

신혜는 스웨터 속에 있는 목걸이를 보여주었다. 그것은 구리로 만든 십자가였다.

"아버지는 돌아가실 때에야 비로소 유품처럼 이 십자가를 저에게 주셨어요. 목사인데도 아버지는 제가 주일학교에 다니는 것을 좋아하지 않았어요. 제가 좀 더 컸을 때, 아버지는 저보고 교회를 그만두라고 하셨어요. 신을 알게 되면 도리어 신으로부터 멀어지는 법이라고요. 신이 무엇인가를 느끼게 되면 사람은 더욱 불행해지고, 갈등과 그 고뇌를 이기지 못하면 신을 모욕하게 된다는 거예요. 신을 욕되게 하지 않으려면 신을 모르고 지내는 편이 낫다고 했어요. 신을 모독한다는 것은 신을 모르는 일보다 더 두려운 것이라고 말씀하시기도 했어요."

검은 불꽃이 타는 신혜의 눈에서 손 위에 얹힌 구리 십자가가 번뜩였다.

"아버지는 목사가 된 것을 후회하고 계셨군요."

"아녜요. 아버지는 숨을 거둘 때까지 화평하게 자신의 말씀대로 항상 신의 곁에서 평온한 숨을 쉬고 있었어요. 다만 아버지는 굉장한 투쟁을 했던 거예요. '신혜야, 아버지처럼 그 싸움을 이기고 신의 곁에 나설 수 있는 사람은 아마 만 명에 하나쯤 될까 말까 한 일이다. 죄도 없는 사람이 아내와 자식들을 차례로 잃고서도 신을 믿기란 쉬운 일이 아니다. 그래서 대부분의 신도들은 그 고통을 피하기 위해 거짓의 탈을 쓰고 신을 욕되게 하는 것이다'라고 말씀하셨어요. 아버지는 아내와 두 아들을 잃은 겁니다. 그리고 유난히도 운이 나쁘신 분이었어요. 철훈 씨는 그러한 아버지가 좋았던 거예요. 홀로 떨어져 있고 반신불수가 되고 남들에게서 영영 망각된, 그래서 유령처럼 밀실에 누워서 사는 아버지가 좋았던 거예요.”

처음 신혜는 철훈의 친절에 반발을 느꼈다고 했다.

“무엇 때문에 당신은, 알지도 못하는 댄서의, 경찰에 끌려가는 탕녀의 믿을 수 없는 부탁을 들어준 거죠? 사례하겠다는 단서 때문이었나요? 남에게 동정을 베푸시는 잔인한 취미라도 있으신가요?”

그때 신혜는 고맙다는 말 대신에 싸움을 걸었다고 했다.

“아냐, 그렇지는 않아. 나는 끌려가는 사람, 개처럼 끌려가는 사람이 절망적으로 부르짖는 소리를 기억하고 있어. 누구라도 좋았지, 당신이 살인자였대두, 피처럼 붉은 루주로 급히 갈겨쓴 글자는 비가 뿌리는 캄캄한 어둠 속에서 부르짖던 그 목소리같이 들렸어. 그리고 나는 지금 당신에게 감사하고 있지. 나는 한 번도 나목사님에게처럼 마음을 터놓고 이야기한 적이 없었으니까. 목사님은 내 도움을 필요로 하고 있었어. 짧은 시간이었지만, 단 삼일의 일이었지만 나는 말을 하지 않아도 목사님이 물을 원한다거나, 뒤를 보고 싶다거나, 심심해서 이야기를 듣고 싶다거나…… 그런 모든 것을 알 수 있었어. 신혜! 우리는 많은 이야기를 한 거야. 조난당한 어부들이 외로운 섬에서 만났을 때처럼 많은 이야기를 했었던 거야. 전깃불이 아니구, 그 남폿불 밑에서 석유를 빨아들이는 그 찡하는 소리를 들으면서 말야. 밤이 깊을 때까지 우리는 서로 이야기하고 있었어. 신혜, 처음엔 그 주소만 가지고는 이 집을 찾기가 무척 힘들었었지. 카프카의 '성城'처럼 높은 산언덕의 끝에 신혜의 집이 있었을 때, 나는 그곳으로 가는 길이 어디 있는지 찾지 못했던 거야. 그러나 신혜, 삼 일 동안 이 언덕길을 오르내릴 때, 나는 그 길이 어디로 뻗어 있는지를 똑똑히 알 수 있었어."

신혜는 억지로 웃는 표정을 지어 보였다.

"그는 무엇인가 과장하고 있었어요."

신혜는 이렇게 말하면서 하찮은 일로 돌리려고 했지만, 눈에서 검은 불꽃이 활활 타오르고 있는 것을 나는 보았다.

이야기를 더 하게 하느라고 나는 박형사처럼 유도 심문의 수법을 썼다.

"신혜 씨는 그의 감정을 이해하셨던가요?"

"그 이마의 상처가 안됐다고 생각했죠. 저에게도 그런 상처가 있었으니까요. 자신을 갖고 여자에게 사랑을 하자고 덤벼드는 그런 뻔뻔한 사람이 아니라는 것을 느꼈어요. 그이의 말대로 이마의 흉터는 남을 해칠 줄 모르는 '고독孤獨의 휘장' 같은 것이라 생각했어요. 숙명적으로 현실적일 수는 없는 관계였죠."

"그 뒤로도 자주 찾아왔나요?"

"매일같이요. 직장은 어차피 옮겨야 될 것이라고 하면서 매일

같이 찾아왔어요. 좋아하는 쪽이 아버지였는지 나였는지 분간할 수 없도록 우리를 좋아했습니다. 아버지도 그를 기다렸구요. 세 사람 가운데 나만이 비교적 냉담한 편이었습니다."

철훈은 매일매일 신혜의 집을 찾아왔다. 신혜에게는 직장을 마련해줄 테니 당분간 쉬고 있으라고 했다. 그는 냉담한 신혜에게 약속대로 사례를 하라고 조르기도 했다. 신혜는 어떤 종류의 사례를 원하느냐고 하니까 아무에게도 말하지 않는 비밀, 눈에 보이지 않는 내 이마의 상흔 같은 것을 보여달라는 것이었다. 서로가 신부神父가 되어 '고해놀이'를 하자는 것이었다.

무엇 때문에 그런 장난을 하느냐고 말하면서, 신혜는 비밀을 남에게 이야기하는 것은 속옷을 보이는 것처럼 추악한 일이라고 했다. 반드시 그런 이야기가 아니라도 좋다고 했고, 이 세상에서 누구에게도 말하지 않은 비밀을 말할 때 우리는 서로 친해질 수 있는 것이라고 했다. 철훈은 자기가 먼저 자기 이마의 화상에 대해서 말하겠노라고 했다.

신혜는 잠시 이야기를 멈추고 멋쩍게 웃었다.

"참으로 우스꽝스런 장난이었답니다. 그런 장난은 같이 사는 동안에도 곧잘 일어나곤 했습니다. 듣는 쪽이 의자나 테이블이나 창틀 같은 조금 높은 곳에 앉고 비밀을 말하는 쪽은 그 밑에서 눈을 감고 이야기를 하는 것이었습니다. 그는 '자! 이제 고해놀이를 하자'고 애들처럼 짓궂게 졸라댔던 것입니다."

신혜는 그날 언덕의 바위에 걸터앉아 있었고 철훈은 그 아래 잔솔가지에 기댄 채로 말했다. 후에 조사해본 결과 2월 18일 날짜의 일기에 그가 신혜와 처음 고해놀이를 하던 장면이 그대로 독백체로 씌어 있었다.

신혜, 나에겐 친구가 없었어. 우리는 양반 집이었고 아버지는 지주였지. 마을 아이들은 상스러운 소작인들 그리고 행랑과 종들의 자식뿐이었어. 내가 지주의 아들이고 정승의 손자라고 하는 것은 이마의 인두 자국보다 더 앞서 날 때부터 찍혀 있었던 거야.

난 그렇게 태어난 거지. 마을 아이들이 뱀을 두들겨 잡고 있는 것을 나는 멀찍이 떨어져서 나 혼자 바라다보고만 있었어. 나는 그들과 같이 행동하고 싶었지만 그들처럼 잘 되지 않았던 거야. 아이들은 진흙 바닥에 들어가 거머리에게 뜯기면서, 미꾸라지를 잡았지. 나는 그것을 머슴 등에 업혀서 구경만 하고 있었던 거야.

어머니가 '왜 너는 아이들과 어울려 놀지 못하니?' 하시면 애들이 이마의 흉터를 흉보기 때문이라고 했었어. 물론 그 탓도 있었지.

그러나 나는 흙바닥에서 멋대로 뒹굴며 자라난 마을 아이들과는 처음부터 달리 태어났던 거야.

신혜, 정말 그들처럼 하려고 해도 나는 되지 않았단 말야. 애들과 어울려 참새 새끼를 꺼내는 일에 가담한 적이 있었는데, 초가 지붕 속에서 일표란 놈은 귀신처럼 참새 새끼들을 잡아냈어. 그 애는 사다리 위에 올라가 한 마리씩 참새 새끼를 꺼내가지고 밑에서 보고 있는 아이들에게 맡아달라고 했어. 그때 나도 참새 새끼를 손으로 잡았던 거야.

아! 신혜, 어째서 나는 그게 안 되었을까? 남들이 다 아무렇지도 않게 쥐고 있는 그 참새 새끼를 왜 틀어쥐지 못했을까? 아직 털이 나지 않아 뭉클한 그 참새 새끼를 쥐자마자 나는 기절을 하듯이 팽개치고 만 거야. 애들은 나를 겁보라고 비웃었지만 나는 참을 수 없이 그게 징그러웠던 거지.

어렸을 때만이 아니었다, 신혜!

형이 잡혀가던 날―형은 나에게 많은 것을 가르쳐주었지. 그림, 노래, 스케이트, 사진 찍는 것. 지금은 직업이 되고 말았지만 말야―그 형이 잡혀가고부터 더욱 나는 남과 어울릴 수가 없었어. 그리고 무언가 내가 혼자라는 것을, 혼자라는 의미를 분명히 알 수 있게 되었어.

신혜! 그것은―신혜, 그대로 들어줘―그것은 중학교 때 소풍을 가던 날이야. 마곡사였을 거야. 반 아이들은 친한 애들끼리 각각 그룹이 되어 대웅전을 배경으로 사진들을 찍고 있었어. 추렴을 내서 교내 사진사에게 찍는 것이었지. 그런데 말야, 나는 아무 그룹에도 낄 수가 없었단 말야. 끼워주지도 않았고 낄 만한 애들도 나에게는 없었어. 나는 혼자, 나는 혼자…… 사진사 곁에서 멍청히 서서, 흰 이빨을 내밀고 어깨 동무를 하고 사진을 찍는 애들을 쳐다보고만 있었어. 아무도 나를 부르고 같이 찍자는 애들은 없었던 거야.

신혜, 나는 그때 처음으로 부끄러운 생각이 들더군. 그룹에 끼지 못하고 외톨로 도는 것이 말야. 나는 도망치듯이 절 뒤쪽 계곡에 숨어 물 속에 발을 담그고 누워 있었어. 먼 데서 애들이 지껄이는 소리를 들으며 하늘을 보고 있었지. 하늘은 정말 높더군. 나는 지금 구름처럼 둥둥 떠다니고 있는 것이라고도 생각했지. 그리고 내가 제일 좋아하는 안데르센 동화 말야, 오리들 틈에서 깬 백조 이야기 말야. 그런 동화를 생각하기도 했어. 그러다가 잠이 들었지……. 신혜! 나는 그때 애들이 합창을 하듯 내 이름을 부르는 소리를 듣고 눈을 떴던 거야.

"철훈아!"

"철훈아―."

오륙십 명이 내 이름을 부르고 있었어. 벌써 저녁이었어. 하산을 하려고 인원 파악을 하고, 그래서 내가 없어진 것을 알자 우리 반 애들은 나를 찾기 위해서 산을 뒤진 거야. 전 학급 아이들이 내 이름을 부르고 있는 것을 들었을 때 나는 기뻤어. 그러나 그 기쁨은 아주 짧은 것이었지. 나는 모여 있는 애들 앞에서 체육 교사에게 벌을 선 거야. 애들은 경멸의 눈초리로 그걸 구경하고 있었지.

신혜, 그때의 일이 나를 더욱 불행하게 만든 거야. 나는 그들과 함께 있지 않았지만 그들에게 속해 있었어. 그 숫자의 하나였단 말야. 피하려고 해도, 떨어져 나가려고 해도 나는 전 숫자의 하나라는 사실을 지워버릴 수 없었단 말야.

신혜, 그 기분을 알겠어? 나 때문에 삼십 분이나 우리 반 애들은 늦게 돌아가야 했고 그 때문에 나는 더욱 그들과 떨어진 거야. 그 생각을 하면 미칠 것 같아. 그 일은 더구나 형이 잡혀간 두 달 후의 일이었고 내 몸은 허약해져 있었지. 평생 이 사건은 내 이마의 흉터처럼 따라다녔다. 사람들은 나에게 관심을 팔지 않고 나는 외톨이이고, 그러나 그들은 내가 혼자 있게 그냥 두지도 않았단 말야.

신혜, 조금만 더 참아줘. 지루하겠지만 내 고해는 이제 곧 끝나는 거야. 하찮은 이야기지만 처음으로 신혜에게만 이야기하는 거야. 서로 비밀을 완전히 없앤다면 우리는 한몸처럼 될 수가 있지 않을까─아! 한몸. 타인들끼리 한몸이 될 수 있을까. 나는 그런 기적을 믿고 싶어. 군대에 들어갔었지. 거기에서 나는 분명하게 느꼈어. 나는 그들과 떨어져 있지만, 결국 그들에게 소속되어 있다는 것을 말야. 나 하나의 잘못으로 전 소대가, 또 타인의 잘못 때문에 나 자신까지가 말야, 기합을 받게 될 때마다 그것은 분명해진 거야. 거기에서도 나는 '고문관'이란 별명을 받았어. '고문관'…… 따로 떨어져서 외톨박이로 노는 친구들을 군대에서는 그렇게 부르지. 나는 친구를 사귀고 그들을 이해하고 그들 틈에 끼려고 애썼지만 되지 않았어. 넓은 훈련장에서 같이 줄을 서고 발을 맞추고 서로 손을 부둥켜 쥐고 훈련을 할 때에도 나는 개울가에서 아이들이 미꾸라지를 잡을 때처럼 혼자였다.

그런데 말야, 신혜! 단 한 사람의 친구를 사귀었단 말야. 그는 왕족의 집안에서 태어난 거야. 이진李璡이라고 말야. 그는 나보고 말했지. 사람은 약점을 가지고 서로 섞이게 되는 것이라고. 술이나 노름이나 오입이나 이런 약점을 통해서 사귄 친구가 도덕이나 교양으로 맺어지는 것보다 더 강한 법이라구. 사회는 어차피 타락한 것이구 깡패들처럼 살아가는 시대가 온 것이구, 그러니까 특히 이 군대 사회에서는 '욕'하는 버릇부터 배워야 그들과 친해질 수 있다고 그는 말했어. 정말 그는 왕족답지 않게 걸쭉한 욕을 잘했지. 우선 그들 틈에 끼려면 말씨부터 고쳐야 한다는 이진의 말이 옳았던 거야.

신혜, 나는 노력했어. 웃지 말아. 정말 그들이 잘 쓰는 'X할 놈'이나 '개새끼' 소리를 의식적으로 쓰려고 애썼지. 그런데 그게 말야, 그들처럼 자연스럽지가 않았어. 내가 'X할'이라고 하니까 웬일인지 모두들 웃었지. 나는 그들처럼 능란하게 욕을 할 수가 없었던 거야. 신혜, 내 마지막 부분의 '고해'는 좀 까다롭고 운명적인 사건으로 끝나는 거야.

그것은 나보고 욕을 배우라던 그 친구 말야. 이진이란 친구 말야. 그가 나 때문에 죽게 된 거야.

휴전 무렵이라 싸움이 없었어. 우린 논둑에서 휴식하고 있었지. 그때 갑자기 적기가 저공비행을 하면서 기총 사격을 가해왔어. 나는 논두렁의 수문, 혼자 들어가 앉을 만한 수문 속으로 숨었지. 그때 신혜, 이진이가 미처 피할 곳을 찾지 못하고 논두렁에서 갈팡질팡하고 있었어. 위험했었지.

나는 이진이가 좋았어. 나 자신처럼 생각하고 있었어. 나는 그때 뛰어나가서 이진이를 끌어다 내가 숨었던 수문 구멍으로 들어가게 했지. 그리고 나는 위험했지만 그 옆의 둑에 납작 엎드려 있었어.

기총 사격이 끝나고 나는 그 수문으로 다시 갔던 거야. 이진! 이제 됐어, 나와! 살았다는 기쁨 때문에 나는 크게 외치면서 그곳으로 뛰어갔어.

아! 신혜, 그런데 이진은 어떻게 되었는지 알아? 피를 흘리고 있었어. 내가 엎드려 있던 그 수문, 다른 데보다 가장 안전하리라 믿었던 그 수문 속에서 그는 죽어가고 있었던 거야. 그는 내 이름을 부르며 죽어갔지. 흰자위의 눈으로 나를 찾고 있었어.

너 때문에 죽었다!

이렇게 말하는 것 같았어. 신혜…… 그것이 나의 헌신적인 우정의 결과였단 말야. 그는 나 때문에 내게로 오는 총탄을 맞은 거지.

신혜! 이것이 내 고해야. 이제 신혜 차례야. 내가 바위 위에 앉겠어.


신혜는 고개를 들었다. 눈에는 검은 불꽃이 꺼지고 어둠이 깔리고 있었다. 버린 담배의 은종이로 그녀는 주름을 잡다가는 다시 펴고 폈다가는 다시 주름을 잡고 하면서, 꿈을 꾸듯이 말했다.

"선생님, 피로하지 않으세요? 선생님이 알고 싶은 것은 하나도 말하지 못했나 봐요. 사람들의 말은 늘 그렇더군요."

나는 신혜가 더 이상 말하기를 꺼려하는 것일 거라고 짐작했다. 그렇지만 그녀와 헤어졌을 때의 철훈이 궁금했다.

"나는 그가 왜 자살했는가를 알고 싶은 겁니다. 그 동기와 이유를 밝히고 싶습니다. 지금까지 들은 것으로 그가 왜 고독했는가 하는 것밖에는 해명이 안 됩니다. 거기에 무엇이 하나 더 붙어서 작용해야 됩니다. 종은 혼자서 울지 못합니다."

"선생님도 박형사와 한패시군요. 내가 그를 버렸기 때문에 자살했다고 하면 만족하시겠어요?"

다방 카운터가 갑자기 시끄러워졌다. 주정꾼과 종업원 사이에 실랑이가 붙은 모양이다.

"전화값을 냈다니까. 그까짓 이 원을 가지고."

"안 받았으니까 안 받았다는 거 아녜요."

양편이 똑같은 말을 되풀이하면서 언성이 점점 높아갔다.

"나가시지 않겠어요? 다음에…… 중요한 일들은 다음에 말씀드렸으면 해요. 너무 갑자기라 머리가 혼란해졌어요."

신혜는 일어섰다. 가슴에 걸린 구리 십자가가 번쩍 빛났다.

# 5

며칠 동안 나는 김철훈의 생각으로 머리가 꽉 차 있었다.

왜 그는 갑자기 죽었을까? 자살이 아니라면 박형사의 말대로 타살이었을까?

신혜의 말대로 상상만 가지고 신혜를 사랑한 것이라면, 그녀가 그의 곁을 떠났다 해도 자살까지는 하지 않았을 것이다. 다시 신혜를 만나볼까? 왜 헤어졌는가를 그리고 헤어질 때 김철훈의 태도가 어떠했는지가 궁금하다. 하지만 그의 수기에서 그 재료를 추려보면 윤곽을 알 수 있을 것도 같았다. 내가 막 그의 노트를 뒤적이려고 하는데 박형사에게서 전화가 걸려왔다. 박형사는 그의 카메라를 동대문 시장의 조그만 DPE 가게에서 찾아냈다는 것이다. 이삼일 전에 어느 여자가 헐값에 팔고 갔다는 것이었다. 자기가 먼저 그 사인의 수수께끼를 풀 수 있을 것 같아 미안하다고 농담을 했다.

김철훈의 죽음을 통해서 우리는 그만큼 친해졌던 것이다. 나도 농조로 대답했다. 그를 죽게 한 고독의 범인이 곧 그 전모를 드러내게 될 것이지만 당신은 그것을 체포할 수도, 기소할 수도 없을 것이라고.

나는 그의 일기장에서 2월분을 조사했다. 2월 18일 날짜에 '고해성사' 놀이에 대한 이야기가 적혀 있었다. 내용을 보면 고해성사 놀이는 그가 독창적으로 만든 것이 아니라 마르셀 카르네 감독의 영화 『위험한 고빗길』의 한 장면에서 힌트를 받은 것이 분명했다. 더욱 흥미 있는 일은 신혜도 그날 철훈에게 우스꽝스럽다면서 그 고해놀이를 한 것으로 되어 있었다.

신혜가 '멜로드라마틱하게 처녀성을 상실한 것'이 그의 마음을 끌게 한 것이었으리라고 단정했던 그 말의 진상을 나는 고해놀이의 기록을 통해 알 수가 있었다. 수기는 자기의 고해를 쓰고 난 뒤, 역시 신혜가 말하던 그 고백체를 그대로 따서 적어놓은 것이었다. 이따금 괄호를 치고 자기 의견을 덧붙여놓기도 했다. 사실대로의 기록인지는 잘 모르겠다.


2월 23일

신혜는 아까 내가 앉았던 그 진솔나무에 기대어 내 얼굴을 쳐다보았다.

"나는 인간의 편이야. 인간의 쪽에 서서 고해를 듣는 신부지. 그러나 나는 신혜의 비밀을 목숨처럼 지킬 테니까."

나는 올려다보는 신혜의 신비한 눈에 현기증이 날 것만 같았다. 신혜는 망설이다가 말했다.

"아버지가 모르는 단 하나의 사실이에요. 그리고 너무 멜로드라마틱해서 쑥스럽구요. 그러나 말하겠어요. 사실 그대로 해석해주셨으면 해요. 실상 따지고 보면 그건 아무 의미도 없는 사건이었거든요."

"신혜, 어서 말해."

나는 간지러운 기대 때문에 오한이라도 날 것 같았다.

신혜는 눈을 감았다.

서울에서부터 줄곧 걸었어요. 1·4후퇴 때─멜로드라마의 근원은 1·4후퇴 때입니다. 추웠어요. 아버지는 나보고 서울을 떠나라고 했어요. 박해가 올 것이고 그건 당신이 당해야 할 몫이니까 떠나야 한다고 했어요. 나는 대학에 갓 입학한 이웃집 남학생과 함께 부산으로 떠났어요. 부산에는 제 친구 집…… 같은 여학교에 다니던 친구 집이 있었고, 그 애의 아버지도 같은 교파의 목사였어요.

나는 수식어를 쓰지 않고 말하겠습니다. 아주 간단히요. 나는 그 대학생을 사모하고 있었고, 그도 나를 맹목적으로 좋아했어요. 피난 기분이 아니라, 즐거운 피크닉 같은 거였어요. 그러나 전쟁 중이었죠, 몹시 날이 추웠구요. 춥고 외로웠지만 나는 줄곧 그가 내 몸으로 접근해오는 것을 허락하지 않았죠. 같이 동숙할 수 없기 때문에 불편한 일도 많았지만…….

그를 무척 좋아했는데도 나는 순결해야 된다고 오히려 어른처럼 그 대학생을 타이르곤 했어요. 그는 지금은 전쟁 중이고, 총탄은 젊음을 피해 가지 않는다고 했지요. 신부님, 농담처럼 들어주세요(신혜는 정말 웃는 것일까? 절박감을 억지로 피하려고 하는 것일 거다. 내가 고해를 할 때 너무 청승맞은 어투로 이야기한 것이 쑥스럽게 느껴진다).

신부님! 전쟁은 언제나 가장 순결하고 가장 아름다운 젊은이들의 사랑을 시기하기 위해서 벌어지는 거라구요. 전쟁은 그런 젊음만을 선택한다나요. 은근한 협박이었어요. 그는 플레이보이의 요구와는 다른 거라구. 죽기 전에, 전쟁의 신이 그를 부르기 전에 신혜의 몸을 소유하고 싶다고 노골적으로 말해오기도 했어요. 그러나 신부님, 내 나이가 얼마였다고 생각하십니까? 너무 어린 나이였어요. 그냥 보고 웃고 이야기하는 것만으로 만족할 수 있는 나이였어요.

그러나 신부님, 웃지 마세요. 그의 예언은 맞았거든요. 그리고 그건 너무도 빨리 왔어요. 그는 도중에 붙들려 군용 트럭에 실려갔고, 나는 외톨이가 된 거지요. 그는 높은 도수의 안경을 끼고 있었는데 전쟁은 안경 도수 같은 것을 따질 만큼 한가하지 않았죠. 낯선 피난민의 행렬에 끼어 조치원까지 내려왔을 때에는 동상으로 발이 부풀어 더 이상 한 발자국도 걷지를 못했거든요.

신부님! 나는 그때 어떻게 했겠어요. (불쌍한 신혜……) 부산으로 피난가던 영등포의 여직공들 한패와 어울리게 됐죠. 그들은 RTO의 군용 화물차를 타고 부산까지 가는 길이 있다는 거예요. 잠자코 자기네 뒤만 따라오라고 하지 않겠어요. 그들은 역을 지키고 있는 군인들과 사귄 것 같았어요. 밤이었습니다. 우리는 역구내로 들어가 화통도 달지 않은 화물차 안에 숨게 되었습니다. 정말 이 화차는 떠나는 것일까? 어디로 가는 것일까? 언제까지나 이 속에서 기다려야 하는가?

신부님! 철훈 씨! (갑자기 신혜는 떨기 시작한다. 나는 그가 거기에서 무서운 일을 겪었다는 것을 직감했다. 불쌍한 신혜! 전쟁은 피크닉이 아냐. 그런 것쯤은 용서될 수 있는 거야. 나는 신혜를 포옹해주고 싶었다. 그러나 내가 움직이자 신혜는 손으로 거기 앉아 있으라고 떠미는 시늉을 한다.)

동상 자국이 간지러워서 잠을 잘 수가 없었어요. 덜컹거리면서 암흑의 열차들이 연달아 스쳐 지나가고 있었어요. 그때 우리는 RTO의 미군에게 들킨 것입니다. 나는 한 흑인에게 잡혀 석탄을 쌓아놓은 저탄장으로 끌려갔어요. 벌써 새벽이었습니다. 저탄장 한구석에 가마니로 적당히 벽을 쳐놓은 보초막 같은 것이 있었습니다. 나는 소리를 지르고 발버둥을 쳤지만 나의 젊음은 끝나가고 있었어요.

어렴풋한 새벽, 나는 구원을 청하기 위해서 주위를 훑어보았어요. 아무도 없었어요. 다만 내가 쓰러져 있는 자리에서 얼마 안 떨어진 창고 옆에 군수품 같은 짐을 실은 채 묶여 있는 노새 한 마리가 이쪽을 우두커니 바라보고 있었습니다. 비쩍 마른 노새가 말이에요. 나는 그 노새를 보고 손짓을 했어요, 마치 사람에게 하듯. 노새는 내 눈을 바라보고 있었습니다. 짐승의 눈, 아무것도 모르는 짐승의 그 눈이 새벽녘의 그 별처럼 회색 바탕속에서 껌벅이고 있었어요.

나는 울지 않았습니다. 저탄장의 석탄가루로 검게 얼룩진 내 스커트를 털면서 나는 내 젊음이나 사랑이나 꿈도 함께 털어버렸어요. 흑인은 흰 이빨을 드러내놓고 웃고 있었어요. 나는 거의 실신상태가 되어 정신을 잃었습니다.

눈을 떴을 때에는 화차가 움직이고 있었습니다. 철창 너머로 눈에 덮인 보리밭들이 보였지요. 여직공들도 돌아와 있었어요. 이젠 살았다고 하면서, 재수가 좋은 편이라고 기뻐하고들 있었어요. 알고 보니까 그들은 미리 그것을 알고 있었고 그것이 한 밀약 조건이었던 것을 내게 감춘 것뿐이었습니다.

얼어죽는 것보다는 그게 나은 것이라고 위로를 해주는 친구도 있었지요. 내 처녀성을 차표, 맞아요, 차표 한 장과 바꾼 셈이었지요. 나는 화차 안에서 그 대학생에게—그는 아마 죽었을 거예요—그 대학생에게 사죄하고 있었습니다.

전부예요. 이것이 내가 가지고 있는 비밀의 전부지요.

나는 그때 이미 어른이 되어 있었고, 딱딱해져 있었고, 문이 닫히는 소리를 들었어요. 누구도 그 문을 다시는 열어줄 수 없었어요. 열쇠는 화차 밖으로, 저탄장의 석탄 무더기 속으로 내던져졌으니까요. 내게서 사람의 눈은 사라졌습니다. 노새의 그 눈, 호소하고 안간힘을 쓰고 구원을 청하는데도 나를 멍하니 그냥 들여다보던 그 노새의 눈밖에는 볼 수가 없었어요. 노새의 입 언저리에서 풍기던 입김하구요.

감사해요, 철훈 씨. 내가 루주로 편지를 쓰고 우연히도 구원을 청했던 날, 나는 오랜만에 사람의 눈과 마주쳤던가 봅니다. (신혜! 나는 신혜를 와락 끌어안았다. 신혜는 떨고 있었다. 겁낼 것 없어. 우리는 이렇게 둘이 있잖아. 우리는 노새처럼 바라다볼 순 없는 거야. 인간의 눈을 뜨고 말이지, 서로 인간의 눈을 뜨고 이렇게 서로 지켜보고 있지 않

아. 나는 신혜와 나 사이에 어떤 공간도 남아 있지 않게 끌어안았다. 나이 서른에 처음 여인을 포옹할

수 있었던 것이다.)


나는 철훈이 어째서 신혜를 좋아했는지를 이해할 수 있을 것
같았다. 검은 불꽃이 활활 타오르는 신혜의 눈에서 그는 자기와
타인을 가로막고 있는 두꺼운 벽에 뚫려져 있는 비밀의 출입구
를—그렇다. 그것은 비상구 같은 것이었겠다—그 통로를 찾아냈
던 것이다.

철훈의 일기를 통독해갈수록 어렴풋하던 것이 점점 풀리는 것
같았다. 신혜가 멜로드라마틱하게 상실했다는 처녀성은 그에게
있어 한 상처처럼 느껴진 것이고 그는 그 상처를 비집고 신혜의
마음으로 파고들려고 했을 것이다. 철훈은 오랫동안 자기의 상처
와 함께 타인의 상처를 요구하고 있었던 것 같다.

그는 다른 날짜의 수기에서 분명히 그런 사실을 적고 있다.


이진은 중요한 것을 알고 있었다. 사람들과 서로 섞이려면 같이 범죄
를 저질러야 한다는 것을 그는 나에게 가르쳐주었다. 술이나 도박이나
계집질이나…… 사실 이런 것들은 사람과 사람을 결합시켜주는 힘이
된다. 그러나 그는 몰랐다.

더 중요한 것이 있다는 사실을 그는 몰랐다. 악惡에 의하여 뭉쳐지는
결합은 이상적인 것에 지나지 않는다. 그 끈은 해가 지면 곧 사라지고

마는 그림자 같은 것이다.

정말 인간이 타자他者와 결합되기 위해서는 아픈 상처를 서로 만지는데에 있다. 나는 나목사처럼 예수교인은 될 수 없을 것이다. 그러나 나는 지금 이해하고 있다. 예수가 제자와 그리고 온 인류와 결합될 수 있었던 것은 그의 손에 못 박힌 상처를 가지고 있었기 때문이다. 예수의 부활을 믿지 않는 도마에게 예수는 손을 내밀고 못 자국과 그리고 옆구리의 창검 자국을 만져보라고 했다.

아! 상처, 그것은 무엇일까? 영혼의 깊숙한 어둠 속에서 입을 벌리고 있는 그 상처는 무엇일까? 그것을 알면 아주 낯선 사람도 자기의 친구가 될 수 있을 것이다. 우리는 예수처럼 훌륭하지 않다. 그러나 우리도 그와 똑같은 상흔을 가지고 산다. 우리는 예수처럼 부활의 기적을 보일 수는 없다. 그러나 우리는 예수와 똑같은 부활의 증거, 그 생생한 상흔을 가지고 있다. 나목사는 상처의 의미를 나에게 가르쳐주었고, 신혜는 그 상처를 내가 만질 수 있게 했다. 나는 지금 외롭지 않다.

철훈은 타인으로부터 소외되고 또 자신도 타인을 거부했다. 그는 '남'을 두려워했고 어울리기를 주저했다. 특히 이진을 도와준 것이 도리어 죽게 만든 결과가 된 것을 알고부터는 타인을 사랑하는 것에 대한 공포를 갖고 있었던 것이다. 그런데 신혜를 만난 뒤부터는 어떻게 남과 섞여야 하는지 자신감을 얻고 있는 것 같았다.

물론 그녀에 앞서 나목사를 만난 것이 큰 계기가 되었는지도 모른다. 나목사는 그에게 어떤 심리의 변화를 일으키게 한 것일까? 번거로운 일이었지만, 2월 13일부터 18일 사이의 일기를 조사해보았다. 그것은 그가 신혜의 부탁으로 나목사를 처음 만났을 때일 것이다. 그러나 그의 수기는 기대한 것과는 좀 달랐다. 직접적인 자기의 심리적 변화를 적은 것은 없었다. 나목사에게 들은 이야기 그리고 그와 주고받은 대화들을 그냥 객관적으로 희곡을 쓰듯 써간 것뿐이었다.

머리가 몹시 무거웠지만, 나목사가 그에게 한 이야기들을 샅샅이 읽어봐야겠다고 생각했다. 글씨가 너무 잘다. 그리고 잉크 자국이 번진 것들이 많다. 그것의 앞부분은 나목사의 인상에 대한 것이고 뒷부분은 나목사가 말한 이야기를 적은 것이다.

나목사는 어떻게 혼자 있으면서도 남들과 함께 있을 때처럼 저렇게 화평한 얼굴을 하고 있을 수 있을까? 그의 주위에는 어둠밖에 없었는데도 마치 아기 천사와 향기로운 풀밭에서 놀고 있는 것 같았다. 정말 육체의 고통이 정신까지를 침범할 수 없다는 말이 사실일 수도 있는가 보다.

그가 고독하리라는 것은 부정 못한다. 그는 수년 동안 송장처럼 누워 있기만 했다. 처음엔 문병객과 그와 독실한 신도들이 찬송가를 불러주기도 했을 것이다.

그러나 누가 죽음 속에서 서서히 사그라져가는 그 육체를 오래 돌보아줄 수 있었을 것인가? 나목사는 그의 곁에서 한 사람, 두 사람 떨어져 나가고 있다는 것을 알았을 것이고 고독의 덩어리가 암종처럼 가슴속에서 날로 커져가는 것을 느꼈을 것이다.

그런데도 그는 고독을 종처럼 부리고 있다. 그의 고독에는 후광 같은 것이 있다고 생각한다. 나도 혼자 있으면서 저토록 강할 수가 있다면 얼마나 즐거울까? 그는 혼자이면서도 많은 친구를 가지고 있는 사람처럼 보인다.


(……)


나목사는 아침 햇살처럼 퍼지는 낭랑한 목소리 그리고 갓난아이와 같이 순수한 목소리로 말하고 있었다. 그것이 가장이나 위선이라고 말하는 사람이 있었다면 그는 틀림없이 악마의 시종이었을 것이다.

"그들은 육체적인 고문에 실패하자, 이번에는 새로운 방식으로 나를 괴롭혔네. 정말 그들은 현명한 짓을 한 거지. 말하자면 정신의 고문을 가해온 거야. 애들이었어. 하나는 여섯 살, 하나는 열 살. 그 형제는 우리 교회의 집사 아들이었네. 나를 의자에 묶어놓고 고개를 돌릴 수도 없게 하고 말야, 그 앞에서 그 어린것들을 고문하기 시작하지 않았겠나.

자네는 그것을 이해할 수 없을걸세. 애들이 우는 소리 말야, 어린 살결에 피가 맺혀가는 걸 말야. 그들은 나보고 말했지.

당신이 입을 열 때까지 우리는 이 애들을 고문하는 거라구. 당신은 목사니까 남을 사랑하고 죄 없는 영혼을 구하고 남을 도와야 한다구. 이 애들은 당신 때문에 맞는 거야. 그리고 애들을 보고 '너희 목사님께 빌어라, 그러면 매를 안 맞을 수도 있어. 우리보고 빌지 말고 목사님께 사정을 해봐, 너희들은 목사님의 마음에 달린 거니까'라고 말했던 걸세.

김군! 내가 그것을 참을 수 있었다고 생각하나? 내가 입을 열면 나를 믿고 비밀을 말한 두 사람의 교회 청년이 잡혀 죽게 되는 거지. 나는 그들이 숨은 연락처를 누구에게도 가르쳐주지 않겠다고 신에게 맹세했었네. 그러나 입을 다물고 있으면 아무 죄도 없는 어린것들이 내 눈앞에서 고통을 겪어야 하는 걸세.

나는 성서의 구절을 샅샅이 생각했네. 그러나 이런 경우에 내가 어떻게 행동하라는 그런 말은 아무곳에도 씌어 있지 않았지. 나는 그때 신을 모독할 뻔했네. 예수님처럼 '엘리 엘리 라마사박다니'란 말을 되풀이하고 있었으니까. 애들은 매를 견디지 못하고 내 앞에 무릎을 꿇은 채 빌고 있었어. '목사님, 우릴 살려주세요. 교회에서 다시 공 던지기를 하지 않겠어요.'라고 말야. 그래도 자네. 나는 어금니를 깨물며 입을 열지 않았네. 그 청년들이 은신처를 내게 말할 수 있었던 것은 날 믿었기 때문이야. 누구도 말야, 누구도 말야, 손댈 수 없이 신성한 믿음이 아니었겠나.

그런데 자네, 나는 끝내 입을 열고 말았어. 그 애들은 마지막 기대를 걸고 목사 앞에서 애걸해봤지만, 그 사람도 결국 매질하는 그들과 똑같이 냉혹한 사람이라는 것을 알게 된 거네. 그러더니 글쎄…… 글쎄…… 이번엔 저희들끼리, 형제들끼리 말야, 아픈 상처를 쓸어주고 있지 않겠나, 의지할 사람은 저희들 형제뿐이라고 생각한 거네. 열 살 난 놈이 아우의 볼에 흐르는 피를 씻어주며 꼭 안아주지 않겠나. 저희들끼리……. 오! 주여.”

화평했던 나목사의 눈에서는 눈물이 흐르고 있었다. 그는 잠시 기도를 드리려고 했는지 말이 없었다.

“김군! 나는 약속을 어겼네. 입을 연 걸세. 그것으로 일이 끝나버렸다면 나는 마음이 평온했었을지 몰라. 그러나 내가 가르쳐준 주소로 그들이 몰려갔을 때는 이미 그 청년들은 거기 있지 않았네. 그들은 내가 잡혀간 것을 알자 곧 다른 데로 몸을 피한 거야. 그들은 나와의 약속을 믿지 못했던 거지. 아니, 인간을 믿지 않았기 때문에 그들은 산 걸세. 난 그들이 현명했다는 것을 알면서도, 그래야 되었다는 것을 알면서도, 어찌되었든 그들의 믿음을 배신하고서도 그들이 날 믿어주지 않고 **뺑소니를 친** 것이 섭섭했었네.

북에서 온 사람들은 내가 거짓말을 한 줄로 알고 진짜 주소를 대라면서 마구 두들겨 패더군. 속은 분풀이를 하는 것이었네. 김군! 위선이라고 듣지 말게. 나는 매를 맞으면서 그 고통을 느낄 때 말이지 마음이 가라앉고 오히려 즐거웠네. 그들이 때리지 않아도 나 자신이 나를 매질했었을 거네. 이렇게 병신이 되었지만 마음은 평화롭고 아주 조용하단 말야. 하나님은 나를 용서해주신 거지…….”

　그 이야기를 들은 철훈 자신의 감상은 아무 데에도 적혀 있지 않았지만 나목사의 그 사건을 통해서 철훈은 무엇인가 저세상 사람들 틈으로, 낯선 인간들 틈으로 섞여야겠다는 강렬한 유혹을 받은 것이 분명했을 거라고 나는 생각했다.
　그렇다면 2월 18일 나목사와 신혜를 다 같이 알고 난 철훈은 고독의 허물을 벗었는가? 그는 직장에서 다른 친구들과도 어울리게 되었을까? 그가 쓰려던 ‘장군의 수염’도 그 주제가 바뀌어야 하지 않았을까? 그 주인공은 남들처럼 수염을 기르면서 그 수염과 싸워가는 것으로 되어 있지 않았을까?
　나는 그 심리의 변화가 어떻게 행동으로 옮겨졌는지 알고 싶었다. 뜻밖에 나는 이 사건의 함정에 빠져든 느낌마저 들었다. 나는 처음에 그를 소개했던 미스터 김을 만나야겠다고 생각했다. 일기장을 보면 그가 신문사를 그만둔 것은 6월로 되어 있었다. 직장에서 일어난 일들을 적은 대목은 대부분이 나목사를 만나기 전의 일들이다. 2월 후부터는 거의 모두가 나목사나 신혜에 대한 이야기만으로 되어 있었다. 나는 내일 S신문사로 갈 것이다.

# 6

신문사에 들른 것은 연재소설을 끝맺고 이번이 처음이었다. 마감 시간이 지난 줄로 알았는데 편집국은 어수선했다. 사방에서 전화벨 소리가 울린다. 고함을 치듯이 전화를 받는 소리가 소음보다 한 옥타브 높게 들려온다.

"이청길 쉰둘, 박덕만 육십, 김옥…… 히…… 뭐, 희? 흐자에다 이……. 됐어. 아니 뭐…… 그냥 여섯, 여섯 살이야?"

지방에서 걸려온 장거리전화로 명단을 받고 있는 중인가 보았다. 무슨 큰 사건이 터진 모양이다.

미스터 김은 제판실에 있었다. 그를 기다리는 동안 나는 편집국장석 응접의자에 가서 걸터앉았다.

"무슨 큰 사건이라도 일어났소?"

"호외를 보시지 않았군요. 압사 사건입니다. K시의 극장에서 배우를 보려고 사람들이 밀려들었는데 그때 누가 장소를 좀 넓혀보려고 '불!'이라고 소리지른 모양입니다. 그 소동으로…… 열두

명이나 밟혀 죽었어요."

아프리카의 밀림 속에서 산불을 피해 달아나는 짐승의 무리, 코끼리 떼가 머리에 떠올랐다.

"밟혀 죽어요?"

아무 관련이 없는 사건이었지만 나는 엉뚱하게 김철훈의 죽음—코끼리 떼에 밟혀 죽어가는 김철훈의 환상을 그려봤다. 신문사는 늘 바쁘다. 그들의 근무처는 이 빌딩이 아니라 사건의 현장이다. 언제 어디에 자기가 있을지 자신도 예측 못하는 직업. 그가 그런 직업을 견뎌낼 수 있었을까? 어쩌면 일부러 그런 직업을 택한 것은 아닐까? 그러나 철훈의 일기에는 카메라 기자 생활이 한층 더 자기를 외롭게 만든 것으로 되어 있지 않은가?

나는 담배를 피우며 그의 일기 토막을 생각했다.

나는 예외 없이 카메라 렌즈의 이쪽 편에 서 있다. 렌즈의 앞으로 뛰어나가 피사체의 세계로는 들어갈 수가 없다. 언제나 적당한 거리를 유지해야 하는 피사체의 이쪽 밖에 나는 있어야 한다.

나는 사건을 쫓아다닌다. 뉴스가 있는 현장에 내가 있어야 한다. 그러나 그 현장에 있으면서도 나는 언제나 뉴스 밖에 있어야 한다. 취재 기자들처럼 그것이 왜 일어났으며 어떻게 전개될 것이며 또 어떤 결말을 가져오는지 그것을 캐낼 권리가 카메라 기자에겐 없다. 찍어야 할 것을 찍고 현상을 하고 인화를 해서 데스크에 넘기기만 하면 된다. 어느 때에는 내가 찍은 사진을, 본문 기사를 읽고서야 그게 어떤 사건의 장면이었는지를 똑똑히 알 때도 있는 것이다.

렌즈의 앞이 아니라 뒤편에 나는 있어야 한다. P기자와 다툰 것을 나는 후회한다. 그는 내 기분을 이해할 수 없었을 것이고 그것도 당연한 일이다. 다만 "찍으라는 것이나 찍고 빨리 돌아가지 그래. 취재는 내가 하는 거야."라고 한 P의 말을 참을 수가 없었던 것뿐이다.

그 혐의자의 얼굴을 찍기만 하는 것으로 물론 내 일은 끝났다. 그러나 그 피의자가 경찰에 끌려가면서 "순이야, 아버지에겐 죄가 없다."고 딸 이름을 부르는 것을 무관심하게 보아 넘길 수만은 없었던 것이다. 나는 많은 사람들의 얼굴을 찍어왔다. 그러나 태반이 나는 그들이 누구인지를 모른다.


편집국의 분위기를 보니 철훈의 기분을 실감할 수가 있겠다. 편집국장이 나에게 무엇이라고 물은 것 같다. 그러나 나는 잘 듣지 못해서 "예—" 하고 끝을 얼버무리면서 대답을 했다. 이쪽에서도 무엇을 물어야겠다. 사람들은 자기에게 관심을 가져주는 것을 좋아하니까.

"김철훈 군이 죽었더군요!"

편집국장이 펜대로 코를 문지르면서 편집부 쪽을 보고 있었다.

"벌써 오래됐지요."라고 했다.

그는 마지막 판의 신문 대장을 기다리고 있는 것 같았다. 그는 김철훈의 죽음보다는 차라리 사회면 한 단짜리의 사건에 나오는 것이라도 그쪽의 죽음을 더 중요하게 생각하는 것인지 모른다. 국장의 그런 태도에 가벼운 분노가 치밀었다. 일 년 이상이나 같이 생활해온 자기 부원이 아닌가.

"타살 혐의가 있는 모양이던데……"

그 말을 듣자 편집국장은 눈살을 약간 찌푸렸다.

"누가 그를 죽였겠어요? 돈도 없고, 또 별로 눈에 띌 만한 친구도 아니었고. 실직하고 생활이 어려웠겠죠."

그는 실직에서 오는 생활고 때문에 자살했을 것이라고 추정하면서도 이렇다 할 동정을 보이는 것 같진 않았다.

"실직했기 때문에……."

나는 뜻밖에도 그의 사인을 실직으로 보는 또 하나의 새로운 시점이 있다는 것을 알고 놀랐다. 무수한 원인이 있다. 그러나 원인이란 말은 꽤 과학적으로 들리는 말인데도 실은 늘 모호하고 주관적인 말로 쓰이고 있다는 것을 발견했던 것이다. 미스터 김이 안경을 벗어 넥타이 자락으로 닦아가면서 나에게로 왔다.

"선생님, 웬일이세요? 참 오래간만이네요."

우리는 평범한 인사를 나누고 구내 지하실 다방으로 내려갔다. 미스터 김은 내 친구의 동생이라 그가 고등학교에 다닐 무렵부터 알고 있는 사이였다.

"철훈이를 내게 소개해준 일이 있었지?"

"그는 죽었어요. 연탄가스로요."

"알고 있어! 그래 가봤나?"

"사원 중에서 그 친구 집을 아는 사람은 하나도 없는 걸요. 개는 그런 애예요."

"직장에 주소록이 있었을 텐데……."

"철훈이가 신문사를 그만둔 지 오래된걸요. 왜 그러세요. 그 무슨 수염이라는 소설이라도 어디 발표해달라고 맡겼던가요?"

미스터 김은 고등학교 때의 말투를 그대로 쓰고 있었다. 필름을 뺀 빈 릴을 손으로 쳇바퀴 돌리듯이 빙글빙글 돌리고 있는 품이 좀 따분해 하는 것 같았다.

나는 우선 동료들이 왜 그를 싫어했는지를 물어봤지만 대답은 아주 간단한 것이었다. 시골 선비 같은 고고한 기질, 융통성 없는 행동, 비사교적인 생활 태도 등등을 꼽았다. 그 밖에도 예를 든다면 자기중심적이라 바쁜 시간에 암실을 쓰는 데도 남의 생각을 하질 않고 늘 늑장을 부리곤 했다는 것이다.

역시 미스터 김도 철훈을 벽 너머에서 보고 있는 것이다. 그는 철훈과 미술대학 동창이고 더구나 같이 사진을 찍고 같은 직장에 있으면서도 하나의 타인에 지나지 않았다. 그의 일기에도 암실 작업의 이야기가 나오고 있다. 그는 암실을 좋아했던 것이다.

암실에 들어오면 내가 완전히 혼자라는 데에 안심한다. 대낮―밖에서는 햇볕이 내리쬐고 사람들은 그 휘황한 광채 속에서 물고기처럼 헤엄치고 있을 것이다. 그러나 나만이 광선과 소리와 외계外界의 공기를 두절한 밀폐된 암실에 이렇게 서 있는 것이다. 깜깜한 어둠 속에 둥근 달 모양의 형광판螢光板이 파란빛을 던진다. 그것은 저편 벽 너머의 딴 세상으로 향하는 출입구같이 보인다.

하이포산의 새콤한 냄새와 어둠과 형광과 인광의 바늘이 돌아가는 타임워치의 소리와……. 아! 여기는 영원, 영원히 잠들어 있는 피안의 세계다. 암실 작업은 나를 해방시켜준다.


"형광판이 뭐지?"

미스터 김은 갑작스러운 나의 질문에 얼떨떨하게 웃었다.

오늘은 선생님이 좀 이상하신데요. 아! 알았어요. 소설을 쓰려고 소재 헌팅을 나오신 거죠. 소설 쓰는 것도 힘이 들겠어요. 형광판이란 네거필름의 노출도를 검사할 때 암실에서 쓰는 도군데요…… 암실에는 어떤 종류의 광선이라도 들어오면 안 되거든요. 지옥에 가도 불빛이 새어들어오는 곳이 있겠지만, 암실만은 그렇지 않아요. 완전한 어둠, 그래서 형광판이라는 특수한 광체光體를 이용해요. 실은 그게 광선은 아니죠. 필름의 노출도를 볼 수 있을 정도의……."

나는 시간을 너무 많이 소비하고 싶지 않았다. 그래서 몇 가지 점만을 따서 간단히 묻기로 했다.

"금년 2월 이후에 그의 태도 말야, 특히 친구 사이에 말야, 무슨 변화라도 일어나지 않았는가?"

"글쎄요, 2월 이후라고 딱 꼬집어 말할 순 없지만 이 직장을 그만두기 전의 그애 태도는 아주 수상했어요."

그는 자기 머리를 가리키며 집게손가락으로 허공에다 둥그런 원을 그렸다. 돌았던 것 같다는 얘기다.

"자넨 무슨 근거로 그런 소릴 하나?"

나는 화를 냈다. 그러나 미스터 김은 그가 대학 시절 때부터 비정상적이었다는 것이다. 미술대학에 다닐 때, 그는 괴상한 그림, 지금으로 말하면 추상화 같은 것을 그려 교수를 당황하게 했었다는 것이다.

"저도 사실적인 그림을 그리고 싶습니다. 그러나 무엇을 그린다는 것은 무엇의 일부분을 잘라버린다는 이야기고 또 그 그림의 한 대상을 살리기 위해 많은 주변의 사물들을 말소해버린다는 뜻입니다."

철훈은 교수들에게 이렇게 대들었다. 미스터 김의 설명을 들으면, 가령 풍경화를 그릴 때 그 풍경은 연속적인 것인데도 화가들은 그것을 그리기 위해 네모진 화폭의 경계선만큼 그 일부를 도려낸다는 뜻이었다. 철훈은 그게 싫다고 했다. 화폭에 담지 못하는 다른 풍경이 걱정된다는 것이다.

그리고 더욱 나무를 그리거나 집을 그리거나, 거기에는 돌이라든가 흙이라든가 그 주변에 흩어진 여러 사물들이 있는데 대개는 그리는 하나의 대상을 살리기 위해서 부당하게 다른 사물들을 없애버린다는 것이었다. 철훈은 화가의 미적美的 의도意圖는 사물에 대한 폭력이라는 것이었다. 자기는 돌 자갈 하나하나도 거기에 있을 권리가 있다고 생각한다고 했다.

그래서 학생들이 놀리느라고 "카메라로 풍경을 찍으렴. 그러면 하나도 희생되는 사물이 없이 그대로 나올 테니까."라고 했다.

철훈은 정말 다음 날부터 카메라를 들고 학교에 나타나기 시작했다는 것이다.

그리고 미스터 김은 김대사와 싸운 이야기를 하려고 했다.

"쓸데없이 발작적으로 대드는 버릇, 그 김대사하구요."

"그건 나도 알고 있어."

나는 그의 말을 가로막았다.

그가 김대사와 싸운 이야기는 신문사 내에서도 화제가 되었던 모양이다. 철훈은 그 사건을 일기에 자세히 적어놓았다. 그것은 그가 나목사를 알기 수주일 전의 일이었는데, 그 일기는 유일한 소설체의 기록으로서 색다른 인상, 철훈의 다른 일면을 보여주는 내용이었다.


나는 정치부의 T기자가 김대사 집 인터뷰의 사진을 찍으러 가자고 할 때 거절했던 것이 좋을 뻔했다. 물론 나는 T기자가 김대사 댁에 가면 한턱 잘 얻어먹을 수 있다는 말에 유혹당한 것은 아니다. 김대사는 미국에서 한 삼 년밖에 살지 않았는데도 거의 영어로 말하다시피 했고 말끝마다 "그게 한국말로 무어라고 하던가?"라는 말을 되풀이하곤 했다.

얼굴은 유별나게도 순수한 동양인, 더 정확히 말하자면 몽고인 쪽에 가까운 인상이었는데도 자신은 마치 아이크를 흉내낸 미소를 지으며 서양 사람처럼 어깨를 으쓱해 보였다. 부인은 파티에 나가기 오 분 전의 차림새를 하고 들떠 있었다. 만약 한 백 년 전의 그녀의 조상이 도포 자락에 짚신 발을 하고 나타난다면 억울해서 자살이라도 할 형세였다. 그러나 나는 잘 참았다.

"처음 한국에 나왔을 때 학위를 받고서 말야. 김치가 어떻게 맵던지 속이 쓰리더군. 식성이란 것도 절대적인 것은 아니지. 사실 식생활부터 우린 개량해야 해요."

나는 그만 "처음에 미국에 가셨을 때에는 어땠어요. 버터가 느끼해서 역시 속이 쓰리셨겠죠?"라고 말해버렸다.

기자는 곁눈질로 흘겼다(사실 김대사는 신문사 사장의 동생이라 우리는 신문사 용어로 '조오찡 기사'를 쓰기 위해 파견된 것이다). 나는 그래도 계속 용케 참았다. 사진을 찍을 때 미국에서 받았다는 선물이란 선물은 모두 뒤에 진열하고 법석을 떨 때에도, 그리고 미국의 모 고관과 악수하는 사진을 펴놓고는 "어때요, 이건 거기 《워싱턴포스트》지 사진부 기자가 찍은 건데…… 내가 좀 부자연스럽지 않을까?"라고 말할 때에도 나는 참았었다.

T는, 역시 미국 기자들은 카메라 앵글을 잘 잡는다고 칭찬을 하면서 이 사진을 신문에 내보자고 거둬넣기도 했다. 장단이 잘 맞았다. 그러나 가족사진을 찍으려고 할 때, 즉 사모님께서, "메리!" "짐!" 하고 안방을 향해 소리를 칠 때 그만 그 사건은 벌어지고 만 것이다. '짐'이니 '메리'니 해서 나는 스피츠 따위의 고급 강아지라도 기어나오는가 싶었다.

한데 문이 열리면서 네 살쯤 된 쌍둥이가 걸어나오는 것이었다. 분명히 머리털은 블론드가 아니었지만, "마미", "마미" 하면서 그 애들은 영어를 썼다. 김대사 사모님은(아니, 아직은 발령만 받은 대사의 사모님)은 한 놈씩 무릎 앞에 올려놓고 이 애들은 아직도 한국말을 모른다고 대견스러워했다. 그리고 T 발음이 드롭된 영어로 모녀간에 풍차 돌리듯 했다.

T군도 신기한 표정을 지으며 서투른 영어로 그 애들의 나이와 이름과, 영문법의 비교급을 활용해서 '엄마가 더 좋으냐', '아빠가 더 좋으냐'는 말을 셰익스피어극의 대사를 외듯 심각하게 말하고 있었다. 옆에서 김대사가 유창한 영어로 T군의 영어를 다시 아이들에게 통역(?)해준다.

그 애들은 아버지가 좋다는 것이었다. 김대사는 나를 보고 "저게 바로 미국식이야. 미국 애들은 대개 아빠를 좋아하지……"라고 말하면서도 또 아이크처럼 싱긋 웃었다.

나는 더 이상 참을 수가 없었다. 왜 나는 그런 일에 대해서 흥분하는가? 남들은 다 아무렇지도 않게 보아 넘기는 일을 어째서 나는 그저 삼켜버릴 만큼 비위가 튼튼하지 않은가? 나는 그때 '사모님'께 국궁鞠躬 재배하고 말했다. 정말 공손히 말했던 것이다.

"사모님, 저 애들은 한국 이름이 없나요? 제 나라 말은 아직 모른다고 쳐도 제 이름이야 알아듣지 않겠어요. 한국 사정을 아마 잘 모르시는 모양인데 우리나라에서 메리니 짐이니 하는 서양 이름은, 개 이름이나 캬바레의 바걸이나 양공주들을 부를 때에나 쓰는 것입니다. 서양 것은 다 좋지만 서양 이름만은 아직 우리나라에서는 말입니다, 고상한 대접을 받질 못하고 있어요. 사모님께서 귀여운 자녀들의 이름을 부르시는 것을 저는 그만 개를 부르는 줄로 착각했어요. 애들에겐 죄가 없습니다, 사모님."

T군이 먼저 나를 보며 욕을 했고 다음엔 사모님 그리고 그 다음엔 점잖은 대사가 큰소리를 쳤다. 거기에서 그냥 참았더라도 일은 멋쩍게 되지 않았겠지만 나는 이상스럽게도 흥분을 참지 못했다.

"교훈이 아니라, 당신 같은 사람이 대사를 하기보다는 천하대장군天下大將軍의 장승을 뽑아 보내는 것이 낫다."라고 폭언을 퍼부었다.

난 그 대사의 애들만 보지 않았더라도 그날 그 추태는 보이지 않았을 거다. 애들이 불쌍했다. 한국어를 모르고 인형하고만 놀고 있는 그 애들, 그 애들은 내가 어렸을 때처럼 뒷짐을 지고 다른 애들이 노는 것을 떨어져 구경만 하고 있었겠지. 내 고통을 그 애들이 또 되풀이하고 있는 것 같았다. 나는 그것을 참을 수가 없었던 것이다.

나는 김대사의 사건은 잘 알고 있으니 그 다음 이야기를 하라고 했다. 옛날엔 그래도 그렇지 않았지만 신문사를 그만둘 무렵에는 아주 정상이 아니었다고 미스터 김은 말했다. 미스터 김은 또 필름을 뺀 빈 릴을 테이블 위에 놓고 손바닥으로 굴리고 있었다.

"그게 바로 해직 이유이기도 해요. 그는 남이 시키지도 않는 일을 하려고 했어요. 귀신들린 사람처럼 이상한 눈빛을 하고 우리를 볼 때마다 싱글싱글 웃고 있었죠. 참 우스웠어요. 그럴 무렵에 사건이 벌어졌죠. 아시겠어요? 작년에 사진보도상을 받은, 왜 염상운이라고…… 어쨌든 그 염상운이가 말입니다. 아내가 자궁암으로 죽을 때였어요. 그의 아내는 염상운의 손을 잡고 잠시도 놓아주지 않았거든요. 그렇다고 무작정 아내 곁에만 있을 수 없고…… 그래서 출근하다 말다 했어요. 근데 그 친구가, 그날도 아내 때문에 현장에 나가질 않고 몽타주 사진을 데스크에 그냥 돌렸어요. 6월달 장마 사진 말이에요. 이재민들에게 아무 대책도 마련해주지 않아 그들이 굶고 병들어 있다는 기사의 사진이었죠. 그때 나온 사진이 현장 것이 아니라 적당히 만든 겁니다. 별게 아니었지만 수사당국에서 그걸 알고 찾아왔는데 글쎄 부득부득 염상운이가 한 짓을 자기가 했다고 그가 나서지 않겠어요. 끌려갔죠. 그래서 간단한 문제를 도리어 복잡하게 했고 염상운이도 신문사 측도 아주 불리하게 된 겁니다. 왜 그랬는지 알 수가 없어요. 결국 그 일이 있고 권고사직을 당했던 거죠."

"그걸 자네들은 미친 짓이라고 알았나?"

내 얼굴이 화끈해졌다. 미스터 김은 내 언성이 커지자 놀란 표정을 짓고 릴을 굴리던 손을 멈칫했다.

"확실했거든요. 권고사직을 시킬 때에도 정신병원의 진단서를 받은걸요. 그 친군 정상이 아니었어요."

나는 그를 이해할 수 있다. 왜 철훈은 염상운이 한 짓을 자기가 맡고 나섰는가를……. 그는 이미 알고 있었을 것이다. 절망적인 병석에서 죽음의 공포에 쫓기는 한 젊은 여인의 마음을 알고 있었을 것이다. 만약 염상운이 잡히게 되면 여인은 그 긴 밤을 혼자 뜬눈으로 새울 것이다. 그는 그것을 안 것이다. 마지막 죽어가는 한 생명이 낭떠러지의 끈을 잡고 매달리듯 꼭 움켜잡은 염상운의 그 손을 빼앗을 수는 없다고 생각했을 것이다.

그는 그 일을 수기에 적지 않았다. 왜냐하면 두려웠을 것이다. 형을 돕기 위해서 비 오는 밤 그와 같이 진흙바닥에 꿇어앉아 아버지에게 용서를 빌었던 것이, 이진이 총탄을 피하느라고 허둥댈 때 그를 살리기 위해 자기가 숨어 있던 그 수문을 내준 것이…… 타자를 위해서 무엇인가 도움을 주려고 할 때마다 결과는 엉뚱하게 나타났다.

그는 그것을 다시 확인하고 싶지 않았을 것이다. 인간과 인간의 만남이 우연이며 전연 합리적인 게 아니고 오해의 두꺼운 층,

당구공이 멋대로 굴러다니다 제각기 부딪치는 것처럼 무의미한 것이고, 그런 결과를 염상운의 경우에서 다시 확인한다는 것은 참기 어려운 고통이었을 것이다.

왜냐하면 이미 김철훈은 나목사를 만났고 신혜를 알고 난 뒤의 일이다. 그는 자신을 향해서, 인간 속으로 파고들어가는 새로운 자신을 향해서 한 발자국 한 발자국 걸어가던 때인 것이다.

나는 미스터 김이 미워지기 전에 나가야겠다고 생각했다. 다방 밖에서는 신문이 쏟아져나왔는지 애들이 외치는 왁자지껄한 소리가 터져나왔다. 그 아우성 소리는 물결을 타고 점점 먼 곳으로 떠내려가고 있었다.

# 7

출판사의 독촉으로 며칠 동안 밖에 나가지 않았다. 원고에 손을 대기로 했다. 김철훈의 일을 잊은 것은 아니다. 틈틈이 그의 일기를 읽었다. 그는 울타리 철망에 앉아 있는 참새라든가 하수도의 음식 찌꺼기, 새벽녘의 바람, 장마철의 비, 이웃방에서 흘러나오는 라디오 소리, 높은 빌딩에서 밧줄에 매달려 유리창을 닦고 있는 인부들, 시골에서 올라온 야채 장수와 리어카꾼들—사소한 주변의 일들을 적고 있었다. 소재는 모두가 일상적인 평범한 사물에 대한 것이었지만 흔히 볼 수 있는 사실적인 관찰은 아니었다. 그렇다고 관념적인 서술도 아니었다. 한마디로 말하면 추상화된 현실, 초현실주의자의 시나 그림을 보는 것 같은 인상이었다.

내 주의를 끈 것은 일기장을 넘겨갈수록 현실은 점점 더 추상화되어서 그가 신혜와 헤어질 무렵에 와서는 거의 그 문장을 이해할 수가 없게 되었다는 점이다. 가끔, 아주 가끔, 꿈속에서 깨어나듯이 혹은 안개가 잠깐 걷히듯이 리얼하게 그려진 생생한 대목들이 나오기도 했지만, 곧 환상적인 문장으로 바뀌어버리곤 했다. '같이', '처럼', '하듯이' 등등의 비유법은 은유법으로 바뀌어가고 있었고, 끝내는 은유조차도 읽을 수 없는 직접 데포르메(데포르마시옹. 자연을 대상으로 한 사실 묘사에서 이것의 특정 부분을 강조하거나 왜곡하며 변형시키는 미술기법)된 현상이 출몰했다.

'육교陸橋에서 마차 바퀴들이 떨어지고 있었다'라든가, '나는 손끝에서 사라와크의 밀림을 스쳐가는 바람 소리를 듣고 있었다'라든가, '선창船窓이 깨지고 짭짤한 해수海水가 쏟아져 들어와서 더 이상 음악을 들을 수가 없다', '왜 차가운 물은 나를 방해하는가' 등등의 수수께끼 같은 말들이 무수히 적혀 있었다.

신혜에 대한 일도 매우 환상적인 것으로 바뀌어 있었는데, 심지어는 '나는 신혜가 살을 도려내는 소리를 참을 수가 없었다'라는 구절까지 보였다. 그러나 더욱 알 수 없는 것은 신혜와 헤어진 날부터 죽기 직전, 즉 거의 일주일 동안의 일기는 갑자기 리얼한, 그리고 아주 평범한 정상적인 서술체 문장으로 적고 있었다는 점이다. 나는 머리가 혼란해져서 그의 수기를 더 읽을 수 없이 되어버렸다.

바로 그럴 무렵에 신혜한테서 뜻밖에도 전화가 걸려왔다. 오랜 친구처럼 그녀는 다정하게 말했다.

그동안 카메라 때문에 자기는 새로운 혐의를 받고 박형사에게 시달리고 있었다는 것이다. 이젠 모든 게 해결되었으니 홀가분한 마음으로 이야기하고 싶다고 하면서, 선생님이 소설의 소재로 쓴대도 겁내지 않겠다고도 했다. 철훈의 수기 중 한 대목처럼 수화기에서 흘러나오는 인간의 목소리는 언제나 벽을 느끼게 했다. 벽 뒤에서 흘러나오는 신혜의 목소리……

'시간은 최상의 양약'이라는 평범한 금언을 새삼스럽게 실감했다. 신혜는 명랑해져 있는 것 같았다. 그녀의 기분을 어둡게 하지 않도록 반도호텔 스카이라운지에서 만나기로 했다. 밤이 좋을 것이다. 11월의 도시를 내려다보면서 이야기를 나누는 것도 좋을 것이다. 시간은 일곱 시로 정했다.

신혜는 먼저 나와서 앉아 있었다. 검은빛 가죽 코트를 입은 신혜는 산으로 헌팅을 나온 사람처럼 싱싱해 보였다. 뜨거운 눈, 무엇을 녹여 버릴 듯이 검은 불꽃이 활활 타오르는 그 눈은 여전했다. 신혜는 구질구질한 날씨라든가, 건강이라든가 하는 의례적인 인사말을 아예 쑥 빼놓고 말을 시작했다.

"무엇 땜에 죽은 사람에 대해서 그처럼 관심을 가지시는 거죠? 산 사람들이 더 중요하지 않아요?"

"그래요, 신혜 씨는 살아 있어. 그렇게 숨쉬고 술을 마실 수도 있고 권태로우면 하품도 할 수 있지. 신혜 씨에게 관심을 갖기로 하죠."

나는 신혜의 질문을 슬쩍 피했다. 신혜는 탐카린스를 마시겠다고 했다. 스카이라운지의 푸른빛 유리창 때문에 서울은 수족관 속에서 노는 발광어發光魚처럼 신비하게 보였다. 맑았지만 밤공기는 차가웠다. 이런 때는 스팀에서 "쉬—" 하고 김이 새는 소리가 마음을 아늑하게 한다.

"신혜는 아주 오래전에 만난 사람 같애. 처음 만났을 때에도 헤어졌던 사람과 재회하는 기분이었지."

나는 좀 서먹했지만 반말을 썼다. 정말 그래도 될 것 같은 느낌이 들었다.

"그이도 그런 말을 했어요. 하지만 오늘은 그이에 대해서 말하지 않기로 해요. 좋은 밤인걸요. 이렇게 앉아서 술을 마시고 조금 전까지만 해도 그 틈에 끼어 있던 서울의 시가지를 이렇게 굽어볼 수 있고……. 좋지 않으세요?"

신혜는 심호흡을 하듯이 뿌듯하게 가슴을 펴며 말했다. 자동차의 서치라이트가 아스팔트 위에 긴 그림자의 얼룩을 내며 사라지곤 했다.

"신혜! 철훈이를 이야기하는 것은 아냐. 그는 이미 이 지상에 있지는 않아. 우리가 그에 대해서 말하는 것은 우리들 자신에 대해서 이야기하는 거야. 신혜의 말마따나 살아 있는 사람들을 위해서지. 우리는 철훈이가 마시다가 만 술잔을 들고 건배를 올리는 거야. 알고 싶은 것은 신혜 때문에 죽을 수 있었을까?"

신혜의 얼굴엔 다시 그늘이 지기 시작했다. 손을 앞가슴에 넣었다. 목에 건 구리 십자가를 만지는 것 같았다.

"선생님, 저도 줄곧 그것을 생각했어요. 처음에 나는 그이가, 꿈꾸는 듯한 그이가 신기하고 좋았어요. 내장 냄새가 나는 그런 남자들 사이에서 나는 지쳐 있었을 때니까요. 그리고 아버지가 돌아가신 겁니다. 슬픔이 있는 사람은 조금씩 비현실적으로 되지요. 그것을 그이는 '내면의 빛'이라고 말했지만요, 그런 것에 충실하구요. 나도 그이를 좋아하게 되었던 것을 숨기지는 않았어요."

"아버지가 돌아가시자 그와 함께, 그러니까 그의 셋방에서……."

신혜는 슬프게 미소를 지었다.

"또 주저하시는군요. 우린 그때부터 동서생활을 시작했어요. 왜 선생님은 동서생활이란 말을 입 밖에 내기를 주저하시죠. 불결한 말인가요. 한자로 '동서생활同棲生活'이라고 써놓으면 하긴 그 '서棲' 자가 말예요. 그 '서' 자 때문에 말예요, 동굴 속에서 두 마리 짐승이 털을 맞대고 살아가는 느낌이 들지요. 그러나 우리는 늑대나 여우는 아니었어요. 아주 작은 다람쥐라 해도 좋아요. 어쨌든 정말 산속에 있는 그런 동물 같은 생활과는 거리가 먼 동서생활을 했어요. 굴속이라는 것은 그럴듯해요. 그건 굴속이었죠. 근데, 그 안에서 사는 그 짐승만은 전설에서나 나오는 '맥'― 꿈을 먹고 산다는 '맥'이었죠."

흰옷을 입은 급사들이 병원 복도를 지나가듯이 조심스럽게 케이블 사이를 누비고 다닌다. 방 안 온도는 쾌적했다.

"겨울의 스카이라운지는 쓸쓸하네요."

화제를 돌리려는 신혜를 나는 그냥 놓아주지 않았다. 그녀의 시선을 털북숭이 소철에서 돌리게 했다.

"신혜는 '맥'이었나?"

"처음에는요, 하지만 원래부터 나는 비계 냄새를 풍기는 현실에 강한 집념을 갖고 있었어요. 그것이 그와 다른 점이었죠. 그이는 상처를 미화美化하구, 또 상상적인 세계로 바꾸어나가려 했지만 나는 그렇지 않았어요. 상처는 더욱 나를 현실적인 데로 얼굴을 돌리게 했죠."

"멜로드라마틱하게 처녀성을 잃었을 때부터 말이지."

나는 말하기가 거북했지만 취기를 빌려 터놓고 말했다.

"자세한 것은 묻지 마세요. 그러나 나는 선생님의 말을 부정하지는 않겠어요. 처음엔 죽을까 하는 생각을 했어요. 그러나 몸을 내던지려는 순간 무엇이, 뜨거운 불덩어리 같은 것이 목구멍에서 왈칵 넘어오는 것을 느꼈어요. 살고 싶다는 생각―생의 미련과는 아주 다른 것이었어요―살아야겠다는 생각이 내 전신을 활활 불태우고 있었습니다. 불행한 일을 겪을 때마다 꺼지려던 그 불꽃은 다시 타오르는 거예요. 나는 그걸 잘 몰라요. 선생님, 확실하게 말할 순 없어요. 다만 미친 것처럼 그리고 폭풍처럼 말에요, 뜨겁고 격렬하게 살고 싶었을 뿐이었죠. 하지만 안에서는 불꽃이 일고 있는데 문은 굳게 닫혀 있었어요. 열쇠가 잠긴 문 말예요. 폭발할 것 같은 지열이 분화구를 찾듯이 말예요. 나는 그 두꺼운 문을 열어주는 열쇠를 갖고 있는 사람을 찾으려 했던 것입니다. 누군가 한 번, 딱 한 번 열쇠를 꽂고 돌려주기만 하면 생명은 폭발하고 분출하고 안에 갇혀 있던 불꽃은 모든 것을 불태우며 멋지게 흘러나갔을 거예요."

신혜의 눈에서는 검은 불꽃이 활활 타고 있었다.

"철훈이도 그 열쇠를 갖고 있지 않았다는 건가? 오히려 더 그 문을 굳게 닫아놓고 안에서 타는 불꽃에 부채질만 했다는 말인가?"

신혜는 놀랍고 반가운 낯빛을 보였다. 그리고 손뼉을 친다.

"그래요, 그래요, 정말 잘 아시네요. 꼭 그랬어요. 그것이 저를 참을 수 없게 했습니다. 그의 곁을 떠나지 않으면 나는 속에 화상을 입은 채 그냥 타 죽을 수밖에 없다고 생각했으니까요."

"자! 신혜, 이젠 나와 고해놀이를 하지 않겠어?"

나는 묵묵히 앉아서 신혜의 이야기를 듣기로 했다. 불완전하고 모호한 그 수수께끼 같은 철훈의 일기장과 신혜의 생생한 이야기를 서로 합쳐놓으니까, 비로소 매직 페이퍼에 한 그림이 나타나듯이, 아니 색도 사진을 찍고 있는 프로세스 인쇄처럼 그들이 살고 있었던 한 폭의 생활도가 분명히 나타나기 시작했다.

신혜의 말은 그의 일기 내용에 뼈를 붙여주었고 또 그의 일기 내용은 신혜의 이야기에 살을 붙여주는 셈이었다. 그의 일기가 음화陰畵 필름이라면 신혜의 이야기는 인화지와 같은 것이라고 할 수 있었다. 잘 알 수 없는 그 네거를 인화지에 올려놓으면 비교적 진상에 가까운 글이 될 것이다. 나는 두 사람의 시점을 합쳐서 한 스토리를 머릿속에 엮어갈 수가 있었다.

철훈은 신혜와의 동서생활을 '표류'라고 했고, 이 층 셋방을 선실이라고 불렀다. 우리는 끝없이 표류해가는 거라고 그는 신혜에게 말했다. 모든 선객들은 이미 익사했고 이 깨진 선실에는 우리 둘만이 남아서 표류해가는 것이라고 했다. "우리가 표류한 지 한 달째 되었군."이라든가, 무슨 즐거운 일이 생기면 "표류한 지 처음으로 섬이 나타나기 시작했어."라고 말했다.

철훈은 모든 것을 그렇게 공상적으로 바꿔 말했다. 신혜와 잠자리를 같이하는 것을 '고독의 배설 작업' 혹은 '고독한 돌격전' 혹은 '육체의 대화'라고 불렀고 신문사의 출근을 '낚시질하러 간다'고 했다.

"이봐, 혼자 앉아서 바닷바람이나 쐬고 있어. 나는 우리가 저녁 식탁을 마련할 고기를 낚아올 테니 말야. 내 낚싯대를 주지 않겠어……"라고 했다.

물론 낚싯대라고 한 것은 그의 카메라였다.

신혜도 처음에는 그런 장난을 좋아했다. 생활이 아니라 국민학교 아이들의 동극童劇과 같은 것이라고 신혜는 생각했다. 그들은 '선창'에 기대어 노을이 지는 것이라든가 오물이 떠 있는 그 지저분한 바다(시가지)를 굽어보는 것으로 얼마는 만족했다.

생활의 일과도 늘 그런 것이었다. '고해놀이' 말고 또 '추장酋長놀이'라는 것을 했는데, 이것은 모두가 철훈이 만든 유희였다.

언젠가는 우리들의 표류선이 해도海圖에도 적혀 있지 않는 신대륙에 가서 닿을 것이라 했다. 정말 무슨 봉황새 같은 것이 날아다니고, 파초의 잎사귀 같은 것으로 동체만을 가린 토인들이 나타날 것이라고 했다. 그들은 일찍이 인종 사전에 등록되어 있지 않는 전인미前人未의 인간들, 생각하는 것과 행동하는 것이 우리가 알고 있는 그런 인간과는 전연 다른 사람들일 것이라고 했다.

어느 날 아침, 5월의 새벽처럼 바삭바삭한 바람이 부는 맑은 날씨에 그들은 그 신대륙에 상륙한다. 철훈과 신혜는 '추장'이 되어 그 새로운 왕국을 지배하는 주인이 된다. 철훈은 그것을 '추장놀이'라고 했다.

"추장님은 사냥을 하지 않으세요?"라고 신혜가 물으면, "천만에. 이곳 사람들은 사냥 같은 살생을 하지 않지. 이렇게 말해. '추장님, 산의 짐승들에게 먹이를 주러 가지 않겠어요'라고……."

철훈이 대답했다.

철훈은 꼭 국민학교 애들 같았다. 그냥 농담이 아니라 정말 진지하게 그런 놀이를 했다.

언젠가는 신혜가 "추장님, 우린 언제 고향으로 돌아가나요? 이젠 이 원시적인 생활이 따분해졌답니다. 토인들이 바르고 다니는 그 향료 때문에 골치가 아파졌어요."라고 하니까 철훈은 정색을 하고 화를 낸 일도 있었다.

"신혜! 신혜는 추장놀이에 싫증이 났군. 어리석은 장난으로만 아는군. 왜 그것을 이해하지 못하는 거야. 우리가 발견한 그 신대륙에서는 말을 하지 않아도 남들이 무엇을 생각하고 있는지를 다 안단 말야. 그들은 론도 춤을 출 때처럼 늘 함께 손을 잡고 살지. 속임수라든가 제도라든가 의심이라든가 위장 같은 것을 하지 않는단 말야. 울타리도 말뚝도 가옥도 더구나 신문 같은 것을 읽지 않아도 그들은 서로 환히 알면서 살고 있는 거야. 우리의 토인들은 향료 같은 것을 바르지 않는단 말야. 그리고 골치 아픈 일은 처음부터 그 땅에는 없었어."

대개는 이런 '추장놀이'가 아니면 '고해놀이'를 하는 것으로 그들은 날들을 보내고 있었다.

신혜는 점점 불안한 생각이 들었다. 몽유병자나 백일몽을 꾸는 것 같은 철훈의 표정이 두려웠다. '추장놀이'를 할 때에는 그래도 절박감 같은 것이 없었지만, '고해놀이'는 언제나 비통하고 우울한 것이었다. 사물과 화해하려고 애쓸수록 철훈은 자기학대 그리고 신경쇠약에 가까운 자기결백으로 괴로워하고 있었던 것이다.

"신혜! 왜 나는 그런 짓을 했을까? 나는 오늘 신문사에서 돌아올 때, 호주머니에 구겨진 십 원짜리밖에 없었다는 것을 잘 알고 있었어. 그런데도 말야, 차장에게 돈을 꺼내줄 때, 십 원짜리를 꺼내면서 룸라이트에 비춰보는 시늉을 했어. 혹시 백 원짜리라도 꺼낸 것이 아닌가 하는 투로 말야. 그것은 연극이었지. 다른 승객들이 내 호주머니에 십 원밖에 없는 걸 비웃지나 않을까 하는 자격지심 때문이었어. 신혜! 얼마나 슬픈 연기야. 아무도 나에게 관심을 가져줄 리도 없었고 설사 십 원밖에 없는 줄 알았다 해서 비웃을 사람도 없었지. 또 비웃으면 어때. 그런데 나는 호주머니에 많은 지폐가 섞여 있는 것처럼 행동했단 말야. 왜 그럴까? 나는…… 신혜! 나는 이제 다시 그런 짓은 하지 않겠어."

그의 '고해성사 놀이'는 대개가 다 그런 식이었다. 신혜가 고해할 것이 없다고 하면 자신에게 무엇인가 '비밀'을 두고 있는 것이라고 성내기도 했다. 그런대로 그들은 어울려 살았다. 그런데 장마철이 온 것이다. 며칠을 두고 햇빛을 볼 수 없었다. 시큼한 곰팡이가 방 안으로 번지고 천장이나 벽은 습기로 얼룩져가고 있었다. 선창이라고 부르는 서쪽 창으로는 쥐털처럼 뭉클한 회색 구름들이 스쳐 지나가고 있었다. 신혜는 지루하고 따분한 생각이 들었다.

신혜는 낙숫물이 떨어지는 소리를 듣고 있었다. 물방울이 수채 쪽으로 흘러가다가 터지고, 또 다른 물방울이 생겼다가 다시 터지는 뒤뜰 마당을 굽어보고 있었다. 그때 문득 그는 불덩어리가 왈칵 목구멍으로 넘어오면서 가슴에 불이 붙기 시작한 것이었다. 철훈을 만나고 처음 일어난 일이었다. 그날부터 신혜는 가슴속에서 타는 강렬한 불꽃들을 끄지 못했다. 분화구를 찾으려고 그 불꽃들은 붉은 혓바닥을 넘실거리고 있었다. 그러나 문은 여전히 닫혀 있었다.

"아! 살고 싶다. 동극의 환상이 아니라 할퀴면 피가 철철 흐르는 진짜 현실의 생을 살고 싶다."

신혜는 철훈이 벽에 걸어놓은 제리코의 그림을 보았다. 늘 보던 그림이었지만 전연 색다른 그림처럼 보였던 것이다. 그것은 〈메두스호號의 표류〉란 그림이었다. 돛이 부러진 뗏목 위에서 선원들이 손을 치켜들고 절규하는 그림이었다. 어둠과 폭풍을 향해서 옷을 벗어들고 그들은 손을 내흔들고 있었다. 파도가 치고 하늘엔 구름이 일고 있다. 청동빛 육체를 삼키려는 검은 파도 앞에서 입을 벌리고 외치는 사람들의 얼굴!

신혜는 창을 열고 빗발치는 공간을 향해 외치고 싶었다.

"이 문을 따주세요. 나는 살고 싶어요. 정말 살고 싶어. 살고 싶어."

철훈은 그 무렵에 직장을 나왔다. 철훈은 신혜의 곁을 떠나지 않고 온종일 그림자처럼 그 곁에 앉아 있었다. 신혜는 그래서 더욱 무엇이든 외쳐보고 싶었다. '육체의 대화'로 그 불꽃을 꺼보려

했지만, 철훈은 그럴 때마다 신혜를 두려운 눈초리로 바라보았다. 동물의 귀소성처럼 현실의 육체를 애무하다가도 곧 그는 둥우리를 박차고 어두운 상상의 허공으로 날아가곤 했다.

그날 밤도 역시 추적추적 비가 내리고 있었다. 신혜는 그 '고독의 배설 작업'을 끝내고 허탈한 기분에서 이부자리를 빠져나왔다. 철훈은 지친 채 잠들어 있었다.

"비가 또 오는군! 흠뻑 젖은 들판에 쥐들이 털을 털고 있겠지……. 나도 지금 그런 거야."

신혜는 할 일이 없었다. 신혜는 발톱을 깎기 시작한 것이다. 그때 갑자기 철훈이 비명을 지르듯이 외쳤다.

"아! 소리를 내지 말아. 제발 발톱을 깎지 말란 말야."

철훈은 귀를 틀어막고 있었다. (그는 또 괴로워하고 있는 거야……) 신혜는 비가 내리기만 하면 철훈의 청각이 예민해진다는 것을 알고 있었다. 신혜는 그것을 알고 있었다. 그의 형이 비 오는 어둠 속에서 끌려가며 그의 이름을 불렀던 일을 알고 있었다. 신혜는 발톱을 깎지 않았다. 베드 위에 앉아서 그녀의 얼굴을 들여다보고 있는 철훈을 달래려고 했다. '비에 젖은 형의 목소리를 듣고 있는 것이다. 이 사람은……'라고 신혜는 생각했다. 그러나 철훈은 고해놀이를 하듯이 후회에 찬 목소리로 말하는 것이었다. 신혜가 생각했던 일은 아니었다.

"신혜는 따분한 거지. 빗소리를 듣고 발톱을 깎고…… 부탁이야. 그런 짓을 하지 말아. 나는 신혜를 모독하고 말 것 같아. 고독을 배설하고 난 다음에 곁에 누워 있는 신혜의 육체를 나는 언제나 물고기 같다고 생각했어. 딴사람처럼 느껴지기도 했지. 육지 위로 끌어올린 생선들은 물을 찾느라고 아가미를 벌름벌름거리고 있잖아? 신혜가 숨을 쉬느라고 어깨를 들먹거리는 것이 나는 비리다고 생각한 거야. 이것만은 말하지 않으려고 했었지만 신혜, 비늘이 다 떨어진 생선의 그 살결을 연상한다는 것은 나의 잘못이야. 날 꾸짖어주겠어? 발톱을 깎고 있는 것을 보니까 더욱 그런 생각이 드는군. 발톱, 그것도 인간 육체의 한 부분이야. 물론 신경이 통해져 있지 않으니까 아무 고통도 느끼지 않고 연필을 깎듯이 사람들은 발톱을 깎을 수 있어. 그러나 신혜가 발톱을 따─악 하고 깎을 때 뼈를 깎고 있는 것처럼 아픈 생각, 신경을 바늘로 찌르는 그 아픈 생각이 든 거야. 그 소리를 난 들을 수 없어. 흐느적거리며 비누처럼 풀려가는 습기 찬 어둠 때문일까? 신혜, 용서해줘."

철훈과 신혜는 직장을 구하러 다녔다. 철훈은 누드 사진을 찍어 외국의 카메라 잡지에 투고한다고 다녔고 신혜는 옛날 다닌 적이 있는 무용 연구소에 가서 일터를 잡겠다고 했다. 그녀는 고학을 하면서 사대 체육과를 다니다가 중퇴를 했다는 자기의 경력을 처음으로 그냥 버려서는 안 될 것 같은 생각을 한 것이다.

가을까지 그런 채로 있었다. '고해놀이'나 '추장놀이'도 뜸해졌다. 다만 철훈은 소설을 쓴다고 하면서 그 이야기를 신혜에게 들려주는 일이 많았다.

'장군의 수염'이었던 것이다.

"어때, 주인공이 결국 수염을 기르는 것으로 할까? 아니야. 역시 끝내 수염을 기르지 않는 것으로 하는 편이 좋겠어……."

신혜는 몇 번인가 그와 헤어질 것을 결심했었다.

장마철도 지나고 가을이 깊어갈 때였다. 신혜는 파출소에서 연락을 받았다. 철훈이 거기에 있다는 것이었으며 물어볼 말이 있다는 것이었다. 철훈은 삐걱거리는 낡은 의자에 앉아서, 파출소 벽에 걸려 있는 포스터를 쳐다보고 있었다. 신혜는 파출소 주임에게 철훈의 신원에 대해서 말했고 몇 가지 묻는 말에 답변했다.

"정신이상자가 아니라는 말씀이시죠."

파출소 주임은 상상력이 부족한 사람에게서 흔히 볼 수 있는 좁은 이마를 찡그렸다. 신혜는 꼭 국민학교 학생의 학부형이 담임 선생에게 호출된 기분이었다. 철훈은 유치원엘 갔던 것이다. 신혜도 그가 가끔 할 일이 없으면 동회 근처에 있는 유치원에 가서 아이들이 노는 것을 구경하는 일이 있다는 것을 알고 있었다.

그런데 그날은 철훈이 사고를 낸 것이었다. 유치원 원아들은 마당에서 '놀이'를 하고 있었다. 그것은 어느 유치원에서고 흔히 볼 수 있는 '놀이'였다. 보모가 서서 손뼉을 치면 애들은 그것에 맞춰서 빙글빙글 돌아간다. 그러다가 하나, 둘, 셋, 넷 하고 보모가 숫자를 부르다가 딱 멈추면 애들은 그 숫자대로 한 그룹을 만든다. 다섯이면 다섯 명씩, 셋이면 셋씩, 서로 짝을 지어야 하는 것이다. 아주 빠른 시간, 셋을 세는 동안에 해야 된다. 아무리 빨리 움직여도 결국은 애들 수와 짝수가 맞지 않으면 몇 명은 떨어져나와야 한다. 이래서 끝까지 남은 아이가 이기게 되는 게임이었다. 철훈은 그것을 구경하고 있었던 것이다.

애들은 와자지껄 뛰어다니며 짝을 만든다. 숫자대로 이미 짝을 지었는데 남이 거기에 끼려고 하면 그들은 그 애를 쫓아내는 것이었다. 그렇지 않으면 그 짝 전체가 죽는다. 철훈은 한 아이가 여기도 저기도 끼지 못하고 짝들을 지은 애들 사이에서 쫓겨다니는 것을 본 것이다.

보모는 "자! 짝을 못 만든 사람은 물러서야 해요. 어서 바깥으로 나가요."라고 말했다.

그때 철훈은 갑자기 보모에게 달려들었던 것이다.

"왜 애들에게 그런 놀이를 시켜요!"

철훈은 보모를 떠다밀었다. 수위가 달려왔다. 그는 그러다가 파출소로 끌려온 것이다.

"정상적인 사람이 그런 짓을 했을 리가 있겠습니까? 어쨌든 밖에 나오면 위험한 짓을 할 테니 부인께서 잘 살피도록 하십시오."

신혜는 철훈을 데리고 집으로 돌아왔다.

'나는 철훈에게서 떠날 수가 없다. 그는 서른 살 먹은 어린애.

보호자를 필요로 하는 병든 사람이다.'

신혜는 그 동굴 속에서, 아니 정말 어디론지 표류해가기만 하는 그 선실에서 뛰쳐나오려던 것을 주저했다.

그렇다. 정말 그에게는 학부형 같은 '보호자'가 필요한 것이다. 신혜는 그가 걸핏하면 '시골에 가서 어머니와 농사를 지어야겠다'는 입버릇을 믿지 않았다는 것이다(그냥 표류할 거야. 저 사람은 표류하는 선체에 매달려 언제고 표류하고 있을 거야. 나에게 매달려서 말야). 신혜는 매달려 있는 그 손을 놓을 수가 없다고 생각했다.

그러다가 드디어 그날이 온 것이었다. 철훈은 오랜만에 또 '고해놀이'를 하자고 했다. 그러니까 바로 그와 헤어지기 전날 밤의 일이었다. 겨울이 오고 있었다. 들창문이 떨그럭거리고 휘파람 소리를 내며 바람이 불고 있었다. 그들은 그날 처음 쇼핑을 했던 것이다. 신혜는 대지기업에 취직을 하고 첫날 봉급에서 가불을 했다. 연탄난로를 사야 했기 때문이다. 비록 볼품없는 난로였지만 철훈과 살림을 시작한 후 처음으로 해보는 쇼핑이었다.

난롯불을 피워놓고 그들은 겨울의 산장에서 캠핑을 하는 기분으로 불을 쬐었다. 바람 소리를 듣고 있었다. 겨울이 오고 있는 것이다. 철훈은 그때 갑자기 '고해놀이'를 하자는 것이었다. 순서대로 그는 먼저 고해를 시작했다.

"신혜! 내 카메라가 없어진 것을 알고 있었어? 모르고 있었지. 나는 카메라를 누드모델에게 주었어. 나는 이제 다시는 사진을 찍지 않기로 했어.”

신혜는 처음으로 그의 앞에서 고해를 들으면서 당황해했다.

“C양이 스튜디오에서 나오면서 차를 산다고 하기에 따라갔지. C양의 이야기는 감동적이었어. C양은 원래 부잣집 딸이었고 일년 전만 해도 자가용을 타고 학교에 다녔던 거야. 그러다가 혁명이 일어나고 그의 아버지는 정치범으로 감옥엘 갔어. 그는 미술 공부를 하고 있었던 탓으로 누드 모델의 직업을 가진 채 고학을 했다는 거야. C양은 처음 사람들 앞에서 옷을 벗을 때의 감상을 말하더군. 어떤 타락한 여자도 자기 육체를 남자 앞에 보이는 것을 꺼려한다구 말이지. 그런데 대낮, 대낮 속에서 C양은 옷을 벗고 흰 살을 드러내놓았던 거야. 살기 위해서 그런 짓을 한다고 생각하니까 눈물이 쏟아지더라는 거야. C양은 나보고 또 이렇게 말했어. ‘거꾸로였어요. 나는 순서가 바뀌어 있었어요. 나는 남성을 알기 전에 먼저 육체의 부끄러움부터 상실한 거랍니다.’라고 말야. C양은 어금니를 깨물고 자신있게 말했다는 거야. 나는 지금 시체이다. 하나의 숨쉬는 시체가 아니면 물건이다. 왜냐하면 내 손, 내 유방, 내 사지는 지금 본래의 목적을 상실해가고 있는 것이다. 밥을 먹고 말을 하는 입, 숨쉬는 가슴, 걸어다니는 다리, 머리를 만지고 핸드백을 들고 하는 손, 그러나 모델은 다만 보이기 위해서 그것들을 사용하는 것이라고 무익한 육체, 다만 그늘이 서리고 곡선이 있고 요철이 있는 하나의 선, 하나의 윤곽, 하나의 입체, C양은 그렇게 생각하면서 한 꺼풀 옷을 벗어버리고 모델대 위에 올라섰다는 것이지……. 그런데 C양과 내가 만난 그날은 그의 어머니의 생일날이었어. 어머니는 패물을 팔기 위해서 세상을 살고 있었던 거야. 마지막 결혼반지도……. C양은 그것을 알고 금은방 주인에게 그 반지를 팔지 말라고 부탁했다는 거야. 생일 선물로 그것을 다시 사서 갖다 주겠다는 것이었어. 그러나 C양은 돈을 갖고 있지 않았지……."

철훈은 C양에게 카메라를 준 것이었다. 그는 말을 끝내자 신혜도 '고해'를 하라고 했다. 고해할 것이 없다고 하니까 자꾸 조르고 끝내는 화를 냈던 것이다. 신혜는 비로소 결심을 했다. 그리고 고해를 하기 시작한 것이다. 그때만은 정말 철훈에게 구역질을 느꼈다.

"이젠 지긋지긋해요. 이것이 내 마지막 고해를 하는 거예요. C양의 일로 질투를 하는 것이라고 생각한다면 큰 오해예요. 오래 전부터, 장마가 진 그때부터 나는 이미 그것을 결정하고 있었으니까요. 추장놀이고 고해놀이고 나는 지긋지긋해졌구요, 소설을 구상하는 이야기도 이젠 신물이 나요. 여긴 '인형의 집'이 아니라 '우화의 집', '진공의 방'이에요. 나는 여기서 나가야겠습니다. 상처, 상처…… 상처……라고 말하고 있지만, 상처보다는 아직 상처를 입지 않은 다른 부분이 더 많고 중요한 법이지요. 전신에 입은 상처라도 생명의 전부보다는 작은 거예요. 나는 이 방을 내일 떠나기로 했어요."

철훈은 그것이 C양에 대한 질투로 알았다. 오해하지 말라고 거듭 말하기만 했다.

"당신은 타락한 귀족에 지나지 않아요."

신혜는 그의 동정이 사치스럽다고 했다.

신혜는 다음 날 짐을 챙기고 있었다.

철훈은 말리지 않고 그냥 우두커니 서서 짐을 싸는 구경을 하고 있었다.

"왜 나를 말리지 않아요?"

신혜는 말했다.

"정말이었군……. 그러나 가는 것이 좋을 것 같다. 신혜가 짐을 싸는 순간에 나는 그것을 알았어…… 우리는 어차피 '남'이었다는 걸 말야. 나는 두 몸이 하나가 되는 기적 속에서 살고 있는 것이라고 생각했었지. 우린 반년이나 함께 산 거야. 그런데 짐을 챙기는 것을 보니 역시 신혜의 물건과 나의 물건은 엄연하게 그리고 질서정연하게 갈라져 있다는 것을, 아니 애초부터 그건 남의 물건으로 거기 그렇게 있었던 거야. 나는 신혜가 짐을 꾸리는 것을 보고 용케 내 것과 신혜의 물건이 섞이지 않고 뚜렷이 손쉽게 분리될 수 있다는 것을 알았어. 아! 이 칫솔, 이건 신혜 것이야. 이 거울, 이것도 신혜 것이고. 이 양말은 내 것이고, 이 책은 내 것이고, 이 만년필은 신혜 것이고……."

철훈은 절망적으로 외치듯 말했다. 그리고 신혜가 심리스 스타킹을 슈트케이스에 넣는 것을 보고 그는 또 이렇게 말했다.

"그리고 이 양말, 신혜의 양말만은 애초부터 내가 타인의 물건이라고 생각해온 유일한 것이었지. 신혜가 내 침대로 들어올 때 나는 무엇을 보고 있었는지 알아? 바로 그 양말이었어, 허물처럼 벗겨져 방바닥에서 흐느적거리고 있던 그 양말이었지. 타인의 물건…… 나는 그것을 보며 속으로 말했었지."

신혜는 짐을 챙기고 침대에 걸터앉은 철훈을 포옹해주었다.

"우리는 언젠가 떠나도록 운명 지어져 있는 사람들이에요. 소설을 쓰세요. 그 편이 상상의 세계를 실현하는 데는 더 편할 거예요. 난 딱딱한 육체를 가진 한 인간이구, 누에처럼 변신할 수 있는 그 방법을 모르고 있는 그런 포유류의 하나에 불과해요. 그래요, 소설을 쓰셔야 해요. 마지막으로 내가 들어줄게요. 소설은 어떻게 끝나나요? 역시 주인공은 수염을 기르지 않기로 했나요?"

철훈은 입술을 지그시 깨물고 있었다.

"그래! 나는 소설을 쓰겠어. 이번만은 타인들을 돕는 것이 오히려 해를 끼치게 되는 비극을 재현시키지 않겠어. 내가 좋아하던 사람들은 늘 파멸해갔으니까! 당신이 파멸하는 것을 난 원치 않아. '장군의 수염'을 어떻게 끝낼까 하는 것이 내가 오랫동안 고민하던 숙제였지. 그런데 이제 떠나는 신혜를 보니까, 이젠 쓸 수 있을 것 같은 생각이 들어."

"나에게 이야기해주시지 않겠어요?"

신혜는 담담하게 귀를 기울였다.

"'장군의 수염'은 비가 오는 어느 여름 밤에 끝나……."

철훈은 말했다.


안개 속에서 실비가 내리고 있었다. 그는 육교를 건넜다. 무슨 바퀴가, 살이 부러진 바퀴가 깃털처럼 둥둥 떠서 떨어지고 있었다. 그는 그 바퀴를 피하면서 걷는다. 수염들이, 비에 젖은 수염들이 쫓아오고 있었다. 그는 그 수염을 피해서 어두운 골목길로 들어가려고 했다. 이번엔 검은 지프차 하나가, 넘버를 가린 검은 지프차 한 대가 헤드라이트로 그를 비추며 달려오고 있었다.

운전사는 '장군의 수염'으로 얼굴을 덮고 있었다. 그는 피하려고 했다. 그러나 지프차는 그를 따라 골목길로 커브를 꺾는다. 그는 손을 들고 눈부신 헤드라이트를 피하려 했다. 소리가 났다. 브레이크를 밟는 쇳조각 소리가 났다. 그는 검은 수염의 덩어리에 맞아 쓰러진다. 비가 오고 있었다. 짙은 안개였다. 지프차의 헤드라이트가 어둠 속으로 말려들어간다.

그는 사라져가는 빛을 향해서 머리를 든다.

"수염 때문에 나는 죽는 거다. 나는 암살을 당한 거다. 아, 수염을 기르지 않은 최후의 인간이 죽어가고 있는 거다. 나는 변하지 않는 인간, 수염을 달기 이전의 그 사람의 얼굴을 간직한 유일한 인간이다. 그러나 그들은 그것을 교통사고사라 할 것이다. 우연한 교통사고라고 할 것이다."

그는 죽어가고 있었다. 아무도 그의 시체를 눈여겨보지는 않았다. 그는 어둠 속에 또 하나의 어둠이 겹쳐오는 것을 본다. 그 어둠 속에서 무성영화의 장면처럼 유치원 아이들이 걸어온다.

소리는 들리지 않지만 무엇이나 노래를 부르고 유희를 하면서 그를 향해 걸어오는 것이다. 국민학교의 학예회처럼 애들은 만든 수염을, '장군의 수염'과 같은 수염들을 달고 있었다. 그는 그 '수염' 단 애들이 무성영화처럼 소리 없는 몸짓으로 점점 가까이 오고 있다는 것을 느낀다. 그는 죽은 것이다.


신혜는 마지막 소설의 대목을 다 듣고 자리에서 일어섰다. 밖에는 겨울이 오고 있었다. 슈트케이스를 들고 골목길을 빠져나갔다. 얼어죽은 쥐들의 시체가 널려 있는 그 골목길을 급히 빠져나갔다. 철훈이 선창船窓 너머로 나를 쳐다보고 있을 것이다. 그는 이제 혼자서 표류해가는 것이다.

신혜는 쓸쓸하게 웃었다. 신혜는 냄새가 풍기고 타자기 소리와 같은 발소리가 나고 주정꾼들이 비틀거리고 자동차가 질주하는 시가를 향해 걸어나가고 있었다.

"그이의 죽음이 저 때문이었다고 생각하세요?"

탐카린스의 컵 속에서 빨간 체리를 꺼내 입속에 넣고 신혜는 내 얼굴을 쳐다본다. 불안한 표정이었다.

"나는 그의 사인을 밝히겠다고 박형사에게도 말했었지. 그러나…… 그러나 자신이 없는걸. 한마디로 설명할 수 없어. 어렴풋하게 떠오르지만 그것을 설명할 수는 없어. 이제 모든 것이 끝났어."

진심이었다. 철훈이란 한 인물의 얼굴은 분명하게 떠올릴 수 있게 되었지만, 가장 친한 친구인 것처럼 느끼긴 했지만 그의 죽음에 대해선 말할 자격이 없었다.

"겨울의 스카이라운지는 쓸쓸하네요."

신혜는 주위를 훑어본다. 가야 할 시간이다. 우리는 텅 빈 의자들 틈에 남아 있었던 것이다.

# 8

나는 출판사의 원고를 겨우 탈고했다. 약속한 날은 지났지만 어쨌든 나는 사반나호텔에서 풀려나올 수 있게 된 것이다.

12월 23일, 내일이 크리스마스이브다. 시골에 내려가 있는 식구들에게 줄 선물을 사야겠다고 생각했다. 나는 더 이상 김철훈의 일에 대해서 알아볼 생각이 없었다. 며칠 전 정신병원 원장을 만난 것이 김철훈의 사인을 밝혀보려고 애쓴 나의 마지막 노력이었다. 그때 닥터 윤은 '세븐스 베일'에 대해서 말했다.

"세븐스 베일—일곱 번째 베일이라는 것 말입니다. 영화에 그런 것이 나온 일이 있었죠. 인간은 일곱 개의 베일을 쓰고 타인들 틈에서 사는 겁니다. 튼튼하게 위장해가면서 사는 거죠. 그러다가 남과 친해지면 그 베일을 한 꺼풀씩 벗겨주는 겁니다. 그러나 우리는 다섯 번째 베일밖에는 벗기지를 못해요. 자기만이 있을 때 벗는 베일이 있고, 또 자기 자신도 모르고 있는 베일이 있어요. 그 마음의 베일, 일곱 번째 마지막 베일을 벗는 것이 바로 우리 같은 정신분석학자가 하는 일입니다. 선생님이 그의 일기나 남의 이야기를 듣고 사인을 캐낼 수 있다고 생각하신다면 큰 오해입니다. 사인을 알려면 일곱 번째의 베일…… 무의식…… 자기도 모르는 그 무의식의 심연을 들여다봐야 비로소 설명이 가능해져요.”

닥터 윤의 말에 의하면 철훈은 오이디푸스콤플렉스를 갖고 있었다는 것이다. ‘장군의 수염’이란 소설만 해도 그렇다는 것이었다. ‘수염’은 무의식 심리를 분석할 때 ‘아버지’를 상징하는 것이고, 그것은 권위를 뜻하는 것이라 했다. 아버지가 죽었을 때 그가 눈물을 흘릴 수 없었던 것도 결국은 오이디푸스콤플렉스로 보아야 한다는 것이다.

그 조정력을 상실한 데에서 정신분열증이 일어난 거고 신혜는 그에게 있어 어머니의 대상代償이었지만 시골에서 올라온다는 어머니의 이야기를 듣고 두 이미지 사이에 갈등이 일어났을 것이라는 이야기였다. 그는 말하자면 무의식 속에서 발작적으로 자살을 했을 것이 틀림없다는 거다…….

나는 닥터 윤의 이야기를 더 듣고 싶지 않았다. 그랬을지도 모른다. 그러나 사람의 죽음을 산수 문제를 풀듯 그렇게 쉽게 설명할 수 있는 공식이 정말 있을까? 나는 도리어 닥터 윤이 불쌍하다고 생각했다. 다만 또 하나의 시점이 더욱 혼란을 일으켜준 것뿐이다.

나는 거리로 나갔다. 산타클로스와 사슴과 솜으로 분장된 흰 눈이 평화롭다. 포인세티아와 시클라멘이 온실 같은 쇼윈도에서 핀다. 포장지로 싼 선물을 한아름씩 낀 사람들의 물결이 넘치고 있다. 레코드 가게에서는 크리스마스캐럴이 터져나오고 있었다.

명동 입구로 들어섰다. 그때 나는 사람들 틈에서 스키 모자를 쓴 박형사를 발견했다. 박형사는 반가워하는 것 같았다. 크리스마스 시즌에는 늘 우범 단속으로 바쁘다고 했지만 매우 한가롭게 보였다.

우리는 좀 이른 시각이지만 선술집으로 갔다.

"카메라 일은 잘됐나요? 범인은 언제 잡으렵니까?"

나는 짜릿한 쾌감 속에서 말했다. 박형사는 모르고 있지만 카메라의 행방을 나는 알고 있다. 타인 앞에서 비밀을 가지고 있다는 것은 분명 악마적인 즐거움이 있는 것 같았다.

"문제없어요. 공소시효는 아직도 창창합니다. 오 년이나 남아 있습니다. 나는 꼭 범인을 찾아낼 테니 그때는 또 술 한턱내셔야 겠어요."

시간이 갈수록 술집은 소란해졌다. 벌써 주정하는 사람들도 있었다.

"형님, 형님, 아, 글쎄 그건 오해라니까요. 우리가 그럴 처집네까? 어디 형님? 혀어엉님…… 오해라니까요."

커다란 소리로 주정꾼들은 떠들어댔다.

박형사는 잔을 내 앞에 놓고 술을 따랐다.

"그래 선생님은 사인을 알아내셨나요? 자살의 범인, 우리가 유치장에도 넣을 수 없다는 그 범인을 잡으셨나요? 무엇 때문이에요? 무엇 때문에 자살을 한 거죠? 실직? 실연? 염세? 정신병? 아니면 소설이 잘 써지지 않아서 죽었나요?"

박형사는 웃었다. 그도 취하기 시작한 것이다. 나는 취기가 오르지 않았다.

"박형사는 공소시효라도 있으니 그 시간만 넘기면 어쨌든 마음이라도 후련할 겁니다. 그때까지 기다리는 사람도 없겠지만요. 그런데 나의 수사는 죽을 때까지, 아녜요, 우리들 미래의 아이들이 죽고 또 죽고 해도 말예요, 끝장을 낼 수가 없어요. 자살의 원인을 추적하는 데에는 공소시효도 없답니다."

박형사는 가스라이터를 켜서 내 담배에 불을 붙여주었다. 내가 피워 문 담뱃불이 꺼져 있었던 것이다.

"나는 그를 모른다니까요. 이름도 기억하지 못했으니까요. S신문 사진부 기자라는 말을 듣고서야 겨우 알았으니까! 그런데 내가 어떻게 그의 죽음을 알아요. 그는 그의 죽음을 죽은 거예요. 누구도 타인의 죽음에 대해서는 설명 못하거든요. 자기만이 자기의 죽음을 아는 겁니다. 내가 타인의 죽음을 설명할 수 있다고 생각한 것이 잘못이었지요. 그것을 알 권리도 없구요. 그런데 말예요, 내일은 예수가 탄생한 날 아녜요? 즐기셔야 합니다. 사람들은 잔을 들어야 해요. 죽음이 아니라 말이죠. 이젠 탄생에 대해서…… 사람이 태어나는 그 '탄생'에 대해서 건배를 하시지 않겠소? 자! 자…… 태어나는 생명들을 위해…… 예수의 탄생과 또 우리 애들의 탄생을 위해서 말이죠."

왈칵 취기가 몰려왔다. 나는 무엇인가 지껄이고 싶었다. 박형사와 오래오래 아무 말이고 하고 싶었다. 이렇게 취해서 비숍 킹의 시 한 구절이라도 소리 높여 외고 싶었다.

나를 위해 거기 있어주어요.
죽음의 골짜기에서 꼭 뵙시다.
더디 온다고 근심하진 말아요.
벌써 나는 길을 떠났으니까.

그러나 건너편 거리의 빵집 스피커에서는 크리스마스캐럴이 터져나오고 있었다.

산타클로스 할아버지 오늘 밤에
하얀 머리 하얀 수염을
바람에 날리며 오시네.

내 머릿속에서는 비숍 킹의 시 구절이 또 그 위로 오버랩된다.

그리움과 슬픔의 채찍 밑에서
달리고 또 달려갑니다.
일 분 일 분이 쌓여서요
시간 시간으로 당신에게 갑니다.

붉은 모자 눌러쓰고
붉은 외투 떨쳐입고
추운 나라에 함박눈 맞으며 오시네.

밤이면 자리에 눕고
일어나는 아침에는 벌써
졸음의 바람에 불려 나의 항로는
여덟 시간이나 인생의 서쪽에 가까웠지요.
그러나 들어봐야 가벼운 북처럼 울리는……

　　술잔이 맞부딪치는, 투명한 유리컵 소리들을 들으며 나는 주위
의 소음 속으로 침몰해갔다.

# 부조리 상황과 인간의 존엄

이태동 | 문학평론가·서강대학교 명예교수


실제로 그 무대는 전혀 어둡지 않다. 그것은 대낮의 햇빛으로 가득 차 있다. 사람들이 눈을 뜨지 못해 보지 못하는 이유는 바로 그것 때문이다.

— 프란츠 카프카


고전古典은 시간과 공간을 초월한다. 그러나 그것에 대한 해석과 평가는 시대에 따라 다를 수가 있고 또한 다르다.

비록 오늘날 세계 문학사에서 고전으로 평가되고 있는 작품도 그것을 쓴 작가가 생존해 있을 당시에는 전혀 비평적인 평가를 받지 못했었는가 하면, 작가가 생존해 있을 당시 높이 평가를 받았던 작가가 사후에 전혀 높이 평가를 받지 못하고 있는 경우가 있다.

가령, 미국 작가인 업턴 싱클레어Upton Sinclair와 존 스타인벡 John Steinbeck은 그들이 생존할 당시 노벨 문학상을 받았지만, 그

작품들은 오늘날 정전正典으로 높은 위치를 점유할 만큼 그렇게 높이 평가받지 못하고 있다.

이와 반면, 조이스James Joyce와 카프카Franz Kafka는 그들이 생존할 당시 노벨 문학상은커녕, 그들의 작품을 인쇄하기조차 힘들었다.

그러나 그들이 죽고 난 후 세월이 어느 정도 지남에 따라 그들의 작품들은 20세기 최대의 걸작품으로 평가받았다. 조이스와 카프카가 당대에 그렇게 평가를 받지 못했던 것은 예술적인 취약성 때문이라기보다 주제나 기법 면에서 너무나 전위적이었기 때문이었다. 그러나 인간의 의식이 시간의 흐름과 더불어 발전함에 따라, 시각의 차이는 아직까지 남아 있겠지만 이들 작품들은 그것들의 주변에 거미줄처럼 쳐져 있는 '아나크로니스트의 독소적인 분비물'에서 벗어날 수 있었다.

오늘날 서구西歐 비평계에서 널리 논의되고 있는 문학사文學史의 정전에 관한 문제가 중요한 관심사로서 떠오른 것은 위에서 언급한 사실과도 깊은 관계가 있다고 하겠다. 그것은 문학적인 가치는 있지만 정치적인 이유로 억눌려서 묻혀져 있거나 잘못 평가된 작품을 다시 찾아서 바로잡아 문학사 속에 제 위치를 찾아주자는 것이다.

이러한 현상은 우리 문학의 경우에도 예외가 될 수 없을 것 같다. 가령 이어령의 『장군의 수염』은 그것이 출간되었을 당시에는 물론 지금까지도 응분의 비평적인 평가와 조명을 받지 못했다. 이것은 이어령이 전업 작가가 아니고 교수이고 평론가이며 또한 언론인이었기 때문인지도 모른다.

그러나 그것보다 더욱 더 큰 요인은 이 작품이 전통적인 작품과는 달리 시대를 앞서가는 전위적이고 자의식적인 요소를 강하게 지니고 있기 때문이 아닌가 한다. 또 어떻게 생각하면 이것은 우리 문단에서 오랫동안 가장 중요시되고 있는 지극히 획일적이고 편향적인 리얼리즘적 시각 때문인지도 모른다.

사실 그동안 우리 비평계는 경직된 도덕주의와 교조주의적인 주장 때문에 부조리한 사회현상과 존재의 모순된 구조에 관심을 둔 자의식적인 국외자局外者를 다룬 작품에 대해서는 유난히 인색해왔었다.

정작하게 따지고 보면, 1960년대에 《세대》지에 발표된 이어령의 『장군의 수염』은 최인훈의 『광장』과 김승옥의 『무진기행』 등과 함께 그 시대를 대표할 수 있는 문제작이다. 차이가 있다면 전자는 문학 평론가의 전위적인 스타일로 쓴 작품이고 후자는 전업 작가가 전통적인 스타일로 쓴 작품이다. 당시에 무수히 발표되었던 다른 작품들과는 달리 이 작품은 카프카의 『성城』이나 『심판審判』의 경우처럼 사회적이고 역사적인 문제를 다루면서도 존재 문제를 깊이 천착하고 있다.

그러나 불행히도 이어령의 작품은 1960년대 이후에는 지나치게 경직된 자연주의 내지 리얼리즘의 물결로 인해 충분히 비평적인 주의를 끌지 못한 채, 문학사 속에서 정당한 위치를 차지하지 못하고 깊이 묻혀 있다.

어떻게 생각하면, 이어령의 대표작 『장군의 수염』은 그동안 이 작품의 프로타고니스트인 김철훈의 경우에서처럼 우리 사회를 지배하고 있는 부조리한 어떤 거대한 힘에 의해 부당하게 소외되어왔다고 말할 수 있겠다.

아무튼 비극적이면서도 희극적인 페이소스를 짙게 깔고 있는 『장군의 수염』은 1960년대를 살았던 김철훈이라는 국외자의 의심스러운 죽음의 문제를 대단히 민감하고 자의식적인 차원에서 다루고 있다. 그래서 독자에 따라 이 작품에 사회성이 결핍되어 있다고 말하겠으나, 우리가 조금 더 균형 있는 시각으로 살펴보면, 이 작품은 그것대로의 충분한 논리를 지니고 있기 때문에 다른 어느 리얼리즘 작품 못지않게 강한 사회성을 지니고 있다는 것을 발견하게 될 것이다.

무조건 사회적인 것이 옳고 개인적인 것은 옳지 않다고 생각하는 것은 인간이 궁극적으로 보다 나은 사회 발전을 이룩하는 데 결코 도움이 되지 못한다. 개인이 모여서 사회를 형성하지만, '구성의 모순'은 있을 수 있다. 한국 근대사와 현대사에서 혼돈스러웠던 사회가 뜻있고 의식 있는 개인의 주장보다 나았던 것도 없었을 뿐만 아니라 많은 사람들을 의미없는 전쟁으로 몰아넣었다.

작품 『장군의 수염』은 그 구조적인 면에서나 주체적인 면에서 종래의 우리의 전통적인 소설과는 자못 다르다. 우선 이 작품은 '이야기 속의 이야기'라는 이른바 액자 소설 형식을 곁들인 추리 소설 형식을 취하고 있다.

다시 말하면, 이 작품은 어떤 형사가 프로타고니스트인 김철훈이란 신문사 사진기자의 미심쩍은 자살 사건에 대한 의문을 풀기 위해서 소설가인 화자와 심문 아닌 심문이라는 대화를 나누는 데서 시작된다.

화자인 소설가는 자기 자신의 소설 소재를 구하는 듯하면서도 자살 원인을 집요하게 추구하는 형사의 물음에 답하는 형식으로 이야기 속의 프로타고니스트인 김철훈과 만남에 대한 기억, 그가 남긴 일기장 탐독, 그리고 그의 어머니 및 그와 동서생활을 했던 나신혜라는 여인의 증언을 통해 그가 태어나서 죽을 때까지 삶에서 일어난 여러 가지 결정적인 순간의 장면들을 모자이크 형식으로 재구성하고 있다.

물론 이 작품은 대부분의 액자 소설의 경우와 마찬가지로 화자가 그의 대화의 상대자에게 소설의 내면 구조를 형성하고 있는 프로타고니스트의 삶과 죽음의 원인을 밝히는 형식으로 이야기를 전개한다.

그러나 독특한 점은 화자가 프로타고니스트의 직접적인 대화를 통해서가 아니라 그가 남긴 소설 쓰기에 관한 편지와 일기를 통해서 그의 과거에 대한 문제를 파악하는 것이다. 그래서 화자의 글쓰기는 프로타고니스트의 글쓰기와 일치될 뿐만 아니라 그의 글쓰기를 확대해서 완성시키는 결과로 나타난다.

결국 이것은 두 사람이 사회 문제와 존재 문제에 대해서 추구하고 있는 것이 일치되거나 같은 퍼스펙티브 속에 있어서 부조리한 현실에 대한 기표적인 행위의 연속 작용으로 나타난다. 주체적인 측면에서 이 작품이 나타내고 있는 다른 하나의 특징은 작가와 일치되는 듯한 화자가 사회적 시각에서 진실된 한 사람의 인간을 바라보는 것이 아니라, 순수한 개인적 시각에서 부조리한 사회와 존재 현상을 바라보는 것이다.

이 작품을 쓸 당시 혼돈스러운 사회 상황과 부조리한 현실에 의해 너무나 큰 시달림을 받고 상처를 입었기 때문인지, 작가는 그의 소설에서 가끔 언급한 것처럼 개인과 집단 간의 갈등에서 오는 실존적인 고뇌를 다루는 문제에 있어서는 카프카와 대단히 유사한 면을 보이고 있다. 카프카는 집단적인 사회가 순수한 개인의 절대적인 자유를 억압한다고 보고, 지상의 유토피아는 가장 확실한 개인주의가 『심판』의 요제프 K의 경우처럼 실현될 때 가능하다고 생각했다.

그에 의하면 불완전한 집단이 개인의 확고하고 진실된 존재를 파괴해서, 개인의 삶이 절대적인 것에 기초를 두지 못하고 표류하고 있다. 또 카프카는 개인의 고독의 두려움 때문에 집단에 피난처를 너무나 자주 구해서 자신을 상실한다고 생각했다. 그래서 그는 인간이 지상地上의 현실 세계에서 완전한 이상을 실현하기 위해서는 자기 자신의 삶 속에서 가장 깊은 자아로서 존재할 수 있는 용기를 가져야만 하고, 또 그와 같은 확고한 믿음을 가지기 위해서는 허위적인 믿음을 버려야만 한다고 생각했다.

즉 이 작품은 1960년대를 살았던 작가가 식민지 시대로부터의 해방 전후와 6·25전쟁 그리고 군사혁명이라는 쿠데타에 이은 일련의 부조리한 역사적 사회 상황이 김철훈이라는 지식인을 비롯하여 그의 주변에 있는 순수하고 진실된 인간들을 어떻게 짓밟고 또 죽음으로 몰아넣었는가를 단층적으로 조명하면서 거기에 드리워진 그 우울한 그림자를 집요하게 탐색하고 있다.

이 작품의 중심인물이 그를 억압하는 사회로부터 도피해서 스스로 자살하는 것은 사회로부터의 단순한 도피가 아닌, 사회에 대한 방어적인 저항일 뿐만 아니라, 그의 비전과 상상력 속에서 순수한 인간 가치를 지키며 그것을 보호하여 발전시키려는 처절한 몸짓이다.

자의식이 대단히 강한 문제의 지식인인 프로타고니스트 김철훈은 '장군의 수염'이 나타내고 있는 어떤 부조리한 거대한 힘의 희생자이다. 그러면 '장군의 수염'이 나타내고 있는 우의적寓意的인 의미는 무엇인가. 그것은 우선 그 이미지가 말해주듯 어떤 거대한 권위주의적인 힘을 말해주고 있다.

그러나 작가가 그것을 '장군'이라고 표현하지 않고 '장군의 수염'이라고 표현한 것은 그것이 낡고 아나크로니스트적인 힘을 의미함과 동시에 자연주의적이고 원시적인 힘을 나타낸다고 하겠다. 철훈은 그 힘을 자신은 물론 그의 형 그리고 순수한 인간적인 힘으로 살아가려는 다른 진실된 사람들의 인간의지를 단절시키고 억압하는 거미줄과도 같은, 무의식적인 암흑 세계의 덫이라고 보았다.

그가 길에서 사람들을 만나 무엇을 물어도 수염들은 모두들 피해 달아나는 것 같았다. 그리고 밤이 되면 수염들은 복수하러 온다. 밤마다 악몽을 꾸는 것이다. 긴 수염들에 얽혀 숨을 쉴 수 없게 되는 꿈이다. 어디를 가나 수염이 쫓아오고, 그 수염의 밀림은 달아나는 그의 목을 감아버린다. 그는 거미줄에 얽힌 나비처럼 수염 속에서 허우적거리다가 눈을 뜨곤 했다.

여기서 말하고 있는 '장군의 수염'은 도스토옙스키와 카프카의 작품 등에서 언급되고 있는 인간의 이성 뒷면에 자리잡고 있는 눈멀고 귀먹은 어떤 암흑적인 힘을 의미한다. 다시 말하면, '장군의 수염'은 거대한 절대적인 힘을 나타내는 장군과 반 인간적인 자연주의적, 무의식적 본능이 상징하는 수염이 결합된 형태이다. 그래서 그것은 인간의 얼굴 모습을 하고 있으나 우주 가운데에서 인간적인 의지와는 상관없이 맹목적으로 움직이는 무의식적인 의지와도 같은 거대한 검은 존재의 마스크이다.

철훈이 대낮에 눈을 뜨고 깨어났을 때 그것은 사라졌지만 어둠이 찾아오는 밤이면 꿈 속에 수염의 모습으로 그이 목을 감는다는 것은 이러한 사실을 말해준다. 그래서 작가는 쿠테타가 일어났을 때 거리에서 거리를 행진하는 군대를 움직이는 것은 '장군'이 아니라 '장군의 수염'이라고 말하고 있다.

그런데 혁명군들은 오랫동안 산속에서 숨어 살았었기 때문에 수염을 깎지 못한 얼굴…… 모두들 구레나룻과 턱수염을 기른 채로 나타났다는 거죠. 그때 사람들은 무엇 때문에 혁명이 일어났는지, 장차 나라 일이 어떻게 될 것인지 하는 문제보다도 혁명군의 행진을 지휘하고 있는 '장군의 수염'만을 가지고 화제들을 삼았다는 겁니다. 장군도 역시 똑같은 수염을 기르고 있었지만, 그의 수염은 가위로 잘 다듬어놓아서 한층 더 멋지게 보였던가 봅니다…….

혁명이 일어난 다음부터 사람들은 '장군의 수염'과 똑같은 형태의 수염을 기르기 시작한 것이다. 민간인으로 혁명 내각에 들어간 사람들은 앞을 다투어가면서 수염부터 기르느라고 야단들이었다.

분명히 여기서 희극적이며 우의적인 터치로 묘사되고 있는 수염은 지성적이고 인간적인 의지와는 거리가 먼 원시적이고 자연주의적인 것으로서 밀도 짙은 풍자의 대상이 되고 있다. 혁명이 일어났을 때 '위로는 대학총장을 비롯하여 아래로는 리어커꾼에 이르기까지 모두들 수염을 기르고 거리를 행진'했지만, 프로타고니스트인 김철훈이 그것을 기르기를 거부한 것은 그에게는 그것에 대항하려는 인간적인 의지와 양심이 있었기 때문이다.

철훈이가 '장군의 수염'에 대해 이렇게 저항감을 보인 것은 그가 인간적인 양심을 가지고 있는 지식인이었기 때문만이 아니라, 어릴 적부터 아나크로스니스트적이고 반인간적인 어떤 힘에 의해 크게 상처를 입었기 때문이다.

이를테면, 그가 과거에 전혀 예기치 못했던 두 개의 큰 사건이 갑자기 일어나 그의 삶을 결정하는 요인으로 작용했다. 그가 태어난 지 얼마 되지 않아서 무서운 노老할머니의 시집살이를 하던 어머니가 밤늦게 바느질을 하다가 너무나 고단해서 깜빡 잠이 들어 잠결에 그만 그의 이마를 지져서 보기 흉한 심한 상처를 입혔다. 겉으로 보기에는 그의 흉터는 단순히 예기치 않은 사고 같지만, 따지고 보면, 노할머니가 비이성적이고 비인간적인 힘의 지배를 받고 어머니를 학대한 결과에서 비롯된 것이다.

또 다른 하나의 사건은 땅이라는 이름의 물신物神 때문에, 남다른 인간 의식을 가졌던 그의 형이 자연주의적인 가치관을 나타내는 지극히 완고한 아버지와 심한 갈등을 일으켜 비오는 날 끌려가서 죽은 것을 본 것이다. 작가의 시각이나 철훈의 시각으로 볼 때 철훈의 형은 두 번씩이나 비인간적인 기계적 힘에 의해서 희생된 사람이다.

철훈이가 어릴 때 그렇게 좋아하던 형은 해방 직후 공산주의 사상에 물들어 소작인의 젊은 아들들을 모아 당을 만들었다. 그의 형은 대단히 인간적인 사람이었지만 이념의 노예가 되어 빨치산으로서 싸우다가 공산주의 체제가 지니고 있는 비인간적인 기계적인 힘에 의해 추방을 당함을 물론, 땅 때문에 완고한 그의 아버지에 의해서도 버림을 받아 불행한 죽음을 당한다.

훨씬 뒤에 일어난 일이죠. 반자에서 쥐들이 철썩거리며 떨어진 날 밤이었어요. 비바람이 치고 있었지요. 비를 흠씬 맞고 이 년 만에 형은 집으로 다시 뛰어든 거예요. 빗방울을 튀기면서 짐승같이 떨고 있었어요. 나를 숨겨달라고 하면서 누군가를 몹시 욕하고 있었답니다. 그놈 때문에 나는 죽는다고도 했고, 이제 난 빨갱이도 뭐도 아무것도 아니라고 헛소리처럼 떠들어댔어요. 그때 무슨 일이 있었는지는 지금껏 우리도 모르고 있었어요. 어쩌면 철훈이는 알고 있었는지 몰라요…….

아버지는 그를 보자 곧 밖으로 끌어냈다. 형은 비를 맞으며 무릎을 꿇고 빌었지만 그의 아버지는 용서하지 않았다.

"난 널 용서할 수 있다. 그러나 조상은 용서하지 않을 것이다."라고 하며 나가라고 했다.

철훈도 형 옆에 꿇어앉아 같이 비를 맞으며 애원을 했다. 이제는 조상의 땅들도 토지개혁으로 다 잃었으니 형님을 용서해달라고 했다. 그 것이 도리어 아버지의 비위를 건드렸던 것이다. 토지개혁 소리를 듣자 아버지는 미친 사람처럼 되었다.

저런 사상을 가진 놈들 때문에 토지개혁이 되었다는 것이다. 조상들 앞에 낯을 들지 못하게 된 것도, 세상이 이렇게 변하게 된 것도 모두 저 놈들 탓이라고 했다.


철훈은 위에서 말한 두 종류의 인간적이고 부조리한 사건 때문에 외부 세계와의 접촉을 꺼리고 장군의 수염에 휘몰리는 병자가 되고 말았다. 시각에 따라 철훈의 이와 같은 행동은 건강하지 못한 도피적인 행위로 볼 수 있다. 그러나 그의 행동은 결코 도덕적으로 문제가 있는 병리적인 현상이 아니다. 물론 그가 어릴 적 인두자국으로 심한 상처를 입은 후 늘 심심해하며 집 밖을 나가지 않고 혼자서 골방에 들어가 몇 시간을 숨어 있을 때도 많았다.

그러나 그에게 있어서 골방은 자연주의적이고 원시적인 힘이 지배하는 동굴이나 플라톤적인 동굴과는 달리 인간 의지와 인공적인 힘으로 만든 도스토옙스키의 벽처럼 인간 존재를 악성 기후로부터 보호하도록 가르치는 실질적인 이성의 결실로서 비좁고 냉혹한 영원한 양심의 감옥을 의미한다.

철훈이가 형이 비오는 날 아버지에게 버림을 받고 끌려나가는 것을 보고 난 후, 앓았던 병은 좋지 못한 의미로서의 질병은 아니다. 그의 병은 앞에서 언급한 골방의 이미지처럼 이 작품의 전편에서 나타나고 있는 도덕적이고 환상적인 모티브이다.

이것은 도스토옙스키가 쓴 『지하실의 수기』의 프로타고니스트가 쓴 다음과 같은 말에 의해서도 크게 뒷받침되고 있다.

"나는 수없이 벌레가 되기를 바랐다고 여러분에게 엄숙하게 선언합니다…… . 신사 여러분, 맹세코 너무나 많은 양심은 병입니다. 실제로 독특한 병일 뿐입니다."

또 이것은 도스토옙스키의 다른 작품 『백치白痴』에서 죽어가는 아폴리트가 고통스러운 정신착란 속에서 화가 폴바인이 그린 '죽은 예수'의 비전에 시달리고 있는 다음과 같은 장면에 의해서도 설명될 수 있겠다.

"이러한 그림을 보는 사람들은 자연을 하나의 거대하고 무자비한 무언의 짐승으로 이해한다…… . 보다 정확히, 보다 올바르게 말한다면, 비록 이상하게 들리지만 우둔하고 무감각한 그것은 대단히 값진 존재, 즉 모든 자연은 물론, 자연법칙의 값어치와도 같은 어떤 존재를 아무런 의미없이 움켜쥐고, 짓눌러 삼켜버리는 가장 현대적인 건축물로 된 거대한 기계로 되어 있다…… . 나는 거의 그 맹목적인 힘, 모호하고 말이 없으며 귀먹은 존재를 보는 것 같다. 또 촛불을 들고 있는 어떤 사람이 나에게 어떤 불유쾌한 거미를 보여주고, 실제로 그것이 그 무섭고 맹목적이며 전지전능한 존재이며 또 나의 경멸에 대해서 웃고 있다고 나에게 확신시켜주는 것 같다고 나는 기억한다."

여기서 이야기한 이미지는 카프카의 예술에서도 언급되는데 이것은 우리들을 "존재의 하수로를 통해 내려가게 해서 지하에 있는 양심의 미로 속으로 안내한다."

어린 시절에 두 개의 무서운 사건에 외상을 입은 철훈이가 성장해서 사진부 기자로서 생활하면서 암실에 대해 많은 관심을 기울이는 것도 그가 내면 깊숙이 있는 양심의 영역에서 살고 싶다는 것을 상징적으로 나타내주고 있다.

암실에 들어오면 내가 완전히 혼자라는 데에 안심한다. 대낮—밖에서는 햇볕이 내리쬐고 사람들은 그 휘황한 광채 속에서 물고기처럼 헤엄치고 있을 것이다. 그러나 나만이 광선과 소리와 외계外界의 공기를 두절한 밀폐된 암실에 이렇게 서 있는 것이다. 깜깜한 어둠 속에 둥근 달 모양의 형광판螢光坂이 파란빛을 던진다. 그것은 저편 벽 너머의 딴 세상으로 향하는 출입구같이 보인다.

하이포의 새콤한 냄새와 어둠과 형광과 인광의 바늘이 돌아가는 타임워치 소리와……. 아! 여기는 영원, 영원히 잠들어 있는 피안의 세계다. 암실 작업은 나를 해방시켜준다.

이렇게 철훈은 양심의 세계 속에서 살면서 부조리한 현실과의 갈등을 끊임없이 계속한다. 그가 신문사 사진부 기자로서 일하게 된 것 역시 이와 같은 그의 노력의 연장선상에 있다. 이것은 그가 신문사 사진기자로서 비밀 댄스홀을 취재 나갔다가 불꽃처럼 타오르는 검은 눈을 가진 나신혜라는 여인이 경찰에 붙잡혀 가면서 절망적으로 부르짖으며 부탁한, 비참하고 절박한 그녀의 아버지 나목사에게 보인 뜨거운 인간애를 통해서도 알 수 있다.

나목사는 이북에서 내려온 피난민으로서 6·25전쟁 때 피난가지 않고 남아 있다가 북에서 온 사람들에게 심한 매를 맞아 반신불수가 된 사람이었다. 나신혜는 1·4후퇴 때 아버지의 권고로, 그녀가 좋아하던 이웃집 대학생과 부산으로 피난길에 올랐다.

그러나 불행히도 도수 높은 안경을 쓰고 있던 그의 애인이었던 꽃다운 그 젊은 청년이 군용 트럭에 실려 전쟁터로 끌려가는 비극을 본다. 그후 나신혜는 영등포의 여직공들과 어울려 RTO 군용 화물차를 타고 부산으로 내려가려고 하다가 미군 흑인 병사에 의해 검은 저탄장으로 납치되어 끌려가서 무참히도 성폭행을 당한다. 말하자면 나신혜는 '그녀의 처녀성을 차표 한 장'과 바꾸었던 것이다.

전쟁터에서 피난을 나갔다가 이진이라는 그의 유일한 친구를 뜻없이 잃은 경험이 있는 철훈은 그들 역시 맹목적으로 움직이는 어떤 거대한 검은 존재의 희생자들이라는 사실을 발견하고, 그들의 상처를 비집고 신혜의 마음을 파고들어갔다.

아! 상처. 그것은 무엇일까? 영혼의 깊숙한 어둠 속에서 입을 벌리고 있는 그 상처는 무엇일까? 그것을 알면 아주 낯선 사람도 자기의 친구가 될 수 있을 것이다. 우리는 예수처럼 훌륭하지 않다. 그러나 우리도 그와 똑같은 상흔을 가지고 산다. 우리는 예수처럼 부활의 증거, 그 생생한 상흔을 가지고 있다. 나목사는 상처의 의미를 나에게 가르쳐주었고, 신혜는 그 상처를 나에게 만질 수 있게 했다.

나는 지금 외롭지 않다.

그 결과로 나목사가 죽게 되자 심한 충격을 받은 철훈은 표류하는 배의 선실에서와도 같이 나신혜와 '동서同棲'생활을 하면서 양심에 한점 부끄러움도 없는 세계를 꿈꾸면서 이른바 '고해놀이'와 '추장놀이' 등을 하며 추상적인 이상향을 추구한다. 그러나 그의 생활은 반드시 나신혜가 말했던 것처럼 추상적이었던 것만은 아니었다. 물론 화자 역시 그의 추상적인 태도에 대해서는 비판적인 태도를 보였다.

그러나 그는 다만 자연주의적인 잔혹한 현실로부터 벗어나서 뜨거운 휴머니즘이 담겨 있는 보다 인간적인 세계를 추구했을 뿐이다. 문제는 그가 그때마다 그의 정직하고 이상적인 행동이 벽에 부딪히게 되자 현실 세계로부터 소외의 길을 걸어야만 했던 것이다.

결국 철훈은 그의 신문사 동료인 염상문이 자궁암으로 죽어가는 자기 부인의 손을 놓지 못해 현장에 나가서 확인을 하지 않고, 구제를 받지 못하는 이재민들의 참상에 대한 사진을 몽타주로 만들어 데스크에 돌렸다가 수사당국에서 조사를 나오게 되자, 염상문 대신 그 자신이 한 짓이라고 말해서 권고사직을 당한다. 그래서 부조리한 현실에 대한 그의 자의식적인 반응은 점차 더욱 더 민감해짐은 물론 극한적인 방향으로 나아간다.

이를테면 그는 신문사에서 실직당한 후 자기가 여유 없는 사실이 부끄러워 버스 차장에게 작은 허세를 부린 것에 대해 깊이 후회하는가 하면, 가끔 유치원으로 가서 유치원 선생이 아이들로 하여금 짝짓기 놀이를 하게 해서 몇몇 아이를 소외시키는 행위에 대해 크게 분노했다.

그리고 그는 신혜와의 성적인 관계를 맺을 때에도 그것을 '고독한 배설작용'이라고 말한다. 그가 그의 성적 행위를 이렇게 표현한 것은 카프카와 이상李箱의 경우처럼 인간이 행하고 있는 동물적인 행위에 대해 극심한 자의식을 느꼈기 때문이다. 그래서 철훈이 직장을 나와서 신혜 곁을 떠나지 않고 있을 때, 신혜는 육체적인 욕망을 분출시켜보고 싶어 했지만, 그럴 때마다 그는 신혜를 두려운 눈초리로 바라보았다. "동물의 귀소성처럼 현실의 육체를 애무하다가도 어두운 상상의 허공으로 날아가곤 했다." 이러한 그의 자의식은 신혜가 철훈과 그 일을 한 후 권태로워서, 기계적으로 반복되는 자연법칙에 따라 생명을 살해하듯이 발톱을 깎을 때도 어김없이 나타났다.

그의 휴머니스트한 자의식적인 반응이 절정에 이른 것은 그가 신문사를 나온 후 마지막 직업으로 누드 사진을 찍어 잡지에 투고하는 일을 하다가 모델인 C양에게 카메라를 넘겨주었을 때이다.

그가 누드 사진을 찍었던 것은 생활의 방편을 위해서가 아니라, 자연과 다른 인간이 지닌 생명체의 아름다움을 밝히고 표현하려는 의도였을지도 모른다. 그러나 그가 모델 C양으로부터 다음과 같은 말을 들었을 때, 그 일마저 포기하고 만다.

C양은 처음 사람들 앞에서 옷을 벗을 때의 감상을 말하더군. 어떤 타락한 여자도 자기 육체를 남자 앞에 보이는 것은 꺼려한다고 말이지. 그런데 대낮, 대낮 속에서 C양은 옷을 벗고 흰 살을 드러내놓았던 거야. 살기 위해서 그런 짓을 한다고 생각하니까 눈물이 쏟아지더라는 거야. C양은 나보고 또 이렇게 말했어. "거꾸로였어요. 나는 순서가 바뀌어 있었어요. 나는 남성을 알기 전에 먼저 육체의 부끄러움을 상실한 거랍니다."라고 말야. C양은 어금니를 깨물고 자신 있게 말했다는 거야. 나는 지금 시체이다. 하나의 숨쉬는 시체가 아니면 물건이다. 왜냐하면 내 손, 내 유방, 내 사지는 지금 본래의 목적을 상실해가고 있는 것이다.

나신혜는 철훈이가 말한 이와 같은 이야기를 듣자 질투심이 섞인 이유 때문인지도 모르겠지만, 그가 현실이 아닌 '우화의 집' 아니면 '진공眞空의 방'에 머물러 있다고 생각하고 그의 곁을 떠나버린다.

작가는 끝까지 철훈의 사인死因을 명확하게 밝히고 있지 않고, 비밀스러운 안개 속에 묻어두고 있지만, 나신혜가 떠나간 후 그는 비정하고 더러운 도시 변두리에 있는 초라하고 허술한 셋방에서 연탄가스에 의해 죽은 것으로 나타난다. 그가 자살을 한 것인지 또는 우연한 사고로 죽었는지는 아무도 모르지만, 그것은 그렇게 중요하지 않다.

만일 그가 우연한 연탄가스 사고로 죽었다고 하면, 그는 살벌하고 비인간적인 자연주의적 환경의 힘에 의해 살해된 것이다. 또 그가 연탄가스로 자살을 했을 경우도 마찬가지이다. 그런데 철훈이가 자살을 했다면, 그 원인을 두 가지로 해석할 수 있겠다.

하나는 그가 부조리한 사회 상황과 '장군의 수염'이 나타내는 맹목적인 자연주의적 환경의 힘에 대한 죽음으로서의 저항, 즉 방어적인 희생자의 모습으로 나타내고자 함이고, 다른 하나는 비록 추상적이고 형이상학적이긴 하지만, 순수한 인간으로서 억울한 죽음을 당한 나목사와 이진 등과 같은 속세를 벗어난 사람들과 함께하고자 하는 욕망이다. 이것은 그가 자살하는 고통을 축복으로 바꾸어놓는 역설적인 기쁨을 발견했기 때문인지도 모른다.

나를 위해 거기 있어주어요.
죽음의 골짜기에서 꼭 뵙시다.
더디 온다고 근심하진 말아요.
벌써 나는 길을 떠났으니까.

그러나 화자는 박형사에게 이것이 그의 자살 원인에 대한 해답이라고 말하지 않는다. 그가 박형사와는 달리 그 원인을 몇 세대에 걸쳐, 아니 영원히 추적해야만 된다는 것은 그가 다윈의 법칙을 이해한다고 하더라도 그를 죽음으로 몰아넣은 '장군의 수염'이 왜 존재하며, 또 무엇 때문에 영겁의 시간을 두고 인간을 태어나게 만들어 살해하는 일을 되풀이하게 하는가에 대한 수수께끼역시 결코 풀 수 없기 때문일지도 모른다.

그런데 중요한 것은 철훈이가 화자인 소설가에게 완성하도록 남겨놓은 『장군의 수염』이란 미완성의 소설에서 프로타고니스트가 죽는 순간에 자기에게 다가오는 어린이들이 국민학교 학예회처럼 수염을 달고 있다는 것이다. 왜냐하면 여기서 새로운 세대가 달고 있는 수염, 즉 그들의 내면에서 자라고 있는 수염은 산타클로스의 할아버지의 그것과도 같이 '장군의 수염'과는 다르기때문이다.

그가 예수처럼 죽으면서 바라본 비전은 다음 세대에 나타나는 인간이 무자비하고 폭력적이며 비인간적인 '장군의 수염'을 달고 있지 않고 사랑과 자비로 가득한 솜털과도 같이 희고 부드러운 수염을 달고 있다는 것이다. 일기장 속에서 미완성으로 된 작품 속의 철훈이 니체의 '초인'처럼 선택받은 희생자가 되어 비극적으로 죽는 순간에 바라본 비전 속에 처절하게 구체화된 사랑의 세계와 그곳에 도착하고자 하는 인간의 반복적인 노력은, 이 작품 마지막 부분에서 인용하고 있는 성탄절 풍습과 비숍 킹의 시편時篇들에서도 잘 나타나고 있다.

그러나 화자는 결론에서 철훈이가 마지막 순간에 볼 수 있을 거라고 가정했던 풍경을 예수가 탄생한 크리스마스 풍경과 일치해서 생각하는 듯하지만, 초월적인 세계의 지속적인 존재에 대해서는 회의적인 태도를 나타내고 있다. 이러한 화자의 태도가 지닌 의미는 부조리한 존재에 대한 물음의 태도와 같은 것으로서 이 작품이 취하고 있는 미해결의 추리 소설 형식에서도 간접적으로 나타나고 있다.

그런데 여기서 작가가 추리 소설에다 액자 소설 형식을 결합한 것은 김철훈의 삶과 죽음을 일정한 미학적 거리를 두고 객관적으로 묘사하기 위한 일차적인 목표 이외에도, 김철훈의 일기, 즉 그가 쓰려고 했던 미완성의 소설을 화자가 이어받아 완성한다는 뜻깊은 의미도 있겠다.

다시 말하면 이것은 역사 속에서 어느 한 사람이 부조리한 존재 문제를 탐색하다가 완성하지 못하고 미완성으로 남겨둔 작업을 다음 사람이 이어받아서 완성하려는 의미를 띠고 있다.

또 다른 한편, 만일 이 작품이 액자 소설의 형식을 취하지 않았을 것 같으면, 적지 않은 도덕적 문제를 갖게 되었을 것이다. 왜냐하면 프로타고니스트인 김철훈이 비록 인간의 순수성을 강조하고 부조리한 현실에 저항하기 위해서 스스로 반어적인 희생자의 길을 택했다고 하더라도, 자의식의 수인囚人이 되어, 현실적인 삶을 능동적으로 살지 못하고 확실성이 없는 추상적인 세계만을 추구한 점은 그의 실존주의적인 자아실현이라는 점을 감안한다고 하더라도 도덕적으로 문제가 있기 때문이다.

그래서 작가와 일치되고 있는 듯한 화자는 비록 김철훈의 태도에 대해서 많은 부분 대단히 동정적이고 공감적인 태도를 보이고 있지만, 그가 현실 세계를 완전히 배제하고 추상적인 세계로 파고들어가는 데 대해서는 적지 않게 비판적인 시각을 보이고 있다.

그러나 화자의 글쓰기와 프로타고니스트의 글쓰기는 보다 나은 사회 창조를 위한 연속적인 기표le signifiant의 텍스트 속에 있는 것만은 틀림없다. 비록 화자가 프로타고니스트의 자살 원인을 결코 완전하게 밝혀내지는 못했지만, 그것을 밝히려고 노력하는 것 또한 김철훈이 그의 절망 속에서 발견한 비전과 이어져 있고 또 그 연장선상에 있다.

작품 『장군의 수염』은 우리 소설사에서 보기 드물게 하나의 탁

월한 상징적이고 우화적인 이미지를 통해서 우리 현대사에서 전
개되었던 부조리한 사회 상황의 실체를 탐색함은 물론 그것을 넘
어서서 우주 가운데 움직이고 맹목적인 의지와 갈등하는 인간의
존재 문제를 독특한 시각에서 조명하고 있다. 그래서 이 작품은
서두에서도 지적한 바와 같이 우화적인 난해성과 전위적인 기법
및 스타일 때문에 문학사 속에서 정당한 위치를 차지하지 못한
것은 우리 문학의 발전을 위해서도 그렇게 바람직하지 못하다.

우리 문학사의 기술에도 정전 문제는 초미焦眉의 관심사로서
다시 한 번 깊이 생각해보아야겠다. 결론적으로 말해 문학사 속
에 정전으로서 마땅히 자리잡아야 할 작품이 제 위치를 차지하
지 못하고 그렇지 못한 작품이 과대평가되어 큰 자리를 차지하고
있지 않은가 하는 문제를 밝히기 위해서, 우리는 다시 한 번 보다
세심하고 균형 있는 비평적인 작업을 펼쳐야 하겠다.

이 글은 이상李箱이 처음으로 우리 문학사 속에서 제시한 자의
식적 전통을 보다 현대적으로 새로운 차원에서 계승 발전시킨 작
품, 즉 『장군의 수염』의 숨은 문학적 가치를 밝히려는 작은 시작
에 지나지 않는다. 앞으로 이 작품에 대한 보다 훌륭한 분석과 연
구가 있을 것으로 기대한다. 폴 드 만Paul de Man이 훌륭한 작품론
을 쓰는 것은 훌륭한 문학사를 쓰는 것과 같다고 주장한 것을 기
억해둘 만하다.

# 장군의 수염

**Q** 이어령 선생님은 문학 비평가, 문명 비평가, 문화 행정가 등, 문화에 관한 다양한 이름으로 널리 알려져 있는데, 의외로 소설가로는 젊은 세대에게 그다지 알려져 있지 않은 것 같습니다. 문학이라고 총칭하기는 하지만 비평과 소설은 상당히 다른 장르인데요. 비평은 이미 존재하는 글을 분석하고 해석하는 것이고, 소설은 무에서 유를 창조하여 다른 사람들에게 비평의 소재로 내놓아야 하는데, 비평가로서 이미 이름이 알려진 상태에서 본격 소설을 쓰셨던 이유가 궁금합니다.

**A** 원래 나는 평론보다도 시와 소설부터 쓰기 시작했어요. 데뷔를 평론으로 한 것뿐이지, 어렸을 때부터 소설을 쓰려고 구상도 하고 실제로 습작도 했고. 그런데 평론을 쓰니까 사람들이 "너는 얼마나 잘 쓴다고. 그렇게 잘 쓰면 네가 한번 써봐라." 그러잖아요. 그건 마치 농구 코치나 축구 코치한테 "네가 한번 차넣어

라." 하는 것과 마찬가지예요. 히딩크한테 네가 센터 봐라, 그럴 수 있어요? 코치를 하는 것과 자기가 실제로 경기를 하는 건 다른 감각이라는 거예요. 평론도 마찬가지죠. "자기는 쓰지도 못하면서 저런 이야기를 하는가." 보통 이것이 비평가에 대한 일반 사람들의 상식이에요. 평론가가 누구의 작품을 비평하거나 논쟁이 붙었을 때 돌아오는 반응은 "너 한번 써봐라."였어요. 이런 상식 이하의 논쟁들이 작가와 평론가 사이에 벌어져온 거죠. 평론가들이 소설을 못 쓰니까 평론을 쓴다는 생각이 만연해 있으니까 "그럼 내가 한번 소설을 써보마. 너희들이 쓰는 소설과는 전혀 다른 걸 쓰겠다." 오기가 발동한 거예요. 평론이 아니라 글로 보여주겠다는 거죠. 그게 『장군의 수염』을 출간하게 된 동기예요. 언제든 난 소설을 쓸 수 있다, 그리고 비평과 소설을 쓰는 안목은 동떨어진 게 아니다, 라는 걸 말하고 싶었던 거죠.

그동안 백철, 홍사중 같은 평론가가 소설을 썼어요. 비평가들 중에 소설을 쓴 사람들도 많았지요. 비평은 괜찮은데 막상 그들이 쓴 소설은 읽기 힘든 것들이 많으니 평론가들이 쓰는 소설에 대한 세간의 평가가 낮을 수밖에 없었던 것이죠. 나는 우리 사회의 타부나 금기를 깨뜨리는 평론을 써왔는데, 『장군의 수염』을 쓴 것도 그런 고정관념을 깨뜨리는 것이었어요.

두 번째 이유도 어떻게 보면 오만하다고 할 수 있어요. 그 당시에도 그런 질문을 많이 받았는데, "나는 소설 읽는 걸 참 좋아하는데, 요즘 한국 소설은 싱겁고 재미가 없어서 내가 읽으려고 썼다."고 대답했죠. 사실 농담으로 한 말인데 많은 사람들이 분개했죠. 어느 신문이랑 인터뷰하면서 나온 대답인데 오만하다고 비난을 들었어요. 그런데 사실 생각해보면 '왜 소설을 쓰는가?'라고 묻는 사람이 어리석은 거예요. 그건 결혼한 사람한테 "왜 결혼했냐?"고 묻는 거나 마찬가지니까. 복합적인 이유가 있겠죠.

지금 이 세상에 소설이라는 장르가 없었다고 해봐요. 그럼 쓰겠어요? 남들이 다 써왔고, 이런 게 소설이다 하니까 "나도 한번 써볼까?" 하는 거예요. 신이 천지창조하듯 아무것도 없는 상태에서 소설을 쓴다고 하면 "왜 소설을 썼냐?"고 물을 수 있지만 남들다 하니까 문학하는 사람으로 쓸 수 있는 거죠. **가장 큰 동기는 바로 그거예요. '남들 다 쓰는데 나도 한번 써볼까?'**


Q 『장군의 수염』의 시대적 배경을 보면 박정희 대통령 시대를 연상하게 되는데요, 이 소설을 쓰게 된 동기를 좀 더 구체적으로 밝혀주신다면요?


A 발표 연대를 보면 아시겠지만 5·16 군사쿠데타가 일어나 박정희 장군이 군사 통치를 하던 1960년대의 상황을 배경으로 했어요. 『장군의 수염』의 '장군'이 바로 같은 시대 상황을 암시하는 키워드라고 할 수 있지요. 만약 그 시대의 상황을 비평으로 썼

다면 정치적인 글이 되었겠지요.

나는 4·19 이후 정치의 한계, 저항의 문학의 비 문학성을 절실히 체험하고 있었기 때문에 직설적인 비평보다 우의적寓意的인 소설 양식이 시대 상황을 복합적으로 그려낼 수 있는 언어라고 보았어요. 이 소설을 쓰기 이전 나는 《동아일보》에 발표한 문화 시평을 통해서 "다이너마이트로 빙산을 부술 수는 없다. 빙산은 기상의 환경에 의해서만 녹일 수 있다."고 말한 적이 있는데 이러한 주장은 문학을 정치의 도구나 상황을 변하게 하는 수단이 아니라 자기 목적적인 자율성을 지닌 존재로 인식하였기 때문이지요.

사람들은 『장군의 수염』을 정치적으로 해석하고 싶어 하지만, 좀 더 중요하게는 나는 그 소설을 통해서 내 존재의 이유를 밝히고 싶었어요. 내가 살고 있는 시대, 해방 직후, 전쟁 직후에 신문 같은 미디어가 싹트기 시작한 시대에, 지식인으로 살아간다는 것은 어떤 의미인가, 혼돈의 시대에 한 지식인이 짊어져야 하는 영혼의 무게를 보여주고 싶었어요.

Q  젊은 시절 선생님의 비평의 칼이 굉장히 매서웠던 것으로 아는데, 그런 작가에 대한 몰이해가 만연하던 시대에 자신의 소설이 비평의 대상이 된다는 점에 두려움은 없으셨나요?

A  두려움이 아니라 도전이었죠. 그 당시 비평가로서 상당히

전위적이고 촉망받던 때인데 위험을 각오하고 쓴 거잖아요. 내가 그런 도전과 위험이 두려웠다면 베스트셀러 작가가 되었을 때 일본에 가서 『축소지향의 일본인』을 쓰지 말았어야죠. 국내에서 한참 잘나갈 때인데 여기서 책 한 권이라도 더 내는 게 낫지 않겠어요? 일본에 가서 휴지가 될지도 모르는 걸 일 년 동안 써서 낸다는 건, 내가 항상 위험 부담이 있는 삶을 골라서 살아왔다는 거예요. 기업가라면 나는 벤처기업가인 셈이죠. 벤처기업가보고 "왜 그렇게 위험 부담이 많은 걸 하냐?"고 묻는 셈이에요. 똑같은 질문이란 것이죠. 글을 쓴다는 건 항상 위험 부담이 있는 삶이에요. 글 쓰다 굶어 죽을지도 모르고, 누가 그 글을 읽어줄지도 몰라요. 책을 내면 한 권도 안 나갈지 어떻게 알겠어요. 베스트셀러가 된다고 해도 그걸 읽은 독자가 어떤 사람인지 어떻게 알겠어요.

Q   선생님처럼 전방위적으로 다양한 장르를 아우르면서 활동하신 다른 문인은 없었을 것 같아요.

A   나는 내가 예외적인 존재가 아니라 다른 문인들이 오히려 예외적이라고 생각해요. 작가라면 당연히 위험 부담이 있는 걸 해야 하고, 희곡도 써봐야 하고, 시도 써봐야죠. 궁금해서라도 쓰고 싶지 않겠어요? 나는 소설가니까 죽을 때까지 소설을 써야겠다, 시 썼는데 안 되니까 소설 써야겠다, 그런 태도는 아니라는

이야기죠. 누굴 위해서 쓰는 것이 아니라 시 아니면 도저히 표현이 안 되는 것이 있고, 소설 아니면 도저히 기술 안 되는 것도 있고, 희곡 아니면 절대로 나올 수 없는 게 있다는 말이에요. **내 마음속에서는 시를 쓰고자 하는 욕망과 소설을 쓰고자 하는 욕망과 희곡을 쓰고자 하는 욕망이 전혀 달라요. 그 욕망이 다르기 때문에 할 수 없이 한 거란 말이죠.** 성공했는지 못했는지는 부차적인 거예요. 소설로 베스트셀러 만들어서 처자식 먹여 살리려고 마음먹는다면 바보예요. 확률이 지극히 낮거든요. 차라리 변호사, 의사 되면 확률이 높잖아요. 처음부터 글을 쓴다는 것은 현실에 도전하는 거예요. 내가 깔려 죽든지, 내가 쓰러뜨리든지. 적어도 군대에 가는 전사보다는 훨씬 비장한 각오로 글을 쓰는 거예요. 군대는 살상자가 아무리 많아도 죽는 사람보다는 사는 사람이 많아요. 그런데 소설은 성공하는 사람보다 전멸하는 쪽이 훨씬 많죠. 만 명 중에 한 명 남을까 말까. 문학청년 중에 소설 한번 쓰겠다고 벼르지 않은 사람이 어딨어요. 요즘엔 인터넷 때문에 조금 달라졌지만, 옛날에는 책 좀 읽었다 하는 문과 지망생 중에 소설가의 꿈 안 꾼 사람이 없었어요.

Q    선생님은 별로 약한 척하지 않고 엄살을 부리지 않으시잖아요. 그래도 첫 소설을 쓸 때 이건 좀 힘들었다, 하는 건 없으셨어요?

A  『장군의 수염』은 그동안 누구도 안 써본 방식이었어요. 중편이라는 장르가 그땐 별로 없었거든요. 다들 단편 아니면 장편을 썼으니까. 왜 매수에 구애되어야 해요? 이우환 화백의 그림을 보면, 물감 한번 칠해서 주욱 훑다가 물감이 떨어지면 거기서 그림이 끝나요. 애당초 남들이 그리는 방식과 다르다는 거예요. 붓을 찍고 떼는 게 바로 그림이라는 이야기죠. 그러니까 내가 그림을 그리는 것이 아니라, 물감이 그리는 거예요. 그것이 궁극의 그림이라는 것이죠. 어떤 방식이든 이렇게 그리는 거예요. 물감이 없으면 그림을 못 그리잖아요.

똑같은 것을 썼을 때 두려움을 느끼지, 아무도 쓰지 않은 방식의 글을 쓰는데 두려울 게 뭐 있겠어요. 전례가 없으니 성공이고 실패고 없어요. 처음 가는 길이니까 두려움은 없었다는 거죠. 모험을 하기 때문에 아방티르aventure, 처음 가는 길에 대한 불안함, 호기심 같은 것이 있었을 뿐이지, 문단의 평가에 대한 생각은 전혀 없었어요. 『장군의 수염』은 성공하겠다는 의도를 가지고 쓴게 아니에요. 그건 직업 소설가가 아니었기 때문에 가능했을 거예요. 한 사람도 안 읽어도 좋다, 그런 생각을 갖고 썼거든요. 내가 쓰고 싶어서 썼는데 남들이 뭐라고 해도 무슨 상관이 있어요. 그때만 해도 오만했기 때문에 거꾸로 새로운 방식을 시도하는 것을 욕하는 사람을 오히려 내가 동정했죠.

Q  선생님의 연보에 의하면, 맨 처음, 그러니까 1955년에 쓰신 글은 「환상곡」이란 소설이었고, 서울 문리대 시절에는 「소돔의 성城 속에서」와 「여름 풍경 2」를 쓰셨고, 뒤에 「암살자」와 같은 탁월한 작품을 남겼습니다. 혹시 전업 작가로서의 길을 걷고 싶으셨던 순간은 없었나요?

A  나는 단지 글을 쓸 뿐 '소설가다, 비평가다, 에세이스트다'라는 장르에 대해서는 무관심해요. 엄격하게 말해서 **나는 나 자신을 위해서 글을 쓰지요. 내가 보려고 읽으려고 글을 쓰는 것입니다.** 나에게 있어서 최고의 독자는 바로 나 자신인 것이지요. 쓰는 기쁨과 읽는 기쁨, 이 즐거움을 빼놓으면 나는 빈껍데기에 불과해요. 사회를 위해서 조국과 민족을 위해서 글을 쓰시는 분, 고결한 인격과 훌륭한 시민으로서 존경받는 작가 문인들이 많이 있지요. 그러나 나는 한 번도 그런 사람으로 기억되기를 원치 않았지요.

나 혼자도 주체 못하는데 어떻게 남을 위해서 더구나 그 큰 민족이나 국가의 집단을 위해서 글을 쓰나요. '마담 보바리는 나다'라고 플로베르Gustave Flaubert가 이야기했다고 하지만 철훈은 '나다'라고 말할 수밖에 없지요. 철훈처럼 **나는 하루에도 몇 번씩 죽습니다. 글쓰기가 그러한 죽음을 하루치씩 연장해준다고나 할까요.**

말하자면 『장군의 수염』같은 소설을 지금도 매일 써요. 매일 밤 어둠 속에서 쓰고 있지요. 비록 문자화, 활자화가 되지 않았지만 말입니다.

Q 『장군의 수염』은 기존의 이야기 중심의 소설과는 좀 다른 것 같아요. 예전 작가들이 쓴 소설들에는 명확한 기승전결이 있는데 『장군의 수염』은 단순한 소설의 흐름으로는 파악하기 어려운 복잡한 구조를 갖고 있거든요. 이런 복잡한 구조의 소설을 쓰시게 된 동기가 있나요?

A 이건 주인공이 죽 스토리를 이끌어가는 일정한 플롯이 없어요. 철훈이의 일관된 시점으로 자기 이야기를 하는 게 아니에요. 철훈이의 이야기를 여러 사람의 시점에서 바라보는 것이죠. 그 여러 사람들의 시점을 이으면 소설이 만들어지는 거예요. 그러니까 소설은 누가 쓰는 거겠어요? 독자들이 철훈이라는 한 인물을 소설 양식으로 쓰는 거예요. 그건 아주 다른 이야기예요. 독자들이 여러 정보를 가지고 한 인간상을 만들어내는 것이죠. 작가가 다 만들어낸 인간상을 읽는 게 아니라는 말이에요. 전지적 신의 시점이나 내레이터의 한 시점으로 한 사람을 관찰하는 것이 아니라 형사, 소설가, 신혜, 여러 사람들이 한 사람의 죽음을 바라보는 시점들을 그려나간 거예요.
이야기를 끌어가는 사람의 성도 다르고 목적도 달라요. 형사는 사인을 밝히기 위해 철훈의 주변사를 파헤치고, 기자들은 그들이 아는 친구 이야기를 하고 있고, 신혜는 자기 애인의 이야기를 하고 있고, 소설가는 소설을 쓰는 사람의 관점에서 철훈이를 보고 있어요.

이런 다시점의 소설이 없지는 않아요. 아쿠타가와 류노스케芥川 龍之介 같은 사람이 그런 소설을 썼어요. 『라쇼몬羅生門』도 그런 양식을 쓰고 있고, 외국에서는 흔한 방법이에요. 하지만 우리나라에서는 그걸 시도해본 작가가 없었던 거예요.

그러니까 일반적인 소설 지문이나 대화가 아니라 편지, 일기, 증언, 취조, 이런 여러 양식을 사용한 것이죠. 또 소설 속에 소설이 나오는 양식도 특이해요. 문장의 여러 형태들이 이 작품에서 다 시도되고 있어요. 보통 소설을 쓰려면 문체가 하나인데 이건 그렇지 않다는 것이죠. "문체는 인간이다."라는 뷔퐁Bufon의 말을 완전히 부순 것이죠. 시점, 양식이 문체라는 거예요. 똑같은 작가가 서술해도 일기로 서술하는 것과 편지글로 서술하는 것, 취조문 형태로 서술하는 것이 같을 수가 없잖아요. 그러니까 "문체가 주제다(Style is an object)."라는 얘기가 되죠. 주제가 달라지면 문체도 달라진다는 얘기예요. 그러니 『장군의 수염』에서는 수십 가지 문체가 나오는 거예요.

한국 소설은 그동안 천편일률적으로 스토리텔링에 기초한 게 많았어요. 주인공이 있고, 배경이 있고, 플롯이 있고, 주제가 있어요. 무슨 바둑 배우는 것처럼 너무 틀에 갇혔어요. 난 좀 파격적인 걸 둘 수 없을까 고민한 거죠. 예를 들면 바둑판이라고 꼭 바둑만 둘 필요는 없잖아요. 바둑을 둘 수도 있고, 룰이 전혀 다른 오목을 둘 수도 있죠. 오목에도 규칙이 있고 바둑에도 규칙이 있잖아요. 그걸 누가 만들었겠어요? 최초의 창조적인 누군가가 규칙을 만들었고 그다음에는 그 규칙에 따라 플레이하는 것일 뿐이에요. **나는 단순한 플레이어가 아니라 크리에이터가 되고 싶었던 거예요.** 남들이 쓰는 룰에 맞춰서 소설을 쓰기는 싫었던 것이죠. 그래서 쓴 실험적인 소설이 『장군의 수염』이에요.

Q   타 장르와는 다른 소설이라는 장르만의 매력이나 차이를 말씀해주실 수 있을까요?

A   여러 번 썼지만 어렸을 때부터 어머니가 늘 이야기를 읽어주셨어요. 어머니가 들려주시는 세상은 내가 경험하는 실제 세상하고 너무 다른 거예요. 하나는 현실의 이야기들이고 하나는 픽션 속에서 벌어지는 이야기들인데 항상 현실보다는 어머니가 들려주는 세상의 이야기가 재미있었어요. 나는 날지도 못하고 괴물을 퇴치할 만한 힘도 없는데 어머니가 들려주는 세상에서는 날아다니기도 하고 용을 퇴치하기도 하고, 멋지게 복수도 했으니까. 그때 설렘을 느끼는 거예요.
모든 사람들이 착각하는 게 있는데, 소설은 스토리가 아니라는 거예요. 스토리텔링이라는 것은 일어난 사실에 대한 역사적 해석도 아니고, 오늘날의 일정한 양식을 갖춘 서사도 아니에요. 내러티브나 서사나 novel은 완전히 다른 거예요.

호메로스의 시나 오늘날의 시나 그 속에서 일관된 주제는 살아남을 수 있어요. 그런데 소설은 한 시대의 풍속의 차이를 그리기 때문에 시처럼 영원한 주제를 다루지 않아요. 그래서 리얼리즘 소설이 나오기 시작했고, 차이를 그리는 소설이 나오기 시작했고, 풍속적인 것을 그리는 소설이 나오기 시작한 것이죠. 발자크도 풍속적인 것을 그리고 있어요. 그런데 산업사회가 되다 보니, 내가 모르는 각자의 삶이 존재하게 된 거예요. 그래서 소설을 통해 "아, 과부들은 이렇게 사는구나, 공장 노동자들은 이렇게 사는구나." 그런 걸 깨닫게 되는 것이죠. 하나의 이야기를 통해 하나의 커뮤니티를 보는 거죠. "소설이란 거리로 매고 다닌 거울이다."라는 말도 있잖아요.

그런데 점점 사회가 산업화되어 현대 시대가 되니 19세기 산업주의가 대두될 때와는 전혀 다른 소설 양식이 생겨나는 거예요. 서양에서는 제임스 조이스라든지, 마르셀 프루스트 같은 사람들이 내면을 그리고 상징을 그리기 시작하니까, 풍속이 아니라 인간의 생명 속에 얽혀 있는 불멸의 상상력을 표현하게 된 거예요. 플로베르만 하더라도 "이 세상에 움직임을 나타내는 하나의 동사, 상태를 나타내는 하나의 명사가 있다. 일사일언─事─言, 하나의 사건에는 그것을 표현하는 하나의 말이 있다."라는 근대적, 합리주의적 소설 이론 방식을 가지고 있었지만, 제임스 조이스는 소설 속에 우연을 끌어들였어요. 내가 의도하지 않았던 말들이 어떻게 독자들에게 상상력을 줄 수 있는지를 살핀 것이죠. 요즘 말로 randomness, 이런 우연성이 소설로 들어오기 시작한 거예요.

「고도를 기다리며Waiting for Godot」의 새뮤얼 베케트Samuel Beckett는 제임스 조이스의 비서였어요. 옛날 작가들은 다 딕테이션을 했거든요. 어느 날 제임스 조이스의 구술을 옮겨 적고 있는데 누군가 밖에서 '똑똑똑' 노크를 했어요. 제임스 조이스가 "Come in."이라고 말했는데 새뮤얼 베케트가 그걸 구술인 줄 알고 받아 적은 거예요. 우리는 말은 우리말로 하고, 글은 한문으로 써서 언문일치가 안 되는데, 라틴어에서 발전한 영어는 베르나큘라Vernacula라고 말과 글이 비슷하기 때문에 그것을 옮겨 적는 일에 상당히 훈련이 되어 있어요. 그래서 딕테이션이 어렵지 않아요. 새뮤얼 베케트는 누군가 노크를 하니까, "들어오세요."라고 한 제임스 조이스의 말을 옮겨 적은 거죠. 진짜 사람이 들어오고서야 자신이 실수한 걸 알았어요. 그래서 제임스 조이스한테 "죄송합니다. '들어오세요'라는 문장이 소설 속의 문장인 줄 알고 받아썼는데 지우겠습니다."라고 말했어요. 그런데 제임스 조이스가 "지우지 말게. 그 말이 거기 들어감으로써 독자들에게 어떤 상상력을 불러일으킬지 아는가?"라고 말한 거예요. 소설은 70퍼센트는 작가가 쓰고, 30퍼센트는 독자의 상상력이 만들어가는 것이지, 100퍼센트를 작가가 끌고 가는 것은 아니라는 이야기예요. 작가의 몫과 우연의 몫, 독자의 몫이 따로 있다는 것이죠.

옛날처럼 절대주의 에클레티크éclectigue하고 다른 거예요. '삶이란 무엇인가?'에 대해서 철저히 자각하는 게 에클레티크거든요. 프랑스에는 에클레티크 파롤éclectigue Parole하고 에클레티크라고 하는 생명의 질서가 있는데 우리는 소설가 자신이 '나는 글을 쓴다'고 하는 자의식을 가지고 쓰지를 않는다는 거예요. 이게 서양과 동양의 차이예요.

그런데 사람들은 왜 소설 쓰는 사람이 시 쓰냐, 왜 평론 쓰는 사람이 에세이 쓰냐, 이런 허무맹랑한 이야기를 해요. 서양에서는 장르 구분 없이 시 쓰는 사람이 소설 쓰고, 평론도 써요. 빅토르 위고Victor-Marie Hugo가 그렇잖아요. 그는 위대한 시인이고 소설가이고 희곡가예요. 그러니까 나는 아주 전통적인 에클레티크를 한 것이죠. 그런데 우리나라에서는 시 쓰는 사람은 밤낮 시 쓰고, 소설 쓰는 사람은 소설만 쓰죠. 내가 주로 평론을 써서 평론가 이미지가 컸다는 것뿐이지, 나는 시도 쓰고 소설도 쓰고 희곡도 썼어요. 에클레티크를 하는 나는 뭘 쓰든 하나라는 이야기죠.

Q  선생님은 소설 이론에 너무나 밝으세요. 이론에 대한 지식이 많으시기 때문에 소설을 쓰셨을 때 많은 도움이 되었을 거라

는 생각도 하지만 다른 한편, 혹시 너무나 많은 이론적인 지식이 글쓰기의 자연스러운 흐름을 막을 가능성도 있지 않을까 생각합니다. 라이오넬 트릴링Lionel Trilling과 에드먼드 윌슨Edmund Wilson 같은 저명한 미국의 평론가들은 훌륭한 소설 작품을 남겼지만, 그것들이 그들이 쓴 엄청난 양의, 시대를 풍미한 비평문 때문에 크게 빛을 보지 못했습니다. '머리'와 '가슴'을 조화롭게 성공적으로 결합한다는 것이 쉽지 않은 것 같은데, 어떻게 생각하시나요?

A   소설가는 누구나 소설을 쓸 때 무의식적으로 소설의 이론을 생각하게 되지요. 이때의 이론은 쓰고 있는 나를 바라보고 있는 또 하나의 나, 즉 이성이에요. 창작할 때의 감정이나 직관 그리고 상상력은 언제나 또 하나의 나의 시선에 의해서 억제당하기도 하고 다듬고 퇴고하는 '창조적 주저' 속에 처하게 됩니다.

이 소설의 구성을 보면 아시겠지만 저 역시 거의 정체가 기하학적 그물망처럼 얽혀 있고 쇠고리에 의해서 연결되어 있습니다. 피사체로서 말하자면, 철훈이가 어렸을 때 수학여행에 가서는 단체사진을 찍는 하나의 피사체로 실패하는 장면과 얽혀 있지요. 언더플롯을 깐 거죠. 철훈은 함께 사진을 찍을 친구가 없어서 수학여행 시의 사진 찍기에서 소외된 채 혼자서 숲속에 들어가 잠이 듭니다.

소외와 잠, 죽음, 그리고 관심도 없던 학생들이 실종된 자기를 찾기 위해서 소리질러 찾는 것. 이것이 프랙털fractal 구조로 전체 이야기를 압축하고 있지요. 그가 죽으니 형사들이 나오고 작가가 나와서 비로소 그에게 관심을 보여주는 것과 일치합니다.

이러한 구조가 독자를 피곤하게 하고 소설을 재미로 엔터테인먼트로 삼으려는 소비자에게는 지루하게 느껴질 거예요. 아마 이렇게 말하겠지요. "흥 좋은 소설가가 되기는 틀렸군. 아는 것이 병이야."라고. 그렇다고 우리가 구미호 이야기에 익숙한 사람들에게 계속 그 호기심을 충족시키는 이야기꾼 노릇만은 할 수 없지요. 소설도 진화하는 생명체이니까요.

Q 『장군의 수염』을 읽어보면 1960년대에 쓰였다고 믿기지 않습니다. 『장군의 수염』은 현대적 소설 기법들을 그만큼 선구적으로 활용했다고 평가받고 있는 작품입니다. 이 작품의 탐정소설적 구조를 한층 더 단단하게 해주는 것이 문장의 속도감이라고 생각되는데요, 이처럼 군더더기 없는 단문들이 당시에는 상당한 파격이 아니었을까요? 어떻게 이런 파격적인 소설을 쓰시게 된 거예요?

A 내가 『장군의 수염』으로 알려졌지만, 그 이전 대학 시절에 쓴 「초상화」라는 소설이 있고, 「환」, 「환상곡」도 있고 단편소설

을 여러 개 썼어요. 그런데 그게 다 실험적인 거예요. 『장군의 수염』도 그렇고 『환각의 다리』도 그렇고, 내가 계속 실험적인 소설을 쓰니까 사람들은 내가 전통적인 방식의 소설을 쓸 줄 모르니까 이런 소설만 쓴다고 생각하는 거예요. 하도 그런 말들이 많아서 쓴 게 「홍동백서」예요. 그건 신춘문예용으로 쓴 소설이에요. 사람들이 소설은 이렇게 써야 한다고 생각하는 그대로 써서 보여 준 것이죠. 대화, 성격 묘사, 스토리텔링의 플롯, 정황 묘사까지 전부 계산해서 쓴 거예요. 평론가가 소설 쓸 줄 모르니까 관념적인 말만 늘어놓는다고 하는데, 그것이 아니라는 증거로 쓴 것이죠. 그래서 「홍동백서」는 스토리텔링식 전통 소설이에요.

내 소설이 이론적이고 관념적이라고 비판하는 사람들은 도스토옙스키의 『카라마조프 가의 형제들』을 읽으면 까무라치지 않겠어요? 그 소설을 보면 종교 이야기가 시도 때도 없이 나와요. 발자크는 안 그래요? 동네 이야기하면서 역사책을 베껴놓지, 빅토르 위고의 미리엘 주교 이야기는 어떻고. 장장 한 챕터가 미리엘 주교에 대한 종교 이야기예요. 그런 걸 읽고 문학을 한 사람들이 어떻게 내 소설을 보고 관념적이라고 말할 수 있어요? 지극히 상식적인 소설이지. 이상의 소설이 난해하다고 하는데, 제임스 조이스나 마르셀 프루스트 소설을 읽어보면 그런 이야기 할 수 없어요.

Q 『장군의 수염』의 배경인 1960년대는 경제적으로는 땅을 중심으로 하던 봉건 농경사회가 붕괴되고 새로운 산업구조를 만들어나가려던 시기였죠. 이 작품의 주인공 철훈은 그런 혼란스러운 시대에 모든 상황을 민감하게 의식하기는 하지만 정작 시대적 변화에는 적응하지 못하는 나약한 지식인의 모습을 보여줍니다. 이런 철훈의 모습을 통해 선생님이 말씀하고 싶었던 것은 무엇인가요?

A 철훈은 근대인이기 때문에 당연히 가족 전통이나 민족 전통이나 사회적 획일성에 대해서 적응을 못할 수밖에 없어요. 그렇죠? 소풍을 가더라도 다른 아이들과는 똑같이 행동을 못하는 거예요. 친구도 없는 외톨이라는 것은 철훈이가 성격이 이상해서가 아니에요. 스스로를 근대인으로 자각한 사람을 획일적 전통주의, 사회, 민족을 이야기하는 사회에 데려다놓으면 미운 오리새끼, 까마귀 사이의 백로처럼 될 수밖에 없어요. 그런 걸 그린 거예요. 원래 그런 것을 소설의 인물로 설정하는 것이 정상이에요.

**소설의 인물을 형상화한다는 것은 우리 안의 타자**他者**를 그리는 거예요.** 인간들이 습관 속에서 그냥 받아들인 것을 낯설게 하는 것이에요. 결혼하고 죽는 것이 삶인 줄 알았는데 눈을 부릅뜨고 십 분만 살펴봐도 아니라는 것이에요. 일상성에 의미를 부여하는 것이죠.

모든 사람이 장군의 혁명을 이야기하고 장군을 따라하며 수염을 붙이는데, 철훈이는 그걸 못 붙이겠다는 거예요. 그게 실존적 인간이고 근대인이고 집단 획일주의에 반발하는 깨어 있는 한 인간이에요. 남하고 같이 살려고 하지 않는 거.

신혜 아버지나 신혜나 처음에 다 그런 사람들 아니었어요? 사회에 의해서 거의 반신불수가 된 목사, 창녀로 치부되는데, 정작 몸은 팔지도 못하는 여자, 그런 사람들이 흉터를 가진 사람들이잖아요. 카인의 표지처럼.

특히 옛날에 세상 험한 꼴 안 보고 살아왔던 지주 출신이 갑작스럽게 이런 세상에 처한다고 해보세요. 못 살죠. 철훈이 아버지가 그랬잖아요. 땅밖에 모르던 사람이거든요. 철훈이가 자기 아버지의 가치관을 인정했으면, 옛날 양반, 지주 계급 사람들처럼 행동했을 텐데, 철훈이나 그 형이나 양반 체제에 대해서 누구보다 메스꺼움을 느낀 사람들이에요. 우리 집안에서도 그랬지만 할아버지, 아버지, 아저씨는 다 지주 계급이고, 그 아들들은 다 공산주의자, 사회주의자였어요.

가난한 농부들이 공산주의자 되는 법이 없어요. 다 『자본론』 읽고 외국 문물을 경험한 인텔리들이 좌익 했어요. 그 인텔리의 비극성을 그린 것이에요. 지식인을 처음으로 대두시킨 거예요. 이 소설에서 박정희 대통령에 대해 썼지만, 그런 정치적 해석을 거부하는 이유는 정치적으로만 이 소설을 바라보면 실존적 인간을 볼 수 없기 때문이에요. 획일주의라는 것, 남들이 다 하는 건 그게 뭐든 장군의 수염이라는 것이에요.

Q 『장군의 수염』은 특이하게 소설 속에 또 하나의 이야기가 들어 있습니다. 요즘에야 액자 소설이라는 이런 구조가 그다지 낯선 것은 아니지만 주인공이 자신의 소설을 통해서 작가가 말하고 싶은 주제를 이야기하는 이런 양식은 당시에는 상당히 파격적이었을 것이라는 생각이 듭니다. 그래서인지 쓰인 지 50년이 지났지만 전혀 촌스럽다는 생각이 들지 않고, 이 시대에 읽어도 전혀 어색하지 않습니다. 이런 액자 소설의 기법을 사용하신 특별한 의도가 있었는지 궁금합니다.

A 혁명이 일어나 다 장군을 따라하는데 주인공인 철훈은 수염을 못 길러요. 설사 본인은 수염을 기르는 것이 좋아도 남들이 다 하니까 못 하는 것이죠. 소외되잖아요. 그런데 남들은 그걸 획일주의라고 생각하지 않잖아요. 개인의 자유이고 선택인데, 강요로 받아들이는 것 자체가 자격지심의 증거라고 하잖아요.

액자 소설 속의 이야기는 지식인의 그런 자의식을 표현하기 위한 거였어요. 그러니까 검은 차가 주인공을 치어 죽인 것인지, 자신이 차에 뛰어들어 자살한 것인지도 분명치가 않아요. 그것은 중요하지 않다는 거예요. 철훈이처럼 철저하게 고독하면서도 안 죽고 사는 사람이 있고, 철훈이보다 몇 배나 뻔뻔스러운데 자살하는 사람이 있어요. 자살했다, 안 했다가 중요한 게 아니에요. 그 시대를 살아간 모든 사람들이 토지개혁이니, 좌익이니, 우익이니, 이승만, 김구 선생이니 할 때에 어디에도 끼지 못하고 남들처럼 살아가지 못한 사람의 이야기를 그린 거예요. 단순히 한 가지를 말하는 것이 아니라 다면적인 것을 말하는 데 액자 소설이 유효한 것이죠.

'장군의 수염'이라는 것은 5·16 시대에만 있었던 게 아니고 조선시대에도 있었고, 인간이 태어날 때부터 있었던 거예요. 나는 리얼리즘을 하지 않고 시적인 방법을 통해서, 한정된 그 시대만의 이야기가 아니라, 그와 유사한 획일주의 가치관을 들이댄 모든 시대를 비판한 거예요.

소설이란 그런 것이지 여권처럼 유효기간이 있는 게 아니에요. 소설은 무엇이든 말할 수 있는 특권을 가지고 있는데 왜 유효기간 있는 신분증 언어를 쓰느냐, 한 것이죠. 나는 문학의 언어를 쓰겠다는 거예요. 정치적 구호나 쓸 것 같으면 뭐 하러 소설을 쓰겠어요. 구호의 가장 다른 방식이 액자 소설에 나오는 수염이에요. 귄터 그라스Günter Grass가 히틀러의 독재를 왜 치통에 비유했겠어요. 바로 그게 문학이라는 거예요. 더 나가서는 폴리포니po-lyphony, 즉 단성이 아니고 코러스처럼 여러 소리가 어울리는 화성법이라는 거예요. 단성 음악이 듣기 좋겠어요? 화성으로 하면 도인지 미인지 모르는 묘한 어울림 속에서 화음이 나오잖아요.

Q    선생님께서 우회적으로 사용한 '장군의 수염'을 이 작품 끝
에 인용한 시에 나오는 산타클로스 할아버지의 수염과 같은 문맥
이나 맥락에서 읽을 수 있나요? 만일 있다면, 그것의 공통분모는
무엇이며 차이는 무엇입니까?

A    수염은 권위일 수도 있고 인간의 얼굴을 가리는 가면, 그리
고 수수께끼에 싸인 모든 삶의 엑스파일일 수도 있지요. 그러니
까 이 소설에 등장하는 수염은 프로이트의 분석대로 여자에게는
없는 남성의 힘인 가부장적인 권위와 억압, 아버지적인 것을 상
징하지만 동시에 마지막 산타클로스의 수염처럼 종교적인 의미,
즉 탄생, 죽음, 부활 등 존재론적인 수염일 수도 있다는 것이지
요.
    그동안 한국의 소설은 속초에 가면 줄에 오징어를 넣어 말리는
광경처럼 언어를 한 가지 스토리나 의미의 줄에 꿰어놓은 것 같
은 것이 많았습니다.
    그러나 나는 바다에서 헤엄치는 오징어를 잡아다 '스토리'라는
줄에 매달아 넣어 말리는 소설 기법이 아니라 조각보처럼 삶의
천에서 떨어져 나온 천 조각들을 모아 조각보를 만드는 방법으로
소설을 쓰는 것이지요. 그렇습니다. 『장군의 수염』이야말로 남들

이 쓰지 않았던 '조각보 양식의 소설'이라고 할 수 있겠지요.

　이 소설은 이야기꾼들의 단순한 소설 구조를 더 이상 반복하지 않고 나의 소설 미학을 통해 우리가 겪었고 앞으로 겪게 될 정치와 돈, 사랑, 존재, 그리고 삶과 죽음을 관통하는 종교에 이르기까지 전 방위의 의미 탐색을 시도해본 것이라고 할까요. 그래서 사랑의 이야기가 종교를 패러디한 것 같은 '고해놀이'나 '추장놀이'와 같은 놀이의 장치가 등장하기도 한 것입니다.

　Q　이 작품 가운데서 철훈의 애인 격인 신혜가 벗어놓은 양말과 함께 비오는 날 발톱을 깎는 것에 대한 언급이 한두 번 나옵니다. 저는 이것들이 나타내는 상징이 '장군의 수염'과 관계가 있다고 보았습니다. 작가로서 선생님의 말씀을 듣고 싶습니다.

　A　신체성은 카메라의 피사체와 같은 것으로 이 소설의 중요한 모티브를 이루고 있어요. 철훈이 유아 때에 인두로 화상을 입은 흉터라든가 신혜가 벗어놓은 양말에서 구렁이가 껍질을 벗어놓은 것을 연상하는 것, 자기 몸의 일부인데도 마치 타자의 것처럼 발톱을 깎고 있는 뒷모습과 같은 장면은 일종의 존재의 거리에서 오는 쓸쓸함과 외로움 같은 이미지를 자아내지요. 다시 말하면 존재의 결핍, 빈구석, 비가 내리고 있는 그 지루하고 답답한 검은 구름장이 낀 우리들의 존재와 존재 사이의 거리와 같은 것

들을 이미지와 상징으로 계속 추적하려고 한 것이지요.

그러나 딱 "이 장면은 바로 이것을 나타내려고 한 것이다."라고는 작가인 나도 한마디로 정답을 알려드릴 수는 없어요. 만약 그런 해답을 가지고 있었다면 무엇 때문에 소설로 썼겠어요. 차라리 직접적으로 숨어 있는 의미를 투명한 산문으로 밝히는 비평을 쓰는 쪽이 좋았겠지요. **소설은 해답 기능이 아니라 실은 질문 기능, 재현성과 하이데거가 말한 개시성**(겉으로 들춰 보이는 것)**이지요.**

Q  이 작품의 중심인물인 철훈을 죽음으로 몰아넣은 것은 부조리한 사회 상황이란 점은 부인할 수 없습니다. 그러나 그가 골방과 같은 닫힌 공간인 암실에서 누드 사진을 현상하는 것은 내면적인 자아 탐색의 의미를 상징적으로 나타내고 있습니다. 그의 자살도 이것의 연장선상에 놓여 있는 문제로 읽을 수도 있을 것 같아요. 그래서 이 작품은 대부분의 고전적인 작품의 경우처럼 사회적인 문제뿐만 아니라 존재론적인 문제를 함께 탐색하는 미학적인 결과를 가져옵니다. 철훈의 직업을 카메라맨으로 설정한 의도를 말씀해주실 수 있나요?

A  철훈이를 신문사 카메라맨으로 설정한 것. 그리고 암실작업—혼자서 어두운 방에서 현상작업을 하는 것. 인화지 위에 차츰 모습을 나타내기 시작하는 피사체의 의미—이것이 그대로 철

훈이의 삶의 본질 존재를 보여주는 압축된 풍경이라고 할 수 있어요. 그는 신문기자이므로 사회의 외면적인 사건현장을 추적하고 카메라에 담지만 동시에 자신의 내면의 사건, 존재의 영상을 추적하고 그것을 혼자서 외롭게 암실작업을 하고 있는 내면적 삶을 갖고 있는 인물입니다. 신문기사와 소설의 허구만큼이나 다른 두 세계가 교차되어 있는 거지요.

그렇기 때문에 이것은 5·16 군사쿠데타 이후 모든 사람들이 '장군의 수염'을 기르고 동조하면서 자신의 얼굴을 잃어가는 정치적 상황을 담고 있으면서도, 정치와는 관계없이 수천 년 동안 인간에게 부과된 수수께끼이자 질문인 개인의 실존 문제를 담고 있지요.

맨 처음 형사가 나타났을 때 소설가의 신경을 건드린 것은 달랑달랑 매달려 있는 단추였어요. 나와 타자 사이에 존재하는 사물의 의미가 첫 장면에 이미 암시되어 있지요. 그리고 형사가 소설가의 담뱃재에 대해서 언급하는 것 등이 바로 실존적 삶을 부각하는 타자와의 관계를 묘사한 대목들이에요.


Q 『장군의 수염』은 선생님의 정신세계를 지배하고 있는 아나크로니스트들에 대한 저항을 또 다른 상황에서 형상화하고 있는 듯합니다. 철훈은 선생님이 이상에 대해서 쓰신 글 '날개 잃은 증인'의 또 다른 얼굴 같습니다. 어떤 평론가는 철훈이 현실과 싸우

지 않고 도피해서 자살한 것을 도덕적으로 실패했다고 비판합니다. 이런 비판에 대해 어떻게 생각하시나요?

A  언어 자체가 도피이지요. 우리가 살고 있는 현실은 상징적인 것, 즉 언어의 기호 같은 것이 아니라 비린내가 나고 할퀴면 피가 흐르고 밟으면 꿈틀하는 사물로 되어 있지요. 현실과 싸우지 않고 자살하였으니 도피라고 하는 사람은 『악령』에 나오는 키릴로프의 자살 역시 도피라고 할 것입니다.

이상의 소설 「날개」의 나를 도피주의로 몰아세우고 데카당 décadent으로 규정하는 사람들처럼 말이죠. 피상적인 정치면의 기사를 상대로 싸우는 사람은 실상 존재의 아픔이나 존재에 대해서 싸워보지도 못한 사람들이지요. 그들이 아는 것은 경제의 분배, 정치권력의 분점 등 돈과 권력을 놓고 싸우는 사람들이니까요. 그런 사람들은 존재를 가리는 수염과 싸워보지도 못했으니 패배할 수도 없어요. 철훈이의 죽음은 바로 존재 문제에 돌격하다가 전사한 것처럼 장엄한 패배라고 할 수 있지요. 도피자가 아니라 훈장감입니다.

Q  선생님이 이 작품을 쓰실 때 개인적으로 열광했던 작가가 있나요?

A   그땐 카프카 좋아했을 때였어요. 카프카처럼 대담하게 『성』이나 『변신』 같은 작품을 쓰지는 않았지만 제일 좋아한 작가가 카프카였어요. 독문학을 전공한 건 아니지만 릴케, 토마스 만 등, 유난히 독일어권 작가를 좋아했어요. 괴테의 『파우스트』나 토마스 만의 『부덴브로크 가의 사람들』을 열독했고, 시는 프랑스 시인들의 시를 좋아했어요.

Q   인물들이 다 입체적인데 특별히 누군가가 모델이 되었나요?

A   내 약점이기도 한데 내 소설을 비판하자면 등장인물이 다 이어령이에요. 형사나 말하는 사람이나 신혜나 죽는 목사까지도 전부 이어령이에요. 나는 나 자신을 해체해서 모든 사람 안에 넣은 거예요. 내 분신을 형사로도 만들어보고 소설가로도 만들어보고 한 거죠. 나는 타자를 몰라요. **내가 아는 타자라는 건 항상 나를 객관화한 타자예요.** 인간은 그래요. 자기밖에는 쓸 수가 없어요. 아무리 별난 모습을 써도 사실 그건 다 자기 안의 모습이에요. 카라마조프 가의 삼형제하고 표도르비치의 아버지가 사실은 다 도스토옙스키의 모습인 거예요. 저자가 자신을 해체한 거예요.

Q   이 작품에서 가장 애착이 가는 인물은 누구인가요?

A 그거야 당연히 철훈이죠. 하지만 소설가를 취조한 형사도, 세속적인 어머니도, 누이도 결과적으로는 철훈이를 이해하게 해 주는 사람들이었던 거예요. 영원한 단절을 만들어놓은 건 없어 요.

Q 『장군의 수염』은 영화로도 제작이 되어, 당시 십만이 넘는 관객을 동원했다고 들었습니다. 1966년에 이 소설이 발표되었고, 영화는 1968년에 제작되었습니다. 상당히 빠른 시기에 영화화되었고 상도 많이 받은 것으로 알고 있는데, 소설과 다른, 영화 〈장군의 수염〉의 매력은 무엇인가요?

A 나는 전혀 영화로 제작할 생각이 없었어요. 더 극단적으로 말하면, 영화화한다고 했을 때, "당신들이 내 작품을 얼마나 잘 이해한다고 영화로 만드냐" 그런 오만한 생각을 했어요. 사실상 『장군의 수염』은 최초의 예술영화예요. 문예영화라고 하는 것은 문학작품을 영화로 만들었다는 것뿐이지, 문학작품의 분위기를 영화 기법으로 옮긴 것은 아니에요. 영화 속에서 비가 오는데 수채 구멍을 치운다든지 하는 건 당시의 영화 기법으로는 굉장히 새로운 표현 양식이었어요. 당시에는 필름 값도 비쌌기 때문에 줄거리와 관계없는 장면을 찍는 법이 없었어요. 애가 하나 휙 지나간다든지, 고양이 한 마리가 야옹 하고 간다든지. 그럼 한국 사

람들은 "저 고양이 왜 나왔지?" "도랑 치는 저 사람은 누구야?" 한 거예요. 문학영화든, 문예영화든 그 정도로 직설적으로 모든 걸 표현했어요. 그런데 이 영화는 직접적인 줄거리와 상관없는 모습을 보여주거든요. 취조실에서 밖을 내다보면 기동경찰들이 스쿠터 타고 연습하는 장면 같은 게 나와요. 황량한 취조실 너머 햇빛이 비치는 데서 무심하게 스쿠터를 타고 있는 이미지를 전달하려고 한 거죠.

Q 소설에는 골프 치는 장면이 없는데 영화에는 들어 있습니다. 굉장히 우울한 영화인데, 거의 마지막에 가면 여자 주인공이 흰 원피스를 입고 골프 연습을 합니다. 극본을 『무진기행』으로 유명한 김승옥 선생님이 쓰셨는데, 이 아이디어는 시나리오 쓰신 김승옥 선생님이 내신 제안인가요, 아니면 선생님께서 내신 건가요?

A 글쎄, 감독이 가끔 그러는 수도 있고, 그래서 마지막에 보면 서로 제 것이 아니라고 하죠. 돈 가진 사람이 최고거든요. 감독도 아무 소용 없어요. 시사회 할 때 제작자가 "저건 잘라!" 하면 꼼짝 못해요. 제아무리 유명한 감독이라도 돈 대주는 물주가 "끊어!" 하면 끊는 거예요. 그래서 요즘 대개 파이널 컷이 없는 감독판이라는 것을 만듭니다. 그런데 사실 보면, 역시 돈 가진 사

람이 자른 게 잘 자른 거예요. 예술가들이 어쩌고저쩌고하는 건 지루해서 못 봐요. 돈 내고 그 사람 예술 하는 걸 우리가 왜 봐요? 돈 가지고 노는 사람들이 대중의 안목에는 귀신이거든요.

Q   김철훈이라는 사진기자가 이렇게 이야기합니다. "나는 사건을 쫓아다닌다. 뉴스가 있는 현장에 내가 있어야 한다. 그러나 그 현장에 있으면서도 나는 언제나 뉴스 밖에 있어야 한다. 취재기자들처럼 그것이 왜 일어났으며 어떻게 전개될 것이며 또 어떤 결말을 가져오는지 그것을 캐낼 권리가 카메라 기자에겐 없다. 찍어야 할 것을 찍고 현상을 하고 인화를 해서 데스크에 넘기기만 하면 된다. 어느 때에는 내가 찍은 사진을 본문 기사를 읽고서야 그게 어떤 사건의 장면이었는지를 똑똑히 알 때도 있는 것이다. 렌즈의 앞이 아니라 뒤편에 나는 있어야 한다." 어떤 뜻으로 이렇게 쓰신 것인지 설명 좀 해주시죠.

A   예를 들면 교통사고가 났어요. 보통 사람은 사고를 보면 피하고 봅니다. 그런데 카메라맨은 직업상 피사체와 되도록 가까이 가야 하니까 가장 흉측하고 보고 싶지 않은 대상에다 렌즈를 맞추어야 하죠. 신문기자들은 그 사람이 왜 죽었으며, 앞으로 저 사람이 어떻게 처리될 것인지를 쫓아다니면서 취재하는데, 정작 자기는 그 장면만 찍으면 그만인 거예요. 우리 인생이 그런 것입니

다. 아마 여러분도 때로는 무의미하고, 때로는 슬프고, 때로는 흉측하고 보기 싫은 어떤 장면들을 보고 기억 속에 그 모습을 저장하지만, 그것은 연속되지 않은 무수한 스틸사진이고, 그것이 왜 그렇게 되었는지 인과를 따질 수 없고, 또 그때 어떻게 되었는지 알 수도 없잖아요.

'나는 항상 밖에 있고, 그 속에 뛰어들지 못한다.' 그런데 이런 실존적 고민을 하면, 이건 부르주아들의 배부른 고민이라고 생각하거든요. 천만의 말이에요. 배부르지 않은 사람일수록 이 실존적 고민을 만나게 되는 겁니다.


Q   김철훈의 어머니가 남편이 죽은 후에 굉장히 서럽게 웁니다. 그런데 소설 속에 이런 문장이 있어요. "아까까지 슬프게 우시던 어머니는 부의금을 세고 계셨던 것이다. 어떠한 순수한 슬픔도 저 새큼한 지폐를 뛰어넘게 할 수는 없었던가." 남편이 죽은 다음에 그렇게 통곡하면서도 돈을 세고 있는 어머니의 세속적인 모습을 보여주신 선생님의 안목이 놀랍다는 생각이 듭니다. 어떻게 극도의 슬픔과 지극히 세속적인 모습을 연결할 생각을 하셨어요?


A   조금 더 내려가면 철훈이의 어머니가 이렇게 말하는 장면이 나와요. "아무개는 얼마 냈니? 오천 원? 저런 못된 것. 평생

그 좋은 밭떼기 메게 해주고 소작료도 안 받았는데 겨우 오천 원을 내? 지금은 괜찮게, 떵떵거리면서 산다면서." 해방되어 상황이 역전된 거죠. 지주는 망하고 소작인은 장사해서 떼돈을 벌었는데, 그래서 욕을 해요. 또 어떤 사람이 얼마를 냈다니까 이렇게 말합니다. "그래, 믿을 녀석은 그놈밖에 없어. 참 진실한 사람이지. 어떻게 돈도 없는 사람이 그 돈을 냈다니?" 한 사람 한 사람이 부조금을 얼마 냈는지를 따져요. **인간이 정말 슬프고 실존적이되는 바로 그 순간에도 돈을 세니까 더 슬퍼지는 거예요.** 보통 때 돈 세고 돈 가지고 싸우는 건 자연스러운 것이죠. 사랑하는 애인이 죽은 슬픔에 눈물 흘리면서도 커피값 내려고 돈 꺼내고 카드 꺼내고, 이런 게 나는 더 아프다는 것이죠. 그냥 통곡하며 우는 사람보다. 그게 아이러니죠. 일종의 디스매치. 극도의 슬픔과 지극히 현실적인 모습이 대비되는 모습. 슬픔과 새큼한 지폐 사이에서 떠나지 못하는 상황. 이건 여러분이 초상집에 가면 볼 수 있어요. 정말 슬퍼하면서도 상제들이 굉장히 먹거든요. 꾸역꾸역 먹어요. 짠 눈물이 넘어간 슬픔의 목에 또 맛있는 음식이 들어가고 다시 슬픔에 잠겨요. 역설이죠. 슬플수록, 영혼에 이를수록 물질적이 되는 거예요. 그래서 그리스어로 소마soma, 육체라는 말은 세마sema, 무덤이라는 말과 모음 하나 차이예요. 그래서 "육체는 묘지다."라는 유명한 말이 있어요. 우리는 모두 묘지 속에 사는 것이죠. 묘지 속에 감금되어 있고, 태어나자마자 우리 육체는 이미 죽은 거예요. 육체가 완전히 죽으면 영혼이 영원히 분리되는 건데, 다 읽어보시면 알지만, 플라톤도, 기독교에서도 영혼과 육체를 분리하는 게 아닌데, 이걸 분리시켜서 이 모양이 되어버린 거예요.

Q 또 하나의 잊히지 않는 장면이 이 부분입니다. 나신혜라는 여자 주인공이 1·4후퇴 때 부산으로 피난을 가다가 미군한테 성폭행을 당하고 나서 깨어난 후 마구간 같은 데서 노새의 눈동자를 보는 장면이 있습니다. 여기에 이런 문장이 있습니다. "내게서 사람의 눈은 사라졌습니다. 노새의 그 눈, 호소하고 안간힘을 쓰고 구원을 청하는데도 나를 멍하니 그냥 들여다보던 그 노새의 눈밖에는 볼 수가 없었어요." 사람의 눈동자와 노새의 눈동자가 무엇을 의미하는지 설명해주세요.

A 그 당시에 석탄 쌓여 있고, 화물차가 있고 그걸 수송하는 군인들이 있습니다. 대개 미군들이에요. 그 사람들은 폭격으로 노선이 끊어지면 노새를 징발해서 무기 같은 걸 수송하는 거예요. 신혜는 이 석탄장에서 당하는 거예요. 기절하다시피 했는데, 새벽이 올 때쯤 깨어나요. 정말 아이러니죠. 신선한 푸성귀 같은 새벽에 먼동이 트기 시작하는데 의식이 들어 구원을 청하려고 보니까 아무도 없고 노새 한 마리만 자기를 쳐다보고 있는 거예요.

노새하고 무슨 대화가 되겠어요? 노새가 자기를 어떻게 구하겠어요. 절망적인 상태에서 처음으로 마주한 건 사람의 눈이 아니라 영원히 소통될 수 없는, 그러나 생명을 가진, 노새였어요. 그게 어쩌면 사람의 눈이 노새의 눈으로 영원히 변해버린 순간인지도 모르죠. 그 안타까운 심정이 객관적 상관물로 나온 거예요.

"그녀는 더럽혀진 석탄의 뭘 보고 울었다."라고 쓴다면 독자들이 울겠어요? "구원을 청하는 신혜를 노새가 아무 감정 없이 물끄러미 쳐다보고 있었다." 이렇게 대유법을 쓴 거예요. 독자들에게 신혜의 아픔을 공감하고 슬퍼할 수 있도록 노새를 등장시킨 것이죠. 가장 처절한 절망을 느끼는 순간에도 자기를 쳐다보는 것은 소통이 불가능한 노새의 눈뿐이죠. 어쩌면 철훈이의 카메라도 그런 노새의 눈일지도 모른다는 거예요. 카메라맨이 찍을 때의 렌즈는 참 차갑습니다.

Q 철훈이 자기 어머니에 대해서 이렇게 말하는 장면이 있어요. "구식 철자법밖에는 쓸 줄 모르는 어머니의 글이 나는 좋다. 우리와 똑같은 그런 어법으로, 그런 신식 맞춤법으로 편지를 쓰시는 어머니를 난 상상할 수가 없다." 같은 맥락의 이야기겠죠?

A 틀린 철자법, 구철자법은 몰락한 지주의 부인이 집착하던 과거 시대를 상징합니다. 시골 지주 마나님이었던 어머니가 세

끼 밥도 못 먹는 자기 아들의 집을 찾아오는 거예요. 그런데 구식 어머니거든요. 철훈이에게 그런 어머니는 옛날 사진처럼 다가오는 추억이고 과거의 시간을 의미해요. 철훈이에게는 과거의 시간도 있었고 오늘의 시간도 어느 정도 있었지만 미래의 시간이라는 게 주어지지 않죠. 현대의 젊은이들이 뭔가 우리들에게 허전하게 보이는 것은 이들에게 미래가 없기 때문이에요. 미래가 있어도 뻔하다는 거잖아요. 미래를 가진 사람의 행동하고 미래가 없이 오늘을 사는 사람들은 삶의 태도가 전혀 달라진다는 거예요. 그래서 철훈이는 자꾸 과거로 돌아가거나 상상 속으로 들어가 자기 상처 뒤에 숨으려고 해요. 시집살이 심한 어머니가 인두질을 하다 깜빡 잠이 드는 바람에 어린 철훈이의 이마에 인두질을 한 적이 있었습니다. 마치 카인의 표지처럼 상처가 남았는데 친구도 없고, 어딜 가도 사람들이 기피하잖아요. 상처 때문에.

Q  소설 속에서 땅과 관련된 여러 에피소드가 나오는데 철훈이 아버지에 대해서 이런 이야기를 합니다. "지금은 시효를 잃고 한낱 휴지쪽이 되어버린 땅문서를 끌어안고 아버지는 눈을 감은 것이다. 땅은 우리의 운명이었다. 형님을 내쫓게 한 땅, 아버지를 미치게 만든 그 땅. 해방이 되던 그 다음 날부터 우리는 땅의 피해자였다. 땅은 우리들의 운명이었다. (……) 땅은 우리에게 복수하고 있었던 것이다." 땅 때문에 아버지하고 둘째 아들하고, 아

버지하고 큰아들하고 나뉘는데요. 이 가족과 동네가 나뉘는 이런 이야기가 나옵니다. 학교에서 토지개혁을 굉장히 중요하고 잘한 것이다, 이렇게만 배웠었는데, 영화나 책을 보면 휴지조각이 되어버린 땅문서 때문에 사람들의 삶의 운명이 아주 극렬하게 대립하고 분열하고 부딪히는 장면이 나옵니다. 소설 속에서 이 지주 아버지, 땅 문제에 대해 왜 그렇게 많이 할애하셨나요?

A   흔히 소설 속에 나오는 지주는 나쁜 짓 하고 땅 뺏고, 하는 걸로 나와요. 그런데 지주라고 하는 존재는 그 자체가 기생충이에요. 왜? 한국에 땅이 있어요. 100이라고 합시다. 내가 이 땅에다 곡식을 심고 내가 먹으면 국가 전체로 보면 국가 노동력이 100퍼센트 들어간 거예요. 그런데 내가 똑같은 노동을 하는데 자기 땅이라고 해서 소작을 줘서 30퍼센트를 내놔라, 하면 전체에서 30퍼센트를 노동하지 않고 지주가 가져가는 거예요. 그러니까 나라 전체로 보면 30퍼센트의 부담을 국민 전체가 안게 되는 셈이죠. 그걸 지대론이라고 합니다. 그러면 지대론이 지금은 없을까요? 내가 이걸 특허를 냈다고 해볼게요. 병을 이렇게 만들어서 의장특허를 냈어요. 그러면 공장에서 다 찍어내고 특허를 맡은 특허료를 내는데 그게 지대료나 마찬가지예요. 노동력을 들여서 다 만들었는데 "너 내 걸 만들었으니까 얼마 내놔라." 해서 30퍼센트를 내놨다면 나라 전체로 보면 30퍼센트가 소멸되는 셈이죠.

그렇죠? 100퍼센트 노동가치가 상품가치로 못 돌아오는 거예요. 그래서 이 특허도 문제가 되는 거예요. 뭘 빌려주고 돈 받는 거. 그게 경제나 모든 면에서 옳지 않다는 거죠. 여기에서 사회주의가 나오고 공산주의가 나오고 사회개혁이 나오는 거예요. 인간이 본래 여러 가지 자연 조건 하에서 옳다고 생각하는 것을 하려다 보니까 혁명을 일으키고 목적이 수단을 정당화하면서 사람을 죽이고 지주들을 죽이는 것이죠. 로베스피에르Maximilien de Robespierre가 얼마나 많은 사람을 죽이고, 스탈린이 얼마나 많은 사람을 죽이고, 히틀러가 얼마나 많은 사람을 죽였어요. 그렇기 때문에 인간이 고통스러운 거지, 사회주의자들이 얘기하는 것처럼 토지개혁으로 지대론 없애고 평등하게 나눌 수 있다면 걱정이 왜 있겠어요.

Q  나목사가 딸에게 "너 교회 가지 마라." 이런 이야기를 합니다. 어렸을 때 신혜가 주일학교 가는 걸 싫어했어요. 조금 더 큰 다음에는 "아예 교회 가는 거 그만둬라." 이러거든요. 우리가 알고 있는 상식에서 고난 속에서 신사참배에 굴하지 않고 이런 목사님들은 대개 "네가 어떻게 주일성수를 어길 수 있니?" 그러거든요. 그런데 이 나신혜의 아버지는 이렇게 얘기를 해요. 말은 굉장히 엉터리 목사처럼 이야기하는데 실제 그의 삶은 우리가 생각하는 엉터리 목사하고는 거리가 멉니다. 어떻게 이런 모습의 목

사님을 생각해내셨어요?

A  지금 보면 너무 도식적으로 몰아넣어서 목사님을 내가 고문한 셈이죠. 두 가지의 피할 수 없는 안티노미를 만들어서, "증인은 이럴 때 어떻게 하겠습니까?" 하고 물은 거예요. 사르트르도 그런 짓을 했고 김은국의 『순교자』에도 저런 장면이 나와요. 상투적인 장면이죠. 가족, 어머니가 돌아가셨다. 영장이 나왔다. 영장대로 나가서 조국을 지킬 것인가, 어머니의 장례를 치를 것인가. 사르트르는 "선택이라는 것은 관념적인 것이 아니라 구체적으로 지금, 내 앞에서 벌어지고 있는 것이다. 자신이 선택하는 그것이 바로 사상이고 자기의 인생이다."라고 했습니다. 추상적으로 얼마든지 말할 수 있지만 정말 어머니의 죽음과 국가에서 나온 영장이 부딪혔을 때, 어머니의 사망통지서와 국가의 징집통지서 사이에서 선택해야 하는 그것이 인생이고 실존이라는 이야기입니다. 그저 말뿐인 관념이 어떻고 조국이 어떻고 그런 거는 다 쓸데없는 소리라는 것입니다. 우리가 선택하는 건 우리 앞에서 차려진 밥상 메뉴 안에서 선택하는 것이지, 제3의 땅바닥에서 선택하는 게 아니라는 얘기예요.

사실 저런 실화가 굉장히 많았어요. 소설 속에선 목사님이 인격적인 사람으로 나와요. 사람들을 구해주는 데도 그들은 목사도 인간이기 때문에 결국 고문에 이기지 못하고 은신처를 댈 거라고 생각한 거예요. 그러니까 그냥 도망가버린 거죠. 결국 목사를 믿지 않은 것이죠. 그것은 목사 개인을 안 믿은 것이 아니라, 신을 안 믿은 것이에요. 이 사람들은 나목사 말을 안 들었기 때문에 살았지만 불신을 당한 목사 입장에서 보면 자기 역할을 못한 셈이에요. 그들을 살렸다는 것은 기뻐할 일이지만 목사로서는 실격이었죠. 이런 안티노미 속에서 크리스천은 뭐라고 답변할 것인가? 답변 못하죠. 이런 부조리한 삶, 인과관계가 확실치 않은 게임 속에서 하나님이, 그 절대자가 어떻게 개입할 수 있을 것인가. 어떻게 여기에 하나의 해답을 줄 수 있을 것인가. 없다는 얘기예요. 그때 나는 안티크리스천이고 그냥 휴머니스트였으니까. 그래서 내가 해결 못해도 내 자식들에게는 그 끝없는 숙제를 풀게 하고 얼굴을 남겨줘야겠다고 생각했습니다. 이것이 인간이 가지는 희망이니까요. 마지막에 보면 죽어갈 때에 크리스마스 촛불이 나오는데 그건 절대자를 향한 희망이겠죠. 한쪽에서는 유치원 다니는 어린아이들까지도 수염을 만들어 다는데, 그건 인간의 얼굴을 상실한 거예요. 마지막 인간의 얼굴을 한 철훈이는 죽음 앞에서 미래의 어린아이들까지도 수염을 달고 있는 절망적인 모습을 봐요. 그것은 완전하고 절망적인 죽음인데, 그 옆에 뭔가 반짝이는 것이 보이는 거예요. 최초로 자기가 맞이했던 크리스마스이브에 전나무 위에 빛나던 촛불들을 보는 것이죠. 어둠 속에서 빛나는 촛불과 미래의 어린아이들 얼굴마저 수염에 덮인 절망적인 모습을 보며 죽어가는 것이죠.

Q  작품 속에서 철훈의 애인 신혜는 가장 극적인 변화를 하는 인물로 나옵니다. 전쟁 전에는 목사의 딸로서 사랑하는 사람에게도 육체적 관계를 허락하지 않는 대단히 도덕주의자 같은 모습이었다면, 전쟁 중 미군에게 성폭행을 당해 순결을 잃은 후에는 그 어떤 사람보다 현실적인 모습을 보여줍니다. 상상 속에서 자기만의 왕국을 꿈꾸던 현실 부적응자인 철훈과 끝까지 살지 못하고 뛰쳐나가는 이유도 그 때문이었을 거라고 생각합니다. 철훈이 계속 죽음에 이끌려왔다면 신혜는 진창 같은 삶 속에서도 끈질기게 현실에 발붙이려 하는데요. 신혜와 철훈은 서로에게 어떤 의미가 있었던 것일까요?

A  신혜와 철훈은 상상 속에서 사는 거예요. 현실은 피가 뚝뚝 떨어지는데 고해놀이라든가, 추장놀이라든가 하는 관념의 세계를 살잖아요. 신혜는 처음에는 그게 좋았죠. 하지만 점점 할퀴면 피가 나는 비릿한 현실 속으로 들어가고 싶었던 거예요. 결정적인 장면이 먹을 것도 없는데 철훈이가 선물이랍시고 연을 사와서 날리잖아요. "도시에서는 연을 날리는 법이 없다."면서 전주에 뼈만 남은 모습으로 매달려서 연을 날리는 모습을 보면서 현실의 비참한 철훈의 실체를 보는 거죠. 그래서 자기는 더 이상 숨이 막

혀서 못 살겠다면서 뛰쳐나오는 거잖아요.

그런데 철훈이가 신혜를 말리지 않거든요. 철훈이는 너만은 나를 알아줄 줄 알았는데 너마저도 나를 몰라주는구나, 하고 깨닫는 거죠. 아무리 사랑해도 그들은 결국 타인이며 둘 사이에 넘을 수 없는 벽이 있다는 걸 느끼는 거예요. 인간은 절대로 타자를 넘어설 수 없다는 걸 절감하기 때문에 신혜를 잡지 않아요. 그러니까 **둘은 서로에게 타자성을 인식시켜주는 존재예요.**

이 소설은 인간 존재의 의미를 갈망하면서도 끝없이 절망하는 인간의 모습을 그리고 있는데, 우리나라 소설에는 이런 타자성을 그린 소설이 없어요. 다른 사람들과 어울리지 못했던 철훈의 삶은 지주 아들이라는 엘리트의식에서 나온 것이 아니라, 본인이 그것을 하고 싶어도 못했다는 데 그 비극성이 있는 거예요. 우리나라에서 실존주의 소설을 꼽으라면 난 이것을 꼽겠다는 거죠. 누구도 자기를 합리화시킬 수 없고, 내가 아무도 정의할 수 없어요. 각자 외로울 수밖에 없어요.


Q 선생님의 작품을 보면 유독 사회 조직 속에서 이름 없고 실패한 듯 보이는 개인의 죽음에 의미를 부여하는 것 같습니다. 철훈의 죽음을 통해서 우리가 발견해야 하는 의미가 있다면 무엇일까요?

A  이 소설의 마지막 장면은 크리스마스캐럴이 울려퍼지는 명동 거리를 묘사하고 있는데, 거기에는 이중의 의미가 내포되어 있어요. 금제된 서울의 거리가 처음으로 자유로워지고 통제가 사라지는 시기가 바로 크리스마스예요. 수면이라는 인간의 가장 기본적인 생리 현상까지 지배하고 통제하는 폭력적인 국가 권력이 해제당하는 유일한 시기죠. 그것은 마치 절대 권력인 로마를 연약한 갓난아기 예수가 친 것과 같아요. 이 장면은 종교적인 담론이면서도 어떤 의미를 내포하고 있어요. 죽을 수밖에 없는 철훈이, 돈을 바라보고 몸을 파는 타락한 여자가 되어버린 신혜에게 줄 수 있는 마지막 선물이 바로 크리스마스라는 거예요. 어린아이마저 인간의 얼굴을 잃어가는 암울한 상황에서 크리스마스라는 것은 성스러움과 순수를 다시 회복하는 시간이에요. 크리스마스는 의연금을 나누는 따뜻함이 있고, 처음으로 통금이 사라진 자유로운 밤이니까. 난 그렇게 『장군의 수염』의 마지막을 장식한 거예요.

사실 궁극적으로는 소설이나 영화가 어떻게 끝나든 문제가 되지 않아요. 마지막에 어떤 의미를 부여하면서 형식적으로 마무리 짓는 것이지요. 글을 쓰는 사람들은 마지막에는 항상 어떤 메시지를 주고 싶어 하거든요. 나도 그 유혹에 져서 크리스천이 아니면서도 거기에 기독교적인 의미를 부여한 거예요. 또 실존주의가 서구 사상이란 것도 한몫하기도 했죠. 그런데 지금 와서 보면 내가 크리스천이 되려고 그랬나 보다, 하는 생각이 들어요.

실제로 내가 영화로 만든 『장군의 수염』을 극장에서 딱 한 번 봤어요. 그런데 앞에 어떤 부부가 앉은 거예요. 엔딩 크레딧이 올라가고 나서 부인이 "어 이렇게 끝나? 도대체 범인이 누구라는 거야?"라고 묻는 거예요. 남편이 "난들 아나. 작가만이 알겠지." 하고 대답했어요.

이렇게 대중이나 일반 소설 독자들은 누가 죽였느냐만을 신경 썼어요. 그건 마치 『카라마조프 가의 형제들』의 아버지를 누가 죽였느냐고 묻는 것이나 마찬가지예요. 나는 '누가 범인인가?'라는 가장 수준이 낮은 의문 하나를 묻어두었어요. 도스토옙스키의 소설에서 바로 그 질문 때문에 사람들이 소설을 끝까지 읽거든요. 스메르자코프가 죽인 게 확실하든, 그렇지 않든 그게 중요한 게 아니라는 거죠. 이반도 자기 아버지를 죽이고 싶었고, 드미트리도 죽이고 싶었고, 심지어는 알료샤까지도 죽이고 싶었던 거예요. 소작인을 개에게 물려 죽게 만드는 사람을 어떻게 해야 하냐고 물었을 때 알료샤도 죽여야 한다고 말하잖아요. 자기 아버지와 그런 잔혹한 사람이 뭐가 달라요. 그러니 알료샤에게도 카라마조프 가의 피가 있다고 하는 거잖아요. 누구나 타인을 죽일 수 있는 사람이라는 이야기예요. 여기도 마찬가지예요. 자살이든 타살이든 결국은 한 인간의 실존이 소멸되는 이야기를 다루고 있다는 거예요. 우리에게 의미 있는 건 국가나 사회의 거대한 체제가 아니라 결국 한 개인인 거예요.

Q 이 소설의 남녀 주인공이 동거를 합니다. 결혼이 아니라 동거를 하는데 그 동거하는 그곳에서 고해놀이를 합니다. 마치 신부님한테 고백하듯이 그 놀이를 하고 있습니다. 불륜, 온갖 부정적인 이미지가 덧씌워져 있는 이 동거의 공간에서 남녀의 육체적인 사랑을 나누는 이 공간에서 고해놀이를 통해서 자신들을 고백하고 있습니다. 거기에서 이런 이야기를 합니다. "이 세상에서 누구에게도 말하지 않는 비밀을 말할 때, 우리는 서로 친해질 수 있는 것이라고 했다." 이게 종교가 아닐까요? 선생님께서 이 소설 속에서 두 사람이 사랑한다는 말을 하지 않지만 고해놀이 속에서 사랑의 의미, 종교의 의미를 다 보여주지 않으셨을까 생각을 합니다.

우리가 세월호 때문에 아파하고 있는 요즘, 선생님이 50년 전에 쓰신 이 소설 속에서 모두가 공감하게 되는 한 대목을 소개해드리며 대담을 마치겠습니다.

"살아 있는 사람이 죽은 사람에게 해줄 수 있는 일은 화려한 꽃상여, 따뜻한 무덤을 만들어주는 것만이 아닐 겁니다. 우리는 왜 그가 죽었는지를 밝혀내야 해요. 그것이 중요한 점입니다. 어떤 사람의 죽음은 법과 경찰을 있게 했어요. 그리고 또 어떤 사람의 죽음은 병원과 새로운 의학연구를 하게 했어요. 거기에서만 끝나지는 않죠. 남들의 죽음을 통해서 많은 사람들은 생각하고 새롭게 사는 방법을 알게 됩니다. 철훈 군의 죽음도 그냥 끝난 것만은 아닐 겁니다."

**대담 진행**

『장군의 수염: 작가와 함께 읽는 소설 이어령』(이태동 & 이어령)

양화진 문화원(2014.05.16. 지강유철 & 이어령)

북이십일 편집부 & 이어령

영화 〈장군의 수염〉 스틸컷

1968년 이어령 원작의 소설 『장군의 수염』을 극화한 동명의 영화. 감독-이성구, 각색-
김승옥. 1968년 신성일(김철훈 역), 윤정희(나신혜 역) 등 당시 청춘스타를 내세워 제작
된 이 영화는 제7회 대종상 영화제에서 시나리오상과 제작상을 받았다.

"신혜─조금만 더 참아줘. 지루하겠지만 내 고해는 이제 곧 끝나는 거야. 하찮은 이야기지만 처음으로 신혜에게만 이야기하는 거야. 서로 비밀을 완전히 없앤다면 우리는 한몸처럼 될 수가 있지 않을까─아! 한몸. 타인들끼리 한몸이 될 수 있을까."

외로운 영혼들이었던 철훈과 신혜는 서로에게서 깊은 외로움을 알아보고 사랑에 빠져든다.

"사모님, 저 애들은 한국 이름이 없나요? 제 나라 말은 아직 모른다고 쳐도 제 이름이야 알아듣지 않겠어요. 한국 사정을 아마 잘 모르시는 모양인데 우리나라에서 메리니 짐이니 하는 서양 이름은, 개 이름이나 캬바레의 바걸이나 양공주들을 부를 때에나 쓰는 것입니다. 서양 것은 다 좋지만 서양 이름만은 아직 우리나라에서는 말입니다, 고상한 대접을 받질 못하고 있어요. 사모님께서 귀여운 자녀들의 이름을 부르시는 것을 저는 그만 개를 부르는 줄로 착각했어요. 애들에겐 죄가 없습니다, 사모님."

철훈은 취재 차 가게 된 김대사 부부의 집에서 자신들이 마치 미국인 양하는 이들에게 폭발하고 만다.

소설가인 화자는 소설가 지망생인 사진기자 김철훈의 죽음을 둘러싼 의혹을 조사하기 시작한다. 사진기자로 분한 신성일은 유명 작가인 그에게 자신이 쓴 '장군의 수염'이라는 소설에 대해 이야기한다.

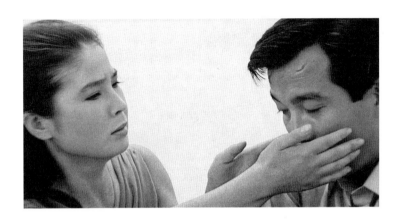

신혜와 철훈은 '고해성사 놀이'와 '추장놀이'를 하며, 아무에게도 이해받지 못했던 비밀을 서로에게 이야기하며 서로의 영혼에 다가가려는 시도를 한다.

박형사는 철훈이 죽기 전까지 함께 살던 신혜를 불러 심문한다. 신혜가 철훈을 떠난 것이
그의 죽음과 어떤 관련이 있었는지를 밝히려 하는 박형사.

신혜의 부탁으로 그녀의 아버지인 나목사를 돌보게 된 철훈은 육신이 자유롭지 못한 그를 돌보면서 또한 자기 영혼 깊은 곳의 상처를 본다.

철훈은 신혜와의 동서생활을 '표류'라고 했고, 2층 셋방을 선실이라고 불렀다. 우리는 끝없이 표류해가는 거라고 그는 신혜에게 말했다. 모든 선객들은 이미 익사했고 이 깨진 선실에는 우리 둘만이 남아서 표류해가는 것이라고 했다.

전쟁 데카메론

# 서화 니케아의 배

가을이 오고 있었다. 그리고 사람들은 하나둘 떠나가고 있었다. 그들은 천막이나 산비탈의 판잣집을 떠나서, 폐허의 고향을 찾아가고 있는 중이다. 그러나 아무도 정말 전쟁이 끝난 것이라고는 믿지 않는 눈치였다. 축배를 들거나 노래를 부르는 일도 없이 그냥들 떠나간다. 피난 보따리를 메고 내려왔던 그날처럼, 그들은 또 뿔뿔이 흩어져서 제각기, 그리고 몰래 고향을 찾아가는 것이다.

우리들의 배도 어느새 텅 비고 말았다. 부산으로 피난을 내려오고 휴전 무렵까지 우리는 줄곧 영도의 조선장造船場 근처에 버려진 한 척의 폐선에서 살고 있었던 것이다.

배의 임자가 누구인지, 그리고 언제 무슨 연유로 이곳에 그 배가 버려졌는지 아무도 모른다. 오십 톤 소형의 화물선이었지만, 그것은 빈 껍데기뿐이었고 갑판이나 기관실은 바람만 조금 불어도 유령선처럼 삐걱거렸다.

그것은 오랜 항해 끝에 죽어버린 낡은 '배의 한 시체'였다. 우리가 그 배에 대해 알고 있는 것은 선체에 굴껍데기가 눌어붙듯이 집 없는 피난민들이 배 위에 모여 살게 되었다는 것뿐이다.

　선창에 담요를 치고 다섯 세대가 살고 있었고 기관실 자리는 독신자들인 우리들 네 명이 차지하고 있어서 폐선이면서도 그것은 언제나 항해 준비를 서두르고 있는 부산한 여객선처럼 보였다. 사실 그 배는 어디론가 떠나가고 있는 것 같았다. 누가 처음에 그런 이름을 붙였는지 확실치는 않았지만 우리는 그 배를 '니케아의 배'라고 불렀던 것이다.

　　향기 어린 바다 위를
　　잔잔히 헤치며
　　지친 방랑자를 옛 고향에 실어다준
　　옛날옛적의 니케아의 배

　문리대를 다니는 윤군은 페인트가 벗겨진 기관실 판자벽에다 포의 시구詩句를 써 붙여놓기도 했다. '니케아의 배', 지친 방랑자들을 옛 고향으로 실어다준 '니케아의 배'…….

　정말 수년 동안의 방랑 끝에 이제 그들은 옛 고향으로 가게 되었고, 우리들 역시 서울로 떠나갈 날을 기다리고 있는 중이다. 사람들이 떠나간 자리에는 으레 쓰레기가 남는 법이다. 수주일 전만 해도 애들 울음 소리와 그릇들이 부딪치는 소리와 찬거리 냄새와 땀내 같은 것이 풍기던 선창께는 휴지쪽과 퇴색한 헝겊 쪼가리들이 썰렁한 바람 속에서 굴러다니고 있을 뿐이었다.

어두운 선창 속을 들여다보고 있을 때 나는 갑판 쪽에서 윤군과 김소위가 말다툼을 하고 있는 소리를 들었다.

"그럼 너는 그 열쇠꾸러미 소리를 슈베르트의 〈세레나데〉처럼 아름답게 들었다는 거냐?"

"아름답다는 게 아냐. 하지만 김소위처럼 그 소리를 듣지 않게 된 걸 속시원하다고는 할 수 없어. 자네가 슬퍼할 것은 다리에 입은 그 총상이 아니야. 왜 매사를 그렇게 생각하나⋯⋯. 나는 쩔그렁거리는 열쇠꾸러미의 소리가 사라져가고 있을 때 마음속으로 정말 기도를 드리고 싶었어."

그들은 얼마 전에 떠난 '열쇠 할머니'에 대해서 언쟁을 하고 있는 것 같았다. '열쇠 할머니'는 손자 녀석들만 셋을 거느리고 일 년 가까이 선창 속에서 살아왔다. 그 노파는 언제나 치마 고름에 열서너 개나 되는 녹슨 열쇠꾸러미를 차고 다녔다. 그래서 노파가 움직일 때마다 쩔그렁쩔그렁 하는 열쇠 소리가 요란스러웠다.

"이건 우리 집 대문 열쇠여⋯⋯. 이건 부엌, 이건 안방, 이건 곳간, 또 이건 다락 열쇠구⋯⋯."

노파는 묻지도 않는데 열쇠들을 자랑스럽게 뒤적거려 보이면서 말했다. 길 위에서 폭격을 당하고 피난 보따리를 모두 집어던졌을 때에도 이 열쇠꾸러미만은 꼭 움켜쥐고 있었다고 했다. 그러고 보면 선창 사람들이 누구나 이 할머니를 '열쇠 할머니'라고 불렀던 것도 이해할 만한 일이다.

이 노파가 한밤중에 손자 놈들을 깨워서 오줌을 누일 때에도 열쇠꾸러미 소리가 들려왔던 것을 나는 기억하고 있다.

"쉬, 쉬, 늬 아범이나 어멈을 만날려면 빨리들 커야 한다. 오줌을 가릴 줄 알아야 서울 집에 가서 살지. 쩔그렁쩔그렁…… 쉬, 쉬."

노파는 그 열쇠와 손자 놈들만을 위해서 목숨을 붙이고 사는 것 같았다.

떠날 때도 그랬었다.

"선생님들, 서울에 오면 한번 들러요……."

'열쇠 할머니'는 조무래기 손자 놈들을 조르르 앞세우고, 짤랑짤랑 열쇠꾸러미 소리를 울리며 떠났다. 땅에 있는 사람이 배 위에 탄 사람을 전송하는 것이 원칙이지만 우리 '니케아의 배'에서는 그렇지가 않았다.

배에 탄 사람들이 거꾸로 육지를 향해 가는 사람들을 전송한다. 열쇠 할머니는 마지막으로 이 배를 떠나는 세대였기 때문에 그 고별은 그렇게 쓸쓸했는지도 모른다. 쩔그렁 짤랑……. 열쇠 소리와 함께 그들의 뒷모습은 조선장 철조망 너머로 멀어진다. 조선장에서 바다 속으로 뻗친 녹슨 레일이 그때처럼 공허하게 느껴진 적도 별로 없었던 일이다.

"뭐라고 기도를 드렸어? 할머니네 자물쇠가 얌전하게 마중 나오라고 말인가? 천만에 천만에, 자물쇠들은 벌써 부서진 지 오래됐을 거야. 피난이 아니라 소풍을 갔다 왔대도 빈집 자물쇠가 무사할 줄 아나? 아니 부서진 건 자물쇠만이 아닐지도 모르지. 남은 건 할머니의 열쇠 꾸러미, 그래 그 녹슨 열쇠들뿐일지도 몰라. 서울엔 어느 게 자기 집턴지도 모르게 박살이 난 집들이 많은 걸 난 내 눈으로 똑똑히 보고 왔으니까……."

김소위는 윤군을 향해 핀잔을 주었다. 나는 어두운 선창에서 나와 그들이 말다툼을 하고 있는 갑판으로 올라왔다. 윤군은 신경질적으로 담배를 빨고 있는 김소위를 노여운 표정으로 쏘아보고 있었다.

"좋아, 어느 편이라도 좋다. 하지만 김소위, 설사 그 집이 폭격을 맞았다고 치자. 따야 할 자물쇠도 없고 옷도 가구도 다 타 없어졌다고 치자. 그렇다 쳐도 말야, 그 할머니가 차고 다닌 열쇠꾸러미의 의미는 남아 있는 거야. 그 열쇠가 있었기 때문에 할머니는 이 전쟁의 고통을 참고 견뎠던 거지. 김소위는 그것마저 부정할 수 있겠어? 난 그 열쇠를 볼 때마다 할머니는 그걸 가지고 고난의 문들을, 보이지 않는 그 삼 년 동안 닫혀진 그 시간의 문들을 하나씩 열면서 살아온 것이라고 생각하네. 이런 세상에서는 쓸모없는 물건이라도 사람들은 무언가 하나씩 몸에 지니고 산다는 걸 자네도 알고 있을 거야. 김소위도 아마 전쟁터에서 애인의 사진이라든지, 어머니가 짜준 지갑이라든지, 휴지쪽 같은 편지 쪼가리를 가지고 다니는 사람들을 많이 보았을 게 아냐……."

그들은 흥분해 있었다. 내가 그들 옆으로 다가갔는데도 알지 못하는 것 같았다. 나는 그들의 화제를 방해하고 싶지 않았기 때문에 자갈밭으로 길게 뻗어간 조선장의 녹슨 레일만을 바라보고 있었다.

배를 바다 위로 띄우기 위해서, 육지에 있는 배들을 바다 위로 띄우기 위해서 레일들은 거기 있다. 그러나 '니케아의 배'는 다시 바다 위에 뜨지는 않을 것이다. 레일을 따라 눈을 옮겨가면 바다가 나타난다. 향기 어린 바다, 지친 방랑객들의 고향이 있는 바다……. 그러나 나는 바다를 보고 있으면서도 김소위와 윤군이 다투는 대화에 무관심할 수가 없었다.

"그럼 자네도 그런 물건을 가지고 있다는 말인가? 뭐야, 그게. 코흘리개 애인의 브로치라도 뱃가죽에 차고 다니나?"

김소위의 말에는 가시가 있었다. 누구나 전쟁 때에는 쓸모없는 물건들을 하나씩 가지고 다닌다는 말에 의외로 김소위는 아픈 데를 찔린 것 같았다.

"김소위가 슬퍼할 것은 다리에 뚫린 총상이 아니라고 했었지? 나는 그 말을 또 들려주고 싶네."

"내가 슬퍼할 것은 순진성을 말야, 소년들의 그 달콤한 꿈 말이지…… 그걸 잃었다는 거지. 왜 똑똑히 말을 못해? '너는 정신의 불구자가 된 걸 서러워하라'고 말야. 왜 그런 용기가 없니? 어째서 넌 이 전쟁통에…… 똑바로 말할 줄 아는 그 용기마저 없느냔 말야. 너는 늘 강의실에서 늙은 교수놈들과 수작하듯이 말하고 있구나. 난 그런 말버릇이 싫단 말야. 구역질이 난단 말야."

윤군은 그때야 내가 그들 곁에 서 있는 것을 발견하고 흠칫 놀란 표정을 지었다.

"선생님이 거기 계셨었군요. 우린 지금 열쇠 할머니 이야길 하는 중입니다."

윤군은 흥분을 감추지 못한 채 떨리는 음성으로 말했다. 김소위의 입술엔 일부러 과장해서 꾸민 것 같은 조소가 담뿍 담겨 있었다.

"이선생님은 어떠세요. 짤랑짤랑 하는 할머니의 열쇠 소리가 듣기 좋으셨어요? 내가 그 소릴 듣고 신경질이 났었다면, 날 욕하시겠어요?"

김소위는 일부러 윤군을 무시하고 있다는 투로 내 얼굴만 보면서 빈정댔다.

"윤군은 할머니의 열쇠 소리를 들을 수 없게 된 것이 슬프다고 눈물이라도 흘릴 기세지만 말이죠."

나는 싸움에 끼어들고 싶지 않았다. 아직 그들은 둘 다 젊은 것이다. 어느 한쪽을 두둔하게 되면 농담이 정말 싸움으로 번지게 될 형세였다. 나는 어느 쪽에서 보아도 무방하게 뜻 없는 웃음을 웃었다.

"그런데 이선생님, 이 친구는 마스코트를 가지고 다닌다는군요. 그걸 구경하시지 않겠어요? 설마 열쇠는 아닐 테고……. 이 친구에겐 여신으로 둔갑한 어느 계집애의 때 묻은 브로치 같은 건지도 모르죠. 윤군, 그걸 좀 볼 수 없나? 자네 입으로 실토했잖아……. 전쟁 때는 누구나 쓸모없는 물건을 하나씩 몸에 지니고 다닌다구 말야. 그게 대체 뭐냐?"

김소위는 윤군과 옛날 고등학교 동창생이고 클래스메이트 축에서도 유달리 친한 사이였지만, 웬일인지 그들은 만나기만 하면 서로 신경을 긁어놓아야 직성이 풀리는 것 같았다.

"잠깐만. 저기 박교수가 오셔. 니케아의 선원들이 전부 모인 자리에서 그 마스코트를 구경하는 것이 어때?"

윤군은 김소위가 계속해서 놀리는데도 대꾸를 하지 않았다. 나는 윤군이 정말 마스코트를 가지고 있는 것이라고 생각했다. 김소위의 말대로 저켠 쪽 둑에서 박교수가 이 집을, 아니 이 배를 향해서 걸어오고 있었다. 또 낮부터 술을 많이 든 것 같았다. 그는 현직 교수가 아니다. 사변이 일어나기 전 K사립대학에 몇 시간 강사로 나간 적이 있었을 뿐이었는데 이 배의 피난민들은 그를 박교수님이라 불렀다.

"뭐 이런 전쟁이 다 있냐. 텅텅 비었구나……. 전쟁이란 건 말이다, 전쟁이 끝나는 하루의 즐거움을 위해서 하는 법인데 이놈의 전쟁은 끝이 없단 말야, 끝이……. 지든 이기든 끝나는 재미로 전쟁판을 벌이는 건데, 이놈의 전쟁은 그런 게 없단 말야. 몸에 생긴 종기의 응어리를 짜내는 재미루라도 사는 법인데 말야. 이게 대체 전쟁이 끝난 거야, 뭐야…….”

박교수는 열쇠 할머니마저 떠나버린 '니케아의 배'에 올라서면서 주정을 했다.

“뉴스가 있어요.”

김소위가 빙글거리면서 배 위로 기어오르는 박교수의 손을 잡았다.

“뉴스가 있어요. 윤군이 지금껏 공개하지 않은 전쟁 마스코트를 우리에게 보여주기로 했죠. 그래서 우린 선생님이 돌아올 때까지 참고 기다렸답니다.”

박교수가 무슨 대꾸를 하려는데 윤군은 그 말을 가로막으며 김소위에게 말했다.

“그래. 난 그걸 보여줄 수 있다. 그런데 김소위는 어떻게 하겠어? 자네의 마스코트도 이 자리에 내놓을 수 있겠지?”

김소위는 그 말에 뜨끔했던지, 얼른 대답을 하지 못했다.

“너야말로 어느 계집애 것인지, 엿값도 되지 않는 헤어핀을 가지고 다닌다는 것을 이 선생님들에게 알려주어야겠다. 설마 너의 어머니가 꽂고 다닌 헤어핀이라곤 말할 수 없겠지. 난 똑똑히 이 눈으로 봤으니까. 빨간 장미의 장식이 붙어 있더군. 햇병아리가 아니구 누가 그런 헤어핀을 꽂고 다니겠어."

헤어핀 이야기가 나오자 콧대 높게 빈정거리던 김소위는 갑자기 풀이 꺾였다. 윤군은 안주머니에서 무엇인가를 꺼내려 했다.

"자, 그렇게 궁금하다면 내 마스코트를 보여주지. 그 다음엔 김소위 네 차례야, 네 헤어핀 말야."

'니케아의 배'에서는 늘 이렇게 해서 이야기가 시작되었다. 나는 옛날 플로렌스의 페스트를 피해 사원으로 도망친 열 명의 피난민들이 지루한 날을 이야기로 견뎌냈다는 『데카메론』을 연상했다.

그러나 그건 페스트가 아니라 전쟁이었고 그건 숲이 있는 뜰이 아니라 한 조각의 폐선이었다. 남의 이야기가 아니라 우리들 자신의 이야기였다.

# 제1화 겨울의 산하

윤군은 안주머니를 더듬었다. 윤군이 그의 옷 안주머니에서 꺼낸 것은 넝마 조각처럼 해어진 조그만 포켓북이었다. 나는 그것이 무슨 시집일 것이라고 생각했다. 김소위도 그 책을 보자마자 다음과 같이 빈정거리는 것이었다.

릴케의 시집 같은 걸 들고 피난을 간 소녀들은 누구보다도 앞서 양갈보가 되더라는 것이었다. 또 그런 시집을 끼고 전쟁터에 나간 소녀들은 으레 남보다 먼저 총탄에 맞아 죽더라는 것이었다. 그게 바로 전쟁의 현실이라 했다.

그러나 윤군은 김소위의 말을 듣고서도 흥분하지 않았다.

"이건 주운 책입니다. 추운 겨울이었습니다……. 피난을 오던 때 트럭 위에서 주운 겁니다."

윤군은 담담한 태도로 마치 그 책과 이야기를 하듯이 책장을 들여다보면서 조용히 말했다.

겨울이라고 했다. 또다시 서울은 불타고 있었고 피난민들은 남쪽으로 남쪽으로 밀려가고 있었다. 1951년의 그 겨울이었던 것이다. 윤군은 그때, 부산으로 가는 트럭 위에 실려 있었다. 그것은 몹시 낡고 쭈그러진 고물 화물자동차였다. 그리고 군용도로를 피해 험한 시골길을 달리고 있었기 때문에 트럭은 늙은 말처럼 터덜거렸다. 그래도 용케 바퀴가 굴러가고 있는 것이 이상스러울 지경이었다.

'부산까지 가기 전에 이 차는 부서지고 말 것이다.'

트럭 위에 탄 사람들은 모두들 그렇게 생각하고 있는 것 같았다. 트럭에는 천개天蓋가 없었다. 능선을 넘어오는 겨울바람은 사정없이 얼어터진 얼굴을 후려치고 있었다. 사람들은 몸을 맞댄 채 꼭 붙어들 있었지만 인간의 체온 같은 것을 느낄 수는 없었다. 윤군은 지금 빙산에 실려 어느 막막한 극빙양 위를 떠돌고 있는 것이라 생각했다. 그러나 분명히 그것은 빙산도 아니었고 극빙양도 아니었다. 윤군의 눈앞을 스쳐 지나가는 것은 분명 낯익은 고향의 산하, 얼음에 덮인 해골 같은 시골길의 풍경이었다.

한국이라면 어디에서고 볼 수 있는 그 시골길. 사그라져가는 초가집 추녀마다 썩은 짚물이 얼어붙은 누런 고드름이 매달려 있었다. 길가에는 채 자라지 못한 개가죽나무가 서릿발처럼 붙어 있었다. 그러나 지금 그 시골길가에는 영어로 쓰인 낯선 도로표지와 이따금 돌로 쌓아올린 바리케이드와 보초막들이 나타나기도 했다.

'DUKHUNGRI 35 MILES.'

헐벗은 이 산하에 지금 전쟁이 지나가고 있는 것이다.

윤군은 추위와 전쟁을 잊기 위해서, 지나간 옛날의 겨울들을 생각했다.

'내가 살던 시골집도 꼭 이런 산골짜기였어. 그때 우리는 참새를 많이 잡았었다. 손이 고추처럼 빨갛게 얼어 있었지만, 겨울밤은 정말 포근하게 느껴졌었지⋯⋯. 머슴방의 화롯불을 끼고 바람 소리를 듣고 있었을 때⋯⋯. 그래, 참 그건 땀내와 지푸라기와 메주를 뜨고 있는 냄새였을 거야⋯⋯. 그런 냄새는 늘 졸음을 오게 했지⋯⋯. 길고 긴 겨울밤이었어⋯⋯. 사람들은 가난했지만 눈 내린 아침에는 늘 행복한 얼굴을 하고 인사들을 했어. 새벽마다 앞마당의 눈을 쓸던 오서방의 기침 소리가 들렸었구⋯⋯. 지금도 그 기침 소리가 들려오고 있을까⋯⋯.'

윤군은 감각조차 느낄 수 없게 된 구두 끝을 내려다보면서 옛날의 고향을 생각해보려 했다. 그러나 포탄에 찢긴 감나무들, 트럭 옆을 스쳐 지나가던 까맣게 타버린 그 감나무들이 눈앞을 자꾸 가로막았다. 고향의 산하들은 불타고 있었고 어느 눈구덩이에선가는 사람들이 죽어가고 있었다. 트럭 위에서도 전쟁이 실려가고 있는 중이었다.

"부산에만 떨어지몬 살 수 있다요. 조금만 참으시구례⋯⋯."

신음 소리를 내고 있는 여인은 환자인 듯싶었다. 그 남자는 마치 아내에게 하듯이 거적으로 바람을 막아주면서, 여인의 두 손을 가슴속에 묻어 녹여주고 있었다. 그러나 그들은 피난길 위에서 어쩌다 사귀게 된 그런 사이처럼 보였다.

암탉처럼 외투 자락에 애들을 파묻고 사라져가는 길 쪽만 우두커니 바라다보고 있는 부인네들, 부산의 자갈치 시장이 어디쯤 있느냐고 같은 말만 되풀이해서 묻고 있는 중절모 노인, 아들이 육군 장교라 문제가 없다는 복덕방 영감, 그 틈에서도 노래를 부르다가 핀잔을 받던 여직공 차림의 소녀들. 윤군은 아주 옛날부터 그들 틈에 끼어 살아왔었다는 착각이 자꾸만 들었다. 자기와는 아무 관계가 없는 타인들이었다. 그러나 그들이 서로 이렇게 살을 맞대고 피차의 체온을 아쉬워하면서 같은 추위 속에서 떨고 있다는 것을 그는 새삼스럽게 놀란 눈으로 훑어보았다.

'이들은 정말 부산에만 가면 살 수 있을까? 정말 저 노인은 자갈치 시장에서 장사를 하고 있다는 그 딸과 만나게 될 것인가?'

윤군은 추위가 심해질수록 서로 몸을 맞대고 바짝 죄어드는 그 낯선 사람들을 그냥 남처럼 생각할 수가 없었다.

"만나실 수 있을 겁니다. 따님은 틀림없이 기다리고 있을 겁니다."

중절모를 쓴 노인이 자갈치 시장의 딸을 찾아간다고 똑같은 말을 할 때마다 윤군은 화내지 않고 그렇게 위로를 해주곤 했던 것이다.

"바로 그때 일어난 일입니다. 그때 난 이 책을 주웠던 것입니다."

윤군은 잠깐 이야기를 중단했다가 시집처럼 생긴 포켓북을 들여다보았다. 김소위가 그 책을 빼앗으려 하자 윤군은 그것을 감추면서 다시 말을 계속했다.

트럭은 좁은 산비탈을 내려가고 있었다. 미끄러운 길이었다. 조심스럽게 속도를 늦추고 엉금엉금 기어 내려가듯이 했다. 그때 윤군은 뒤에서 울려오는 경적 소리를 들었다. 풀 스피드로 달려오는 한 대의 미군 지프차였다. 트럭을 몇 번이나 앞지르려고 미군 지프는 다급하게 경적을 울렸지만 트럭은 늙은 노마처럼 갈지자로 허덕이고 있었다. 겨우 비탈길을 내려와서야 트럭은 지프에게 길을 비켜줄 수가 있었다. 하마터면 충돌을 할 뻔했던 미군 지프는 트럭을 재빨리 앞지르고는 급정거를 했다. 윤군은 화가 치민 운전사가 지프에서 내려 트럭 운전대 쪽으로 다가오고 있는 것을 보았다. 그리고 "갓뎀!"이라고 소리치는 흥분한 흑인의 목소리를 들었다.

"갓뎀!"

윤군은 이방인의 그런 욕소리가 어느덧 귀에 익은 것이 슬펐다.

"왜 군용차의 통로를 가로막는 거냐? 너희들은 빨갱인가?"

운전대에서 열대여섯 살 된 조수가 끌려 내려왔다. 조수는 밤송이처럼 박박 깎은 그 머리를 굽실거리면서 손을 비벼댔다. 흑인 운전병은 금세 주먹으로 때릴 기세였다.

조수는 트럭 위를 향해서 "누구 양놈 말 할 줄 아는 사람 없어요?"라고 소리 질렀지만 아무도 대답하는 사람은 없었다.

그러자 조수는 흑인 운전병에게 한국말로 무엇이라고 했다. 그는 손과 머리로는 빌고 있었지만, 한국말로는 푸짐하게 욕설을 퍼붓기 시작한 것이다.

"야, 이 깜둥아! 왜 지랄이야? 길을 비키려고 해도 어디 자동차가 말을 들어먹니? 깜둥이가 지프를 탔다고 젤 게 없잖아, 이 개새끼야……."

트럭 위에서는 폭소가 터져나왔다. 운전사가 조수를 무어라고 꾸짖는 것 같았다. 그러나 그 조수는 여전히 머리를 굽실거리면서 계속해서 욕지거리를 했다.

"아저씨! 이놈이 뭐 한국말을 알아듣나요. 괜찮아요, 봐요. 이놈 얼굴 좀 봐요. 내가 비는 줄 알고 좋아서 입이 찢어지잖아요."

또 한 번 트럭 위에서는 웃음 소리가 터졌다.

"왜들 웃어? 이놈이 뭐라고 했길래 웃는 거야."

이번엔 흑인 운전사가 트럭 위의 피난민들을 향해서 고함을 질렀다. 그때, 바로 그때, 윤군은 그의 곁에서 줄곧 말 한마디 없이 담배꽁초만 피우고 있던 청년이 트럭 밑으로 뛰어내리는 것을 보았다.

말리는 줄 알았다. "청년 조심해요!" 그 청년은 염색한 파카를 고쳐 입으면서 미군 쪽을 향해 걸어갔다. 그러고는 그 흑인에게 "서어Sir"라고 손짓을 하면서 브로큰 잉글리시로 말했다.

"히 디든트 세이 소리 투 유. 히 세이 갓뎀(당신에게 미안하다고 하는 소리가 아니라 개새끼라고 욕을 하고 있는 것입니다)."

흥분한 흑인은 조수의 뺨을 후려쳤다. 윤군은 붉은 코피가 얼어붙은 황톳길로 튀는 것을 보았다. 이번엔 트럭에 탄 여자들의 비명과 혀를 차는 소리가 들려왔다. 삽시간에 일어난 일이라 사람들은 그냥 어리둥절하게 그 광경을 보고만 있었다. 윤군은 지프에 발동이 걸리는 소리를 듣고서야 비로소 일이 어떻게 되었는지를 분명히 알 수가 있었다. 흑인은 지프에 올라탔다. 조수는 코를 틀어막으며 운전사의 부축을 받고 트럭으로 오르고 있었다. 염색한 파카를 입은 청년은 지프를 가로막으며 그 안을 기웃거렸다.

"서젠, 서어(하사관나리)."

청년은 웃고 있었다. 그리고 서투른 영어로 "저는 빨리 부산에 가야 합니다. 저를 태워주시지 않겠어요? 이런 사건이 일어나면 나는 당신을 언제든지 도울 수가 있으니까요."라고 했다.

지프의 문이 다시 열렸다. 지프의 시트는 푹신하게 보였다. 히터가 돌고 있는 지프 안은 따뜻한 바람이 불고 있을 것이었다. 윤군은 그 청년이 지프로 오르면서 한 번, 딱 한 번 지옥으로 가는 마차를 보듯이 트럭 위의 피난민들을 쳐다보는 시선과 마주쳤다.

"이상한 표정이었습니다."

윤군은 말했다.

"이젠 살았다는 즐거운 표정 같기도 했고 승리자의 오만한 얼굴 같기도 했고……. 아녜요, 아녜요. 그렇지 않았어요. 미안한 눈치, 겸연쩍다는 얼굴……. 아니, 모르겠어요. 뻔뻔하고 싸늘한 시선이었는지도 몰라요. 어쨌든 이상한 표정이었습니다."

"그러니까 그 책은……."

윤군이 말을 머뭇거리자 나는 갑갑증이 나서 재촉을 했다.

"그래요, 이건 그 청년 것이었어요. 그가 뛰어내린 빈자리에 바로 이 책이 떨어져 있었으니까요. 나는 그것을 집어 그에게 주려고 했습니다. 그러나 지프는 연기를 뿜고 떠나가고 있었죠. 하드 탑 뒤 창으로 편안히 기대어 담배를 태우고 있는 그의 옆얼굴이 잠깐 비쳤습니다. 늙은 노마 같은 우리 트럭도 그 뒤를 따라 터덜거리며 다시 움직였습니다. 나는…… 난…… 그게 무슨 책인지 궁금해서 얼른 첫 장을 들춰보았습니다. 트럭은 몹시 흔들거렸지만 나는 마분지 첫 장 위에 찍힌 그 글자들을 똑똑히 볼 수 있었습니다. 그것은 한글과 영자가 나란히 찍혀 있는 실용 영어 회화 책이었던 것입니다. 물론 릴케의 시도 헤세의 시도 거기에는 없었습니다. 그 책은 이렇게 시작되고 있었습니다."

사람살려—'헬프 미'

당신은 담배를 가졌습니까—'두 유우 해브 어 시가레트?'

아름다운 색시를 소개해드릴까요—'메이 아이 인트러듀스 차밍걸?'


술에 취해 자고 있는 줄로만 알았던 박교수가 벌떡 일어났다.

"찢어버려! 무엇 땜에 그까짓 책을 갖고 다니는 거야!"

윤군은 쓸쓸하게 웃었다. 그리고 그 책을 다시 호주머니에 넣으며 말했다.

"난 그럴 수가 없습니다. 이 책을 버릴 수가 없었어요. 이 책을 볼 때마다 트럭 위에서 본 겨울의 내 산하들, 그리고 애들처럼 서로 부둥켜안고 떨고 있던 그 피난민들이 생각납니다. 코피와 얼음이 깔린 황톳길, 지프에 오를 때 딱 한 번 트럭을 쳐다보던 그 청년의 표정, 난 그걸 잊을 수가 없습니다. 언제라도 좋아요. 내가 그 청년을 만나게 되면 난 이 책을 돌려줄 겁니다. 그리고 물어봐야겠어요. 그 지프에는 히터가 잘 들어오던가 하고요, 영어 회화가 늘었는가 하고요, 따뜻했느냐고요. 시트가 푹신했느냐고요. 물어봐야겠어요, 많은 것을 물어봐야겠어요."

나는 회화책을 호주머니에 넣고 있는 윤군의 손이 경련이 일어난 듯 떨리고 있는 것을 보았다. 김소위도 이번엔 웃지 않았다.

# 제2화 장미와 암호

그것은 분명 별이었고 언덕이었고 강물이었다. 그러나 그는 이상하다고 생각했다. 혹시 무슨 병이 아닐까 하는 생각이 들기도 했다.

그는 죽음 같은 것을 별로 두렵게 생각한 적은 없다. 처음 출전 出戰했을 때에도 남들처럼 포성이나 소총 소리를 듣고 공포를 느끼지는 않았다. 그런데 그것은 아무래도 이상스러운 일이었다.

날이 갈수록 그런 증상은 점점 더 심해져가는 것 같았다. 그런데도 군의관은 긴장에서 오는 단순한 신경쇠약일 거라고만 했다.

"혹시 정신병의 일종이 아닐까요?"

그가 용기를 내서 이렇게 물었을 때, 군의관은 묘한 웃음을 웃었다.

"전쟁을 정신병의 일종이라고 말하는 학자님도 있으니까 그럴지도 모르지! 그들은 용감한 군인일수록 정신병자라고 진단할 테지만 말야. 난 의사고 더군다나 군의관이란 말야."

군의관은 그가 꾀병을 하는 것이라고 생각했던 모양이다. 그리고 엉뚱하게 아스피린을 두 알 주는 것이었다. 군의관들은 모두가 비슷했다. 피를 철철 흘리며 숨이 넘어가는 부상자가 아니면 우선 꾀병이라고 진단을 내리는 그런 친구들이었다.

전쟁터에는 산부인과 의사가 필요 없다. 마찬가지로 내과나 신경과나 치과 같은 것도 문제가 되지 않는다. 수의사라도 붕대나 머큐로크롬을 칠할 줄만 알면 훌륭한 군의관이 될 수가 있다.

'외과…… 그렇다. 오직 외과가 있을 뿐이다. 전쟁은 거대한 외과 병동의 수술대 위에 누워 있는 거다. 나는 지금 앓고 있다. 그러나 전쟁터에서는 의사가 환자의 병을 진단하는 것이 아니라 환자가 의사에게 자기 병을 증명해주어야만 한다. 그런데 난 그것을 증명할 수가 없는 것이다. 하얀 가운을 입고 대학병원의 푸른 뜰을 지나던 그 의사들은 모두 어디로 간 것일까?'

그는 야전병원 텐트 밖으로 나오면서 아스피린을 내던졌다. 그때 문득 그는 현기증을 느꼈다. 또 그런 증상이 일어난 것이다. 아스피린 봉지가 떨어진 숲속에는 가을의 들국화가 피어 있었다. 노랗고 하얀 그 꽃들이 눈앞을 스치자 그는 찢어진 카키색 군복 틈에서 돼지 오줌보처럼 엉덩이가 부풀어오른 시체를 연상했다. 가을의 전선에서는 들국화 언저리에 으레 그런 시체들이 널려 있었던 것이다. 그러나 동시적으로 이슬이 맺혀 있는 또 하나의 들국화들이 나타나면서 웃고 있는 애들의 얼굴이 눈앞으로 번져갔다. 학교에서 집으로 돌아오는 가을의 그 오솔길엔 들국화들이 많이 피어 있었다. 애들은 그 꽃을 따서 반지를 만들었던 것이다.

썩은 시체와 웃고 있는 애들의 얼굴이 한동안 엎치락뒤치락하다가 어느새 그는 환상의 벌판 속에 있었다. 그렇게 되면 꼭 몽유병자처럼 몸이 가벼워지고 사방이 고요해진다. 눈물겹도록 고요해진다. 고지의 참호가 옛날의 성터처럼 보이고, 포연砲煙도 구름처럼 보인다. 전쟁은 영화의 스크린에 비치는 그림자들…… 멀고 먼 딴 세상에서 움직이고 있는 것이다.

가위에 눌린 사람처럼 한참 동안 발버둥쳤다. 땀이 가시고 숨결이 가라앉으면 환각으로부터 깨어날 수가 있다. 그때야 비로소 그는 총과 군화의 무게를 느낄 수가 있는 것이다.

맨 처음 그 환각 증상이 일어났던 것은 일선에 배치되던 첫날, 그가 브리핑을 받을 때였다. 중대장이 작전 지도 위에 표시된 교회를 가리키며 "여기에서 동쪽으로 삼백 미터 지점!"이라고 말했을 때 그는 무심히 고향에 있는 교회를 생각했다. 그는 교회가 무엇인지를 잘 알고 있었다. 일요일만 되면 성가대에 끼어 부르던 그 노랫소리도 그는 어제 일처럼 잘 기억하고 있었다.

하얀 십자가가 달려 있는 뾰족한 지붕, 풍금과 촛대와 그리고 양피로 싼 목사의 까만 성경책…….

그러다가 순간 독도법讀圖法이 의미하는 교회는 그런 것이 아니라는 생각이 들었다. 그는 군대훈련을 통해서 독도법을 배웠던 것이다. 군대의 지도에는 어디에고 '십자(+)'로 표시된 교회가 나온다. 그것은 폭격을 하거나 적의 공격 지점을 밝히기 위한 지명 표적물이라는 데에 의미가 있는 것이다. 공격 목표의 표적물로서의 교회와, 무릎을 꿇고 기도를 드리러 가는 교회, 그 교회의 의미는 아주 다른 두 개의 세계 속에 서 있었다.

중대장은 작전 명령을 내리는 동안 자꾸 교회란 말을 되풀이했고 그는 그 말을 들으며 두 개의 교회 사이를 오락가락했다. 한쪽에는 어둠 속에서 교회를 표적으로 삼고 포복해가는 정찰병들이 있다. 그런데 또 한쪽에서는 〈할렐루야〉를 부르는 성가대들이 줄을 지어 늘어서 있었다. 그리고 〈할렐루야〉의 합창 소리와 성가대 속에 끼어 있는 은심이의 얼굴이 나타날 때 그는 아무리 애써도 중대장의 말소리를 들을 수가 없었다.

'단순한 환각, 정신이 좀 멍청해진 것뿐이겠지.'

그는 그때의 일을 별로 대수롭게 생각지 않았다. 그런데 날이 갈수록 정신이 깜박 나갈 때가 많아졌고 환각의 증상이 자꾸 퍼져 나가기만 했다. 교회만이 아니었다. 전쟁은 모든 의미를 갈라놓고 있었다.

조명탄이 터지는 밤하늘의 그 별들은 부대의 위치를 찾는 기호들이었다. 산의 능선은 등산객이 아니라 적을 공격하기 위한 지형이라는 데에 의미가 있다. 강은 수영을 하는 곳이 아니라 적을 저지하는 방어선이었고, 나무와 바위는 총탄을 피하는 엄폐물이었다. 일상적인 세계와 전쟁의 세계는 같은 말이라 해도 그 의미가 달랐다. 이러한 분열이 그를 점점 더 혼란에 빠뜨린 것이다. 그러나 그가 자기의 병을 뚜렷이 자각하게 된 것은 특수작전을 할 때 암호를 받고부터였다.

"밤 9시의 파티를 위해서 사과를 장만해두어라."

"우산을 받은 두 여인이 다리에서 당신들을 기다리고 있다."

이러한 암호의 연락을 받고 그는 정말 빨간 사과가 열린 과수원이나 비가 내리는 부드러운 안개 속에서 어느 여인이 자기를 기다리고 있을 것이라는 환상 속에 빠져 있었다. '사과'는 '포탄'을 의미하는 것이었고 여인은 '탱크'의 암호였다.

그러나 그는 '사과'나 '여인'이란 말을 듣고 '포탄'과 '탱크'를 연상하려고 애쓰면 애쓸수록 식은땀과 착란이 일어났다.

'나는 지금 병에 걸려 있다. 중대한 실수를 저지를 것이다. 나는 의미가 다른 두 개의 세계를 방황하는 몽유병자가 되어가는 것이다. 빨리 진찰을 받아야 한다.'

그는 환각에서 깨지 못하는 자기 자신에 놀라곤 했다. 그리고 그 일이 오고야 만 것이다. 야전병원에서 돌아오자 그날 밤의 암호를 받았다. '장미'와 '이슬'이었다. 그런데 그가 중대본부에서 연락받은 그 암호를 소대원들에게 시달하려 하자 갑자기 심한 착란이 일어났던 것이다.

"오늘 밤 수하의 암호는 장미하고 말야, 장미하고 말야…….

그래, 장미…… 장미.”

　그는 또 식은땀이 흘렀다. ‘이슬’이란 말이 얼른 떠오르지 않았다. 그가 장미라고 말하자 환각의 세계가 밀려들어온 까닭이다.

　그는 마음의 동요를 가라앉히기 위해 막사 밖으로 나왔다. ‘장미……’ ‘장미…….’ 다시 사방이 고요해졌다. 눈물겹도록, 눈물겹도록 그것은 조용한 세상이었다. 그는 그 세상을 향해 걸어가고 있었다. 빨간 장미가 눈앞에 번뜩였다. 그는 침대에 누워 있었고 그것은 6월이었다. 헤어핀에 붙은 장미의 장식이 창문으로 들어오는 햇볕을 받고 반짝였다. 그는 코끝에 대고 그 냄새를 맡았다. 머리카락 냄새일까? …… 그는 은심의 살결 냄새를 맡았다. 하얀 블라우스 밑으로 손을 넣자, 숨이 막혀왔다.

　“그건 하나님께 죄를 짓는 거예요.” 그렇게 말하고 있으면서도 은심은 성가대에서 〈할렐루야〉를 부를 때처럼 눈부신 흰 이를 드러내놓고 웃고 있었다. 은심은 입술을 피하지 않았다. 뜨거운 입김 속에서 그는 숨결이 멎는 것을 느꼈다. 자기가 상상한 것보다 여자의 유방이란 훨씬 아래에 처져 있다는 것을 느낀 것도 그때가 처음이었다.

　“그건 죄를 짓는 거예요.”

　그러나 은심의 손은 덩굴처럼 그의 목을 감았다.

　‘이게 그 오만한 입술이었지. 남자들을 늘 경멸하고 죄인 대하듯이 했던 그 입술, 마리아의 입술.’

그녀의 그 입술이 닿자 잔인한 욕정이 해일처럼 일었다. 빳빳하게 풀 먹인 그 단정한 스커트를 구겨주고 싶은 충동을 받았다.

"내가 S대학에 합격하면 무엇이든 내 말을 들어준다고 했었지……."

은심은 숨이 찬 목소리로 말했다.

"목사님 딸의 한계 내에서 말야."

처음으로 은심은 반말을 썼다. 스커트의 지퍼가 뜨거운 그의 손길에 섬뜩했다. 지퍼를 잡아당겼다. 그것은 탄력 있는 살결이 열리는 촉감 같았다. 스커트가 흘러내리자 은심은 침대에서 벌떡 일어나려 했다. 그는 은심이를 다시 힘껏 끌어안았다. 그런데도 힘을 쓸수록 빈틈이 생기는 것 같았다. 아무리 힘껏 죄어도 그 빈틈은 남아 있었다.

"내일…… 내일 말야……. 내일이 있잖아."

은심은 우는 것 같았다. 팔을 늦추자 그녀는 바람처럼 빠져나갔다.

'그래, 우리에겐 내일이 있다.'

그는 흥분을 가라앉히며 창밖을 내다보았다. 흩어진 머리카락을 쓸어올리며 사라지는 은심의 뒷모습이 보였다. 은심은 돌아다보았다. 그리고 무언가 말을 하려다가 그냥 골목으로 돌아서버렸다. 그는 은심을 부르지 않았다.

'여자란 누구나 끌어안아도 그런 빈틈이 생기는 것일까? 그 빈

틈을 위해서 젊음과, 그리고 내일이 오는 것일까?'

그는 침대에 떨어져 있는 헤어핀을 주웠다. 헤어핀의 장미에서는 살결 냄새가 났다. 장미…… 장미는 내일이면 필 것이었다. 그는 다시 내일이 오지 않으리라는 것을 모르고 있었던 것이다.

다음 날 교회당의 종소리가 울렸지만, 사람들은 전쟁의 피난 보따리를 싸고 있었다. 전쟁이 일어난 것이다.

'은심은 왜 가다 말고 돌아섰을까? 내일이 없다는 것을 말하려 했던가? 그게 무슨 말이었을까? 우리들의 6월이 다시 돌아오지 않는다는 것을…… 사랑의 시간들이 넘었다는 것을……. 무너진 돌계단으로 너는 내려가고 있었다. 은심아!'

오후의 햇살이 비끼는 골목길 모서리로 영원의 시간이 돌아가는 것을 그는 보았다.

'아, 그 모조 장미핀에, 네 머리칼의 냄새가 남아 있는가?'

그는 조용한 세계를 걷고 있었다. 바로 그때 그 일이 일어난 것이다.

"정지!"

안전장치를 푸는 쇳소리가 어둠 속에서 들려왔다.

"일보 앞으로!"

"이보 앞으로!"

"삼보 앞으로!"

그는 몽유병자처럼 환각의 길로 한 걸음 한 걸음 그 소리를 따라갔다.

"장미!"

어둠 속에서 암호가 들린다. 그러나 그는 환각 속에서 몸부림
쳤다. 어서어서 이 환각 속에서 빠져나가야겠다. 전쟁의 세계로,
소리와 연기와 피와 쇳조각이 있는 전쟁의 세계로 깨어 나와야
한다.

"장미!"

장미란 말을 듣자 또 눈앞에서 헤어핀의 장미가 번뜩했다. 환
한 대낮이었고 조용한 6월이었다.

'목사님 딸의 한계 내에서 내일…… 내일이 있잖아요.'

지퍼가 미끄러지는 소리…… 탄력 있는 육체가 열리는 소리.

"쏜다, 손들엇!"

그는 비틀거리며 앞으로 달려갔다.

"잠깐만…… 은심이, 아니, 머리, 아니 내일. 내일."

그는 암호를 대려고 애를 썼다. 그때 총성이 울렸다. 그리고 그
는 어둠 속에 쓰러지면서 소리쳤다.

"내일…… 아아니…… 아니 이슬이다. 이슬, 이슬, 이슬……."

그는 핏속에서 외쳤다. 헤어핀의 장미를 내밀면서 외치고 있었
다.

"이슬, 이슬, 장미, 이슬……."

김소위는 얘기를 멈추고 자기도 윤군의 얼굴에다 그 헤어핀의 장미를 디밀었다.

"그때 그가 죽으면서 내게 준 거지. 그러니까 이건 타인의 마스코트야. 그런데도 넌 날 놀릴 셈이냐?"

윤군은 김소위가 내민 헤어핀을 피하면서 말했다.

"자식! 그게 바로 네 얘기지. 그때 그 다리를 다친 게로구나."

"아냐, 정말 그건 내 얘기가 아니구……."

"네 얘기가 아니라면 말이다. 그가 죽기 전에 무얼 생각하고 있었는지 어떻게 알 수 있느냐 말이다."

김소위는 어린애처럼 웃었다. 그리고 헤어핀을 빙글빙글 돌리면서 말했다.

"아니라니까. 정말 그는 그때 죽었대두 그래, 자 보란 말야. 난 이 헤어핀을 봐도 아무렇지도 않아. 웃지 말라니까……. 전쟁 저쪽 세상에 살던 그는 정말 그때 분명히 죽었고 나는 혼자 여기에 이렇게 남아 있는 거야."

나는 김소위가 아무렇지도 않다고 하면서도 몽유병자처럼 헤어핀의 그 장미를 멍하니 쳐다보는 그 시선을 역력히 볼 수가 있었다. 김소위는 윤군의 조소를 받는 것이 두려웠던가? 어째서, 어째서 그들은 젊음의 낭만을 수치스러운 것으로 알고 있는 것일까. 김소위도 전쟁터에서는 인간답고 순수한 것이 도리어 죄라고 생각하는 그 많은 사람들 중의 하나였다.

정말 전쟁 저쪽 세상에서 살고 있던 김소위는 그때 죽었을지도 모른다. 손에 든 시집을 다 읽지 못한 채, 대학 노트를 채 정리하지 못한 채 그들은 죽어간 것이었다. 정리하지 못한 채……

그리고 보니 김소위가 손에 든 검은 헤어핀은 꼭 젊음의 상장 喪章같이 보였다. 윤군도 그것을 짐작했는지 '장미와 이슬'이라는 암호를 입 속으로 되풀이하면서 동정적인 눈으로 김소위의 얼굴을 조용히 응시하고 있었다.

## 제3화 카키색의 단추

"봇짐을 지고 산길을 걷는데 어느덧 날이 저물기 시작했네……. 빈집이라도 나타나주었으면 하고 산고개 하나를 넘는데 오두막집 하나가 나타났어. 그래서 오늘 밤은 여기서 쉬고 가야겠다고 생각하면서 막 그 집 안으로 들어서자니까 방 안에서 사람 신음 소리가 들려오지 않겠나."

이번에는 박교수가 이야기를 꺼냈다. 그는 술에 취해 있었다. 그리고 그 말투나 이야기를 꺼내는 품이 별수 없는 소금장수의 옛날 이야기일 것 같았다.

"들어가서 주무시죠……. 아무래도 태풍이 불 것 같군요."

윤군은 박교수가 술주정을 하고 있는 줄 알고 슬며시 겁이 난 모양이었다. 사실 박교수가 한번 주정을 부리기 시작하면 '니케아의 배'는 폭풍을 만나게 되는 셈이다. 그러나 그는 뜻밖에도 차근차근 이야기를 계속해갔다. 주정은 아닌 것 같았다.

"문을 여니까 비린내가 코를 찌르지 않겠나……. 처음엔 숨어 있는 부상병인 줄 알았지. 하지만 어둠 속에서 어렴풋이 떠오른 그 얼굴은 마흔 살쯤 되었을까…… 피난민 차림의 중년 신사였네. 왼쪽 팔에 선지피가 엉겨 있었구 천장만 보면서 신음 소릴 내고 있었는데 그래도 인기척을 알아차리고 무어라고 소리를 지르더군. 이상한 건 말야, 살려달라는 게 아니구 무언가 좀 도와달라는 것 같았어.”

박교수는 당황했지만 죽어가는 사람을 그냥 버려두고 갈 수는 없었다고 했다. 그를 지켜보고 있는 것은 머리맡에 놓인 피난 봇짐뿐이었던 것이다. 그래서 막상 방 안으로 들어가긴 했지만 자기도 그 봇짐보다 조금도 나을 게 없다는 생각이 들었다. 죽어가는 사람들에게는 의사나 목사가 필요할 것이었다. 박교수는 의학 지식을 톡톡 털어봐야 사람의 심장은 왼쪽에 붙어 있고, 그것이 멎으면 죽게 된다는 것밖엔 아는 것이 없었다. 심장이 왼쪽에 붙어 있든 오른편에 붙어 있든 그게 지금 대체 무슨 소용이 있을 것인가? 박교수는 또 목사나 신부처럼 죽어가는 영혼을 편히 잠들게 할 위로의 말을 하나도 아는 것이 없었다.

『성서』의 말 가운데 자기가 기억할 수 있는 것은 “오른편 뺨을 치거든 왼편도 돌리라.”는 것과 “두드리라, 그러면 열릴 것이다.”라는 두 마디 말뿐이었다. 그러나 죽어가는 이 사람을 향해서 무슨 뺨을 돌리라 하고 무슨 문을 두드려보라고 권유할 수 있는가? 박교수는 기도를 하듯이 두 손을 모으고 있었지만 어떤 신의 이름도 떠오르지 않았다.

'이 사람에게 있어 나는 한 마리의 까마귀, 우연히 어둠 속에서 날아들어온 한 마리의 까마귀에 지나지 않을 것이다. 여기에 이렇게 앉아서 다만 지켜보고 있는 것, 시체가 되기를 기다린다는 것, 그것밖에는 할 일이 없다.'

박교수는 방 안으로 들어온 것을 후회하고 있었다.

"선생님 절…… 저를…… 도와…… 주시오."

그는 가쁜 숨결을 내쉬면서 말했다. 박교수는 다시 그의 이마를 짚어보기도 하고 맥박을 재어보는 시늉을 했다. 그러나 그는 천천히 고개를 저었다. 자기가 원하는 것은 그런 게 아니라고 말하는 것 같았다. 그러자 "주님께 기도를 드립시다."라고 박교수는 목사님처럼 무릎을 꿇고 손을 모았다.

이번에도 또 그는 고개를 저었다.

"선생님…… 이…… 단추, 이 단추의 임자를 찾아……주세요. 꼭…… 찾아주셔야 합니다."

"단추…… 단추라구요?"

박교수는 놀란 눈으로 그가 내민 손을 들여다보았지만 방 안엔 땅거미가 지고 있어서 얼른 그 단추를 잘 볼 수가 없었다.

"그래야지만…… 세 사람이 눈을 감게 됩니다."

박교수는 정말 옛날이야기에 나오는 소금장수처럼 여우에 홀린 느낌이었다.

"저에겐…… 시…… 시간이 없어요."

그는 단추를 박교수의 손에 쥐여주면서 유언을 하듯이 말했다. 단추에는 축축한 식은땀이 배어 있었다.

"……제 딸은 이렇게, 이걸 이렇게…… 꼭 움켜쥐고 있었는데……."

"따님은 어디 계신가요?"

"죽었지요. 돌아와보니 벌써…… 죽어 있었어요."

"그동안 어디 가 계셨었나요?"

"국군들이 들어온다길래……."

"환영을 나가셨군요."

"그런데 그게 국군이 아니라…… 예, 처음엔 국군인 줄 알고 태극길……."

"알겠어요. 말하려고 힘주지 마세요. 괴뢰군들이 역습을 해왔다는 거지요. 그래서 보복이 두려워 그 길로 피신을 했었나요? 그리고 따님은…… 그때 다쳤던가요?"

그의 이야기는 신음 소리에 섞여 말꼬리가 흐리긴 했지만 박교수는 그가 말하려는 게 무엇인지를 분명하게 짐작할 수가 있었다.

마을을 사이에 두고 전쟁은 여러 차례 톱질을 하듯이 밀려오고 밀려갔던 모양이다. 그가 마을로 돌아왔을 때에는 이미 그의 아내와 딸은 시체가 되어 있었다. 처음엔 미처 피신을 못한 그들이 총탄에 맞아 죽은 것이라고만 생각했었다. 그런데 그의 딸은 한쪽 손에 무엇인가를 꼭 움켜잡은 채 죽어 있었다. 그는 그 주먹을 펴보려 했다. 그러나 아직도 살아 있는 것처럼 그 손가락들은 굳게 오므라들기만 했다. 그녀가 그렇게 움켜잡고 있었던 것, 그것이 바로 이 카키색 단추였다. 그것은 하나의 증거, 하나의 마지막 증언, 죽음을 넘어선 증언이었다. 자기가 어떻게 죽어갔는가를 스스로 증언하기 위해 그녀는 능욕을 당하며 살해되는 순간 그 단추를 잡아떼어 틀어쥔 것이다.

그녀는 자신의 증인으로서 죽어갔던 것이다.

"딸년은…… 원수를 갚아달라고…… 이 단추의 주인을 찾아…… 원수를 갚아달라고…… 그걸 움켜쥔 채 죽어간 겁니다."

박교수는 식은땀이 밴 단추가 자기 손아귀에서 꿈틀대고 있는 것처럼 느껴졌다.

'그녀는 이 단추에 희망의 한 단서를 걸고 죽어갔을 것이다. 그러나…… 그러나 대체 이 단추를 보고 범인을 찾아낸다는 것은 얼마나 어려운 일일까? 카키색 단추, 수천수만 개의 그 똑같은 군복에 매달린 단추…….'

박교수는 어둠 속이라 그 단추를 자세히 볼 수조차 없었지만 환한 대낮이라 해도 결과는 마찬가지일 것이라고 생각했다.

"그건 어려운 일입니다. 그 단추에 범인의 이름이 적혀 있다 하더라도 그건 어려운 문제입니다. 우린 지금 전쟁을 하고 있는 중입니다."

박교수는 빈말이라도 그와 약속할 수가 없었던 것이다. 그러나 그는 숨을 몰아쉬면서 외쳤다.

"꼭 찾아주셔야 합니다. 수십 년 후에라도 찾아주셔야 합니다. 내 딸은 그 단추를 우리…… 우리에게 주고 간 겁니다."

박교수는 '우리'란 말에 가슴이 덜컥했다.

"선생님……."

그러다가 그는 곧 애원하듯이 말했다.

"선생님…… 나…… 나도 알고 있어요. 이 단추를 들고…… 고향을 떠나던 날부터 난 알고 있었어요. 찾아낼 수 없다는 걸 말입니다……. 선생님…… 부탁합니다…… .부탁이에요. 정 힘드시다면 대체…… 그놈의 단추가…… 이북 군대 건지 남쪽 군대 건지 그것만이라도 가르쳐주세요."

박교수는 어둠 속에서도 그의 눈언저리가 번쩍거리는 것을 보았다. 눈물 자국이 광채만은 아닌 것 같았다.

"그걸 지금껏 모르셨나요. 아침이 되면 확실한 걸 알 수 있겠지만 그때 괴뢰군들이 들어온 것이라면 아마 북쪽에서 온 군대들 것이었겠죠."

그는 한숨을 쉬고 한참 동안 말이 없었다.

"선생님…… 저도 첨엔 그렇게 생각했어요. 그래서 난 남쪽으로 피난길을 떠난 거구……. 누군지는 몰라도 그게 북쪽 놈들이라고 믿고 있었을 땐 그래도 마음이 편안했어요. 그런데…… 그런데…… 말입니다. 선생님, 피난길에서 유탄을 맞고 이 팔을 다쳤을 때 말입니다……. 문득 전쟁에는 네 편 내 편이 확실치 않다는 생각이 들지 않겠어요. 내 팔목에 박힌 총알처럼 그건 아무 데나 날아오는 거라구요. 이 빈집으로 들어와서 줄곧 사흘 동안 난 그 생각만 하고 있었습니다. 혹시 그 단추가 남쪽 거라면…… 괴로웠어요. 하지만 죽기 전에 난 그게 북쪽 건지 남쪽 건지나 알아야겠어요."

박교수는 아무 말도 하지 못했다. 그가 혼수상태에 빠져가는 것을 지켜보고만 있었다. 밤은 깊어가고 있었다. 만약 단추가 남쪽 것이면 자기는 내일 북쪽으로 가야 한다는 것이었다. 한 발짝이라도 북쪽으로 가다 죽어야 한다고 했다. 지금까지 남쪽으로 내려오고 있었지만 그건 잘못된 일일는지도 모른다는 생각이 든다는 것이었다.

"길을 떠나야 해요. 그게 어느 쪽 단추일까요? 그걸 알아야 난 내가 갈 방향을 찾을 수 있어요."

그리고 이따금 그는 놀라서 헛소리를 했다.

"어디로 가는 거지요? 지금 이게 남쪽인가요, 북쪽인가요? 지금 어느 방향으로 걸어가고 있는 거죠?"

먼동이 텄을 때 그는 그의 딸처럼 단추를 쥐고 있던 주먹을 꼭 움켜잡은 채 죽어 있었다.

"선생님, 선생님은 그 단추를 아직도 갖고 계신가요?"

윤군은 박교수의 이야기가 끝나자 성급하게 물었다.

"그게 어느 쪽 것이었어요?"

박교수는 라이터를 꺼냈다. 그 쇠줄 끈에 감씨 같은 카키색 단추 하나가 매달려 있었던 것이다. 윤군은 그 단추를 쏘아보았다. 그것은 군복 단추이기는 했으나 속내의, 아마 팬티에 달려 있었던 속내의의 단추였는지 아무 무늬도 글씨도 또 모양의 특징도 없는 것이었다.

"미군 파카의 안주머니 단추와 비슷한 것 같은데요?"

윤군은 그 단추를 만지면서 말했다.

"아냐! 이건 나무야……. 목제 단춘데! …… 분명히 중공제가 아니면 괴뢰군 거야……."

김소위는 단추를 손으로 튕기면서 말했다.

박교수는 웃었다. 낄낄거리며 아주 큰 소리를 내고 웃었다.

"나도 처음엔 그게 어디제 단추인지 여러 사람에게 물어보았었지……. 이야기들이 다르더군……. 이봐…… 그게 무슨 상관이 있나. 분명한 건 이 단추 색깔이 카키색이고 수천수만 개의 이런 단추들이 온통 우박처럼 우리들 머리 위로 쏟아지고 있다는 사실이야. 윤군, 이걸 자네 옷에 한번 달아보게, 자네에게도 잘 어울릴 거야. 이선생이나 나나, 김소위나…… 누가 달더라도 의심받지 않을 단추야……. 전쟁 때는 군인만 이런 카키색 단추를 달고 다니는 게 아니니까. 그의 딸을 능욕한 놈은 아마 동네 놈들이었을지도 모르지……. 자갈치 시장엘 가봐. 여자도 미군 작업복을 입고 다니지 않던가? 이건 자네 단추인지도 몰라. 또 내 것인지도 모르고……. 그래서 나는 가책을 느끼고 있단 말야. 그 사람이 물었을 때 나는 왜 분명하게 대답하지 않았을까? 그는 남쪽으로 내려오고 있다구, 또 그 단추는 어차피 김소위의 말대로 북쪽 군대 것이 확실할 것도 같아. 만약 남쪽 것이었다면 말야, 그래도 한눈에 알았을 게 아닌가? 그런데 이건 아무래도 낯설단 말야……. 그럴 줄 알았다면 말이지, 그때 이렇게 말했더라면 말이지…… 그는 아마 편안히 죽었을지도 모르지."

"확실치도 않은 거짓말을요?"

윤군은 매섭게 반문을 했지만 박교수는 태연했다.

"의사는 환자의 병명을 숨길 때가 있지……. 더군다나 그 증상이 확실치 않을 때는 더욱 그렇지……. '이건 어둠 속에서 만져보더라도 분명히 중공제 단춥니다'라고 나는 그때 말했어야 옳았어……. 그는 갖은 고생을 하면서 남쪽으로 내려오던 중이었으니까……. 전쟁 속에서 가장 비참한 인간은 자기의 적이 누군지도 모른 채 죽어가는 사람들이야……. 그 사람이 바로 그렇게 비참하게 죽었단 말야."

라이터의 쇠줄 밑에서 카키색 단추가 흔들리고 있었다. 바람도 없는 데 흔들리고 있었다.

# 제4화 어둠 속에 소리가

'니케아의 배'는 뱃고동을 울리지 않을 것이다. 그것은 죽어버린 배, 망각의 배, 항구를 잃어버린 배이다. 그러나 이제는 우리들의 그 낡은 배가 시간의 바다 위를 항해하고 있다. 그리하여 지금 이 배는 황혼에 닻을 내리고 어둠의 독 안으로 서서히 정박해 가고 있는 중이다. 오늘의 이야기는 끝났다. 이제 생활의 덜미를 느끼면서 어둠 속에 자리를 펴야 할 시간이 다가온 것이다. 밤! 그것은 우리들의 기항지일 것이다.

그런데 박교수도 김소위도 윤군도 모두 그 자리에 꼼짝도 하지 않고 앉아 있었다. 그들은 무엇인가를 기다리고 있는 것이었다. 그리고 무슨 소리를……. 바다를 넘어오는 축축한 바람 소리, 혹은 창녀의 웃음소리, 순찰병의 군화 소리……. 그런 밤의 소리를 엿듣고 있는 것처럼 조용히 귀를 기울이고 있었다.

그러나 나는 알고 있다.

서로 말하지는 않았지만 그들이 지금 무엇을 기다리고 무엇을 들으려고 하는지를 나는 잘 알고 있다.

꼭 이러한 시각, 바다가 푸른빛을 잃어가고 저녁 안개가 그 뱃전에서 찰랑거릴 때 우리는 어김없이 나타나는 청년 하나를 보아 왔던 것이다. 그는 태양을 따라온 사람처럼 황혼이 침몰해가는 바다 쪽으로 걸어간다. 먼 길을 유랑하다가 이윽고 바다 끝에 이른 나그네라고나 할까? 꼭 그런 모습, 그런 발걸음으로 긴 그림자를 끌며 절뚝거리고 모래사장을 건너갔다.

찢어진 중절모, 밤색으로 물들인 남루한 작업복, 그리고 예수처럼 텁수룩한 수염을 기른 그 청년은 언제나 어깨에 맨 낡은 기타를 퉁기면서 이상한 노래를 불렀던 것이다.

사랑하는 사람이 간다고 서러워 마오.
헤어지는 슬픔을 알아야 만나는 기쁨을 알지.
헤어지는 슬픔을 알아야 만나는 기쁨을 알지.

청년은 어둠이 깔리는 하늘을 향해서 이따금 노래를 멈추고 히죽히죽 웃기도 했다. 애 같은 웃음이었지만, 침통한 그늘이 서려 있기도 했다. 그는 돌축대의 계단으로 내려와서 해변가의 모래사장을 지나 방파제가 있는 바다 쪽으로 사라졌다. 우리 배가 있는 그 모래사장에서 방파제 쪽으로 향한 길목은 철조망으로 차단되어 있었다. 조선장 안에는 군수품이 쌓인 텐트가 있었고 무장한 보초들이 그 안을 지키고 있었던 것이다. 그래서 일반인은 출입할 수가 없었다. 오직 이 미친 청년만이 아무 거리낌 없이 그 조선장을 지나 방파제 쪽의 바다로 가는 것이었다.

나는 처음 이 청년이 나타났을 때, 그와 보초가 서로 옥신각신하는 광경을 본 적이 있었다.

"여긴 들어오지 못하는 데라니까!"

보초는 총대로 위협을 했다.

"사랑하는 사람이 간다고 서러워 마오."

그러나 그는 태연히 기타를 치고 노래를 부르면서 그 안으로 들어가려 했다.

"이 미친놈이 어딜 자꾸 들어와!"

보초가 호통을 치자 청년은 노래를 멈추고 하늘을 향해 또 물었다.

"내가 미친놈이라구?"

"미친놈이 아니면 왜 이런 기타를 매구 돌아다니는 거야."

보초는 총부리로 그 청년의 기타를 쳤다. 그때 기타 줄 하나가 핑 소리를 내고 끊어져버린 것이다. 나는 갑자기 그 청년의 눈에서 퍼런 불꽃이 튀는 것을 보았다. 흰자위가 번득이는 눈, 소름을 끼치게 하는 눈빛이었다.

"아니! 이놈, 사람이 사람을 죽이는 총을 매고 다니는 네놈이 미친놈이지, 어째서 기타를 매구 다니는 게 미친 짓이냐……. 이놈, 기타가 어쨌다고 이걸 부수는 거야. 사람들에게 난 노래를 들려주는 거다. 온 세상에 기타 소리를 울려주는 거다. 사람을 죽이는 놈들뿐이니까, 내가 노랠 불러줘야 한단 말야. 그런데 이놈, 네놈이 이걸 부숴……."

나는 기타와 총대가 엇갈리는 참으로 기괴한 싸움을 본 것이다. 보초의 총 개머리판이 기타를 내리치려고 하면 그는 자기 몸으로 그것을 막았다. 그는 피투성이가 된 얼굴을 하고도 웃고 있었으며 노래를 불렀다.

"꽃들이 진다고 서러워 마오……."

"단단히 미쳤군. 미쳐도 보통 미친 게 아냐."

구경꾼들을 향해서 보초는 변명 비슷한 말을 던지고는 길을 비켜주었다. 워낙 끈기 있게 눌어붙는 바람에 어떻게 다룰 수가 없었던 모양이다.

"사람이 사람을 죽이는 총을 메고 다니는 놈이 미쳤지, 기타를 메고 다니는 사람이 미쳤나……."

청년은 흐르는 코피도 닦지 않고 유유히 조선장을 지나 방파제 길로 사라졌다. 그때부터 저녁때마다 그 청년은 나타났고 우리는 그의 노래와 기타 소리를 들을 수 있었다.

"사랑하는 사람이 간다고…… 서러워 마오."

이상한 노래. 가슴을 저미듯이 흐느끼는 그 애상, 그러면서도 어딘가 잔잔한 위안과 경쾌한 리듬이 감도는 기타의 음조. 내가

그 광인의 노래에 매혹된 것은 비단 안개 낀 황혼의 감상 때문만
은 아니었다. 윤군은 그 노래가 찬송가처럼 구슬프다 했고 김소
위는 반대로 행진곡처럼 즐겁게 들린다고 했다. 또 윤군은 그 가
사가 상징적이라 했지만 김소위는 단순한 유행가의 통속물이라
고 했다. 두 사람의 말은 다 옳은 것 같았다. 위안과 분노, 슬픔과
즐거움, 어둠과 밝음이 뒤섞인 황혼……. 정말 그 노래를 부르는
사람도 황혼처럼 어렴풋한 것이었다. 음악 자체의 리듬도 수심가
에 재즈를 합친 것 같았다.

　황혼과 함께 그 모습과 그 노래는 나타난다. 우리는 그가 오
는 시간과 그가 걷는 발소리를 분명히 기억하고 있는 것이다. 바
람결을 타고 목쉰 노랫소리와 줄 끊어진 기타의 불협화음이 점
점 가까이 다가온다. 그러면 자갈을 밟는 발소리가 바로 귀밑에
서 울려오고 가끔 히죽거리고 웃는 묘한 그 웃음소리를, 하늘을
향해 웃는 그 웃음소리를 듣는 것이다. 그러다가 돌을 던지며 쫓
아오는 애들의 왁자지껄한 소리가 몰려오면 그 잡음에 밀려 그의
노랫소리는 다시 바닷바람을 타고 점점 사라져간다. 방파제에 불
이 켜지고 얼룩진 바다 위에는 별들이 뜨는 것이다.

　'그는 세계를 향해서, 다가오는 그 어둠을 향해서 노래를 부르
고 있는 것이다. 그래도 그는 정말 미쳤을까!'

　웬일인지 모르겠다. 박교수도 김소위도 윤군도 그 자리에 꼼짝
하지 않고 앉아 있었지만, 그 청년은 나타나지 않았다. 태양의 잔

광殘光을 반사하던 수평선도 이젠 완전히 어둠 속에 묻혔다. 그가 기타를 매고 내려오던 축대 위의 주택 어구에는 전등불이 빛나고 있다. 그러나 그 청년은 오지 않고 있는 것이다.

그들은 아무도 미친 기타리스트를 기다리고 있다는 내색은 하지 않았다. 그는 왜 오지 않을까? 누구도 그런 말을 입밖에 내지는 않았지만, 그들은 분명히 그 청년을 생각하고 있었을 것이었다.

'왜 기다리는가? 왜 미치광이를 기다리고 있는 것일까?'

그게 대체 무슨 의미가 있는가?

그때, 돌축대 편의 모래사장에서 조약돌이 울리는 발소리를 들었다.

"왔구나!"

나만이 아니라 그들도 속으로 그렇게 외쳤는지 모른다. 발소리는 점점 가까이 들려오고 있다. 그저 심심풀이로 우리는 그의 노래를 들어왔을 것이다. 하지만 그가 나타나지 않았을 때, 비로소 그를 기다리고 있는 그들 자신에게 놀랐을 것이다. 그러나 노래도 기타 소리도 울려오지 않았다. 어둠 속에서 사람 그림자만이 어른거렸다. 그리고 그 그림자는 우리들이 앉아 있는 배를 향해 걸어오고 있었다. 어둠 속에서 말소리가 들려왔다.

"선생님…… 혹시 못 보셨어요?…… 기타를 매고…… 저…… 저…… 미친 사람 말예요."

그것은 여인의 목소리였다. 목소리로 보아 젊은 여자인 것 같았다.

"우린 그 사람을 알고 있어요. 그런데 무슨 일이 있었나요? ⋯⋯ 오늘은 아직도 보이질 않는군요."

윤군이 반문했다.

"실례지만 그분과 어떻게 되세요?"

김소위도 약간 농조가 섞인 말로 여인에게 물었다. 그녀는 대꾸를 하지 않았다. 한숨을 쉬면서 지친 듯이 뱃전에 몸을 기대었다. 그 순간 값싼 향수 냄새가 코를 찔렀다. 소매 없는 원피스와 어둠 속에서도 짙은 화장을 한 살결이 떠오른다. 그것은 남포등 밤거리에서 흔히 볼 수 있는 그런 여인의 모습이었다.

"댁의 남편이었던가요? 무슨 일이 있었습니까?"

이번엔 박교수가 위압적인 말투로 물었다. 이번에도 여인은 한숨을 쉬었지만, 혼잣말을 하듯 입속에서 우물우물하며 대답했다.

"아침에 기피자라고 끌려갔어요. 그이는 정말 미친 사람이에요⋯⋯. 근데⋯⋯ 원, 맘대로 미칠 수도 없는 세상이라니까."

그 청년은 병역 기피자로 의심을 받은 모양이었다. 미친 시늉을 하고 다니는 사람인 줄로 오해되어 경찰서로 끌려갔다는 것이다. 그러나 그녀는 그가 경찰서에서 곧 풀려나왔다고 했다. 그런데 그는 취조하던 경관에게 덤벼들었던 것 같다. 기타가 형편없이 부서졌다는 것이다.

"그이는 줄이 끊기고 박살이 난 기타를 들고 돌아왔어요. 부서진 기타를 말예요. 그이는 그걸 피난 올 때에도 들고 왔었죠. 미쳐버린 뒤에도 줄곧 그 기타만을 찾아요. 새 것을 사다주었는데도요. 그이는 기타를 찾으러 간다구 집을 나간 거예요."

"그러고는 돌아오지 않았군요."

"아녜요. 그이는 원래 밤엔 돌아오지 않아요. 이 길루 해서 언제구 저녁이면 집을 나가니까요. 그이는 새벽에 돌아와요. 근데 오늘은 아주 돌아오지 않을 것 같은 생각이 들어서요, 찾아보려구."

그때 그 청년이 나타나던 돌축대의 계단 쪽 어둠 속에서 날카로운 여인의 목소리가 들려왔다.

"애니…… 애니…… 애니 어디 있어? 토니가 와서 기다린다니까……. 애니…… 빨리 와봐……. 사젠이 왔어."

여인은 흠칫 놀란 몸짓을 하며 뒤돌아섰다. 그리고 잠깐, 아주 잠깐 조선장으로 뻗은 길을, 그 어둠 속을 더듬어보는 것 같았다.

"기다려…… 줄리……. 같이 가, 줄리."

여인은 인사도 없이 돌아섰다. 우리는 어둠 속으로 사라지는 두 여인을 보며 말했다.

"양공주들이었군."

그리고 그 자리엔 텅 빈 어둠만이 남아 있었다.

"난 술이나 한잔 하구 올란다."

박교수가 자리에서 일어났다.

"병신 같은 자식들…… 양갈보 집에나 가서 새치기나 하고 올랍니다."

김소위는 누구에겐지도 모를 욕을 퍼붓고는 박교수의 뒤를 따라 일어섰다.

"우리는 일찍 자는 게 어때?"

나는 꼼짝 않고 앉아 있는 윤군에게 말을 걸었다.

"먼저 주무세요. 잠이 올 것 같지 않아요. 그런데 선생님, 그 친구는 정말 미쳤을까요? 정말 미쳤을까요? 그리고 그 친구는 이젠 다시 나타나지 않을까요? 나도…… 나도 미칠 것 같았어요. 하지만 선생님, 난 미칠 순 없어요. 뻔뻔스런 놈이거든요. 똑똑히 이 두 눈으로 미쳐가는 세상을 봐야겠어요. 어떻게들 미쳐가는가를…… 난 그래서 살고 있는 것인지도 모르죠."

그러나 나는 윤군의 말을 더 들을 수가 없었다. 시끄러운 어둠 속…… 그 어둠 속에서 온갖 소리가 들려오고 있었다. 날카로운 여인의 울음소리. 그리고 보초가 지나가는 둔중한 군화 소리. 돌팔매질을 하며 와자지껄 떠드는 애들의 목소리…… 그리고 그 소음의 밑바닥…… 그 깊숙한 밑바닥에서 울려오는 기타의 저음과 그 청년의 노랫소리.

"애니…… 애니…… 애니 거기 있어? 토니가 와서 기다린다니까……. 애니, 빨리 와!"

"기다려, 줄리……. 같이 가, 줄리!"

여인들의 목소리 뒤에서 은은한 노랫소리가, 수심가 같은 노랫소리가, 그리고 재즈를 치는 것 같은 기타의 울림이 퍼져가고 있었다.

꽃들이 진다고 서러워 마오.
꽃들이 져야 열매가 열리지.
나뭇잎이 진다고 서러워 마오.
나뭇잎이 져야 새싹이 피지.
사랑하는 사람이 간다고 서러워 마오.
헤어지는 슬픔을 알아야 만나는 기쁨을 알지.
헤어지는 슬픔을 알아야 만나는 기쁨을 알지.

파도 소리를 타고 환청이 들려온다. 어둠 속에 소리가 있었다.

## 제5화 포탄과 쌀

"선생님, 사랑보다는 아무래도 증오의 감정이 더 순수한 것 같군요. 그렇게 생각하지 않으세요?"

윤군은 무엇인가 책을 읽다 말고 밑도 끝도 없는 이야기를 꺼냈다. 부서진 선창 너머로는 가랑비가 뿌리고 있었다. 김소위는 간밤에 나간 뒤론 정말 어느 여자와 재미를 보고 있는지 아직 들어오지 않고 박교수는 감기 기운이 있어서 아침부터 야전침대에 줄곧 누운 채로 일어나지 않고 있었다. 침울한 날씨, 공연히 헛기침이 나오는 그런 날씨였다.

'윤군은 무슨 책을 읽고 있기에 또 사랑이니 증오니 하는 그 골치 아픈 문제를 끄집어내려 하는가?'

나는 좀 짜증이 났다.

"왜 그런 걸 묻지? 소설의 주인공이 실연이라도 했단 말인가?"

"아녜요. 이건 미국 종군기자가 쓴 건데요, 거제도 포로수용소를 취재한 기사예요."

따분한 화제가 나올 것 같아 나는 무관심한 표정으로 가을비가 내리는 바다 풍경만을 바라보았다.

"선생님은 그런 경험 없으세요? 사랑은 자주 변하고 위선적일 때가 많지만 남을 미워한다는 건 가식도 변화도 없다는 걸 말입니다."

"아니, 그 기사에 무슨 이야기를 썼기에 자꾸 그런 말을 캐묻지?"

윤군은 내가 귀찮아 하는 것을 알면서도 무언가 말하고 싶은 게 있는 모양이었다.

"별 이야기 없어요. 조수가 빠져나갈 때의 거제도 해변을 묘사한 대목을 제외하고는 흔히 들어오던 이야기들뿐입니다. 십만 명 가까운 포로들의 배설물이 전부 바다로 흘러나간다는군요. 그래서 '거무스름하고 흉측한 달팽이처럼 생긴' 인분들이 온 바다를 뒤덮는 광경이 굉장하다는 겁니다. 그 미국 기자는 쌀밥을 먹는 그 포로들의 배설물이 자기네들 것과는 모양이나 성질이 근본적으로 다르다는 차이점을 심각하게 강조하고 있어요."

윤군은 빙그레 웃었다. 나도 따라 웃기는 했지만 화가 슬며시 치밀어올랐다.

"그래 거제도 앞바다의 인분과 '증오의 순수성'이 대체 무슨 관계가 있다는 거지?"

윤군은 그제야 정색을 하고 말했다. 그는 그 기사 가운데 쌀밥이라는 말과 재빠른 한국 장사치들이 두 척의 디젤 화물선을 이용하여 막대한 돈을 벌었다는 글을 읽고 그런 생각이 났다는 것이었다.

거제도에는 하우스보이, 세탁부, 이발사, 심지어 창녀들이 굶주린 상어 떼처럼 모여들기 시작했다. 부대의 일자리를 얻지 못한 한국인들은 미국 병사와 포로 쌍방에 기념품을 파는 새로운 장사를 벌였고, 그 덕분에 부산과 거제도를 내왕하는 교통량이 열 배로 증가했다는 것이다. 정기 연락선만으로는 부족했다. 그 통에 두 척의 디젤 화물선을 끌어대 돈을 번 약삭빠른 친구들이 생겨났다는 이야기였다. 윤군은 그 두 한국 사람이 대개 누구일 것이라는 게 짐작이 간다는 것이었다.

일 년 전의 어느 날이라고 했다. 윤군은 우연히 대신동 거리에서 맹선생을 만난 것이다. 맹선생은 그의 옛날 국민학교 때의 담임선생이었다. 처음엔 반가웠지만 그의 차가운 손이 자기의 손에 와닿을 때, 메스꺼운 증오의 감정이 치밀어올랐다. 십여 년 전의 일, 그것도 일정 시대 때 어렸을 적의 일이었다.

세상은 그 뒤로 두 번이나 바뀌었다. 해방 그리고 전쟁……. 그런데도 맹선생에 대한 증오는 다시 꿈틀대며 고개를 치켜들고 있었다. 그게 만약 옛날 애인이었다면 이미 그 사랑은 하나의 추억, 사진첩의 기념사진처럼 누렇게 퇴색한 초상으로 그의 앞에 나타났을 것이었다. 하지만 증오는 달랐다. 아픈 상처가 터지듯이 생생한 핏방울이 다시 흘렀다.

맹선생을 보자 그의 머리에는 흰 쌀밥 생각이 난 것이다. 윤군은 대지주의 아들이었고 막내둥이였기 때문에 보리밥을 먹지 못했다. 전시 체제를 유지하던 제국주의자들은 쌀을 독독 긁어내고서도 혼식을 해 먹으라고 감시가 대단했다. 천황폐하 대원수 각하의 위력은 쉬파리가 날아다니는 부엌의 구석에까지 미쳐 있었던 것이다.

윤군은 학교에서 노력 동원을 나갈 때 도시락에 흰 쌀밥을 싸 갔다가 몇 번이나 벌을 섰다. 말끝마다 비국민이란 말을 쓰며 호통을 치던 맹선생이 특히 시어머니처럼 볶아댔다.

윤군은 그날도 도시락에 쌀밥을 싸 가져갈 수밖에 없었다.

긴 여름의 뙤약볕, 논두렁에서 찰거머리에 뜯겨야 할 생각을 하면 점심을 그냥 건너뛸 수만은 없었던 것이다. 그러나 도시락 뚜껑을 열고 검사를 받아야 한다. 시골 소작인의 아이들은 쌀밥을 싸서 가져오고 싶어도 쌀이 없었다. 맹선생이 노리는 것은 언제나 윤군의 도시락이었다.

그래서 윤군은 그날 도시락 위에다가만 보리밥을 얹고 안에 쌀밥을 묻었다. 맹선생의 눈을 속일 셈이었다. 그러나 그는 과연 손색없는 황국신민皇國臣民, 아침저녁으로 '대일본 제국의 신민'임을 선서하던 훌륭한 훈도였다.

"도시락 뚜껑을 열어봐!"

윤군의 어린 가슴은 콩이 튀듯 뛰었다.

"요로시(좋아)……. 다음엔 밥을 뒤집어봐! 뚜껑 위에 밥을 엎어 놔보란 말야……."

군청에서 나온 공출관보다도 그의 솜씨는 훌륭한 것이었다.

맹선생은 한때 금전판을 좇아다녔던 사람이었다.

'아! 그런 눈을 가지고 왜 노다지를 캐지 못하셨을까?'

보리밥 밑에 깔린 쌀밥은 용케 찾아내면서도 왜 흙 속에 파묻힌 누런 노다지는 찾지 못하셨을까!

윤군은 '국민선서'를 백 번 외면서 도시락을 두 손으로 치켜든 채 벌을 섰다. 햇볕이 내리쬐는 들판이었다. 아이들은 모두 논두렁에 앉아 짠지 냄새를 풍기며 밥들을 먹고 있는데 윤군은 허기진 배를 움켜잡지 못한 채 도시락을 들고 서 있었다. "우리는 대일본제국의 신민입니다. 우리는 대일본제국의 신민입니다." 윤군의 '국민선서'를 외던 목소리는 울음소리로 바뀌어갔다. 그리고 그것은 배고픈 설움만은 아니었던 것이다. 도시락 하나를 먹는 데에 얼마나 수속이 복잡했는지 모른다. 손뼉을 치고 '도요하시 하라노……'의 축문을 외워야 하고 절을 해야만 했다.

'평화로운 식탁 위에까지 군화는 지나가고 있었고 포탄은 터지고 있던 것이다.'

거머리에 뜯기는 노력 동원, 지리한 소방훈련, 반공훈련……. 그 모든 것이 맹선생에 대한 증오로 나타났다.

"자네 지금 어디에 있나? 어디서 살고 있지?"

윤군은 맹선생의 얼굴을 물끄러미 쳐다보았다. 국방색 게트르에 전투모를 쓴 옛날의 그 맹선생은 아니었지만 자기는 지금도 그의 앞에서 국민선서를 외고 도시락을 들고 헤심한 벌판을 눈물 속에서 쳐다보던 그 불우한 식민지의 자식이라는 착각이 들었다.

"배 위에서 살고 있지요."

윤군은 별 뜻 없이 그냥 말했다. 그때 맹선생의 눈빛이 갑자기 변했다. "배 위에 산다니……."

"낡은 화물선입니다."

"잘 생각했어…… 잘 생각했어! 이럴 때는 배를 가진 사람이라야 살지……."

맹선생은 아직도 윤군이 대지주의 아들이라고 생각한 것이다. 목숨의 안전을 위해 언제라도 부산을 떠날 태세로 배 한 척씩을 장만해두고 있는 그 돈 많고 권력 있고 현명한 사람들 가운데 하나라고 생각했던 모양이다.

'그런데 왜 내가 배에서 산다는 것이, 배를 가졌다는 것이 그토록 맹선생에게 충격을 준 것일까?'

윤군은 썩어빠진 '니케아의 배', 기관도 닻도 없는 버려진 배의 남루한 잔해를 생각하면서 혼자 웃었다.

"자네 오래간만인데 우리 집에 가서 저녁이나 하지 않겠나?"

내키지 않는 걸음이었지만 윤군은 맹선생 뒤를 따라갔다. 그의 집은 바닷가의 피난민촌 향수동에 있었다.

"자네! 향수동이란 뜻 아냐? 묘한 이름이지. 여긴 변소라는 게 없네. 바다 위에 띄우지. 그래서, 향수香水, 하…… 하…… 하…… 아름다운 향내가 난단 말야……. 그래서 향수동이거든. 그리고 또 한자로 고향 향鄕 자에 근심 수愁 자……. 고향의 향수鄕愁를 느끼며 산다 해서 향수동이란 거지……."

과연 맹선생은 향수동에서 향수를 팔며 사는 사람들을 상대로 해서 장사를 하고 있었다. 그의 집은 겉보기와는 달리 내실은 윤택해 보였다. 그것은 조그만 박물관 같았다. 추사의 족자, 항아리, 향합, 그런 골동품들이 진열되어 있었다. 피난민들이 끝내 버리지 않고 끌고 내려온 가보家寶들을 그는 헐값에 사들여 미군들에게 팔고 있는 것 같았다.

"윤군! 전쟁 땐 그저 입만 남네. 먹고살기 바쁜데 골동품이 다 뭔가? 하지만 이런 걸 원하는 사람들이 있네. 내 좀 한학을 한 탓으로 골동품을 뜯어볼 수 있지만 서학西學이 짧아서 제값을 받지 못한단 말야. 중간에 끼는 하우스보이들만 재미를 보거든. 참 자넨 영문과랬지……. 이 장살 한번 안 해보겠나. 전쟁통엔 그저 입이 제일이지……."

놀란 눈으로 사방을 훑어보자 맹선생은 자기 변명 비슷하게 사설을 늘어놓았다. 저녁 밥상이 들어왔다. 그것은 하얀 쌀밥이었다. 다시 윤군은 증오의 감정이 뭉클 앞가슴에서 태질하는 것을 참았다. 쌀밥 도시락을 들고 벌을 섰던 그때의 감정만이 아니었다.

'아! 쌀밥……. 피난민 수용소에서 아이를 끌어안고 울던 그 여인의 손에 한 숟가락의 쌀밥이 들려 있었지……. 아이는 이미 죽어 있었는데 여인은 숟가락으로 흰 쌀밥을 퍼먹이며 울고 있었어……. 얘야, 이게 니가 찾고 있던 흰밥이다. 이게 그 흰밥이야. 어서 먹어라…….응…… 이게 바로 쌀밥이다……. 여인은 죽어가는 애에게 쌀밥을 먹여주고 싶었던 것이다. 아…… 그 여인은 제대로 쌀밥 한번 먹지 못하고 죽은 애를 끌어안고 원통하게 울고 있었지…….'

윤군은 밥상에서 김이 모락모락 나는 쌀밥을 보자 눈물이 핑 돌았다. 피난을 온 후 자기도 쌀밥을 처음 보았다. 이제 도시락을 검사할 담임선생이 없는데도 쌀밥을 먹을 수 없었던 그였다.

"선생님, 이건 쌀밥이군요? 이런 쌀밥을 먹어도 괜찮겠어요?"

맹선생은 윤군이 무슨 말을 하고 있는지 잘 모르는 눈치였다.

"전시戰時에 쌀밥을 먹어도 좋으냐고?"

"왜 생각나지 않으세요. 옛날 그 전시, 대동아전쟁 때 선생님은 제 도시락을 검사하셨었죠. 비상시에 자기 혼자 쌀밥을 먹는 사람은 비국민이라고요. 그런데 전시가 아닙니까! 더구나 지금은 남이 아니라 우리 자신이 전쟁을 하고 있는 전시가 아닙니까! 선생님. 옛날처럼 제가 먹으려는 이 밥을 검사해주십시오. 그리고 쌀밥이거든 벌을 세워주세요, 제 종아리를 때려주세요."

그제야 맹선생은 껄껄대며 웃었다.

"이 사람! 기억력도 좋군. 자넨 천재야 천재. 어릴 때도 공부를 늘 잘하더니만 일류 대학에서 그것도 영문과라니……. 이 사람, 그 일을 아직도 기억하나? 자넨 천재야 천재……."

맹선생은 술 한잔을 하자고 했다.

전시에는 시아버지와 며느리가 한 방에서 자도 흉이 아닌데 옛 수제자와 주안상을 받는 것쯤 어떠냐는 것이었다. 그러면서 맹선생은 방 안에 사람도 없는데 윤군의 귀를 끌어다가 귀엣말로 속삭였다.

"윤군, 자네 배를 가지고 있다고 했지? 화물선이라 했지? 몇 톤인가? 그걸 그냥 바다에 놀려둘 때가 아닐세. 지금 거제도가 노다지판인데 연락선으로 끌잔 말야. 학비도 보충하구……. 암 그렇구말구. 미국 유학도 해야 될 게 아닌가? 배만 있으면 허가 내는 건 식은 죽 먹기야. 그쪽 미국 대령을 잘 알거든. 골동품 단골손님이란 말일세……. 사람들이 거제도로 밀리는데 지금 선술 써야지, 조금 늦어도 놓치네, 놓쳐……. 어떤가, 윤군……. 사실 이 난국도 점점 터가 잡히니 누가 골동품을 선뜻 내놓겠나, 옛날 같지가 않네……. 그 배루 동업을 합세."

그때 나는 윤군에게 물었다.

"자네는 무어라고 대답했나?"

윤군은 나에게 똑같은 말을 했다.

"선생님, 사랑보다는 아무래도 증오의 감정이 더 순수한 것 같아요. 그렇게 생각하지 않으세요? 사랑은 열병처럼 스쳐 지나가더군요. 하지만 선생님, 증오의 감정은 솔직하고 영원히 변하지 않더군요. 나는 말했어요. 제 배를 드릴 테니 타고 가시라구요. 그 배는 기관도 닻도 없는 썩은 배이지만 아마 선생님은 거제도보다 더 좋은 곳으로 가실 수 있을 거라구요."

윤군은 비가 뿌리는 바다를 쳐다보고 있었다.

# 제6화 고독한 시신

박교수는 심한 기침을 하면서 윤군에게 반문했다.

"증오의 감정이 순수하다구? 천만에! 천만에……. 전쟁은 포탄만 필요로 하는 것은 아니야. 폭발하고 불붙고 파열할 수 있는 것이면 무엇이든 전쟁 무기로 이용되는 걸세. 증오 역시 TNT처럼 폭발력을 갖고 있단 말야. 난 지금도 그 말을 기억하고 있어……. '우리가 지금 필요로 하는 것은 사랑이 아니라 증오입니다.'라고. 그는 '증오에 불타는 적의, 그것은 폭탄과 마찬가지로, 전쟁에 꼭 필요한 하나의 화약인 것입니다. 증오 없이는 싸우려고 하지 않기 때문입니다.'라고 말하더란 말야."

"그가 대체 누구입니까?"

이번엔 윤군이 반문했다.

"젊은 장교였어. 그가 직접 나에게 한 말이었지."

박교수는 야전침대에 그냥 누운 채로 그 젊은 장교에 대해 이야기를 했다.

아군이 반격을 개시하고 서울이 탈환될 무렵 박교수는 대전에서 얼마 안 떨어진 S읍의 촌락에 있었다. 괴뢰군들은 도주하기 직전에 내무서에 감금해두었던 사람을 모두 몰살해버렸는데 그중에서도 가장 처참했던 것은 산등성이에 파놓은 참호에다 사람들을 생매장한 것이었다. 그 청년 장교는 바로 그 자리에서 시체 발굴을 지시하고 있었고 박교수는 자치대원들 틈에 끼어 그 일을 돕고 있는 중이었다. 사람들은 끔찍한 시체들이 나올 때마다 얼굴을 찌푸리고 탄성을 질렀지만 청년 장교는 나이에도 어울리지 않게 아주 침착한 표정이었다. 그는 수첩을 꺼내 시체의 수를 계산하기도 하고 신원을 확인하기 위해서 소지품 같은 것을 뒤져내기도 했다.

"자, 떠들지 말고……. 파낸 시체는 우선 들것에 실어내어 한쪽으로 순서대로 정렬해놓으시오."

그에게는 표정이 없었다. 산 사람을 보는 눈이나 죽은 시체를 바라보는 눈초리나 조금도 다른 것이 없었다. 그러나 박교수는 태연하질 못했다. 황토흙을 퍼내다가 흐트러진 여인의 머리카락이 나타나는 것을 보자 그만 비명을 지르고 만 것이다. 장교가 그의 곁으로 뛰어왔다.

"뭐요! 왜 애들처럼 소란스럽게 굽니까?"

그는 박교수를 꾸짖었다.

"이건 여자의 시쳅니다."

"시체가 상하지 않도록 조심해서 파십시오."

박교수의 손이 떨리고 있는 것을 보자 또 한 번 꾸짖었다. 이를 악물고 박교수는 시체를 파내다가 이번에는 더 큰 소리로 비명을 질렀다.

사람들이 모여들었다. 흙구덩이에서 반신쯤 드러난 여인의 시체는 고개를 밑으로 숙인 채 갓난애를 꼭 껴안고 있었던 것이다.

"저런!"

"저 죽일 놈들 좀 보게."

묶인 밧줄 사이로 내민 여인의 손은 젖을 먹이고 있는 것처럼 어린애를 가슴에 품고 있었다. 다른 시체처럼 숨이 막혔을 때 버르적거린 흔적은 찾아볼 수 없었다. 마치 대리석 조각, 마리아가 아기 예수를 안고 있는 성당의 조각처럼 흐트러지지 않은 단정한 모습으로 그냥 굳어 있었다.

"저 손을 봐!"

누군가가 소리를 질렀다. 여인의 오른쪽 손바닥은 갓난애의 코 위를 덮고 있었던 것이다. 여인은 아기가 조금이라도 숨을 쉴 수 있게 하기 위해서 손바닥으로 떨어지는 흙을 막아주고 있었던 것이다. 박교수는 그 시체를 보자 어둠 속에서 울려오던 갓난애의 울음소리를 들었다.

'틀림없이 그 여자일 것이다. 나는 저 여인을 본 일이 있다.'

S읍은 조용한 마을이었지만 군사도로의 길목에 자리해 있어서

밤마다 마을 사람들은 노무 작업에 끌려나와야만 했다. 그날 밤도 역시 그랬던 것이다. 밤사이에 폭격을 맞은 교량을 복구하기 위해서 그들은 피난민들까지 모두 동원을 시켰다. '군인민위원회'에서 나왔다는 감시원들은 눈이 벌겋게 뒤집혀 만리장성이라도 쌓는 기분으로 사납게 얼러대고 있었다. 그때 박교수는 어둠 속에서 갓난아기의 울음소리를 들었던 것이다. 자갈을 부리는 소리, 비틀거리는 발소리, 총대를 휘두르며 고함치는 군인들의 목소리……. 그 소리들의 틈바구니를 뚫고 젖을 찾는 가냘픈 어린 애의 울음소리가 새어나오고 있었다.

"개새끼들! 젖먹이 애가 있는 저런 부인까지 그래 노무 작업에 동원을 시키나!"

박교수는 오랜만에 아주 꺼져버렸던 그 분노의 감정이 다시 불타오르는 것을 느꼈다. 그리고 그는 흙을 파던 손을 멈추고 울음소리가 나는 쪽을 향해서 걸어가려고 했다.

"피난민이시군요."

옆에서 삽질을 하던 노인 하나가 박교수의 손목을 잡고 말했다.

"소용없는 일입니다. 저 애기 어머니는 누구도 도울 수가 없어요."

"도울 수 없다니요? 내 책임량을 다 해놓고 거들어주는 것도 안 되나요?"

"저 부인은 경찰 간부의 아내입니다. 가까이만 가서 말해도 반동으로 몰리죠……. 인민군들은 일부러 낚싯밥처럼 저 여인을 내놓고 기다리고 있는 거지요. 남편을 잡기 위해서 말입니다."

"경찰관의 부인이라고?"

박교수가 큰 소리로 말하자 노인은 그의 입을 틀어막았다.

"쉿, 지금 부인이 이쪽으로 오고 있습니다."

정말 어린애의 울음소리가 가까이서 들려왔다. 머리 위에 양동이를 이고 한 손으로는 등에 업힌 애를 추스르며 여인은 어둠 속을 헤엄치듯이 비틀거리며 걷고 있었다. 그녀가 가까이 지날 때면 주위 사람들은 모두 외면을 하는 것 같았다.

'틀림없이 그 여자일 것이다. 나는 여인을 본 일이 있다.'

박교수는 어둠 속에서 울려오던 어린애의 가냘픈 울음소리와 그리고 고개를 숙인 채 어둠 속을 헤치고 가던 그 여인의 하얀 얼굴을 가슴속에 그려보았다.

멍하니 서 있는 박교수를 향해서 청년 장교는 세 번째 꾸짖었다.

"무얼 하고 있는 겁니까? 시체를 건드리지 마시오. 특히 그 손하구…… 어린애의 얼굴 말입니다. 손으로 흙을 긁어내십시오."

처음엔 왜 그가 시체에 손을 대지 말라고 했는지 박교수는 잘 알지 못했지만, 나중에서야 의도를 분명히 알 수 있었다.

"그만 파세요……."

여인의 무릎이 나오자 그는 외쳤다.

"그대로 두십시오."

박교수는 그 장교에게 물었다.

"이 시체를 옮기지 않습니까?"

"사진 보도반이 올 때까지 저 모습을 건드려서는 안 됩니다."

장교는 담배를 피우고 좀 피로한 기색을 보이며 바위 위에 걸터앉았다. 그러고는 조각을 감상하듯이 물끄러미 그 여인의 시체를 들여다보고 있었다.

"사진 보도반이 오나요?"

박교수는 이상한 충격을 받았다.

"좋은 재료가 될 것입니다."

"좋은 재료라니요?"

"몰라서 묻소? 괴뢰군들의 천인공노할 잔악한 만행이 저 시체처럼 잘 나타나 있는 경우도 없을 테니까요."

"나도 저 시체를 보자 피가 끓어오르는 것을 느꼈습니다."

"당신뿐이겠소. 세계를 향해서 선전해야 하오. 공산당이 무엇인지 아직 잘 모르는 자들에게 저 모습을 보여줘야 하오."

청년 장교는 조각을 감상하듯이 시선의 각도를 달리하며 그 시체를 이모저모 뜯어보고 있었다. 박교수는 마음이 울컥하는 걸 참고 조용히 말을 계속했다.

"나도 저 시체를 보는 순간 피가 끓어올랐다고 했습니다. 그러나……."

"그러나…… 라니요?"

"그러나 당신은 저 일을 저지른 괴뢰군들에게만 증오를 느끼
고 있소. 그게 잘못이란 말이오. 왜 가엾게 죽은 저 여인과 어린
애를 동정하지 않소……. 난 그들을 미워하는 것만큼 저 시체가
측은해서 똑바로 쳐다볼 수가 없소. 시신屍身을 선전 재료로 삼지
마시오. 빨리 안장해야 됩니다."

청년 장교는 박교수를 경멸하는 시선으로 훑어보았다.

"우리가 지금 필요로 하는 것은 사랑이 아니라 증오입니다. 불
타는 적의…… 그건 폭탄과 마찬가지로 전쟁에 필요한 하나의 화
약이란 말이오. 증오 없이는 아무도 싸움하려고 하지 않기 때문
이죠. 저 모녀의 시체는 증오와 복수의 폭발물에게 불을 붙이는
뇌관雷管이 될 것이오."

"보도반은 언제 오나요?"

"아무리 늦어도 내일 오후까지는 이곳에 올 겁니다."

박교수는 슬픈 생각이 들었다. 청년 장교의 말이 옳다고 생각
하면서도 인간이 시신을 파먹는 구더기들처럼 보이는 것은 어찌
할 수 없었다.

"편히 잠들게 해주시오. 난 저 여인을 본 일이 있습니다. 저애
의 울음소리를 멈추게 하시오. 어떤 목적을 위해서도 시신을 이
용해서는 안 되오."

박교수는 정말 귀를 틀어막고 애원을 했다. 자갈을 부리는 소리, 발자국 소리, 총대를 휘두르며 고함을 치는 소리, 그 어둠 속의 소리 틈바구니에서 젖을 찾는 갓난아기의 가냘픈 소리가 점점 더 크게 울려오고 있었기 때문이다.

"방해하지 마시오. 우린 지금 전투를 하고 있는 중입니다. 당신들은 우리가 이를 갈고 싸울 때, 한가롭게 앉아 기도만 드렸소. 나의 아버지도 저 여인처럼 저렇게 죽었을 것이오. 나는 저 모습을 만인에게 보여줄 의무가 있소. 증오가 터지는 그 소리가 전 세계를 울릴 것을 나는 희망할 뿐이오."

박교수는 다시 그 구덩이에 화석처럼 굳어 있는 모녀의 상을 바라다보았다.

석양이 비치고 있었다. 다른 시체들은 모두 처리되었고 오직 그 모녀의 시체만이 아직도 무엇을 기다리는 채로 거기 홀로 남아 있었다.

여인은 아이를 끌어안고 있다. 어둠과 질식, 조금씩조금씩 공기가 희박해져간다. 타인들 틈에서 그 여인은 오래전부터 아기의 머리 위로 떨어져오는 흙 소리를 듣고 있었을 것이다. 아니 젖과 공기를 찾으며 울고 있는 어린애의 울음소리를 듣고 있다. 외쳐도 사람들은 모두 외면을 하고 지나갈 것을 그녀는 알고 있다. 혼자라는 것을…… 완전히 혼자라는 것을……. 무거운 자갈을 머리에 이고 그녀는 어둠 속을 헤엄쳐간다. 등 뒤에서 울려오는 어린애의 울음소리를 들으며 그녀는 어둠을 밟고 간다. 그의 곁을 피하는 사람들 사이로 그녀는 혼자 걸어가고 있는 것이다.

박교수는 기침을 했다. 감기의 신열 때문일까? 얼굴이 붉게 달아올라 있었다.

"보도반의 카메라맨들은 언제 왔습니까?"

윤군이 물었다.

"오지 않았네…… 아무도 오지 않았지……. 연락이 잘 안 되었거나 더 급한 일이 있었거나……. 어쨌든 간에 시체는 묶인 그 모습 그대로 삼 일 동안이나 그 자리에 있었지. 그녀에겐 유가족도 없었으니까……. 그리고 그의 남편은 그녀보다도 벌써 한 달 전에 죽었던 것이 확인되었구……. 나는 삼 일 동안 애의 울음소리에 시달리며 살았던 거지. 괴롭고 긴 삼 일이었어. 전쟁은 증오의 순수성도 용서하지 않는단 말야. 윤군, 증오는 TNT처럼 보관되어 전선으로 실려가는 걸세……."

# 제7화 아내의 죽음

박교수의 비밀을 모르고 있는 사람들은 그 시체를 보고 왜 그가 그렇게 흥분했는지를 잘 이해할 수가 없었을 것이다. 그러나 그의 딸과 아내가 어떻게 죽었는지 그 진상을 자세히 알고 있었던 나는 박교수의 그때 심정을 내 마음처럼 환히 들여다볼 수 있을 것 같았다.

S읍은 그의 처가가 있는 곳이었고 그는 그 마을에서 아내를 잃었다. 마을 사람들은 말할 것도 없고 그의 장모나 장인까지도 그녀의 죽음에 대한 진상眞相을 잘 모르고 있었던 모양이다.

"남들은 내 아내가 폐결핵으로 죽은 줄로만 알고 있소. 그리고 내 딸 연희 말이오, 연희도 역시 피난길에서 폭탄 파편을 맞고 죽었다는 그 사실밖에는 아무도 모르고 있는 일이오. 그러나 이형, 말해야겠소. 오늘은 내 모든 이야기를 털어놓으리다. 비밀을 혼자 가슴속에 묻어두고 산다는 게 얼마나 답답한지 이형은 아마 잘 모를 것이오……. 김소위나 윤군은 나이가 어려서 내 처를 이

해해주지 않겠지만 이형 같은 사람에겐 굳이 숨길 필요가 없을
거요.”

그날이 아내의 기일忌日이라면서 술에 만취가 되어 돌아온 박
교수는 그의 아내에 대한 이야기를 나에게 들려주었던 것이다.


박교수가 처가에 갔을 때는 전쟁이 터진 지 한 달이나 지난 뒤
의 일이었다. 전쟁은 그보다 앞서 그 마을을 지나갔고, S읍에도
이미 인공기가 날리고 있었다.

박교수가 나타나자 처가 식구들은 모두들 뛰어나와서 꼭 죽은
줄로만 알았었다고 손목을 잡으며 기뻐했는데 웬일인지 아내만
은 뒤켠에 숨어서 그냥 흐느끼고만 있었다.

‘무슨 일이 생겼나 보다.’

박교수는 불길한 예감이 들었지만, 반가워서 우는 것이거니 생
각하고 일부러 태연해지려고 애썼다. 그때 박교수는 연희의 모습
이 보이지 않는 것을 알았던 것이다.

“연희는 어디에 있소? 잘 자라오?”

아내가 거처하는 뜰 아랫방으로 박교수가 들어가면서 묻자, 아
내는 갑자기 그의 손을 뿌리치고 뒤뜰로 달아나버렸다. 입술을
깨물고 우는 울음소리가 들려왔다. 그가 따라나가려 하자 장모가
앞을 가로막으면서 말했다. 아내에게 당분간 애 이야기를 캐묻지
말라는 것이었다. 연희란 이름만 들어도 충격을 받고 저렇게 온

종일 운다는 것이었다. 뒤에 안 일이지만 정말 처가 식구나 마을 사람들은 아내를 연희 어머니라고 부르는 일이 없었다.

아내는 야위어 있었다. 온종일을 같이 앉아 있어도 말이 없었다. 그리고 박교수의 얼굴을 똑바로 쳐다보는 일이 없었다. 그녀는 박교수를 피하고 있는 눈치였다.

'아내는 나를 원망하고 있는 것이다. 무언가 오해를 하고 있는 것이다. 연희가 죽은 것이 내 탓이라고 여기는 모양이다. 정말 나로서는 최선을 다한 일이었는데도 아내는 내가 처자식에 대하여 무관심했다고 생각하는가 보다. 한강에서 마지막 배가 떠날 때, 내가 연희와 아내를 먼저 태우지 않았더라면 그들은 지금 서울에 남아 굶주리고 있었을 것이 아닌가? 어차피 떨어질 바에야 내가 뒤에 처져 있었던 편이 낫지 않았겠는가? 물론 강 건너에서 기다리라고 떠나는 배를 향해 먼저 약속했던 것은 나 자신이었다. 하지만 약속을 어긴 건 내가 아니라 전쟁이었던 것을 아내는 이해해주어야 할 것이다. 아내도 그때 총소리를 들었을 것이 아닌가.'

날이 갈수록 박교수는 아내의 태도가 심상치 않다는 것을 알았다. 심지어 몸까지 허락해주지 않았던 것이다. 아내는 박교수가 그녀의 곁으로 가기만 하면 몸을 움츠리고 돌아누웠다. 그는 반농담을 섞어 애원해보기까지 했다.

"여보, 전쟁에 자식을 잃은 어버이가 우리들뿐이겠소? 죽은 자식의 나이를 세는 것보다 새 옥동자라도 빨리 봐야지. 전쟁 땐 말야, 쥐들처럼 번식이라도 많이 해야 살아남는 자식이 있단 말야……. 당신은 연희를 아무래도 지나치게 사랑한 것 같소."

연희를 지나치게 사랑하고 있다는 말을 하자 아내는 갑자기 꼭 미친 사람처럼 풀어진 머리와 속옷만을 걸친 채 밖으로 뛰어나갔다. 그가 처가에 처음 왔을 때처럼 그녀는 뒤뜰에 서서 흐느껴 우는 것이었다.

아내는 병에 걸린 것 같았다. 얼굴은 나날이 창백해져갔고 사람들 앞에 나타나기를 꺼려했다.

혹시 아내는 딸만 잃은 것이 아니었는지도 모른다. 피난길에 봉변을 당했던 것일까? 그래서 나에게 몸을 허락하지 않는 것인지도 모른다. 그러고 보면 "나는 죄인이에요, 아무 이야기도 묻지 마세요."라고 하던 아내의 말이 단순히 연희를 무사히 데려오지 못한 죄책감에서 나온 소리만은 아닐는지 모른다. 아! 나는 그걸 용서할 수 있을 텐데 왜 아내는 그렇게 완고하기만 한 것일까?

박교수는 사그라져가는 아내의 모습을 보고 그렇게 생각했다. 아내의 병은 날로 심해져가는 것 같았다. 그러나 약이 없었고 의사도 신통한 대답을 하지 않았다. 상심에서 오는 쇠약증일 것이라고만 했다.

그러다가 장맛비가 며칠째 쏟아지던 날 밤 그의 아내는 운명하고 만 것이다. 방 안은 한결 어두웠고 눅눅한 곰팡내 때문에 숨이 막힐 것 같았다. 시체처럼 누워 있는 아내에게 박교수는 짜증이

나기도 했지만 그녀가 얼마 더 살지 못할 것이라는 생각에 그녀 곁을 떠나지 않고 간호를 해주었다.

"여보! 밖에서 애가 울고 있어요."

자정이 지날 무렵이었다. 깜박 잠이 들려고 하는데 처음으로 아내가 입을 연 것이다. 추녀 끝에서 낙숫물 떨어지는 소리가 들려오고 있었다.

"아냐, 빗소리야. 이제 장마가 갤 때도 되었어. 전쟁도 끝나고 당신도 몸이 회복될 거요."

아내는 그날따라 등잔불을 켜달라고 했다. 공습이 있어서 한밤중에 불을 켜는 일이 없었던 것이다. 박교수는 아내가 이야기를 하는 것이 반가웠다. 등잔불을 켜느라고 창문마다 담요를 치고 부산을 떨면서 박교수는 처음으로 아내와 같이 생활한다는 그 기분을 맛보았다.

"자! 내 손을 잡아요."

움푹 파인 눈이었지만 속눈썹이 유난히 긴 아내의 눈은 아직도 아름답게 보였다.

"당신 생각나우? 연희를 낳을 때, 내 손목만을 쥐겠다고 하던 거."

그렇게 묻자 아내는 너울거리는 등잔 불꽃을 쳐다보면서 쓸쓸하게 웃었다.

"기억하고 있어요. 저는 마취할 필요가 없다고 했지요. 그보다는 당신의 손을 잡게 해달라구요. 당신만 곁에 있으면 나는 어떤 고통도 참을 수 있다구요."

박교수는 아내가 꼭 기억상실증에서 깨어난 사람처럼 대견스럽게 보였다.

'아내는 돌아온 것이다. 이제 정말 그녀를 만난 것이다.'

인민군에게 검문을 당하고 노역을 하고 무수한 사선의 고비를 넘어 S읍을 찾아왔던 그 피로가 그제야 한꺼번에 풀리는 기분이었다.

"그런데 당신은 나보다도 연희를 더 사랑한 것이오. 난 연희를 질투하고 있는 거야. 당신이 지금 병원에 입원해서 또 수술을 받고 전쟁 때라 마취제가 없어 의사가 당황하게 되면 내가 아니라 아마 연희의 손목을 꼭 잡게 해달라고, 그렇지, 그렇게 말할 거요……. 연희가 죽은 뒤로 당신은 줄곧 내 사랑을 잊고 지내왔으니까."

박교수가 다시 또 무슨 이야기를 하려고 들자 그의 아내는 갑자기 히스테리컬하게 소리를 질렀다.

"그만…… 그만…… 그만하세요. 당신은 아무것도 모르고 있어요."

그리고 엎어져서 마치 웃음소리를 내듯이 흐느꼈다.

추녀 끝에서 낙숫물 떨어지는 소리가 들려왔다. 아내의 울음이 멎자 방 안은 다시 조용해진 것이다. 박교수는 파랗게 질린 아내의 입술에서 피가 흐르는 것을 보았다.

'각혈?…… 아니다! 저 피는 입술에서 흐르는 것이다. 그렇다, 입술을 깨물고 있는 것이다. 무슨 말을 하려는 것을 참느라고 지금 저렇게 입술을 깨물고 있는 것이다.'

"여보, 왜 입술을 깨물고 있소?"

박교수는 거부할 수 없는 위엄으로 캐물었다. 아내는 슬프고 절망적인 눈으로 박교수의 얼굴을 오랫동안 쳐다보다가 다시 눈을 감았다. 그리고 유언처럼 말을 하기 시작했다.

"여보…… 이게 마지막이에요."

"뭐가 마지막이란 말야? 언젠가 장마는 개구 전쟁은 끝나구 당신의 건강은 회복되는 거요."

"여보…… 이게 마지막이에요……. 죽을 때까지 말하려고 하지 않았어요."

"무슨 이야기든 난 당신을 용서하오, 사랑하고 있단 말요."

박교수는 숨이 막혀오는 긴장 때문에 도리어 환자보다도 다급한 소리로 대답했다.

"아녜요. 내가 날 용서할 수 없어요. 잠자코 듣고만 계셔요. 당신에게 용서를 빌자는 게 아녜요. 당신에 대한 사랑은 지금까지 티끌만큼도 변한 적이 없어요. 다만 부끄러웠어요. 죽고 싶도록 부끄러웠어요."

"난 글쎄 모든 걸 이해한다구. 당신이 봉변을 당한 것쯤 그게 대체 어떻단 말요."

지레짐작하는 박교수를 향해서 그의 아내는 또 한 번 쓸쓸하게 미소를 지으며 고개를 저었다.

"당신은 그냥 듣고만 계세요, 아무 말도 말아주세요. 이제 우리들의 마지막이 온 거예요……. 당신…… 우리 연희가…… 이 세상에 나와서 세 해밖에 살지 못한 우리 연희가 어떻게 죽었는지 아세요? 난 울지 않고 그때의 이야기를 똑똑히 말하겠어요."

등잔불이 너울거렸고 다시 뿌리는 빗발 소리가 방 안에 물결처럼 피어오르고 있었다.

"난 길에 앉아서…… 연희를 무릎에 앉히고 쉬고 있었어요……. 벌판으로 뻗친 하연 국도였어요. 나는 지나온 그 길을 보면서 당신을 생각하고 있었죠……. 다시 만나지 못하면 어쩔까 하는 생각으로요. 그리고 환한 대낮의 길 속에서 당신이 땀을 흘리며 내게로 걸어오고 있는 환각을 보고 있었어요. 그때였어요……. 바로 앞에 짐 실은 마차 한 대가 지나가고 있었는데…… 아, 글쎄 갑자기요, 마차 소리가 천둥 소리처럼 커지지 않겠어요……. 그건 마차 소리가 아니라 폭격기의 폭음 소리였던가 봐요……. 그리고는 눈앞에 불길 같은 것이 비치면서 귀청을 찢는 폭음 소리가 터져나왔어요……. 난 정신을 잃은 채 몸을 숨기려고 발버둥쳤던 거예요……. 그것밖에는 기억에 없었어요. 사방이 조용해지고 정신이 돌아오자 난 내가 살았다는 기쁨 때문에 그 자리에서 벌떡 일어나려고 했어요. 그때 무언가 내 눈앞으로 뻘건 것이 흐르고 있었고 길 위에 쓰러져 버르적거리는 황소의 흰 눈이 보였어요. 그때 비로소 갑자기 연희 생각이 난 거예요……. 연희야……. 내가 연희를 부르며 일어서려 하는데 내 두 손이 무엇을 꼭 붙잡고 있다는 걸 알았어요. 폭격을 피하느라고 무의식적으로 무엇인가를 붙잡고 내 몸을 가리고 있었던 거예요……. 놀라지 마세요……. 여보…… 당신은……."

아내는 이불깃을 움켜잡으며 울었다.

"아……당신은 그게 무엇이었는지 모르실 거예요. 바로…… 바로 그것이 연희였다는 걸 모를 거예요. 총탄을 피하려고 연희의 몸을 방패처럼 들고 엎드려 있었던 거예요……. 파편은 연희의 뒤통수를…… 친 거예요. 마차를 때린 폭탄의 파편이…… 내게로 떨어졌어야 할 파편이 연희의 뒤통수를…… 연희의 뒤통수를…… 연…… 희…… 의…… 뒤…… 통수를……. 그런데도 연희는 죽어가면서 엄마를 부르고 있었어요."

그의 아내는 헉헉 흐느껴 울었다.

"죽어도 이 얘기를 하지 않으려고 했어요. 부탁이에요. 난 죄인이에요. 저승에 가도 딸을 만나볼 수 없는 불쌍한 어미예요. 아무에게도 이 부끄러운 이야기를 말아주세요. 어머니에게도 난 그 일을 숨겨왔으니까요……."

그것이 아내의 마지막 유언이었다.

박교수는 갑자기 내 멱살을 잡았다.

"이형, 말해보시오. 당신은 내 처를 욕하겠소? 짐승만도 못한 어미라고 비난하겠소?…… 이형, 속시원하게 말해주시오. 나는 내 처를 욕해야 하오?"

나는 박교수가 하도 험악하게 대드는 바람에 언뜻 위로의 말을 찾지 못했다.

"왜 말해주지 않소? 전쟁 때문이라고, 모든 잘못은 전쟁 때문이라고 왜 당신은 말하지 않소?"

박교수는 울먹이는 목소리로 고함을 치며 내 멱살을 흔들고 있었다.

## 제8화 I&I

　　김소위는 비에 후줄근하게 젖어서 밤 11시경이나 되어 돌아왔다. I&I에서 하룻밤을 즐겼던 것이 분명했다. I&I라고 하면 술집이나 무슨 댄스홀을 생각하는 사람들이 많겠지만 실은 장대위의 집을 그렇게들 불렀던 것이다. 김소위의 말만 듣고 처음 I&I로 끌려갔을 때 나 역시도 텍사스니 뭐니 하는 미군들 상대의 그런 나이트클럽을 연상하고 있었다. 그러나 그것은 상춘등으로 뒤덮인 아담한 양옥집, 좀 더 정확하게 말하자면 송도松島 해변의 언덕 위에 세운 개인 별장이었다.

　　김소위는 그 집 대문 옆에서 벨을 누르며 비로소 나에게 몇 마디의 귀띔을 해주었다.

　　"실망하셨어요? 이 집은 장명식張明植 대위라구요……. 왜 고철장사로 한밑천 잡은 그 갑부 말예요……. 그 집 막내아들 말입니다……. 옛날 내 상관이었거든요. 자기 아버지하군 딴판이죠. 얘기가 통하는 친굽니다……. 그렇게 담배만 피우지 않아도 곧 모든 걸 알게 될 겁니다."

그때 나는 김소위를 따라온 것을 후회하기 시작했다. 그 집 응접실에 발을 들여놓는 순간 나는 현기증과 메스꺼움을 느꼈다. 열두 칸이 넘는 화사하고 넓은 방이었는데도 동굴 속처럼 불빛은 침침하고 답답해 보였다. 가구라고는 격에 맞지 않게 큰 라운드 테이블과 역 대합실에 놓인 것 같은 긴 나무의자 그리고 머리가 지끈하도록 쾅쾅 울려대는 전축이 있을 뿐이었다. 땀냄새와 화장품 냄새가 뒤범벅이 되고 작업복 차림의 상이군인들과 야회복 차림의 멋쟁이 여인들이 서로 끼고 돌아가는 기괴한 광경, 칵테일파티를 하듯이 서성거리며 술을 마시는 사람, 의자에 앉아서 여자를 끼고 비벼대는 사람, 춤을 추는 사람…… 허공 속에서 번쩍거리는 스테인리스의 의수義手…… 마룻바닥을 울리며 지나가는 목발 소리…… 한밤중인데도 검은 색안경을 쓴 파리한 얼굴들……. 그러나 불구의 육체들 사이에서 파라솔처럼 활짝 피어난 여인들의 육체가 있었다. 그것은 시끄럽고 침통하고 사치와 가난과 질척한 슬픔과 웃음이 뒤범벅이 된 하나의 질서 없는 불협화음이었다.

'대체 이 소리와 움직임은 무엇일까? 저들은 왜 이곳에 모여서 저리 고함치듯이 떠들어대고 마시고 몸부림치듯이 몸을 비틀고 왜 그렇게 잠시도 조용히 멈춰 있기를 거부하는가?'

나는 현기증과 메스꺼움 속에서 장명식 대위를 만난 것이다.

그는 검은 색안경을 끼고 있었다. 그러나 실명한 맹인처럼은 보이지 않았다. 인사를 나누고 악수를 할 때에도 그는 꼭 그 검은 색안경 너머로 나를 응시하고 있는 것 같았다. 그리고 말을 하다가는 이따금 응접실을 한 바퀴 훑어보고 이상한 웃음을 짓기도 했다.

"우린 늘 이런 잔치를 합니다. 내 생일이래도 좋고 내 전우들의 제삿날이라고 해도 좋아요. 그건 멋대로 상상하셔도 좋습니다. 다만 한 가지…… 여기에 일단 참석한 사람들은 남을 관찰해서는 안 된다는 겁니다……. 난 눈을 잃었지만 저들이 노는 것을 환히 볼 수가 있어요. 다리 병신이 탱고를 추는 꼴을 말입니다. 그리고 팔 없는 불구자가 여자를 끌어안는 어색한 모습, 앞을 못 보는 소경이 여자의 육체를 더듬거리는 그 추악한 꼴……. 그걸 나는 똑똑히 볼 수 있습니다. 하지만 난 한 번도 그런 것을 관찰해본 적이 없어요."

장대위가 처음 나와 이야기를 할 때에는 무엇인가 애써 과장해서 말하려는 눈치였지만 술기운이 오르자 점점 고백에 가까운 말투로 변해갔다.

"설마 상이군인들이 모여 이런 짓들을 하는 걸 비웃지는 않으셨겠죠. I&I를 만든 것은 한 달 전의 일이었죠. 난 그때 김소위와 술을 마시려고 어느 바로 들어가려 했어요. 처음 겪는 일은 아니었지만 웨이터가 달려나와서 우릴 밖으로 끌어내지 않겠습니까? 그리고 손에 지폐 두어 장을 집어주는 거였어요. 돈을 구걸하려고 소위 행패를 부리러 온 상이군인으로 알았던가 봅니다. 난 좀 억울한 생각이 들어 고함을 쳤어요. '술은 너희들만 처먹는 거냐?'고요. 눈은 없어도 술 마실 입과 돈이 있다고 말입니다. 그랬더니 이 친구 보세요, 글쎄 지폐를 두어 장 더 집어주잖아요. 돈이 적어서 행패를 부린다구 생각한 거죠."

요란한 전축 소리와 고함치듯이 떠들고 노래 부르는 소란 속에서도 장대위의 나직한 말소리가 똑똑히 들려왔다.

"평복을 하고 다니면 그런 꼴을 당하지 않아도 될 게 아니냐고 말하시겠죠. 그런데 그게 문젭니다. 멸시를 당하면서도 우린 상이군인으로 행세하고 싶은 거죠. 전쟁터에 나갔다 온 것을 가장하려고요? 천만의 말씀입니다. 그냥 불구자로 오해되는 것이 원통해서 그러는 겁니다. 배냇병신의 취급을 당한다는 건 돈을 구걸하는 상이군인으로 오해되는 것보다 더 참을 수 없는 일이죠. 우린 불구자가 아닙니다. 눈을 빼앗기고 손발을 전쟁터에 두고 왔을 뿐이지, 병신이 아닙니다."

김소위는 옆에서 장대위의 말을 가로챘다.

"대위님은 감상벽이 있어서 화제가 엉뚱한 데로 흐르는군요. 내가 본론을 말하지⋯⋯. 그래서 우린 그날 I&I 클럽을 장대위님 집에 차릴 것을 결심한 겁니다. 상이군인들이 괄시를 받지 않고도 마음 놓고 술 마시는 나이트클럽을 하나 차린 셈이죠. 물론 화대와 술값은 인자하신 장대위님의 아버님께서 부담하시는 거죠."

"김소위! 자넨 우리 아버질 들먹거리는구나. 그래 좋다, 내 입으로 말하겠다. 그게 말입니다. 그렇지, 참 우리 아버지 장갑부 이야기지……. 어떻게 해서 돈을 버신지 아세요? 전쟁터에서 폐물이 된 군인은 값이 안 나가지만, 총탄이나 대포나 무기는 일단 전쟁터에서 폐물이 되어도 값이 나갑니다. 거기에서 착안한 것이 바로 전쟁 붐을 타고 생겨난 고철장사들의 아이디어였죠. 훌륭한 아이디어. I&I의 아이디어보다는 그 편이 훨씬 우수하지. 그래서 나는 말했어요. 아버님께 처음으로 무릎을 꿇고 빌었던 겁니다. 나도 장사를 좀 하자구요. 아버지 눈이 빛나더군요. 눈은 없지만 난 알 수 있어요, 분명히 눈이 빛나더군요. 불효자식이 이제야 사람이 되었다구 생각한 겁니다. 무슨 장사를 하겠느냐고 물으시기에 저도 고철장사, 전쟁터에 찌꺼기로 버림받고 굴러다니는 그 고철을 모아 장사를 하겠다구요. 난 군에 있었기 때문에 그런 고철들을 많이 알고 있다고 말했죠. 아버진 내가 말하는 고철이 '상이군인'인 줄은 꿈에도 생각지 않으시고 쾌히 응낙을 한 겁니다. 약속대로 난 지금 이렇게 그 장사를 하고 있습니다."

어느새 나는 나 자신도 모르게 장대위의 화제 속으로 깊이 빠져들고 말았다. 그래서 I&I의 뜻이 무엇이냐고 자진해서 묻기까지 했다. 얘길 듣고 보니 Invalids(상이군인)를 뜻하는 이니셜 같은

데 또 하나의 I는 무슨 약자냐고 하니까 소위는 그게 Illicit Pros-
titute(밀매춘부)의 I라고 했다. I&I…… 그건 보다시피 상이군인과
매춘부의 모임이라는 거였다. 공통점은 그들이 다 같이 전쟁 속
에서 무엇인가를 잃고 만 상실자……, 말하자면 하나는 육체를
잃고 또 한편은 정조를 잃은 사람…… 그러한 상실자가 잃어버린
추억들을 제사 지내는 것이 바로 I&I의 모임이라고 주석까지 달
았다.

그러나 장대위는 김소위의 말을 부정했다. 장대위는 그게 In-
tercourse & Intoxication(성교와 주정)의 약자이고 그건 자기가 만든
것이 아니라 미군들이 쓰는 유행어를 잠깐 빌려온 것이라고 했
다. 술과 여자, 그것이 전쟁 속에서 살아남은 두 개의 유일한 종
교라는 것이었다. I&I는 그러므로 화산 속에 남은 하나의 성당이
며 바이블이며 제단이라는 것이었다. I&I는 인간이 최후로 누리
는 빛이며 희망이며 길이라는 것이었다.

십자군들이 전쟁을 할 때에도 마지막 지켰던 군기는 십자가가
아니라 I&I의 깃발이었을 것이라 했다.

"더구나 말입니다."

장대위는 좀 빈정거리며 말했다.

"더구나 말입니다. 옛날 나폴레옹 때의 전쟁은 영웅심리를 가
지고 싸웠지만 현대전은 아동심리를 이용해서 싸움을 해나가는
겁니다. 그래서 현대의 군인들은 아무리 나이를 먹어도 어린애

같은 데가 있습니다. 그게 중요한 거랍니다. 고지를 점령할 때의 그 군인들의 표정은 선생님들 명령대로 숙제를 풀고 있는 국민학교 아이들만큼 순진하단 말입니다. 아주 비슷한 데가 있어요. 단순하고 순응하고 치기가 많을수록 잘 싸울 수가 있습니다. 그런데 한 가지 점에서만 예외가 있죠. 즉, 술과 여자에 한해서만 그들은 어른들의 대열에 끼는 겁니다. I&I를 기초로 해서 우리는 지금 성인들 사회, 교활하고 이유가 많고 항상 불평과 시기심이 많은 그 성인들 사회를 공부해가고 있는 겁니다.”

나는 조금씩 그 분위기에 친숙해지기 시작했다. 그 불협화음 속에서 잔잔히 흘러나오는 하나의 음악, 이상한 그 음악을 나는 들을 수가 있게 된 것이다. 라운드 테이블엔 빈 술병이 쌓여가고 있었고, 역 대합실에 놓인 것 같은 긴 나무의자에는 공백이 늘어가고 있었다.

I&I……. 세상은 훌쩍거리며 그렇게 끝나가고 있는 것 같았다. 술취한 목소리와 간지럼을 타듯이 자지러지게 웃는 여인들의 웃음 속에서 세상은, 전쟁은, 그렇게 침몰해가고 있는 것 같았다.

그러나 나는 다시 I&I를 찾아가지는 않았다. 신경질이 있는 것 같은 장대위의 검은 색안경이나 전축 소리에 맞춰 흔들거리던 술잔을 잡은 스테인리스의 의수나, 꼭 관뚜껑에 못을 박듯이 또각거리는 여인의 하이힐 뒷굽 소리에 어울려 나뭇바닥을 울리며 지나가던 목발의 소리를 잊어버리고 싶었기 때문이다. 그런데 김소위는 돌아오자마자 I&I의 이야기를 다시 꺼내려고 하는 눈치였다.

"드디어 나타나고 말았어요."

김소위는 단장을 던지며 주저앉았다. 술 냄새가 물씬 풍겼다.

"누가 나타났어? 장대위 아버지가 말인가?"

"아녜요, 여자 말예요."

"은심이가 나타났단 말야? 아니 I&I에 은심이가 나타났다면…… 그럼 은심이가……."

"은심이가 매춘부나 양공주가 되었느냐는 말이죠? 아녜요, 은심이가 아녜요."

김소위는 미친 사람처럼 여자의 머리카락이 나타난 것을 보았다는 말만 되풀이했다.

"잘 모르실 거예요. 그 여자는……."

김소위는 혼잣말을 하듯이 중얼거렸다.

"그 여자는 아우슈비츠의 유태인 수용소에서 나온 것 같은…… 그런 여자였습니다. 나에게 처음으로 여자의 육체와 동시에 정치의 비극을 가르쳐준 그런 여자였어요. 그 여자와 만났던 밤은 내 젊음이 끝나가던 임종의 밤이었구요, 그리고 또 있어요. 그녀가 그녀가…… 나에게 준 것이 또 하나 있어요. 성병……. 최초로 끌어안은 그 여성에게서 난 임질을 얻은 거죠. 그렇다고 내가 그 여자를 저주한지 아세요? 천만에요."

어젯밤 그 여인을 만났을 때, 김소위는 어리둥절해하는 우리의 표정에는 아랑곳하지 않고 그 여자의 이야기를 시작했다.

# 제9화 내 머리는 블론드

"춤을 추시지 않겠어요?"

코냑 글라스를 눈에 갖다 대고 여인은 윙크를 했다. 그러나 김소위는 담배꽁초를 내던지면서 퉁명스럽게 거절해버렸다.

섭섭하게도 군대에서는 네 발로 기는 포복밖엔 가르쳐준 일이 없어서 자기는 댄스가 무엇인지를 모르는 야만인이라고 비꼬아주었던 것이다. 절름발이 상이군인에게 춤을 추자고 수작을 거는 품이 불쾌해서 그랬던 것만은 아니었다. 처음부터 그 여자의 머리카락이 김소위의 비위를 건드렸다. 그것은 옥시돌로 샛노랗게 물들인 머리카락이었다. 양공주 중에서도 그런 노랑머리를 하고 다니는 계집은 특히 질이 좋지 않다는 걸 김소위는 잘 알고 있었다.

'홈시크homesick에 걸린 GI들은 저런 가짜 노랑머리를 보고서도 스와니 강을 휘파람으로 불겠지……. 아마 저 여자 지금쯤 수소폭탄은 만들어내면서도 눈알을 염색하는 물감은 아직도 발견해내지 못한 현대의 과학자들을 원망하고 있을 것이다. 그래……
그래. 내가 안다. 식사는 C레이션박스에서 나온 콘비프로 하고
쇼핑은 군표, 그리고 말은 남부의 니그로가 지껄이는 브로큰 잉
글리시……. 그런데 딱하게도 그게 국제적인 생활이라고 믿고 있
겠지……. 똑똑히 말해주마. 너희들에게 진짜 국제적인 것이 있
다면 말이다. 왜 그것 있잖니. 국제 매독, 국제 성병……. 그 나머
지 것은 네 머리카락처럼 전부 가짜란 말일세…….'

김소위는 맨해튼의 여인같이 차려입은 그 여인의 몸맵시를 훑
어보며 비웃고 있었다.

"대한민국 장교는 다 그렇게 거만하신가요, 그렇지 않으면 머
리가 나쁘든가? 아직도 내가 누군질 모르시는군요?"

그녀는 그녀대로 비꼬인 김소위의 표정을 묵살해버리고 짓궂
게 아는 체를 했다. 분명히 I&I에 나오던 여인은 아니었다. 그런
데도 김소위와는 구면이라는 태도였다. 그것이 더욱 그를 불쾌하
게 했다.

"어느 쪽이든 상관할 것 없어. 어차피 우린 잠자리에서 만난 여
자가 아니면 기억에도 없구 흥미도 없으니까."

그러자 그녀는 뜻밖에도 큰 소릴 내고 웃었다.

"바로 그거예요. 우린 바로 그런 장소에서 만났거든요. 이래도
모른다고 하시겠어요?"

옥시돌의 블론드 머리카락을 두 손으로 바싹 감싸쥐고 그녀는

김소위에게로 다가왔다.

"이래도 모른다고 하시겠어요?"

김소위는 손으로 머리카락을 감춘 그녀의 얼굴을 보았다. 그리고 가위질을 하듯이 움직이는 그 손을 보았다. 순간 머리 깎인 한 여인의 얼굴이 떠올랐다.

'그 여자였구나.'

윤곽도 표정도 뚜렷하지가 않다. 다만 기계충에 걸린 시골학교 아이들이 가위로 듬성듬성 머리를 깎은 것 같던 그 머리통이 분명하게 그의 눈앞으로 스쳐 지나갔다. 김소위는 신음을 하듯이 그녀의 이름을 생각해내려고 더듬댔다.

"그래, 알겠어. 알고말고 미스…… 미스……."

"미스 박! 아셨어요? 미스 박……. 그러나 이제 난 미스 박이 아녜요. 미세스 슈타인……. 슈타인 부인이죠. 유태계 미국인, 계급은 당신과 비슷하구요. R 아시죠. 왜 군인들이 훈장보다 좋아하는 R. 그는 로테이션을 얻었어요. 난 이제 미국 시민이 되는 겁니다. 이런 때 김소위님을 다시 만나게 되다니……. 장난이 좀 지나치군요. 시작도 끝도 다 우연이었군요. 우리들의 '우연'에게 감사를 드리지 않겠어요?"

김소위는 가을바람 소리를 듣고 있었다. 어둠이 깔리는 거리를 플라타너스의 잎들이 떨어지고 있는 소리……. 서리라도 내리는가, 불기 없는 방 안은 몹시 추웠다. 김소위는 따스한 여인의 체온 속에서 모든 시간과 작별을 하고 있었다. 내일…… 내일이면 전쟁터인 것이다.

그것은 간부 후보생의 교육을 마치고 전선으로 배속되기 전의 짤막한 휴가였다.

"조심들 하게. 밤거리의 계집 하나가 경우에 따라서는 적의 일개 중대보다도 더 무서울 때가 있으니까……. 그리고 정들이지 말게. 제3포복을 하듯이 연습 기분으로 하란 말야. 물론 중무장을 하고 임하도록, 알겠나! 계집들은 누구나 전쟁이 일어나기 전엔 다 서울의 양갓집 무남독녀고 여대생이라고 말할 테지만 말야, 그걸 그대로 믿고 동정하지 말 것. 쓸데없는 동정심은 언제나 호주머니를 가볍게 만든다는 걸 명심하도록."

김소위는 선배로부터 오입에 대한 근엄한 훈시를 받았다. 동정 童貞을 청산하는 마지막 훈련이었던 것이다.

'스물한 살의 젊음을 이제 이 밤거리에 묻어두고 떠나는 거다. 읽다 만 책과 쓰다 만 일기장 같은 그 청춘을 내던지고 가야 하는 것이다. 전쟁터에서 돌아오면 다시 그 순결한 동정과 쓰다 남은 젊음을 찾을 수 있을까. 해적들처럼 나는 그 황금을 아무도 모르는 사창굴의 질척한 동굴 속에 묻기 위해서 지도에도 없는 이 골목길을 잠시 방황해야 된다. 면사포가 없는 내 신부, 불쌍한 신부.'

그때 김소위는 빈 택시를 잡아타듯이 제일 먼저 눈에 띈 여인을, 골목에서 서성대고 있는 여인 하나를 붙잡았던 것이다. 투사처럼 스카프로 머리를 싸매고 있었다. 질척한 골목을 지났다. 방 안에는 레이션 갑과 신문지와 때 묻은 베개와 털 빠진 미군 담요, 그리고 쭈그러진 양은대야가 기다리고 있었다.

'부끄러움도 없이 이 여인은 신문지와 털 빠진 담요 위에 누울 것이다. 그리고 그 위로 뜨거운 입김은 여름의 소나기처럼 빨리 지나가버릴 것이다. 그런 순서로 그것은 끝난다. 스물한 살의 젊음이 지금 끝나가려고 한다. 쭈그러진 양은대야에서 철벅거리는 물소리가 들려오고 우글거리는 성병의 세균들 속에서 내 젊음의 피들은 까무러쳐갈 것이다.'

코트를 벗고 재킷과 스커트, 그리고 슈미즈와 브래지어가 미끄러져 내려온다. 허물을 벗듯이 한 꺼풀 한 꺼풀 한 세계가 벗겨지고 있다. 김소위는 교회당과 목사님과 검은 성경의 책장이 찢겨져나가는 소리를 들었다.

'목사님, 미안합니다. 당신일랑 비둘기에 모이나 주십시오. 풍금을 치시고 옻칠한 검은 강대상을 윤이 나도록 닦으십시오. 이게 내 화려한 결혼식장이었다고 하더라도 난 목사님을 주례로 청하지는 않으렵니다. 종소리가 아니라 목사님, 나는 포성 소리를 들으려고 가는 겁니다.'

김소위는 불을 끄려고 허공을 더듬는 하얀 여자의 손을 보았다. 나체…… 나체가 있었다. 그런데 스카프만은 웬일인지 머리를 싸맨 채로 있었다.

"잠깐! 난 알몸뚱이에 대해서 돈을 치르는 거니까."

김소위는 여인을 껴안으면서 스카프를 벗기려고 했다.

"그건…… 그건, 안 됩니다."

여인은 두려워하고 있었다. 스카프를 움켜잡으려고 했다. 그러나 그는 검정빛 스카프를 찢어버렸다. 김소위는 그 순간 무엇을 보았는가? 여인에겐 머리카락이 없었다. 여승처럼 박박 깎은 머리도 아니었다. 가위로 듬성듬성 자른 머리. 층진 머리가 고랑져 있는 흉측한 그런 머리였다.

"용서해주세요. 돈은 받지 않겠어요."

여인은 절망적인 표정을 하고는 담요 자락에 얼굴을 묻어버렸다.

"속이려 한 것은 아녜요. 그런 꼴을 보이기 싫었을 뿐이에요."

김소위는 그제야 여인의 얼굴을 똑똑히 들여다보았다. 앳되고, 그리고 아직은 수줍음이 남아 있는 얼굴. 머리카락이 없는 탓일까? 유난히도 눈망울이 빛나고 커 보였다.

"린치를 당했었군. 품행이 좋지 않았었나?"

김소위는 멋쩍어진 김에 여자의 내력을 캐물었다.

"내 약혼자가 민청위원장이었다는 것밖엔 나는 아무 죄도 없었어요. 내가 알고 있었던 것은 그 사람뿐이었어요. 그와 결혼하구 자식을 낳구 뜰을 가꾸고 그런 것밖에는, 난 그의 사상도 그가 저지른 잘못도 누굴 죽였는지도 아무것도 몰라요."

"그 남자는 지금 어디에 있지?"

김소위는 호주머니를 가볍게 만든다던 그 동정심을 품기 시작했다. 핏줄 같은 것을 느꼈다.

"역시 선생님도 똑같은 것을 물으시는군요."

여인은 히스테리컬하게 소리 질렀다.

"그는 어딨어…… 그는 어딨어……. 난 그런 똑같은 말을 수백 번 수천 번 들었습니다. 그는 이미 아무곳에도 있지 않습니다. 노여움이나 복수나 그런 감정의 표적으로 화해서 구름처럼 내 곁을 떠돌고 있었어요. 공회당 마당으로 끌려나가서 나는 무릎을 꿇어야 했습니다. 사람들은 그를 찾아내라고 아우성을 쳤어요. 난 그를 찾아낼 수가 없고 어디에 숨어 있는지 알 수 없다는 걸 생각할 때 슬펐어요. 비로소 나는 그가 '남'이라는 걸 안 것입니다. 그런데도 사람들은 대답하라는 거예요. 그가 어디에 있느냐고요."

"누가 당신의 머리를 깎았소?"

"마을의 여자들이었어요. 남편과 애인과 자식을 잃은 여자들이었어요. 민청원들에게 학살된 거죠. 그들도 역시 불쌍한 여자들이었습니다."

그녀는 참고 견뎠다고 했다. 꼬집히고 짓밟히고 할 때에도 성<sup>聖</sup>처녀는 아니었지만 그들을 미워할 수 없었다고 했다. 똑같이 불행한 여인들. 그녀는 자기도 그들과 똑같은 아픔을 겪어야 한다는 생각이 들었다. 이 고통에서 자기만이 피해 달아날 수 없다는 것을 그녀는 알고 있었다.

그러나 머리카락이 싹둑 잘릴 때 비로소 눈물을 흘렸다. 싹둑 싹둑 싹둑 싹둑. 자기 몸에서 잘려나가는 머리카락들, 바람에 흩어져 나부끼는 그 머리카락에서 종말해가는 모든 나날들을 보았다. 머리를 빗겨주면서 "넌 부잣집 맏며느리감이 될 거다."라고 하던 어머니의 그 부드러운 손이, 그리고 머리를 애무해주면서 "누구도 이 머리카락 하나도 건드리지 않게 해줄 테다."라고 말하던 남자의 그 목소리가 사각거리는 가위 밑에서 잘려가고 있었다.

"머리카락을 잃은 여자는 이미 여자가 아녜요. 머리카락만을 잃은 건 아닙니다. 고향을요, 여성을요, 모든 것을 잃었어요. 내 머리를 본 손님들은 모두 달아나버립니다. 욕망을 채우고서도 날 욕하구, 그냥 나가버리는 손님도 있어요. 그래도 난 그들에게 덤벼들 권리가 없어요. 나에겐 머리카락이 없었으니까요."

김소위는 아무 말도 하지 않았다. 여인을 힘껏 껴안았다. 남성의 그 욕망만은 아니었다. 그리고 처음으로 여자의 육체를, 그 벽을, 거추장스런 장막을 불살라버린 것이다. 조심하라던 그 눈물이 역시 그녀의 눈에 괴어 있었다. 김소위는 웬일인지 돈으로 산 여인의 몸뚱어리를 껴안고 있다는 생각이 들지 않았다.

그러나 애무해줄 머리카락이 없었다. 그는 자리에 누워 여인의 눈물만을 닦아주었다. 입술을 빨 때에도 짭짤한 것이 혀끝에 와 닿았던 걸 보아도 여자는 정말 울고 있었던 모양이다.

"날 아시겠죠? 순진한 장교님."

그녀는 자기가 마시던 코냑 글라스를 다시 들어 김소위의 입술에 갖다 대며 말했다.

"그리구 그 말도 기억하세요? 시간만 흐르면 다시 머리카락이 자랄 거라고요. 검고 검은 머리카락이 조개껍데기같이 예쁘고 흰 그 귀를 다시 덮어줄 때가 오리라고 말씀하셨죠? 난 어리석게 그걸 믿고 있었거든, 머리카락이 어깨 위에까지 자라면 전쟁도 끝나고 상처도 아물고 다시 우리들의 사랑도 발돋움할 거라고⋯⋯."

그녀는 김소위의 눈앞에 옥시돌로 물들인 그 노랑머리를 흔들어 보였다.

"그런데 보세요. 머리카락은 정말 다시 자랐지마는요, 옛날의 그 머리는 아니잖아요. 그리구 미스 박이 아니라 난 슈타인 부인이 되었어요. 검은 머리카락은 영원히 잘려버렸던 거예요. 그 머리는 다시 자라나지 않았어요. 보세요, 내 머리는 블론드, 노랑머리예요. 소위님의 예언보다는 나에게 영어를 가르쳐주신 여학교 때 영어 선생님의 말이 더 도움을 준 것이죠. 왜 섭섭하세요? 방랑하구 학대당하는 유태인의 아내를 위해서 소위님, 건배를 들어주시지 않겠어요? 나는 할례를 한다는 유태인의 그 아이들을 낳을 거예요. 그 애들에게도 축복을 해주세요."

김소위는 여인의 노란 머리카락을 다시 훑어보았다.

미스 박—박혁거세—슈타인 부인—미국계 유태인—나라 없
는 여인—집시—머리 깎인 삼손—콘비프—군표—시민권—망
명자—쫓겨가는 청교도들—가위—머리카락.

노랑머리를 손으로 어루만졌다. 촉감이 부드러운 머리였다.
그러나 그 머리카락이 손에 닿을 때 살이 베이는 듯한 아픔을 느
꼈다.

"소위님! 누가 제 머리를 진정으로 쓰다듬어주어도 난 기뻐하
지 않을 거예요. 너무 늦었어요. 이 블론드는 내 머리가 아니니까
요."

김소위는 자기 말에 스스로 저항을 느꼈던지 농담으로 그 이야
기를 끝냈다.

"윤군! 그러나 그 여잔 행복하게 살 거야. 말이 국제결혼이지,
그 여잔 유태인과 비슷한 데가 있거든……. 세계를 방황하는 국
적 없는 유태인……. 그들은 서로 이해할 거야. 제기랄…… 거기
에서 노랑머리가 나올 줄 내 알았나."

# 제10화 나는 앵무새가 아니다

　헬리콥터가 나는 현대전에서도 태고연太古然한 지게가 필요했다. GMC[1]는 길이 훤히 튄 곳에서나 맥을 춘다. 산짐승들이나 지나다니던 오솔길을 따라 높은 고지에 탄약과 군수품을 운반하는 데에는 GMC가 한국의 지게를 따를 수는 없었다. 그래서 미군들은 KSC[2]라는 특수부대를 만들었던 것이다. 그들은 미군에 소속되어 있지만 물론 버지니아 주의 목화밭이나 켄터키의 옥수수밭에서 일하던 미국인 농부들이 아니다. 어렸을 때부터, 아니 그의 조상 때부터 지게와 함께 살아온 사람들, 광대뼈와 손마디가 유난히 튀어나온 한국의 노무자들이었다. 사람들은 KSC라는 아카데믹한 명칭이 있는데도 그것을 '지게부대'라고 불렀던 것이다.

　미 제3육군병원에는 바로 이 지게부대의 부상자들만이 입원하

---

[1]　미국 자동차 업체
[2]　Korean Service Corps, 미육군 한국 근무단

고 있는 병동이 있었고 윤군은 얼마 전까지 거기에서 통역 노릇을 하고 있었다.

윤군은 첫 출근 때부터 자기는 아무래도 그 일의 적임자가 아니라고 말했었다. 한국어를 영어로 통역하기가 그렇게 어려운 줄은 미처 몰랐다는 것이다. 환자들은 제각기 자기의 증상을 정확히 전해달라고 떼를 썼지만 윤군은 그들의 시큼시큼하고 새큼새큼하고 쓰라리고 저리고 얼얼하다는 그 표현들을 도저히 영어로 통역해줄 수가 없다는 것을 알자 슬픈 생각이 들었다.

'나는 그들의 아픔을 정확하게 옮겨줄 수가 없다. 허리가 시큼시큼 아픈 것이나 새큼새큼 아픈 것이나, 결국 내가 저 미국 군의관에게 말할 때는 다 같이 그냥 럼바고lumbago(요통)가 되고 마는 것이다. 묵직한 복통이나, 살살 아픈 배나, 지끈지끈 쑤시는 머리나, 빠개지는 것 같은 두통이나 역시 영어로 옮겨놓으면 스터머크에이크stom-ach-ache(복통)요, 헤데이크head-ache(두통)에 불과하다. 그런데도 저들은 어린애처럼 자기 병 증세를 되도록 생생하게 말하려고 갖은 허풍을 다 떨고 있는 것이다.'

윤군은 측은한 생각이 들었다. 그리고 말만이 아니라고 생각했다. 무표정하고 기계 같은 미국 군의관의 표정을 보고 있으면 과연 그들이 저 농부들의 아픔을 알고 있을 것인가, 정말 진정으로 그들의 아픈 하소연들을 느끼고 있는 것일까 하는 회의가 들었다.

그리고 그들은 모두 불평뿐이었다.

"선생님, 저 양키 의사한테 말하셨어유? 이 팔이 저리고 욱신 욱신 쑤시고 화끈화끈하다구유?"

그들은 원망스러운 눈초리로 윤군을 바라보며 말했다. 자기네들은 병 증세를 자세히 말해주었는데도 회진하러 온 미 군의관에게 통역하는 윤군의 말은 너무 간단하게 끝난다고 생각한 탓이었다. 윤군은 그 눈치를 채고 쓸데없이 긴 말을 늘어놓곤 했다.

"이 환자는 부상당한 다리가 마치 레드페퍼(고추)를 먹은 것처럼 아프다는군요!"

그러면 이번에는 미 군의관이 성을 냈다.

"통역은 간단명료하게 하십시오. 당신은 마치 시詩를 쓰고 있는 사람처럼 통역을 하고 있군요."

윤군은 무색해서 아무 말도 할 수 없다. 적의 협공을 받고 고립된 기분이었다. 그러나 윤군의 통역술보다도 그의 성격에서 오는 미군과의 마찰이 나를 불안하게 했다. 병원에서 돌아온 윤군은 예외 없이 그들과 다툰 이야깃거리 하나씩을 우리에게 말해주곤 했던 것이다.

"어때요? 내가 잘못했을까요?"

윤군은 늘 흥분해가지고 우리보고 재판을 해달라는 투로 말했다.

"워드마스터(병동장, ward master)는 고집불통이란 말야. 그놈은 남부 출신의 직업군인이라서 돌을 메주라고 우기는 친구거든요. 글쎄 왜 하필 그게 제4병동인지, 참!"

지게부대의 부상자들이 입원하고 있는 병동은 공교롭게도 그 번호가 4호四號였다. 미신 많은 그 한국인 농부들은 제4병동이라는 그 숫자를 싫어하는 눈치였다. 윤군은 워드마스터 하웰즈 상사에게 병동 번호를 바꿔달라고 제의했던 것이다.

그러나 상상력이 좀 부족해 보이는 하웰즈 상사는 "그건 하나의 난센스에 불과한 미신이고 또 병원의 규칙상 지금 와서 바꿀 수 없다."는 것이었다. 윤군은 "당신들도 13이라는 수를 싫어하지 않느냐, 어째서 그게 난센스냐, 환자에게 심리적인 안정을 주는 것이 의학적으로도 당연한 조처가 아니겠느냐⋯⋯."고 따졌다.

그러나 하웰즈 상사는 "당신의 의무에만 충실하시오. 당신의 의무는 환자의 말을 우리에게 옮기고 우리말을 그들에게 전해주는 것이오. 병원 행정은 내가 하고 병은 군의관이 고치는 것이니까⋯⋯. 좋은 통역은 좋은 앵무새가 되는 길이란 걸 잊지 마시오." 하고 핀잔을 주었다.

충돌은 그것뿐이 아니었다. 언젠가는 환자 오락실에 비치해둔 체스판이 말썽을 일으켰다. 제4병동의 그 시골 농부들이 체스를 둘 줄 몰랐던 것은 당연한 일이다. 그들은 그 체스판을 뒤집어서 장기판을 만들었고 틈만 있으면 코르크 마개를 주워서 포炮니 차

車니 해가며 고함 소릴 내면서 장기를 두었던 것이다.

윤군은 하웰즈 상사에게 불려갔다.

"환자들에게 말하시오. 내일부터 한국식 체스를 두는 것을 금한다구요."

"아! 장기 말입니까? 왜 꼭 양식이어야 하나요? 그들은 체스보다 한국식 장기를 두는 것이 위로가 될 겁니다."

"글쎄 말만 전하시오. 한국식 장기가 안 된다는 게 아니라 고함을 치는 게 병실을 소란케 한단 말이오."

윤군도 그것을 알고 있었다. 여기는 원두막이 아니다. 머슴 사랑방이 아니다. '장군이야', '멍군이야', '겹장 받아라!' 그러다가 훈수라도 하면 과연 하웰즈 상사의 말대로 한국식 체스는 시끄럽다. 그건 거짓말이 아니다. 그러나 장기를 두는 순간만은 그들의 눈이 빛나고 고향으로 돌아간 듯 낄낄대고 웃는 것이었다.

"하웰즈 상사, 조용한 전투라는 걸 보셨어요? 한국 장기엔 병사만이 아니라 대포와 탱크와 말과 그리고 코끼리의 중장비까지 동원되어 싸우는 겁니다. 서양 체스와는 근본적으로 다르거든요. 그들은 비록 장기판 위이지만 전쟁을 하고 있는 중이니까 시끄러워도 이해해주셔야 합니다. 그리고 한국의 농부들은 솔직하고 또 거짓말을 할 줄 몰라서 음성이 언제나 크답니다. 위선자들처럼 귀엣말로 소곤대는 버릇을 배운 적이 없으니까요."

하웰즈 상사와 윤군은 그 건으로 대판 언쟁을 벌였던 것이다.

위에서 내려오는 명령은 그것뿐이 아니었다. 윤 군 자신도 어린 애 같은 환자들에게 여러 번 화를 낸 적이 있었다. 그들은 무엇이든 공짜다 싶으면 쓸데없는 것까지도 꼭 훔치고 감추어두는 버릇이 있었다. 수세식 변소에 앉으면 변이 안 나온다고 그 위에 올라타서 뒤를 보다가 변기를 망쳐버린 것까지는 이해가 가는 일이었다. 그러나 변소의 두루마리 휴지를 훔쳐내는 데는 딱 질색이었다. 변소에서 나올 때면 어떤 환자든 팔에 골절상을 입고 깁스를 댄 것 같은 형상을 하고 나오는 것이다. 물론 그것은 휴지를 감추어 나오기 위해서 팔뚝에다 종이를 감았기 때문인 것이다. 매일같이 갈아도 변소의 휴지는 몇 시간을 지탱하질 못했다.

척추를 다친 환자 하나가 죽었을 때였다. 침대를 갈려고 시트를 들어보니까 그 밑에서 별의별 물건이 다 튀어나왔다. 스푼, 포크, 빈 주사병, 병마개……. 어디서 그렇게 주워 들였는지 꼭 욕심 많은 애들의 책상 서랍 같았다.

그만이 그랬던 것은 아니었다. 이상스럽게 환자들은 눈에 띄는 것이면 악착같이 아무 쓸데없는 것인데도 훔쳐서 침대 밑에 감춰두는 것이었다. 환자도 가지가지였다. 약을 주면 먹는 체하고 버리는 친구가 있는가 하면, 받아먹고서도 자기는 약을 받은 일이 없으니 다시 달라고 우기는 친구도 있었다. 덮어놓고 약을 많이 먹기만 하면 그만큼 병이 쉽게 나을 수 있다고 생각한 까닭이다. 애들처럼 엄살을 부리고 거짓말을 하고 불평이 많다. 그러나 윤군은 그들을 미워할 수가 없었다. 화가 치밀어도 밉지가 않았다. 모두 자기보다 나이가 많은 사람들이지만 동생들처럼 귀엽고 순진하게만 보였다. 저들은 지금 내 도움을 청하고 있다―그렇게 생각하면 눈시울이 뜨거워지기도 했다.

하웰즈 상사는 환자들이 외부와 거래를 하고 있는 것이 윤군 때문이라고 의심하는 것 같았다. 무슨 수를 썼는지, 환자들은 감방에 갇혀 있는 죄수들처럼 일체 바깥세상과 격리되어 있는데도 오징어나 감자나 무엇이든 병원에서 금지되어 있는 음식들을 사들여 먹었다. 그중에서도 하웰즈 상사를 성나게 한 것은 오징어였다.

"미스터 윤, 그들이 오징어를 어디서 가져왔지요? 그 냄새 때문에 군의관들이 회진을 하지 못할 정도입니다. 오징어를 먹는 게 얼마나 야만인지 아시오? 그건 그 생선의 시체를 뜯어먹는 겁니다. 생선의 미라 아니겠소. 그렇게 말해주시오."

윤군은 또 변명을 했다.

"당신들은 심심할 때 껌을 씹지 않습니까? 오징어는 수백 년 전부터 한국인이 애용해온 껌입니다. 그게 야만이라고요? 피가 뚝뚝 떨어지는 비프스테이크는 소의 시체가 아닌가요? 그보다는 미라가 낫습니다. 최소한 피는 없으니까요."

그러나 이런 공방전은 드디어 하웰즈 상사의 판정승으로 끝났다. 윤군이 실수를 했던 것이다. 집이 경상북도 문경이라는 환자 하나가 있었다. 그는 윤군을 보고 늘 푸념을 했던 것이다.

"윤선생, 양놈들은 저그 병만 고칠 줄 알지 한국 사람 병은 모릅니더. 윤선생. 내 다린 염독에 걸린 게 아닙니꺼? 내 다 압니더, 저그들 더럽게 뭐 안다꼬……. 이 다리엔 돼지 오줌을 바르는 게 제일 아닌기요."

그리고 그는 하소연을 시작했다. 꼭 돼지 오줌을 발라야겠다는 것이었다. 이 다리가 빨리 나아야 자기 여편네를 찾아가 연놈들을 콱 죽이고 말겠다는 것이었다. 자기가 없는 틈에 마누라는 두엄골 김첨지와 배가 맞아 나갔을 게 틀림없다는 것이다. 그는 의처증에 걸려 있는 것 같았고 매사에 집념이 강한 사람 같았다. 윤군을 보고 돼지 오줌을 구해다달라고 한 것이 벌써…… 나흘. 그러나 그의 발은 곧 절단되고 말 것이었다. 윤군은 그의 발을 수술하여 잘라내리라는 것을 알고 있었다. 이틀 후면 그것을 단행한다는 것이었다.

'만약 저 다리가 잘리면 그는 평생을 원망할 것이다. 돼지 오줌을 바르지 못해 그렇게 되었다고 원통해할 것이다. 어차피 잘릴 다리……. 그래 그의 소원을 풀어줄 수도 있는 일이 아닌가.'

윤군은 시골에서 통근하는 세탁부에게 부탁하여 코카콜라 깡통에 돼지 오줌을 받아다주고 말았다.

'나는 거부할 수가 없다. 그는 다리를 잃을 것이다. 아내를 의심하는 의처증은 더욱 심해질 것이고 절름거리면서 그는 평생을 돼지 오줌을 바르지 못했던 것을 후회하고 지낼 것이다. 나는 그걸 거부할 수가 없다. 그들은 어린애들인 것이다.'

그 일이 있자 윤군은 노여운 얼굴을 한 하웰즈 상사에게 불려 갔다.

"당신은 병원 규칙을 어겼소. 이것이 증거요."

윤군은 냄새가 퀴퀴한 코카콜라의 깡통을 보았다.

"대체 이게 뭐요? 당신이 갖다준 거니까 잘 알 거요."

"돼지 오줌입니다."

"오! 고드! 피그스 유어린, 돼지 오줌이라고! 그걸 안 당신이 이걸 바르라고 주었단 말요."

윤군은 웬일인지 남의 일처럼 우스웠다. 그리고 껄껄거리고 웃다가 이상한 슬픔이 밀려왔다. 시골 농부들의 거칠고 굵은 손마디와 툭 비어진 광대뼈와 그리고 누런 이빨, 푸르죽죽한 두꺼운 입술이 그의 눈앞에 떠올랐다. 그들이 망나니짓을 하고 어린애같이 철없게 굴수록 이상한 애정, 슬프기까지 한 정이 솟았다. 이게 바로 핏줄이란 것일까?

윤군은 결심을 했다. 그리고 하웰즈 상사에게 천천히 이야기했다.

"너무 흥분하지 마십시오. 그들은 먼 할아버지 때부터 그런 걸 발라왔고 그는 그것을 보아왔던 것입니다. 그런 것밖에는 그들의 상처를, 삽이나 도끼나 괭이로 다친 그 상처를, 독 오른 그 상처를 말입니다, 그런 방식으로밖에 고칠 수 없었어요. 그들의 상처를 돌봐줄 의사가 없었어요. 그들은 그들의 힘으로 자기 상처를 스스로 고쳐갈 수밖에 없었던 거예요. 돼지 오줌에도 암모니아는 있겠고 그것도 화학약품의 일종이라고 난 주장할 수 있습니다. 그러나 내가 그 돼지 오줌을 가져다준 것은 정신의 의약품으로서 제공한 겁니다. 어차피 잘리고 말 다리가 아닙니까? 그의 조상들처럼 상처를 고쳐보려고 한 그의 부탁을 나는 뿌리칠 수 없었던 겁니다. 말하지 않아도 나는 여길 떠나겠습니다. 상사의 말대로 나는 앵무새가 될 수 없었던 거죠."

윤군은 제3육군병원을 그렇게 떠나고 만 것이었다.

# 제11화 소년이여 고향을

  '니케아의 배'에서 피난민들이 떠난 뒤, 오랜만에 새 손님 하나
가 찾아왔다. 그는 정말 하나의 '손님'이었다. 그는 우리와 함께
있지 않으며 또 낯선 다른 세상에서 우리를 찾아온 방문객이다.

  그는 노크를 했다. 나는 한 번도 깨진 이 선실의 그 낡은 문을
그렇게 노크하고 들어오는 방문객을 본 적이 없다. 그러나 그는
노크를 했다. 마치 샹들리에가 걸려 있고 고블랑 태피스트리가
걸려 있는 응접실에나 들어오듯이 점잖게 노크를 했던 것이다.
여남은 살밖에 되어 보이지 않는 소년이었다. 하지만 그는 '손님'
이었고, 아이라고 부르기엔 적합하지 않은 신사였다. 빨간 조끼
위에 받쳐 입은 다크블루의 멋진 싱글, 그것은 우리가 흔히 보던
구제물자 보따리에서 풀려나온 양복은 분명 아니었다. 윗호주머
니에 나비 모양으로 꽂힌 하얀 손수건에서는 오드콜로뉴의 향내
가 풍기고 있었다.

  외국 영화가 아니라 지저분한 부산의 피난민촌에서 이런 소년

을 본다는 것은 거의 기적에 가까운 일이다.

아이들은 전쟁 속에 지쳐 있었다. M1 탄피나 미국 깡통을 가지고 노는 전쟁 속의 아이들은 부모가 있어도 모두 고아같이 보이는 것이다. 부산에 와서 나는 제 몸에 맞는 옷을 입은 아이들을 본 적이 별로 없었다. 쿠렁쿠렁한 구제물자의 홈스펀 윗도리나 밤색으로 물들인 군 작업복을 외투처럼 걸치고 다니는 아이들뿐이었다. 그 헐렁한 모습들은 바로 전쟁의 공허이기도 했다.

'전쟁은 아이들에게 맞는 옷을 입혀주지 않는다. 애들은 길이가 길고 옷소매가 늘어진 어른들의 옷을 입어야 한다. 전쟁은 아동복을 불사르고 만 것일까?'

그러나 그 소년은 부드러운 키드(양피가죽)의 구두 소리를 울리며 '니케아의 배'로 나타난 것이다. 빈틈없는 옷맵시와 잘 다듬어진 그 머리카락, 그리고 북실북실한 그 얼굴은 달덩이처럼 훤하다. 하지만 그는 우리에게 있어 '손님'인 것이다. 아이들 같은 표정이라곤 찾아볼 수 없는 당당한 신사처럼 보였다.

우리는 김소위로부터 이미 그 소년에 대한 이야기를 들은 적이 있었던 것이다.

'아! 그가 바로 이 소년이었던가.'

김소위가 그 소년을 만난 것은 1951년 겨울, 평양에서 조금 떨어진 어느 촌락에서였다. 김소위의 부대는 퇴각하는 적군을 쫓아 북진 중이었는데 패잔병이 남아 있다는 정보를 듣고 전초지대의 어느 마을로 그들은 소탕전을 나갔었다. 폭격을 당해 반파된 '면 인민위원회'는 이미 텅텅 비어 있었지만 수색 도중에 그들은 장작이 쌓여 있는 쪽에서 앳된 고함 소리가 들려오는 것을 들었다.

"싸웁시다⋯⋯. 미 제국주의자들의 앞잡이와⋯⋯ 원수들을 무찌르고⋯⋯ 영용한 민족의 해방자이신⋯⋯."

김소위는 머리털이 쭈뼛하게 곤두서는 것을 느꼈다. 광적인 그 목소리. 오르골처럼 태엽에서 풀려나오는 것 같은 그 기계적인 목소리⋯⋯.

김소위는 그 음성. 그 용어, 그 발악에 가까운 가시 돋친 소리를 기억하고 있었다.

'저것도 사람의 성대에서 울려나오는 목소리일까?'

찬물을 끼얹는 것 같은 그 소리를 김소위는 포로들이나 정치범들을 잡을 때마다 수없이 들어왔다.

'저건 틀림없는 인민군 공작대. 더구나 저건 특히 다루기 힘든 여 공작대원일 것이 틀림없다.'

김소위는 수색대원들에게 손짓으로 소리 없이 명령을 내려 그곳을 포위하도록 했다. 그러나 뜻밖의 일이었다. 마을 사람들을 모아놓고 연설하고 있던 친구는 여 공작대원이 아니라 조그만 꼬마였던 것이다. 레닌모에 빨간 스카프, 그리고 초록색 군복. 소위 사회주의 소년단이 아니면 피오니르(Pioneer Youth, 17살 이상의 소련 소년단원)의 한 당원이었던 모양이다. 맥이 풀린 김소위는 잠시 숨어서 그 광경을 구경했다. 손을 흔드는 제스처, 말소리의 억양, 웅변 내용……. 꼭 그것은 각본대로 움직이는 파페토리(조종 인형)의 연극을 보는 느낌이었다.

김소위는 권총을 꺼내 위협 사격을 했다. 마을 사람들은 모두 혼비백산해서 도망치는데 그 소년만이 그 자리에서 꼼짝도 하지 않고 연설을 계속했다.

"동무들, 도망가지 마시오! 내 말을 들으시오."

수색대원이 그 꼬마를 잡아서 번쩍 안아올리자, 발을 동동 구르며 침을 뱉었다.

"너 대체 몇 살이냐……. 엄마 젖이나 가서 빨지 않구."

그러나 농담을 하는 수색대원을 향해 그는 단도를 빼서 찌르려고 했다.

"이놈, 안 되겠어요. 전쟁놀이치고는 좀 심한데요."

애의 뺨을 치려는 대원들을 김소위는 제지했다. 김소위는 어떤 분노가, 아니 뭉클한 슬픔이 울렁이는 것을 느꼈던 것이다.

'이 애들을…… 어쩌자고, 이 어린애들을…… 동요나 부르고 미끄럼이나 탈 이 애들을…….'

김소위가 북진 중에 괴상한 애들을 본 것은 이번이 처음은 아니었다. 애들은 굶주리고 있었다. 배가 크고 팔다리는 성냥개비처럼 비비 꼬여가고 있었다. 그런데도 초콜릿이나 빵을 주면 그냥 내던져버리고 노려보는 애들이 많았다. 그들은 파블로프의 개들처럼 조건반사의 세뇌를 당한 것이다. 자고 깨면 '미 제국주의 자들이 주는 과자에는 세균이 들어 있다'는 말을 들었기에 공포를 집어먹고 있었다. 추운 겨울 이북 땅의 그 골목에는 애들이 없었다. 피리를 불고 북을 쳐도 춤추고 노래를 부르는 애들이 없었다.

　지옥의 유황불 속에서 나온 사람들을 보듯이 그런 눈초리로 바라보는 애들의 시선과 마주칠 때 김소위는 속으로 몇 번이나 이유 없는 사죄를 했었다.

　'미안하다, 용서해다오. 너희들까지 이 전쟁에 말려들었구나. 너희들의 인형, 너희들의 장난감까지에도 포화의 불꽃이 타고 있구나. 미안하다, 용서해다오.'

　김소위는 길거리에 내던진 초콜릿을 주워 자신이 먹어 보이면서 동상으로 부푼 그들의 손에 그것을 다시 쥐여주기도 했다.

　그러나 그 소년은 좀 도가 지나치다고 생각했다. 거의 정신이 돌아버린 것 같았다. 김소위는 그 소년을 억지로 끌어서 본대로 돌아왔다. 그 때문에 동료들이나 상관에게 놀림을 받기도 했다.

　"김소위, 전과가 대단한데…… 무공훈장감이야. 대단한 포로를 잡아왔군, 거물급 포로란 말야."

　일은 더욱 나빠졌다. 사람들은 그 애 때문에 골치를 앓기 시작한 것이다. 음식을 줘도 통 먹지 않았다. 레이션을 갖다준 하사관에게 "동무들, 당신들은 미국 거지요? 왜 조선 사람이 이런 걸 먹어요.” 하고 침을 뱉고 호통을 치기도 했다.

“그놈을 어린애로 알았다가는 큰일나요. 에미 뱃속에서부터 공산당 교육을 받은 놈이라니까! 두고 보세요. 저놈의 머리통에선 빨간 뿔이 나올 테니까요…….”

봉변을 당한 하사관은 김소위에게 불평을 늘어놓았다.

“내게 맡겨! 그 애는 지금 병에 걸려 있는 거야. 우리가 고쳐주어야지…….”

김소위는 그 소년을 자기 막사로 데려왔다. 고사리 같은 손을 가슴에 안고 가끔 입맛을 다시며 곤히 잠들어 있는 그 소년의 얼굴을 볼 때 김소위는 그가 역시 순진한 아이라는 것을, 결코 붉은 뿔이 돋은 악마나 파블로프의 개가 아니라 인간이란 것을 느꼈다.

“애, 너 공산주의가 대체 무엇인지나 아니? 걸핏하면 ‘미 제국주의’라고 하는데 그 뜻이나 알고 말하는 거냐?”

그러면 그 소년은 검은 눈만 말뚱거리다가 ‘공산당 강령’을 줄줄 외는 것이었다.

‘불쌍한 놈, 누가 이 애를 서커스단의 원숭이로 만들었는가?’

잠든 그 얼굴……. 잠들어 있을 때만은 귀여운 어린애의 얼굴을 하고 있었지. 그렇다, 어디선가 잠들어 있을 이 애의 동심을 깨워야 한다. 그래, 그 이야기가 있었지! 외투 자락을 벗기는 내기에서 북풍의 거센 바람이 지고 따스한 태양이 이겼다는 그런 우화 말이야……. 소년을 다시 아이로 만들 수 있는 것은 거센 바람이 아니라 태양 같은 열도일 거다.

전선이 소강 상태에 빠져 있었기 때문에 김소위는 그 소년과 접촉을 가질 틈이 비교적 많았다. 그때마다 김소위는 초콜릿의 은종이로 팔랑개비를 만들어주기도 하고 종이배와 썰매 같은 장난감을 만들어 함께 놀았다. 정치적인 말은 입 밖에 내지 않기로 했다.

사온일四溫日이었다. 김소위는 오래간만에 누그러진 햇볕을 보았다. 그는 소년을 막사 밖으로 데리고 나가서 봄이 온다는 이야기를 해주었다. 얼음장에서 푸른 싹이 트고 개나리와 진달래가 필 것이라 했다. 그리고 호드기(풀피리)를 불 줄 아느냐고도 했다.

"아빠하고 나하고 만든 꽃밭에……."

김소위는 하모니카를 불며 노래를 가르쳐주었다. 아빠 엄마란 노래를 듣자 이 피오니르는 갑자기, 아주 갑자기 엉엉 소리를 지르며 우는 것이었다.

"아바지! 오마니……."

처음으로 그 애는 노래를 부르다 말고 엄마 아빠를 부르며 엉엉 우는 것이었다. 강물이 풀려 흐르는 소리 같았다.

꽁꽁 얼어붙었던 얼음장이 녹아 흐르는 시냇물 소리, 김소위는 그 애를 껴안고 얼굴을 비벼주었다.

"네 엄마 아빠는 어디 있나?"

“둘 다 죽었시요……."

“언제 돌아가셨니?"

“몰라! 몰라! 전쟁이 나고 다 죽었어."

그 소년은 그 뒤부터 부대의 귀염둥이가 되었던 것이다. 노래를 곧잘 불렀다. 아무에게나 붙임성 있게 따랐다. 사병들의 구두를 닦아주기도 했다. 이번엔 너무 장난이 심해서 골치를 앓을 정도였다. 그러다가 미군에서 이 애를 데려갔다. 고급 장교의 양아들로 삼겠다는 것이었다. 그러고는 지금껏 김소위는 그 소년의 뒷이야기를 듣지 못했던 것이다.

그랬는데 그 소년이 지금 노크를 하고 나타난 것이었다. 김소위는 친동생을 만난 것처럼 정말 반가워했다.

“그래! 니 양아버지는 부자래지. 죽 부산에서 살았나! 어떻게 알고 이곳엘 왔니?"

“김하살 만났시오……. 양아버질 따라서 곧 미국엘 가는데 아저씨를 못 보구 갈까 봐 걱정했시오."

소년은 점잖게 어른처럼 말했다. 너무 의젓한 소년의 몸짓을 보고 김소위는 좀 멋쩍어하는 것 같았다.

“너 이놈, 아주 신사가 되었구나."

김소위는 보드라운 소년의 손에 금반지가 끼워져 있는 것을 물끄러미 쳐다보며 이번엔 씁쓸한 표정을 지었다.

소년은 꼿꼿이 야전침대에 걸터앉아서 이따금 콧물이 흐르면 당황한 눈치를 보이고 얼른 손수건을 꺼내 조심스럽게 닦았다.

"이놈 봐라, 양아버지한테 신사 교육을 단단히 받았구나? 그래, 너 아직도 공산당 헌장을 외고 있니?"

김소위가 농담을 했다. 소년은 서양식 제스처로 어깨를 으쓱해 보이고는 웃었다.

"오, 셰임!(무슨 소릴 하세요?)"

그 애의 양아버지는 유럽 명문의 귀족 후예라고 김소위는 말했다. 미국에 가기 전부터 그 소년은 철저하게 그쪽 매너를 몸에 익혀둔 것을 봐도 그 말이 거짓은 아닌 것 같았다.

"얘! 오늘은 아저씨하고 자자. 여기서 저녁을 먹구. 내 된장찌개를 좀 먹어보렴. 그동안 양요리만 먹었겠구나……."

김소위는 앞치마를 두르는 시늉을 하면서 희극배우처럼 수선을 피웠다. 아직도 그는 옛날 야전 막사 속에서 '공산당 강령'을 외며 고집을 피우던 그 까다로운 아이를 달래보려고 하는 것 같았다.

소년은 점잖게 웃는다. 그리고 팔목시계를 들여다보며 저녁식사 시간에 늦을까 봐 돌아가야 한다는 것이었다.

피아노 레슨을 받으려고 잠시 나온 틈을 이용해서 이곳에까지 왔다는 것이었다. 정말 그의 손엔 『체르니 40번』이 단정하게 들려져 있었다.

"식사 시간이 다 뭐냐? 애들이 놀다 늦게 돌아왔다구 하면 그만이지……. 자, 자…… 된장찌개 먹고 나하구 하모니카를 불자. 계집애처럼 피아노가 다 뭐야, 이놈아."

그러나 소년은 또 점잖게 소리 내지 않고 웃었다.

"정말 그랬으면 좋겠는데요. 하우 나이스! 아저씨가 만든 된장 찌갠 참 맛있을 거야. 그런데 대디(아빠)는 좋아하지 않디요. 혼자 밥 먹는 게 질색이라구요."

소년은 양복의 구김살을 펴며 일어났다. 김소위에겐 포옹을 하고 우리와는 악수를 했다.

"굿 럭! 엉클 김!"

미국 영화식으로 소년은 사교적인 세련된 제스처를 쓰며 '니케 아의 배'를 떠났다. 삐각삐각 가죽 구두 소리를 울리며 그는 사라 져갔다. 김소위는 지팡이를 짚고 절름거리며 그의 뒤를 따라나서 다가 말고 우두커니 못 박힌 듯 서 있었다. 소년의 뒷모습을 바라 보는 김소위의 눈에는 축축한 물기가 괴어 있는 것 같았다.

# 제12화 최후의 법

"왜 윤군은 고향엘 가지 않나?"

제3육군병원의 통역 자리를 내놓고서도, '니케아의 배'에 그냥 머물러 있는 윤군을 보고 박교수는 그렇게 물었다. 나도 사실은 그 점을 궁금하게 여기고 있었던 참이었다.

고향이 있는 사람이면 누구나 다 봇짐을 꾸리고 떠난다. 대학도 그리고 회사도……. 전쟁이 끝났는데도 아직 피난지를 떠나지 못하는 사람들은 고향이 없는 사람들이다. 세상엔 전쟁이 끝나도 고향으로 돌아갈 수 없는 사람들이 많다. 그러나 윤군은 그렇지가 않다. 서울에서 얼마 떨어져 있지 않은 시골에 많은 땅과 산을 가지고 있던 지주의 아들이라는 것을 우리는 알고 있다. 황폐해지기는 했을 테지만 대궐 같은 기와집이 있을 것이고, 아버지를 잃었다고는 하지만 그 고향에는 대대로 살아온 그들 조상의 선산이 있을 것이었다. 그는 그곳으로 돌아가야 할 사람인 것이다.

"왜 윤군은 고향엘 가지 않나?"

박교수는 두 번이나 똑같은 말을 되풀이해서 물었다. 그러나 윤군은 책에서 시선을 돌리지 않고 엉뚱한 대답을 했다.

"징 소리가 들려요!"

"나는 왜 윤군이 고향으로 가지 않느냐고 물었는데?"

"글쎄, 징 소리가 들린다니까요. 그 소리는 날 미치게 만들어요. 그 징 소리가 들리는 동안 나는 고향에 가지 못할 거예요."

"대체, 그 징 소리라니……."

박교수는 윤군의 말에 기분이 상한 것 같았다.

"징 소리가 울린다니……. 자네는 하웰즈 상사의 말마따나 너무 사물을 시적詩的으로 말하는 버릇이 있어……."

"시적이라구요?"

윤군은 책장을 덮으며 조용히 박교수의 얼굴을 쳐다보았다.

"선생님은 지금 시적이라고 말씀하셨나요? 아! 그걸 시라고 말씀하시다니……. 들어보신 적이 있으세요? 비가 축축히 내리는 깊은 밤…… 어둠 속에서 마을 사람들을 부르는 시골의 그 징 소리 말예요. 깨진 징 소리 말입니다. 불길하고 침울한 그 음향 속에서 웅성거리며 뛰어가는 사람들의 발소리가 들립니다. 또 사람이 죽어가고 있는 거예요. 그게 시적이라니……."

"자네는 아마 '인민재판' 이야길 하는가 보군. 나도 그걸 들은 적이 있지. 하지만 그 징 소리는 이제……."

박교수는 말꼬리를 흐렸다. 징 소리가 울리던 날 밤 윤군의 아버지가 죽었을 거라는 데 생각이 미친 모양이었다.

"맞았어요. 난 그 징 소릴 기억하고 있습니다. 어렸을 때부터 농악대가 꽹과리나 징 소리를 울리면 가슴이 두근거렸어요. 꼭 무슨 일이 벌어질 것 같은 불길한 생각이요. 그날 밤은 불안만으로도 그치지 않았던 겁니다."

"아버지가 봉변을 당하셨군."

윤군의 표정이 창백해졌다. 그리고 정말 징 소리가 울려오는 것처럼 그는 귀를 틀어막았다.

"부슬비가 내리고 있었습니다. 아버지는 마을 사람들에게 속옷 바람으로 끌려갔어요. 할아버지의 산소가 있는 뒷동산이었죠. 늘 보던 잔솔밭이었지만 멀고 먼 다른 나라에 와 있는 것 같았습니다. 난 어둠 속에서 떨고 있었어요. 차라리 그게 모르는 사람들이었다면 그렇게 두렵지 않았을 겁니다. 그들은 바로 동네 사람들, 우리 집안과 함께 몇 대를 같이 살아온 소작인들이었어요. 그 중에는 우리집에서 머슴살이를 하던 사람도 있었고, 몇 달 전만해도 우리집 마당을 쓸던 행랑 사람들도 끼어 있었습니다. 그리고 제 친구들…… 옛날 친구들도 있었구요. 그런데 그들은 낯선 사람들처럼 우릴 에워싸고 있었어요."

"왜 아버진 피난을 가시지 않았을까?"

박교수는 윤군의 흥분을 가라앉히려고 했는지 무의미한 질문을 했다.

"아버지는 그들을 믿었던 겁니다. 마을 사람들은 가난했기 때문에 아버지의 신세를 지지 않은 사람이라곤 없었으니까요. 그리고 아버지는 조상에 대한 의무감이 있었던 겁니다. 조상이 사시던 집을 비우고 떠날 수 없다고 하셨습니다. '나는 아무 죄도 지은 것이 없다. 왜 죄인처럼 우리가 도망쳐야 하느냐. 우린 이제 땅도 없잖니…….' 완고하신 아버지는 제 말을 들으려 하지 않으셨어요."

윤군은 담배 한 개비를 꺼내었다. 불이 붙었는데도 몇 번씩이나 성냥을 그어댔다.

"무섭고 끔찍한 일이었습니다. 사람이 타락하면 짐승이 되는 것이 아니라 짐승 이하가 된다는 걸 나는 그날 밤 뼈저리게 체험했어요."

"그 군중은 어떤 방법으로 재판을 했나?"

박교수는 또 뻔하기 짝이 없는 질문을 했다. 우리는 인민재판이란 게 어떻다는 것을 수없이 들어왔었기 때문에 윤군의 흥분이 오히려 멋쩍게 생각되었고 또 절실하게 느껴지지도 않았다.

"떠들고 노래를 부르고 징을 치고……. 나는 그들이 꼭 사람을 잡아먹는다는 토인들처럼 보였습니다. 그들이 원하는 건 재판이 아니었습니다. 뒤집힌 세상, 법 없는 세상, 무슨 짓을 해도 자유라는 해방감이 그들을 야수로 만든 거지요. 단 한 사람만이 걷잡을 수 없게 터져나오는 징 소리와 그 함성을 싸늘하게 조종하고 있었던 겁니다."

"단 한 사람이라고?"

박교수가 반문했다.

"그래요, 단 한 사람! 나는 그 친구를 잘 알고 있어요. 경찰에 쫓겨다니던 남로당원이었는데, 그는 나와 함께 깜부기를 뽑았던 일이 있는 국민학교 친구였습니다. 학교 실습지의 보리밭에서 우린 깜부기를 뽑고 있었죠. 그는 내 옆 고랑에 서 있었습니다. 그런데 갑자기 그의 얼굴이 변해 있는 것을 보고 나는 깔깔거리고 웃었어요. 깜부기를 뽑다가 그 검은 가루가 묻은 겁니다. 수염이 달린 것 같은 형상을 하고 있었습니다. 그 애는 내가 자기를 놀린다고 생각했던지 성을 냈어요. 온통 깜부기 가루가 묻은 그 성난 얼굴은 내가 알고 있던 그 친구의 얼굴 같지가 않았습니다. 갑자기 딴사람처럼 느껴지자 소름이 끼쳤습니다. 보리밭 고랑에서 나온 유령 같다고 생각했죠."

"왜 또 딴소릴 하나? 대체 그 친구가 어떻다는 거야?"

이번엔 내가 한마디 했다.

"그래요, 그때도 꼭 그런 얼굴을 하고 있었어요. 마을 사람들 앞에서 연설을 하고 있던 그의 얼굴은 나에게 아주 낯설게 보였습니다. 친숙한 사람들의 얼굴이 갑작스럽게 그리고 낯설게 느껴지는 것처럼 무서운 일도 없어요. '남표 아버지, 말해보시오. 동무의 아내가 늑막염으로 죽어갈 때 약을 썼소?' '아니오. 세 끼 죽도 먹이지 못했소.' '역만이 할아버지, 역만이가 지금 어디에 있소?' '몰라서 묻나? 경찰서에서 죽었지. 옛날에 죽었소.' '역만이는 도둑질을 하다가 잡혀갔을까요?' '집에 먹을 것이 있으면 그짓을 했겠소?' '지상 동무, 동무는 왜 장가를 아직도 들지 못했소?' '머슴살이하는 놈도 장갈 가나?' 그 남로당원은 한 사람씩 신문을 하듯이 이런 말을 물어갔습니다. 그러더니 그는 고함을 치듯 연설을 하기 시작했어요. '동무들, 왜 그랬을까? 누구 때문이었을까? 왜 병든 사람에게 약을 살 돈이 없었을까? 왜 도둑질을 하지 않으면 안 되었을까? 그들을 누가 죽였소? 동무들, 동무들의 아내가 앓아눕고 먹을 것이 없어 애들이 울고 있었을 때, 이 사람은 어떻게 살고 있었소? 무엇을 하고 있었소? 동무들의 땀과 피를 누가 착취했다고 생각하오?' 동네 사람들은 자기네들의 가난과 설움이 모두 아버지의 탓이었다고 생각한 겁니다. 죽이라고 외치는 고함 소리가 들렸습니다. 사람들은 돌아가며 소나무에 묶인 아버지를 돌로 치기 시작했어요. 아버지 쪽으로 달려가려다가 나는 그 남로당원에게 그만 잡히고 말았죠."

"그들은 자넬 재판하려고 하지 않았나?"

"바로 그 점입니다. 내가 이야기하고 싶은 것이 바로 그겁니다. 그들은 우리 부자를 함께 재판하려고 든 겁니다. 재판 방식이 달랐을 뿐이에요. 남로당원은 내게 이렇게 말했습니다."

"자네는 내 동무란 말야. 젊고 앞날이 있지. 자네가 내 친구라는 걸 보여주게……. 아주 간단하지. 자네도 재판을 받든지 그렇지 않으면 재판을 하는 인민 쪽에 서든지 선택하란 말야……. 그는 돌을 내 손에 쥐여주고 아버지를 때리라는 것이었습니다. 그게 싫거든 소나무 쪽으로 걸어가라는 거예요."

윤군은 다시 얼굴이 창백해지면서 선창가로 몸을 돌렸다.

"내가 아버지를 때릴 수 있었겠어요? 난 천천히 걸어갔습니다. 아버지 쪽을 향해서요. 징 소리가 멎고 고함 소리도, 발소리도 끊겼어요. 그 정적과 어둠을 향해 나는 천천히 걸어갔습니다. 그때 별안간 피투성이가 된 아버지가 나를 향해서 소릴 치신 거지요. '안 된다! 이놈. 오지 마라. 넌 살아야 한다. 짐승이 되더라도 목숨을 붙여야 한다. 애야…… 무슨 짓을 해도 살아야 한다. 넌 장손이다. 외아들이다. 어서 돌을 던져. 돌을 던지라니까.' 아버지는 그 경황 속에서도 윤씨 가문을 생각했던 거죠. 대가 끊긴다는 걸 아신 겁니다. '어차피 나는 죽는 몸이다. 어서 돌을 던져라. 넌 살아야 한다.' 나는 그 자리에서 주춤했습니다. 어떻게 하는 게 옳은 것인 줄 난 몰랐습니다. 사실 난 아버지의 부탁보다도 그냥 살고 싶었는지도 모릅니다. 난 속으로 변명을 했습니다. 내가 살려는 게 아니다. 그건 아버지의 유언이니까 지켜야 한다. 돌을 던지는 체라도 하면 난 살 수 있을 것이다. 사방은 조용했습니다. 사람들은 내가 돌을 던질 것인지, 그리고 걸어갈 것인지 그걸 지켜보고 있는 것 같았어요. 난 돌을 든 것입니다. 무의식적으로 아무 생각 없이 돌 하나를 잡았던 겁니다. 아! 정말 그건 무서운 일이었습니다."

윤군은 가슴을 앓는 사람처럼 신음을 했다.

"그때 막 돌을 들려고 하는 순간 누가 내 팔을 움켜잡는 것이었죠. '안 됩니다, 도련님……. 저를 돌로 치슈. 안 됩니다, 안 됩니다. 양반집 윤씨 가문에서 이런 법은 없습니다. 자식이 애비를 치다니요, 상것도 하지 않은 것을 도련님!' 뜻밖의 일이었습니다. 그는 우리 집 산지기 오서방이었어요. 날 업어 키우듯이 한 사람이죠. 그는 울고 있었어요. 나는 변하지 않는 얼굴, 낯익은 한 얼굴을 그때 본 것입니다. '노예근성'이라고 외치는 남로당원을 향해서 오서방은 덤벼들었어요. 자식이 애비를 치게 하는 법도 다 있느냐는 거였지요. 마을 사람들은 가난하고 무지했지만 마지막 '법'을 알고 있었던 것입니다. 사람들은 오서방의 편을 들기 시작했어요."

윤군은 다시 조용한 말씨로 말했다.

"재판은 우리의 승리로 끝난 것입니다. 가난한 굴욕 속에서도 그들은 수백 년 동안이나 핏줄을 믿고, 그리고 의지하면서 살아온 사람들이죠. 그게 내 고향 사람들이었습니다. 세상이 뒤집혀도 그 법만은 지켜가면서 살아온 사람들입니다. 아버지는 며칠 후 돌아가시면서 말씀하셨어요. '얘야, 고향 사람들을 용서해줘야 한다. 그들은 다 착한 사람들이야.' 아버지는 자기에게 돌을 던진 사람들을 용서해주라고 하셨죠. 아버지는 원수를 사랑하라는 예수교를 모르는 사람이었는데도 그렇게 말씀하셨어요. 흙이 그걸 가르쳐준 것입니다. 고향 사람들을 아버지는 잘 알고 있었고 그들이 어떤 사람들이라는 걸 믿고 있었던 겁니다."

"그런데 왜 윤군은 고향 사람들에게로 돌아가지 않나!"

박교수가 물었다.

"그들을 아직도 원망하나?"

윤군은 다시 덮어둔 책장을 펴들고 혼잣말처럼 독백했다.

"난 갈 수가 없어요. 징 소리가 들립니다. 그건 마을 사람들의 소리는 아니었습니다. 밤의 소리이며 마음속 깊이에서 웅성거리는 범죄의 소리일 겁니다. 고향 사람들은 수복 후에 또 죽은 겁니다. 오서방도 죽었어요. 그는 가난하다는 이유 하나로 인민위원장을 지냈던 거죠. 이번에는 이편 쪽에서 보복을 한 것입니다.

나는 붙잡혀온 그 남로당원 친구를 만나서 얘기했어요. '자네! 생각나지 않나!'라구요. 국민학교 때 나는 수업 시간 중에 그와 함께 장난을 치다가 벌을 선 일이 있었던 것입니다. 선생은 우리보고 서로 뺨을 열 번씩 교대로 치라는 벌을 내렸어요. 우리끼리 때릴 이유는 처음부터 없었죠. 그래서 처음엔 서로 선생님 눈치를 살피며 살살 때리는 시늉을 했어요. 그런데 말입니다. 우연히 실수를 해서 내 손이 그 애의 코를 좀 아프게 때렸던가 봅니다. 그 애는 자기가 때릴 차례가 되자 노여운 얼굴을 하고 힘껏 내 뺨을 갈기더란 말입니다. 나도 분했죠. 이번에 또 내가 더 세게 그 애의 뺨을 쳤습니다. 점점 더 아무 감각도 없었는데 우린 거칠어져갔습니다. 결국 코피가 터지고 눈이 붓고 했죠. 선생님은 팔짱을 끼고 잔인한 웃음을 지으며 우리를 지켜보고 있었습니다.

그리고 '미련한 놈들!' 선생님은 그렇게 말했습니다. 난 그때 그 이야기를 했던 것입니다. 미련한 사람이 되지 말자구요. 나는 지그시 참았죠. 그때처럼 힘껏 갈겨주고 싶은 주먹을 애써 누르고 있었어요. 그런데 그날 밤 징이 울리고 마을 사람들이 부역자가 있는 농업 창고를 습격했던 것입니다. 내가 뛰어갔을 때에는 이미 그 남로당원은 매를 맞고 피투성이가 되어 있었어요. 그는 내 얼굴을 보자 웃었습니다. 억지로 웃는 것이었습니다. '자네가 이젠 내 뺨을 때릴 차례였던 걸 난 잊을 뻔했네…… 자…… 자네는 나에게 훌륭한 방법으로 복수를 했군…… 그래, 난 자네한테 늘 지기만 했으니까. 자네가 우등상을 탈 때 난 월사금을 못 내어 교문 밖에서 기웃거리고 있어야 했네…… 자네가 상급 학교에 들어가서 번쩍거리는 중학교 교표를 달고 고향으로 돌아올 때…… 난…… 산에서 지게를 지고…… 낫에 찔려 피가 흐르는 무릎을 하고…… 산에서 돌아와야 했네…… 어차피 지기만 하던 나였으니까…… 분하지만 할 수 없네…… 그러나 내가 다시 살아나고 또 한 번 기회가 온다면 말야…… 이번엔 틀림없이 자네를 죽이겠네…… 지난번처럼 실수를 하지 않을 거네.' 그는 이를 갈면서 피맺힌 눈으로 날 노려보았어요. 짐승 같은 눈이었습니다. 공산당에 아버지를 잃은 피해자라 해서 난 발언권이 있었고 학생치안대장이라는 자리에 있었으니까, 그는 모든 게 내 계략이었다고 생각하며 죽은 것입니다. 그 사람만이 아니었어요. 그날 마을 사람들이 보복한 것을 그들은 모두 내가 선동한 때문이라고 믿었던 것입니다. 그때 피해를 입은 부역자들의 가족은 이상한 눈초리로 날 쳐다볼 것입니다. 내가 그들을 죽였다고 믿을 겁니다. 징 소리는 끝나지 않았습니다. 어둠을 흔들고 울리던 징 소리가 아직도 울려오고 있어요. 고향 사람들은 모두 고향을 떠나가고 싶어 합니다. 나도 그 사람들 중의 하나예요."

## 제13화 어느 영웅

　우리는 정말 표류하고 있는 사람들 같았다. 마스트가 꺾이고 키는 부러지고 해도에도 없는 어느 조류를 따라 '니케아의 배'는 끝없이 표류해가고 있다. 박교수도 윤군도 김소위도 정박할 육지가 나타나기만을 초조하게 기다리고 있는 것 같았다. 신대륙은 나타날 것인가? 전쟁의 바다를 가로지르는 죽음의 항해는 끝났다. 그러나 신대륙은 아무 데도 없다. 이상한 꽃과 열매가 열리고 발가벗은 토인들이 창 끝을 번쩍거리며 춤을 추는 그 환상의 나라들이 저 폐허의 잿더미 위에서 고개를 쳐들 것인가? 우리는 언제까지 이 지저분하고 옹색한 배 속에 갇혀 양로원의 노파들처럼 슬픈 화제話題만을 만지작거려야 하는가?
　더구나 윤군의 음산한 이야기는 우리를 아주 지쳐버리게 했다. 그래서 나는 김소위를 보고 '영웅'들의 이야기를 하라고 했던 것이다. 전쟁 속에서도 번쩍거리고 딱딱하고 투명하고 처녀지 같은 싱싱한 화제가 있지 않겠느냐고 했다. 그러나 김소위는 '영웅'이란 말을 듣자 하품을 하는 것이었다.

"영웅들의 이야기를 듣고 싶습니까? 좋습니다. 실망만 하시지 않는다면 말입니다. 영웅들에게도 심장은 하나밖에 없어요. 다만 심장을 두 개씩 달고 다니는 사람처럼 행동할 뿐이죠. 그런데 이건 비밀인데요! 전쟁터에선 가장 약하고 외롭고 불쌍한 자들이 영웅이 되는 수가 많습니다."

그리고 김소위는 민이등병 이야기를 하기 시작했다.

민이등병은 수줍고 겁이 많고 융통성이 없는 그런 친구였다. 혼자서 아무 틈에도 끼지 못하고 빙빙 겉돌기 때문에 소위 '고문관'이란 별칭으로 불리던 사병이었다. 그러던 친구가 P시의 소탕전을 벌이던 날 하루아침에 영웅이 되어버린 것이었다. 이층 창구에 숨어서 대대장을 쏘려던 적의 저격병을 민이등병이 사살했다는 것이다. 만약에 그가 재빨리 발견하여 정확하게 명중시키지 않았던들 대대장은 틀림없이 그 저격병에게 사살되었을 것이었다. 대대장은 바로 그 이층 창구를 등지고 혼자 서 있었기 때문이다.

"난 말야, 아무래도 그쪽 컨이 좋지 않다는 걸 알고 경계를 하고 있었지. 그런데 아니나 다를까. 검은 총신 같은 것이 나타나지 않던가! 순간 나는 방아쇠를 긁은 거야. 떨어지더군. 이층 창구에서 바로 대대장님 발 밑으로 떨어지더군. 난 어렸을 때에도 돌팔매질로 곧잘 살구를 땄단 말야."

민이등병은 처음으로 부대원들 앞에서 큰 소리로 뻐기고 있었다.

"너희들도 들었지? 대대장님이 나보고 '넌 내 생명의 은인이다. 너를 잊지 않으마.'라고 말하면서 내 손을 잡을 때 난 오히려 부끄러운 생각이 들더군."

"그래, 네 얼굴이 빨개지더구나……."

부대원들이 맞장구를 치자 민이등병은 신이 났다.

"사실 난 말야, 기합만 받아오다가 칭찬 들으니까 당황했던 거지!"

그 일이 있고부터 부대원들은 누구도 그를 고문관이라고 부르지 않았다. 성격도 행동도 딴사람처럼 변해가고 있었다. 자신을 얻은 것 같았다. 그러나 김소위는 그 일의 모든 진상을 알고 있었다. 저격병을 사살한 것은 민이등병이 아니라 사실은 김소위였다. 다만 민이등병이 한 것이 있다면 김소위의 바로 옆에 서 있었다는 그것뿐이었다. 김소위는 저격병을 쏘고 대대장 곁으로 달려갔다. 거의 함께 그 창구에서도 총성이 울렸기 때문이었다. 대대장은 무사했다.

"김소위인가! 날 구출해준 것은 바로 자네였군."

대대장이 일어서면서 김소위에게 말했을 때 김소위는 "아닙니다, 아닙니다." 하는 말만 되풀이했다.

김소위는 이층에서 추락한 저격병의 시체를 본 것이었다. 저격병의 귀밑에는 손바닥만 한 붉은 반점이 있었다.

'점박이!'

김소위는 가슴이 덜컥 내려앉았다. 점박이는 중학교 때의 친구였던 것이다.

'설마! 그럴 리가.'

곁눈질로 흘끔 다시 그 적병의 시체를 훔쳐보았다.

'설마 그럴 리가.'

그러나 김소위가 쏜 것은 책상을 나란히 하고 '아르키메데스의 원리'를 배웠던 바로 그 점박이 친구임이 분명했다.

"아닙니다. 난 그를 쏘지 않았습니다."

김소위는 대대장에게보다 자신을 향해서 변명했던 것이다.

'점박이! 네가 여기에 있었구나! 내가 널 얼룩송아지라고 놀렸을 때, 우린 코피가 터지도록 때리고 싸우긴 했지만, 그래도…… 그래도…… 정말 서로 미워하진 않았다. 난 널 쏘지 않았어, 정말 내가 쏜 게 아냐.'

김소위가 부정을 하자 대대장은 이번엔 민이등병을 잡고 "네가 쏘았는가?" 하고 물었다.

그때 민이등병은 대대장이 아니라 김소위의 얼굴을 흘끔 쳐다보았다. 김소위는 "네가 쏘았다고 그래라!" 하고 눈짓을 해주었던 것이다.

둘만이 아는 비밀이었다. 김소위는 두개골이 처진 '점박이' 얼굴이 떠오를 때마다 그를 쏜 것은 정말 민이등병이었노라고 스스로 변명을 하곤 했다. 분명 그를 쏜 것은 자기가 아니라 민이등병이었을지도 모른다는 생각이 들기도 했다.

이북의 도시들은 추웠다. 인기척이 없는 폐허의 도시는 더욱 추웠다. 그러나 민이등병은 거기에서 뜻하지 않은 봄을 맞이할 것 같았다.

'다행한 일이다. 그때 점박이를 쏜 것은 민이등병이었다. 그래서 그는 대대장과 나를 구해준 것이다. 그리고 그는 영웅이 된 거구……'

연기가 나지 않는 썰렁한 굴뚝과 깨진 빌딩의 유리창을 들여다볼 때마다 김소위는 몇 번이고 그런 말을 자기 자신에게 들려주곤 했다.

그러나 민이등병은 김소위와 만나면 거북한 감정을 하고 도망쳐버리는 것이었다.

"이게 대대장님이 준 선물이야."

민이등병은 동료들이 담배만 피워 물면 라이터를 꺼내 불을 붙여주면서 자랑을 했지만 김소위가 있는 앞에선 그걸 절대로 꺼내 보이지 않았다. 김소위는 민이등병의 마음을 가볍게 해주기 위해서 여러 번 그때의 상황을 부대원들에게 설명해주곤 했다.

"알았나? 시가전이나 소탕전을 할 때에는 말야, 특히 이층 창구를 조심하라. 민이등병처럼 눈이 빨라야 한다."

시간이 흘러가자 민이등병은 겁을 먹은 눈초리로 김소위의 얼굴을 훔쳐보는 버릇이 사라져갔다. 이제는 "김소위님! 여기 담뱃불이 있어요."라고 말하면서 대대장이 주었다는 라이터를 뽐내 보일 정도까지 되었다.

　그런 일이 있은 지 한 달 후 T고지 전투에서 민이등명은 장렬한 전사를 하고 말았다. 김소위의 부대가 적의 기관총을 만나 고전을 하고 있었을 때의 일이었다. 차폐물이 없는 평지였기 때문에 수류탄을 투척할 만한 거리로 다가갈 수가 없었다.

　민이등병이 별안간 "엄호! 엄호해줘……." 하고 소리치면서 기관총이 있는 적진을 향해 뛰어갔다.

　"돌아와라! 민이등병, 위험하다!"

　김소위는 소리를 질렀지만 그는 빗발치는 기관총의 탄막 밑을 뚫고 미친 사람처럼 돌진해갔다. 그는 두 번이나 쓰러졌다. 팔과 다리에 부상을 입은 것 같았다. 그러나 그는 탱크처럼 그냥 앞으로 굴러갔고, 지근至近한 거리에 이르러 수류탄을 던졌다. 적의 기관총 탄막에 갇혀 있던 김소위의 부대는 그렇게 해서 T고지 작전에서 수훈을 세우게 된 것이었다. 전투가 끝나자 김소위는 위생병에게 응급치료를 받고 있는 민이등병을 찾아갔다. 피투성이가 된 그의 숨은 거의 넘어가고 있었다.

　"민이등병! 넌 왜 두 번씩이나 영웅이 되려고 했나! 왜 그런 모험을 했어?"

그는 김소위의 얼굴을 보자 미소를 지었다. 안광이 흐려져가고 있는 눈이었지만 이번만은 똑바로 김소위의 얼굴을 쳐다보고 있었다.

"소위님 고…… 고맙습니다. ……그동안…… 난…… 난…… 괴…… 로웠어요……. 김소위님의 얼굴을 똑바로…… 똑바로 쳐다볼 수가 없었어요……. 하지만…… 애들이 날 무…… 무시하는 게 싫었어요……. 그래서 거짓말을 한 겁니다……. 그들을 놀라게…… 놀라게 해주고 싶어서 거짓말을 해서라도…… 그들을 놀라게…… 놀라게 해주고 싶어서 거짓말을 해서라도…… 그들이 날…… 고문관이…… 아니라 영웅이라구……."

김소위는 그의 손, 싸늘한 민이등병의 손을 잡았다.

"아니다! 넌 정말 그놈을 쏜 거야. 훌륭한 솜씨였다. 대대장님이 널 칭찬해주지 않더냐! 기억하구 있지…… 훌륭한 사수라구 말야. 넌 훌륭한 군인이구 친구구…… 애들은 널 무시하지 않았다."

민이등병은 기침을 했다. 상처에서 왈칵 또 선지피가 흘렀다. 그는 고개를 흔들었다.

"소위님, 괴로웠어요. 훈장 때문이 아녜요. 언젠간 진짜…… 진짜…… 여…… 영웅이 되어야 한다구…… 갚아야 한다구요. …… 애들이 내…… 라이터를 부러워할 때마다…… 난…… 난 그걸 생각하구 있었어요. 이젠 마음이 개운해요. 훈장 같은 걸…… 바라구 한 짓이 아녜요. 소위님…… 절 지켜보고 계셨던 소…… 소위님의 눈초리가 이젠…… 두렵지 않아요. 그 때문이었어요. 그 때문이었어요. 이 라이터는 소위님 것이에요. 난 이걸 돌려드릴 수가 있어요…….”

민이등병은 라이터를 꺼내려고 하듯이 허공 속에서 손을 휘젓고 있었다. 김소위는 다시 그의 손을 잡고 그의 귀에다 대고 말했다.

“이 바보야, 아무것도 돌려주지 않아도 된단 말야. 빚을 진 건 네가 아니라 바로 나란 말이다. 알아듣니…… 내 말을, 넌 대대장만이 아니라 나까지 구해주었단 말야. 네가 쏘았다고 해. 바보야, 그 저격범을 쏜 건 너란 말야.”

민이등병은 아무 말도 하지 않았다. 그는 기침을 하고 피를 쏟고 그러다가 눈을 감았다. 그러나 그 얼굴은 외로워 보이지 않았다. 어두운 참호에서 혼자 우두커니 자기 발등만 내려다보고 있던 ‘고문관’ 시절의 그 처참한 고독의 빛은 깨끗이 사라져 있었다.

김소위는 또 하나의 다른 그의 얼굴을 보았다. 그가 처음에 보충병으로 들어오고 얼마 되지 않았을 때 야간 전투가 있었다. 그때 그는 명령도 없이 적병을 보자 미리 발포를 했던 일이 있었다. 그 때문에 아군 측은 많은 피해를 입었던 것이다. 그래서 김소위는 민이등병을 신문한 적이 있었다.

“왜 쏘았어……? 함부로 발포를 한다는 게 명령 위반이란 걸 알지?"

"무서웠습니다. 무의식적으로 쏜 겁니다."

"왜 그렇게 겁이 많나. 전쟁터에선 겁쟁이가 제일 먼저 죽는단 말야. 너 같은 놈은 총살이야."

"죄송합니다, 소위님. 저도 모르겠어요. 위험을 느끼면 딸애의 얼굴이 자꾸 생각나요. 그 애 때문에 난 죽을 수가 없어요. 죄송합니다, 소위님!"

그는 사시나무처럼 떨면서 빌고 있었다.


김소위는 또 하품을 했다.

"어떠십니까? 영웅의 이야기를 또 듣고 싶으세요?"

나는 가벼운 모욕감을 느꼈다. 김소위는 영웅이라고 한 내 말에 경멸을 느끼고 있다는 그런 눈치를 보였다. 이번엔 박교수가 참견을 했다.

"김소위, 민이등병을 죽인 건 자네 아닌가? 왜 그때 자기가 쏘았다고 말하지 않았나? 왜 그에게 그걸 떠맡겼나? 자네는 그를 영웅으로 만들었고 또 그를 죽게 만든 거지."

김소위는 좀 성난 음성으로 말했다.

"어느 쪽이든 좋아요. 점박이도, 대대장도, 민이등병도, 고문관도, 다 허공을 향해서 날아가는 총탄인걸요. 조준이 맞는 정확한 총이란 전쟁터엔 없는 법입니다."

# 제14화 적은 어디에 있는가

"현대전에서는 조준이 정확한 총이 없다니 대체 그게 무슨 뜻이야?" 박교수는 김소위의 말뜻을 짐작하고 있으면서도 일부러 시치미를 떼고 묻는 것 같았다. 하품을 하며 이야기를 하던 김소위도 이제는 좀 신이 나는 모양이었다. 군사학 강의를 하고 있는 교관처럼 말투까지 달라졌다.

"물론 활이나 창보다 현대 무기의 성능은 비교도 안될 만큼 우수하겠죠. 그런데 우수하기 때문에 조준이 정확하지 않다는 겁니다. 옛날에는 자기가 죽이려고 하는 적군을 한 놈 한 놈 겨냥해서 쏘았어요. 자기가 쏜 화살촉이나 그 창 끝에 쓰러져가는 적병을 목격할 수가 있었거든요. 그들은 알고 있었을 겁니다. '난 그놈을 죽였다. 말에서 떨어질 때 그놈은 무엇인가를 잡으려고 그랬었지. 그러나 그건 하늘이었어. 열두 번째……. 그래. 나는 벌써 열두 명이나 죽였다. 다음엔 저놈을 죽일 차례다. 만만치 않군. 얼굴이 야차처럼 생겼구나. 저놈을 죽이지 않으면 내가 죽는 거다.

사람은 둘이지만 생명은 오직 하나뿐이니까!' 그리고 맞붙어 싸움을 벌였던 겁니다. 자기가 노리는 조준이 확실했단 말입니다."

김소위는 마치 병자호란 때나 임진왜란의 전장에라도 참가했던 사람처럼 이야기했다.

"그러나 소총보다 화력이 큰 기관총이란 걸 한번 생각해보세요. 그건 이미 한 사람 한 사람의 심장을 겨냥해서 쏘는 것이 아니라 어느 허공, 어느 집단, 어느 공포를 향해서 그냥 쏘아붙이는 거지요. 타깃…… 아! 그 타깃은 이미 숨쉬고 밥을 먹고 걸어다니고 말하고 하는 한 구체적인 인간, 한 개인의 팔딱거리는 그 심장이 아닙니다. 뚜렷한 한 대상을 죽이려고 꼬나보던 화살의 조준은 아닙니다. 일차대전 때, 처음으로 독일군들이 기관총이란 것을 사용했는데, 시인 같은 군사전문가들은 뭐라고 평을 했는지 아세요?"

김소위는 어처구니가 없다는 표정을 지었다.

"그들은 기관총 때문에 전쟁의 낭만이 사라져버렸다고 한탄했던 겁니다. 나폴레옹 때의 전통을 자랑하던 프랑스의 낭만적인 기병대들이 기관총 앞에서는 도시 멋을 부릴 수 없게 되었기 때문이죠. 질서정연한 대열의 프랑스 기병대는 기관총의 출현과 함께 사라져버리고 말았다는 한탄이었어요. 우리가 불평할 건 낭만의 문제가 아닙니다. 사람을 죽인다는 생각, 내가 그놈을 죽였다는 그 살인의 조준이 없어져버렸다는 것, 바로 그 점이란 말입니다. 기관총의 사수는, 적장의 목을 베고 찬란하고 장엄한 그 투구를 벗겨오던 트로이의 전사들과는 아주 다릅니다. 장기짝같이 쓰러져가는 집단, 그렇죠. 형태는 사라지고 다만 하나의 동작, 쓰러져가는 것, 쓰러져가는 그 동작, 그것만을 위해서 방아쇠를 잡아당깁니다. 그래서 옛날의 싸움에서는 적이 항상 단수로 인식되어왔지만, 기관총이나 따발총이나 M1도 별로 다른 것이 없지요.…… 그런 화기를 사용하는 오늘날의 전투에선 적은 언제나 복수형으로 불리게 됩니다. 한 사람 한 사람의 그 얼굴은 사라져버린 겁니다."

김소위의 말을 듣고 있던 박교수는 실망한 눈치를 보였다.

"자네는 겨우 일차대전 때의 낡은 이야기를 하고 있군! 자네가 종군한 싸움은 이차대전 후에 벌어진……."

"내 이야기는 지금부터 시작되는 거죠."

김소위는 박교수의 말을 가로챘다.

"들어보세요, 기관총보다 더 크고 화력이 센 야포 155밀리포의 경우를 생각해보시란 말이에요. 이건 숫제 껌을 씹어가며 쏩니다. 사오십 리 밖에서 쏘아댑니다. 적은 보이지조차 않습니다. 그건 복수적인 적이 아니라 완전히 추상적인 적을 향해 조준하는 겁니다. 그 대포알에 몇이 죽었는지, 무엇이 부서졌는지조차 몰라요. 자기가 사람을 죽이고 있다는 실감조차 나지 않습니다. 적진에 떨어져 작열하는 포탄 소리조차도 이미 들을 수 없지요. 기관총 사수는 쓰러지는 동작…… 그게 인간의 동작이 아니라 넘어지는 장작개비 같은 동작이라 하더라도 어쨌든 자기가 쏜 총탄의 반응을 직접 눈으로 볼 수 있습니다. 비행사의 폭격은 어떨까요? 그는 정적한 하늘 위에서 늙은이들이 체스를 두듯 계기를 보고 단추를 누릅니다. 마찬가지입니다. 그가 볼 수 있는 것은 자기가 죽인 적병들의 얼굴이나 피 묻은 시체의 쪼가리가 아니라 구름 같은 포연입니다. 그런데 그것보다도 더 맹랑한 것이 있어요. 그건 지뢰입니다. 지뢰를 까는 공병대원의 경우 말이에요. 그래도 야포를 쏘는 포병대나 폭격을 하는 공군들은 추상적인 반응이라도 체험할 수 있어요. 어쨌든 '목표'라는 게 있으니까요. 그 목표를 때린다는 행위의 결과는 분명해요. 그런데 박교수님, 지뢰는 '목표'조차 막연합니다. 그것은 언제 터질 것인가, 과연 이 지뢰는 터질까? 영원히 터지지 않은 채 이 오솔길에서 그냥 잠들어 있을지도 모른다……. 공병대원들은 물론 그러한 한가로운 걱정을 하지는 않습니다. 하지만 말입니다. '적'을 향한 그 조준은 시간도 대상도 완전히 우연에게 맡겨져 있다는 건 누구도 부정 못하지요."

박교수는 파이프를 후벼파기 시작했다. 그것은 그의 습관이었다. 그는 무슨 문제를 생각할 때에는 으레 그 파이프부터 꺼내는 것이다.

"그렇다면 자네의 적은 어디에 있었단 말인가? 김소위도 우연한 조준. 유탄같이 날아가는 그 우연 속에 누워 있었소?"

박교수는 파이프를 물고 입김을 불면서 물었다.

"바로 그 점입니다. 난 내 친구를 쏘았죠. 그것만이 아닙니다. 언제나 싸울 때는 적을 분명히 느낄 수가 있어요. 딱콩총 소리나 따발총 소리, 더구나 중공군이 나오고부터는 꽹과리 소리……. 적은 그 소리 속에 있는 경우가 많습니다. 소리만이 아니죠. 바람에 움직이는 숲, 빈집, 시가전을 할 때 골목을 막 돌아서면 나타나는 그 폐허의 길…… 그런 것이 곧 그대로가 적입니다. 적은 사람의 얼굴만을 하고 있는 게 아니니까요. 그건 주위의 어둠이거나 때로는 적막일 수도 있어요. 야습 직전의 그 정적…… 어둠…… 그게 바로 적인 것입니다. 그런데 박교수님, 나이 어린 의용군의 포로를 잡았을 때, 혹은 말예요, 파리 떼가 웅성거리는 적병의 시체를 보았을 때, 나는 가끔 놀랐던 거예요.'이것이 내 적이었을까? 그 공포, 그 적의, 그 증오…… 그것이 바로 이 자였을까?' 구체적인 한 인간의 얼굴을 대하고 보면 우습고 슬프고 허전한 생각이 들어요.'적은 어디 있는 것일까?' 분명히 누더기 같은 옷을 입고 주먹밥을 던져주면 짐승처럼 밥알을 핥아먹는 저자가 아니라는 걸 나는 속으로 생각하고 놀라는 것입니다. 그런데 그들의 무기를 노획할 때만은 좀 달라요. 따발총의 검은 총구를 보면 내 죽음이 분명해져요. 저것이었구나! 포로를 무장해제시킬 때, 그놈들의 수류탄을 잡아 뺐을 때, 난 거기에서 '죽음의 중량'

을 느끼곤 해요. '이 무게, 이것이 내 죽음의 무게이구나! 이 덩어리 속에 내 죽음이 잠들어 있다.' 그런데 그 무기를 사용하는 자의 조준은 맹목의 적, 추상의 적을 향해 겨냥한다는 것을 생각하면 적은 이것들 너머, 이 무기와 이 사람들 너머…… 멀고 먼 그 너머의 어느 곳에서 웃고 있다는 생각이 들지요."

"자넨 정말 싸우면서 그런 것을 생각했나?"

"천만에요. 군인은 철모를 쓰고 다니죠. 철모는 머리통의 겉만 보호해주고 있는 게 아닙니다. 그 속의 두뇌까지 역시 단단한 무쇠로 감싸주고 있는 겁니다. 아무 생각도 할 수 없지요. 쇳덩이 같은 생각들뿐입니다. 그러나 때때로 문득 고개를 쳐드는 한줄기의 생각이 있어요."

"그건 언젠가 자네가 노이로제 이야기를 할 때 들었었지."

"그 순간 나는 잠시 전쟁 밖에 서 있게 되지요. 그것이 실은 포복을 하고 방아쇠를 잡아당기고 백병전을 벌이고 그런 싸움보다도 나에겐 더 두렵게 느껴집니다. 난 이런 적병을 하나 만난 적이 있습니다. 짧은 이야기예요. 들어보시겠어요?"

김소위는 끝으로 자기가 겪은 삽화 한 토막을 들려주었다.


조그만 촌락 하나를 점령했을 때의 일이었다. 열여덟 살쯤 된 괴뢰군 하나가 포로로 잡혀왔다. 총도 없는 패잔병, 아니 일종의 귀순병이었다.

그는 숲속에서 손을 들고 투항하자마자 첫마디 말이 "아이구 배고파 죽겠슈. 사람 좀 살려주슈."였다.

꼭 깊은 산중에서 길 잃은 지게꾼이 포수를 만나 반갑게 뛰어나온 것 같은 태도였다. 두려움도, 적의도 없었다.

"난 그놈들한테 끌려온 의용군인디유, 아이구 몇 번 도망쳐 나올라구 했는디 잘 안되데유……."

그는 이제야 자기 편을 만났다는 투였다. 김소위는 맥이 풀렸다.

'이것이 아까까지 극성스럽게 저항해오던 적병 중의 한 사람이었단 말인가?'

그는 우두커니 서 있는 김소위에게 담배 한 대를 달라고 했다. 그리고 자기가 의용군으로 끌려오던 날의 이야기를 하는 것이었다.

"내가 의용군 나가던 날 어머니가 닭 한 마릴 잡아줬시유. 난 뭣도 모르고 맛있게 먹었는디 나중에 칙간에 가서 들으니까 이웃집 점례네서 닭 한 마리가 없어졌다고 야단들 아뉴. 어머니는 가난한 과부로 살았어두유 남의 물건은 실오락 하나 손대지 않아서 마을에서두 착하구 인정 많은 사람이라구 소문난 사람이에유. 그런데도 어머니는 내가 걸려서 점례네 닭을 그냥 잡아가지구 날 고아주었나베유. 우리 어머닌 그런 사람이 절대 아니거든유……. 그 뒤에 어떻게 되었는지 모르겠시유. 소위님 말유. 우리 동네가 충청남도 보령 청나라구 하는 덴디유, 혹시 들리시몬, 그때 닭을 잡아먹은 건 어머니가 아니구 내가 한 거라구유, 내가 도둑질한 거라구 하더라고 말씀 좀 전해 줘유. 잘못했다구유."

어찌 보면 바보 같기도 했다.

죽고 사는 판국에 '닭 한 마리'를 걱정하는 그 시골 친구는 불행히도 소크라테스처럼 유식하지도 않았고 성현도 아니었다. 김소위는 어린애 같은 그 의용군의 얼굴을 다시 한 번 들여다보았다.

'네가 나의 적이란 말인가? 몇 분 전에만 해도 적의와 공포 속에서 총대를 맞대었던 그 적이 바로 너였던가? 그래도 너는 내 적이었다. 어머니의 도둑질을 근심하고 있으면서도, 언젠가는 도망치리라고 생각하고 있으면서도, 우리 쪽을 향해서 방아쇠를 긁어 댔을 일이다. 어쩌면 그 총알에 맞아 김일병이 죽었는지 누가 아는가? 그래 너는 우리의 적이었던가?'

그는 역시 포로였다. 붙잡힌 많은 적들과 함께 포로수용소로 실려갈 포로였다. 닭 한 마리로 걱정하든 안 하든, 탈출을 하려고 하든 그렇지 않든, 그가 다른 제복을 입은 이상 그는 적이었다. 김소위는 자기 이야기를 다 끝낸 뒤 박교수에게 이렇게 반문했다.

"현대전에는 조준이 정확한 총이 없다는 제 말에 동의하세요?"

박교수는 잘 뚫린 파이프에 벨벳을 넣고 연기를 내뿜고 있었다. 그리고 박교수는 새파란 연기가 풀려나가는 지저분한 선창을 보며 말했다.

"글쎄, 다른 것은 잘 모르지만 말야, 나는 역시 자네가 비웃는 그 군사전문가들 편일걸……. 기관총, 잠수함, 비행기, 더 심한 경우 원폭…… 그런 현대 무기가 그나마 전쟁의 낭만마저도 파괴해버렸다는 걸 말야. 프랑스의 용기병들을 말살했다는 걸 말야. 그게 어쩐지 좀 서운하군그래."

잠시 동안 우린 말이 없었다. 벨벳의 잎담배에서 풍겨나오는 향긋한 연기를 나는 맡고 있었다.

# 제15화 동화는 이렇게 끝난다

윤군은 한 폭의 초상화를 들고 들어왔다. 마치 죽은 사람의 영정을 모시듯이 초상화를 앞가슴에 품고 들어온 윤군의 안색은 몹시 창백해 보였다.

그것은 아마추어의 서투른 유화였다. 화폭을 험하게 다룬 탓인지 그을음에 찌들고 삭아버린 소녀의 반신상은 겨우 윤곽만을 알아볼 정도였지만 아직도 그 검고 큰 눈망울은 광채를 잃고 있지 않았다. 서투른 데생 때문에 유난히 어깨가 좁고 부자연스럽게 된 그 소녀는 빨간 재킷을 입고 있었다. 수풀일까? 소녀의 반신상 너머로는 푸르죽죽한 나무 이파리들이 얼룩져 있는 듯이 보이기도 했다.

액자도 군데군데 떨어져 있고 거미줄과 파리똥과 먼지가 그대로 얽혀 있었다.

"윤군, 대체 그게 뭐야? 쓰레기통에서 포탄에 날아온 다빈치의 미발견작이라도 주웠단 말인가?"

넝마같이 낡은 초상화를 조심스럽게 껴안고 있는 윤군을 보자, 김소위는 그만 웃음을 터뜨리고 말았다.

"쓰레기통이라니?"

윤군은 좀 신경이 날카로워진 것 같았다. 그 소녀의 초상화는 바로 자기 자신이 그린, 전쟁이 일어나기 직전 고등학교를 졸업했을 무렵의 작품이라는 것이었다.

"자네가 그림을 그렸다는 것도 이상스럽지만 말야. 갑자기 그걸 들고 들어오다니 더욱 알 수 없는 일 아닌가?"

김소위는 윤군이 화를 내고 있는데도 키들거리고 웃었다.

윤군은 자기 자신도 알 수 없는 일이라고 했다. 학교에서 돌아오는 길에 판잣집 가락국수집에 들어갔다가 그 그림이 굴러다니는 걸 발견했다는 것이다. 판잣집 벽 한군데에 구멍이 뚫려 있는 구석이 있었다. 비바람을 막을 작정이었는지 거기에다가 낡은 여자의 그림을 삐딱하게 못질해놓았던 것이다. 가락국수를 먹던 윤군이 무심히 그 퇴색한 화폭을 쳐다보았을 때 그는 문득 귀밑에서 속삭이는 나직한 음성을 들은 것 같았다.

"그림은 언제나 이대로일 거예요. 늙지도 않구 하품을 하지도 않구, 그리고 이렇게 눈을 뜬 채 놀란 마음으로 세상을 바라보고 있겠죠."

윤군은 잠깐 졸음이 오고 꿈을 꾸고 있는 것이라는 생각이 들었다.

"그림은 언제나 이대로일 거예요."

다시 한 번 윤군은 낡은 화폭을 들여다보았다.

"아니 저 그림은?"

그는 자리에서 벌떡 일어나 벽 쪽을 향해 걸어갔다. 우동 그릇이 떨어졌는지 사기가 바스러지는 소리가 들려왔다. 그리고 주인 노파가 비명을 지르고 뛰어나오는 소리가 아주 먼 세상에서 울려오고 있는 것처럼 느껴졌다.

"나는 이미 그 우동가게의 판잣집 속에 있지 않았던 겁니다. 그건 수풀이었어요. 축축한 이끼와 어린나무 순들이 번쩍거리는 5월⋯⋯. 송진 냄새가 코끝에서 맴도는 수풀 속에서 나는 그 그림 속의 소녀와 앉아 있었던 것입니다."

윤군은 찢어진 초상화의 내력을 그렇게 이야기하기 시작했다.


봄방학은 짧았다. 윤군이 그림 속의 그 소녀를 처음 만났던 것은 얼었던 강물이 풀려가던 철이었다. 그들은 동화처럼 기막힌 오솔길을 걷고 있었다. 소녀에게서도 무슨 송진 냄새 같은 것이 풍겨온다고 생각했다.

"나는 시골에서 방학을 보낸 것은 이게 처음이에요. 처음엔 숲길이 무서웠어요. 독사가 기어나올 것만 같았거든요. 하지만 알았어요. 부드러운 흙의 감촉을 이젠 발끝으로 느낄 수가 있어요."

귀엣말처럼 소녀는 입김으로 얘기하고 있었다.

윤군은 이런 게 첫사랑인가 보다고 생각했다. 그러나 윤군은 그림처럼, 마치 하나의 그림처럼, 소녀의 얼굴을 들여다보는 것 외에는 달리 사랑하는 방법을 알지 못했다. 언제나 말을 하는 쪽은 소녀였고 몇 시간이고 귀를 기울이는 것은 윤군이었다.

그러던 어느 날, 그들은 숲속에서 비를 만났다. 보드라운 가랑비였지만 옷이 축축하게 젖어왔다. 윤군은 소녀를 끌고 상록수의 나무 밑으로 가 비를 피했다. 비는 좀처럼 그치지 않았다. 풀물이 스며드는 땅바닥에 앉아서 기다릴 수밖에 없었다.

빗줄기를 타고 매캐한 흙냄새가 풍겨왔다. 하얀 젖빛 안개 밑으로 강물이 흐르고 있었다. 울고 난 것 같은 으스스한 한기가 몸으로 스며들 때 윤군은 처음으로 소녀의 따스한 체온이 심장으로 묻어오는 것을 느낄 수가 있었다. 나뭇잎에서 빗방울이 떨어지는 소리밖에는 아무것도 들려오지 않았다. 정적이었고 안개였고 새순이 돋는 푸른빛이 팥죽처럼 흐느적거리는 혼돈의 세계였다. 그것은 존재의 저편 쪽 세계에 있었다. 한 번도 가본 일이 없는 부드러운 세계, 엉클어진 세계, 빛과 물과 땀과 하늘이 뒤엉킨, 이미 그것은 죽음처럼 조용하고 막막한 바닥 없는 세상이었다. 체온처럼 느긋한 바람이 이따금 소녀의 젖은 머리카락을 흐트러놓았다. 그것은 존재하지 않는 세계, 죽음처럼 섧고 외로운 그림자 같은 세계였다.

'순수하다는 것은 어째서 이렇게 슬픈 것일까?'

"윤!"

소녀는 축축이 젖은 재킷 사이로 하얀 살결이 드러난 앞가슴을 손으로 감추면서 말했다.

"윤…… 우리는 지금 그림 속에 있는 거예요. 안개, 빗발, 흔들리는 나뭇잎……. 꼭 이건 현실이 아닌 것 같아요."

"왜? 현실은 늘 지저분한 곳에만 있는 것인가?"

"아녜요. 현실은 가까운 곳에 있는 것이죠. 보신 적 있으세요? 아주 먼 길 말예요. 먼 길의 끝 쪽은 언제나 현실 같은 생각이 나지 않거든요. 걸어서 가보죠. 그러면 그게 가까이 다가서면 멋없는 현실로 바뀌어버리잖아요."

"이 숲이 멀리 보인단 말야?"

"그런요. 우선 이 숲속에 싸여 있어요. 그런데 안개 때문일까요? 아주 먼 곳에 우리가 와 있다는 착각이 들지요. 저 강이나 벌판이 수천 리 밖에 있는 외국 같은 생각이 들잖겠어요. 윤! 우린 현실이 아니라 그림 속에 갇혀 있는 거예요. 적어도 이 순간은 말예요."

윤군은 축축한 공기를 들이마셨다. 곁에 앉아 있는 소녀가 숨을 쉬는 것이 피부로 느껴졌다.

"지금까지 난 쓸데없는 소리만 지껄이면서 살아왔어요. MGM 영화사 상표의 사자가 두 번 우느냐, 세 번 우느냐. 거미 다리가 여섯 개냐 여덟 개냐……. 토머스 하디의 무덤이 웨스트민스터 사원에 있느냐, 그의 고향은 도체스터에 있느냐, 빵을 굽는 데는 이스트를 세 스푼 넣는 게 좋으냐, 네 스푼 넣는 게 좋으냐. 우린 늘 그런 소리만 지껄이며 살 수는 없잖아요?"

윤군은 소녀의 눈이 먼 곳을 쳐다보고 있다고 느꼈다. 빗발이 스치는 질척한 회색 공간 그 너머의 저편 허공……. 있지도 않은 먼 다른 세상을 들여다보고 있는 것 같았다.

"뭔지 알 수 있을 것 같아요. 이렇게 솔잎 위에 앉아 비를 맞고, 안개를 숨쉬고, 강을 내려다보고, 이러구 있으니까 뭘 좀 알 것 같은 생각이 들어요. 기저귀나 빨다가 늙으면 또 보험이나 탈 생각을 하다가 죽어가는…… 그런 게 인간이 아니라는 걸 알 것 같아요. 이대로 먼 곳을 바라보면서 이 숲에 언제고 갇혀 있었으면 해요. 난 죽어도 그렇게는 살지 않겠어요. 지저분한 시장에서 바구니를 들고 반찬거리를 장만하구, 술 취한 남편과 실랑이를 하구, 애들 이야기나 하며 즐거워하구 말예요. 곗날을 기다리며 사는 어머니들처럼은 살고 싶지 않아요."

윤군은 소녀의 눈을 들여다보았다. 까만 눈동자 속에서도 봄비가 내리고 강물이 흐르고 있었다. 윤군은 그래서 소녀와 약속을 했던 것이다.

'나는 화필을 들고, 거기는 모델이 되는 거야. 레오나르도 다 빈치는 이상한 미소를 그렸지만 나는 비현실의 세계를 향한 신비한 창문 같은 눈을 그려볼 테야.'

어쩐지 유치하다는 생각이 들고 삼류 소설의 한 장면 같다고 생각했지만 그건 봄이었다. 기막히도록 환상적인 숲이었고 정적 속에서 비가 내리고 있었고 소녀는 빨간 재킷을 입고 있었고 흙 냄새가 풍기고 있었고 멜랑콜리한 바람이 불고 있었다. 무슨 짓을 해도 어색해 뵈지는 않았다.

소녀가 떠나던 날 윤군은 그녀에게 초상화를 주었다.

"그림 속에서 사는 거야, 영원히……. 이 그림 속에선 비가 내리고 있지. 그리고 안개와 젖은 나뭇잎과 도마뱀이 숨어 있는 신비한 바위가…… 이대로 이 속에서 우린 살아야 하는 거야."

소녀는 웃고 있었다.

"그림은 이대로 변하지 않을 거예요. 나는 언제나 같은 재킷을 입고 같은 숲속에서 멀고 먼 곳을 응시하고 있을 거예요."

그리고 봄과 소녀와 그 초상화는 그에게서 사라졌다.

"지저분한 살림살이를 해도 난 이 그림을 보며 살 거예요. 평생 동안……."

윤군은 퇴색한 그 초상화를 보며 입속에서 조용히 불러봤다.

"소녀여!"

지저분한 판잣집 속이었다. 봄비도 흙냄새도 없었다. 난로 뒤의 때 묻은 주전자 뚜껑에서 쉭쉭 소리를 내면서 하얀 김이 올라오고 있을 뿐이었다.

'소녀여! 너는 이제 소녀가 아니다. 빨간 재킷을 입고 있지 않을 것이다. 전쟁은 널 아주 늙어버리게 했겠지. 대체 소녀여! 너는 이 그림을 부산에까지 들고 왔겠지만…… 쓰레기통에 버릴 만큼 이미 피곤해져 있었겠지. 네가 이 그림을 버리던 날 우리들의 동화가 끝났구나.'

노파가 윤군에게 소리지르는 것 같았다. 노파는 비를 들고 회충처럼 널려 있는 국수가락들을 쓸고 있었다. 우동 그릇이 산산조각이 나 있었다.

"와. 미쳤나. 그릇을 깨고 야단일꼬?"

윤군은 불평을 하는 노파에게 물었다.

"할머니! 이 그림 어디서 났어요?"

"와요? 그 그림이 우째서요?"

노파는 어디서 굴러 들어왔는지도 기억에 없다는 것이었다. 윤군이 그 그림을 팔라고 하니까 깨뜨린 그릇값이나 물고 그냥 가져가라고 했다. 초상화를 떼내자 부서진 판자벽 너머로 얼룩진 하늘이 보였다. 다닥다닥 판잣집이 눌어붙어 헐벗은 언덕 너머로 지친 하늘이 늘어져 있었다.

시장바닥……. 윤군은 초상화를 들고 단무지와 멸치와 생선이 널려 있는 시장바닥을 지나왔다. 늙어버린 소녀들이 거기서 시장바구니를 들고 흥정을 하고 있었다. 꿈을 팔아 넝마를 사고 있는 사람들이 거기 우글거리고 있었다. 전쟁은 소녀를 늙게 만든 것이었다. 갑작스럽게 늙어버리게 한 것이다. 오직 먹을 것을 위해 그들은 차일 밑을 기웃거리고 있는 것이다.

그 소녀 역시 가겟집 할머니처럼 그림이 우동 한 그릇값도 되지 않는다는 것을 알았을 일이다. 포탄이 터지고 허기진 피난민과 미아가 화물 열차에 실려 부산으로 내려오던 날 그 소녀는 이 그림이 거추장스럽다는 것을 알고 웃었을 일이다. 데생이 부정확하고 안개 낀 숲이 썩은 생선 눈깔처럼 비친 것이라고 구역을 느꼈을 일이었다.

'나는 뭘 보고 있는 거야? 멍청하게 이 초점 잃은 눈은 대체 뭘 보고 있는 거야?'

소녀는, 아니 애 어머니가 됐을지도 모를 그녀는 어디에선가 그렇게 말하고 있을 것이다.

윤군은 영정을 모시듯 퇴색한 초상화, 찢어진 그 초상화를 가슴에 품고 번잡한 시장길을 걸어나왔다. 소음과 가스와 군화 소리가 울리는 도시의 아스팔트 길을 걷고 있었다. 기막히도록 저릿한 동화는 끝나가고 있었던 것이다.

# 제16화 소녀 환상

"자네 소녀는 꽤 신비하군 그래! 이젠 내 소녀, 아냐, 우리들의 소녀라고 하는 편이 좋겠지……. 그런 소녀 이야기를 해볼까!"

김소위는 청교도적인 윤군의 이야기가 마땅치 않았던 모양이다.

"전쟁 때 처음으로 껴안은 소녀는 대개가 달콤한 사랑보다 성병을 선물로 주는 법"이라던 김소위였다. 그가 말하려는 '우리들의 소녀'란 틀림없이 RTO요원에게 차표 대신 정조를 판 소녀, C 레이션의 통조림이나 캐멀 담배 한 보루의 연기와 맞바꾼 청춘, 그렇지 않으면 신분증이 없다는 다만 그 이유 하나로 오나니슴 onanism(자위)을 배우기 시작한 그런 처녀일 것이다.

그러나 김소위가 말한 '우리들의 소녀'는 뜻밖에 저 최전방 총탄과 눈보라와 시체가 굴러다니는 어느 능선의 산골짜기에 있었다. 소녀들은 병사와 함께 있었던 것이다. 그것도 가장 고통스럽고 참기 어려운 시각에 소녀들은 고운 모습을 하고 마치 드가의

〈춤추는 소녀〉와 같이 다가오는 것이었다.

"살을 에는 바람 속에서 보초를 선다든지, 혹은 부상당한 발을 끌고 지루하고 긴 피의 행진을 한다든지, 목이 타고 허기져서 졸도할 지경에 이른다든지…… 그런 시각에 우리들의 소녀는 나타나는 것일세."

김소위는 싱긋이 웃으면서 눈을 감았다.

"소녀들은 어둠을 찢고 갑자기 드러나는 조명탄처럼 나타나는 거지. 눈부신 하얀 블라우스, 빨간 재킷, 솜털이 가시지 않은 보얀 얼굴…… 루주를 바르지 않은 입술일세. 손때 묻지 않은 진솔 옷일세. 전선이지만 그 몸에는 한 점의 진흙도 묻지 않은 손톱일세……. 아, 그런 소녀들이 말야, 가볍고 순수한 솜털처럼 우리들의 가슴으로 안겨오는 것일세."

우리는 그가 꼭 거짓말을 하는 줄로 알았다. 아무리 드센 창녀라도 일선의 참호까지는 기어들어갈 수 없을 것이다. 더구나 드가의 그림 같은 소녀가 번쩍이는 진솔옷을 입고, 들러리처럼 나타날 수 있겠는가?

"농담이지?"

박교수가 물었다.

"농담이겠지? 그런 꿈을 꾼다는 거겠지?"

"천만에요. 꿈이 아닙니다. 우리들의 소녀는 실제적인 힘을 가지고 병사의 고통을 치료해주는 겁니다."

김소위는 시치미를 떼고 정색을 했다.

"간호부 이야긴가?"

윤군은 퀴즈를 푸는 사람처럼 고개를 갸웃거렸다.

"천만에, 아니라니까. 그 소녀들은 조명탄처럼, 낙하산처럼, 드가의 〈춤추는 소녀〉처럼 갑작스레 나타난다니까 그래. 고통스럽고 지루한 전쟁 한복판으로 말야. 가만히 들어보라구. 우리들의 신비한 소녀는……."

김소위는 서서히 그 진상을 이야기해갔다.


병사들에겐 휴식이란 게 없었다. 고통을 참고 견디는 아편 같은 마취제도 없었다. 그런데 누가 그것을 발견했는지 모를 일이다. 신병이 부상을 당하거나 동상 때문에 미칠 지경이 되면 으레 고참병들은 이렇게 충고를 하곤 했다.

"이봐, 고통을 참는 법을 가르쳐주지."

고참병은 그런 충고를 해주는 일 자체가 즐거운 듯이 보였다. 그리고 언제나 능글맞게 웃는 것이었다.

"너! 연애해본 일 없나, 없어? 그런 일이 있어? 좋아. 짝사랑두……. 그렇겠지, 짝사랑이라면 더욱 좋단 말야. 앞으로 그 소녀를 생각하게. 이 바보야! 부처님처럼 그냥 무릎 꿇고 생각하라는 게 아니란 말야. 그 계집애의 옷을 한 꺼풀 한 꺼풀 벗겨가는 상상을 하면 아무리 심한 고통도 잊을 수가 있단 말야. 전쟁판에선 그 수밖엔 없네. 뭐, 모독하는 거라구? 그게 바로 못이란 말야. 그래야만 고통이 사라진단 말야……."

병사들은 고통을 마비시키기 위해서 소녀의 환상을 상상해내는 것이었다.

티끌 없이 맑아야 한다. 남자의 손때가 묻어 있지 않아야 한다. 순결하고 아름답고 수줍고, 입술에서 젖내 같은 것이 풍겨와야만 한다. 그렇지 않으면 효험이 없는 것이다. 고통이 목을 감는다. 아리고 쓰라린 통증의 밀물이 밀려들어온다.

그때 그들은 옷을 벗기기 시작한다. 한 꺼풀 한 꺼풀 싱싱한 양배추의 껍질을 벗겨가듯이……. 부드럽고 탄력 있는 유방이 나온다. 보랏빛 허리의 곡선이 점점 뚜렷해진다. 소녀들은 옷을 벗고 마지막 환히 비치는 슈미즈 속에 수줍음을 감추고 얼굴을 붉힌다. 하얀 살결을 어루만져간다, 그리고…….

이때 그 고통은 멀리, 참으로 멀리 사라져가는 것이다. 고참병일수록 참을성 있게 천천히 그 옷을 벗겨간다. 그래야 고통을 더 오래 참을 수 있기 때문이다.

어느 날 신병으로 들어왔던 천이등병은 그 비법을 가르쳐준 고참병에게 항의를 했었다.

"상사님! 소용없어요."

"네 잘못이다, 이 병아리야."

"군의관은 마취도 하지 않고 칼로 도려냈어요. 오 분이면 된다고 했죠."

"녀석, 그래, 오 분 동안도 가지 않았단 말이야?"

"예! 열심히 생각했죠. 내 계집애는 예쁘고 탐스러웠는데도 그 날따라 옷을 적게 입었어요. 몇 껍질 벗기니까 금세 나체가 드러났어요. 그러나 수술은 끝나 있지 않았어요. 옷을 벗기는 데에 단일 분도 안 걸린걸요. 환상은 짧고 고통은 길다고 난 생각했죠."

"빌어먹을, 모조리 옷을 많이 껴입히고 천천히 벗겨가라고 했잖아. 그리고 잔인하게 그 순결을 짓밟아가는 거야. 넌 나체만 보고 기가 질려버리겠지?"

"난 범할 수 없었죠. 차마…… 아무리 환상이라도 차마 범할 수 없었습니다. 신성한 걸 모독하고 싶지 않았기 때문입니다."

병사들은 누구나 그렇게 소녀의 옷들을 벗겨갔다.

머릿속에 살아 있는 순수한 소녀의 환각들을 짓밟으면서 고통을 참아가고 있었던 것이다. 그들의 머릿속에서 소녀들은 날로 성숙해갔고 음탕한 중년부인들처럼 행실이 나빠져갔다.

아! 그 환상 속에서도 옷을 벗는 소녀들은 맨 처음같이 순결하지만은 않았던 것이다. 나이와 육체를 알기 시작했다. 이러다가 그 소녀의 환상이 낡은 필름처럼 흠집이 많고 구질구질한 금이 가기 시작하면 고통을 잊게 하는 효험도 사라져버리는 것이다. 그러면 병사들은 다시 새로운 소녀를 후보자로 골라야 하는 것이다.

"난 벌써 네 번째 소녀인데…… 이게 마지막 밑천이란 말야. 세 번째 계집애는 말야, 바다에서 만나서 수영복 한 벌만 벗기면 되기 때문에 너무 시간이 빨랐는데 이번 것은 거꾸로야. 하필 그 소녀를 본 게 어두운 극장 속에서였거든. 그래서 네 번째 것은 아무리 옷을 벗겨도 나체가 연상되지 않는단 말야."

이렇게 불평을 늘어놓는 친구도 있었다.

김소위가 I&I에서 옛날의 천이등병을 다시 만났을 때였다. 전쟁에 그렇게 시달렸는데도 아직껏 얼굴이 하얗고 계집애처럼 수줍음을 잘 타는 녀석이었다. 그가 부상하여 부산의 후송병원에 입원하게 되었을 때 정말 그의 소녀가 꽃을 들고 나타났다고 했다. 환상이 아니라 만지면 뜨거운 피가 감도는 육체가 있는 현실의 여인이었다. 옛날 천이등병은 소녀를 보기만 해도 숨이 막히곤 했다. 저런 여성은 밥도 먹지 않고 변소에 가는 일도 없으리라고 생각했었다. 언젠가 천이등병은 주일학교에서 그 소녀가 떨어뜨리고 간 연필 한 토막을 주운 일이 있었다. 그 연필 토막에 소녀의 숨결이 닿았을 것이라는 생각만 해도 가슴이 뛰곤 했다. 그런데 천이등병은 전쟁의 참호 속에서 그녀의 옷을 수천 번이나 벗겨놓았던 것이다.

천이등병은 병원으로 찾아온 소녀의 얼굴을 보자 미안한 생각이 들었다. 자기가 추악하고 부패한 색마처럼 느껴졌다. 전쟁이었지만, 그러나 전쟁도 소녀의 귀밑에 있는 솜털은 건드리지 못했을 거란 생각이 들기도 했다. 천이등병은 소녀를 보자 이번만은 옷을 벗겨가는 그 습관을 잊으려고 애썼다. 하지만 소녀는 두꺼운 코트를 입고 있었는데도 그의 눈은 환히 옷자락을 뒤져 하얀 살결을 들여다보고 있었다. 아무리 시선을 돌려도 나체가 되어버린 소녀의 연상은 사라지지 않았다.

천이등병은 죄를 짓고 있는 것 같았다. 아무것도 모른 채 단정하게 옷깃을 여미고 앉아 있는 그 소녀에게 죄를 짓고 있다고 생각했다. 그래서 그는 드디어 고백을 했다는 것이다.

"내 소릴 들으면 아마 놀랄 겁니다. 나는 미스 연에게 사죄할 것이 있습니다."

천이등병은 자기 음성이 떨리고 있다는 것을 알았다.

"정말 난 몹쓸 놈이었습니다. 그러나 용서해주십시오, 정말 사과를 드리는 것입니다."

소녀는 영문도 모르고 환하게 웃고 있었다. 덧니가 못 견디게 아름답다고 생각했었다.

'내가 부상을 당하고 들것에 실려가던 때에도 난 저 덧니를 생각했었다. 알몸뚱이가 된 그 소녀는 내 팔 안에 안겨 있었고 난 그녀의 나체를, 살덩어리를 굶주린 독수리처럼 채어, 갈가리 찢고 있었지…….'

천이등병은 결심을 했다.

"참을 수 없는 아픔이었어요. 그 아픔을 잊으려고 난 그만 미스

연을 생각한 거죠. 남들이 가르쳐준 대로 미스 연의 옷을 한 꺼풀 한 꺼풀 벗겨갔던 겁니다. 날 추잡한 놈이라고 하시겠죠. 미스 연은 놀랄 것이지만, 난…… 난…… 옷들을 다 벗어버린 미스 연의 나체를 상상했던 겁니다. 그리고…….”

천이등병은 기다리고 있었다. 성난 소녀, 송충이나 뱀을 밟았을 때처럼 놀란 소녀의 얼굴, 그리고 분노에 찬 그 손이 그의 뺨을 갈길 것을 기다리고 있었다. 소녀의 충격은 컸을 것이다.

“그리고…… 그리고…….”

천이등병은 기다리고 있었다. 그러나 끝내 손바닥은 날아오지 않았다. 감았던 눈을 지그시 떴다.

소녀의 얼굴이 새빨갛게 달아 있었다. 그리고 그 눈은 술에 취한 사람처럼 불그레 충혈되어 있었다. 그건 남자를 아는 음탕한 눈…… 잠자리에서 안 남자를 향해서만 웃을 수 있는 그런 눈이었다.

소녀는 한층 대담해졌다. 그에게 입술을 갖다댄 것이다. 천이등병은 키스란 그냥 입술만 갖다대는 것이라고만 알았었다. 그러나 어렴풋이 말로만 들어온 대로 소녀는 이상하고 성숙한 방식으로 그의 입술을 빨았다.

천이등병은 김소위에게 허탈한 웃음을 웃으며 그때의 감상을 말하는 것이었다.

“키스는 마약과도 같이 황홀했습니다. 그게 전쟁터였더라면 난 또 그 엄청난 고통을 잊을 수 있는 마취제로 썼을 일입니다. 그런데 김소위님, 그건 후방이었어요. 조용한 병실이었어요. 내 마음은 웬일인지 거꾸로 고통스러웠습니다. 참을 수 없이 허전했습니다. 웃지 마세요, 소위님. 미스 연이 만약 뺨을 갈겼더라면, 색마라고 소릴 질렀더라면, 문을 쾅 닫고 나갔더라면, 경멸의 눈짓만 남기고 떠났더라면 아니 다 그만두어요, 다만 키스가 그렇게 능숙하지만 않았더래도 거꾸로 난 기뻤을 겁니다. 다시 전쟁터에 나가면, 미스 연의 순수한 육체를 생각하며 마취제의 대용물로 삼았을 것입니다. 소위님, 이젠 군대에 다시 나간다 해도 옷을 벗길 소녀가 없을 것입니다. 그땐 누굴 생각하죠?"

김소위는 천이등병의 이야기를 하면서 진짜 순수한 소녀들은 일선 지방의 고지, 피의 능선, 혹은 야전병원, 혹은 죽음이 걸려 있는 철조망 부근에서 낙하산처럼 퍼진다는 것이었다. 조명탄처럼 어둠을 불사르고 문득 그 고통의 현장에 번뜩거리며 나타난다는 것이었다.

# 제17화 빈집을 지키는 개

　　박교수는 서울에서 온 친구와 함께 술을 마시고 오는 길이라고 했다. 하지만 보통 날과는 달리 술을 마셨다고는 하면서도 별로 말이 없는 채 시무룩한 표정이었다. 그리고 무엇인가를 무척 후회하고 있는 태도였다.

　　나는 그가 야전침대에 누워 초점 잃은 눈으로 멍하니 바다를 보고 있는 것을 보자 어쩐지 측은한 생각이 들었다.

　　"언짢은 말이라도 들으셨나요?"

　　나는 그에게 물었다.

　　그러나 박교수는 좀 역정을 내면서 대답했다.

　　"처음엔 그 친구가 반가웠소. 그 친구는 내 집까지 일부러 찾아가보았다고 하지 않겠소?"

　　박교수는 서울에서 왔다는 친구에게서 나쁜 소식이라도 들은 모양이었다.

　　"집이 폭격을 맞았다고 하던가요?"

사실 박교수는 지금까지 서울에 두고온 자기 집 이야기를 꺼내는 것을 끔찍스럽게 여기는 눈치이기도 했다.

김소위나 윤군이 "선생님은 서울에 집이 있으시다면서 왜 속히 올라가지 않으십니까?" 하고 물으면 얼른 답변을 못하고 우물쭈물하는 것이 보통이었다.

박교수는 차라리 그 집이 폭격을 맞아 흔적도 없이 사라졌기를 은근히 희망하고 있는 것 같기도 했다.

아내와 딸을 잃은 사람이 혼자서 빈집 대문을 연다는 것은 분명 즐거운 일은 아닐 것이다. 박교수는 그 상처를 건드리고 싶지 않았을 것이다.

"폭격이요? 지금 이 선생은 폭격이라고 말했나요? 그랬더라면 오히려 속이 편했겠소."

박교수는 같이 술을 마시자고 하며 그 사람과 만난 이야기를 꺼내기 시작했다.


서울에서 온 친구는 박교수를 보자 반색을 했다. 언저리 집들은 모두 불타 없어졌는데 박교수의 집만은 기적처럼 고스란히 남아 있더라는 것이었다. 박교수는 자기 집이 무사했다는 것보다도 어수선한 그 서울에서 친구 집까지 찾아가본 그의 마음에 눈시울이 시큰했다.

"자네 집 뜰이 꽤 넓더군! 전엔 그냥 무심히 보았었지만, 삼십

평이 넘겠던데……."

"글쎄 삼십 평은 되겠지! 그렇지만 그 정원은 엉망이었을걸."

술기운도 있었지만, 늘 아내가 아침저녁으로 가꾸었던 뜰 이야기를 듣자 박교수는 가슴이 뻐근해졌다.

"잡초가 우거져 있긴 했지만 그래도 꽃들이 많이 피어 있더군 그래. 씨를 뿌리지도 않았을 텐데 코스모스가 많이 피어 있었어. 코스모스 말야. 그러나 그까짓 뜰이야 상관있나? 그보다도 현관 기둥이니 문살이니 상한 곳이 많더군……. 손질할 데가 많던데……."

"코스모스? 코스모스가 피어 있었나?"

박교수는 아내가 그곳에 있더라는 말이나 들은 것처럼 묘한 충격을 받았다. 황량한 뜰, 잡초와 초토 속에서 피어 있는 가냘픈 코스모스 꽃잎들이 그의 눈앞에서 흔들거리고 있었다. 박교수는 뜰에서 피던 가을 꽃들, 칸나가 지고 샐비어의 붉은 꽃잎이 타오르고 코스모스와 국화가 쇠잔해가는 가을의 그 뜰을 생각했다.

"박형! 지금이 어디 꽃 이야기할 땐가? 빈집을 많이 봤었지만 박형 댁은 유난히 썰렁하던걸. 내가 아마 단란하게 살던 때의 박형 집만 생각해서 그랬을까? 박형의 예쁜 부인과 그 귀염둥이 딸 생각이 나더군……. 참 그놈 말야, 박형 집 개 말야. 빈집 대문을 열고 들어서자니까 그놈이 마구 짖어대지 않겠나? 꼭 옛날처럼 말야."

"아니 마리가, 그 개가 아직도 살아 있단 말인가?"

박교수는 또 한 번 놀랐다.

"그럴 리가 있나?"

"주인도 없는 빈집을 용케 혼자서 지키고 있었다니까! 나도 믿을 수 없는 일이라 생각했지. 하지만 분명히 그놈은 마리였어. 몇 해 동안 쥐를 잡아먹으면서 옛집을 혼자 지켰단 말일세."

서울에서 왔다는 친구는 별 이유도 없이 낄낄거리고 웃었다.

"그런데 말일세, 내 친구지간이니까 말인데, 자넨 그 집으로 돌아가기보다는 다음에 새집을 하나 사는 것이 어떨까 하는 생각이 들더군. 내가 글쎄, 보기가 안됐더라니까그래. 대문을 척 들어서자마자 빗장을 열어주던 자네 부인의 그 신발 소리가 들리는 것 같더군. 그리고 툇마루에서 깡충깡충 뛰놀던 자네 딸이 뭐라고 하는 그 귀여운 소리가 귓전에 울리는 것 같았어. 그런데 막상 자네가 그 집을 보면 어떻겠나?"

박교수는 그의 말이 옳다고 생각했다. 사그라져가는 창문 하나, 마당의 돌부리 하나인들 무심히 볼 수 없을 것이라는 느낌이 들었다.

'그 집에서는 아내와 딸의 추억이 날 고문할 것이다. 소리가 들려올 것이다. 한밤중이면 온갖 소리가, 내 가슴속으로 젖어들어 올 것이다.'

박교수는 서울에서 온 친구의 얼굴을 쳐다보면서 고개를 끄덕였다. 역시 친구는 좋은 것이라고 느꼈다. 밤늦게 술을 마시고 대문 빗장을 흔드는 데는 딱 질색이었지만 그래도 그 친구가 자기 생활의 한구석을 차지하고 있었다는 것을 느꼈다.

"자네 말이 옳아! 자네 말이 옳아! 난 집으로 돌아가지 않겠네. 마리처럼 빈집을 나 혼자 지킬 수는 없겠지. 난 개가 아니니까, 난 개가 아니니까 그렇게 할 수 없을걸세. 자네 말이 옳아. 난 그 집으로 돌아가지 않겠네."

박교수는 술주정 겸 좀 울었던 모양이다. 서울 친구가 위로를 해주는 바람에 좀 울었던 모양이다. 코스모스니, 마리니 대문 빗장이니 하는 말 때문에 울었던 모양이다. 아내의 손때가 묻었던 문지방에 먼지만이 뽀얗게 앉았을 거라는 폐허감 때문에 젓가락을 내던지고 울었던 모양이다.

"울지 말라구! 울 때가 아니라니까. 새 출발을 하는 거야. 이제 그 집을 팔구 새집, 새 아내, 새 아이를 두면 되지 않겠나. 전쟁이 끝났단 말이야. 누구나 그렇게들 출발하니까 고쳐 사는 걸세, 고쳐 사는 거야."

서울에서 온 친구는 그의 어깨를 어루만지면서 다시 술을 들자고 했다. 수심가니 뭐니 구성진 노래를 같이 불렀던 것 같았다. 어지간히 취기가 오르자 서울 친구는 갑자기 사무적인 태도로 나왔다.

"자네 집 건평이 얼만가? 그리고 대지가……."

그러나 박교수는 집 이야기를 피하고 싶었다.

"집 이야긴 집어치우자고……. 난 이제 집을 갖지 않겠다. 바람처럼 이제 허공에서 산다. 다시는 한곳에 못 박혀 있지 않을란다. 살림 같은 건 다 폭격을 맞아 가루가 된 거라구 생각하구 난 집을 짓지 않을 테다."

박교수는 고함을 치듯이 소리질렀다. 하지만 서울에서 온 친구는 그 집을 그냥 두지 말고 빨리 처분하자는 것이었다. 박교수의 집 언저리가 마침 불타 없어졌기 때문에 그 근처에 있는 S사립 여학교에선 눈독을 들이고 있으니 기회라는 것이었다. S여학교가 환도를 하면 증축을 할 것이라고 했다. 사실 6·25 전만 해도 학교 운동장이 비좁아, 더 뻗어가려 해도 근처의 인가들 때문에 골치를 앓고 있었다는 이야기였다. 박교수는 그제야 서울 친구의 얼굴을 똑똑히 보았다. 불그레한 얼굴빛이 술기운 때문만은 아닌 것 같았다. 술집에서 돈을 물쓰듯이 하는 게 친구를 만난 기쁨 때문만은 아닌 것 같다는 생각이 들었다.

그래서 박교수는 농담삼아 "자넨 이 판에 집장사를 하는가?"라고 물었다.

"집장사! 집장사를 하느냐고……? 예끼, 이 사람, 자넬 위해서 하는 소릴세."

서울서 온 친구는 갑자기 당황해하는 표정이었다. 집장사를 하느냐는 말에 부정도 긍정도 하지 않고 그냥 얼버무리는 그의 태도가 더욱 수상쩍었다.

박교수는 들은 적이 있었다. 누구나 목숨만 건지려고 집과 살림살이를 강아지처럼 버려둔 채 도망하고 있을 때, 쌀 몇 말 값으로 그것을 흥정하는 친구들이 있다는 것을. 그러고 있다가 좋은 시절이 오면 수십 곱절의 장사를 한다는 그 끈기 있는 친구들의 이야기를 들은 기억이 있었다.

'아! 저자가 만약 집장수라면…… 아! 저자가 S여중의 확장 계획을 미리 냄새 맡은 집장수라면…… 그렇다면 그가 왜 내 빈집 대문을 두드렸는지 알 수 있을 것 같다. 똑똑히 알 수 있을 것 같다. 그는 정말 그 빈집 대문을 보자 아내의 신발 소리를 들었을까! 귀여운 딸아이의 춤추는 모습을 보았을까!'

박교수는 뭉클한 분노와 슬픔과 배신의 쓰라림이 가슴속에서 불타오르는 것을 느꼈다. 박교수는 천천히 그의 빈 잔에 술을 따랐다.

"자! 나에게도 한 잔! 우리 건배를 하자."

그는 흡족한 미소를 지었다.

"자! 자넨 누굴 위해서 이 건배를 들겠나?"

박교수는 술잔을 들고 그 친구의 얼굴을 노려보았다.

"물론 자네의 새 출발을 위해서지……."

박교수는 다시 서울에서 온 친구의 얼굴을 노려보았다.

"그러나 자네, 난 빈집을 지켜준 나의 개, 몇 해 동안이나 잡초와 먼지 속에서 쥐를 잡아먹으며 내 옛집을 지켜준 개, 불쌍한 마리를 위해서 건배해야겠다. 그리고 개만도 못한 놈들을 위해서 이 술잔을 들자!"

박교수는 번쩍 술잔을 들어 서울에서 온 친구, 바쁜 중이었지만 친구 집에 제일 먼저 찾아가봤다는 친구, 새 출발을 하자는 그 친구, 코스모스가 피었다는 그 폐원의 평수를 재던 그 친구의 얼굴에 술잔의 술을 끼얹었었다.

"아니! 자네 이게 무슨 짓인가! 자넨 뭘 오해하고 있는 거야. 날 집장수로 아나? 자넬 위해서……."

박교수는 술상을 차고 일어났다고 했다.

"난 집을 팔지 않겠네. 빈집에서 짖어대는 내 개를 위해서 팔지 않겠단 말야. 그 집의 소유권을 마리에게 주기로 난 결심을 했어. 만약 그 집이 탐나거든 앞으로 내 집 개 마리와 타협하게."

박교수는 그 술집을 뛰쳐나왔다. 폐허의 뜰에는 코스모스가 피어 있었다. 가냘픈 꽃잎 위에 쇠잔해가는 가을 햇볕을 보았다. 텅 빈 집, 사람들 발소리나 기침 소리도 없는데 한밤중에 달을 보고 짖어대는 마리를 보았다. 털은 다 빠지고 눈에는 눈곱이 더덕더덕 끼여 있을 것이다. 쥐를 잡아먹으면서 어둠을 향해 그 개는 짖고 또 짖고 짖어대고 있었을 것이다. 몇 해를 그 마리는 짖었을 것이고 가꾸는 사람도 없이 그 빈 뜰에서는 코스모스들이 피었다 지고 피었다 지고 했을 것이다.

박교수는 비틀거리며 골목길을 걸었다. 집들이 있었다. 큰 집, 작은 집, 이지러진 집, 지붕들이 용마루를 맞대고 거기 널려 있었다. 환한 전깃불이 켜진 그 울타리 안에서는 라디오 소리, 어린애가 우는 소리, 개 짖는 소리가 들려오고 있었다. 집…… 집…… 집……. 그러나 그 집들 중에는 폐허의 집도 있을 것이었다. 돌아갈 수 없는 집도 있을 것이었다. 빈집에서 혼자 개가 짖어대는 그런 집도 있을 것이었다.

박교수는 술을 진탕 마시고서도 취하지 않는 눈치였다. 박교수는 내 손을 꼭 잡고 성당 고해신부 앞에서 말하듯이 이렇게 고백했다.

"이선생, 난 술잔 속에서 전쟁을 겪으려 했소. 난 무엇이 잘못되었는지를 분명히 알 수 있을 것 같소. 난 돌아가 내 집에서 살 것이오. 전쟁을 피하려고 했지만 내가 마지막 지켜야 할 것이 무엇인지를 알 수 있을 것 같소. 그게 빈집, 텅 빈 집, 사그라져가는 집이라도 좋습니다. 난 짖을 것이오, 백 평도 못 되는 그런 터전이지만 그것을 지키기 위해 난 짖을 것이오. 마리처럼, 그 개처럼 빈 뜰에 서서 어둠을 향해 짖을 것이오."

그날따라 움푹 파인 박교수의 광대뼈가 유난히 슬퍼 보인다고 나는 생각했다. 하지만 그의 눈은 처음으로 생기에 가득 차서 번뜩이고 있었다.

## 제18화 나의 고백

　박교수는 떠나야 할 시간이라고 했다. 그리고 윤군도 김소위도 서울로 간다고 했다. 텅 빈 폐선, 바닷바람에 사그라져가는 '니케아의 배' 속에 나 혼자 남아 있을 수는 없는 일이었다.

　"어떻게 하시겠어요?"

　윤군은 짐을 꾸리고 있는 광경을 구경하고 서 있는 나에게 약간 동정 섞인 목소리로 물었다.

　"뒷짐을 지고 구경만 하시는군요. 그래요, 뒷짐만 지고 선생님은 늘 구경만 하고 계셨죠. 방관한 것은 전쟁만이 아니었다고 난 생각하는데……. 말하자면 이선생은 우리들이 전쟁이야길 할 때도 혼자서만 듣고 계셨단 말예요. 왜 한마디도 말씀하시지 않았죠? 왜 남의 이야기를 듣고만 계셨어요?"

　김소위는 윤군과는 달리 항의조로 물었다.

　'구경만…… 뒷짐만…… 전쟁만…… 혼자서만…… 듣고만…… 김소위의 말에는 유난히 '만'이란 말이 많군.'

⋯⋯만 ⋯⋯만 ⋯⋯만. 그렇게 살아왔는지 모른다. '나도'가 아니라 '나만', '혼자서만', '듣고만', '보고만', '뒷짐만' 지고 전쟁을 겪어왔다.

나는 갑자기 무엇인가 변명을 하고픈 생각이 들었다. 남의 이야기만을 들어왔지만 이젠 내 이야기도 해야 할 차례가 아닌가 생각했다. 하지만 나에겐 집이란 것이 없었다. 난 아무것도 가진 것이 없다. 직업도, 지켜야 할 재산도 없었다. 전쟁은 많은 것을 가지고 있는 사람일수록 비참하게 만드는 법이다.

하지만 나는 혼자인 것이다. 가진 것이 없으니 빼앗길 것도 없다. 빼앗길 것이 없으니 이야기할 것도 없다. 내가 전쟁을 외면한 것은 아니다. 전쟁이 날 외면했을 일이다. 연령만 해도 그렇지 않았던가? 일정 시대 때에는 나이가 너무 젊어서 군의 징병에 해당되지 않았고 또 이번 전쟁에는 너무 연령이 많아서 군을 피할 수 있었다. 전쟁의 별은 내가 탄생할 때부터 외면을 했던 것이다.

나는 혼자인 것이다. 아무 데에도 소속되어 있지 않은 방랑자, 무국적자, 호적부에나 겨우 이름이 적혀 있을 뿐 나는 이 세계에서 한 손님이었고, 어디엘 가도 나를 묶어둘 말뚝을 가지고 있지 않은 바람이라 생각했다. 그래서 그 치열한 전쟁도 마치 섬처럼 서 있는 내 곁을 흘러가고 있는 물처럼 보였다. 남들의 전쟁이었다. S시가 폭격되는 날 밤, 나는 산언덕의 피난민들 틈에 끼어 타오르는 불꽃을 보았다. 불꽃 속에서는 사람이 죽어가고 있었을

것이다. 땀과 눈물로 벌어들인 많은 재산들이, 추억들이, 생활의
의미가 불타고 있었을 것이었다.

아! 그러나 그것은 얼마나 아름다웠던가? 만약, 만약 매정한 신
이 있어, 인간과 아무런 관계가 없는 그 신이 있어 그 광경을 보
고 있었더라면, 그도 틀림없이 전쟁이란 아름다운 것이라고 말했
을 일이다.

검은 하늘로 터져나오는 섬광, 폭발하고 또 폭발하고 붉은 불
덩어리가 검은 하늘에 무수한 섬광을 그리며 명멸하는 그 풍
경……. 지붕과 빌딩의 검은 실루엣이 타오르는 불꽃 속에서 신
기루처럼 어른거렸다. 분명히 그것은 하나의 미美였다. 불 속에
멸망해가는 소돔의 성이나 네로의 로마를 생각했다.

그때 나는 문득 "아! 아름다운 광경이다."라고 했었다.

그때 옆에서 눈물에 젖어 폭격을 당하고 있는 시가를 굽어보던
한 부인이 내 멱살을 잡았던 것이다.

"아름답다고요? 아니, 이 미친 사람 좀 봐! 당신 눈깔에는 저게
아름답게 보여?"

주위 사람들이 모여들었다. 집과 재산을 잃은 그들은 나에게
분풀이를 하려고 하는 것 같았다. 옷을 찢기고 매를 좀 맞았다고
기억된다. 조소와 분노 속에서 나는 간신히 도망쳐 나올 수 있었
다. 그것이 전쟁이 나에게 준 유일한 피해였는지 모른다.

나는 이 세계에 속해 있지 않다. 나는 없다. 나는 그림자이다.

그림자는 어떤 화력이 센 TNT로도 죽일 수는 없을 것이다. 세계는 나를 한낱 그림자이게끔 했다. 우연히 내던져진 돌, 누가 말했다. 우연히 내던져진 돌, 전쟁이 있든 평화가 있든 우연히 내던져진 돌에겐, 그림자에겐.

세계를 방랑하는 바람에겐 아무것도 존재하지 않는다. 난 낯선 죽음까지도 손님의 입장에서 만나려고 했었다.

김소위의 말대로 뒷짐을 지고 구경을 하고 이야기를 듣고 했을 뿐이다. 그런데 나는 순간적으로 무엇인가 빚을 갚아야겠다는 생각이 머릿속을 스치고 지나갔다.

'무슨 이야기를 해야겠다. 나는 전쟁 이야기를…… 그러나 전쟁 이야기를 난 가지고 있지 않다.'

나는 좀 어색하긴 했지만 조그만 고백을 들려주고 싶었다.

"김소위, 난 많은 이야기를 듣고만 있었지. 그러나 우리가 헤어지기 전에 나도 좀 이야기를 해볼까?"

박교수는 꾸린 짐 위에 걸터앉아 웃고 있었다.

"소설가는 공짜로 이야기를 해주는 법이 없단 말야. 이자를 붙여서 돈을 빌려주는 은행가처럼 말야. 그러니까 우리가 아무래도 이별주를 사야겠다."

박교수는 농담을 했다.

"전쟁 이야긴가요?"

윤군은 호기심이 생긴 모양이었다. 난 그저 전쟁 이야긴 아니지만, 전쟁과는 지극히 먼 이야기지만, 어쩌면 그 이상으로 전쟁과 밀접한 관계가 있는 이야긴지도 모르겠다고 했다. 그리고 난 생각했다. 장마가 갠 어느 날, 강물이 흘러가고 있는 시골의 여름 햇살을 생각했다.

나는 처음으로 그들처럼 제스처를 써가며 그때의 일을 고백하듯 이야기해갔다.

어렸을 때의 일이다. 장마가 갠 날 강변의 모래들은 유난히 번쩍이고 있었다. 학교에서 돌아오던 길에 아이들은 미역을 감자고 했다. 나무 끝에서 울려오는 매미들의 울음소리가 햇볕처럼 쏟아지던 그런 오후, 아이들은 으레 강가에서 미역을 감았던 것이다. 그러나 난 수영을 할 줄 몰랐다. 이 모래사장에 벗어붙인 아이들의 옷이나 책보를 혼자 지켜주면서 모래 위에 앉아 있기가 일쑤였다. 물탕을 치며 개헤엄을 치며 노는 애들을 그냥 떨어져서 구경만 하고 있었다.

번뜩이며 흘러가는 강과 그 강물 속에서 물보라를 치며 꿈틀대는 발가벗은 아이들은 모두 내 바깥세상에 존재하고 있었다. 나는 아이들과 강물 속에 있지 않았다. 뜨거운 모래톱 위에 혼자 있었고 혼자 졸음 같은 세상에서 방황하고 있었다.

하지만 그날은 장마가 개었던 날이었다. 아이들은 손짓을 하며 물속으로 들어오라고 했다. 난 그때 강줄기를 보았다. 어디서 와서 어디로 흘러가는지 나는 모른다. 다만 흘러오고 흘러 내려가는 강물의 흐름 속에 내 몸을 던지고 싶은 강렬한 유혹을 느꼈던 것이다.

난 처음으로 발가벗었다. 부끄러움도 없이 고추를 내놓고 알몸뚱이를 내맡기고 물속으로 조금씩조금씩 들어갔다. 강둑의 포플러나무, 하늘에 뜬 흰구름이나 강물 속에서 내다본 땅의 세계는 이상한 흥분을 일으키게 했다. 강은 안이 되고 둑과 모래사장이 거꾸로 바깥세상이 된 것이다. 강물 속으로 들어온 나를 발견했던 것이다. 조금씩조금씩 물속으로 걸음을 옮겼다. 모래무지나 조개가 파묻혀 있을 강바닥의 부드러운 모래가 발바닥을 간지럽게 했다. 애들은 물속에서 손짓하고 있었다. 조금씩조금씩 나는 애들이 있는 강물 쪽으로 걸어 들어갔다. 물은 차츰 깊어지고 가슴을, 어깨를, 그리고 목에까지 물이 찰름거리기 시작했다. 더 이상 들어가서는 안 된다고 생각했다. 이제 멈춰야 한다고 다짐했다.

나는 그 자리에서 꼼짝도 하지 않고 더 이상 물속으로 들어가지 않으려고 버티는데 웬일일까, 발밑의 모래가 자꾸 파이면서 점점 물은 턱 위로 괴어오기 시작했다. 뒤돌아설 수도 없었다. 이미 행동의 자유를 빼앗기고 만 까닭이다.

'들어가지 마라. 들어가지 마라. 그 자리에서 한 걸음도 나가지 말고 꼼짝도 하지 말고 그냥 서 있어야 해.'

사실 나는 몸을 움직이지 않았다. 내 마음도 몸도 그 자리에서 한 치도 더 들어가지는 않았다. 그러나 강물은 흘러가고 있었다. 강물의 흐름에 따라서 그 물살 때문에 디디고 선 발밑의 모래가 패어갔다. 몸은 자꾸 깊은 물속으로 침몰해갔던 것이다. 누구의 의지였는지 난 모른다. 다만 시간이 흘러갈수록 난 물속으로 말려들어가고 있었다. 강물의 흐름 속으로 빠져들고 있었다.

난 소리를 지르기 시작했다. 입가로 물이 차올랐다. 모래사장도 매미가 울던 포플러나무도 흰 구름도 하늘도 보이지 않았다. 도도히 흐르는 강물—아무리 거부하고 도망치려고 해도 끌어당기는 강물의 흐름만이 눈물에 젖은 내 눈앞을 가로막고 있었던 것이다.

정신이 들었을 때에는 내 몸은 모래 위에 눕혀 있었다. 마을 사람들이 근심스런 눈으로 내 얼굴을 내려다보고 있었다. 나는 물에 빠지고 만 것이었다.

난 아무 생각도 하지 않았다. 무엇이 내 몸을 끌어당겼던가? 꼼짝도 하지 않고 서 있었는데 어째서 내 몸은 강물 속으로 조금씩조금씩 빠져들어갔던가? 강물의 푸른 줄기가 꿈처럼 흘러가고 있었다. 매미 소리도 사람들의 웅성거리는 소리도 들려오지 않았다. 다만 강물만이 흐르고 있었고 손짓하며 부르는 아이들의 모습이 허공에 떠서 둥둥 떠내려가고 있는 그 환상만이 떠올랐었다.

"내 이야기는 좀 싱거울 것입니다. 흔해 빠진 이야기, 누구나 어렸을 때 강물에 빠져 물을 켜본 기억이 있을 테니까요. 그런데 어째서 그 평범한 그때의 일이 전쟁을 겪을 때마다 다시 생생하게 떠오르는지 알 수 없군요."

난 그들이 내 이야기를 듣고 실망했으리라고 믿었다. 그들은 좀 더 아기자기하고 피비린내나고 짜릿하고 비참하고 어마어마하고 깊은 상징성이 있는 이야기를 기대했을 터였다.

"소설가의 이야기는 겉이야기와 속이야기가 다르다던데…… . 무엇을 뜻한 에피소드일까?"

박교수는 주석을 붙이려고 했다.

"수영을 배워두라는 교훈일까요? 어느 철학자가 뱃사공보고 자기 지식을 자랑하다가 배가 뒤집히자 물을 켜며 허둥대더라는 일화가 있었죠. 그때 뱃사공은 '철학자님, 수영부터 배우시오' 하고 비꼬더라구요. 그런 뜻일까요?"

김소위가 그럴듯한 해몽을 했다. 윤군은 동정 어린 눈으로 내 얼굴을 쳐다보고 아무 말도 하지 않았다.

"무슨 힘이었을까? 강물은 사람을 끌어들인다. 인간의 의지와 관계 없이 그 흐름 속으로 빨아들이는 강물의 힘은 무엇이었을까?"

윤군도 그것을 궁금히 여기고 있는 눈치였다.

나는 내 이야기를 끝냈다. 나는 다시 모래무지와 조개가 파묻

혀 있을 강바닥의 모래알들이 발밑에서 조금씩조금씩 패어 들어
가던 때의 그 현기증을 느꼈다. 침몰해가는 몸, 탁류 속으로 말려
들어가는 내 몸의 무게와 물살의 자력을 느끼고 있었다.

우리는 떠나는 것이다.

'니케아의 배'는 출항할 수 없을 것이다.

텀벙텀벙…… 소릴 내면서 사람들은 하나둘씩 강물의 흐름 속
으로 뛰어든다. 김소위도 윤군도 박교수도……. 나는 피할 수 있
을까? 나는 책가방과 벗어붙인 옷자락만이 널려 있는 모래밭 위
에서 매미 소리의 환상 속에서만 젖어 있을 수 있을까?

나는 피할 수 있을까?

나는 손님인가?

나는 이 세상의 그림자라고 고집할 수 있을까?

## 제19화 피날레

　오늘은 '니케아의 배'에서 보내는 마지막 날, 조그만 잔치를 벌였다. 잔치라야 우리가 바로 주인이고 또 손님인 것이다. 얼룩진 밤의 바다를 바라보면서 우리는 술잔을 기울였다. 그러나 뜻밖에도 박교수가 한 우연한 말 한마디 때문에 잔치의 분위기는 서먹해졌다. 박교수는 무심결에 '시원섭섭하다'고 했던 것이다.

　술이 좀 오르기 시작한 김소위는 그 말을 듣자 박교수를 면박했다.

　"시원하면 시원한 거구, 섭섭하시면 섭섭한 거지, 시원섭섭이 다 뭡니까? 난 그런 말을 하는 사람을 증오해요. 시원섭섭이라는 말만 지껄이며 일평생을 지내고들 있기 때문에 우린 새로운 역사를 갖지 못했던 거죠."

　처음엔 웃어넘기려 했지만 박교수도 성난 목소리로 자신을 변호했다.

　"김소위, 자네도 나이를 먹어보게. 세상 일이란 장작을 빠개는 것처럼 매사를 두 쪽으로 나눌 순 없지. 나이를 먹어갈수록 단정적인 말을 쓸 수 없게 되는 법일세. 난 시원섭섭이란 묘한 말을 만들 줄 안 우리 선조에게 감사드리고 싶네. 이것도 아니고 저것도 아닌 것을 논리학에선 배중률排中律이라 해서 극력 피하고 있지만 말야, 어디 인생이 논리학만 가지고 되는 줄 아나? 끝난다는 것은, 끝난다는 것은 말이지, 무엇이든 조금은 시원스럽고 조금은 섭섭한 법이야."

김소위는 공연히 흥분하기 시작해서 술잔을 두드리며 박교수의 말을 비난했다.

"양자택일을 해야 됩니다. 여지껏 우린 엉거주춤하게 똥 누는 사람처럼 엉거주춤 옷을 까뭉갠 채 역사를 맞이했어요. 전쟁을 겪고도 정신을 차리질 못했어요. '시원섭섭'하겠죠. 물론 그래요. 장례식이 끝나든 결혼식이 끝나든 다 '시원섭섭한 일'이라고들 하겠죠. 그게 뭐예요? 그런 감정은 이해할 수 있지만 그래도 어느 편이 더 강한가, 시원한 편인가, 섭섭한 편인가, 그 매듭을 지어야 한단 말예요. 그게 가치를 따지는 우리의 임무예요. 전쟁이 끝나구 썩은 뱃전을 떠나구 우린 이제 전쟁의 찌꺼기인 폐허 속에서 다시 서는 거예요. 그런데도 '시원섭섭하다'고만 말해야 되나요? 난 분명히 말해두겠어요. 전쟁은 지긋지긋해요. 어떤 지옥도 그보다는 낫죠. 난 분명히 말한다 했죠. 그래요, 그래요. 난 시원합니다. 아주 시원합니다."

여기서 윤군이 다시 불을 질렀다.

"그래 시원하다구? 이번엔 내가 말하지, 난 섭섭하네. 눈물이 나올 정도로 섭섭하네. 열쇠 할머니가 떠날 때에는 시원하다고 했었지, 자넨? 그러나 전쟁은 더 계속했어야 했네. 남의 장송곡을 들으면서 넌 시원하다고 하겠지만…… 난 불태워야 할 게 더 남아 있고 죽어야 할 사람이 더 남아 있고 터져야 할 분노와 그 피가 아직도 더 많이 남아 있다고 생각하네. 난 섭섭하다. 꺼림칙하다."

이때부터 난장판이 벌어지기 시작한 것이다. '전쟁 범죄자', '기피자', '박쥐' 이런 극단적인 말들이 오갔다. 시원섭섭한 사람과 시원한 사람과, 그리고 섭섭한 사람이 돌아가면서 혼전을 벌이더니 이윽고는 나에게 몰려들었다.

"이선생은 어느 쪽이세요?"

"시원하십니까, 섭섭하십니까?"

"이선생은 알 거요. 내 기분을."

나는 아무 말도 하지 못한 채 싸움만을 말렸다. 그때에도 나는 아무 말도 하지 못한 채 싸움만을 말렸다. 그때에도 나는 어디에도 낄 수가 없었다. 내가 보고 있었던 것은 얼룩진 바다였다. 오랜 홍수가 끝나고 노아의 가족이 방주에서 내려 부드러운 흙을 밟는 환상의 바다를 보고 있었다. 그러나 결국 나는 트럼펫을 울릴 것인가? 나는 싸움을 말렸다. 글라스로 서로 치려는 윤군과 김소위를 뜯어말렸다. 하지만 그 싸움의 저변에 흐르고 있는 물결은 한줄기라는 것을 결국 우리는 알고 있었다.

"술주정은 그만하구…… 자…… 자 '니케아의 배' 마지막 날에…… 자…… 새로운 술잔을 들자구."

김소위가 군가를 불렀다.

"전우의 시체를 넘고 넘어, 앞으로 앞으로……."

"옳다 옳다! 죽은 시체들을 넘어서 우린 서울로 가는 거다."

"앞으로 가는 거다."

박교수는 지친 얼굴을 하고 내 곁으로 왔다.

"이형, 생활을 거부하지 마시오. 오늘 난 짐을 꾸리다가 문득 이런 생각을 했죠. ……어느새 짐이 또 이렇게 많아졌을까! 피난 오던 날 칫솔 하나밖에 가진 것이 없었는데, 어느새 또 짐이 이렇게 늘었느냐고 말예요. 자질구레한 것들이 우릴 따라다니는구면. 발길로 차고 뿌리치고 내동댕이를 쳐도 이건 우릴 놓아주지 않는단 말이오. 이형도 결혼을 하고 살림을 하시오. 전쟁은 슬픈 것이지만, 삶에 대한 의욕의 캠퍼 주사…… 그렇지, 자극제! 생활의 의미가 무엇인지를 가르쳐주는 자극제지…. 뜰에 코스모스 하나 핀다는 걸 난 대수롭게 여기지 않았지만 전쟁을 겪다보니 그런 사소한 것들이 새삼 위대하고 값어치 있게 보이는구면……. 내 언제 읽은 기억이 나는데 전쟁시엔 자살률이 오히려 평소 때보다 줄어든다는 거요. 이형! 이제 뛰어드는 거요. 새로운 전쟁 속으로……. 저 친구의 군가처럼 시체를 밟고 앞으로 가야 한다고 나는 생각하오."

난 누구의 말이든 옳다고 느껴졌다. 시원한 것도 옳고 섭섭한 것도 옳고 시원섭섭한 것도 옳고 모든 것이 정당하다고 생각했다.

'그러나 방주에서 내린 노아의 가족에게 난 트럼펫을 불 것인가?'

내가 생각하고 있는 것은 노아의 방주가 건너온 거친 바다가 아니었다는 것이 점점 뚜렷해졌다. 그들이 술에 취해 떠들수록 그것은 분명히 내 눈앞에 클로즈업되어갔다.

DMZ非武裝地帶

DMZ非武裝地帶

휴전이 되던 날 신문기사에 찍혀 있던 낯선 활자가 떠올랐다. 쌍방 전투 지대에서 15마일씩 후퇴…… 거기에 누구도 들어갈 수 없는 '노 맨즈 랜드'가 생긴다.

역사의 공백지대가 생겨나고 원시림과 같은 자연의 녹지대 하나가 생겨난다.

DMZ

DMZ

'아! 내 원적지는 DMZ, 황량한 노 맨즈 랜드……. 어떤 권력도 법률도 미치지 않는 도마뱀과 고사리와 칡과 들새들의 땅, DMZ.'

나는 그 공백지대에서 번쩍 손을 들고 만세를 부르고 싶었다. 그러나 그것은 노 맨즈 랜드, 인간의 모습을 지닌 채로는 들어갈 수 없는 땅이다.

나는 박교수에게 물었다.

"서울에 가시면 무엇부터 하겠어요?"

박교수는 내 성급한 질문에 술잔을 놓고 허탈하게 웃었다.

"우선 직장을 구해야겠소. 직장이 구해지면 결혼을 하겠소. 결혼을 하면 자식을 낳아야겠소. 전쟁이 나에게서 빼앗아간 것을 하나하나 복구시켜놓고 그다음에 내 장부의 차인 잔고를 계산할 작정이오."

윤군이 묻지도 않는데 자기는 서울에 가면 대학의 전공과목부터 바꾸겠다는 것이다.

"무슨 과?"

김소위가 물었다.

"최소한 영문과는 아니지. 영문학을 포기하겠어."

다음엔 김소위가 말했다.

"난 목사들과 싸우겠다. 교회에서 세례 받은 것을 물어내라고 목사님을 찾아가겠다. 그들 때문에 난 다리를 잃었으니까."

농담만은 아닌 것 같았다. 교회에 들어가 찬송가를 부르는 무리들 틈에 끼어 군가를 부르겠다고도 했다.

전쟁도 잔치가 끝나가고 있었다. 끝은 또 하나의 시작이었다. 박교수는 대학 강단에 서서 다시 지리학을 강의할 것이다. 한 번도 가본 적이 없는 아프리카나 사하라 사막에 대하여 말할 것이다. 궤도 위에 축소된 조그만 그 세계들에 대해서 이야기할 것이다.

그리고 윤군은 18세기 영시 강독 시간을 사보타주하고 콩고의 신생국가나 알제리의 정치 문제를 논하는 어느 정치학 강의실이 아니면 안네 프랑크의 일기를 번역할지도 모른다.

또 김소위는…… 김소위는 지팡이를 짚고 절룩거리면서 우울한 서울의 뒷골목을 지날 것이다. 목사님들이 거짓말만 한다고 투덜거리면서 옛 전우들의 이름을 부를 것이다.

'쓸쓸한 옛 행궁에 꽃이 한창인데 현종 때 일을 이야기하는, 아! 그 백발의 궁녀'처럼 그는 전쟁 이야기를 할 것이다.

나는 그때 어디에 있을까? 무엇을 하고 있을 것인가? 대학 강단에도 어느 정치학 강의실에도 또 술집이 널려 있는 어느 뒷골목에도 있지 않을 것이다.

DMZ.

사람과 역사가 없는 진공의 영토에서 나는 우울한 언어를 매만지고 있을까?

우리들은 이제 서로 헤어져야 한다고 하면서 자꾸 술잔만 들어

무의미한 건배만을 했다. 싸움을 한 탓인지 한층 더 정답게 어깨를 끌어안으면서 술잔을 들었다.

짐들은 모두 꾸려져 있었다. 박교수의 말대로 어느새 그렇게 불었는지 혼자 들기에는 너무 큰 짐들이었다. 아침이 오면 리어카꾼이나 지게꾼을 불러야 할 것이다. 칫솔만 들고 빈 몸으로 내려왔던 그날과는 달리 무거운 짐보따리를 들고 우리는 서로 헤어져야 한다. 제각기 자기 몫의 짐보따리를 들고 헤어질 것이다.

'니케아의 배'는 빌 것이고 비와 바람 속에서 사그라져갈 것이다. 아무 일도 없었던 것처럼 바다는 빈 뱃전 앞에서 넘실거릴 것이고 사람들은 그 바람 속에서 전쟁 이야기를 망각해갈 것이다.


박교수는 그 자리에 쓰러진 채로 코를 골기 시작했고 김소위는 I&I에 가서 작별인사를 하고 오겠다고 나섰다.

윤군은 곡도 가사도 제대로 맞지 않는 노래를 흥얼거리더니 무엇인가 부스럭거리면서 호주머니에서 종이쪽지를 꺼냈다.

"이선생님, 내가 마지막으로 쓴 시를 읽어드릴까요? 정말이에요. 다시는 시 같은 걸 쓰지 않겠는데…… 들어보세요. 자…… 좀 들어보세요. 「니케아의 배, 마지막 날」…… 이게 시 제목입니다. 시 제목은 고치겠어요. 꼭 폼페이 마지막 날이 연상돼서 진부하고 또 애상적이란 말예요. 김소위 자식이 없으니까 하기야 애상적이라고 시비를 걸 사람도 없겠지만요."

그리고 술 취한 목소리로 그는 시를 읽기 시작했다. 그것은 긴 시였지만 첫머리는 이렇게 시작되었다고 난 기억한다.

어느 겨울밤이면
또 이야기를 할 것이다.


이따금 우리의 할머니들이
해진 옷을 깁다가
밤을 굽다가
한약을 마시다가, 돋보기를 쓰다가
편지를, 장날을, 또 한 번 잔칫날을 기다리다가
옛날옛적이라고 이야기를 하듯이


어느 겨울밤이면
우리도 옛이야기를 할 것이다.
전쟁이 푸른 들판으로 포복하고 있을 때
나는 술 취한 천사들이 사창가에서
비틀거리는 것을 보았노라고⋯⋯
보카치오의 『데카메론』처럼
니케아의 배에서
네 신사가 전쟁 이야기를 하고 있었다.

# 전쟁 데카메론

Q 『전쟁 데카메론』은 한동안 정부로부터 판매 금지 처분을 받았다고 들었습니다. 무슨 이유로 판매 금지를 당했나요?

A 한국전쟁의 기억이 생생하게 남아 있던 전후의 세계에서 이 작품을 받아들였던 감각과 지금의 감각은 아마 전혀 다를 거예요. 이 작품은《주간한국》에 연재되었던 소설인데, 그 많은 사람이 보았던 잡지에 이미 발표된 소설을 책으로 낸 터에 왜 그것을 문제 삼느냐 의문이 들기도 하겠지만, 계엄령이 내리면 상황은 특수해져요. 책도 군인들이 검열을 해요. 그래서 이 작품도 문제가 된 겁니다. 보통 때 같았으면 아무 상관이 없었을지도 모르죠. 내가 최인훈의 『광장』을 잡지《새벽》에 연재했을 때도 조금 문제는 되었지만, 그래도 그것이 문학작품인 이상 정치가들의 발언에 들이대는 잣대와는 다른 기준으로 보아야 한다는 전제는 있었던 거죠. 아무리 언론통제가 강한 국가들에서도 초월적 세계를 이야

기하는 문학작품에 대해서는 관대하지 않습니까. 한국에서도 신문을 검열했던 태도와 문학작품을 대하는 태도는 달랐어요. 그럼에도 일단 문제를 삼기 시작하면 문제가 될 수밖에 없는 경우도 있죠.

『전쟁 데카메론』이 그랬는데, 희한하게도 이 작품이 책으로 출간되려고만 하면 계엄령이 내렸어요. 계엄령이 내리고 나면 군에서 '출판 불가' 판정이 떨어지는 거죠. 당시에 내가 반체제 인사라는 인식이 퍼져 있거나 하지는 않았어요. 만약 그랬더라면 남정현 작가처럼 재판정에 서게 되었을지도 모르죠. 왜냐하면 이 작품 속에는 반미사상을 운운하며 문제 삼을 수 있는 부분들이 얼마든지 있거든요. 예를 들면 미군들이 길을 막고 지나는 사람들을 위협하는데 영어 좀 하는 남자가 나서서 통역을 자처하더니 미군들의 차를 타고 함께 사라지는 장면 같은 거죠. 당시에 그 정도 장면은 일단 반미 정서로 치부되면, 그건 곧바로 '빨갱이' 낙인을 받게 되는 거나 다름없었어요. 또 정훈장교 한 사람이 생매장당한 경찰 가족의 시신을 발견하고 나서 비가 쏟아지는데도 불구하고 그대로 현장 보존하라고 지시하는 장면 있잖아요. 시신에 대한 예의는 지켜주는 것이 우리가 폭력에 저항하는 하나의 태도인데, 사진반이 와서 그 장면을 찍을 때까지 그대로 방치해두라는 명령을 내리는 거예요. 이런 태도는 당시 북한군의 만행을 그릴 때 쓰던 것인데, 나는 그것을 우리 군을 묘사하는 데 썼거든요. 문제를 삼으려고 들었으면 그런 장면도 얼마든지 문제가 되었을 거예요. 하지만 나는 북한군이든 남한군이든, 어느 한쪽을 무자비하게 그리려고 한 게 아니에요. **세상의 모든 전쟁이 인간에게 심어버리는 증오심에 대한 이야기를 한 거예요. 증오는 그 어느 폭탄보다 더 무서운 것이다,** 그러니까 증오를 기르는 것이 가장 강력한 무기를 갖는 일이다, 그런 이야기를 한 거죠.

『전쟁 데카메론』은 전쟁 자체를 고발하는 소설입니다. 전쟁 자체가 악이다, 일어나서는 안 되는 일이다, 라고 말한 겁니다. 『서부전선 이상 없다』를 보면, 레마르크도 자기 나라의 군대를 비판하고 있죠. 군대라는 무자비한 전체주의에 대한 '한 얼굴 있는 병사의 슬픔'을 그린 거예요. 『전쟁 데카메론』도 북한군, 남한군이 아니라 내 아들의 군대, 내 남편의 군대를 그린 거예요. 물론 등장인물 각각의 시각들은 다 다릅니다. 퇴역장교, 교수, 학생의 시각에서 한국전쟁을 그린 거죠. 그 가운데 어떤 부분은 검열하는 사람들의 입장에서는 상당히 불온한 가시로 보았을 수 있어요. 그 가시들이 적발된 것이 이 작품의 출판을 막았던 거예요.

Q 『전쟁 데카메론』은 페스트를 피해 온 사람들의 이야기를 통해 인간의 본성을 적나라하게 보여주었던 보카치오의 『데카메론』과 같은 형식을 취했는데, 특별히 의도하신 바가 있나요?

A 『데카메론』이라는 것은 알다시피 페스트의 공포, 죽음의 공포로부터 도망친 사람들이 비극적인 상황에 처했음에도 불구하고 유머러스한 이야기, 외설에 가까운 이야기들을 풀어놓으며 자기 방어 기제를 만들어나가는 거잖아요. 『전쟁 데카메론』은 전쟁의 절박한 상황들을 전쟁터나 피난처에서 그리지 않고, 하나의 작은 폐선 속에 모인 사람들의 이야기로 들려주면서 전쟁 자체를 보다 객관적으로, 이방인이 바라보듯이 그려보려고 한 거예요. 자기에게 절실한 문제일수록 거리를 두고 떨어져서 바라보는 형식인 거죠. 그리고 또 하나는 이 작품을 주간지에 연재했었거든요. 한 회 한 회 이야기가 마무리되도록 쓰려다 보니까 데카메론 형식이 적당하다고 생각했던 거예요.

Q 선생님은 실제로 6·25를 경험하신 세대이기 때문에 『전쟁 데카메론』 같은 소설이 생생하다는 생각이 듭니다. 『전쟁 데카메론』 중에 실화를 바탕으로 한 이야기가 있나요? 작품에 나온 소재들은 어디서 얻었나요?

A 소설이 자기가 겪은 일을 적어나가는 체험담이라고 한다면, 전쟁소설은 군인들이 써야겠죠. 하지만 지금까지 군인들이 쓴 소설 중에 평가를 받을 만한 작품은 없습니다. 호메로스를 보더라도 그저 시인이었을 뿐, 어디 전쟁터에 나가보았겠어요? 그런데

도 전쟁을 그렇게 리얼하게 쓸 수가 없지요. 여자를 주인공으로 한 소설이 얼마나 많아요? 『안나 카레니나』, 『마담 보바리』 같은 소설들을 여자가 아닌 남자들이 썼잖아요. 체험이 절실해야 절실한 소설이 나온다면 여자의 비극을 그린 작품들은 전부 그걸 겪은 여자들에 의해 쓰였겠죠. 겪은 사람이 쓴 거보다 훨씬 더 절실하게 쓸 수 있게 하는 것이 결국 상상력이죠.

흔히들 '내 이야기를 소설로 쓰면 노벨문학상을 받을 거요'라는 말들을 하는데 그거야말로 비문학적 사고예요. 소설을 완성하는 것은 상상력이기 때문에 때로는 남자가 그린 여성의 심리가 여자가 그린 여성의 심리보다 더 리얼할 수도 있는 거예요. 체험의 양이 소설의 완성도를 반드시 보장한다고 말할 수는 없죠. 마찬가지로 전쟁을 직접 겪은 사람보다 호메로스가 전쟁을 더 생생하게 그릴 수 있었던 것도 그의 상상력의 힘입니다. 나도 학생시절에 전쟁 이야기를 여러 사람들에게 들으며, 조금 거리를 두고 분석할 수 있는 시야를 가졌기 때문에 『전쟁 데카메론』 같은 소설을 쓸 수 있었던 거라고 생각해요.


Q 『전쟁 데카메론』에는 유독 작은 소품들이 이야기를 끌어나가는 중요한 역할을 하는 것 같아요. 할머니의 열쇠꾸러미라든지, 장미 모양의 헤어핀, 능욕을 당하며 죽어간 딸이 움켜쥔 범인의 카키색 단추 같은 것들이요. 아주 사소하고 일상적인 것으로

큰 주제를 이끌어내는 방식이 놀랍다는 생각이 듭니다.

A  영화나 소설이나 대작들이 어떤 이야기를 정면으로 그리면 대부분 실패해요. 예를 들어 이순신에 대한 이야기를 하기 위해 이순신을 직접 그리니까 실패하는 거예요. 이순신의 부관, 아니면 이순신을 잘 아는 어떤 농부의 눈을 통해 그리면 훨씬 더 절실한 이야기가 탄생할 텐데 말이죠. 그러니까 아주 작은 것으로 큰 이야기를 할 때 그 소설이 독자들에게는 더 강렬한 인상을 남길 수 있는 것이죠.

Q  『전쟁 데카메론』을 읽다 보면 인간에 대한 선생님의 시선이 다소 냉소적이지 않나 하는 생각이 들어요. 예를 들면 총탄을 피하려고 본능적으로 딸을 방패처럼 들어올렸던 어머니의 이야기요. 살고 싶은 인간의 본성이 모성보다 더 강하게 드러난 이야기였기에 충격적으로 다가왔어요.

A  그러니까 전쟁이라고 하는 것은 우리가 믿고 있는 인간, 우리가 믿고 있는 자연, 그 모든 것을 파괴하는 것이죠. 지형지물처럼 눈에 보이는 것들뿐만 아니라 우리들 내면의 모성애라든가 우정이라든가, 몇천 년 지속된 본성도 다 부수어버리는 거죠. 리얼리즘과 구성주의, 즉 있는 현실을 그릴 것이냐, 아니면 적어도 인

간은 이런 것이라고 주장할 것이냐를 놓고 역사학자나 소설가는 각자 하나의 입장을 선택하게 됩니다. 전쟁에 대한 이야기를 하며 전쟁의 잔혹함과 인간성 상실 등의 참상을 적나라하게 그리는 태도가 있는가 하면, 그런 가운데에서도 우정, 사랑 등 인간성을 지키는 이야기를 만드는 작가도 있습니다. 그런데 전쟁이라는 상황이 벌어지지 않았더라면 우리가 몰랐을 일들, 그 누구도 단 한 번도 의심해보지 않았을 일들이 전시에는 일어납니다.

가령 배고픔 같은 걸 보면 그렇죠. 극한의 상황에서 굶주리다가 남의 집에서 먹을 것을 발견하게 되면 아무리 점잖은 지식인이어도 남의 집 물건을 훔치고, 남의 밭에 들어가 먹게 되는 거예요. 그럼 그런 모습만 인간이냐, 모든 어머니가 자기 살자고 자식을 방패로 삼을까를 묻는다면, 그건 아니라는 거죠. 아이를 구하기 위해 기차가 달려오는 철로에 뛰어드는 어머니도 있습니다. 『전쟁 데카메론』에서 아이를 방패 삼았던 어머니를 나는 리얼리즘의 냉소적 태도로만 그리지는 않았습니다. 그 여인이 평생을 두고 죄책감에 몸부림치는 모습을 보여주면서 인간이 인간으로서 지켜야 할 것이 무엇인지에 대한 질문도 던졌던 것이죠. 전쟁 앞의 인간에게 모성애가 다 무엇이냐는 이야기를 한 것이 아니라 아무리 거룩한 것도 무화시켜버리는 것이 전쟁이라는 것, 거대한 공포 속에서 무의식중에 저지른 일에 대해서 속죄하고 후회하는 것이 인간이라는 이야기를 한 겁니다. 궁극적으로는 전쟁으로도 절대 파괴할 수 없는 인간의 존엄에 대해서 말하고 싶었던 거죠.

Q 앞에 이야기와 다른 듯하면서도 결국은 '인간이란 무엇인가'를 생각하게 하는 또 다른 예화가 인민재판에서 아버지를 돌로 쳐야 하는 극한 상황에 처한 윤군의 이야기였습니다. 지주 아버지를 돌로 치도록 몰고 가는 극한 상황에서 어쩔 수 없이 돌을 쥔 아들의 손에서 돌을 내려놓게 하고, 이성을 잃어버린 집단에게 인간성을 환기시키는 인물이 모두가 무시해오던 천한 산지기 오서방이었다는 사실이 인상적이었습니다. 어떤 이념도 인간 위에 둘 수 없다는 것, 인간을 인간답게 하는 것을 무너뜨려서는 안된다는 메시지가 울리고 있는 것 같아요.

A 소설 속의 북한군은 합리주의적 유물론자들의 태도를 보이고 있었던 거죠. 아버지를 동무라고 부르고, 아들이 아버지도 서슴없이 재판할 수 있어야 한다고 하고, 여하튼 그들은 프랑스 혁명이나 볼셰비키 혁명 때처럼 유신론적 사고를 거부하고 인간을 도구화하거나 집단화하는 데 익숙한 사람들이죠. 그에 반해 오서방은 아직 전통적 가치를 따르며 사는 인물이에요.『전쟁 데카메론』에서 그 두 세계가 극명하게 대립하는 모습을 보여주려고 하긴 했지만, 흔히 그랬듯이 북한군을 괴뢰군으로 단정하고 국군을 옹호하는 방식으로, 어떤 확정된 프레임 속에서 전쟁을 보려고

하지는 않았습니다. 그런데 아이러니하게도 이런 작품이 어느 정
훈장교가 썼을 법한 전쟁미화론보다 정치적으로 더 왜곡되어 이
용당할 수 있는 작품이기도 하죠.

# 환각의 다리

스탕달의 「바니나 바니니」의 사적 번역

다리의 절단수술을 받은 환자들은 마취에서 깨어날 때 다리가 아직도 자기 몸에 붙어 있는 것으로 착각한다고 한다. 이미 다리는 존재하지 않는데 그 감각만은 남아 있기 때문이다. 신경과 혈맥이 끊기고 난 뒤에도 여전히 의식 속에 살아서 움직이고 있는 다리. 그것을 현상학자 메를로 퐁티는 '환각幻覺의 다리'라고 명명했다.

사미沙美는 이것으로 이제 졸업시험도 끝이 나는 것이라고 생각하면서 19세기 불문학 강독의 교재 프린트를 책상 위에 올려놓았다. 표지는 누렇게 퇴색해 있고, 잉크 자국과 흰 여백을 어지럽게 메워놓은 낙서들로 'VANINA VANINI'라는 대문자의 표제만을 겨우 읽을 수 있었다. 일명 교황령에서 발각된 숯구이 당원들의 최후의 비밀결사에 관한 이문異聞, 'Particularités sur la dernière vente de carbonari découverte dans les Etats du pape'라고 쓴 소문자의 긴 부제는 흔적만 남아 거의 판독할 수가 없었다.

사미는 이렇게 앉아서 마지막 시험공부를 하고 있는 자신의 모습이 벌써 과거의 이야기가 된 것처럼 느껴지기도 했다. 그러면서도 '스탕달 씨는…… 이미 백 년도 전에 지하에 묻힌 앙리 벨 씨는 자기 때문에 높은 산맥을 수십 개나 넘어야 하고 바다 같은 벌판을 대여섯 번이나 지나야 할 먼 아시아의 한 소녀가 밤잠을 자지 못하며 시험공부를 하고 있는 광경을 상상이라도 해본 적이 있을 것인가'라는 좀 억울한 생각이 들기도 했다.

12월의 겨울밤이 아닌가. 사람들은 이런 날 밤에는 아무리 할 일이 있어도 손을 비비며 고향이라도 생각하는 법이다. 눈이 쌓인 도시의 광장을 걷기도 하고 스팀파이프에서 새어나오는 수증기 소리를 들으며 어느 찻집에서 따끈한 한 잔의 블랙커피를 마신다. 지붕마다 흰 눈에 덮여 플랫폼으로 들어오는 겨울의 열차, 하얀 입김처럼 수증기를 내뿜는 그런 기차를 타고 사람들은 집으로부터, 이 거리로부터, 모든 운명으로부터 떠나고 싶어 한다. 조금은 무엇인가를 생각하게 하는 그런 겨울밤이 아닌가? 그러나 「바나나 바니니」의 프린트 첫 줄에서는 19세기 로마의 봄밤이 한창이었다. 돌 포장도로로 랜턴을 흔들어놓는 그런 봄밤이었다. 사미는 천천히 프린트 교재의 문자들을 나직한 목소리로 읽어 내려가기 시작했다.

—세 테 엉 수아르 뒤 프랭통 드 1820○

182○년 어느 봄날 저녁이었다. 온 로마 장안이 떠들썩했다. 저 유명한 은행가 B○○○ 공작이 베니스 광장의 신축 저택에서 무도회를 열고 있었던 것이다. 이탈리아의 미술과 파리와 런던의 사치가 만들어낼 수 있는 온갖 최고로 호화찬란한 것은 모조리 여기에 모여져서 이 저택을 아름답게 장식하고 있었다. 수많은 사람들이 다투어서 이곳에 모여들었다. 영국의 상류계급의 조심성 있는 금발 미인들도 이 무도회에 참석할 명예를 얻기 위하여 술책을 썼고 떼를 지어 몰려왔다. 로마에서 제일가는 미녀들도 그들과 아름다움을 다투고 있었다. 반짝이는 눈과 새까만 머리로 보아 로마 여자임이 분명한 젊은 처녀가 아버지를 따라 들어왔다. 모든 사람들의 시선은 그 여자를 따랐다. 유난히 거만한 티가 그의 동작 하나하나에 배어 있었다.

이 무도회의 호화찬란함에 어리벙벙해서 들어오는 외국 손님들도 있었다. "유럽의 어느 나라 국왕의 향연도 이것을 따르지는 못할 거야."라고 그들은 말하고 있었다.

국왕들은 로마식 건축으로 지은 궁전은 갖고 있지도 않았다. 그 궁전의 귀부인들을 불가불 초대하지 않으면 안 될 처지이긴 하지만, B○○○ 공작은 아름다운 여자밖엔 초대하지 않았다. 이날 저녁, 공작이 초대자들을 참 잘 선택했기 때문에 남자들은 현혹된 것처럼 보였다. 이토록 뛰어난 많은 부인들 중에서 누가 제일 아름다운가를 결정짓기로 하였으며, 잠시 동안은 결정을 보지 못하고 있었으나, 마침내 바니나 바니니 공주, 아까 그 새까만 머리와 반짝이는 눈동자를 가진 처녀가 이

날 밤의 여왕이 되었다. 그러자 외국인들과 로마의 청년들은 다른 모든 살롱을 제쳐두고 그 처녀가 있는 살롱으로 모여들었다.


"아직도 프랑스어의 수사數詞를 읽지 못하는 학생이 있군!"

K교수는 아주 놀라운 일이라도 발견한 듯이 과장된 감탄조로 말했다.

"대체 4년 동안 무엇들을 했어요? 하기야 데모를 하느라고 공부할 틈도 없었겠지만……. 이것이 마지막 학기의 수업이니까. 데르니에르 클라스, 왜 중급 불어 시간에 배운 적이 있었지. 마지막 수업, 데르니에르 클라스…… 열심히들 해야 되겠어요. 182○는 모년이니까 불어도 읽을 때에는 밀 윗 상 뱅 에켈크(Mil huit cent vingt et quelques)……. 표를 낭독할 때에는 켈크라고 읽는 거예요.

자! 그 다음 '투 롬……' 전 로마가 떠들썩했다. 여기에서 투는 전체…… 주민 전체를 뜻하는 것이니까…… 전 로마의…… 주민이…… 로마는 여성명사지만 투트가 아니고 그냥 투라는 것을 주의해야 돼요. ……전 로마시가 떠들썩했다. '……서울이, 전 서울의 주민들이 웅성거렸다. 1960년의 봄, 182○년의 봄밤…… 로마', 서울…… 1960년 4월, 그래 4월이었지. 벚꽃들이 지고 있었다. 그러나 나는 무도회에 참석할 명예를 얻기 위해서 술책 같은 것을 쓰진 않았어. 19세기 로마 사람들은 B○○○ 공작의 베니스 광장의 신축 저택…… 호화찬란한 권력자의 그 무도회에 참석하려고 다투어 모여들었다. 콩쿠르…… 군중들이 같은 지점을 향해 밀려든다는 뜻이지요. 뒤에 이 뜻이 변해서 흔히들 무슨 콩쿠르 대회라고 쓰듯이 경연競演이란 의미를 갖게 된 겁니다."

그러나 서울이었다. 데모 대원들은 베네차 광장이 아니라 시청 광장으로 밀려들고 있었다. 콩쿠르…… 데모…… 바아르(파티) 그 것은 권력자들의 최후만찬이었고, 스크럼을 짜고 돌진하는 데모 대원들의 무도회였다.

데모 대원들은 B○○○ 공작의 신축 저택의 무도회장이 아니 라 경무대 관저를 행해서 달려가고 있었다. 르 보테 블롱데(Le beautés blondes), 금발 미녀, 야회복을 입은 여인들이 치마를 끌며 번쩍거리는 대리석의 복도를 그림자처럼 지나가고 있다. 그 벽 위에는 보티첼리의 그림 같은 것이…… 아! 그리고 음악이…… 무슨 음악이었을까, 로마의 봄밤, 부드럽고 축축한 밤공기를 헤 집으며 음악의 선율들은 끝없이 끝없이 번져가고 있었을 것이다. 사람들의 가슴과 옷자락과 창문 그리고 어둠 속에서 웅성거리고 있는 정원의 나무와 분수들 곁으로……. 그러나 우리들의 무도회 는 1960년 봄 4월, 서울의 무도회는 그런 것이 아니었지. 총소리 가 들려오고 있었다. 길가의 창문들은 굳게 닫혀 있었고, 넓은 아 스팔트 거리에는 대낮인데도 행인이 없었다. 대리석의 긴 복도가 아니었다. 보티첼리의 벽화가 걸려 있는 볼룸이 아니었다. 기마 대가 길을 차단하고 있었다. 아스팔트와 연둣빛으로 막 틔기 시작한 플라타너스의 가로수 잎이었다. 학생들은 스크럼을 짜고 땀투성이가 된 채 소리치고 목쉰 소리로 뛰고⋯⋯ 이것이 우리들의 첫 무도회였어. 누가 깃발을 흔들고 있었다. 피 묻은 옷자락, 찢어진 옷자락을 흔들며 지프차 위에서 학생들은 손짓을 하고 있었다. 어디론가 그들은 가자고 외치고 있는 것이었다. 불꽃처럼 최루탄이 터지고 있었다.

"영국의 상류계급의 조심성 있는 금발 미인들도 이 무도회에 참석할 명예를 얻기 위하여 술책을 썼고⋯⋯ 브리그brigue, 즉 술책을 쓴 것은 무도회 전날에 한 동작이니까 대과거로 되어 있지요."⋯⋯ 그러나 나는 그 무도회에 참석할 명예를 얻기 위해서 술책 같은 것을 쓰지는 않았지. 어머니의 말씀을 얌전하게 따랐으니까. 효자동 집 이층, 베고니아가 피어나고 있는 테라스의 그 화분들처럼 조용히 앉아서 나는 무도회의 구경꾼 노릇을 했던 거야⋯⋯. 어머니는 총소리를 듣고 창문을 닫으라고 했지만, 그냥 조용히 앉아서 그 거리를, 쓰러지고 일어서고 쓰러지고 일어서고 물거품이 떠 있는 파도처럼 밀리고 밀려오는 그 군중들을 바라보고 있었다. 이것이 내 최초의 무도회였고, 나의 젊음은 그런 무도회장에서 자라나고 있었던 거야.

사미는 혼탁해지는 머리를 식히기 위해서 창문을 열었다. 빛도 소리도 없는 밤이었다. 영화의 화면 속에서는 흰 가운을 입은 의사들이 실험용 개들의 성대를 도려내고 있었다. 성대의 핏덩어리를…… 소리를 빼앗긴 개들은 고통의 몸짓밖에 남아 있지 않았다. 소리가 없으면 고통도 전달되지 않는다.

밤은 성대를 빼앗긴 그 개처럼 소리 없이 꿈틀거리고 있었다. 조용한 침묵과 어둠에는 표정이 없었다. 12월의 밤은 성대를 잃은 한 마리의 개처럼 그렇게 늘어져가고 있는 것이다. 소리와 빛이 없으면 모든 것들은 갑자기 존재를 상실하고 만다는 현수의 말은 거짓이 아닌 것 같기도 했다. 어둠은 빛과 소리를 하나씩 삼켜가고 있는 중이었다.


처녀의 아버지 동 아스드뤼발 바니니 공작은 딸을 먼저 두서넛의 독일 왕후王侯들과 춤을 추게 했다. 그리고 그녀는 몇몇 대단히 훌륭하고 지체도 썩 높은 영국인들과 상대를 했으나, 그들의 뽐내는 꼴에 그만 싫증이 나버렸다. 그보다도 그녀에게 홀딱 반해버린 듯한 젊은 리비오 사벨리를 골려주는 것이 더 재미나는 것 같았다. 그는 로마에서 가장 이채를 띠고 있는 젊은이인 데다가 또한 공작이었다. 그러나 만약 어떤 소설이라도 읽어보라고 주었더라면 한 20페이지쯤 읽고 나서는 골치가 아프다고 책을 내동댕이쳤을 것이다. 이것이 바니나의 눈에는 흠으로 보였다.

한밤중쯤 해서 한 소문이 무도회장에 퍼져 큰 센세이션을 일으켰다. 상 탕 젤로 요새要塞에 감금되어 있던 한 젊은 숯구이 당원이 오늘 저녁에 변장을 하고 탈옥했다는 것이다. 그리고 소설처럼 대담무쌍하게도 감옥의 마지막 초소哨所에 이르자 단도로 병정들을 찔렀다는 것이다. 그러나 자기 자신도 부상을 입었고 경관들이 그의 핏자국을 밟아 뒤를 쫓고 있으므로 다시 체포되리라는 것이었다.

리비오 사벨리, 세상엔 이탈리아식 이름으로 부르든 영국식 이름으로 부르든 몽고나 아프리카나 어느 미개인의 이름으로 부르든, 리비오 사벨리 같은 남자들은 세상의 어느 곳에나 있었다. 그들은 사랑하는 것이 아니라 자기가 여자의 마음에 들기만 하면 그것으로 만족해하는 사람들이다. 다만 그것을 확인하고 싶기 때문에 사랑을 한다. 리비오 사벨리 같은 인간들. K교수는 까닭 없이 신바람이 난 듯 한국어를 불어처럼 비음을 섞어가면서 떠들어 댔다.

"소설을 읽으라고 준다면 20페이지만 읽어도 벌써 두통이 난다고 집어던지는 친구라고 한 것은 리비오 사벨리가 결국 상상력이 모자라는 친구란 표현이죠. 그런데 대개 이런 친구들이 출세하는 법이지. 돈을 벌고 예쁜 색시를 얻고 회전의자에서 도장만 찍고 있으면 인생의 행복은 절로 은행이자처럼 불어나거든."

K교수는 학생들이 웃기를 기대하고 있다는 표정으로 잠시 말을 끊고 반응을 살펴보고 있었다. 웃고 싶지 않은 것을 학생들은 으레 인위적으로 웃어주는 법이다. 그렇지 않으면 유머를 한 사람이 무안해질 테니까. 이, 리비오 사벨리 공작. 만약 강의실에

그 똑똑한, 로마에서 르 플뤼라는 최상급을 가진, 최고로 번쩍이는 그 젊은이(Le jeune homme le plus brillanit)가 만약 이 강의실에 앉아 있었더라도 그는 웃었을 것이다. 교수가 무안해할까 봐.

"잡담으로 흘렀지만, 그에게 소설책을 읽으라고 주었더라면, 라는 것은 조건법 과거 제2형인데, 조건을 나타내는 Si 뒤에는 직접법의 반과거나 대과거가 오는 것이 정형이 아니겠어요? 그런데 이 경우처럼……."

동 리비오 사벨리, 조건법 과거 제2형, 상 탕 젤로의 어두운 감옥, 상 탕 젤로의 그 감옥에도 동 리비오 사벨리와 조건법 과거 제2형 같은 것이 존재하고 있는 것일까? 리비오 사벨리는 오직 르 플뤼의 최상급으로 번쩍일 뿐이다. 그에게는 어둠 같은 것이 없을 것이다. 그러나 상 탕 젤로의 어두운 탑과 별빛과 언제나 황갈색 물이 흐른다는 테베레 강 사이에서 하나의 그 아리아처럼 언제나 비통하게 울려온다.

사람들이 이런 이야기를 하고 있을 때 동 리비오 사벨리는 방금 같이 춤을 추고 난 바나나의 아름다운 모습과 인기에 현혹되어 그녀를 제자리로 데려다주면서 사랑에 미친 듯 그녀에게 말했다.

"그래, 어떠한 남자라야 당신 마음에 들 수 있을는지, 제발 말씀 좀 해보세요."

"방금 막 도망쳤다는 그 젊은 숯구이 당원 같은 남자라면요. 적어도 그 사람은 이 세상에 태어났다는 것뿐 아니라, 무엇인가 그 이상의 것을 했거든요." 하고 바나나는 대답했다.

"음악이라도 좀 들으려고……."

초인종을 누른 친구는 석훈이었다. 리비오 사벨리. 아버지는 무엇 때문에 그런 친구와 결혼해줄 것을 원하고 있는지 모르겠다. 그도 서울에서 르 플뤼의 최상급을 가진 청년이기 때문일까. 리비오 사벨리, 김석훈. 그러나 그에게서 보이는 것은 머리에 칠한 포마드뿐이라고 생각했다. 저 친구는 소설책을 주면 몇 페이지나 읽을 수 있을 것인지 몰라. 천만에, 그는 일주일쯤 읽다가 그 책을, 빌려준 그 소설책을 들고, 그것을 구실로 해서 또 초인종을 누를 것이다. 한 번은 짧게, 한 번은 길게, 아주 여유 있게 말이다. 그리고 석훈은 말할 것이다.

"소설이란 별게 아니더군. 끝까지 다 읽어보긴 했지만 언제나 결말은 똑같아. 후회하고 머뭇거리고 방황하다가 무엇인가 하나의 결말을 얻었다는 거야. 아니, 얻은 체하는 것이 아니겠어? 무엇 때문에 그 뻔한 결론을 얻기 위해서 그처럼 고생들을 하는 것인지, 난 도대체 소설가란 사람들이 딱해서 견딜 수가 없어. 그것은 말예요, 꼭 내려올 산을 땀을 흘리며 올라가는 등산처럼 어리석은 것이라니까. 어차피 내려올 산을 왜 올라가느냐 말이지."

석훈은 이렇게 말할 친구였다.

"음악이라도 좀 들으려고…….."

"우리 집이 음악 감상실인 줄 아세요?"

"거리가 어수선해서 음악을 들을 만한 다방이라도 있어야지."

"왜 데모라도 하시지 그랬어요?"

나는 언제나 그를 골려주고 싶은 생각이었지.

"난 그런 것은 존경하지 않아. 그럴 만한 열정이 있으면 사미에게 편지라도 쓰겠어. 세상은 고함을 지른다 해서 조금도 좋아지지는 않지. 더 시끄러워질 뿐이야. 난 인간의 용기라는 것을 잘 알고 있어. 아마 사미는 나보고 비겁한 사람이라고 하겠지. 친구들은 피켓을 들고 땀과 피를 흘리며 경찰차를 습격해서 사이렌 소리를 울리고 다니고, 그러다가 곤봉으로 얻어맞거나 개처럼 끌려가고……. 그런데 너는 무어냐는 거지. 여자를 만나기 위해서 초인종을 누르고 음악이나 듣자고. 그러나 그뿐이야. 용기의 종류가 틀린 것뿐이야. 인간이 어느 방향으로 뛰든 지구는 상관없이 같은 방향으로 돌고 있어. 어차피 앉아 있는 거야. 뛰든 앉아 있든 지구는 24시간 만에, 그것도 아주 정확하게 돌아가고 있는 것이니까. 사미의 집으로 올 때까지 몇 군데나 먼 길로 돌아온 줄 알아? 길이 막혀 있었고 최루탄의 연기 때문에 눈을 뜰 수가 없었지. 사미의 집엘 이렇게 온 것도 그리 쉬운 일이 아니었어. 그것도 용기를 필요로 하는 일이지. 그런데 비밀을 하나 얘기할까? 데모 대원들을 가만히 관찰해보니까 뒷줄에 서 있는 놈일수록 더 용감하더군. 안방에 이렇게 틀어박혀 있는 여학생이 가장 용감한 것처럼 말이야. 우리 같은 사람을 비겁자라고 말하는 사람도 바로 안방구석에 처박혀 있는 사람이야. 전열에 서 있는 대원들은 겁에 질려 있었어. 도망가고 싶은 눈치가 보였지만 뒤에 선 친구들이 자기를 바라보고 있다는 것 때문에 그냥 앞으로 밀려가고 있더군. 사람은 나이 스물만 지나면 이 체면 때문에 세상을 살아가는 거야. 체면 때문에……. 경찰과 맞서지 않는 한가운데의 대원들은 앞으로 나서길 꺼리면서 머뭇거리고 제일 뒤에 서 있는 데모 대원들은 빨리 진격하자고 소리를 지르는 거야. 용감한 사람도 비겁한 사람도 주저하는 사람도 거기에는 없었어. 다만 대열의 순서가 있을 뿐이었지."

"당신은 그런 대열에도 속해 있지 않은 사람이에요."

K교수는 흑판에 Mais라고 쓰면서 말했다.

"이런 경우의 'Mais'는 뚜렷한 반대나 제한을 의미하는 것이 아니라 단순히 선행하는 문장과의 연결 역할을 하고 있는 것뿐입니다. 그러니까 이렇게 해야 되지요. '말씀해보세요, 대체 당신의 마음에 드는 남자는 어떤 사람입니까?—'저 탈주했다는 젊은 숯구이 당원입니다'라고 바니나는 대답했다. 적어도 그 사람은 이 세상에 태어났다는 것보다 무엇인가 그 이상의 것을 했으니까요.' 결국 그런 뜻이지."

석훈은 말했다.

"내가 데모를 해서 사미의 사랑을 얻을 수가 있을까? 그것은 무익한 짓일 거야. 하지만 다 같이 무익한 짓이라도, 다 같이 효자동 어귀로 가는 길이라도, 나는 경무대 앞에서 데모를 하기보다는 사미의 집 앞에서, 열어주지 않는 그 대문 앞에서 말이야 언제고, 언제고 초인종을 누르는 편을 택하겠어."

"스 준느 카르보나로! 카르보나로는 이미 앞에서 설명을 했지요. 카르보나레는 단수, 카르보나로는 복수, 오스트리아의 압제에 항거한 이탈리아의 유명한 비밀결사당원들을 그렇게 부른 것입니다. 그들이 내세우고 있었던 것은 자유주의적 사상의 확립과 이탈리아의 통일이었어요. 이건 잡담이지만."

K교수는 이 잡담으로 인기를 끌고 있었다. 본인은 쓸데없는 말을 마지못해 하고 있다는 표정을 짓고 있었지만 실은 그 잡담을 통해 자기의 교양과 멋을 과시하려고 신경을 쓰는 것 같았다.

"이건 잡담이지만, 이로니크, 매우 이로니크한 현실의 모순 같은 것을 느끼게 합니다. 가장 정치적이고 현실적인 데에 관심을 가진 카르보나로는 거꾸로 현실과 정치에서 가장 멀리 떨어져 있는, 마치 은둔하는 사람처럼 말예요, 산속에서 숯이나 구워 먹고 지내는 숯구이 같은 생활을 했지요. 가장이란 모두가 다 이렇게 이로니크해요. 『이솝 우화』에서 여우가 사자탈을 쓰는 게 있지.

그건 잘못이 아녜요. 그럼 여우가 여우 탈을 쓰겠어요? 여기의 주인공—상 탕 젤로의 감옥에서 탈출한 젊은 숯구이 당원이 여자 복장으로 변장했다는 것도 그렇지 않아요? 가장 용감한 친구가, 단도로 보초를 찌른 그런 용감한 친구가 거미 새끼만 봐도 벌벌 떠는 여자 복장을 했다는 것, 뭐랄까 인생은 변장을 하려고 애쓰는 사람과 변장을 벗기려고 애쓰는 사람과의 끝없는 투쟁이라 할 수 있죠. 그런데 가면을 쓴 사람과 가면을 벗기려는 사람이 따로 있는 것이 아니라 자기는 열심히 가면을 쓰고 동시에 남의 가면은 열심히 벗기려고 드는, 대체로 이런 싸움이야.”

사미는 석훈에게 말했다.

“그래도 여자 방을 기웃거리는 사람보다는 길거리에서 쓸데없이 소리라도 외치고 있는 쪽이 훨씬 값어치 있다고 생각해요. 그들은 이 세상에 태어났다는 것뿐 아니라 무엇인가 그 이상의 것을 구하고 있거든요.”

“물론 그렇지. 그들은 분명히 무엇인가 그 이상의 것을 구하고 있었던 것 같아. 사랑 같은 것을 말이야. 그리고 돈이나 출세를 말이지. 그런데 그들 나이는 겨우 스물인데도 그게 자신이 없다는 것을 알았지. 그들은 남에 대해서가 아니라 자신들에 대해서 노여워하고 있는 거야. 난 그렇게 생각해. 4월에, 이 아름다운 4월에, 그들은 갈 곳이 없었다. 꽃이 피는 것을 가만히 지켜보고 있기엔 사실 너무나 견디기 어려운 철이 아니었겠어? 그들이 구하고 있었던 것은 아주 다른 것이었는지 몰라. 아주 다른 것, 좀 더 조용하고 깊은 것, 이를테면 좋은 레코드 플레이어가 있고, 그리고 언제나 화사한 초록빛 커튼이 쳐져 있고, 그리고 휴식할 수 있는 긴 의자와 허영심을 만족시켜줄 수 있는 조금은 어려운 책들과 그렇게 깊고 조용한 사미의 이런 방 같은 것을 말야. 그들은 그것을 원하고 있었는지 몰라."

동 아스드뤼발 공작이 딸 곁으로 가까이 왔다. 이 공작은 부자이며 20년 이래 자기 서사와 금전관계를 따져본 적이 없었다. 서사는 사실 공작 자신의 수입을 대단히 비싼 이자로 공작에게 빌려주고 있었다. 여러분이 거리에서라도 공작을 만나게 된다면 늙은 희극배우라고 생각할 것이다. 그리고 그의 양손에 어마어마하게 큰 다이아몬드가 박혀 있는 커다란 여섯 개의 반지가 끼어져 있는 것을 알아보지도 못할 것이다. 그의 두 아들은 제수이트 교도敎徒가 되었다가 미쳐서 죽고 말았다. 공작은 이 두 아들을 잊어버렸지만, 외딸인 바니나가 결혼하려고 하지 않는 데에 화를 내고 있었다. 그녀는 벌써 열아홉 살인데, 가장 좋은 혼처를 몇 군데나 거절했던 것이다. 그 이유는 무엇일까? 실라가 왕위를 양보한 것과 같은 이유, 즉 '로마인들에 대한 그의 멸시'에서였다.

바니나는 '로마인들에 대한 멸시'에서 가장 좋은 혼처를 거절했다고 하지만 나는 대체 무엇 때문에 석훈과의 혼담을 그렇게도 완강하게 거절해왔는가. '의사에 대한 멸시'였을까? 그가 의과대학생이라는 것은 사실이다. 그렇다. 그는 아버지가 찾고 있는 바로 그런 사람이다. 아버지는 딸의 남편감을 고르고 있는 것이 아니라, 병원을, 자기 병원을 물려줄 상속자를 찾고 있는 것이니까. 병원 간판까지 그대로 물려받을 사람. 아버지는 자기가 죽어도 병원 이름만은 여전히 최호은 외과崔浩恩 外科여야 한다고 고집했다. 김석훈은 최호은 외과 주인 노릇을 누구보다도 훌륭히 할 수 있을 것이다. 가만히 앉아 있어도 지구는 정확하게 24시간마다 한 번씩 정해진 방향을 향해 돌고 있다는 친구니까. 김석훈이가 최호은이 된대도 아주 당연한 일이라 생각할 것이다.

올챙이는 꼬리가 떨어져나가도 아픔을 느끼지 않는다. 아버지는 구질구질한 흙탕물을 쑤시고 다니면서 이런 올챙이들을 구하고 있다. 바나나의 아버지 동 아스드뤼발처럼, 아버지는 하인에게 빚을 지면서 양손에 어마어마한 다이아몬드 반지를 대여섯 개나 끼고 다니는 희극배우는 아니다. 환자의 다리를 수술하는 것보다도 더 정확하게 계산하고 또 계산한다. 외동딸에 대한 애정까지도 그는 자신의 금전출납부에 기재해두려고 한다. 만약 나에게 오빠가 둘이나, 아니 셋이나 넷이나 있었더라도 그들은 제수이트 교도가 되기 전에 미쳐 죽었을 거야.

사미는 석훈이나 아버지의 일에 대해선 더 생각하고 싶지 않았다. 마치 자기가 읽고 있는 그 프린트장에 석훈과 아버지의 비듬 묻은 머리카락이 있기라도 한 것처럼 손가락으로 툭툭 털면서 사미는 교재의 다음 장을 넘겼다.

　　무도회 다음 날, 바나나는 그 누구보다도 둔한 성격이며 지금까지 열쇠를 한 번도 손에 들어본 적이 없는 아버지가 저택 4층에 있는 방들로 통하는 조그만 계단의 문을 조심조심 잠그고 있는 것을 보았다. 이 4층에 있는 방에는 오렌지나무가 심어져 있는 테라스에 면한 창문들이 몇 개 있었다. 바나나는 몇 군데 찾아봐야 할 곳이 있어 로마에 갔다가 돌아왔을 때, 저택 대문이 조명 장식 준비로 혼잡했으므로 마차는 뒤뜰로 돌아 들어갔다. 바나나가 무심코 올려다보니 놀랍게도 아버지가 그처럼 조심해서 잠갔던 방의 창문 하나가 열려 있는 것이 눈에 띄었다. 그녀는 시녀를 쫓아보내고는 저택의 다락방으로 올라가 여기저기 찾아본 끝에 오렌지나무가 심어져 있는 테라스에 면한 창살 달린 조그마한 창문 하나를 찾아낼 수 있었다. 아까 본 그 열린 창문은 바로 옆에 있었다. 틀림없이 누가 이 방에 살고 있나 보다. 그러나 누가 살고 있을까? 다음 날, 바나나는 오렌지나무가 심어져 있는 테라스에 면해서 열려 있는 조그마한 문의 열쇠를 손에 넣을 수 있었다.

　　오렌지나무가 심어져 있는 테라스에 면한 창문들……. 그중에 무심히 올려다보니 열려진 창문 하나, 틀림없이 누가 이 빈방에 살고 있나 보다. 그런데 그는 누구일까, 그 방에서 살고 있는 사람은.

사미는 갑자기 눈에서 뜨거운 눈물이 맺히는 것을 느꼈다. 프린트의 타이프라이터 글씨들은 마치 물결처럼 눈물에 얼비치어 일렁이고 있었다. fenetres sur une terrase garnie d'orangers(오렌지나무가 심어져 있는 테라스에 면한 창문들).

몇 번이나 사미는 창문이라든가 방이라든가 그리고 '누군가'라는 말, '메 파르 키'라는 말을 되풀이해서 읽었다. 메 파르 키……사실 바니가 오렌지나무가 심겨진 그 테라스에 면한 창문들 중에 열려져 있는 창 하나를 우연히 발견하고 놀라는 이 대목은 조금도 시적인 장면이랄 수는 없었다. 도리어 그것은 탐정소설적인 긴장미, 어떤 사건을 예견한 불안과 공포심, 그렇지 않으면 단순한 호기심을 이끄는 그런 분위기밖에는 읽을 수 없는 부분이었다. 그런데도 사미의 눈은 축축이 젖어 있었고, 마치 슬픈 연가라도 읽는 것처럼 그의 음성은 떨리고 있었던 것이다.

먼지 낀 빈방, 아무도 살지 않던 빈방의 창문이 갑작스레 열려 있는 것을 나는 분명히 보았었다. 오렌지나무가 심겨진 테라스를 나는 구경한 적이 없지만, 그러나 그것은 꼭 오렌지나무여야만 될 것 같아. 내 마음은, 그래 정말 내 마음은 petite fenetre grillee(작은 창살문이 달려 있는) 그리고 인기척이 없이 황량한 채로 사그라져 들어가는 텅 빈 그런 방이었어. 그러나 그 창문들은 오렌지나무가 있는 테라스…… 햇볕이 노랗게 묻어 있는 오렌지나무 같은 것을 향해 있었어. 나도 모르는 사이에 이곳에 낯선 손님이 들어와 그 창문을 열고 누워 있었던 것을. 틀림없이 이 방에는 누군가가 살고 있다. 그런데 대체 그는 누구였을까? 메 파르 키.

사미는 전현수全玄秀를 생각하고 있었던 것이다. 바나나가 놀라움을 가지고 열려진 창을 올려다보는 그 운명적이고도 상징적인 그런 사건을 생각하고 있었던 것이다. 사미는 누가 자기를 보고 있는 것이거나 한 것처럼, 억지로 시험공부를 하고 있는 학생티를 내며 사전을 한 손에 든 채 다시 다음 구절을 읽어내려고 애썼다.

바나나는 오렌지나무가 심겨진 테라스로 향해 열리는 조그마한 문의 열쇠를 손에 넣을 수 있었다.

"라 크레…… 열쇠…… 바나나가 말예요." K교수는 열쇠에 대한 얘기를 했다.

"열쇠를 손에 넣었다는 것은 여러 가지로 해석할 수 있습니다. 그건 단순히 열려진 창문의 방으로 바나나가 들어갈 수 있다는 가능성을 암시한 말이기도 하고, 좀 깊게, 좀 상징적으로 본다면 사랑의 문을 열 실마리를 잡았다는 뜻이기도 해요. 재미있잖아요? 연다는 것, 바나나는 지금껏 알지 못했던 사랑의 세계, 그 사랑의 문을 여는 것입니다. 결국 그녀가 손에 넣은 열쇠는, 통속적으로 말하자면 첫사랑의 열쇠라고 하는 편이 알기 쉽지. 그런데 이 구절에서 문법적으로 조심할 것은 말예요."

내가 조심해야 할 것은 문법이 아니었다. 바로 열쇠란 말. 크레, 녹슨 자물쇠가 잠겨 있는 시골집 골방문 앞에서 나는 얼마나 가슴을 두근댔었던가. 하기야 나이가 어렸을 때니까, 모든 것에 호기심을 갖고 있었지만 그래도 잠겨져 있는, 자물쇠로 굳게 잠겨져 있는, 그것이 골방이든 함이 든 장롱이든…… 못 견디게 따 보고 싶었었지. 그러나 나는 자물쇠를 딸 만한 열쇠라고는 가지고 있는 것이 없었어. 지금 생각해봐도 골방을 굳게 잠근 놋자물쇠 위에 그려진 릴리프[부조浮彫]는 귀면鬼面임에 틀림없어.

자물쇠를 볼 때마다 호기심 못지않게 공포심이 들었었으니까. 뿔과 솟아나온 두 어금니와 튀어나온 눈망울, 험상궂은 귀면은 누군가 접근하는 것을 거부하는 표정이었다. 나는 그 문을 흔들어보았다. 문고리가 자물쇠에 걸리는 둔탁한 소리가…… 그건 깊은 연못에 돌이 가라앉는 소리 같기도 했다. 그렇게 몇 번인가 문을 잡아당기면 자물쇠의 문고리가 느슨해지면서 내 작은 팔목이 들어갈 정도로 문짝에 간격이 생겼었지. 골방문의 틈이.

몇 시간이고 서서 그 문틈으로 어두운 골방 속을 들여다보곤 했었다. 골방 속은 캄캄했지만, 문틈으로 광선이 새어들어가는 곳엔 이상한 물건들의 동강난 모습이 어렴풋이 떠올랐다. 그림 책에서 본 붉은 산호 같은 것들이 바닷속 같은 그 어둠의 수심 속에서 어른거렸다. 족자에 그려진 이상한 그림의 한 토막. 그리고 구슬이 달린 길다란 끈의 한 줄기가 보였다. 자물쇠가 잠겨져 있는 속에서는 무엇이든 다 진기하고 신비하게 느껴졌던 까닭일까. 골방 속의 어둠 속에 숨어 있는 그 물건들은 많은 비밀을 간직한, 그래서 절대로 이 세상에서 인간이 가져서는 안 될 하늘 저편의 것들처럼 생각되어졌다. 아! 그러나 바니나 바니니도, 그리고 모든 사람들도 열쇠로 닫혀져 있는 문을 열어서는 안 되었을 것이다. 잠겨진 문은, 잠겨진 문들은 거기 그렇게 닫혀진 채로 언제고 있어야만 했을 것이었다.

제삿날이었나 보다. 처음으로 나는 그 신비한 골방문이 열리는 것을 보았다. 할머니는 열쇠 꾸러미를 절그럭거리면서 녹슨 자물쇠를 아주 싱겁게 따버리는 것이었다. 열쇠를 가진 할머니에게는 무서운 얼굴을 하고 노려보는 귀면 같은 것은 문제도 되는 것 같지 않았다. 골방문이 열렸을 때, 내 어둠 속의 신비는 순식간에 무너지고 말았던 거야. 거미줄과 먼지투성이의 초라한 제상들 그리고 아무데서나 볼 수 있는 몇 개의 놋촛대……. 산호라고 생각했던 것은 깨진 유리 항아리였고 찬란한 구슬끈은 농악대들이 쓰고 다니는 낡은 벙거지 같은 모자끈이었지. 거기엔 아무것도 없었다. 밤새도록 떨그럭거리며 지나가는 새앙쥐들의 발자국 같은 것들. 녹이 슬고, 사그라져가고, 곰팡이가 슬어가는 옛날의, 아주 옛날의 물건들. 그러한 것들과 어둠밖에는 아무것도 없었다. 열쇠는 신비를 죽인다. 침묵을 일깨우고 어둠 같은 것을 몰아내지만 열쇠는 허공을 확인할 뿐이었다. 바니나도 나도 K교수의 말대로 사랑의 문을 따는 그 열쇠를 손에 넣어서는 안 되었던 것이다.

그녀는 아직도 열려 있는 창가로 살금살금 걸어갔다. 덧문에 몸을 숨겼다. 방 안에는 침대가 하나 있고, 그 침대에 누군가가 누워 있었다. 그녀는 방금 뒤로 물러나려고 했으나 의자 위에 던져놓은 여자 옷 하나가 눈에 띄었다. 침대에 있는 사람을 더 자세히 내려다보니 그 사람은 금발 머리에 대단히 젊어보였다. 그 사람이 여자임은 더 이상 의심할 바 없었다. 의자 위에 던져져 있는 옷은 피투성이였고 테이블 위에 놓여 있는 구두에도 피가 묻어 있었다. 이 미지의 여인은 몸을 움직였다. 바니나는 그 여자가 부상당했다는 것을 알았다. 피에 젖은 커다란 붕대가 그 여자의 가슴을 덮고 있었다. 그리고 그 붕대는 리본으로 고정되어 있었다. 외과 의사의 손으로 한 것은 분명히 아니었다. 바니나는 매일 아버지가 자기 방에 틀어박혀 있다가 4시쯤이면 그 미지의 여인을 만나러 가곤 하는 것을 눈치챘다. 아버지는 얼마 안 있어 곧 다시 내려와 마차를 타고 비델레스키 백작부인 댁으로 가곤 하는 것이었다. 아버지가 나가자마자 바니나는 이 미지의 여인을 바라볼 수 있는 조그마한 테라스에 올라가곤 했다.

바니나의 감수성은 그처럼 불행한 젊은 여인에 대한 동정심으로 몹시 자극되어 있었다. 바니나는 그 여자의 일신에 일어났던 사건을 알아내려고 했다. 의자 위에 던져놓은 피투성이의 옷은 단도로 찔린 것 같았다. 바니나는 그 찢어진 자국을 하나하나 셀 수도 있었다. 어느 날, 그녀는 그 미지의 여인을 지금까지보다도 더 잘 보았다. 그 여자는 푸른 두 눈을 하늘로 향하고 기도를 드리고 있는 것 같았다. 그러자 그녀의 아름다운 두 눈에는 눈물이 가득찼다. 이 젊은 공주는 이 미지의 여인에게 말을 걸고 싶은 마음을 억제하려고 몹시 애썼다. 다음날, 바니나는 아버지가 그 방에 오기 전에 조그마한 테라스 위에 몸을 숨기고 있었다. 그녀는 동 아스드뤼발이 그 미지의 여인이 있는 방으로 들어가는 것을 보았다. 그는 음식이 들어 있는 작은 바구니를 들고 있었다. 공작이 너무나 낮은 목소리로 말하고 있었기 때문에 창문이 열려져 있었지만 바니나는 공작의 말을 들을 수가 없었다. 공작은 곧 방을 나왔다.

'이 가엾은 여인은 대단히 무서운 원수가 있는가 보다. 그처럼 무사태평한 성질의 아버지가 아무도 믿지 않고서 매일같이 120개나 되는 계단을 몸소 오르내리는 것을 보니' 하고 바니나는 마음속으로 생각했다.

피 묻은 책, 피 묻은 리넨, 피 묻은 구두, 사미는 '피'라는 말을 듣자 입원실 침대에 누워 있던 전현수의 얼굴을 똑똑히 기억해냈다. 바니나처럼 호기심에서 몰래 그 방으로 찾아갔던 것은 아니었다. 데모가 한창이던 4월 18일, 전신에 피투성이가 된 데모대의 학생 하나가 그녀네 집 병원으로 업혀 들어오는 것을 2층 발코니에서 그녀는 내려다보고 있었다. 응급치료를 하느라고 간호원의 손이 모자라 이따금 그러했듯이 그날도 사미는 아버지의 부름 소리를 듣고 병원으로 내려갔던 것뿐이었다. 총상은 아니었던가 싶었다.

머리에서 선지피가 흘러내리는 것을 보면 그는 곤봉이나 총의 개머리판으로 구타를 당했거나, 그렇지 않으면 구둣발 같은 것으로 차였던 것이었는지도 모를 일이었다. 그 학생을 업고 온 학생들은, 깡패들이 쇠갈퀴와 쇠사슬로 데모 대원들을 개 패듯이 했다고 떠들어댔다. 사미는 피에 대해서는 아주 익숙해 있었다. 사람의 몸에서 흘러나오는 피나 약병에서 쏟아지는 머큐로크롬이나, 다만 붉은 색소란 점에서 다를 것이 없었다. 어렸을 때부터 피 묻은 붕대와 가제는 그들 생활의 일부이기도 했다. 그러나 그때만은 피라는 것이, 인간의 피부를 찢고 흘러나오는 인간의 피라는 것이 전혀 새로운 의미를 띠고 그녀의 가슴으로 번져 들어오고 있었다.

"일리 아메 오시 드 상." K교수의 불어 발음은 언제나 좀 과장된 점이 있었다. 특히 상(피)이라고 발음할 때의 그 콧소리는 끈적끈적한 피보다도 발레리나의 가벼운 빨간 토슈즈를 연상시키는 탄력을 지니고 있었다.

"피 앞에 부분 관사가 붙어 있지요. 구체적인 양量을 표시하는 것, 즉 테이블 위에 놓여 있는 단화에 묻어 있는 얼마만큼의 한정된 피를 가리킨 것입니다. 결국 뒤에 읽어보면 알겠지만, 피를 흘린 '미지의 여인'은 바나나의 애인이 되는 숯구이 당원, 즉 상 탕젤로의 감옥에서 탈출한 미시릴리죠."

K교수는 피라는 말을 아무런 감동도 없이, 마치 아버지가 메스에 묻은 피를 아무런 감동도 없이 소독용 가제로 닦고 있는 것처럼, 그가 잘 쓰는 용어를 빌리자면 문법적으로, 또 잡담적으로 씻어내고 있었다. 그러나 나는 처음으로 그것을 느꼈었지. 피의 아픔을 더구나 타인이 흘리는 그 피의 아픔을…… 같은 피라도 입술에서 흐르는 피를 본다는 것은 더욱 견딜 수 없이 슬픈 일이었다. 사람이 메뚜기 같은 곤충을 아무렇지 않게 죽일 수 있는 것은 그 피가 붉지 않기 때문일 것이다. 사람에게 붉은 피가 없었다면 우리는 그 생명도 느낄 수 없을는지 모른다. 메뚜기를 죽이듯 그렇게 사람을 죽일 수 있을는지도 모른다.


어느 날 저녁, 바나나는 그 미지의 여인이 있는 방의 창 쪽으로 머리를 살그머니 내밀자 그 여자의 시선과 마주쳤다. 모든 것이 탄로났다. 바나나는 무릎을 꿇고 외쳤다.

"나는 당신을 좋아해요. 당신을 위해서라면 무엇이든지 하겠어요."

미지의 여인은 들어오라고 손짓했다.

"무어라 사과를 드려야 할지 모르겠어요. 저의 어리석은 호기심에

화나셨죠? 맹세코 비밀을 지키겠어요. 그리고 원한다면 절대로 다시는 오지 않겠어요."

"당신을 보고 기뻐하지 않을 사람이 누가 있겠습니까?"

미지의 여인은 말했다.

"당신은 이 저택에 살고 계십니까?"

"네." 하고 바니나는 대답했다. "그런데 제가 누군지 모르시는 모양이군요. 저는 동 아스드뤼발의 딸 바니나예요."

"날마다 저를 보러 오실 수 있겠습니까? 하지만 공작께서 당신이 여기 온다는 것을 알지 못하시도록 했으면 좋겠어요."

바니나의 가슴은 몹시 두근거렸다. 그 미지의 여인의 몸짓은 무척 고상해 보였다. 그 미지의 여인은 어깨에 입은 상처가 가슴까지 뚫고 들어가서 몹시 아프다고 말했다. 때때로 그 여자의 입은 피로 가득 차곤 했다.


현수는 침대 위에서 눈을 떴었지. 그의 눈은 벌겋게 충혈되어 있었고, 눈물 같은 것이 번쩍이고 있었다. 처음에는 입원실의 흰 벽을 두리번거리다가 내가 앉아 있는 코너 테이블 쪽을 바라보면서 처음으로 말을 했었다.

"간호사인가요?"

"아녜요, 병원집 딸입니다."

"그런데 왜 당신은 거기에서 나를 지켜보고 서 있는 것입니까?

어저께도 당신은 그 자리에 있었습니다. 그저께도 말예요."

"용서하세요. 나는 댁께서 줄곧 눈을 감고 잠들어 있는 줄만 알았어요. 제가 간호사가 아니라는 것을 그럼 며칠 전부터 알고 계셨단 말이군요."

현수는 왜 나까지도 그렇게 증오에 가득 찬 눈으로 쳐다봐야 했었을까? 피를 너무 많이 흘린 탓이었을지도 모른다. 피가 모자라는 사람들은 너무 싸늘한 눈으로 세상을 바라다보고 피가 너무 많은 사람들은 너무 뜨겁게 사물들을 바라본다. 피는 알맞게 혈관 속을 흘러야만 될 것이었다.

"거북하다면 이제 다시는 이곳에 오지 않겠습니다. 오해하지 말았으면 해요. 친구란 말을 써도 좋을까요? 같은 스커트를 입고 하이힐을 신고 머리에는 스카프를 쓰기도 하는 그런 동성의 친구로서요."

"어떻게 생각하든 좋습니다. 날 남자로 생각해도 좋으니, 그 자리에 그대로 있어 주시겠습니까? 나는 저……."

현수는 무어라고 부를지를 몰라서 머뭇거리고 있는 표정을 지었다. 그것은 상처에서 가제를 갈아낼 때 고통을 참느라고 찡그리고 있던 그의 표정과 똑같은 것이었다.

그는 상처를 입기 전부터 그런 표정이 습관화되었는지도 모른다.

"나는 저…… 저 뭐라고 불렀으면 좋을까?"

"사미라고 부르세요. 최사미입니다."

"사미? 예명藝名같군요. 미는 아름다운 미美 자일 테고 사는 비단이라는 사紗 자인가요?"

"아녜요, 왜 모래 사沙 자, 돌석 변에 쓰는 모래 사砂가 아니구요, 삼수 변에 적을 소少 자 쓰는 것 말예요. 아마 물가의 모래란 뜻인가 봐요."

"모래 사沙 자, 물가의 모래. 처음 보는 사인데, 이렇게 이름을 묻고, 또 이런 말을 해서 좋을지 모르지만…… 사실은……."

"아닙니다. 이름은 거기서 물은 것이 아니라 제가 먼저 말했습니다."

"그런 것은 어찌 되었든 상관없는 일입니다. 그냥 혼자 지껄이게 내버려두세요. 사미 씨는 나를 여자라고 생각하면 되고 또 나는 사미 씨를 조금 전에 스크럼을 짜고 구호를 외치던 남자라 생각하면 되는 것입니다. 참, 사미 씨는 나를 보고 '거기'라고 말하셨는데, 내 이름은……."

"알고 있습니다. 진찰 카드에서 벌써 보았습니다. S대학 3학년이라는 것도, 그런데 '이런 말을 해서 좋을지 모르지만'이라고 말씀하신 것은 어떤 말을 뜻하는 것인가요?"

"물가의 모래…… 난 그 사沙 자를 생각하고 있었어요."

현수는 갑자기 무엇에 놀란 사람처럼 침대에서 몸을 일으키려고 했다. 그 바람에 수혈 바늘이 뽑히려 하자 사미는 얼떨결에 그의 어깨를 잡아 다시 베개 위에 조용히 눕혔다. 여자는 본능적으로 아무리 나이가 어리다 하더라도, 결혼을 하고 애를 낳기도 전에 이미 어머니가 되는가 보았다. 아무런 부끄러움도 없이 잘 알지도 못하는 남자의 어깨를 잡아 베개 위에 누일 때 사미는 능란한 자신의 솜씨에 놀라기도 했다. 현수는 눈을 감고 있었다. 피 때문일까? 하얀 이마에서 흐르는 그 피를 보았기 때문일까? 내가 이 사람을 이렇게 가까이 느끼고 있는 것은. 아니 그 총소리 때문일 거야. 뛰는 발자국 소리 때문일 거야. 그리고……

꽃들이 떨어지고 있었다. 그것들이 흙발 밑에서 짓밟히고 있었기 때문일까.

현수는 눈을 감은 채 말했다.

"물가의 모래라고 말씀하셨지요. 나는 여섯 살 때 바다를 보았습니다. 물가의 하얀 모래 위에 서서 파랗고 파란 그리고 아주 넓은 남해의 바다를 보았습니다. 그리고 열한 살 때에는 보리밭을 보았습니다. 굶주린 배를 움켜쥐고 나는 보리밭 사이를 걸었습니다. 보리 이삭이 빨리 자라라고 그리고 빨리 익으라고, 누렇게 금빛처럼 타오르는 보리밭을 그려보면서 열한 살 때 굶주린 배창자를 쥐고 밭길을 걸어야했습니다. 보릿고개가 되면 우리 집에는 쥐들도 다른 데로 옮겨가고 없었습니다. 남들은 머리로 생각한다고 했지만, 나는 언제나 빈 창자로 세상을 생각했습니다. 열한 살 때 퍼런 보리밭을 보았습니다. 잡목이 드문드문 서 있는 뻘건 황토의 산언덕에서 솔잎을 씹으면서 바다처럼 출렁거리는 퍼런 보리밭을 바라보았습니다. 아닙니다. 거기 그대로 앉아 계십시오. 자꾸 지껄이도록 내버려두세요. 내가 외치고 싶었던 것은 군중 속에, 그런 데에 끼어 부르짖던 그렇게 거창하고 어마 어마한 구호가 아니었을지도 모릅니다. 스무 살 때, 스무 살 때입니다만, 아무것도 볼 수가 없었습니다. 흐린 날의 하늘 같은 것밖에는 아무것도 볼 수가 없었습니다. 나는 그 많은 여자들도 본 적이 없습니다. 도서관의 책들도 본 적이 없습니다. 매일같이 이곳으로 찾아와주실 수는 없겠습니까? 아버지가 싫어하시겠지만요."

사미는 자기도 무엇인가 같이 떠들고 싶은 충동이 일었다. 나직한 소리가 아니라 데모 군중들이 외치는 소리처럼 아무 의미가 없어도 좋으니 고함을 치고 싶었다. 늘 창문은 닫혀 있었다. 방은 비어 있었다. 소리를 지른다면 닫혀진 창의 유리들이 산산조각이 나면서 시원한 바람이 들어올 것도 같았다. 오렌지나무가 심어져 있는 테라스를 볼 수 있을 것 같았다. 노란 햇볕과 딱정벌레 같은 것들이 기어다니는 푸른 풀잎 같은 것을 볼 수 있을 것 같았다. 알코올 같은 뜨거운 입김이 사미의 입술에서 새어나왔다.

"저도 지껄이고 싶습니다. 우리는 친구이니까요."

현수는 눈을 뜨고 사미의 얼굴을 바라보았다. 그러자 사미는 현수의 몸으로 흘러들어가는 수혈관 속의 검은 혈구들을 보고 있었다. 같은 피인데 어째서 냉동실에서 꺼내어 그리고 혈액은행에서 사오는 이 검은 피들은 저런 색채를 띠고 있을까? 피, 저것들은 이미 죽어버린 피들일 것이다.

"왜 저를 친구라고 생각하셨어요? 사미 씨도 우리와 같은 데모 대원이었던가요? 난 여자가 남자를 향해서 동지라고 말하는 것을 싫어합니다."

"아닙니다!"

사미는 소리를 질렀다. 그 소리가 너무 컸기 때문에 사미는 잠시 숨을 죽이고 일부러 조용히 앉아 있었다.

"말씀을 하실 때에는 꼭 '아닙니다'라는 말부터 앞세우시는군요."

"아닙니다. 그게 아니라……."

"또 '아닙니다'라고 말씀하시는군요."

처음으로 현수는 웃었다. 이렇게 웃는데도 상처에 붙은 가제를 떼어낼 때처럼 입가에는 고통의 그늘이 서려 있었다. 아직도 그 입술에 핏자국이 남아 있었기 때문일까?

"그게 아니라, 저는 피에 대해서 말하려 했던 거예요."

"내가 피를 많이 흘리고 있었던가요? 사실 저는 피를 아끼는 사람입니다. 내 직업은 피를 파는 것이니까요."

현수는 수혈관의 검은 피를 바라보며 자학적인 어조로 말했다.

"저 피도 누군가가 이른 새벽에 병원 창구 앞에서 자기 차례의 번호를 받아들고 줄을 서 기다리고 또 기다리다가 몇 장의 화폐와 바꾸어버린 그런 피일 것입니다. 저것은 며칠 전에 내가 피병원에 팔았던 나 자신의 피인지도 모릅니다. 이번엔 지폐 한 장 받지도 못하고 많은 피를 흘렸지만 그것은 병원에 팔았어야 할 피였을 것입니다. 이 붕대에 묻어 있는 피들도.”

"제가 말하려는 건 그러한 피가 아닙니다. 현수 씨가 피투성이의 얼굴로 입원실에 눕혀졌을 때 아버지와 간호사들은 그 피를 씻어내고 지혈하기에 정신이 없었지만, 난 처음으로 피의 의미를 보았던 것입니다. 나는 여섯 살 때 바다를 보지 못했습니다. 그리고 열한 살 때 굶주린 창자를 움켜쥐고 보리밭 같은 것을 보지 못했어요. 그런데 열아홉 살 때에, 바로 며칠 전이지만, 난 열아홉 살 때 피를 보았습니다. 그것뿐이에요. 그리곤 피를 흘리고 있는 현수 씨를 친구라고 생각했던 거예요. 부어 있는 얼굴, 난 아직도 현수 씨의 얼굴이 부기가 내린, 멍든 눈에 핏기가 가시고 상처를 꿰맨 실들을 뽑고 난 뒤의 현수 씨의 얼굴이나 그리고 그 이전의 얼굴들을 다 같이 알 수가 없어요. 그것은 내가 모르고 있는 얼굴이에요. 그런데도 친구라고 생각한 것은 인간의 피에는, 즉 표정 같은 것이 필요 없다는 것을 알았기 때문이에요. 피에는, 눈이나 코나 입 같은 형체가 있을 까닭이 없습니다. 그런데도 경우에 따라선 형태를 가진 것보다 더 뚜렷하게, 인상 깊게 사람들의 가슴을 치는 경우가 있습니다. 무관심한 사람끼리는 피를 징그럽게 생각하는 법이에요. 나의 아버지처럼 징그러움조차 느끼지 않는 사람들도 있지만요. 징그러운 피, 그것은 타인의 피입니다. 그런데 남이 흘리는 피를 보고 딱하게 느껴질 때도 있는 것입니다. 타인에 대해서 어떤 인간적인 그러나 매우 무책임한 동정을 갖게 될 때, 그 피는 징그럽게만 생각되지 않고 딱하게 생각되는 거지요."

"내 피를 보고 사미 씨는 딱한 생각이 들었다는 건가요? 그래서 우정 같은 것을, 말하자면 친구라고 부르고 싶었다는 애깁니까? 그렇지 않으면 징그럽다고 생각했거나……."

사미는 또 '아닙니다'라고 말했다.

"아닙니다. 그것은 슬픔이었습니다. 그리고 아픔이었습니다. 타인이 피를 흘리는 것을 보고 슬픔과 아픔을 느낀 것은 그때가 처음이었습니다. 왜 그래야 했는지 나는 그것을 지금 설명할 수가 없어요. 하지만 분명한 것이 있어요. 남이 흘리는 피를 슬픔과 아픔으로 바라볼 때에는 그는 이미 남이 아닐 거라는 생각 말입니다. 그때 우린 벌써 친구가 되어 있었던 거예요."


"역시 스탕달은 천재란 말이야. 문학가가 수학에 소질이 없다는 것은 아무래도 거짓말일 것 같아. 에— 또 뭐랄까, 그렇지, 소설은 일종의 언어의 수학이고 기하학이라고 말할 수 있어요."

K교수는 천박할 정도로 빨간 넥타이 매듭을 분필 가루가 묻은 손가락으로 만지작거리며 감탄조로 말했다.

"여러분 한번 생각해봐요. 바니나는 귀족의 딸입니다. 게다가 남자를 보면 골탕 먹일 생각만 하는 거만한 처녀란 말이야. 까만 머리에 불타는 듯한 눈, 바니나는 자기 미모에는 자신이 있어요. 이건 잡담인데, 여자는 아무리 지식이 많아도 거만하지 않을 경우가 많지만, 용모가 아름답고 콧대가 높지 않은 여자는 없는 법이란 말이오. 미모는 여자의 재능이지. 이건 여러분을 모독하는 말 같지만 대학을 나온 여자보다도 얼굴에 자신만 가지고 있다면 의무교육 정도만 받은 여자 쪽이 더 남자들을 경멸하는 경향이 있지. 말이 딴 길로 새었는데, 스탕달의 치밀한 계산을 한번 여기에서 풀어봅시다."

가을이었다. 강의실 유리창 밖으로 내다보이는 정원에는 샐비어의 꽃들이 피어 있었다. 샐비어는 가을꽃이라고 하기보다 여름의 찌꺼기, 활활 타오르던 여름의 재와도 같은 꽃이었다. 샐비어의 꽃잎마다 뜨거운 여름의 추억들이 배어 있는 것 같았다.

"첫째, 상 탕 젤로의 감옥에서 숯구이 당원 하나가 도망쳤다는 그 대목에서는 그가 그냥 변장했다고만 되어 있어요. 처음부터 여자 옷으로 변장했다고 하면 바니나가 여장을 한 미시릴리를 그녀의 집에서 발견했을 때, 이미 그가 숯구이 당원이라는 것을 알아차렸을 것입니다. 둘째, 숯구이 당원, 탈옥수 미시릴리를 여자로 분장시킨 것은 매우 치밀한 계산이죠. 그러지 않았더라면 아까 얘기한 대로 거만한 남자에게 말예요, 거만한 그 바니나가 어떻게 접근할 수 있는 기회를 가졌겠어요? 바나나는 그가 여자인 줄만 알고 안심하고 교제하는 것입니다. 그래야 그녀가 숯구이 당원을 사랑하는 과정이 자연스럽게 되지 않겠어요? 탈옥수가 여장을 했다는 것도 극히 자연스러운 일이고, 따라서 콧대 높은 바나나가 처음부터 그의 방을 드나든다는 것도 그래야 자연스럽지요. 더블 플레이죠. 셋째, 그러니까 스탕달은 돌 하나로 세 마리의 새를 잡은 셈이에요. 바나나는 미시릴리가 정말 여자인 줄 압니다. 못생긴 남자는 아무리 고운 여자 옷을 입어도 여자같이 보이질 않을 거예요. 단순히 여장을 했다는 것만이 아니라 미시릴리에게는 그게 잘 어울릴 것으로 되어 있으니까, 바나나가 반할 정도의 미남이라는 것이 자동적으로 암시되어 있는 셈이죠. 바나나가 여장을 한 미시릴리에게 감쪽같이 속았습니다. 그녀가 속을 수 있었다는 것은 동시에 그를 사랑할 수 있다는 미모의 보증이 되는 것입니다. 놀라운 솜씨죠. 아니 수정해야 되겠군요. 스탕달의 소설은 언어의 수학이 아니라 경제학이에요, 경제학! 한 남자에게 여자 옷 한 벌을 입혀 이렇게 다목적으로 사용할 수 있는 솜씨를 여러분들이 결혼하고 난 다음에 집안 살림에서 사용한다면 남편의 빈 월급봉투로도 바나나의 아버지 동 아스드뤼발보다도 더 떳떳한 다이아반지를 끼고 다닐 수 있겠지.”

K교수는 또 학생들의 웃음을 기대하는 눈치였다. 그러나 사미는 웃지 않았다. 샐비어의 붉은 꽃잎을 보면서, 피는 여자 옷을

입히지 않아도 한 남성을 가장 가까운 친구가 되게 하는 힘을 지니고 있다고 생각했다. 바니나도 그랬을 것이었다. 피 묻은 책, 피 묻은 구두, 피 묻은 리넨, 가슴을 덮고 있는 피 묻은 리넨, 그것 때문에 미지의 그 여자를, 아니 험악한 숯구이 당원을 사랑할 수 있었던 것이라고……

사미는 드디어 미시릴리가 바니나에게 자기의 정체를 드러내는 대목으로 눈을 옮겼다.

그 장면을 읽을 때에는—강의를 들을 때도 그랬지만—웬일인지 현수의 나직하면서도 윤기 없는 육성이 들려오곤 했었다. 그의 목소리는 목구멍에서 나오는 것이 아니라 허파의 가장 깊은 곳에서 울려나오고 있는 것 같았다. 프린트 글씨에서 그런 목소리가 들려왔다. 아마 "당신을 속인다는 것은 내 자존심이 허락지 않습니다."라는 말을 현수도 입버릇처럼 곧잘 쓰고 있었기 때문인지도 모른다.


당신을 속인다는 것은 내 자존심이 허락지 않습니다. 내 이름은 피에트로 미시릴리라고 합니다. 나이는 열아홉이고요. 나는 숯구이 당원입니다. 우리들의 비밀집회가 습격을 당하여 나는 쇠사슬에 묶여 로마냐에서 로마로 연행되어 왔습니다. 한 개의 램프가 밤이나 낮이나 비춰주고 있는 토굴 속에 갇혀서 13개월이란 세월을 보냈습니다. 어느 인정 많으신 분이 나를 도망시켜주실 생각을 하시고서 나에게 여자 옷을 입혀주셨습니다. 감옥을 나와 마지막 초소의 파수병 앞을 지나자니까 파수병의 한 사람이 숯구이 당원들의 욕을 하지 않겠습니까. 나는 그 자식의 귀싸대기를 한 대 갈겨주었지요. 맹세코 말입니다만 이것은 허세에서 도전한 것이 아니고 그저 생각 없이 손을 댄 것입니다. 이런 경솔한 짓을 한 덕택으로 그날 밤 로마의 거리를 쫓기며 총검으로 여기저기 찔려 다치고 이미 기진맥진하여 마침내 문이 열려 있는 어떤 집으로 뛰어들어갔습니다. 병정들이 뒤를 따라 쫓아오는 소리가 들렸으므로 뜰로 뛰어내려 때마침 산책하고 있던 한 부인 옆에 넘어졌습니다.

(……)

"나는 상처 때문에 죽을 것 같습니다. 그리고 다시는 만날 수 없을 것이니 절망하여 죽을 것입니다."

바나나는 초조한 듯 듣고 있다가 얼른 나가버렸다. 미시릴리는 이렇게도 아름다운 이 여자의 눈 속에서 연민의 정이라고는 추호도 찾아볼 수가 없었다. 거기에서 볼 수 있었던 것은 상처받은 거만한 성격의 표정뿐이었다.

사미는 불어 사전으로 턱을 괴고, 울리다가 사라지려는 현수의 목소리를 잡으려고 눈을 감았다. 그 목소리는 어느 겨울밤에 유리창을 덜컹거리며 지나가는 바람 소리처럼 사미의 가슴을 뒤흔들고 있었다. 현수는 의사들이 핀셋으로 알코올이 묻은 탈지면을 끄집어내듯이 자기의 내부에서 여러 가지 말들을 끄집어내다가는 사미의 어린 심장 위에 비비대고 있었다. 가슴이 아렸다.

"오늘은 좀 늦었군요……. 복도 하나를 지나 뜰만 건너면 거기 사미의 방이 있겠지. 온종일 나는 그런 생각만 하고 누워 있었어요. 내가 사미를 기다린 것은 좀더 마음속에 있는 내 말들을 털어놓고 싶었기 때문이었지. 첫째로 나는 여자 같은 걸 싫어한다는 것을 대담하게 말해주고 싶었어. 하기야 그렇게 말한다 해도 사미에게는 아무런 관계도 없는 일이겠지만 말이야. 지난번에 내가 이야기를 했던가, 스무 살 땐 나는 아무것도 보지 못하게 되었다고……. 그러나 속이지 않고 말한다면, 왜 스무 살의 나이에 여자 같은 것을 생각하지 않을 남자가 있겠어. 나도 여자에 대해서 밤새도록 생각해본 적이 한두 번이 아니었어. 사미는 내가 피를 흘리는 것을 보고 깊은 우정을 느꼈다고 했지만 그러나 나는 도대체가 남자들이 아니면 여자에게선 그런 우정조차 받기를 싫어하는 사람이라는 것을 깨닫게 된 거야. 나는 꽃이 아름답기 때문에 꽃을 싫어했고 눈이 희고 순결하기 때문에 도리어 눈을 싫어하는 그런 인간이란 말이야.

그래 참, 꽃 이야기를 할까. 꽃은 아무 데서고 피더군. 보름 전 일이었을 거야. 학교에서 데모를 모의했다는 혐의로 경찰서에 끌려간 적이 있었지. 거기서 어떤 일이 있었던가는 말하지 않겠어. 그걸 말하자면 내 비굴했던 모습까지도 다 말하지 않으면 안 되니까. 어쨌든 말이야, 많은 고통과 모멸을 견디다 못해 나는 그들이 내준 흰 종이 위에 다시는 그런 일을 하지 않겠노라는 각서를 받아들이기로 결심했지. 도장이 없었기 때문에 빨간 인주통에 엄지손가락을 누르고 지문을 찍지 않으면 안 되었어. 내 이름자 밑에 엄지손가락을 누를 때 내가 무엇을 보았는지 알아? 경찰서의 뒤뜰에 피어 있는 꽃들이었어. 종이로 가려진 유리창 구석으로 겨우 내다볼 수 있는 그 뒤뜰엔 봄의 꽃들이…… 꽃 이름을 대라면 대겠지만…… 봄의 꽃들이 빨갛게, 노랗게 피어 있는 것을 보았지. 내 뺨은 벌겋게 부어 있었다. 손은 떨렸고 팔다리는 거의 움직일 수가 없었는데, 그런데 그 봄의 꽃들은 나의 그러한 고통과는 아무 상관도 없이 거기에 피어 있더란 말이야. 그런데서 그런 꽃들을 보리라고는 미처 생각도 못했던 일이지. 죄수들이 아니면 죄수들을 다루어야 하는 바쁜 사람들만 있는 그곳에, 팽팽한 신경과 침울한 그림자가 쇠창살처럼 가로막고 있는 그곳에 그리고 삐걱거리는 의자와 어두운 복도와 비명과 서류와 그런 모든 것들과는 아무런 관련도 없이 봄의 꽃들은 피어나고 있었어.

　꽃들의 평온을 보았을 때, 처음에는 눈물이 나오려고 했었지. 그러다가 분노 같은 것이, 그 초연한 꽃들에 대한 허전하고도 노엽고 그리고 배신감 같은 것이 울컥 목구멍으로 치밀어오르더군.

꽃은 인간의 고통이나 모순이나 어려움과는 아무런 상관도 없이 아무 데서고, 아무 데서고 피어난다는 것이…… 억울한 생각까지 들었지. 아무것하고도 관계를 맺고 있지 않다는 것은 동시에 아무것하고도 관계를 맺고 있다는 이야기이기도 해.

　대체로 나의 사춘기에 만난 여자들도 그랬던 거야. 여자들은 아름답고 고향처럼 정답고 또 평온한 향훈을 가지고 있어. 그건 의심할 수 없는 사실이야. 그러나 역사의 비극 같은 것하고는 관계되어 있지 않아. 여자는 아무것도 사랑하지 않기 때문에 아무것이든 다 사랑할 수 있는 그런 역설의 꽃이라는 생각이 들었어. 난 아름다운 여자를 볼수록, 사미처럼 아름다운 여자를 볼수록 억울하고 분한 생각이 들어. 여자가 순결하지 않다는 얘기로 듣지 말았으면 좋겠어. 여자는 순결하기 때문에 타락하는 것이니까 말이야.

　어렸을 때 난 흰 눈이 못 견디게 좋았었지. 어렸을 때 보던 눈은 성장하고 난 후에 보았던 그 눈들보다 유난히 크고 부드럽고 하얬다고 생각해. 그런데 난 그 눈들이 흙 묻은 구두에 짓밟혀버려서 진흙처럼 더러워지는 것을 보고 안타까워하지 않으면 안 되었어. 아냐 안타까움이 아니라 분노였을 거야. 눈은 깨끗하고 순수하기 때문에 저항할 수 없는 법이야. 순결하기 때문에 짓밟혀져서 금세 녹고 지저분해지고 흙투성이가 되어버려. 대체로 순결한 여자들도 다 그렇게 되더군.

난 오늘 싫어하는 것만 얘기해야겠어. 사미를 속인다는 것은 내 자존심이 허락하지 않아. 나는 의사를 좋아하지 않는다는 이야기를, 병원 같은 것을 좋아하지 않는다는 것을, 사미가 있는 이 병원까지도 말이야……. 그런 이야기까지도 다 말하지 않으면 안 될 것 같아. 사미, 사미는 그것을 잘 알 거야. 왜 병원 대합실은 늘 그렇게 공허하지? 사람이 있으나 없으나 텅 비어 있어야만 하지? 아니 환자들이 가득 모여 있는 대합실일수록 그 공허는 한층 더 깊고 큰 법이지. 탁자 위엔 으레 무슨 잡지나 신문 같은 읽을거리가 놓여져 있지만. 환자들은 그런 것들에는 손도 대지 않고 멍청하게 앉아서, 그냥 멍하니 앉아서, 천장 같은 것이나 벽 같은 것을 바라보면서 몇 시간씩이나 기다리고들 있는 거야.

어린애의 울음소리, 무엇을 더듬거리는 메마른 헛기침 소리…… 사미는 영양이 좋지 않은 환자들의 파리한 얼굴을, 근심스럽게 앉아서 자기 차례를 기다리는 환자들의 그 불안한 얼굴들을 많이 봐왔을 거야. 의사들은, 적어도 내가 알고 있는 그 의사는 이 공허 속에서 많은 것을 긁어내고 있었어. 환자들은 어른들이라 해도 의사 앞에서 아이들처럼 되어버리는 거야. 엄살을 부리기도 하고 동정을 받으려고 병 증상을 과장해서 말하기도 하고 일부러 또 칭찬받은 아이들처럼 의젓해지려고 애쓰고 있지. 그런데 의사들에겐 표정이 없어. 적어도 내가 아는 의사는 말이야. 그는 그런 환자들의 아픔과 어린애 같은 순진성을 최대한 도로 이용하려고 들었어. 병을 고쳐주는 게 아니라 병을 길들이기 위해서 그 의사는 청진기를 귀에 걸고 있는 것 같았어.

사미, 내 얘기를 듣지 않아도 좋아. 고백이란 것은 남보다도 자기가 들으려고 하는 경우가 많으니까. 제가 제 이야기를 들어주어야 할 때가 많기 때문이야. 사미는 내가 흘리는 피를 보고 우정을 느꼈다고 했지만, 이젠 내 말을 들어야 해. 피가 아니라 내 말을 들어야 해. 그러면 아마 그나마의 우정도 없어지고 말겠지. 그런데도 나는 웬일인지 사미 앞에서 모든 가장을 벗어버리고 싶다는 생각이 들어.

내가 아는 의사는, 그 병원은 S대학에 입학하자마자 가정교사로 직업을 갖게 된 집이었지. 나의 어머니도 가난 속에서 죽었고 나도 역시 그 가난 때문에 죽었어야 했지만 가난을 복수하기 위해서는 좀 더 질기게 오래 살아야겠다는 결심을 했기 때문에 아마 그런 병원집을 찾아갔던 것 같아. 그 의사가 무면허의 돌팔이 의사가 아니었더라도, 그곳에 찾아오는 환자들이 좀 더 남루하고 슬픈 표정을 하지 않았더라도 나는 사미네 병원까지도 미워하는 그런 편견을 갖지는 않았을 거야. 여기는 효자동이니까, 고급 주택가에 있는 병원이니까 혹시 사미는 내 얘기를 잘 알아듣지 못할는지도 몰라.

그 병원은 T동의 빈민촌 언덕 밑에 자리 잡고 있었어. 창녀, 날품팔이꾼, 음독자살 미수자, 영양실조에 걸린 아이들, 얼굴엔 버

짐이 피고 부스럼이 나고 주사를 맞으려고 걷어올린 그들의 팔목은 한결같이 퍼런 힘줄이 튀어나와 있었지. 청진기가 닿는 가슴은 짙은 늑골의 그늘이 서려 있었단 말이야. 그 돌팔이 의사는 어느 환자가 와도 으레 페니실린을 놓고 아스피린과 밀가루 같은 소화제와 약방에서 사온 비타민정을 간 분말을 먹이는 것으로 돈을 벌고 있었던 거야. 그리고 참, 내가 병원과 의사에 대해서 증오와 편견을 갖게 된 것은 그런 이유 때문만은 아니었지.

이 돌팔이 의사의 출세에 아첨하려고 시골의 고향 친구가 그 병원을 방문하게 되면 으레 나는 그 증거물로 손님들 앞에 전시되어야만 했던 거야. 난 그 순서를 알고 있어. 손님들이 병원을 찾아오면 우선 그 돌팔이 의사는 판자촌에는 어울리지 않게 말끔한, 그러나 역시 무허가집인 그 2층 건물을 보여주고 난 다음에는 '화이트'라고 소리를 지르는 거야. 화이트는 그 집 개의 이름이야. 사람보다 족보가 더 확실하다더군. 그리고 그 개는 기름 바른 고기가 아니면 먹지 않고 바깥에다 재우면 감기가 드는 프랑스산 순종 푸들이라는 거야. 서울에 그런 개가 많아야 열 마리 안쪽이라고 했던가? 그중 한 마리가 바로 자기집 개라는 거야. 출세를 상징하는 휘장 같은 것이 바로 그 화이트라는 거야. 국회의장 댁 개도, 무슨 재벌, 무슨 회장 댁 개도, 아무개 장관, 아무개 대사 댁 개도 모두가 다 이 화이트의 친척들이라는 거야. 그러면 손님들은 그 돌팔이 의사를 국회의장이나 장관이나 재벌의 가장 가까운 친척처럼 부러운 눈으로 바라보고 있었단 말이야.

　이것이 비참했다는 얘기는 아냐. 그것 때문에 증오했다는 것도 아니고, 그런 일에는 제법 익숙해 있었으니까. 그런데 내가 참을 수 없었던 것은 화이트 순서 다음에는 바로 내 차례라는 것을 잘 알고 있었기 때문이야. 개가 꼬리를 흔들고 혓바닥을 내밀며 돌팔이 의사의 영광과 그 출세를 증명하기 위해 다소곳이 발밑에 앉아야 했던 바로 그 화이트 자리에 이젠 내가 서야만 했던 거야. '화이트…… 화이트…….' 아래층에서 이북 사투리로 개를 부르면 그 다음 차례가 나라는 것을 알고 아이들에게 가르치던 책장을 덮고 일어서야만 했어.

　화이트란 부름 소리가 끝나면 '전—선—생이란, 아 선—생—' 이라는 부름 소리가 들려오는 거야. 나는 아무 이유도 없이 그 손님들 앞에 나서서 공연히 죄지은 사람처럼 인사를 해야만 했었지. 돌팔이 의사는 '이분이 우리 집 가정교사'라고. S대학 수석 입학자라고 특별히, 특별히 이 학생의 장래를 위해서 학장님의 추천으로 우리 집 애들의 교육을 맡게 되었다고 그렇게 소개를 하면, 그 가난한 손님들은 기름기가 잘잘 흐르는 화이트의 멋있는 털을 보며 탄성을 지르듯이 고개를 끄덕이고 부럽다는 듯이 눈을 크게 뜨고, 돌팔이 의사가 얼마나 출세를 했는지 확인서에 도장을 찍듯이 머리를 끄덕이고……. 나는 그 병원집을 나오게 될 때 처음으로 화이트의 머리를 쓰다듬어주었어. 잘 있으라고. 차라리

한 마리 개처럼, 순종 푸들 같은 한 마리 개처럼, 고통이라는 것을, 모욕이라는 것을, 부끄럼이라는 것을 몰랐던들 적어도 나는 기름 바른 고기가 아니면 먹지 않고 바깥에서 자면 감기가 드는 그런 점잖은 생활을 할 수 있었을지 모른다고…… 오래오래 너의 친구가 될 수 있었을 것이라고.

그러나 내가 병원에서 뛰쳐나왔을 때 그 환자들의 얼굴과 꼬리 치는 화이트와 그리고 감탄사를 미리 준비해온 상상력이 모자란 그 시골 손님들의 시선으로부터 과연 탈출할 수 있었을까? 그 병원집에서 벗어났으면서도 온통 이 세계가 다 돌팔이 의사의 병원 같았고 건강한 사람들은 다 그런 돌팔이 의사였고 병든 사람은 다 그 집 환자 같다는 사실을 알게 된 거야. 나는 도망칠 수가 없었다. 그러면서도 새로운 땅에 새로운 병원을 세워야 한다는 생각을 차마 단념할 수는 없었던 거야.

그 때문에 나는 최루탄 속에 뛰어야 했다. 목이 쉬도록 소리를 질러야 했고 곤봉과 구둣발과 기마대의 말발굽과, 그러다가 사미가 본 그 피를 흘려야만 했어. 그러나 사미, 나는 절대로 용감한 사람이 아니었다는 것을 고백해야만 할 것이야. 용감한 친구들은 이렇게 팔과 다리에 깁스를 대고 시체처럼 누워서 말로는 싫어한다고 하면서 여자에게 눈물처럼 질펀한 이런 이야기를 지껄이지 않을 거야.

그들은 벌써 이 세상에 없는 사람들이야. 그들은 죽었어. 그들을 보기가 미안했기 때문에 나는 도망칠 수 없었던 것뿐이야. 데모를 선동한 것은 나였어. 그러나 나는 여기 이렇게 살아 있고, 말하고 있고, 그 대신 엉뚱한 다른 사람들이 죽어갔다는 것이……. 사미 그리고 말이야, 가장 싫어하는 병원에서 이렇게 신세를 지면서 누워 있어야만 해. 말하자면 나는 치료비를 갚을 수 없는 환자야. 창녀나 날품팔이꾼들도 그 돌팔이 의사에게 빈손을 들고 치료를 받으러 오는 걸 나는 단 한 번도 본 적이 없어. 깁스를 풀어도, 상처의 실밥을 뽑아도 나는 자유롭게 움직일 수가 없는 그런 사람이야. 나는 이미 죽어 있어야 할 사람이었지. 이제 사미는 다시 나를 친구라고 부르지 않는 게 좋겠어.”

그러나 현수의 눈에는 조금도 동정 같은 것을 구하는 빛은 없었다. 거만하게, 경멸하듯이, 병원집 딸까지도 경멸한다는 듯이 사미를 바라보고 있었다. 이 사람은 자기가 보기 그 이전부터, 이 병원에 업혀 들어오기 그 이전부터, 아주 오래전부터 피를 흘리고 있었고, 얼굴이 멍들어 있었다는 사실에 사미는 몸부림치며 일어났다.

어느 날 저녁, 미시릴리의 병세는 훨씬 좋아졌고, 바니나는 그의 생명을 염려할 구실이 이미 없어졌는데도 대담하게 혼자서 왔다. 그녀를 보자 미시릴리는 무한히 행복했지만, 자기의 사랑을 숨기려고 했다. 무엇보다도 그는 남자로서의 위엄을 잃고 싶지 않았던 것이다. 얼굴을 붉히며 그의 방에 들어온 바나나는 사랑의 말을 두려워하고 있었지만 점 잖고 헌신적인, 그러나 조금도 다정스러운 맛이 없는 우정으로써 그가 맞아주는 데에 당황했다. 그녀가 방을 나올 때에도 그는 그녀를 붙들어 두려고 하지 않았다. 바나나는 이 젊은 숯구이 당원의 걱정을 억제해주 기는커녕 자기가 짝사랑하고 있는 것이 아닌가 자문했다. 그렇다고 젊 은 환자를 만나는 것을 그만두려고 하진 않았다.

사미는 그런 일이 있고 난 뒤에도, 여자를 싫어한다거나 병원 을 싫어한다거나 자기에게는 듣기에 따라 모욕감을 주는 그런 이 야기를 듣고서도 줄곧 간호사가 자리를 비우는 시간에 현수의 입 원실에 드나들었다. 도리어 그 때문에 우정이 사랑의 감정으로 바뀌어가고 있었다. 그가 잠자고 있을 때에는 그의 머리맡에서 뜨개질을 하면서 조금씩 부기가 내리는 현수의 얼굴을 들여다보 기도 했다. 반창고를 뗀 그의 이마는 매우 시원스럽다는 것을 알 았다. 그리고 눈썹이 검고 짙으며 양미간에 잡히는 약간 우수에 서린 주름살 때문에 한결 더 그의 코는 높아 보였다. 아직도 입술 은 부어 있었다. 유난히 작은 입술은, 그 입술만은 미시릴리처럼 여장을 해도 잘 어울릴 것 같았다. 그는 더 이상 치료를 받을 필 요는 없었다. 아버지는 계산이 빨랐다. 신문기자가 드나들고, 의 연금품이 전달되고, 이미 4월의 혁명은 끝났기 때문에 정부나 경 찰의 눈치도 이젠 볼 것이 없었다. 이런 환자라면 되도록 오래 붙잡고 있는 것이 병원 장부의 숫자를 늘리는 일이다. 장부의 숫자만 늘어간다면 딸이라도 환자로 만들고 싶은 것이 사미의 아버지였다. 사미는 그렇게 생각했다.

"좋아." 하고 그녀는 드디어 마음속으로 생각했다.

"내가 그분을 만나는 것은 나 자신뿐이고, 나 자신을 즐겁게 하기 위함이다. 그분에 대하여 어떠한 감정을 품고 있다 해도 절대로 고백하지는 않을 거다."

바니나는 미시릴리를 찾아가 오랫동안 곁에 있었지만 미시릴리는 여러 사람이 그곳에 있다 해도 무방할 이야기밖엔 하지 않았다. 어느 날 저녁, 하루 종일 그를 미워하면서 지내고 또 그에 대해서 보통 때보다도 더 쌀쌀하고도 엄하게 대하겠다고 굳게 결심했으나 도리어 사랑을 고백하고 말았다. 곧 그녀는 그에게 모든 것을 바쳤다.

"책을 읽어주겠어?"

현수가 그렇게 말했을 때, 나는 일부러 사랑과는 관계없는 철학 책이나 사회학 책 같은 것을 골라 읽어주었었지. 그런데도 현수는 모르는 척했어. 석훈이 같았으면 아마 『에반젤린』이나 『아니벨리』나, 심할 경우엔 『채털리 부인의 사랑』같은 것을 읽어달라고 했을 거야. 현수가 그런 책을 요구했더라도 싫었겠지만, 모래를 씹는 것 같은 19세기 관념철학들의 책을 읽어주는 나의 심술에 모르는 척하고 있는 그의 무관심도 밉기 짝이 없는 노릇이었지.

제가 지껄이고 싶으면 몇 시간이고, 몇 시간이고 이쪽 기분은 생각지도 않고 떠들어대다가도 머리맡의 꽃이나 침대의 시트 같은 것을 바로잡아주면 눈을 감은 채 고맙다는 말도 없이 잠이 들어버리곤 했었지. 그러나 4월의 마지막 밤이었어. 아버지는 멀리 왕진을 갔고, 간호사는 밖에서 병원 침대보를 빨고 있던 그날 밤, 우린 둘이서 입원실 창밖을 바라보고 있었지. 4월의 밤공기는 빨랫비누에서 이는 비누거품처럼 미끄럽고 부드러운 감촉이 있었다. 팔과 발의 깁스를 뗀 현수의 손목을 잡고 나는 어린애에게 걸음마를 시켜주듯 보행연습을 시켜주고 있었지…… 그의 손은 싸늘했어. 그랬기 때문에 더욱 불덩이 같은 내 손바닥의 뜨거운 열을 나 자신이 느낄 수가 있었던 거야.

"손을 펴보세요. 팔을 움직이고."

밖에서는 전차의 트롤리가 어둠 속에서 파란 스파크를 일으키며 호들갑스럽게 지나가고 있었다.

"이젠 아무렇지도 않아. 이거 보라구."

현수는 나의 어깨를 향해서 깁스에서 벗어나 자유로워진 그 팔을 움직이고 있었다. 그럴 때마다 근육이 힘의 덩어리처럼 응결했다 흩어지는 것을, 그러다가 그 근육의 온 힘이 내 어깨에 와 닿는 것을 느꼈었지. 그리고 입술이, 흐르는 피와도 같은 입술이와 닿는 것을 느꼈었지……. 나는 눈을 감고 입술에서 피가 흐르던 현수의 얼굴을 생각하고 있었어. 이 입원실의 침대에 쓰러져 있던 현수의 그 최초의 얼굴을 생각했다. 육체는, 대체 육체는 무엇이기에 인간의 감정을 그토록 팥죽을 휘젓듯 휘저어놓는 것일까? 현수가 여섯 살 때 보았다는 남해의 바다, 태양이 푸른 파도 위에서 부서지고 끝없이 먼 곳을 향해 바람을 호흡하는 바다, 그 바닷속으로 침몰해 들어가는 한 척의 배처럼 내 의식도 육체도 출렁이면서 가라앉고 있었다. 그리고 흐느적거리는 파란 해초에 휘말려가고 있었다. 현수의 손과 가슴과 입술과 그 모든 것은 해초처럼 나의 온몸을 휘감고 있었다. 들척지근한 다시마 맛과도 같은 것이었을 거야. 그것은 하나의 바다였고, 하나의 세계였으며 한 번도 디디지 못했던 하얀 물가의 모래땅이었다.

"사미, 우리는 이래도 좋을까?"

"모르겠어요. 이것은 현수 씨가 오래전에, 아주 오래전에, 여섯 살 때 보았다는 남해의 뜨거운 바다예요. 바람이 불고 있어요, 그 바람에 내 머리카락은 흩어지고 있는 거예요."


미시릴리도 지금까지 생각해오던 남자의 체면 같은 것은 이미 생각하지 않게 되었다. 열아홉 살에 그리고 이탈리아에서 사람들이 첫사랑을 하듯이 사랑했다. 어느 날, 이제부터 무엇을 할 것인가 하고 미시릴리는 생각했다. 로마에서도 가장 아름다운 여인의 집에 언제까지나 숨어 있을 것인가. 그렇게 한다면 13개월 동안이나 나를 감옥에 집어넣어 햇빛을 보지 못하게 했던 그 폭군들은 내 용기가 꺾이고 말았다고 생각할 것이다. 이탈리아여, 너는 참으로 불행하다. 만약 이따위 일로 너의 아들들이 너를 버린다면!

혁명은 끝났고, 사람들의 표정은 그 전보다 조금은 행복해진 듯싶었다. 5월의 신록 때문만은 아닐 것이라는 사실을 사미는 잘 알고 있었다. 학교도 다시 문을 열었다. 따지고 보면 변한 것이라곤 아무것도 없었고, 더러는 더 어수선하게 된 것도 있었다. 그러나 겉으로 보기엔 돌같이 딱딱한 구근球根 속에서 하나의 생명이 봄을 마련하고 있듯이, 사람들의 내면 속에서는 무엇인가 알 수 없는 변화가 움트고 있는 것이 분명했다.

학교에서 돌아오던 길에 사미는 의연금을 걷고 있는 학생들이 거리에 서 있는 것을 보았다. 4·19의 희생자들을 위해서, 살아 있는 사람들은 어떤 보상을 해서라도 자신의 겸연쩍은 마음을 감추려고 애쓰는 것 같았다. 사미도 좀 쑥스러운 생각이 들었지만 지갑을 열고 손에 잡히는 대로 몇 장의 지폐를 꺼내어 모금함 속에 넣었다. 하얀 종이를 바른 네모난 모금함은 꼭 그들의 유골을 담은 상자처럼 보였다.

'대체 이런 것으로 그들의 젊음을 보상해줄 수 있단 말인가? 이 몇 장의 지폐로 과연 그들이 얻은 역사를 천분의, 만분의 일이라

도 내 것으로 만들 수 있을 것인가?'

사미는 빨리 집으로, 현수가 기다리고 있을 그 집으로 돌아가야 한다고 생각했다. 그때 흙투성이의 더러운 손이 머뭇거리고 있는 그녀의 가슴에 와닿는 것을 느끼고 깜짝 놀랐다. 거지였다. 거지는 아무 데서고 이렇게 불쑥 나타난다. 부스럼투성이의 얼굴을 한 그 거지는 벙어리였던지 동물 같은 기성을 발하며 사미를 향해 손을 내젓고 있었다. 돈을 달라는 것으로 보였다. 그러나 동전을 찾아 몇 개를 던져주려고 하자, 거지는 그녀의 손을 뿌리치면서 떠밀듯이 앞으로 걸어나가는 것이었다. 사미는 비로소 그가 왜 그런 짓을 하게 되었나를 알았다. 사미가 의연금품을 모으는 모금함 앞을 가로막고 서 있었기 때문에, 그 거지는 비켜달라고 했던 것이었다.

거지는 잠시 모금함 앞에서 쭈뼛대다가 이라도 잡을 듯이 해진 양복바지의 고의춤을 깠다. 거기에선 구겨진 지폐들이 나왔다. 온종일 구걸해서 모은 돈이었을 거다. 거지는 돈을 움켜쥔 손을 벙어리저금통 같은 나무 상자 모금함 안에 쑤셔넣고 있었다.

너무 놀라서 사미는 하마터면 소리를 지를 뻔했다. 평생 남에게 구걸을 하던 거지가 남을 위해서 단 한 푼이라도 기여를 한다는 것은 하나의 기적이었다. 길가에 엎드려 사람들의 발목을 잡고 구걸하고, 또 발목을 잡고 사람들의 가래침 같은 자선에 전 생명을 내맡긴 그 비루한 거지가, 한 번도 얼굴을 본 적이 없고 한 번도 그 이름이나 고향을 기억해본 적도 없는 타인들을 위해 저렇게 지폐를 던지고 있다. 그 힘은 대체 무엇인가? 받기만 하던 사람이 이렇게 주고 있는 것이다.

"현수 씨, 나는 그때 자칫하면 울 뻔했어. 불쌍한 그 거지가 가래침 밑에서 구걸해서 얻은 자기의 금쪽같은 돈을 모금함 속에 쑤셔넣고 있을 때, 나는 그가 그 돈을 보지 않으려고, 모금함 구멍으로 들어가고 있는 그 돈을 보지 않으려고 외면을 하고 있는 슬프디슬픈 눈과 마주쳤지요. 정말 눈물이 나올 뻔했어. 놀랍기도 했고, 딱하기도 했고, 난 그걸 4월의 기적이라고 부르고 싶어요."

현수는 나를 끌어안을 듯이 난폭하게 앞으로 다가서면서 외쳤었지.

"사미! 난 처음으로 내가 젊다는 것을 말이야, 우리들이 젊다는 것을 실감하게 되었지. 난 지금까지 젊다는 사실을 모르고 지냈었고, 또 생각해본 적도 없었지. 5월이야, 지금은…… 5월, 평생 이런 5월이 계속됐으면 좋겠어. 나뭇잎의 새순은 더 자라지도 말고, 저 잔디의 빛깔은 지금보다 더 짙지도 말고, 이 공기도 말이야 그냥 이대로 끝없이 끝없이 흔들리고 있을 수는 없을까. 사미는 몇 살이랬지?"

"열아홉! 왜 그런 유행가 있잖아요? '열아홉 살 가슴에 꽃이 핍니다.' 어쩌다가 그런 노래를 생각하면 아주 유치하고 소름이 끼칠 정도로 간지러운 생각이 들었죠. 난 비웃곤 했죠. 하지만 생각해보면 조금도 우스울 게 없잖아요? 지금의 이 상태를 그런 말 아니고는 또 다른 말로 어떻게 이야기할 수 있겠어요?"

"난 스물한 살, 나는 스물한 살. 내 호적에만 그렇게 씌어 있는 것이 아니라……."

현수는 나를 으스러지게 끌어안으면서 자꾸 '스물한 살'이란 말만 되풀이했었지. 그때 나는 복도에서 울리는 슬리퍼 소리나 아버지의 기침소리나 족제비처럼 입원실 창문을 살며시 열고 예고 없이 고개를 내미는 간호사의 눈초리 같은 것에 대해서 처음으로 신경을 쓰지 않았지. 그게 아마 길 한복판이라도 우리는 아무 스스럼없이, 남의 이목 같은 것에 관계없이, 그렇게 포옹할 수 있었을 것이다.

"우리 밖으로 나갈까? 사실 이제 나는 건강해졌어. 벌써 퇴원을 했을 몸이야. 지금 내가 이렇게 입원실에 눌러 있는 것은 사미때문에 입은 또 하나의 상처를 치료하느라고 그러는 거야. 물론 그건 외상外傷의 치료보다 더 많은 시간을 필요로 하는 것이겠지만. 그리고 참 깁스―팔이 부러지거나 다리가 부러지거나 했을 때 깁스는 그 골절한 부분에만 대면 그만이지만, 사랑에 다친 사람들은 전신에다 깁스를 해야 한다는 것을 난 생각해본 적이 있었지. 그런데…… 아니 내가 뭘 얘기하려고 했던가? 그래 참, 내가 말하고 싶었던 건 답답한 깁스 이야기가 아니고 밖으로 나가고 싶다는 거였지. 나는 다시 그 길들을 볼 거야. 내 친구들이 쓰러졌고 나 자신이 피를 흘렸던 그 길들을 다시 걸어야 되겠어. 길목에 쳐져 있던 바리케이드는 걷히고, 스물한 살의 젊음은, 더구나 사랑을 알기 시작한 그 젊음은 넓은 페이브먼트를 걸어가는 거야. 그러나 뛰지는 마. 한 발자국, 한 발자국 풀싹이 돋아나는 벌판을 밟듯이 조심스럽게 우린 새로운 날들의 그 땅을 밟아야 되는 거야. 그러지 않으면 신이 질투를 할지도 몰라. 기마순경들, 곤봉들, 최루탄, 포고령, 이런 것들을 이기고 젊음과 사랑은 오랜 밤을 지나왔으니까, 적어도 우리는 이 아침을 살 수 있는 권리가 있지."

"난, 유령 같았어요. 여자는 남자를 사랑하게 될 때에만 자기 자신을 발견할 수 있게 되는 건가 봐요. 내가 육체를 가지고 있다는 것을 이제야 비로소 실감하게 되었으니까요. 자, 나가요, 어디로든 같이 나가요. 우리들을 뒤쫓거나 우리들의 대화를 엿듣거나 그럴 사람들은 이 세상의 어느 곳에도 없어요. 나가요. 자, 빨리 일어섭시다. 5월의 바람이 우리들 곁에 영원히 머물 수 있게 기도해요. 어제의 일들은 껌을 씹듯이 질겅질겅 씹어서 침과 함께 뱉어버리면 되는 거예요."

"껌을 함부로 뱉어버리면 다시 누구의 옷엔가 묻게 될지도 모르니까 아주 파묻어버리자. 땅속 깊숙이 해골을 묻듯이 묻어버리고 밖으로 나갑시다……."

　숲은 참 조용했어. 난 그때 다람쥐를 보았었지. 언제 봐도 다람
쥐는 장난감 같은 데가 있어. 현수는 내 무릎을 베고 나뭇잎 틈새
에서 아른거리는 5월의 하늘을 바라보고 있었고, 우리는 거의 한
시간 동안이나 아무 말도 없이 그런 채로 침묵하고 있었지. 살에
배는 현수의 몸무게를 나는 지금도 그대로 느낄 수가 있어. 나는
손가락으로 현수의 이마에 아직도 남아 있는 상처의 흉터를 조심
스럽게 어루만지면서 혼잣말로 말하고 있었던 거야.
　'세상에, 흉터까지도 사랑할 수 있다니. 나는 이 사람의 어느
부분을 사랑하는 것일까? 이런 흉터일까, 그렇지 않으면 흉터가
없는 남자 같지 않게 유난히 고운 그 살결일까?' 나는 다시 다람
쥐가 나무 등걸로 기어오르는 것을 보면서 5월의 숲에는 해가 지
지 않을 것이라는 생각을 하고 있었다.


　바니나는, 피에트로의 가장 큰 행복은 언제까지나 자기와 결합되어
　있는 것이라는 것을 의심하지 않았다. 그러므로 그만큼 그는 행복하게
　보였던 것이다.


　벌써 시간은 자정이 지난 것 같았다. 사미의 눈에도 졸음이 오
고 있었다. 그러나 미시릴리가 바니나의 곁을 떠나려 할 때의 구

절이 눈에 띄자 다시 신경은 긴장되었고, 프린트의 불어 글자를 더듬던 그 눈은 반짝였다. 더구나 K교수가 이 부분을 강의할 때에는 독감에 걸려 있어서 잘 알아듣지 못한 구절들이 많았다. 그래서 몇 번씩이나 사전을 찾아야 했고 그러다가 사전을 펼쳐놓은 채 자주 현수의 기억 속으로 빠져들어가곤 했다.

"미시릴리의 대화 부분에서 문법적으로 설명할 부분은 '밤이 되면 떠나게 될 거'라고 할 때의 세라 브뉘의 브뉘가 브니르Venir의 전前 미래라는 것, 그리고 세라는 조동사로 에트르 동사의 단순미래라는 것……. 그런데 말이죠. 전 미래라는 것은 옛날에 배웠겠지만, 미래의 사건이 일어나기 전에 이미 일어나고 있어야만 할 사건을 뜻하는 것이죠. 따라서 보통 전 미래는 하나의 단순미래와 대조적으로 사용된다는 것을 기억해두어야 합니다. 한국인에겐 이러한 시제에 대한 관념이 없어 불어를 배울 때 핸디캡이 많아요. 우린 그저 과거고 현재고 미래고 다 애매하거든. 미래형이 특히 그런 것 같은데…… 문법 하나만 봐도 우린 시간이나 미래 같은 것을 모르고 살아오지 않았나 하는 생각이 듭니다. '어제'나 '오늘'은 순수한 우리나라 말인데, '내일'이라는 말만은 한자에서 온 것이잖아요? 그런 걸 봐도 미래형이 풍부하지 않다는 것과 무슨 밀접한 관계가 있는 것 같아."

K교수의 문법적 설명을 들으면서 그때 나는 속으로 이렇게 말했었지.

'그래, 당신 말이 옳은 것 같아요. 분명히 한국인은 미래를 모르고 사는 사람들인 것 같습니다. 가을 날씨의 소나기처럼 갑작스레. 갑작스레 미래는 변하죠. 단순미래형도 없고, 전 미래형도 없고, 어찌 되었거나 미래는 엉망진창이었죠.'

미시릴리는 몹시 거북한 태도로 바니나에게 이렇게 말했다.

"밤이 되면 나는 떠나겠소."

"날이 새기 전에 꼭 돌아오시도록 하세요. 기다리겠어요."

"날이 샐 때면 나는 로마에서 수 마일 떨어진 곳에 가 있을 거요."

"좋아요. 그런데 어디로 가시려는 거예요?" 하고 바니나는 냉담하게 말했다.

"로마냐에, 복수하러."

"저는 부자니까 무기와 돈을 드릴 수 있어요. 받아주세요."

바니나는 대단히 조용한 어조로 말했다. 미시릴리는 눈썹 하나 까딱하지 않고 얼마 동안 바니나를 바라보다가 그녀의 품 안에 몸을 던졌다.

"당신은 나의 생명과 원동력이오. 나에게 모든 것을 잊어버리게 하오. 내 의무조차도. 하지만 그대 마음이 고귀할수록 나를 이해해주어야만 하오."

미시릴리는 바니나에게 말했다. 바니나는 마구 울었다. 그리고 그는 다음 다음 날에나 로마를 떠나기로 결정했다.

"현수도 그렇게 떠납니다. 갑작스럽게 전 미래형으로 떠납니다. 교수님, 어떠한 일이 일어난지 아세요?

아침부터 하늘이 찌푸리던 날, 학교에 가려고 막 대문을 나서려는데 현수는 입원실 복도에 나와 기다리고 있었던 거예요. 자기는 퇴원한다나요? 정확하게 말하면 내게서 떠난다는 것이었죠. 그것도 당장에 말예요. 물론 미래형을 잘 알고 계시는 K교수님은 환자가 한 달이든 두 달이든 병이 다 나은 뒤에도 계속 머물러 있을 수는 없다는 것을 알고 계실 거예요. 병원은 호텔이 아니니까요. 그걸 전들 왜 몰랐겠어요? 단순미래에 속하는 일을 말예요. 섭섭한 건 그게 아니었죠. 다만 내가 말예요, 왜 갑작스레 지금 당장 퇴원하려 하느냐고 반문했더니 글쎄, 이렇게 말하는 거예요. 이미 오래전부터 오늘 퇴원할 것을 결정했는데, 다만 이제야 말하는 것뿐이라고요. 그는 나의 곁에서 줄곧 이야기를 했고 같이 걸음을 걸었고 같은 자리에서 책을 읽기도 했었는데 자기 혼자서만 달력 위의 이날에 마음의 동그라미를 쳐놓았던 겁니다. 교수님, 전 그게 섭섭했어요. 제 기분을 아시겠어요? 미래를 모르는 사람의 마음을 말예요.

뺨을 갈기며 느닷없이 들이닥치는, 노크도 없이 들이닥치는, 미래인지 현재인지 분간조차 할 수 없는 그 시간과 얼굴을 대했을 때의 제 기분을 아시겠어요? 나는 그래서 이렇게 말했지요. 며칠만 더 기다리자고요. 이곳에서 나가면 당장 하숙방도, 하숙비도, 먹고 입고 할 잡비도 없지 않느냐고요. 지금까지 우리는 오늘의 일만 생각했지 아직 내일에 대해선 한 번도 같이 생각해본 적이 없지 않았느냐구요. 그랬더니 글쎄, 현수는 몰래 퇴원하려고 했었던 건데…… 사미의 얼굴이, 내가 앞으로 해야 할 많은 일들을 가로막지 않도록 몰래 떠나야 했는데…… 라고 하잖겠어요? 그러면서도 사랑한다고 하더군요. 그야말로 라 뉘 세라 브뉘La nuit sera venu, 밤이 되면 모든 이야기를 하자고 하면서 나는 그냥 거리로 뛰쳐나왔어요.

K교수님, 현수와 나의 미래는 문법적으로 무슨 미래형에 속하나요? 질문을 해도 되겠어요?"

사미는 바나나가 미시릴리에게 구혼하는 대목으로 시선을 옮겼다.


"그럼, 당신은 용기도 있으시고, 다만 높은 지위만이 부족합니다. 저는 당신과 결혼하여 20만 리브르의 연수입을 드리려 해요. 아버지의 허가도 제가 책임지겠어요."

피에트로는 여자의 발밑에 몸을 던졌다. 바나나는 기쁨에 빛나고 있었다.

"난 당신을 열렬히 사랑하고 있소." 하고 그는 말했다.

"나는 보잘것없지만 조국에 몸을 바친 사람이오. 이탈리아가 불행하면 불행할수록 나는 이탈리아에 충실하지 않으면 안 되오. 동 아스드뤼발의 승낙을 얻으려면 몇 년 동안은 아니꼬운 역할도 다 해야 되겠지. 바니나, 모처럼이지만 거절하겠어요."

미시릴리는 이 말로써 얼른 자기 자신을 속박했다. 용기가 꺾이려고 했기 때문이다.

"나의 불행은" 하고 그는 외쳤다.

"내 불행은, 당신을 생명보다도 더 사랑하고 있는 거야. 로마를 떠난다는 것은 나로선 가장 쓰라린 고통이야. 아아! 어찌하여 이탈리아는 야만인들의 손에서 해방되지 않는 것일까! 해방만 되는 날에는, 나는 참으로 기쁜 마음으로 당신과 함께 미국에라도 살러 가겠는데!"

바니나는 몸이 얼어붙을 지경이었다. 구혼이 거절된 것이 그녀의 자존심에는 뜻밖의 일이었다. 그러나 잠시 후, 그녀는 미시릴리의 품 안에 몸을 던졌다.


처음으로 그들은 다방에서 만났다. 아무런 장식도 없는 쓸쓸한 변두리 다방이었다. 5월인데도 밤공기가 썰렁했고, 부스에는 혼자 앉아서 누군가를 기다리고 있는 사람들뿐이었다. 말하자면 그 다방엔 모두 외로운 사람들만이 앉아 있는 것 같았다. 사미는 그때의 일을 생각하고 얼굴을 붉혔다. 무엇 때문에 당돌하게 그런 말을 꺼냈었던가.

'나는 왜 자존심도 없이 구혼을 했던가? 그걸 생각하면 귀밑이 지금도 빨개지는군.'

"우리는 결혼을 하는 거예요. 어머니는 수십 년을 두고 있는 듯 없는 듯 살아왔지만 이번만은 내 편이 되어줄 거예요. 딸 하나밖에 낳지 못했다는 것 때문에, 대를 이을 아들을 낳지 못했다는 그 이유 하나 때문에 죄를 지은 사람처럼 큰소리 한번 쳐보지 못하고 피 묻은 병원의 시트만을 빨다가 이젠 늙어버린 어머니지만, 이번만은 제 편이 되어줄 거예요."

"너무 어리다고 생각지 않아, 우리는?"

"지금은 어리죠. 그러나 우리들이 새집을 지을 때까지는 많은 시간이 필요하고, 그리고 나이를 먹게 되죠."

"집."

"그렇죠, 그것은 우리들의 집이에요. 영원히 5월만이 계속되는 뜰이 있구요. 우리가 긴 이야기를, 누구의 방해도 받지 않고 긴 이야기를 할 수 있는 밤의 침실이 있습니다. 누구도 이 대문의 빗장을 우리들의 허락 없이는 열지 못할 거예요."

"아, 수도원처럼 말인가? 기도를 하기만 하면 내일이 절로 굴러떨어지는 그런 수도원처럼 말인가?"

"비꼬지 말고 들으세요. 당신은 늦잠을 자는 버릇이 있거든요. 나는 벌써 몇 번이나 아침 커피를 데워야 했습니다. 당신은 세수도 하지 않은 얼굴로 마치 어린애처럼 '설탕을 타줘, 한 스푼만……' 이라고 말하는 거예요. 나는 게으름뱅이를 위해서 아침상을 침대 곁으로 날라가지 않으면 안 되는 거예요. 열린 창으로 부드러운 햇살과 졸음을 깨우는 쌉쌀한 아침 바람이 흘러들어오고……. 무슨 음악이 좋을까요? 우리는 우리가 살아 있다는 것을 확인하고, 서로 사랑하고 있다는 것을 확인하고, 뜨거운 육체가 시들지 않았다는 것을 확인하고, 시간이, 음악이 우리들 주위를 맴돌며 한곳에 머물러 있는 것을 똑똑히 볼 수 있을 거예요."

"나의 서재는 어디 있소?"

성능이 좋지 않은 전축이지만 멘델스존의 이탈리안 심포니인 듯싶은 음악이 감미롭게 들려오고 있었다. 다방은 완전히 비어 있었고 카운터에선 종업원이 하루의 전표를 희미한 전등 밑에서 계산하고 있었다.

"내 서재는 어디에 있소?"

현수는 정말 호기심을 갖고 있는 눈치였다.

"2층에요. 서재의 창을 열면 강이 보이는…… 당신은 책을 너무 어질러놓는 좋지 않은 습관이 있어요. 그래서 나는 서재를 치우느라고 언제나 골탕을 먹죠. 그런데 당신은 가지런히 꽂힌 책을 보고 글쎄, 이렇게 화를 내는 거예요. '책을 뒤죽박죽으로 만들어놨으니 어느 곳에 그 책이 꽂혀 있는지 알 수가 있어야지. 책을 읽는 시간보다 찾는 시간이 더 오래 걸린단 말이야.' 고맙다는 말 대신 이렇게 불평을 하죠."

현수는 웃었다.

"하긴 그래. 여자들은 말이야, 가지런히 보이기만 하면 그게 정돈된 것인 줄 알지. 그러나 오히려 그 편이 더 뒤죽박죽으로 어수선하게 널려져 있다는 것을 모르는 거야. 도리어 혼돈 속에 질서가 있다는 것을 모르고 있지. 남자들은 관념으로 세상을 보고 있는데 여자들은 감각으로만 사물을 보고 있는 차이 때문이야. 그런데 재미있군. 사미가 말하는 그런 것을 사람들은 생활이라고 부르지."

"그런데 우리들의 애는 너무 장난이 심해요. 무엇인가 이 집에서 시끄러운 소리가 난다면 그건 애들의 울음소리뿐일 거예요."

"아, 가정, 아내, 아이들, 집."

이렇게 말하면서 현수는 갑자기 우수와 희망이 뒤얽힌 묘한 표정을 지었다. 그 표정은 마치 해가 구름에 반쯤 가린 날씨와도 같은 것이었다.

"어렸을 때 나는 오란다식 붉은 기와의 양옥집 같은 데서 살고 싶다는 생각을 했었지. 내가 살던 시골 이발소에는 그런 집을 그린 그림이 사진틀 속에 넣어져 있었어. 그 집 앞에는 호수가 있었고 하얀 요트가 그 호수 위를 흐르고 있었지. 그러나 난 생각했었어. 이 세상에는 절대로 저런 집은 있을 수 없는 것이라고. 그건 그 날개 돋친 아기 천사나 구름 위에 서 있는 관음보살이나 하늘 위를 날아다니는 융단 같은 것들처럼, 인간들이 멋대로 꾸며낸 환상의 그림에 지나지 않는다고. 절대로 그런 집은 없는 것이라고, 이 세상엔 없는 것이라고. 내가 알고 있는 집들은 모두 메주

또는 냄새가 나는 초가집들뿐이었으니까. 장마가 지면 노래기들
이 방 안으로 기어들어왔지."

"그래요. 그런 고집은 나쁜 거예요. 어서 그런 편견들을 툭툭
털어버리고 집으로 돌아갑시다. 아버지는 화를 내시겠지만, 당신
이 의사가 아니라는 단 하나의 사실 때문에 노여워하시겠지만,
우리들은 벌써 집을 세웠어요. 그리고 아버지는 그 집을 부수기
에는 너무 늦었어요."

현수의 얼굴에선 구름이 햇볕을 가려버리고 있었다.


정말 현수는 미시릴리와 같은 마음으로 구혼을 거절하고 나의
곁을 떠난 것인가, 라고 사미는 생각해보았다. 벌써 그것은 오래
된 일이기 때문에 낡은 앨범의 사진을 보는 것처럼 희미해져버린
일이다. 사실 자기가 지금 「바니나 바니니」를 읽으면서 현수와의
대화를 생각하고 그의 몸짓을 생각해 보는 것은 그때의 일과는
아주 다른 것이었을는지도 몰랐다. 현수는 무엇을 생각하고 있었
을까…….


'조국이란 무엇인가?' 하고 그는 생각했다. 그것은 우리들이 무슨 은
혜를 입었다고 해서 반드시 감사를 드려야만 하는 그런 것도 아니요,
또 가령 우리들이 감사하지 않는다고 해서 불행해지지도 않으며 우리
들을 저주할 수 있는 것도 아니다. '조국'이니 '자유'니 하는 것도 마치

내 망토와 같은 것이어서 나에게 유용한 것이다. 그것을 아버지에게서 물려받지 못했을 경우에는 그것을 사지 않으면 안 된다. 그러나 어쨌든 난 조국과 자유를 사랑한다. 이 둘은 다 나에게 유용하니까. 만일 이 두 개가 나에게 필요 없고 마치 8월의 망토 같은 것이라면 그걸 사서 뭘 하겠는가. 더구나 엄청난 대가를 지불하고서 말이다. 저렇듯 바니나는 아름답고 실로 묘한 재주를 가지고 있다. 모두들 그녀 마음에 들려고 야단들일 것이고 그녀는 나 같은 건 잊어버릴 것이다. 남자를 하나밖에 가진 적이 없는 여자가 어디 있겠는가? 난 로마의 귀족들을 시민으로서는 멸시하고 있지만, 그들은 나보다 유리한 점을 저렇게도 많이 가지고 있는 것이다. 작자들은 틀림없이 사랑을 받을 만한 가치가 있는 모양이다. 아아! 내가 떠나고 나면 그녀는 나 같은 건 잊어버린다. 그것으로 나는 그 여자를 잃어버리고 만다.

한밤중에 바니나가 만나러 왔다. 그는 아까 자기가 진퇴양난에 빠져 있었다는 이야기며, 그녀를 사랑하는 까닭에 조국이라는 어마어마한 말까지 꺼내놓고 심사숙고하고 있었다는 이야기를 했다. 바니나는 무척 행복했다.

'조국이냐, 나냐. 불가불 양자택일을 해야 되는 날에는 이분은 틀림없이 나를 택할 거야.' 하고 그녀는 마음속으로 생각하는 것이었다.

근처 교회 시계가 3시를 쳤다. 마지막 이별의 순간이 온 것이다. 피에트로는 사랑하는 여자의 품 안에서 빠져나왔다. 벌써 그는 작은 계단을 내려가고 있었다. 그때 바니나는 눈물을 억누르고 생긋 웃으며 그에게 말했다.

"만약 당신의 병구완을 한 이가 가난한 시골 여자였다면 당신은 아무것도 감사의 표시를 않겠어요? 사례금을 치르려고 하지 않겠어요? 장래의 일은 어떻게 될지 알 수 없고요. 당신은 적들 속을 헤치고 들어가는 몸이니까요. 사례로 사흘만 주세요. 병구완을 받은 사례로서 얼마든지 주지 않으면 안 될 불쌍한 나를 생각하세요."

"이제 그런 이야긴 그만두기로 하자. 나는 남들처럼 가정을 갖고 애를 기르고 더구나 병원집 데릴사위가 되어 최호은 외과의 간판을 지키며 살아갈 만큼 행복한 사람은 못 될 것 같아. 나는 어차피 불행을 선택한 사람이니까. 새로운 땅에 새로운 병원을 세우고 부스럼이 많이 난, 그리고 팔다리가 배배 꼬인 우리들의 어린 환자들을 위해서 새 간판을 다는 거야. 그러기 위해서 난 어렵고 슬프고 외로운 불행을 선택한 사람이야. 만약에 내가 그 돌팔이 의사를 보지 않았다면, 여섯 살 때 바다를 보지 않고, 열한 살 때 그 보리밭을 보지 않았다면, 경찰서 취조실의 유리창 너머로 그 봄꽃들을 보지 않았다면 나는 사미와 많은 밤을 두고 행복을 이야기할 수 있었을 거야.

평범한 사람들처럼 사미의 손에 반지를 끼워주고 일요일엔 캐러멜 껍질이나 까면서 고궁의 뜰을 어린 것들의 손을 잡고 서성대고 있을 테지. 만약에 이 역사의 병으로부터 모든 사람이 치료를 받고 퇴원하게 되는 그러한 건강한 날들이 온다면, 난 사미의 반짇고리 속에서 고운 색실처럼, 예쁜 수의 그림으로 현신해가는 그 꿈을 지닌 색실처럼 그렇게 살기를 희망했을지도 몰라."

실은 현수도 누구도 그런 말들을 안 했는지도 모른다. 그 대화의 전부가 지금 이 자리에서 꾸며낸 환상에 지나지 않을 거라는 의심도 들었다. 분명한 건 그가 그녀의 구혼을 거절했었다는 것과, 떠나고 난 뒤에 거의 한 달 동안이나 서로의 소식을 모른 채 지냈었지만, 어느 때고 현수는 자기의 오란다 집에서 자기와 함께 생활할 날이 있을 거라고 굳게 믿고 있었다는 사실이다.

몹시 서글픈 마음으로 이곳에 온 미시릴리는 여기서 결사의 두목이 체포되었다는 것을 알게 되었다. 그리고 불과 스무살이 될까 말까 한 애송이인 자기가 쉰 살도 넘은 사람들, 게다가 1815년 뒤의 뮈리 원정 이후 사뭇 여러 음모에 가담했던 사람들도 있는 이 결사의 두목으로 뽑혔다는 것도 알게 되었다. 피에트로는 뜻하지 않던 이러한 명예를 받게 되자 가슴이 두근거렸다. 그리고는 혼자 있게 되자 곧 그는 자기를 잊어버리고 있는 로마의 젊은 아가씨를 이 이상 더 생각하지 않고 오로지 '이탈리아를 야만인들로부터 해방시킨다'는 의무에만 전념하려고 결심했다.

남자들은 왜 그럴까? 그들은 넥타이 말고도 권력을 목에 감고 다니려 한다. 초등학교에 다닐 때 반장이 되고 싶어 하고, 중학교에 들어가면 운동선수가 되어 사람들로부터 박수를 받고 싶어 한다. 현수도 그런 남자 중 하나라는 사실을 알게 되자 나는 얼마나 실망했었는지 몰라. 아니 실망이 아니었을 거야. 서글픔이었지. 아마 8월이었을 거다. 방학 때였으니까. 그리고 해수욕장에 갈 준비를 하고 있었을 때였으니까.

난 그때 정말 일광과 오존이 절실하게 필요했을 때였지. 내 건강은 절망적이었어. 아버지에겐 그런 환자가 필요 없었지. 그에게 필요한 것은 외상을 입은 환자뿐이었으니까…….

수영복을 사려고 갔었던 것이 분명해. 차양이 넓은 밀짚모자, 파랗고 빨간 리본이 달려 있었지. 그리고 얼룩말 같은 비치가운들, 비닐 튜브, 풍선같이 부푼 원색 튜브들. 마네킹의 앞가슴을 가린 비키니 수영복. 그런 것들이 얼마만큼 내 마음을 환하게 비춰주었었지. 재수가 좋으면 예쁜 조개껍데기를 주울 수도 있을 거고, 비치파라솔 밑에서 뜨거운 모래로 온몸을 지져가며 저 태양이, 칼끝같이 번뜩이는 태양이 모든 것을 잊게 해주는 행운을 맛보았을는지도 몰라.

그런데 현수가 그런 환상마저도 깨뜨려버렸었지. 그 백화점에서 만날 줄이야!

현수는 마치 엊그제 만났던 사람을 다시 본 것처럼 태연히 손을 흔들고, 그 제스처는 얼마나 또 세련되어 있었던가……. 손을 흔들고 '사미'라고 불렀지. 4·19 때 입은 상처로 그가 무슨 학생회의 높은 감투를 썼다는 말을 듣긴 했으나, 그의 입이 정치가의 이름들을 친구처럼 부르고, 겉으로는 그렇지 않은 체했지만 좀 뻐겨보고 싶어 하는 눈치를 보이고 해수욕장엘 가느라고 백화점 출입을 하는 걸 보니 창자를 움켜쥐고 열한 살 때 보리밭을 보던 소년은 그에게서 아주 사라져버린 것 같은 생각이 들었다.

"한 일주일쯤 경포대에 가려고 하는데 사미도 같이 안 가겠어? 물론 단체여행이니까 일행들이 여섯이나 있어. 그중에 당 선전부장 M씨 알지? 신문에서 매일같이 얻어터지지만 그렇게 나쁘진 않은 친구야. 그리고 청년부장도 있긴 있지만, 나머진 전부 학생 대표들이니까 말이 통할 거야. 거북할 건 없지. 약혼자라면 되잖아."

그의 입에서 아무렇지도 않게 약혼자란 말이 튀어나오는 것이 나는 싫었지만, 어쩔 수 없이 그가 가자는 레스토랑으로 따라 들어갔지. 하얀 제복을 입은 웨이터들이 현수를 보자 굽실거리는 것이었다. 그는 이 집의 단골손님인 것 같기도 했다. 얼굴이 퉁퉁 붓고 입술에 피가 맺혀 있던 입원실의 그 얼굴과 지금 건강해진 현수의 얼굴은 전혀 달랐다. 나는 울지 않으려고 했지만, 뜨거운 것이 볼을 스쳐내리는 것을 느껴야만 했었다.

'나는 이 사람을 미워할 수 없다. 나는 이 사람을 미워할 수 없다. 이마에 흉터가 남아 있는 한, 퉁퉁 부은 얼굴이 아직도 입원실의 어느 한구석에 그렇게 남아 있는 한, 목발을 디디고 뚜벅거리며 걸음마를 배우는 아이들처럼 복도를 서성대던 그 소리가 아직도 어두운 방 어느 한구석에 울려오고 있는 한 나는 이 사람을 미워할 수가 없다.'

갑자기 땟물을 벗은 현수의 얼굴이 옛날보다도 더욱 슬퍼 보였다. 이 사람은 지금 무엇을 보고 있는 것일까. 정말 새로운 땅은 발견되고 새로운 병원은 세워지는 것일까. 그 병원에 화이트라는 이름을 가진 프랑스산 순종 푸들 같은 것은 없을 것인가.

"현수 씨, 젊음을 낭비하지 마세요. 그리고 이렇게 말하는 내 말을 건방지다고 생각지 마세요. 언제고 다시 부상을 당하시거든 최호은 외과, 옛날의 그 입원실로 돌아와주세요. 나는 당신이 누울 침대의 청결을 위해서 시트를 빨고 있겠습니다. 손이 부어터질 때까지, 허물이 벗겨질 때까지, 하얗게 침대의 시트를 빨 것입니다."

"부상이라니, 왜 내가 부상을 입어? 사미는 악담을 하는군. 나를 원망하고 있군그래! 마찬가지 일이야. 왜 사미는 나를 찾아오지 않았어? 데릴사위는 반드시 여자의 집으로 가야만 하는 건가? 몇 번인가 난 효자동으로 가는 전차를 탄 적이 있었지. 비가 오던 날 밤이었어. 7월의 장마는 갤 것 같지 않았고, 습기 찬 공기는 옛날의 멍든 내 상처를 다시 쑤시게 했지. 한밤중에 우산도 받지 않고 효자동행 전차를 집어탔어. 비 맞은 개처럼 사람들 틈에 끼어내의까지 축축이 스며드는 빗물 때문에 후들후들 떨면서 말이야. 하지만 사미를 만나기만 하면 따뜻해질 것 같았어. 5월이, 사미의 집 뜰에는 5월이 그냥 남아 있을 것이라고 생각했어. 그런데 난 내리지 않았지. 종점에 이르자 전차에 남아 있었던 것은 나하고 지저분한 노파와 야간학교에 다니는 여학생 차림의 계집애들뿐 이었지. 나는 손바닥으로 전차의 유리창을 닦았어. 빗방울이 흐 르고 있는 유리창에 얼굴을 대고 어둠 속을 살피고 있었어. 아주 짧은 순간에 난 최호은 외과의 퍼런 네온사인의 글씨와 백열등이 켜져 있는 사미의 2층 방 창문이 스쳐가고 있는 것을 보았어. 빗 발 속에서 말이다. 자동차의 헤드라이트의 불빛이 뻗쳐 있는 곳 에서만 비는 내리고 있었다. 번쩍거리면서 마치 눈처럼 내리고 있었다. 그러나 나는 전차에서 내리지 않았다. 사미를 만나면, 그 때 만났더라면 나는 파멸하고 말았을 거야."

나는 현수의 말을 들으며 눈물을 참느라고 어금니를 물고 있었 지. 난 자존심 때문에 나의 사랑을 파멸시키고 있다고 나 자신을 야단치고 있었던 거야. 감정을 숨기기 위해 비프스테이크를 열 심히 썰고 넘어가지 않는 고깃덩어리를 뻐근한 목구멍으로 넘기 려고 했을 때, 난 짭짤한 눈물이 어떤 것인가를 느꼈다. 고기 맛 보다도 그 편이 더 맛이 있다고, 눈물의 맛이 한결 낫다고 일부러 우스운 생각을 해내려고 했었다. 웃으려고 하니까 이번엔 정말 눈물방울이 걷잡을 수 없게 식탁보를 적셨던 거지.

현수! 그날이 마지막이었더라면 좋았을 것을 그랬어. 나는 겨우 열아홉 살이었으니까.

바나나는, 출가한 뒤 포를리에서 조그마한 장사를 하려고 전에 자기 집 종 노릇을 하다가 그만둔 한 여자의 집으로 달려갔다. 그 여자의 집에 가자 곧 그 여자의 방에 있던 기도책 여백에다가 그날 밤 숯구이 당원들이 집합하기로 되어 있는 정확한 장소의 지시를 급히 써넣었다. 그리고 다음과 같은 말로써 그 고발을 끝맺었다. "이 집회는 열아홉 명으로 구성되어 있고 그들의 성명과 주소는 아래와 같음." 미시릴리의 이름이 빠져 있는 것 외에는 극히 정확한 이 리스트를 작성한 후 자기가 신임하고 있는 이 여자에게 말했다.

"이 책을 총독의 추기경에게 가져다 드려라. 그분이 여기에 적혀 있는 것을 읽고 나시면 책을 다시 받아가지고 와야 해. 여기 10쩨기 금화가 있어. 그리고 만약 총독께서 네 이름을 아시는 날에는 넌 영락없이 죽을 테니 그리 알아. 그렇지만 내가 방금 쓴 것을 총독께서 읽게 해준다면 네 생명을 구해줄 테야. 만사는 다 잘되었다."

난 바나나처럼 어리석게도 그를 구해주어야만 한다고 생각했던 거야. 역사는 생판 모든 게 위조이고 바다의 표면에 스치는 파도 같은 거라고, 현수도 그것을 알고야 있었겠지만, 난 그가 그것을 피부로 느꼈으면 했지. 해수욕장에 갔을 때, 난 멍청하게도 현수네 일행을 따라갔었다. 난 현수에게 도전하고 싶었던 거지. 지금 생각하니 더욱 그때의 마음을 분명하게 밝혀낼 수가 있다. 폭풍이 불었었지. 모래가 별장문을 하룻밤 동안이나 두고 때리고 있었어. 폭풍소리를 들으면서 나는 현수의 손을 쥐고 정치 같은 것엔 손을 대지 말라고 애원을 했었다. 내일 아침에 보라고, 아침에 바다를 보라고, 그렇게 격렬하며 억세기만 한 그 파도의 거품들이 어디에 있는가 한번 찾아보라고. 역사는 바다 위의 표면을 흔들다가 아무 흔적도 없이 꺼져버리는 그런 폭풍에 불과하다고. 깊숙한 바다에 들어가자고. 조용한, 어둡지만 아주 정밀한 바닷속의 골짝 속으로 숨어버리자고 나는 애원을 했었지. 그 말이 싫었던지, 폭풍이 싫다는 구실로 현수는 그의 친구들을 자기 방으로 불러들였다.

"결국은 말이야, 시대 감각이 문젠 거야. 지금 같은 여름에 외투를 입고 다니는 친구들하고 대화를 하려고 든다는 건 절간의 부처님에게 밭을 매달라는 것과 같은 일이야."

안경의 렌즈 때문에 눈알이 서너 개로 보이는 지독한 근시안인 K라는 자가 화를 벌컥 내면서 그러나 웅변조로 다듬어서 말을 했다. 놀랍게도 현수는 맞장구를 쳤다.

"이봐, 그게 그냥 외투면 좋게! 나폴레옹이 모스크바로 원정 갈 때 입던 그런 구식 외투라는 데 더 큰 문제가 있어. 여름에 외투를 입더라도 제발 구식 모드만 아니라면 좋겠어."

"그렇지만 우린 지금 이용을 당하고 있는 거여. 무엇 때문에 자꾸 분열을 하는 거여. 우리가 무서워해야 할 건 여름의 외투두 겨울의 수영복두 아닌 바로 어른들의 수염인 거여. 이 수염엔 여름도 없구, 겨울두 없어. 그놈의 입술이 당최 수염에 가려서 정체를 알 수 있어야지. 좌우지간 우린 배우는 사람이니께, 현실 정치에 대한 문제는 당분간 생각지 말아야 혀."

시골 사투리를 쓰는, 얼굴이 넓적한 그 학생의 말에 난 용기를 얻고 말참견을 하게 된 거지. 그게 더욱 나쁜 결과를 가져왔지만 그때는 그런 말이라도 해야만 했었어.

"제가 나설 자린 아니지만요, 우리가 보기엔 학생들이 들떠 있는 게 사실이에요. 성급한 정원사는 가지를 치다가 나무순까지 못 쓰게 만듭니다. 남들이 떠들 때에는 침묵하는 자가 가장 큰 목소리로 외치는 자라는 것을 알아야 해요. 난 4월 혁명이 끝났을 때, 공원에 세운 정치가의 동상을 쓰러뜨려서 새끼에 매어 거리로 끌고다니는 사람들을 본 적이 있어요. 난 쓰러진 동상을 길거리로 끌고다니는 그런 행동이 언제까지 계속되어서는 안 된다고 생각했어요. 동상을 세우는 자나 동상을 쓰러뜨리고 끌고다니는 사람들이나 다 똑같은 사람들이라고 믿고 싶어요. 제가 생각한 4월의 혁명은 절대로 그런 게 아니었어요. 정치를 모르는 사람들이 혁명을 한 겁니다. 그렇기 때문에 순수했던 거예요. 집권의 꿈이 없는 혁명이었어요. 요즘 학생들은 자신들의 순수를 주체할 수 없어 헐값에 팔아넘기고 있습니다. 난 저분의 말이 옳다고 생각합니다. 지열은 땅속에 묻혀 있을 때 많은 일을 합니다. 그러나 지표로 터져나오면 무서운 화산이 되어 인가와 수목과 곡식들을 태웁니다. 젊음은 거리에만 있는 것이 아니라 도서관 속에도 있고 이런 해수욕장에도 있고 시골의 수풀이나 강가에도 있는 법이에요. 저분의 말대로 현실 정치엔 너무 가까이하지 않는 것이 좋을 것 같다는 생각이 듭니다. 저도 학생의 한 사람으로서 이런 말을 할 권리가 있다고 생각해요."

밖에서는 모랫바람이 별장의 판자 문을 두드리고 있었다. 바다의 폭풍소리만 듣고 있으면 세계가 종말해가고 있는 것 같았다. 현수는 자리에서 벌떡 일어났다.

"여기 외투를 입은 친구가 또 하나 나타났군. 우리는 천년 뒤에 발굴해줄 것을 기다리고 있는 돌부처가 아니란 말이야. 우리들의 육체는 쉬이 썩고, 시간은 너무도 바삐 지나가지. 우리의 가난이나 생활의 모순이나 잘못된 권력 밑에서 고통을 겪어야 하는 사람들에겐 얼마든지 있는 것이 아니니까, 한가로운 잡담 같은 것은 아니란 말이야. 기다리라는 말은 묵인하라는 말과도 같아. 순수하다는 말은 타협하라는 말과도 같은 거지. 넌 학생이니까, 아직 젊으니까, 성장한 다음에 밥을 먹고 늙은 다음에 옷을 입고 일가를 이룬 뒤에야 잠을 자라는 말과 같은 소리야. 우린 모든 걸 내일로 미루다가 결국은 그 내일의 덫에 걸리고 마는 거지.

그리고 여자가 정치 이야길 하는 것은—논리적으로 볼 때 현실 정치에 손대지 말라는 것도 하나의 정치에 대한 얘기니까—여자가 정치를 얘기하는 건 아무래도 우스운 일이라고 생각해. 여자는 일만 저지르고 남자는 그 뒤를 수습하는 거야. 마치 여자는 애를 낳을 줄 알아도 그것을 인간답게 키울 줄 모르는 것과도 같지. 정치는 낳는 것이 아니고 기르는 것이고, 저지르는 것이 아니라 고치는 것이라고 생각해. 여자는 이런 문제에서 빠져주었으면 좋겠어. 만약에 내가 꼭 뜨개질을 할 필요성이 생긴다면 그때 사미의 의견을 들을게. 우린 지금 양말을 짜고 있는 게 아니야. 여섯 사람이 한 짝의 양말을 짜느라고 이 고생을 하는 게 아냐. 사미는 자는 게 좋겠어. 우린 다른 방에 가서 좀 더 얘기를 계속할 테니까."

공기가 냉랭해지자 얼굴이 넓적한 농부 같은 그 학생은 억지로 우스갯소리를 하여 분위기를 부드럽게 하려고 했다.

"그건 현수 말이 옳지. 우린 분명히 양말을 짜려고 이 자리에 모인 게 아녀. 해수욕을 하러 온 거지."

그러나 학생 대표들은 웃지 않았다.


한 시간 후 그녀는 로마를 향해 가고 있었다. 오래전부터 아버지께서 빨리 돌아오라고 재촉하고 있었던 것이다. 그녀가 없는 동안 아버지께서는 리비오 사벨리 공작과의 결혼을 결정해놓고 있었다. 바니나가 도착하자마자 곧 아버지는 벌벌 떨면서 이 일을 말했다. 그런데 바니나가 첫마디에 승낙했으므로 아버지는 깜짝 놀랐다. 그날 저녁 비델레스키 백작 부인의 집에서 그녀의 아버지는 거의 공식적으로 리비오 공을 그녀에게 소개했다. 그녀는 리비오 공에게 말을 많이 했다. 이 젊은이는 다시 없는 멋쟁이였고 이 세상에 둘도 없는 훌륭한 말을 몇 필 갖고 있었다. 그러나 그는 퍽 재치가 있다고 알려져 있기는 했지만 성격이 너무나 경솔하다는 평판이 있었으므로 정부의 의심을 조금도 받고 있지 않았다. 바니나는 우선 이 젊은이의 얼을 빼놓으면 편리한 앞잡이로 만들 수 있을 것이라고 생각했다. 게다가 이 젊은이는 로마 총독 겸 경부 부장인 사벨리―카탕차라 각하의 조카이기 때문에 정부 스파이들도 감히 그의 뒤를 따르지 못하리라고 생각했다.

며칠 동안 리비오를 잘 대해준 후 바니나는 도저히 그가 자기 남편이 될 수 없을 것 같다고 말했다. 그녀가 보기에는 너무나 경박하다는 것이다.


다음 날, 사미는 서울로 돌아왔다. 사미가 경포대에서 돌아오자마자 최박사는 결혼 문제로 소동을 벌였다. 처녀아이가 혼자서 경포대를 다녀왔다는 것이 그의 아버지를 자극했던 것이다. 이젠 사미의 아버지는 더러운 늪을 쑤시고 다니면서 올챙이들을 잡아오는 일은 단념하고 오로지 한 마리의 올챙이에 대한 집념만을 고집하고 있었다.

전공이 외과가 아니고 기생충 연구라는 것이 맘에 들지는 않았지만 자기 사위 노릇을 할 사람은, 그 간판을 이어받을 사람은 김석훈 하나밖에는 없다는 것이었다. 한 번은 길게, 한 번은 짧게 여유만만한 초인종 소리를 울리면서 석훈이 사미의 집을 찾아온 것은 경포대에서 돌아온 3일 뒤의 일이었다. 틀림없이 최박사가 불렀을 것이다.

"얼굴이 잘 탔군. 나는 사미의 얼굴이 자꾸 파래지기에 십이지 장충인지 알았지. 세상엔 미련한 사람이 많아요. 자기 체내에 기생충을 사육하는 친구들 말이야. 그래 현수는 잘 있어?"

나는 뺨이라도 후려갈길 뻔했다. 그의 기생충학설에 의하면, 현수는 내 체내에서 피를 빨아먹고 있는 더러운 회충이라는 걸 말하고 싶었던 모양이다.

"탔어요? 폭풍에도 그을리는 피부가 있나요?"

"아 참, 폭풍이 불었었지. 그러고 보니 그을리진 않았군. 난 사미를 폭풍 속에서도 새까맣게 그을게 할 수 있는 방법을 알고 있어. 의학적으로 말이야. 관심을 다른 데로 돌리란 말이야."

"석훈 씨에게 말이죠?"

"천만에, 아버지에게 말이야. 요즈음 아버지가 환자를 수술할 때 집도하는 것을 보았어? 사랑은 하지 않아도 부모에 대한 의무쯤은 가지고 있어야지. 아버지는 손이 떨리기 시작하신 거야, 흔히 말하기는 그런 걸 수전증이라고 하지. 외과 의사에겐 치명적인 증상이야. 이제 아버지는 큰 수술을 할 수 없게 됐어. 최호은 외과를 다른 외과 병원의 대명사처럼 알고 있는 사람들이 많지. 그렇게 유명한 박사가 집도를 못하게 된 거야. 기생충 중에선 가장 아름답지, 사미는. 사미를 생각하는 마음이 없다면 수전증에 걸렸다 해서 최박사가 고민을 할까? 그렇지 않아요. 아버지는 사미 하나만을 위해서 수십 년 동안 째고 또 째고 그렇게 하다 세월을 다 보낸 거야. 장인이 될지도 모르는 사람이라기보다는 최박사는 내 스승이니까. 아버지를 생각하는 딸의 마음보다는 못하겠지만, 나에게는 의무라는 게 있어. 결혼해줘. 날 사랑하지 않아도 좋아. 아버지에 대해서만은 딸로서의 의무를 다해야지."

"병원은 다 가지실 수 있어도 나를 소유할 수는 없을 겁니다. 분명히 말해두지만 아버지를 불쌍하게 생각한 적은 있어도 존경이나 의무 같은 것을 느껴본 적은 없습니다. 아버지는 아주 옛날에 내 두 다리를 그 솜씨 좋은 기술로 절단하고 말았어요. 나는 혼자서 땅을 디디고 일어설 만한, 그래서 혼자서 걸어갈 만한 다리를 가지고 있지 않습니다. 별수 없이 그렇기 때문에 난 석훈 씨의 아내가 되는지도 모르죠. 하지만 그건 주인 없는 빈방을 차지하는 것과도 같은 것이에요."

"아, 아, 흥분할 것 없어. 외과 의사들은 환자를 마취시키고 수술대 위에서 다리를 절단하지. 그런데 이상한 건 말이야, 환자가 마취에서 깨어나게 되면 자기 다리가 잘렸다는 것을 전연 인식하지 못한다는 사실이야. 감각 속에서는 아직도 두 다리가 생생하게 남아 있으니까 말이야. 다리는 이미 잘렸는데도 다리의 감각은 남아 있어. 그 감각 속에서 다리는 옛날과 마찬가지로 살아 있는 거야. 그것을 메를로퐁티는 '환각의 다리'라고 명명했지. 누구나 다 마찬가지야. 사미는 나를 속물이라고 생각하고 있을 거야. 내가 날 그렇게 생각하는데 사미가 그렇게 생각하지 않을 리가 있겠어? 그러나 좀 더 나이를 먹으면 알게 될 거야. 왜 어릿광대들은 즐거운 일이 없어도 항상 낙천적으로 무대 위에서 뛰놀수 있는가를 좀 더 나이를 먹으면 알게 될 거야. 모두가 다 환각의 다리지. 다리가 잘린 것은 사미 혼자가 아냐. 나도, 최박사도, 현수까지도…… 태어날 때부터 인간에겐 다리란 없는 거야. 다만 그게 감각 속에서 살아 있으니까 환각의 다리를 정말 다리인 줄 알고 걷고 뛰고 잠시도 쉬지 않고 움직이려고들 하지. 사미가 생각하는 순수한 애정의 세계, 그것은 환각의 다리에 지나지 않아. 어차피 뛸 수 없는 다리라면 목발이라도 디딜 거야. 석훈이는 사미의 목발 노릇을 해줄 수 있기 때문에 지금 구혼을 하고 있는 거야. 사미는 정말 아름다워. 결혼해줘야겠어. 나에겐 이상이 없으니까 실수를 하는 법도 없지. 목발은 나무토막이라야만 해."

사미는 건성으로 띄엄띄엄 프린트장을 넘겨갔다. 미시릴리에 대한 바니나의 순정이 안타까웠다. 미시릴리가 밉기도 했다. 바니나가 불쌍하기도 했다. 바니나가 불쌍할수록, 미시릴리를 구하기 위해서 애를 쓸수록 숯구이 당원이 미웠다. 용감한 애국자가 아니라 허영심으로 자기 존재를 지탱하고 있는 어릿광대같이 보이기도 했다. 사미는 바나나가 미시릴리를 품 안에 다시 넣기 위해서 그의 동료들을 고발하고 그를 검거 현장에서 **빼내려고** 술책을 쓰는 대목에 이르자, 갑자기 몸이 떨리기 시작했다.

"성 니콜로성에 와서 나와 같이 스물네 시간 동안만 지내지 않겠어요? 오늘 저녁의 회합엔 당신이 꼭 참석하지 않아도 괜찮아요. 내일 아침 성 니콜로에서 함께 산책할 수 있을 거예요. 그러면 흥분도 가라앉을 것이고 또 침착해질 거예요. 이러한 중대한 때에는 침착해야 하니까요."

피에트로는 승낙했다.

(······)

그녀는 불가피한 용무로 성 니콜로 마을의 신부를 찾아보러 갔다. 7시에 저녁밥을 먹으러 돌아와 보니 사랑하는 남자가 숨어 있던 조그마한 방은 텅 비어 있었다. 그녀는 정신없이 집 안 전체를 뛰어다녔으나 그의 그림자는 아무 데도 없었다. 절망하여 그 조그마한 방에 돌아오자 그때 비로소 쪽지 하나가 눈에 띄었다. 거기에는 이렇게 씌어 있었다. "나는 총독에게 자수하겠소. 나는 우리들의 일에 희망을 잃었소.

하늘도 우리 편이 아니오. 누가 우리들을 배반했는지? 아마 우물 속에 뛰어들었다는 그 몹쓸 놈 같소. 나의 생명이 불행한 이탈리아에 아무 소용이 없게 된 이상 나는 동지들에게 나 혼자만이 체포되지 않았다는 것으로 내가 그들을 팔았다고 의심받고 싶지는 않소. 내내 안녕하시기를.”

미시릴리가 로마에 도착하게 되어 있던 전날 바나나는 구실을 만들어 치타 카스텔라로 갔다. 로마냐에서 로마로 이송되는 숯구이 당원들은 이 거리의 감옥에서 하룻밤을 자게 되어 있었다. 그녀는 그날 아침 미시릴리가 감옥에서 나오는 것을 보았다. 그는 쇠사슬에 묶여 수레를 타고 있었다. 그는 퍽 창백해 보였지만 조금도 낙심한 것처럼 보이지는 않았다. 한 노파가 그에게 오랑캐 꽃다발을 던져주었다. 미시릴리는 미소를 지으며 그에게 감사했다.


그러니까 5월 군사혁명이 일어나고 계엄령이 선포되었을 때, 마지막으로 사미는 현수를 찾아가보았다. 그것은 바람소리가 아니었다. 포고령을 알리는 라디오의 스피커 소리가 5월의 거리를 울리고 있었다. 완전무장한 군인들이 지키고 서 있는 관청의 건물이라든가, 교통이 차단된 길목이라든가, 벽보와 삐라와 활자가 작은 신문과…… 그런 모든 것에서 그 소리는 한 옥타브가 높은 흥분된 어조로 울려오고 있었다. 그런 소리만 없었으면 거짓말같이 아름다운 5월…….

집을 나서면서 문득 사미는 조국이란 것을 생각해보았다. 민족, 부패, 기아, 혁명, 자유, 공약公約, 임무 완수…… 그러한 낱말들은 도저히 자기 손아귀의 힘으로는 깨뜨릴 수 없는 호두처럼 딱딱한 껍데기를 가지고 있었다. 그리고 플라타너스, 개가죽나무, 버들…… 그리고 움이 트고 있는 5월의 가로수 이름들과 셜리 매클레인, 파스칼 쁘띠, 오슨 웰즈, 알랑 들롱, 나탈리 우드…… 여러 가지 표정과 몸짓을 하는 영화배우의 이름들을 가만히 속으로 불러보았다. 그것은 벌써 며칠 전에 느끼던 그런 이름들이 아니었다. 무엇인가 변해가고 있다는 것을 사미는 부정할 수가 없었다. 갑자기 사미 앞으로 깃발을 꽂은 지프차 한 대가 요란한 폭음 소리를 내며 지나갔다. 그리고 그 창문 밖으로 한 뭉텅이의 삐라가 흩어졌다. 아이들은 뿌려진 그 삐라를 줍느라고 신이 나 있었다. 마치 나뭇잎처럼 바람에 날려 사미의 하이힐에도 한 장의 삐라가 걸렸다. 그것을 주우려고 뛰어오던 한 아이가 실망한 표정을 하고 멈춰서면서 사미의 얼굴을 올려다보는 것이었다. 5월인데도 그애는 러닝셔츠 바람이었다.

얼굴이고 목이고, 연탄 같은 흙이 묻어 있었고 아이들과 싸움을 했는지 이마에는 손톱으로 할퀸 자국이 나 있었다. 아이는 으레 그 삐라를 사미가 주울 것이라고 생각했던 모양이다. 그것을 주워 아이에게 건네주자 멋쩍은 듯이 머뭇거리다가 갑자기 빼앗다시피 그 삐라를 받아가지고는 개구쟁이 녀석들을 뒤쫓아 골목

안으로 뛰어들어갔다. 사미는 그애의 눈을 보았다. 그 눈만은 찢어진 러닝셔츠나 때 묻은 얼굴과는 달리 맑고 깨끗했다. 그애의 눈과 마주쳤을 때, 사미는 꼭 현수를 본 것 같았다. 현수─사미는 그의 하숙집을 찾아가야만 된다고 생각했다. 마지막으로 꼭 한 번만 다시 현수를 만나야 한다고 다짐했다. 자신은 아무래도 석훈이의 아내가 되도록 운명지어져 있는 것이라고 생각했다. 그러나 한 번만, 한 번만 더 기회를 갖자.

현수는 어두운 방구석에서, 그의 하숙방에서 혼자 우두커니 방바닥을 내려다보고 있었지. 다시 그를 향한 묘한 애정이, 친숙성이 마음으로 번져가고 있었던 거야. 해초에 얽혀 들어가듯 나는 그에게 구속되어 있다는 것을 처음으로 인식하게 되었었지. 그 전까지는 그가 나를 구속하고 있다는 생각을 꿈에도 해본 적이 없었어.

"무엇을 하고 있어요?"

"기다리고 있는 거야. 누가 나를 찾아올 거야. 이름도 얼굴도 모르는 사람을 이렇게 앉아서 기다려보기는 처음이지. 아니, 안 올지도 모르지만."

난 벌써 예감으로 무슨 일이 벌어질 것인가를 알고 있었던 거야. 그렇지만 시치밀 떼고 물어보았지.

"대체 그게 무슨 말예요?"

"친구들이 검거되었지. 그놈들은 잡혀가도 싼 놈들이었어. 낡은 볼셰비키 비슷한 외투를 걸치고 여름의 포도를 따려고 철없이 덤벼든 친구들이었으니까. 내가 꿈꾼 새로운 땅은 그런 과거의 땅이 아니라 좀 더 찬란하고 인류가 한 번도 가본 적이 없는 멀고 먼 미래에 있는 풍성한 땅이었지. 그러나 그게 열병 같은 환각에 지나지 않았다는 것을 이제 조금씩 알 것 같아."

아, 나는 기뻤다. 우리는 다시 포옹을 했고, 그 새로운 땅을 조그만 우리들의 가슴속에서 구하자고 했다. 바깥에서 구하려고 했던 것이 당신의 잘못이었노라고. 그리고 젊음은 몇 번이나 무릎을 깨면서 걸음마를 배우는 아이들처럼, 그렇지 않으면 깁스를 뗀 환자가 몇 번이나 쓰러지고 또 깁스를 대고 깁스에서 풀려나오면 또 엎어지는 성급한 환자와 같은 것이라고 위로도 해주었다.

"그런데 무엇 때문에 기다리는 거예요? 당신은 안전해요."

그러나 나는 그의 눈이 다시 번쩍이는 것을 보았지. 지금은 5월이고, 그때 그 뜰에 머물던 5월의 바람이 다시 찾아들고, 다람쥐가 숲에서 다시 나무 그루에 오르는 그런 5월이라고 말하니까, 현수는 문을 박차고 밖으로 뛰어나가려고 했다.

"친구들은 나를 배반자라고 할 거야. 나만이 이 5월의 햇볕 속에서 혼자 이 신선한 바람을 호흡하고 있다는 것이 견딜 수가 없어. 그들이 무엇인가 잘못 생각하고 있었던 것을 나는 그냥 방관만 하고 있었어. 그들의 젊음이 그냥 끝나버리는 것을. 깁스 속에서 굳어버리는 것을 난 뒷짐을 지고 바라보고 있었다. 그러나 나도 그들처럼 누군가가 와서 데리고 가겠지."

"아무도 오지 않을 거예요. 그럴 리가 없어요. 당신이 무슨 죄를 지었다고요! 당신은 절대로, 절대로 죄를 지을 사람이 아닙니다. 당신이 입원실로 업혀 들어왔을 때 그렇게 눈두덩이 부어 있었어도 난 당신의 눈을 똑바로 보았었습니다. 그건 티가 묻어 있지 않은 5월의 하늘보다도 더 순수한 빛이었습니다. 누구도 당신의 눈을 보면 당신이 죄를 저지르리라고는 생각지 않을 것입니다."

"아니야. 최초로 그 단체를 만든 것은 나였어. 그들에게 새로운 땅을, 새로운 병원을 이야기해준 것도 나였어. 내가 그런 이야기를 하지 않았더라면 그들은 사미와 같은 아내를 얻고 일요일이면 어린것들에게 캐러멜을 까먹이며 고궁을 산책할 수도 있었을 그런 놈들이었지. 물론 난 그들이 빗나가는 것을 보고 그 단체에서 벌써 한 달 전에 탈퇴하고 말았지만, 모든 책임은 나에게 있었어. 그 명단에 적힌 내 이름은 이미 한 달 전에 삭제되었어야 했다는 사실을 나는 취조관에게 말할 순 없어. 그렇게 말하면 난 안전을 보장받을 순 있어. 그러나 나 혼자 살아남으려고 친구들을 배신했다고 사람들은 그러겠지. 그런데 오해가 두려운 것이 아니야. 내가 그들과 함께 고통을 나눌 때만이, 진정으로 그들이 잘못된 길을 걸어가고 있었다는 것을, 새로운 땅은 그런 데에 있지 않았다는 것을 그들에게 알려줄 수 있는 기회를 갖게 되는 거야. 그들이 우선 날 믿어야 그들에게 진실을 말해줄 기회도 가질 수 있는 것이니까!"

"거짓말을 하겠다는 거예요? 당신은 왜 거짓 진술을 하면서까지 스스로를 파멸시키려고 하는 거예요? 당신은 나를 피하기 위해서, 사랑하는 꽃들과 하얀 눈의 순결로부터 도망치기 위해서 거짓말을 하려고 드는 거예요. 무엇 때문에 당신은 행복을 기피하려 하십니까? 도대체 당신이 남의 죄를 대신 짊어지는 예수란 말예요?"

"새 옷보다는 더럽지만 헌 옷이 입기에 더 편한 것처럼 나는 불행이 더 어울려. 나는 그들과 함께 있지 않으면 안 돼! 한 사람의 사랑보다도 나는 그 돌팔이 의사에게 모여들었던 그 많은 환자를 사랑해야 할 의무 쪽을 택하겠어. 애정은 봄밤처럼 감미롭기는 하나 아주 짧은 것이며 의무는 보잘것없이 춥고 손이 시려도 그 밤은 길고 또 길지. 이 긴 밤을 위해서 나는 나의 젊음을 장작불처럼 불태우지 않으면 안 돼. 벌판에 피운 장작불, 누구든지 와서 그 불을 쬐도록 말이야. 추운 사람들은 모두 오라구. 장작이 남아 있을 때까지 그 불꽃은 타오르고 있을 거야. 당신도 그곳에 와줘. 여러 사람들 중 하나라고 불평을 해서는 안 돼."

나는 더 이상 그의 말을 듣지 않고 이렇게 속으로 외치고 있었다.

'환각의 다리예요. 당신의 의무라는 것은 하나의 환각의 다리예요. 뛰지 마세요. 뛰지 마세요. 당신은 뛸 수가 없습니다. 태어날 때부터 우리에겐 그 다리가 없었답니다. 환각의 다리를 갖고 거친 벌판을 뛰려고 하지 마세요.'

"환각의 다리라고?"

K교수는 계단을 내려서다 말고 돌아다보았다.

"호! 학생이 메를로 퐁티를 다 알다니!"

K교수의 얼굴은 몹시 놀란 표정을 짓고 있었다. 그런 것은 자기만이 알고 있어야만 하는 것. 오직 자기처럼 박식한 사람이 아니면 절대로 알 수도 없고 또 말해서도 안 되는 무슨 주문 같은 것이라고 그는 생각하고 있는 것 같았다. 아니, 그는 일부러 그렇게 보이도록 놀란 표정을 지었는지도 모른다.

"환각의 다리…… 그렇지, 그건 메를로 퐁티가 1945년에 출판한 『지각의 현상학』이란 저서에서 쓴 말인데……. 그걸 설명하자면 이야기가 좀 길어질 텐데 말야. 결국 질문하려는 학생의 요점은! 참, 이름이 뭐였더라 최연미? 최…… 최…… 연희 양이었던가?"

기억력이 좋으신 선생님, 환각의 다리라고만 해도 금세 메를로 퐁티라는 외국 사람의 그 철자가 복잡한 이름을 알아맞히고 그 책이 1944년도 아니고 1946년도 아닌 바로 1945년에 출간되었다는 것까지 정확하게 알고 계신 선생님, 그런데 그는 계단을 다섯 개나 내려가는 동안에도 끝내 내 이름을 알아맞히지 못한 채 교수실로 내려오라고 말했었지. 그러나 그 편이 얼마나 나에겐 다행스러운 일이었던가? K교수가 내 이름을 모르는 동안 나는 내 무지도 부끄러움도 그리고 모든 그 비밀들도 침해되지 않을 테니까—구속될 필요도 없으니까, 그는 나에게 있어 아주 무관한 타인, 하나의 백과사전에 불과한 사물에 지나지 않을 테니까…….

"교수실로 내려와요, 재미난 질문이야. 역시 여대생들 가운데도 지적인 호기심을 가진 사람이 있었군그래……."

그래서 지적인 호기심을 가진 학생은 하는 수 없이 그 말을 물었던 것을 무척 후회하면서도, K교수를 따라 내려갈 수밖에 없었지. 교수실은 모든 게 퇴색해 있는 것들뿐이었지. 세상엔 퇴색할수록 권위가 생기는 박물관의 법칙 같은 것이 있다. 여자들은 밍크 같은 것으로 자기 몸을 치장하지만 지적 호기심이 많은 교수님들은 이 박물관의 법칙으로 자기 몸을 값비싸게 가꾸어가기도 한다. 지루했었지! 환각의 다리란 뜻은 김석훈이 나에게 들려준 것과는 아주 딴판이었어……. 딱딱한 그 교수실의 분위기에는 잘 어울리지 않는 그림, 누구의 그림이었을까? '데 투아 루즈(붉은 지붕)'라는 표제가 찍힌 복사판 그 그림이 아니었더라도 나는 숨이 막혀버리고 말았을 거야. K교수는 게슈탈트 심리학이란 것을 아느냐고 물었었지. 나는 그게 뭔지 모르지만 꼭 히틀러의 비밀경찰 게슈타포의 한 이름 같다고 하니까 K교수는 모욕을 당한 것처럼 거친 목소리로 심리학과 철학과 거기에 또 문법, 문학 강의까지 섞어서 해가 질 때까지, 학교 교회의 지붕 위에 저녁 햇살이 비치고 청소부가, 수술실의 의사들처럼 하얀 마스크로 얼굴을 가린 청소부가 복도를, 텅 빈 복도의 그 공허를 쓸어내는 그때까지 시작도 끝도 없는 강의를 계속했었다.

"이제 그 뜻을 알겠어? 인간의 신경 그리고 그 육체는 하나의 기계가 아니라는 것을 그는 환각의 다리란 체험을 통해 증명하려 했던 거야. 기계론적 심리학을 반박한 것이라고 요약할 수 있어. 세계는 그냥 있으니까 있는 게 아냐. 있도록 내가 만들어내는 거지. 그 의지와 지향성이 있으니까 다리는 없어져도 있는 것처럼 느껴지는 거란 말야. 다리가 있고 우리가 그것을 느끼는 게 아니라 우리가 느끼는 지각이 있기 때문에 다리는 거기 있는 거야. 인간의 다리는 기계의 부속품과는 근본적으로 다르다는 것을 알 수 있어. 이런 이론을 발전시키면 인간이란 '의미를 선고받고 있다'는 그의 주장에 도달할 수 있어. 단어와 문장의 관계를 생각해봐!"

"선생님 나는 문법이 싫습니다. 하나의 단어, 무한한 상상력을 멋대로 불러일으키는 그냥 벌판에서 돌처럼 구르고 있는 하나하나의 단어가 중요하다고 생각해요. 문장 속에, 문법 속에 다른 낱말들과 서로 얽혀서 꼼짝도 못하게 그 의미가 제한되어버린 문법

속의 단어들이 아니구요……. 문법에는 그리고 그 문장에는 하나의 쇠사슬 소리가 나요."

그리고 나는 규칙적인 변화를 하는 불어의 제1군 동사나 제2군 동사보다 예외적인 변화를 하는 제3군 동사가 우리들에게 하나의 구제를 던져주고 있다고 말했었지. K교수는 봉투를, 무슨 정부기관명이 찍힌 종이봉투를, 그리고 그 껍데기에는 K교수님 귀하라고 쓴 이름이 적힌 그 종이봉투에 노트 몇 권을 집어넣고 일어서고 있었다.

"내 설명이 부족했었던 것 같군. 그러나 이것만은 알아둬. 장미와 장미의 그 붉은빛은 이론적으로는 분리될 수 있지만 우리의 체험은 그것을 따로 분리해서 느낄 수는 없는 거야. 단어와 문장과의 관계도 그렇고 인간과 현실과의 관계도 그렇고…… 정신과 육체의 관계도 그래. 전체를 파악함으로써 비로소 부분의 의미는 결정되는 법이야. 그리고 인간의 정신은 동전을 넣었을 때 슬롯 머신이 비로소 움직이는 것처럼, 그렇게 수동적인 기계가 아니라는 것, …… 이건 내 말이 아니지만…… 어쨌든 '환각의 다리'는 우리에게 인간의 새로운 의미를 가르쳐주고 있어. 의미를 가지고 있는 한 다리를 떼내도 우리는 그 다리를 상실치 않는다는 말이야."

나는 K교수가 교문을 나서는 것을 보고 있었지. 그의 뒷모습을…… 그리고 그의 모습이 교문을 돌아서 아주 사라져버렸는데도 그의 그림자는 그보다도 더 오래 남아 교문 밖에서 잠시 머뭇거리는 것을 나는 보았지. 아! 그 그림자가, 실체는 사라졌는데도 잠시 남아서 머뭇거리던 그림자가 그의 '환각의 다리'였던 말인가?

사미는 불어 강독, 「바니나 바니니」의 마지막 프린트장을 넘기고 있었다. 그녀의 마음속에서는 바니나와 미시 릴리의 마지막이 그리고 현수와 그녀와의 마지막이 가슴속에서 이중 노출로 부각되어가고 있었다. 그 배경엔 음산한 형무소의 굴뚝이 솟아 있는 암울한 하늘이 펼쳐져 있었다.

바니나의 운명이 결정지어질 날이 드디어 왔다. 아침부터 그녀는 형무소 예배당 속에 틀어박혀 있었다. 이 기나긴 하루 동안 그녀의 마음을 흔들리게 했던 가지가지의 생각을 그 누가 이루 말할 수 있을 것인가? 미시릴리는 그녀를 용서해줄 만큼 그녀를 사랑하고 있을 것인가? 그녀는 그의 비밀 결사를 고발했지만 그의 목숨을 구해주었다. 가책으로 괴로워하는 이 넋 속에서 이성이 이길 때에는 바니나는 그가 자기와 같이 이탈리아를 떠나는 데에 동의해줄 것이라는 희망을 갖기도 했다. 배반의 죄를 범한 것도 너무나 사랑했기 때문이 아니었던. 4시를 알리는 종이 울렸을 때, 멀리 보도 위에서 헌병들의 말발굽 소리가 들려왔다. 그 말발굽 소리는 하나하나가 그녀의 마음속에 울려오는 것만 같았다. 얼마 안 있어 죄수들을 운반하는 수레바퀴 소리를 분간할 수 있었다. 그 수레들은 형무소 앞 조그마한 광장 앞에 멎었다. 두 사람의 헌병이 미시릴리를 일으키는 것을 보았다. 미시릴리는 수레 위에 혼자 있었고, 너무나 쇠사슬로 꽉 묶여 있었기 때문에 움직일 수 없었다. 여하튼 그는 아직 살아 있구나 하고 그녀는 두 눈에 눈물을 지으며 마음속으로 생각했다. 그는 아직 독살되지 않았구나! 그날 저녁은 참혹했다. 석유를 아끼는 간수가, 대단히 높은 곳에 놓아둔 제단의 램프가 단 하나 음산한 예배당을 비추고 있었다. 바나나의 두 눈은 이 근처의 감옥에서 죽은 중세기 몇몇 대영주들의 무덤 위를 헤매고 있었다. 동상은 흉포한 모습을 하고 있었다. 오래전부터 모든 소리는 그치고 있었다. 바나나는 침울한 생각 속에 빠져 있었다. 자정을 알리는 종이 울리자 얼마 안 있어 박쥐가 나는 것 같은 희미한 소리가 들리는 것 같았다. 그녀는 걸으려고 했다. 그러나 제단의 난간 위에 기절하다시피 쓰러졌다. 바로 그 순간, 유령과도 같은 두 그림자가 그녀 앞에 나타났다. 그녀는 그들이 다가오는 소리를 듣지 못했던 것이다. 그들은 간수와 마치 강보에라도 싸여 있는 것같이 쇠사슬에 꽁꽁 묶인 미시릴리였다. 간수는 초롱불을 밝히고 자기가 죄수를 잘 볼 수 있도록 제단 난간 위 바나나 옆에 놓았다. 그리고는 그 간수는 안쪽에 있는 입구 가까이로 물러났다. 간수가 물러나자마자 바나나는 미시릴리의 목에 달라붙었다. 두 팔로 그를 껴안았을 때 그녀는 싸늘하고 뾰족뾰족한 쇠사슬만을 느낄 뿐이었다. 누가 이분에게 이러한 쇠사슬을 채웠는가, 하고 그녀는 생각했다. 애인을 껴안으면서도 아무런 기쁨을 느끼지 못했다. 이러한 고통에

다가 더욱 더 가슴을 찌르는 또 다른 하나의 고통이 생겼다. 그녀는 일순간 미시릴리가 자기의 죄를 알고 있는 것같이 생각했다. 그만큼 그의 태도는 너무나 쌀쌀했었다.

"사랑하는 이여!" 하고 드디어 그는 말했다.

"나는 당신에게 사랑을 받게 된 것을 후회합니다. 나는 도저히 당신의 사랑에 적합한 인간이 될 수 없어요. 제발 내 말을 믿어줘요. 더욱 기독교 신자다운 감정에 돌아갑시다. 그리고 전에 우리들을 현혹시켰던 그 환상을 잊어버립시다. 나는 당신 것이 될 수가 없습니다. 나의 계획을 뒤따라다니던 끊임없는 불행은 아마도 언제나 내가 저지른 대죄의 상태에서 기인하는가 봅니다. 아니, 그것은 고사하고 다만 인간적인 조심성의 관점에서 생각해보더라도, 그리고 왜 그 포플리의 숙명적인 밤에 친구들과 체포되지 않았던가? 왜 그 위험한 순간에 나만 남아 가장 더러운 의심을 받게 되어도 무어라 할 수 없게 되었던가? 나는 이탈리아의 자유를 열망하는 것 외에 또 다른 하나의 정열을 품고 있었던 것이 아닌가?"

바니나는 미시릴리의 변한 모습을 보고 놀랐지만 여전히 그 놀라움에서 깨어나지 못하고 있었다. 그는 눈에 띄게 여위지는 않았지만 서른 살이나 되어 보였다. 바니나는 이러한 변화를 감옥의 학대 때문이라고 생각해 마구 눈물이 쏟아져나왔다.

"아!" 하고 그녀는 말했다.

"간수들은 당신을 잘 대우해드리겠다고 그렇게도 단단히 약속해주었는데."

사실인즉 죽을 때가 가까워옴에 따라 이탈리아의 자유에 대한 정열과 화합할 수 있는 모든 종교적 원리가 이 젊은 숯구이 당원의 마음속에 되살아났던 것이다. 바니나는 이 애인에게서 찾아볼 수 있는 놀라운 변화는 완전히 정신적인 것이며 결코 육체적인 학대의 결과는 아니라는 것을 점점 알게 되었다. 극도에 달했다고 생각했던 그녀의 고통은 더욱 더 심해졌다. 미시릴리는 잠자코 있었다. 바니나는 당장에라도 오열에 숨이 막힐 것 같았다. 미시릴리도 다소간 감동된 것 같은 모습으로 말했다.

"만약 내가 지상에서 무엇인가를 사랑한다면 당신일 거요, 바니나. 그러나 하나님 덕택으로 나는 이젠 나의 인생에 단 하나의 목적밖엔 없습니다. 나는 감옥에서 죽거나 그렇지 않으면 이탈리아에 자유를 주려고 애쓰다가 죽을 거요."

또 침묵이 흘렀다. 분명히 바니나는 말이 나오지 않았다. 말을 해보려고 했지만 소용이 없었다. 미시릴리는 덧붙여 말했다.

"의무란 잔인한 것입니다, 바니나. 그러나 의무를 달성하는 데에 다소의 고통이 없다면 영웅적인 행위란 것이 어디 있겠어요? 다시는 나를 만나려 하지 않겠다고 내게 약속해줘요."

쇠사슬에 꽉 매여 있는 그는 될 수 있는 한 손목을 움직여 바니나에게 손가락을 내밀었다.

"당신이 전에 사랑했던 한 남자가 충고해주는 것을 용서해주시오.

아버지께서 정해주신 훌륭한 남자와 순순히 결혼하시오. 그러나 그 사람에게 쓸데없이 기분 나쁜 과거의 비밀을 말하지는 마시오. 이제부터 우리들은 서로 낯모르는 사람이 됩시다. 당신은 조국에 봉사하기 위해서 막대한 금액의 돈을 입체해주었지요. 만약 언젠가 조국이 폭군들에게서 해방되는 날에는 그 금액은 국고금에서 어김없이 당신에게 갚아줄 것이오."

바니나는 맥이 탁 풀렸다. 자기에게 말하고 있을 때에 피에트로의 눈은 조국이라는 말을 하는 순간에만 번쩍였다.

드디어 자존심이 젊은 공주를 구원해주었다. 그녀는 몇 개의 다이아몬드와 조그마한 금줄들을 몸에 준비하고 있었다. 미시릴리에게 아무 대답도 하지 않고서 그것을 내밀었다.

"나는 의무상 받겠습니다." 하고 그는 말했다.

"왜냐하면 나는 도망해야만 하기 때문이오. 그러나 절대로 다시는 당신을 만나지 않겠어요. 이렇게 다시금 신세를 지는 이 마당에 그것을 맹세하오. 잘 있으시오, 바니나. 절대로 나에게 편지를 쓰거나 나를 만나려고 하지 않겠다고 약속해주시오. 내가 모든 것을 조국에 바칠 수 있도록 해주시오. 나는 당신에게는 이미 죽은 사람이오, 바니나."

"안 돼요." 하고 바니나는 미친 듯이 말을 이었다.

"당신에 대한 사랑 때문에 제가 어떤 일을 했는가를 알아주셔야만 해요."

그리고 바니나는 미시릴리가 성 니콜로성을 떠나 교황청의 총독에게 자수하러 간 이후 자기가 한 모든 일들을 말해주었다.

　이 이야기를 다 끝마치자 "이런 것들은 모두 아무것도 아니에요. 당신에 대한 사랑으로 말미암아 저는 그 이상의 짓을 했어요." 그녀는 자기가 배반했다는 것을 이야기했다.

　"아! 이 더러운 인간."

　미시릴리는 미친 듯이 화를 내고 외치면서 그녀에게 달려들었다. 그리고 자기 쇠사슬로 바니나를 때려죽이려 했다. 그 외치는 소리를 듣고 곧 간수가 뛰어오지 않았다면 아마 그녀를 죽였을 것이다. 간수는 미시릴리를 꼭 붙잡았다.

　"자, 받아, 더러운 인간아. 나는 너에게 아무 신세도 지고 싶지 않다."

　미시릴리는 이렇게 말하면서 자기를 얽매고 있는 쇠사슬이 허용하는 한 다이아몬드와 금줄을 바니나에게 내동댕이쳤다. 그리고는 재빨리 가버렸다.

　바니나는 어안이 벙벙해 있었다. 그녀는 로마로 돌아왔다. 그리고 신문이 전하는 바에 의하면 동 리비오 사벨리 공작과 결혼했다고 한다.


　현수가 형무소로 간 지 한 달쯤 되었을 때였던가, 사미는 그를 면회하기 위해서 학교를 쉬었다. 형무소의 면회실에서 사미는 절대로 울지 않으려고 몇 번인가 다짐하면서 대기 번호를 부를 때까지 기다리고 있었다. 무익한 기다림이었다. 대체 그를 만난다

해서 무슨 일을 이룰 수 있을 것인가.

바지저고리를 입은 현수는 딴사람같이 보였었지. 난 마지막으로 그가 법정에서 자기에게 스스로 불리한 증언을 하지 않도록 하기 위해서 마지막 노력을, 아니 연극을 해 보이려고 이곳에 온 것이니까, 울지 말고 주먹을 쥐고 그 일을 해치우려고 했었다.

헐렁한 한복을 입은 현수의 수척한 모습을 보았을 때, 그러나 나는 어떻게 울지 않을 수 있었던가. 현수는 나를 보자 억지로 웃으려고 했었는데 상처에서 가제를 떼어낼 때와 같은 고통스러운 그늘이 금세 그 웃음을 삼켜버리고 말았다.

"사실대로만 얘기하세요. 당신들의 친구들은 자기들이 살려고 모든 죄를 당신에게 뒤집어씌우려고 해요. 사실대로만 얘기하세요. 사실대로 얘기하세요. 당신은 아직 젊지 않아요? 또 한 번 깁스를 맬 만한 여유가 있습니다. 아버지는 날이 갈수록 기침이 심해져갑니다. 죽기 전에 아버지는 이 세상에서 가장 싫어하는 어떤 남자와 결혼해줄 것을 바라고 있는 거예요. 보세요, 벌써 나에게 반지를 보냈답니다."

가방에서 반지를 꺼내 현수에게 주려고 하니까 입회한 형무관이 그것을 제지했었다. 만약 그에게 그 반지를 주었다 하더라도 그는 내던지고 말았을 거야.

"사미, 면회 시간이 다 됐어. 우리들에게 주어진 시간은 이제 3분밖에 남지 않았어. 평생에 해야 할 이야기를 이 3분 동안에 추려서 애기해야 할 텐데. 나는 그 말이 생각나지 않아. 다만 이것은 약속할 수가 있어. 내가 생각하는 새로운 땅을 사미의 방에서, 창을 열고 내려다보면 제라늄 같은 꽃들이 피어 있는 정원이 보이는 그렇게 조용한 사미의 방에서 구해보려고 무척 애썼다는 것을 말야. 그러나 결코 내가 생각하는 새로운 땅은 그렇게 좁은 것이 아니었어. 지금도 나는 그렇게 믿고 있지. 악마가 사미를 데려간대도 나는 통곡하고 울 수는 있지만 내 젊음과는 바꾸지 않을 테야. 그리고 한 가지, 나는 꽃과 눈을 싫어한다고 했었지. 아냐, 아냐 절대로 아냐. 그러한 꽃들과 그러한 눈들 때문에, 순수하기에 힘이 없는 그러한 것들 때문에 난 추운 겨울을 향해서 두 손을 벌리고 있었던 거야. 5월의 혁명은 이제 막 시작되었으니까 어떻게 끝나게 될는지를 난 아직 알 수 없어. 그렇지만 그런 것들과는 아무 상관없이 사미는 오란다식 지붕이 있는 예쁜 그 집을 가질 수 있을 거야. 장난이 좀 심해도 사미는 그 아이들에게 만족할 수 있을 거야. 좋은 세상이 오게 되겠지. 언젠가 나는 사미의 뜰을 보러 갈 거야. 영원히 영원히 5월이 머물러 있는, 지금보다 더 푸르지도 않고 어린순들이 지금보다 더 자라지도 않는 그 5월의 초목을 보기 위해서. 잘 가! 시간이 되었어. 결혼을 축하하고 싶지만 내가 그곳에 갈 수 없다는 것을 사미가 더 잘 알 거야. 나를 똑바로 쳐다봐. 사미의 그 순수한 눈이 나에게 많은 용기를 주었어. 하지만 그 때문에 나는 사미를 배신자라고 일부러 그렇게 생각하려고 했었지. 그러나 절대로 그렇지 않다는 것을 이제 나는 분명히 알 것 같아. 사미가 없었더라면, 60촉 백열등이 켜져 있는 쓸쓸한 2층 창문에서 나를 언제고 내려다보고 있는 사미의 그 눈이 없었더라면, 나는 다른 친구들처럼 권력의 시궁창 속이나 값싼 영웅심의 그 구름 속으로 빠져들어갔겠지. 잘 가. 시간이 되었어."

날이 훤하게 밝아오고 있었다. 사미는 전찻길에서 조금씩조금씩 소음이 짙어가고 형체를 상실했던 집과 언덕의 숲들이 서서히 빛을 회복하기 시작하는 것을 지켜보았다. 아래층에서 쿨룩거리는 아버지의 기침 소리가 점점 크게 들려왔다.

"소리와 빛을 빼앗기면 우리는 있어도 죽은 것과 다름없게 되지. 나는 하나의 소리와 하나의 빛을 지키기 위해서 무엇인가 이대로 있어서는 안 된다는 것을 알고 있어. 소리와 빛은 실체는 아니야. 그러나 나는 이제 그것이 거꾸로 되어 있다는 것을 알게 되었어. 소리가 없으면 종은 있어도 없는 것이나 마찬가지이고 빛이 없으면 거울은 아무리 딱딱하게 우리들 손바닥에 있어도 없는 거나 다름없지. 내가 스물한 살 때 마지막으로 본 것은 모든 것들의 그 소리와 그 빛이었어."

날이 새고 있다. 오늘로 이제 마지막 시험은 끝났다. 졸업을 하면 석훈이와 결혼을 하겠다는 구실로 지금까지 버텨왔지만 이제

시험을 치르고 나면 그런 구실도 없어지고 말 것이라는 생각을 했다. 사미는 프린트장을 덮으며 나직한 목소리로 이렇게 중얼거렸다.

"「바니나 바니니」의 시험은 A학점을 받을 수 있을 것인가?"

K교수는 프린트장을 덮으며 "세 피니(모든 것은 끝났다)"라고 소리쳤다.

"여러분들도 이제 졸업을 하면 바니나처럼 그렇게 훌쩍 결혼하고 말 것입니다. 그러나 길에서 만나면 남편이 질투할까 봐 쭈뼛거리지 말고 인사라도 해줘요."

"세 피니!"

K교수는 학생들이 웃어줄 것을 기대하면서 손에 묻은 분필가루를 털고 있었다.

「바니나 바니니」의 작품은 오현만吳鉉珮 씨의 번역에 의한 것임을 밝힙니다.

# 발신자 입장에서의 글쓰기

『환각의 다리』는 4·19혁명을 소재로 한 중편소설이다. 스탕달의 「바니나 바니니」라는 단편소설을 그대로 소설 속에 인용하면서 그 텍스트를 읽는 4·19 때의 대학생 사미라는 여주인공의 사랑 이야기를 내적 독백 형식으로 기술한 소설이다. 그러니까 새로운 소설 형식을 추구하면서도 소설 형식의 미학을 추구한 것으로 좀 과장해서 말한다면 역사성과 예술성을 동시에 살리려고 두 마리 토끼를 쫓은 것이다.

시험공부를 하기 위해 소설 텍스트를 읽으며 그것에서 연상되는 4·19의 체험 그리고 「바니나 바니니」와의 동질적인, 그러면서도 차별되는 사랑 이야기를 전개한 그 수법은 요즘 한창 유행하고 있는 포스트모던의 소설 기법, 인터텍스추얼리티intertextuality, 인용, 페스티시pastiche 등 여러 가지 이름으로 불리는 그 수법을 이미 40년 전에 내 스스로의 독창적 방법으로 시도되었던 것임을 이 기회에 밝혀두고 싶다.

자화자찬이 아니라 우리의 근대문학이 늘 외래 사조를 받아들이기만 했던 수신자의 입장에 놓여 있었지만 이제 우리는 당당하게 발신자의 입장에서 글쓰기를 하고 있다는 점을 잊지 말자는 것이다. 다행히 이 소설은 프랑스와 미국에서 각기 번역 출판된 것으로 그 같은 사실들이 객관화할 수 있는 자료로 남게 되었다.

　이 밖에 「암살자」는 해방 직후의 정치 테러를 그린 것으로 이만희 감독에 의해서 영화화되었으며, 「무익조」는 실험극장에서 각색되어 명동극장 무대에서 공연된 작품이다. 그리고 최근작 「홍동백서」는 실험적인 소설만 써오다가 종래의 기존 양식에 맞춰 쓴 작품으로, 이는 나도 소설의 모범답안을 쓸 수 있다는 오기─못 쓰는 것이 아니라 안 쓰는 것임을 보여주고 싶은 객기에서 나온 작품이라 할 수 있다. 그리고 「소돔의 성」은 원래 소설이 아니라 그냥 산문으로 『지성의 오솔길』에 게재되었던 것인데 이번에 처음으로 소설집에 싣게 된 것이고, 「여름 풍경 2점」과 「어느 소년을 위한 서사시」(원제 「우리들 소년의 우수」) 모두가 1950년대 대학 시절에 써놓은 습작들로 서울대 문리대의 교내지에 발표된 작품이다. '이어령 라이브러리'로 내 작품들을 총정리하기 위해서 이 소설집에 수록하게 된 것이다.

2002년 11월 26일
이어령

**작가 인터뷰**

# 환각의 서사를 찾아서, 미래의 문학을 찾아서

김용희 | 문학평론가, 평택대학교 교수

**김용희**　계간 《작가세계》의 인터뷰는 작가들을 대상으로 하는 것입니다. 많은 인터뷰를 하셨지만 이번처럼 작가로서 인터뷰는 처음이시지 않나요?

**이어령**　처음은 아니다. 오래전 일이지만 첫 소설 「장군의 수염」을 썼을 때, 그리고 최근 시집을 낸 뒤 많은 인터뷰를 했었다. 문학평론을 하는 사람이 소설과 시를 쓴다는 것이 뉴스가 되는가 보다.

**김용희**　(《작가세계》에) 경장편소설을 전재하진다고 했는데 써놓으신 건가요? 아니면 쓰실 예정이신가요?

**이어령**　예전에 썼던 『환각幻覺의 다리』(《세대》, 1969. 4)를 실을 예정이다. 4·19를 소재로 한 것이어서 거의 반세기를 바라보는 작품이다. 그러나 그 소설에서 다룬 기법이나 양식은 요즘 포스트모던 소설에서 시도하고 있는 인터텍스튜앨러티intertextuality(간텍스트성)니 패스티시pasriche와 같은 것으로 오히려 지금 읽어야 이해가 되는 소설이다. 일반적으로 이어령이란 사람은 올림픽 문화 행사를 주도한 사람, 초대 문화부 장관으로 알려져 있다. 비본래적인 내가 많이 알려져 있지. 대학교, 대학원에서 2, 30년 동안 기호학 이론으로 텍스트 분석을 한 연구 업적에 대해서는 배운 학생 외에는 잘 모를 것이다. 나는 언제나 크리에이티브 라이팅 Creative Writing을 지향해왔다. 올림픽 퍼포먼스에서도, 문화부 장관을 역임하는 동안에도 나의 모든 활동은 크리에이티브 라이팅의 일부였다. 올림픽 개막식 콘셉트인 '벽을 넘어서'나 아이가 굴렁쇠를 굴리는 퍼포먼스도 '창조적인 글쓰기'의 연장으로 한 것이다. 흰 원고지를 초록색 운동장의 잔디밭으로 옮긴 것뿐이다. 그리고 그 공통적인 특성은 형식을 새롭게 하면 그 내용이 새로워진다는 새로운 언어의 창조성이다.

『환각의 다리』에서도 메를로 퐁티M. Merleau-Ponty와 같은 현상학 이론을 직접 인용한 것이지만 주제=이념보다는 지금껏 누구도 시도한 일이 없는 소설 양식을 만들어낸 데 차별성을 두려 한 것이다. 『장군의 수염』, 『전쟁 데카메론』에서부터 지금까지 써온 내 소설은 소설 기법과 양식의 발견 또는 창조를 위해 쓰여진 격투기라고 할 수 있다.

**김용희** 알고 있는 사람이 거의 없을 줄로 알았지만 패스티시, 간間텍스트성 같은 포스트모던 소설의 기법을 이미 1960년대 말에 시도했다는 것이 놀랍습니다. 어떻게 새로운 소설 이론이 들어오기 전에 그런 생각을 하셨는지요.

**이어령** 『환각의 다리』는 스탕달Stendhal의 단편소설 「바니나 바니니Vanina Vanini」(1829년 12월 13일 잡지 《파리 리뷰》에 발표)의 단편 전부를 소설 안에 끌어들여 패러디화한 것이다. 그러니까 프랑스와 한국, 19세기와 20세기 숯구이 당원과 4·19혁명의 학생 이야기를 '의식의 흐름' 수법으로 병렬 통합시킨 소설이다. 그리고 두 이야기의 중간에 스탕달의 텍스트를 강의하는 불문학 선생의 비판적 텍스트가 삽입된다. 정확하게 말하면 세 가지 텍스트가 어울려 하나의 소설을 짜 나가는 수법이다. 요즘 유행어로 말하자면 포스트모던 소설이 즐겨 사용하는 패스티시 기법과 유사한 것이지.

**김용희** 선생님이 『환각의 다리』를 쓰신 것이 1960년대 말이고 당시엔 포스트모던의 패러디나 패스티시 기법을 모방한 요즘 같은 소설이 나오기 전 일이니 선생님 스스로가 창안한 기법이라고 할 수 있겠네요.

**이어령** 남의 소설 전문을 가져다가 거기에서 다른 소설을 창작해내는 수법은 내가 아는 한 『환각의 다리』가 처음이라고 본다. 왜 그것이 가능했느냐 하면 불문과 졸업반 학생이 다음 날 치를 시험공부를 하기 위해서 스탕달의 텍스트를 읽으며 해석해가는 것으로 설정해놓았기 때문이다. 두 텍스트가 마치 병렬 구조로 된 두 행의 시가 운을 밟으며 메아리치는 것처럼 의식 밖에 있는 스탕달의 텍스트와 의식 안에서 연상되는 여학생 사미의 사랑 이야기가 서로 반응하는 것이다. 스탕달의 소설에서는 정치 이념이나 사랑의 정감이냐가 충돌하면서 이자二者 택일적인 것이 되는데『환각의 다리』에 등장하는 사미의 이야기 속에서는 두 세계가 서로 융합하여 복합적인 의미를 자아내고 있다.

**김용희**  형식만이 아니라 내용도 택일적인 것이 아니라 여러 자료를 복합적으로 사용한 이탈리아의 파스타pasta와 같은 이야기가 된 것이네요.

**이어령**  맞아. 바로『환각의 다리』가 그래. 패스티시라는 문학 용어가 원래 이탈리아의 파스타에서 유래된 것이니까. 하지만 내 것은 분명 파스타 요리와는 달리 평소에 늘 한국 문화의 기저음을 이루는 비빔밥의 수법이었다고 할 수 있어. 스탕달의 경우는 사랑의 논리보다는 정치의 논리, 개인보다는 집단의 논리가 우선이고 이분화되어 있지만, 내 소설에서는 정치적 이념과 사랑의 욕망이 오훈채五葷菜의 나물 요리처럼 뒤얽혀져 융합되어 있지.

**김용희**  『환각의 다리』는 양식, 기법 그 자체가 소설의 주제가 되는 것이라고 봐도 되겠네요.

**이어령**  그렇지. 이야기란 무엇인가에 대하여 쓴 이야기, 우리의 시대에는 어떤 이야기를 만들어 내야 하는가의 고민인 게지. 리오타르Jean-François Lyotard는 포스트모던의 상황을 근대의 문화를 지배해왔던 '큰 이야기'에 대한 불신에서 성긴 것이라고 보고 있다. 그가 말하는 '큰 이야기'란 바로 기독교의 종말론을 담은 이야기, 계몽주의적인 진보 사관의 이야기 그리고 헤겔의 변증법적인 정신해방의 이야기, 착취에서 해방되는 마르크스주의 이야기. 부富를 위해 경쟁하는 자본주의 이야기들이지. 이런 '큰 이야기'들이 권위를 상실하게 될 때 우리는 어쩔 수없이 복수의 '작은 이야기'가 공존하는 상황을 맞게 되는 거지.

한마디로 19세기의 소설 형식에다 21세기의 테마를 담으려는 기존의 소설 쓰기에 하품이 나와서 쓴 소설이 『환각의 다리』였던 것이지. 오늘날의 패스티시 이론을 1960년대 말 먼저 소설에 도입하였기 때문에 지금 다시 재수록하려 했다고 할 수 있어.

**김용희** 하지만 기존 소설에 익숙한 대부분의 독자들은 『환각의 다리』를 읽고 이게 무슨 소설이냐고 반발할 수도 있지 않을까요?

**이어령** 그래서 쓴 것이 「홍동백서」(《민족과문학》, 1993. 1)라는 단편이지. 신춘문예 모범 답안식으로 작중인물과 배경, 플롯 등 기존 소설의 형식에 맞추어 썼더니 그해의 비평가들이 고른 우수작으로 뽑혔지. (웃음)

**김용희** 아시다시피 2005년에 가라타니 고진柄谷行人이 『근대문학의 종언』이라는 책을 낸 바 있습니다. 가라타니 고진은, 근대문학이 근대 국가의 형성의 기반이었고 계몽과 성찰의 역할을 했는데 지금의 시대에서는 문학이 가지고 있었던 지적, 윤리적 역할들을 상실했다, 한국의 경우도 학생운동의 시대에는 문학이 유효했지만 더 이상은 의미가 없어졌다, 라고 말한 적이 있습니다. 문학을 통해서 삶을 성찰하고 등대처럼 미래를 비춰주던 시절은 끝난 걸까요? 우리가 생각하던 근대 문학의 개념은 사라진 걸까요? 문학 잡지가 나오고 있지만 미비한 상태이고 판매부수 또한 보잘것없습니다. 학생들은 문학 관련 책들을 거의 읽지 않으려 합니다만.

**이어령** 접근이 잘못되어 있다. "학생 운동 당시 사회 참여적인 소설이 역사성, 사회성을 강조함으로써 존재의 이유가 있었지만 지금은 그런 시대가 아니므로 더 이상 소설이 통용되지 않는다." 라고 말하는 것이 상식이지만 나는 그렇게 생각하지 않는다.

역사성, 사회성을 지녀야 훌륭한 소설이라고 생각한 자체가 바로 오늘의 소설의 불모지를 가져오게 된 것이라고 본다. 초보적인 문학 이론이지만 이념은 한 시대 한 사회에 필요한 담론을 구축하는 것이다. 하지만 소설(문학)은 아까도 이야기했지만 폴리포니(다성악), 곧 여러 목소리가 어우러져서 복합적인 서로 다른 이야기들이 뒤얽혀 있는 상황 속에서 살아오는 것이지. 그래서 소설에도 다른 예술처럼 호메로스의 문학처럼 고전이라는 것이 있을 수 있다는 것이지. 시대와 함께 순장을 지내는 것이 문학의 언어가 아니라는 거야.

**김용희** 계몽의 시대에 문학이 이념에 앞장섰던 것이 문학 스스로 죽음을 자초하는 것이라는 말씀……

**이어령**  독자는 트위터의 팔로워들이 아닌 거야. 문학의 언어를 이념의 언어로 알고 있는 사람들은 좌파든 우파든 나의 생각을 남들도 똑같이 생각해주기를 바라면서 글을 써요. 그리고 되도록 자신이 생각하고 있는 신념이나 사고를 그들이 따라주고 뒤쫓아오기를 기다리는 것이지. 요즘 트위터의 팔로워라는 말처럼 말야. 그러니까 작가라는 호칭보다 리더라는 말이 어울릴 때가 많아요. 그러나 문학을 창조의 언어로 생각하고 있는 사람들은 자기와 같은 생각을 하고 있는 사람들이 하나도 없을 것이라는 무無에서 글을 쓰는 것이지. 선택이 아니라 창조하는 것. 그것은 이미 있는 것에 맞추거나 선택하는 행위가 아니어서 결과는 자신도 몰라요. 니체Nietzsche의 『차라투스트라는 이렇게 말했다』(1883~1885, 4부작)의 제4부는 자비 출판으로 하고 40부를 인쇄하고 그중 세상에 내놓은 것이 7부라고 하지.

**김용희**  그래서 선생님께선 새로운 문학의 형식을 찾고 계속해서 창조적 양식을 탐색하고자 하신 거군요.

**이어령**  사람들은 주로 소설의 소재에 관심을 갖는다. 내가 『장군의 수염』에서는 해방 직후의 사회 상황, 『전쟁 데카메론』에서는 6·25, 『환각의 다리』에서는 4·19와 5·16 등을 소재로 해서 쓴 소설이라 언뜻 보면 리오타르의 말대로 '큰 이야기'의 지배 언어에 집착하고 있는 것으로 오해할지 모르지. 하지만 잘 읽어보면 알듯이 역사가 아니라 역사 밖에서 살고 있는 개인들이 주류를 이루고 있어요. '큰 이야기'에 납작하게 깔려 있는 평면적 인물들이 아니라 어느 시대 어느 상황에 갖다 놓아도 사람들이 귀를 기울이는 '작은 이야기' 말이야.

『돈키호테』는 드라마나 연극이나 영화나 만화 등 여러 방식으로 재현되었다. 사람들은 이렇게 만들어낼 수 있는 어떤 알맹이가 원 소스One Source에 있다고 생각하는데 그렇지 않다. 그것은 양식의 차이로서 각각이 전혀 다른 작품이 된다. 『돈키호테』는 피카레스크 소설 양식의 작용/반작용의 역학적 산물이다. 가끔 투르게네프I. S. Turgenev의 분류대로 인물을 평할 때 사람들은 돈키호테형과 햄릿형의 두 타입으로 나눈다. 그러나 그것은 인물 성격의 대립이라기보다는 바로 소설과 드라마의 양식의 차이이기도 하다. 햄릿은 항상 성 안이라는 무대 위에 있고 돈키호테는 항상 길 위에 있다.

**김용희**　문학 그 자체에서 존재 근거를 찾는 문학을 말씀하시는 거지요?

**이어령**　도시는 모순이다. 방패와 창처럼 말이다. 도시는 성벽과 길로 되어 있다. 성은 막고 창은 뚫는다. 고속도로가 창이라면 빌딩은 성벽이다. 새 길을 내려면 건물을 허물어야 한다. 새 집을 지으려면 도로가 아닌 평지와 벌판이 필요하다. 창으로 절대로 뚫을 수 없는 방패. 어떤 방패도 뚫을 수 있는 창. 예술은 이러한 창과 방패를 동시에 만들려고 한다. 그러니 예술은 늘 실패하고 혁명도 실패한다. 그런데 만약 정말 창으로 절대로 뚫을 수 없는 방패에 성공해봐라. 혹은 어떤 방패도 뚫을 수 있는 창을 만들어보라. 더 이상 방패도 창도 필요 없게 될 것이다. 창은 방패 때문에 점점 날카로워지고 방패는 항상 창 때문에 더욱 더 단단해진다. 이 긴장 관계가 무너지면 더 이상 방패나 창을 파는 사람도 사는 사람도 없다.

예술에 있어서의 형식과 내용이라는 것. 방패와 창의 모순을 닮은 것이라는 말이지. 그리고 그 모순과 부조리 때문에 예술은 망하지 않는 거야. 그래서 문학은 어느 시대에도 절대로 죽지 않는다. 도시가 성처럼 망하지 않는 것처럼.

**김용희** 선생님의 말씀은 수십 년 동안 선생님께서 지속적으로 얘기해오신 문학의 창조적 의미, 그것 자체가 문학의 당위가 되어야 한다는 말씀이신데요. 이와 관련해서 최근 매체의 변화에 따라 한국 문학의 현재, 그리고 미래에 어떤 새로운 발성법을 가지고 나갈 수 있을지 말씀해주시죠. 최근에 혹시 주목하고 있는 작품이 있으신지요.

**이어령** 소설이라는 양식이 처음부터 시나 서사시나 드라마처럼 순수한 것은 아니었다. 자본주의와 함께 태동하여 사회 통속 소설로 발생했는데 이러한 발생론의 시각으로 보면 지금은 소설의 시대가 아니다. 그러나 소설의 많은 부분을 드라마나 영화 등 다른 매체와 스토리텔링으로 풀고 있다. 시도 망한 것이 아니다. 시는 광고의 카피라이트copywrite 속에 살아 있고 140자의 트위터의 짧은 글 속에서 숨쉬고 있는지 모른다.

시가 죽으니 그 장례 행렬이 도처에서 요란하게 생기는 것처럼, 소설이 죽으니 스토리텔링이라는 상제喪制들이 화려하게 등장하고 있다. 기업, 정치, 광고, 결혼과 자식을 낳는 것까지 스토리텔링으로 이루어진다. 작가들이 이제껏 만든 이야기성, 소위 내러티브 아트narraitve art 같은 것들이 다양한 미디어를 통해 살아 있다. 이효석의 소설은 안 읽어도 그의 문학관과 그 소설의 무대가 된 메밀밭이 관광 코스로 붐빈다.

언어가 있는 한 절대로 문학은 죽지 않지만 소설이라는 새로운 양식을 만들지 않으면 구형舊形 양식의 소설은 19세기와 함께 죽는다. 요즘은 20대 전후의 젊은 층이 주로 가벼운 소설 위주로 읽고 있다. 무라카미 하루키에는 '사람'이 없다고 한다. '현대의 풍속'이 있을 뿐이라고 평하는 사람들도 있다. 고전적 소설 형식의 인물(히어로)가 사라진 것은 사실일지 모른다. 그러나 원래 소설은 신화 시대, 전설 시대에는 영웅, 그리고 노벨novel의 시대에는 평범한 생활인, 그리고 대중의 시대에서는 머리 깎인 삼손처럼 무력해지고 인간 이하로 떨어진 난쟁이들로 바뀐다.

그러다가 아예 인물이 사라지고 만다. 사물이나 풍경 속에 매몰된다. 그러니 작가는 인물 없는 풍경 화가나 도로 표지판처럼 되고 만다. 회화에서 초상화가 사라진 것처럼 소설에서 인물이 사라진다. 고유명사가 사라지는 것이다. 돈키호테니 햄릿이니 하는 소설은 가공적인 인물명으로서 지금까지 살아 있다. 그런데 옛날 이야기 속의 소금 장수라는 직업이 사라지면서 소금 장수 이야기도 사라지게 된다.

요즘 젊은 작가들에게 말하고 싶은 것이 이것이다. 난쟁이라도 이념적인 얼굴이 아니라 할퀴면 피가 흐르는 가면 뒤의 민얼굴을 그리라고 말이다. 더 구체적으로 말하자면 온리 맨only man을 만들라는 것이다. 지금까지 존재하지 않던 것들을.

**김용희** 선생님께서 최근 몇 년 전부터 해오신 '창조학교' 말씀이시군요.

**이어령** 그렇다. 정치화·상업화·아이콘화, 이런 것들로부터 자유로우면서 창조적 작업 자체가 기쁨이고 보상이다, 라는 열정을 가진 사람들을 점점 더 보기 힘들어지고 있는 실정이기 때문이다.

**김용희** 문학의 권력화가 상업화로 연결되어지고 있다는 말씀이신데요. 얼마 전 한·중·일 작가들이 한자리에 모인 '2011 이병주 하동 국제문학제'에 참석했는데 작가들이 순수문학과 엔터테인 문학을 구분한다면 자신들은 엔터테인 문학 쪽이라고 했습니다. 그리고 자신의 작품이 얼마나 팔리고 있는가에 대하여 말하더군요. 그것이 스릴러이든 추리든 이제는 문학이 정말 '재미' 위주가 되었구나 하는 생각이 들었습니다.

**이어령**　옛날부터 소설은 '재미'로 읽은 것이지. 다만 교훈가들이 교훈하기 위한 도구로 계몽이나 이념의 선전적 도구로 이용하려고 했기 때문에 재미가 없어졌다. 그런 면에서 예술(문학)은 엘리엇의 말을 빌리자면 고급한 엔터테인먼트였다. 역사책은 안 읽어도 역사소설은 읽는다. 재미 때문이다. 그러나 재미라도 수준에 따라 다를 수 있다. 아이들에게 재미있는 소꿉놀이가 어른들에게는 재미로 통할 수 없다. 그 반대의 경우도 마찬가지. 설탕물은 달다. 맥주는 쓰다. 그런데 웬일인가. 설탕물은 계속 마실 수는 없어도, 맥주는 계속 마셔도 물리지 않는다. 엔터테인먼트화하는 오늘날의 소설을 누가 무시하랴. 다만 같은 대중 음료라고 해도 설탕물과 맥주는 구별된다. 콜라와 포도주의 맛은 다르다. 엔터테인먼트라고 하급 오락만이 있는 것은 아니다.

**김용희**　최근에 관심을 두고 있는 작품이……

**이어령**　요즘은 문학 작품을 읽고 있지 않다. 문학 읽기의 즐거움을 다른 것으로 대체하고 있다. 최근에 외국 드라마 〈그래도, 살아간다それでも、生きてゆ〉(2011. 7. 7.~9. 15. 일본 후지TV 방영)를 매우 감명 깊게 보았다. 볼 때마다 눈물을 흘렸다. 값싼 애상이 아니라 자기 존재를 발견하고 어금니를 깨무는 눈물이다. 거기에서 인간관계를 발견하고…… 시적인 대사에서 보들레르나 릴케를, 그리고 고전적인 플로베르를 만난다. 문학이 아니라 대중 드라마에서

문학을 보는구나. 아, 어떻게 하다가 세상이 이렇게 되었나.

**김용희**  선생님, 그럼 이제 좀 더 본격적으로 『환각의 다리』에 대하여 말씀해주시죠.

**이어령**  이미 단편적으로 말했지만 19세기 스탕달의 작품을 한국 배경으로 옮겨서 두 개의 텍스트를 서로 공명하고 상호 작용토록 하였다. 작품은 이렇게 스탕달(작품)이 있고, 감상으로서가 아니라 문학을 문법적으로 해석하는 스노비시snobbish한 대학교수, 그리고 스탕달의 텍스트에서 자기 이야기를 발견하는 학생이 있다. 스탕달의 문학을 한 번 비트는 역할을 하고 있는 대학교수는 값싸고 천박한 지식인의 모습을 보여주면서 본래의 텍스트를 우스꽝스럽게 해체하기도 한다. 한편 졸업시험, 그녀에게는 마지막 시험이 될 프랑스 텍스트의 다시 읽기가 시작된다. 하지만 교수의 텍스트가 가르치는 교재 이상의 것이 아니듯이 사미(학생)에게도 그 스탕달의 「바니나 바니니」 이야기 역시 자기 사랑의 체험을 환기시키는 인덱스에 지나지 않는다.

텍스트가 혼자 부유한다. 그러면서 여러 가지 담론을 생성한다. 「바니나 바니니」의 소설은 소설로서 완성된 텍스트가 아니라 그것을 가르치는 선생과 그것을 배우는 학생의 의식 내부에서 변형되고 뒤틀리고 소멸되면서 다른 언어로 번역된다.

소설이 아니라 소설 텍스트를 읽는 독서 행위가 바로 소설을 낳는다. 페노텍스트Pheenotext(현상 텍스트)에서 제노텍스트Genotext(발생 텍스트)로 변화된다. 그것이 바로 다리를 수술한 환자가 이미 없어진 그 다리를 실제의 다리처럼 느끼고 긁거나 실제로 움직이려고 하는 '환각의 다리' 현상과 마찬가지의 것이 된다.

나는 이 생생한 4·19, 5·16의 생생한 역사 체험 속에서 살면서 그것이 실재하지 않는 환각의 다리처럼 의식되는 상황을 복합적인 목소리로 그려보았다.

『환각의 다리』라는 작품 자체가 환각이다. 왜냐하면 지금까지 소설가들이 앞서 읽었던 독서 체험 속의 다른 소설을 알게 모르게 자기 소설 속에 집어넣고서도 그것을 백 퍼센트 자기 오리지널 소설이라고 착각하고 있다. 나는 『환각의 다리』를 쓰면서 아예 내놓고 이것은 내 작품이 아니라는 것을 독자들에게 알린다. 이 소설의 3분의 1이 스탕달의 작품으로 채워져 있기 때문에 「바니나 바니니」가 빠지면 소설이 성립되지 않기 때문이다. 사미도 존재할 수 없다. 저작권료를 받는다면 3분의 1밖에 받을 수 없을 것이다. (함께 웃음)

**김용희** 인터텍스튜앨러티는 1990년대 들어서 포스트모더니즘과 함께 등장한 것인데, 20여 년 전에 이미 그런 작품을 쓰셨다는 것이 놀랍다고 했는데 지금이야말로 이런 양식으로 새 소설을 쓰셔야 할 것으로 압니다. 한국 소설에도 새바람과 비약이 생길 수 있지 않을까요.

**이어령** '환각의 다리'는 실제로는 수술해서 없어진 다리인데도 신경 계통에는 가려움증이나 통증이 남아 있다. 남들은 없다고 하지만 분명히 자기 존재의 의식 속에서는 엄연히 살아서 움직이는 그런 실체이다. 이른바 현실주의자, 물질주의자들은 환각의 다리를 비웃거나 무시해버린다. 그러나 언어 자체가 환각의 다리가 아니겠는가. 공동 환상이 아니겠는가. 지폐가 그런 것처럼, 법이라는 것이 그런 것처럼 그것들은 물질적 상태로 존재하는 자연물은 아니잖은가.

이 소설을 직접 읽어보면 알겠지만 개인에게 있어서의 사랑이라는 것이, 집단에 있어서의 조국이라는 것이, 다 같은 관념의 조작물이라고 해도 할 말이 없다. 그런데 사랑과 조국이 갈등 관계에 있을 때 우리는 무엇을 택해야 하는가. 스탕달은 주저 없이 조국, 정치 이념 쪽을 위해 사랑하는 사람을 버리라고 문책한다.

그런데 이 『환각의 다리』에서는 그렇게 간단한 이자 택일적인 것으로 가치를 양분하지 않는다. 이 소설에 삽입된 스탕달의 텍스트는 읽기가 거북할 정도로 어색한 번역 투로 된 텍스트를 사용하고 있다. 그리고 교수의 언어는 주로 프랑스어의 문법을 설명하고 해석하는 것으로 일상적인 발화 행위와는 다른 언어로 구성된다. 그러나 스탕달의 텍스트와 그것을 해석하고 있는 교수의 텍스트와 달리 그것을 읽어가는 사미의 의식의 흐름 속에 떠오르는 말들은 시적이고 아름답고 감성적인 한국어의 문체로 되어 있다. 번역이라 함은 음악적인 문체와 회화적인 레토릭rhetoric을 옮기는 데는 대체로 실패한다. 하지만 이념적인 내용을 옮길 데에는 거의 실패가 없다. 이념적인 언어와 감성의 언어가 서로 부딪치는 효과를 살리기 위해서 세가지 텍스트의 특성을 강조하였다. 시대의 사회적, 정치적 육성이 개인적 사랑 이야기와 부딪치는 식으로 여러 개의 대립항들이 복잡하게 얽히고 네트워킹되면서 정치적 담론과 사랑의 담론이 공존하는 세계를 보여주려고 한 것이다.

**김용희**　선생님, 요즘 근황에 대해서 여쭙겠습니다. 사실 학생 시절에 선배들이 말하기를, "너희는 축복받은 세대다. 왜냐면 우리들이 못 들은 이어령 선생님의 강의를 들을 수 있기 때문에"라는 말을 했습니다. 80년대 학번인 저희에겐 너무 행복했고 좋은 시절이었습니다. 선생님께서는 1970년대에 《문학사상》주간으로 계셨고 1981, 1982년엔 일본에서 객원교수로 계셨고 1990년대엔 초대 문화부 장관을 역임하셨는데 어느 시절이 가장 행복하셨는지요?

**이어령**　이화여자대학을 떠날 때 나는 '햄로크hemlock를 마신 뒤에 우리는 무엇을 말해야 하나-정보, 지식, 지혜'라는 고별 강연을 했다. 그리고 그 금년에는 이화여대를 빛낸 상을 받았다. 겸손이 아니라 부끄러웠다. 변명 같지만 연일 데모를 하는 학원에서 무엇인가 본질적인 이야기를 하려고 하면 말이고 지성이고 공전空轉한다. 정말 문학 이야기가 하고 싶었는데 항상 시국이라는 한국적 상황에 신경을 쓰고 있는 학생들은 창밖을 내다본다. 창 안에 있는 나의 이야기가 하고 싶었는데 문과 교수이면서도 제대로 문학 이야기를 하지 못하고 대학을 떠났다. 얼어 죽는 사람 앞에서 거문고는 장작이 아니라 악기라고 설명하는 것이 얼마나 무력하게 느껴지는가. 이것은 땔감이다 부셔서 때자, 라고 해야 하는데 그 말도 나오지 않는다. 그래 영혼을 움직이는 악기를 부수어 육체의 추위를 막으려고 하는 시대에 태어나 문학 교수가 된 것을 후회했다.

　내 평생을 생각할 때에 정말 기억에 남는 것은…… (이때 선생님께서 잠시 생각에 잠기시는 것 같았다.) 사고가 굳고 늙어지면 나는 언제나 외국으로 도망을 가곤 했다. 꿈이라면 망명자의 꿈밖에는 없었던 시절, 나는 낯익은 곳으로부터 탈출하여 파리로 갔고 뉴욕으로 갔고 동경과 교토로 갔다. 조국으로부터 떠나 있어야만 조국을 사랑하는 역설. 그러고 보니 나를 지적으로 망명시켰던 것은 88서울올림픽이었던 것 같다. 내 상상력을 전 세계 사람들이 볼 수 있는 무대에 펼칠 수 있었다. 시청의 소독약 살포차를 이용하여 인공 안개를 만들고, 스티로폼으로 이동식 오작교 다리를 만들어 즉석 무대를 만들기도 하였다. 수백 미터의 거대한 다리가 금시 만들어지고 또 순식간에 허무는 오작교의 기발한 아이디어로 세계인의 이목을 집중시킨 연희를 하면서 그때 나는 은하수

근처에 있었다. 그리고 수천 피트의 고공에서 패러슈트가 떨어지면 그것으로 차일 춤을 추는 트랜스포머의 이벤트도 내 상상력의 산물이었다. 더구나 기존 FM 방송망으로 돈 한 푼 안들이고 11개국 언어로 개회식 공연을 동시통역했다.

이벤트란 현실과 상상력이 하나가 되는 축제 형식을 빌린 것으로 나는 처음으로 현실과 꿈의 괴리를 뛰어넘을 수 있었던 것이다.

그러나 올림픽 문화 행사가 끝나자마자 나는 다시 뉴욕을 향해 봇짐을 쌌다. 그렇다. 나는 우물을 파는 것이 전부이다. 그것을 마시는 역할은 내 것이 아니다. 또 하나의 갈증을 위해서 우물을 파면 다른 또 하나의 우물을 파기 위해서 떠나야 한다.

미국에서 돌아와 문화부 장관 제의가 들어왔을 때도 나는 거절했다. 나의 갈증은 권력이나 지위에 있지 않았다. 더 재미난 것들이 내게 많았기 때문이다. 나중에 장관을 역임하고 관료 세계에 들어서면서 참 재미가 없고 불행했던 시기였는데 그래도 최대한 즐기려고 했다. 배너도 걸고 한국예술종합학교도 세우고 문화 이벤트도 하는 등 문화부 장관으로서 할 수 있는 것들에 최선을 다했다. 지나고 보면 역시 인생을 살아가면서 이 2년 동안의 일이 내게는 또 다른 '우물 파기'였다는 것을 깨닫는다.

**김용희** 외국에 가시면 무슨 우물을 파시나요?

**이어령** 잊을 뻔했네. 외국에 가서 살아 있는 것이라고는 바퀴

벌레밖에 없는 곳에서 생활하다 보면 비로소 타인 속에 매몰되어 있었던 내 모습을 찾아낼 수 있지. 「청산별곡」처럼 오리도 가리도 없는 이방異邦의 땅에서 울다 보면 오직 내가 할 일이란, 우물 파기란 글 쓰는 일. 더 정확하게 말하자면 한 주제를 가지고 한 권의 책을 쓰는 작업이다.

그래서 외국에서 간행된 책들이 생겨나게 되는데 그것이 바로 『축소지향의 일본인縮み, 志向の日本人』, 『가위바위보 문명론チャンケン文明論』, 『보자기문화의 포스트모던ふろしき文化のポストモダン』과 같은 책이었지. 모두 일본에서 베스트셀러가 된 글이고, 특히 하이쿠 연구 책[『하이쿠의 시학俳句で日本を讀む』]은 발표한 지 20년 뒤에 국제 하이쿠 연구 대상을 받게 되었다[스웨덴 스톡홀름에 본부를 둔 유럽 일본 연구소가 수여하는 2009년 제 4회 마사오카 시키正岡子規 국제 하이쿠상 수상].

일본어로 직접 쓴 글들이라 아직 한국말로 번역 소개된 것은 『축소지향의 일본인』, 『하이쿠의 시학』 정도다. 우습지 않는가. 식민지 아이로 자랄 때 매 맞아가며 배운 일본말로 책을 써서 일본의 대표적인 출판사에서 책을 내 베스트셀러가 된다. 세상에 이런 아이러니가 어디 있는가.*

[*이 대목은 독일 치하에서 유대인이었던 카프카가 제국의 언어였던 독일어로 작품 활동을 했던 방식과 닮아 있다.]

미국이나 일본, 프랑스에서 '우물 파기의 시절'은 고독하다. 남들은 사서 고생한다 하지만 한편으론 가장 행복한 시기들이다.

집에는 편한 잠자리와 시중을 들어주는 아내와 아이들이 있다. 그런데 외국에 가면 혼자서 밥을 짓고 이부자리를 펴고 천장만 바라보면서 불면의 밤을 보낸다.

왜, 왜, 몇 천 번이고 그렇게 말한다. 왜 왔느냐, 무엇 하러 왔느냐. 그래서 아주 사소하고 낯선 것을 좇아 다닌다. 컴퓨터를 혼자서 익힌 것도 바로 그때였다. 1989년, 뉴욕에 있었을 때는 컴퓨터를 혼자서 배우다가 열흘이나 바깥출입을 하지 않았다. 혼자 부팅하고 매뉴얼로 공부하면서 지내다 보니 새 페인트칠을 한 문짝이 굳어서 붙어버렸다. 아파트 관리인이 전화를 받을 동안 내내 방에 갇혀 있을 수밖에 없었다.

**김용희**   (순간, 말을 잃다.)

**이어령**   남들은 내가 평탄한 인생을 살았겠거니 여긴다. 대학 나와 대학교수를 하고 언론계에 있다가 남보다 일찍 좋은 집에서 좋은 차 타고 다니며 온실에서 지내 온 것처럼 보일지 모른다. 먼 데서 보면 이웃집 잔디가 더 푸르게 보이는 법이다.

하지만 진정한 인생의 드라마는 내면에서 일어난다. 밖에 아니라 안에서 보면 나는 처절하고 파란만장의 삶을 살아왔다고 생각한다. 수렵 채집 시대부터 후기 자본주의 시대, 내가 말하는 생명 자본주의 시대까지 많은 문명의 드라마를 몸소 겪었다. 끝없는 내적 체험들—피눈물과 고통과 응어리진 삶의 내면의 기록들이 지금까지도 글을 쓰게 만들고 크리에이티브한 마인드를 가지게 만드는 것이다. 그렇기 때문에 인위적으로라도 나는 정신적인 망명을 해왔던 것이다.

혹독한 고통 속에서 바닥까지 내려갔던 내면을 쓴 것이 『지성에서 영성으로』라는 일본 시절을 책으로 옮긴 것이다. 하지만 현대인의 비극은 "단 몇 분이라도 혼자 있는 시간을 가질 수 없는 것"이라는 파스칼의 눈으로 본다면 그러한 외롭고 어두웠던, 그러나 혼자서 몇 시간이고 계속 한 공간에 멈춰 지냈던 내 모습들을 행복하게 보았을지도 모른다.

**김용희** 선생님, 앞으로의 계획은?

**이어령** 머잖아 나의 창조 작업, 곧 우물 파기에 대한 비하인드 스토리를 이야기하려 한다. 내년이 내 나이 80이 되는 해이다. '영 팔십 프로젝트'라 해서 내년 한 해는 나의 작업들을 총망라하여 '구슬 꿰기'의 한 해로 계획하고 있고 이것으로 내 삶을 일단락 정리하고자 한다. 디지로그Digilog와 생명 자본주의, 그리고 한국인 이야기 등 신작을 나의 백조의 곡으로 삼을 생각이다.

**김용희** 최근 『지성에서 영성으로』라는 책은 최고 지성인인 이어령이 아닌 영혼의 존재로서, 인간으로서 내면을 드러나는 책으로 가장 의미 있게 사람들에게 읽혀지고 있습니다.

**이어령** 이제껏 나는 많은 책들을 써왔지만 개인적인 글은 거의 쓰지 않았다. 이 책이 유일하게 개인적인 이야기를 들려주면서 지식의 전달이 아닌 영혼과 마음의 전달이 있는 책이 되었다. 사실 동경에서 지내는 동안 책을 읽거나 사찰을 다니거나 강연을 다닌 경험이나 여러 생각들을 일기로 기록하고 있었다. 이것을 후에 『교토 이야기』라는 제목의 책으로 묶을 생각이었는데, 출판 사(열림원)의 권유로 회심回心한 이후의 교회에서 강의한 내용들을 더하고 일기의 일부를 추려 출판하게 되었다.

많은 이들이 행복하기 위해, 문제를 해결하기 위해 하나님을 믿지만 하나님을 믿는 것, 십자가의 도道를 따르는 것도 같은 고통의 길을 가는 것이다. 끊임없는 내면의 결핍과 갈증, 고통을 대면하면서 자기 해체와 붕괴가 이루어지는 대신, 영혼의 눈을 열어 삶을 새롭게 바라봄으로써 참 기쁨, 감탄하며 감사함에 이르는 것이다.

**김용희** 선생님, 지금까지 말씀 잘 들었습니다. 장시간 인터뷰, 감사드립니다.


## 김용희

이화여대 국문학과 및 동 대학원을 졸업했으며, 1992년 《문학과사회》 겨울호에 평론으로 등단했다. 저서에, 평론집으로 『페넬로페의 옷감 짜기』, 연구서로 『한국 현대 시어의 탄생』, 장편소설로 『란제리 소녀시대』 등 다수가 있다. 김달진문학상(2004), 김환태평론문학상(2009)을 수상했다. 현재 평택대 국문학과 교수로 있다.

홍동백서

또 다투셨나 보다. 요 며칠째 아버지는 경로당 발길을 끊으시고는 방 안에서 온종일 신문만 읽고 계신다. 읽는다고 하기보다는 제니의 루페를 들여다보고 있다는 표현이 옳을지 모른다. 점쟁이가 손금을 들여다보듯이, 그렇지 않으면 아이들이 화경으로 종이 태우기 놀이를 하고 있듯이, 아버지는 제니가 드린 대형 루페를 손에 드시고 이 글자 저 글자에 초점을 맞추고 있는 것처럼 보였다.

이번에도 아버지가 경로당 노인들과 말다툼을 하셨다면 그건 바로 제니의 루페 때문이었을 것이다. 이제는 돋보기를 써도 신문의 큰 글씨를 볼 수 없다고 하시기에 언뜻 제니가 학생 시절 필드워크 때 쓰던 3.5인치짜리 대형 루페가 생각났던 것이다. 그것은 어두운 곳에서도 볼 수 있도록 특수 조명 장치가 되어 있는 서독 슈피겔제 전문가용이었다.

아버지는 그 물건이 제니의 것이라고 하자 혼잣말처럼 "그럼 이것도 순 미제겠구나."라고 하시더니 곧장 그 루페를 들고는 밖으로 나가셨던 것이다.

아버지는 제니가 쓰고 있는 것이면 모두가 미국 것이라고 생각하셨으며 같은 미제라고 해도 미군부대에서 흘러나온 것이거나 도깨비 시장에서 살 수 있는 밀수품과는 다른 것이라고 믿으셨다.

그래도 아버지는 '순 미제'라고 부르셨다.

제니가 한국으로 들어와 아버지를 처음 뵐 때 선물로 드렸던 말보로 담배 한 보루를 받아드시고는 "미국에서 가져온 거냐? 그럼 순 미제 담배로구나."라고 하신 것이 그 시초였다.

같은 미제 담배라도 피엑스에서 흘러나온 양담배와는 다른 물건이라고 믿으신 것이다.

아버지는 그 뒤에도 서양 며느리가 드리는 것이면 모두 다 순미제라는 말을 쓰셨다. 노인성 치매증이 조금씩 생겨나시면서부터 이 '순 미제'의 고집은 더욱 심해지셔서 급기야는 경로당의 언쟁거리로 번지고 만 것이었다.

제니의 루페를 들고 나가신 뒤 경로당에서 무슨 일이 벌어졌는지 자세한 것은 알 수 없지만 그 광경을 상상해본다는 것은 그리 어려운 일이 아니다.

"자, 이래도 순 미제가 아니란 말여? 이런 거 봤냐, 오가야?"

"아니, 그건 뭐 화경 아녀?"

"화경? 무식한 놈 보게. 야, 이게 뭐 쌈지 담뱃불 붙이는 화경으로 보이냐? 미국 사람들이 쓰는 루뻬란 거다. 까막눈이라지만 눈 비비고 좀 봐라. 여기 어디 한자가 섞여 있냐, 한글이 섞여 있냐?"

"그래, 미제면 미제지 순 미제는 다 뭐냐?"

"자, 이래도 이게 순 미제가 아니란 말여!"

루뻬의 일루미네이션 버튼을 누르면서 불 켜진 렌즈를 오가의 눈에 갖다댄다. 눈이 부셔서 찌푸리면서도 흰자위에 독기를 담은 오달수 영감의 눈이 제니의 루뻬 위로 어안렌즈로 찍은 사진처럼 부풀어오른다.

아버지는 누구보다도 오달수 영감을 미워하셨다. 옛날 이승만 대통령 시절에 잠깐 무슨 도의원인가를 했다는 경력 때문만은 아니었다. 아들이 무슨 오퍼상을 차렸다던가 해서 경로당에 모이는 노인들 중에서 이따금 양담배를 들고 나오는 것은 오영감밖에는 없다. 아버지는 그게 한남동에서 흘러나오는 피엑스 담배로 제니가 선물로 드린 그 담배와는 질적으로 다르다는 주장이었다. 이를테면 순 미제가 아니라는 것이다. 그리고 당연히 오영감이 피우는 담배는 범칙물로 요즈음 한창 심한 그 양담배 단속에 걸리는 거라고 하셨다.

은연중 오영감을 협박하고 동시에 미국 시민인 당신의 서양 며느리는 박대통령이라도 어쩔 수 없는 치외법권적 위력이 있음을 과시하려는 것이었다.

결국 제니가 이삿짐에 넣어가지고 온 미국 물건들이 장기판을 두드리고 재떨이를 던지는 방아쇠 구실을 하게 된 셈이다. 미국은 이제 6·25 전쟁 때와는 많이 달라져서 미국 사람들이라 해도 텔레비전하며 자동차며 일제를 많이 쓰게 됐다는 것과 우리도 미국에 수출을 하려고 많은 공장을 짓기 시작했다는 설명을 드려보았지만 아버지는 막무가내로 순 미국제 신앙을 한 치도 굽히려 들지 않으셨다.

지금 생각해보니 제니의 슈피겔 루페를 아버지에게 드린 것은 여러 가지로 잘못된 일이라는 생각이 든다. 아버지의 경로당 싸움에 기름을 부은 꼴이 되고 말았다는 이유에서만은 아니다. 사실 그 루페로 말할 것 같으면 우리 부부에게 있어서는 결혼반지 못지않게 특별한 의미를 갖고 있는 기념물이랄 수 있다.

내가 제니를 처음 만나던 날, 그녀는 바로 그 슈피겔 루페를 목에 걸고 있었다. 보통 여학생일 경우에는 그 자리에 히피들의 수제품인 인디언풍 펜던트 같은 게 걸려 있었을 것이다. 제니가 문화인류학의 학위논문을 쓰고 있는 중이라는 것은 알고 있었지만 설마하니 루페를 목에 걸고 나타나리라고는 미처 생각지 못했던 것이다. 더구나 제니와 만나기로 한 아스트로 광장은 젊은이들이 전위적인 옷차림을 하고 모여드는 곳이라서 제니는 더욱 장터에 끌려나온 시골 닭처럼 보였다.

"점을 치려고?"

할 말도 없고 해서 그녀의 루페를 보며 나는 농담을 했다.

"그래, 점을 봐주지. 그 대가로 내 질문에 대답해야 돼."

제니는 보기보다는 여간내기가 아니었다.

"어떤 점인데? 그리고 무슨 질문?"

"인디언 점. 손금을 보는 거지."

제니는 정말 루페를 손에 잡고는 내 손금을 보기 시작했다. 따뜻한 손이었다. 서양애치고는 몸집도 손도 작았다. 그러나 제니가 내 손을 자기 무릎으로 끌면서 얼굴을 내 가슴 가까이 기울일 때에는 고향 보리밭 냄새 같은 것을 맡을 수 있었다. 반짝이는 불똥이 튀었지만 역시 노란 솜털이 많은 목덜미를 보자 금세 냉기가 스쳤다.

"슬픈 사랑을 하게 되지만, 결국 서른이 넘어서 성공하게 돼. 컨그레추레이션스!"

백마白馬를 얼마나 탔는가를 자랑스럽게 말하는 친구들이 있다. 아트 스쿨을 다니는 미스터 오가 특히 그랬다. 나는 그런 친구들이 질색이었다. 거기에 애국심까지 섞어서 태극기를 꽂는다는 녀석들이 있는데, 그런 소릴 들을 때마다 메스꺼움이 일고 같은 한국 사람이라는 것이 부끄러웠다.

"질문은?"

"역시 결혼에 관한 것. 한국의 결혼."

"글쎄, 나는 결혼을 한 경험이 없어서 자신이 없는데 무엇에 관한 건데?"

"간단한 것. 난 지금 인디언 부족에 대한 결혼 제도를 연구하고 있거든."

"왜 꿩 대신 닭이야? 인디언과 한국인이 닮아서 날 고른 거라면 인디언 친구 하나 소개해줄까?"

나는 제니가 한국의 결혼 풍습에 대하여 알고 싶어 한다는 것과 그 때문에 데이트를 하게 되었다는 것을 잘 알면서도 공연히 삐딱하게 굴었다. 백마 앞에서 열등의식을 느끼고 있는 것은 아닐까? 그렇다면 나도 그 태극기 꽂은 애국자와 다를 게 없는 것일까?

"아니, 인디언 자료는 충분해. 다만 말이지……."

제니는 어느 인디언족의 결혼 풍습에는 한국의 폐백과 아주 비슷한 것이 있다고 했다. 그런데 폐백을 드릴 때 한국에서는 신부에게 시집 식구들이 대추와 밤을 던져준다는 사실을 알게 되었는데, 그 상징성이 무엇인지를 아직 잘 모른다는 거였다.

아버지에게 얼마나 감사했는가! 열 살이나 나이 터울이 지는 누나가 시집가던 날 아버지는 이런 말을 하신 적이 있으셨다. 남자와 여자가 결혼을 해서 함께 사는 것은 음양지도를 따르는 천리이니라. 음과 양은 각기 다르기 때문에 서로 보합해서 잘될 수도 있고, 상극하여 패가망신하는 수도 있느니라. 폐백을 드릴 때 대추와 밤을 던져주는데 대추는 그 색이 붉은 것으로 양이고, 밤은 껍질을 벗기면 흰빛으로 음이니라. 대추씨는 흙에 묻히지 않고서는 싹이 나올 수 없지만 밤은 혼자서도 움이 나오지. 대추는 남자, 밤은 여자니, 아들딸 많이 낳으라는 이야기다. 이 음양을 잘 따라야 순리로 살게 되고 거스르면 역리로 패하고 마는 거다.

"리얼리? 대추는 정말 빨갛게 생겼니?"

"아주 빨개. 우리는 그걸 말릴 때 지붕 위에 넌단다."

"마당이 아니고 지붕에?"

"그래 지붕에! 한국의 가을 하늘은 아주 파래. 짚으로 만든 한국의 지붕 위에 빨간 대추가 널려 있는 광경은 참 아름다워. 대추만이 아니야. 지붕 위에 박을 올리기도 하지. 여름에는 하얀 꽃이 그리고 가을이 되면 둥근 열매가 매달려. 달처럼 커다란……."

"달? 지붕이 농장이란 말야?"

"그래, 하늘 위에 있는 농장이지. 달과 해의 농장."

제니와 나는 웃었다. 그리고 점보 바닐라 아이스크림을 두 개씩이나 먹었다. 빨간 고추잠자리가 날아다니는 두엄내 나는 작은 뜰이 생각났다. 대추나무 위에 올라가 대추를 털면서 먼 곳을 보면 기찻길이 보였고 산모롱이의 하얀 길이 하늘을 향해 뻗어 있었다. 저기로 자꾸자꾸 가면 바다가 있고 바다를 넘으면 하얗고 까맣고 노란 온갖 피부색과 온갖 말과 온갖 피가 뒤섞인 사람들이 밤도 낮도 없는 거리에서 뛰고 소리치고 쓰러지고 일어나고 하품과 기지개와 주먹질과 노래와 춤과 싸움을 하는 옥수수밭 같은 뉴욕이 있다. 키가 큰 미국이 있다.

"인 앤드 양? 그건 중국이잖아?"

"태극기 알지? 그게 인 앤드 양이야. 그건 한국 거라고 해도 돼."

제니의 눈은 빛나기 시작했고 얼굴은 홍조를 띠었다. 지붕 위에 빨간 열매가 열려 있는 나라. 지붕 위에 달같이 자라나는 하얀 박이 열리는 나라. 그리고 신부의 치마폭에 하나 가득 생명의 대추와 밤이 고이는 나라.

그 뒤 나는 제니에게 밤이면 감자를 뒤져내 먹으러 오는 은하산의 멧돼지며 호랑이가 장꾼 뒤를 쫓아오며 모래를 끼얹는다는 장수바위 고개하며 그리고 여름방학이 되면 헤엄치는 마을 아이를 꼭 한 명씩 잡아가는 물귀신에 대해서 이야기했다. 그런 이야기를 들을 때마다 꿈꾸듯이 아련해지는 제니의 눈이 좋았다. 그리고 고향 이야기를 하고 난 뒤의 잠자리는 최음제라도 먹은 듯이 강렬한 쾌감을 주곤 했다. 제니가 백마라는 생각은 조금도 들지 않았던 것이다.

이렇게 해서 나의 푸른 대추는 조금씩 붉게 물이 들어갔고 제니의 껄끄러운 밤송이는 조용히 아람이 벌어졌다. 제니는 목에 건 루페를 벗어버렸고, 우리는 방세를 절약한다는 뜻에서도 결혼하기로 낙찰을 보았다.

"아버지는 한국의 마지막 유생이시지. 우리의 결혼을 용서해주실 리 없어.”

“원더풀. 당신 아버지는 지금도 뿔모자를 쓰고, 긴 담뱃대로 담배를 태워?”

“그런 건 아니지만 한 번 노NO라고 하면 목에 칼이 들어와도 굽히지 않으시지.”

“그런데 미스터 박은 어떻게 독재를 하지?”

“그래, 그러니 한국에 갈 생각은 말자.”

“나는 한국에 가고 싶은데…… 빨간 대추나무가 보고 싶은걸. 남자와 여자가 열리는 나무들 말야.”

“그야 다음에 관광을 가면 되지.”

“아버지는 왜 우리 결혼을 받아주시지 않는 거야?”

“아버지가 아니지. 조상…….”

“할아버지들이 지금도 살아 있다구?”

“아니 신들이 되어버린 할아버지.”

“그런데 왜?”

“서양 며느리가 들어오면 배고프시거든.”

“서양 며느리가 밥 짓는 걸 배우면 되지…….”

“한국의 신들은 아주 외롭지. 일 년에 두어 번 살아 있는 자손들이 제사를 지내주지 않으면 아무것도 먹을 수 없어.”

“무슨 신들이 그래. 신은 더 강한 거 아냐? 신들은 몰라도 난 당신 아버지는 외롭게 해드리지 않을 거야.”

"아버지도 돌아가시면 신이 돼. 제삿날을 기다리게 되지."

"두드려봐. 그러면 열릴지도……."

"계란으로 바위 깨기지."

"그럼, 너도 바위가 되는 거야."

아버지는 움직이지 않는 바위였다. 비유가 아니라 정말 방 안에 꼿꼿이 등뼈를 세우고 양반다리를 하고 앉아 계신 아버지의 모습은 벼랑처럼 솟은 바위와 다를 게 없었다. 논문서 팔아 유학길을 떠나려다 들켰을 때에도 나는 어린아이처럼 종아리를 걷어 올리고 매를 맞았다.

"안 된다."

아무 이유도 없었다.

오직 이 한 말씀이었다.

어머니가 돌아가시자 아버지로부터 처음 허락이 떨어졌다. 그렇게 하시는 것이 평생 고집으로 괴롭힌 당신의 아내에 대한 속죄라고 여기신 모양이었다. 그런데 서양애하고 결혼이라니. 아버지를 모시고 있던 누나가 옛날 어머니가 하던 것처럼 설득에 나섰지만 "내겐 자식이 없다."라는 말씀 한마디로 말도 못 붙이게 하셨다.

그런데 이번에는 아버지를 모시고 있던 누나가 교통사고로 갑자기 세상을 떠나게 되자 아버지로부터 처음으로 전화가 걸려왔다.

"네 처를 데리고 속히 귀국하거라."

대답도 들으시기 전에 "그러면 끊는다."로 통화는 끊기고 말았지만 전문電文처럼 짧은 그 말씀 뒤에는 서양 며느리를 받아들이겠다는 뜻이 숨어 있었던 것이다.

아버지는 변해 있었다. 그냥 서양 며느리를 받아들인 것만이 아니었다. 순 미제에 대한 신앙처럼 그렇게 마다하던 제니를 자랑으로 알고 계셨다.

"아버지 벌써 열시인데요. 지금 떠나셔야 해 안에 돌아올 수 있겠는데요."

하는 수 없이 루페를 들여다보고 계신 아버지에게 채근을 하는 수밖에 없었다. 제니가 벌써 주차장에서 차를 빼 돌려놓고 클랙슨을 울리는 소리를 들었기 때문이다.

제니가 나를 따라 한국에 들어온 이유 중에 가장 큰 것이 있다면 바로 빨간 대추를 너는 지붕, 다시 말해서 우리가 하늘의 작은 농장이라고 불렀던 그 마을들을 자기 발로 직접 밟아볼 수 있다는 기대감 때문이었을 것이다.

한남동 외국인 아파트로 내다보이는 한강도 이제는 추워 보이지 않았다.

벌써 한식이 되었는가. 제니는 한국에 오자마자 시골 고향으로 데려다달라고 조르기 시작했다.

"내 고향은 인디언 보호구역이 아니라구."

"자료조사를 하자는 게 아냐. 당신이 이야기해주던 곳을 빨리 보고 싶다는 거지."

"겨울에는 눈 때문에 안 돼. 한식날이 오면 데려다줄게. 어머니 산소에 성묘 갈 때 말야."

그런데 영원히 오지 않을 것같이 생각되던 그날이 오고 만 것이다.

"너희들끼리 가거라."

아버지는 아직도 고향 사람에게 서양 며느리를 보신 당신의 모습을 보이고 싶지 않으셨나 보다.

"한식에 산소 일로 산지기를 보신다고 하지 않으셨습니까? 뭣하시면 제니를 두고 갈게요."

아버지는 제니 이야기를 꺼내자 벌떡 일어나 털모자를 쓰시며 말했다.

"아니다, 아녀. 칠성이를 봐야 한다."

그것은 제니가 알래스카 지방으로 필드워크를 갔다가 사온 해표의 털모자였다.

"이건 아주 드문 짐승털이에요. 지금은 보호하는 사람들이 많아 이 짐승 못 잡아요."

제니는 시아버지를 즐겁게 하려고 볼펜으로 미리 써둔 대사를 낭독조로 읽으면서 첫 상면의 선물을 드렸다. 나는 알래스카가 북극 가까이에 있는 추운 나라라는 것과 자연을 보호하기 위해서 함부로 짐승을 잡지 못하게 하는 법이 생겼다는 설명을 해드렸다.

"나도 그 정도는 안다. 미국 말도 조금은 배워두었다. 땡큐 베리 마찌지."

그리고 제니를 보시면서 조금은 웃으셨다.

그날 밤 나는 처음으로 아버지를 위해서 울었다. 우리를 받아주셨는데, 염청공 16대 장손이 오랑캐 피가 섞여 태어나게 되는 것을 용서해주셨는데 나는 거꾸로 배신을 당한 것처럼 섭섭해서 울었다. "너는 내 자식이 아니다."라고 하시던 그 아버지가 그리워서 울었다. 지금 사모관대에 문복을 입으신 바위 같은 아버지는 이제 이 땅 어디에서도 찾아볼 수 없게 된 것이다. 족보에서도 하늘나라에서도……

"한식인데 털모자 덥지 않으시겠어요?"

"꽃샘추위라 머리가 시리다."

털모자를 쓰신 몸은 만주의 독립운동가처럼 보였다. 고향 사람들에게 순 미제를 자랑하고 싶으신 거다.


어렸을 때 기억대로 한식날은 추웠다. 박대통령이 만들었다고 자랑하시던 고속도로를 빠져나오자 제니와 나는 운전대를 바꾸었다. 내가 운전을 해 곧 장수바위 고갯길을 기어오르기 시작했다. 비록 머플러가 깨져 요란한 소리를 내는 59년식 구형 포드였지만 아버지는 행복하시다.

고속도로 자랑을 하시던 아버지는 운전석 옆에 앉아 있는 제니 쪽을 힐끔힐끔 바라보시면서 이제는 장수바위 이야기를 꺼내신다.

"저게 장수바위여. 거기 올라가보면 다섯 뼘이 넘는 사람 발자국 하나가 찍혀 있지."

아버지는 내가 그 이야기를 잘 알고 있다는 것을 아시면서도 구구하게 옛날 장수 이야기를 하신다.

"그게 장수 발자국이여. 임란 때 왜놈들을 쳐부수고는 하늘로 올라갔지. 4백 년 뒤에 다시 이 마을에 나타나 이번에는 세계를 구한다는 거지. 그 약속의 징표로 저 바위에 자기 발자국을 찍어 놓고 간 건데, 그 전설대로라면 지금쯤 그 장수가 나타나야 하는 거다."

그건 나를 들으라고 하시는 말이 아니라 제니에게 들려주고 싶어서 하시는 말씀 같았다. 그러나 나는 보통 때처럼 영어로 아버지의 말씀을 제니에게 통역해주지 않았다.

"아버지가 지금 뭐라고 하셨지?"

제니가 영어로 물었다.

"응, 박대통령이 새마을운동을 해서 이 길이 넓어졌다고 하시는군."

나는 거짓말을 했다. 왜냐하면 나는 벌써 장수 발자국 이야기를 제니에게 들려주었다. 이런 전설 때문에 제니는 나를 좋아했고, 한국을 전설의 나라로 생각한 것이다. 그런데 이미 장수 발자국이 있다는 큰 바위는 '수출입국'이라는 새마을운동 구호가 쓰인 커다란 광고판으로 가려져 있다. 제니에게 이곳이 바로 밤이면 호랑이가 나와 사람에게 모래를 끼얹고 장수가 용마를 타고 하늘로 올라갔다는 그 장수바위 고개라고 말할 용기가 나지 않아서였다.

"몇 마일 더 가요?"

고개를 넘어서자 제니가 이번에는 한국말로 말했다. 아스팔트와 구호와 비행기의 격납고 같은 비닐하우스들이 다닥다닥 널려 있는 내 고향 풍경이 펼쳐지고 있었다.

"몇·리·남·았·어·요?"

나는 대답 대신 제니의 한국말을 고쳐주었다. 그리고는 제니도 알아들을 수 있도록 천천히 아버지에게 말을 했다.

"아주 많이 변했네요. 다리는 새로 생겼는데, 강이 없어진 것 같네요."

그렇다. 처음부터 강 같은 것은 없었다. 작은 냇물이 있었고, 징검다리가 다리로 변한 것뿐이다. 그러나 아내 제니에게 나는 강물에 대해서 말했었다. 조금 있으면 용이 되어 승천하게 될 백년 묵은 이무기가 사는 늪 그리고 홍수가 나면 거목을 뿌리째 뽑

아내서 휩쓸어가는 도도한 원시적인 강물. 그 둑이 없는 강물에 대해서 이야기를 했었다. 내 어린 시절 그 향수 속을 흐르는 냇물은 어느 지도의 강물보다도 거대한 강이었다. 허클베리 핀이 뗏목을 타고 내려가는 그 미시시피보다도 큰 강이었다.

"강이라니, 무슨 강이 있었다구 그러냐?"

이번에는 제니가 가만 있지 않았다.

"허니, 강이 뭐예요? 리버의 강 말예요?"

"응, 내가 언젠가 강 이야기를 했잖아. 그게 없어졌다구."

고향은 나를 거짓말쟁이로 만들고 말았다.

"그럼 여기가 당신이 말하던 심양. 당신의 고향이란 말이에요?"

제니는 새마을운동으로 모두가 울긋불긋한 슬레이트 지붕으로 바뀌어버린 마을을 내려다보면서 비명을 지르듯이 소리쳤다.

"슈어. 바트 어 음 메이비 어……."

나는 말을 더듬었다. 미국에 처음 도착해서 영어로 이야기할 때처럼 더듬거렸다.

"초가지붕은 어디 있어요?"

제니가 한국말로 말했다.

"응, 초가집? 얘가 한국 초가집을 다 아냐?"

아버지는 제니가 나에게 물은 것을 당신에게 한 말인 줄 알고 기뻐하신다.

"박대통령께서 초가지붕을 전부 벗기고 기와지붕으로 바꿨다. 이젠 산속에 들어가도 가난한 집 없게 됐지."

제니가 말하는 그 초가지붕이란 빨간 대추, 동양의 신비한 열매가 익어가는 하늘의 작은 농장인 것이다.

미안하다 제니야. 그러나 난 거짓말을 한 게 아냐. 진짜라구. 저기 저 지붕들에 빨간 대추들이 그리고 달덩이 같은 하얀 박이 열려 있었지. 이렇게 말하려고 했지만 나는 아버지의 말씀을 그대로 옮겼다.

"그럼, 당신이 태어났다는 99칸 집은 어디야?"

이제는 신문조로 제니가 묻는다.

"헐려버렸겠지. 저 근방이었는데."

프런트 글라스로 새마을회관인 블록 집이 보였다.

"이백 년이나 묵은 집이라고 했잖아요. 그걸 헐어요?"

"응, 박대통령이라고 아버지가 말씀하시잖아."

"그건 지붕이랬잖아?"

"글쎄, 다 변한 거야."

"산도?"

어떻게 설명해야 되는가?

'아버지, 말씀해주세요. 정말 그랬잖아요. 박대통령이라고 말씀하지 마시고 옛날 제가 어렸을 때 칡뿌리 캐러 갔던 은하산은 저보다 몇 배나 높았잖아요? 봄이 와도 산마루에는 하얀 눈이 쌓여 있었잖아요? 아버지도 그러시지 않았어요. 맑은 날 저 은하산 꼭대기에 오르면 서울 남대문이 보인다구요.'

산중턱에 새로 생긴 채석장을 바라보고 계신 아버지의 얼굴을 훔쳐보며 속으로 외쳤다.

"일본으로 수출하는 돌이여. 일본 사람들은 심양 돌을 제일로 친다더라."

아버지가 말씀하셨다. 나는 그 말을 제니에게 통역하지 않았다.

언제나 구름에 싸여 좀처럼 그 신비한 정상을 보여주지 않았다고 제니에게 말했던 그 은하산은 사실 해발 2백 미터도 채 안 되는 작은 동네 뒷산에 지나지 않는 것이었다.

"응, 산 높이도……."

내가 이렇게 대답하자 제니는 웃었다.

방향을 꺾자 도폭이 좁아 차를 더 이상 몰 수가 없었다.

나는 핸들을 놓고 두 손으로 서양 사람 특유의 제스처를 흉내 내며 제니에게 말했다.

"데드 엔드."

그리고 길이 좁아서 더는 못 간다고 아버지에게 말씀드렸다. 새로 만들어진 둑길은 경운기가 겨우 지나갈 정도로 좁았다.

"아니다. 조금 더 들어가면 길이 넓어질 거다. 칠성이 말이 새마을운동을 해서 마을길이 신작로처럼 넓어졌다고 하더라."

칠성이라는 말을 듣자 가슴이 철렁 내려앉는다.

제니는 벌써 차에서 내려 걸어갈 기세다.

"저 아무래도 안 되겠는데요. 미국 차라서 차체가 워낙 낮아요. 길이 넓어도 바닥이 닿을 거예요."

아버지는 한참 동안 차에서 내리시지 않고 미적미적하신다.

"아버지는 지금 아주 실망하고 계신 거야. 순 미제 자가용을 타시고 당신이 떠나온 고향 마을로 들어가시려던 기대가 무너져버린 거지."

"어린애 같으셔."

"어린애라니, 천만에! 동양에서는 비단옷을 입고 고향으로 돌아가는 걸 인생의 목표로 삼았지. 비단옷이 다만 자가용으로 바뀐 것뿐이야."

아버지는 우리가 영어로 말하면 늘 섭섭해하신다. 비밀 이야기를 하는 줄 아시고……. 제니가 애를 달래듯이 자동차에서 겨우 내려 언짢아하시는 아버지의 팔짱을 끼고는, 서툰 한국말로 말했다.

"괜찮아요?"

"조심!"

시아버지에 대해 미국식 애정 표현을 해서는 안 된다고 나는 여러 번 주의를 주었었다.

미련이 남으셨는지 몇 번이고 길 어귀에 세워놓은 포드를 뒤돌아보시곤 하셨다. 그러면서도 겉으로는, "애들이 차를 다치면 어떡하냐?"고 하신다.

동네로 들어가자 우리를 마중 나온 칠성이에게 제일 먼저 하신 말씀도 그 자동차에 대해서였다.

"저기에다 얘들 자가용을 세워두고 왔는데 괜찮겠나? 누굴 보내서 지키라고 하지……."

칠성이는 아버지가 가리키는 둑길 쪽은 바라다보지도 않고 "괜찮어유."라고 말한다.

은하산 자드락길로 들어서자 칠성이가 앞장을 섰다. 반쯤 벗겨진 뒷머리에 언제 생긴 것인지 못 보던 혹 하나가 부스럼처럼 쭈그러져 붙어 있었다.


"자, 덤비라고. 어서 덤벼봐."

칠성이의 앞가슴은 바위 같았다. 여섯 명이 달려들어도 왼팔 하나로 우리를 모래밭에 메어꽂곤 했다.

"칠성이가 이번에도 황소를 끌걸."

동네 사람들이 늘 칠성이 편인 것은 힘만 장사라서 그러는 게 아니었다. 공출 독려를 하러 나온 주재소의 일본인 순사가 점박이 어머니를 사벨로 때렸을 때, 두 놈을 한꺼번에 반짝 들어올려 도랑물 속에 거꾸로 집어 처넣은 것도 칠성이였다. 그래서 한동안 칠성이가 바로 장수바위 전설의 예언대로 이 세상을 구하러

나온 장수라는 소문이 돌았다.

칠성이와 냇가에서 함께 멱을 감은 사람들 말로는 정말 그의 겨드랑이에 작은 비늘이 돋아 있는 것을 보았다고도 했다.

"내 영웅은 역사책 속에 있었던 게 아냐. 내가 등에 업혀 땀내를 맡았던 칠성이야말로 내 진짜 영웅이었지. 하루는 고삐 풀린 성난 황소가 뿔로 사람을 받으려고 날뛰어 우리는 무서워서 모두 짚단 뒤에 숨어 벌벌 떨고 있었는데, 그때 누가 나타났는지 알아? 칠성이였지. 고삐가 아니었어. 두 뿔을 양손으로 움켜잡고 격투를 벌였던 거야. 생각해봐. 여자처럼 번쩍거리는 옷을 입고 한 손에 칼을 들고 또 한 손으로는 홍포를 휘두르는 투우사 놀이 같은 건 정말 유치한 거야. 알몸으로 소와 사람이 부딪쳐 한 덩어리가 된 것이지. 그것이야말로 진짜 투우였지."

"물론 발가벗은 당신의 영웅이 이겼겠지?"

제니는 믿기지 않는다는 얼굴을 하면서도 재미있어 했다.

"칠성이는 힘만 센 게 아니었지. 물고기 좀 잡아달라고 하면, 칠성이는 텀벙 강물 속으로 들어가서는 한참 동안 나오지 않는 거야. 나는 강둑에 쪼그리고 앉아서 칠성이가 들어간 강물 위를 불안하게 쳐다보고 있었던 거지. 아주 한참 동안을. 그러면 예상치도 않던 저쪽 강물 위로 고래처럼 말야, 물보라를 뿜으며 용수철처럼 솟아오르는 알몸뚱이가 보였지. 칠성이야. 높이 치켜든 그의 손에는 꼬리치는 물고기의 비늘이 여름 햇빛에 차돌멩이처럼 번뜩거리고 있었지. 아, 이 세상 누가 이런 일을 해낼 수 있겠어?"

"맨손으로?"

"그래, 칠성이는 언제나 맨손이야."

그 옛날의 영웅 칠성이가 아닌 칠성 영감이 지금 우리 앞에 서서 절룩거리며 산길을 오른다.

해진 예비군 군복을 입고 있었고, 왼팔은 풍을 맞았는지 의족처럼 흔들거린다.

"장동 나리, 이제 다른 산지기를 구하시지유. 이젠 밭뙈기를 갈 힘도 없어서 아무래도 위답位畓을 내놓아야 할까 봐유. 이젠 미국에서 박사 도련님도 돌아오셨구유."

"왜, 몸이 성치 않나?"

"예, 전쟁 때 다친 데가 전부 도지는구만유. 거기에 풍도 맞구유."

다행히 제니는 나의 영웅에 대한 이야기를 잊은 것 같았다. 제니가 만약 그에 대해서 물었다면 더는 거짓말을 하지 못했을 일이다.

제니, 잘 보라구. 내 영웅은 바로 저 사람이지. 강물에서 잉어를 잡아올리구, 황소를 쓰러뜨린 나의 영웅이 지금 우리 집 산지기가 되어 길 인도를 한다. 아버지를 향해서 나리라고 부르고, 나보고 도련님이라고 부르는 마지막 사람이 되어 우리 앞을 가로막고 있는 거다. 제니야.

나를 사기꾼으로 만든 그 은하산 모롱이에 어머니의 산소는 있었다. 아버지가 돌아가시면 그곳에 합장될 것이라고 말했는데 그것만이 유일한 진실로 거기에 남아 있었다.

비닐 돗자리를 깔고 상석에 한식 차례를 잡숫기 위해 나와 제니는 서울에서 가져온 사과와 배를 올려놓는다.

"그렇게 괴는 게 아니다."

아버지의 눈에는 잠시 분노인지 슬픔인지 모르는 빛이 번뜩였다.

"언제나 사과 같은 빨간 과일은 동쪽에 놓고······."

아버지는 청과점 진열대처럼 한가운데 수북이 쌓아놓은 사과를 오른쪽으로 옮겨놓으시면서 제니의 얼굴을 쳐다보셨다.

"그리고 이 배는 서쪽에 놓는 거다. 홍동백서紅東白西라고 하지 않더냐?"

아버지는 또 배를 왼편으로 놓으시고는 제니 쪽을 흘낏 쳐다보신다.

"왓 디드 히 세이?"

제니가 묻는다.

나는 아버지가 하신 말을 그대로 영어로 옮긴다.

"왜 사과는 동쪽에다 놓아야 되는 거지?"

제니는 갑자기 깨져버린 전설의 쪼가리들을 다시 주워 모으기

나 하듯이 생기를 되찾은 목소리로 물었다.

"인 앤드 양, 대추와 밤의 내 첫 강의를 기억해?"

"붉은색 과일은 양이고, 그건 방위로 동쪽이나 남쪽에 속해 있는 거지. 그리고……."

나는 아버지 얼굴을 훔쳐보면서 제니에게 말한다.

"아버지, 동쪽은 원래 청색이 아니에요?"

"암, 동은 목木이니까 청색이지."

"그런데 왜 제상祭床에서는 붉은색을 동으로 치지요?"

"푸른 과일은 안 익은 건데 어디 제상에 놓겠니?"

"서쪽은 어째서 흰색이 되지?"

제니는 꼭 오 년 전 아스트로 광장에서 리포트를 쓰기 위해 질문을 하던 그런 투로 방위와 색의 관계에 대해서 묻기 시작했다. 그리고는 볼펜까지 꺼내들고 수첩에 메모한다.

"제니가 왜 서쪽이 되느냐고 하는데요?"

"글쎄다. 오방색五方色이라고 해서 그렇게들 써왔으니까 그런 거 아니겠냐?"

제니에게 오방색 이야기를 하면 길어질 것 같다.

"왜 서쪽이 희냐 하면, 제니 얼굴이 희잖아. 서양에서 왔으니까?"

제니는 농담을 해도 웃지 않고 문화인류학자 마거릿 미드 여사 같은 표정을 지으며 서툰 발음으로 아버지에게 직접 묻는다.

"부쪽은 무슨 색입니까?"

"북쪽."

내가 제니의 발음을 고쳐주었다.

아버지는 서양 며느리와 의사가 전달되는 것이 아주 대견하고 기쁘신 것 같았다. 눈가에 잔주름이 펴지면서 잔잔한 웃음이 번져갔다.

"북쪽은 수水, 검은색이지."

"수가 무엇입니까?"

제니가 한국말로 되물었다. 그리고는 동시에 영어로 나에게 물었다.

"하우 두 유 세이 수 인 잉글리시?"

"수? 워터."

"수는 물이다."

아버지가 한국말로 대답하셨다.

제니는 큰 소리로 웃었다.

"물이 까매요?"

아버지의 눈에는 다시 분노 같기도 하고 슬픔 같기도 한 이상한 빛이 번득였다.

"마음속으로 보는 빛깔은 눈으로 보는 것하고는 다른 법이다. 요즈음 사람들은 아무 뜻도 모르고 색깔이 어떻고 방향이 어떻고 봄이네 겨울이네 하지만 만물은 그게 다 이치가 있어서 움직이는

법이다. 그 법을 모르면 조상들과는 만나지 못하는 거여. 홍동백
서와 마찬가지로 생선은 동쪽, 고기는 서쪽에다 놓아야 돼. 어동
육서魚東肉西!"

그리고는 물고기에 대해서 말씀하신다.

"요새는 제상에 아무 생선이나 올리지만 정식대로 하자면 숭
어래야 되는 거다. 왜 숭어냐 하면 그건 강물과 바닷물이 섞이는
강 어귀에다 알을 낳고 사니까 그러는 거다. 이승과 저승이 서로
섞이는 게 제상이 아니냐? 민물과 바닷물이 한데 어우러지는 것
처럼 저승에 계신 조상님들이 숭어처럼 이승으로 올라오시라고
말이지."

아버지의 숭어 이야기를 나는 연어로 옮겨 제니에게 통역해주
었다. 멀고 먼 바다를 회유한 끝에 연어는 모천母川으로 돌아와 알
을 낳는다. 몇 해 동안 자기가 지난 그 넓은 바닷길을 어떻게 용
케 다 기억해두었다가 자기가 태어난 고향 냇물로 찾아올 수가
있는 걸까? 그리고 그 고생을 하고 난 항해 끝에 어째서 연어들은
목숨을 걸고 알을 낳는 걸까? 언젠가 텔레비전에서 암컷도 수컷
도 힘이 다해서는 입을 벌리고 조용히 죽어가는 수천, 수만 마리
연어떼의 죽음을 본 적이 있다. 물고기들도 죽을 때는 눈물을 흘
리는 것일까?

"뷰티풀!"

무엇이 아름답다는 건지, 제니는 감탄사를 연발한다.

차례상이 다 차려지자, 절을 했다.

남자는 두 번, 여자는 세 번 해야 한다고 말해주었다.

제니는 "베리 인터리스팅, 베리 인터리스팅!"이라고 감탄사를 연발하면서 큰절을 했다. 세 번만이라고 했는데도 다섯 번이나 한 것 같다.

홍동백서! 어머니에게 절을 하면서 속으로 새삼스럽게 동쪽과 서쪽이 다르다는 것을 느꼈다.

"어머니 죄송해요. 이 사람이 당신의 며느리, 제니예요."

"얘야, 말이 통해야 잘 왔다는 말이라도 하지."

어머니가 그렇게 말씀하시는 것 같았다.

'섞어놓는 게 아녀. 붉은 과일은 동쪽에다 놓고 흰 과일은 이렇게 서쪽에다 놓아야지…….'

아버지는 당신이 세상을 떠난 뒤 제상조차 차릴 줄 모르는 제니 일을 생각하여 하신 말씀이었지만, 나에게는 그것이 또 다른 뜻으로 들렸다. 동쪽과 서쪽, 하얀 과일과 빨간 사과, 밤과 대추, 미국과 한국 그리고 제니와 나.

아버지는 몇 번이고 허리를 굽혀 시어머니 산소에 절을 하고 있는 이 이방의 며느리를 묵묵히 쳐다보고 계셨다. 아버지의 그 눈에는 분노인지 슬픔인지 모를 이상한 빛이 숨어 있었고, 이따금 골짜기에서 몰아닥치는 꽃샘바람이 아버지의 해표 털모자를 따뜻하게 했다. 갑자기 "쏴ㅡ" 하는 산사태 같은 소리가 땅을 뒤

흔들었다.

"왓스 댓?"

제니가 놀라서 영어로 외쳤다.

"놀랄 것 없어유. 우린 밤낮 듣는 소린걸유."

"채석장에서 나는 소린가?"

아버지가 칠성 영감의 말에 꼬리를 다신다.

"옛날하고는 장비가 달러유. 집채만 한 바위를 그저 두붓모 썰듯이 전기톱으로 잘라내는데 아주 굉장한 힘이지유. 어디 자르기만 해유? 바위를 팥고물처럼 단숨에 빠수기도 하는디유. 지금 게 바루 바위를 으깨는 소리구만유."

칠성이와 아버지는 소리나는 채석장 쪽을 향해서 돌아서셨다. 두 사람은 영원히 움직이지 않는 쌍바위처럼 그렇게 서서 은하산 봉우리를 쳐다본다.

"왓스 댓?"

제니만이 영문을 모른 채 같은 소리를 계속 되풀이한다.

무익조

윌리.

나는 아직 당신에게 아무것도 분명하게 말할 수 있는 이야깃거리를 갖고 있지 않습니다. 자신 있게 말할 수 있는 것이 있다면 그것은 지금 내가 시카고에 있지 않다는 것과 당신과 헤어진 지 거의 한 달째가 되어간다는 사실뿐입니다. 그리고 시카고엔 지금쯤 바람이 많이 불고 있겠지만 여기 내 고국 '서울의 5월'은 밝고 고요한 날씨가 계속되고 있다는 점입니다.

하지만 윌리, 나는 날씨 같은 이야기는 하지 않겠습니다. 심심하고 따분하고 그러면서도 무언가 무의미한 말이라도 지껄이고 싶어질 때, 사람들은 흔히 하품처럼 날씨 이야기를 꺼낸다는 것을 당신도 잘 알고 있을 것입니다.

윌리! 화제가 없어도 언제나 우리는 하품을 하듯이 말하지는 맙시다. 그리고 날씨 같은 것이 아니라 땅 위에서 숨 쉬고 있는 많은 사람들의 몸짓과 생각과 풍습 그리고 그 노여움이나 즐거움, 그러한 변화들에 대해서 말하기로 합시다.

미시간 아브니나 잭슨 공원 혹은 조지아 대리석의 솟구치는 버킹엄 분수탑의 물보라를 바라보면서, 우리는 늘 사소한 사람들의 일에 대해서 진지하게 말해왔습니다. 당신도 그것을 기억할 것입니다.

그런데 월리, 우리들 사이에 바로 그런 화제가 끊어지고 말았다는 것은 슬픈 일입니다. 생각하는 우리들의 현장現場이 달라진 까닭입니다. 당신이 저녁 여섯 시의 루프에서 북적거리는 군중을 바라보고 있을 무렵 나는 많은 인파가 지나는 세종로에 있어야 합니다(당신에겐 그 거리의 이름이 생소하겠지만). 거기에서 나는 네온사인이 켜지는 얼룩진 하늘을 보고 있는 것입니다. 네온의 문자들은 물론 제너럴 일렉트릭이나 펩시콜라의 상표는 아닐 것입니다.

맡은 강의를 끝내면 당신은 내가 시카고대학에 있었을 때와 마찬가지로 톰프슨 교수의 연구실에서 흑인의 성격 분석에 관한 리서치를 도울 것입니다. 그러나 월리, 나는 대학 강사실에 비치된 출강표에 도장을 찍습니다. 그리고 강의를 끝내면 학교 도서관 특별열람실로 가서 묵은 신문철을 뒤져야 하는 것입니다.

대학의 사회학 강의를 맡고 한 달 동안 나는 줄곧 묵은 신문철만 읽어왔습니다. 당신도 그것을 이해해주실 것입니다. 십 년 이상이나 나는 내 고국에 있지 않았다는 것을 기억해주어야 합니다. 내가 한국전쟁과 데모와 군사혁명을 모두 미시간 호수를 건

너오는 바람 속에서 겪어왔다는 사실을 당신은 다시 한 번 기억해주셔야겠습니다. 방송과 《시카고 데일리》의 보도가 믿을 수 없는 것이라고는 말하지 않겠습니다. 그러나 그것이 한국에서 일어난 사건을 한국 신문만큼 정확하게 그리고 충분히 다룬 것이라고는 말할 수 없는 일이 아니겠습니까.

우리들의 현장은 달라졌습니다. 나는 지난 십 년의 내 모국을 알기 위해서 당분간, 낡은 신문철의 활자들을 뒤져가지 않으면 안 됩니다. 그렇기 때문에 나는 한국의 요즈음 사정이나 내 생활이나 혹은 내 주변 사람들에 대해서 당신에게 이야기해줄 충분한 화젯거리를 갖고 있지 않습니다.

윌리, 내가 전할 수 있는 것은 묵은 신문철에서 풍기는 냄새, 바래고 좀먹고 사그라져가는 종이 냄새, 먼지와 습기와 바람으로 변해가는 인쇄 잉크 냄새입니다. 그것은 망각되어가는 그 시간의 냄새이기도 합니다. 그것이 지금 내가 겪고 있는 생활의 전부입니다.

대학 도서관의 특별열람실에는 드나드는 사람이 거의 없습니다. 그래서 차 한잔 나눌 친구도 사귈 기회가 없는 것입니다. 늙은 사서관 하나가 내 얼굴을 기억해줄 뿐인데, 그나마 그에게서도 묵은 신문철과 똑같은 냄새…… 고서古書들의 그 곰팡내가 풍기는 겁니다. 그가 내 곁으로 와서 인사를 할 때마다, 나는 그 냄새를 맡으면서 "요즈음엔 '인간의 체취'마저 상실한 사람들이 많다.”고 당신과 말했던 일을 기억하곤 합니다.

물론 그때는 주유소에서 일하는 사람들 몸에 배어 있는 휘발유 냄새를 맡으며 농담한 소리입니다마는……

처음엔 묵은 신문철에서만 그리고 근속 삼십 년이라는 그 늙은 사서관의 몸에서만 그런 냄새가 풍긴다고 생각했었습니다.

그러나 월리! 이 냄새는 날이 갈수록 자꾸 번져가고 있습니다. 판잣집이 늘어서 있는 골목길을 지날 때에나, 만원 버스를 탈 때에나, 강의실과 시장과 담뱃가게와, 청소부들과 도처에서 만나는 그 사람들의 몸에서, 누렇게 사그라져가는 그 종이 냄새를 맡게 되는 것입니다.

월리! 나는 더 이상 쓸 얘기가 없습니다. 되풀이하자면 나는 아직 당신에게 아무것도 분명하게 말할 수 있는 이야깃거리를 갖고 있지 않습니다. 자신 있게 말할 수 있는 것이 있다면 당신과 내 생활의 현장이 달라졌다는 것이고 지금 나는 먼지 낀 십 년 전 묵은 신문철의 곰팡내를 맡고 있다는 것뿐입니다. 월리! 나는 그 냄새 속에서 무엇인가를 발견해야 되는 것입니다. 그래서 그것이 우리들의 화제를 다시 이어갈 수 있게 해주기를 바라고 있습니다.

월리.

당신은 내 편지를 받고 걱정하고 있는 눈치였지만, 정말 나는 아무렇지도 않습니다. 한국 생활이 나를 변하게 한 것은 아무것도 없습니다. 적어도 어제까지는 말입니다. 그러나 오늘, 나는 그 열람실에서 묵은 신문철을 뒤지다가 아주 놀랍고도 충격적인 기사 하나를 발견했습니다. 그것이 앞으로도 나를 줄곧 괴롭힐 것이라는 생각이 듭니다. 윌리, 그 이야기를 들으면 당신은 하찮은 일에 지나지 않는다고 웃을 것입니다. 그러나 나는 지금 조금도 감상에 빠져 있지 않다는 것을 먼저 변명해두고 싶습니다.

보통 때와 마찬가지로 나는 오늘도 신문 열람대에 서서 신문철을 넘기고 있었던 것입니다. 그것은 1960년 4월분이었습니다. 그 신문철이 한국에서 학생혁명이 일어났을 때의 것이라는 점에서 당신은 아마 학생 데모 기사를 읽고 내가 무슨 커다란 충격을 받은 것이라고 속단할지도 모릅니다. 내가 그 기사를 발견하고 짤막한 비명을 질렀을 때, 놀라서 뛰어온 그 늙은 사서관도 역시 그렇게 생각하고 있었으니까…….

그 사서관은 펼쳐진 신문철의 사회면 톱을 들여다보고는 "아! 데모…… 그 기살 보고 놀라셨군요. 그러니 그날 일을 직접 보고 겪은 사람들은 어떠했겠어요."라고 말했습니다.

윌리, 나는 사서관의 말을 부정하지 않았습니다. 나는 데모 기사를 보고 놀란 것처럼 꾸며 보이기까지 했습니다. 그런 자리에서 사실을 말한다는 것은 어리석은 일입니다. 아무리 설명해도 나의 놀라움을 그는 이해해주질 않았을 것입니다.

그러나 윌리! 힘이 들더라도 당신한테는 모든 것을 그대로 알려주어야겠습니다. 그것은 한 단짜리 작은 기사에 불과했는데, 더구나 흥분한 데모 기사가 온 지면을 차지하고 있는 그런 신문에서는 누구도 그 같은 기사에 관심을 두지 않았을 것입니다. 막 신문 한 장을 넘기려고 하는데 나는 문득 멀리에서 나직한 목소리가 꼭 한 번 내 손끝에 와서 멎는 것을 들었습니다. 나는 군모에 반쯤 얼굴이 가려진 젊은 공군 장교의 사진을 보고 있었던 것입니다.

윌리! 아직도 우리나라 신문의 인쇄 기술은 훌륭하지 못합니다. 신분증만 한 신문의 그 동판 사진은 몹시 흐리고 불투명했습니다. 그러나 어금니를 꼭 다물고 그러면서도 입가에 미소를 띠고 있는 그 독특한 표정을 나는 분명히 기억해낼 수가 있었습니다. 틀림없이 그 공군 장교는 내가 잘 아는 박준朴俊 대위였던 것입니다. 박준 대위가 아니고서는 그런 모순의 표정을 지을 수 있는 사람을 나는 본 적이 없습니다. 성난 사람처럼 어금니를 다물고 있으면서도 이상스럽게도 입술에는 미소가 어려 있는 얼굴 말입니다. 당신도 그렇게 부조리한 인간의 표정을 본 적은 없을 것입니다.

기사는 짧고 간단하고 흔히 볼 수 있는 것이었습니다. 19기로 훈련병과 함께 연습비행 중 그는 엔진 사고로 대관령 산골짜기에 추락했다는 것입니다. 반파된 비행기의 잔해에서는 시체가 발견되지 않아 수일 동안 수색중이었는데, 훈련병의 시체는 수백 미터 떨어진 지점에서 발견되었으나 박대위의 종적은 지금껏 찾지 못했다는 보도였습니다. 물론 박대위는 죽은 것이 확실했습니다. 그것은 벌써 오래된 사건이었고 실종 사망으로 시체 없는 장례식을 치른다는 기사였기 때문입니다.

윌리, 당신은 우습다고 할 것입니다. 아무리 박대위와 가까운 사이라 하더라도 전쟁 속에서 많은 친척과 친구들을 잃은 우리들이 아니냐고 반문할 것입니다. 그러나 그만한 일에 내가 흥분했다고 생각하면 안 됩니다. 당신은 박준 대위를 모르고 있기 때문입니다. 만약 그를 조금이라도 알고 있다면 아마 당신도 나처럼 충격을 받았을 것입니다.

박준 대위에 관해서 무엇부터 이야기를 시작해야 할지, 나는 몹시 혼란을 느끼고 있습니다. 어디서부터 말해야 좋을까…….

그래요. 참, 윌리, '비명悲鳴'에 대한 이야기부터 꺼내는 것이 좋을 것 같군요. 내가 그의 사진과 기사를 보고 느낀 것도 바로 그 점이었으니까! 처음엔 막연한 인상, 박대위의 어렴풋한 인상이 떠올랐는데 우연히도 그 늙은 사서관이 그의 인상에 뚜렷한 못을 박아주었던 것입니다.

윌리! 오해 없기를 바랍니다. 그 사서관은 박준 대위를 모릅니다. 또 내가 그의 사망 기사를 보고 놀란 것도 역시 모르는 일입니다. 다만 그는 4·19 데모 사건을 말하던 중 비명에 대한 이야기를 꺼냈을 뿐입니다.

내가 박대위의 사진을 보고 정신을 잃고 있는 동안 사서관은 자기 조카의 죽음에 대해서 말하고 있었습니다. 그는 삼십 년 근속자에게서 흔히 볼 수 있는 고지식한 사람이었습니다. 신문 기사에는 과장과 허위가 많다는 것이고, 모든 것을 액면 그대로 믿지 말라고 내게 충고하려는 것 같았습니다. 자기 조카의 죽음도 그러했다는 것입니다.

그의 조카는 T대학 학생회장이었는데 데모가 일어날 때마다 늘 선두에 서곤 했다는 것입니다. 격렬한 데모가 있었던 날 그의 조카는 경무대 입구에서 총상을 입고 입원했으며 그가 병원으로 달려갔을 때 그 학생은 침대에 누워 기자들과 인터뷰를 하고 있는 중이었다고 했습니다.

윌리…….

그 학생은 기자들에게 자기는 영웅이 아니니 다른 학생을 만나라고 하더랍니다. 더 이상 아무것도 묻지 말아달라고 애원하더라는 겁니다. 그래도 기자들이 물러서지 않으니까 그는 그 자리에서 조용히 돌아누우면서 자기 상처를 보이고 이렇게 말했다는 것입니다.

"보십시오. 이것이 증거입니다. 총상은 앞가슴이 아니라 이렇게 등 뒤에 있지 않습니까? 이것은 총을 쏜 사람이 내 등 뒤에 있었다는 증거이고 내가 영웅이 아니라는 증거입니다. 나는 그때 도망치고 있던 중이었습니다. 만약 기사를 쓰려면 꼭 이렇게 써주십시오.”

그는 옆에서 여학생 하나가 총탄을 맞고 쓰러지면서, 외마디 비명을 지르는 소리를 들었다구요. 죽음의 비명소리를 말이죠. 그때 그에게 갑자기 무서운 생각이, 죽음의 공포가 귓전으로 밀려왔더라구요. 그래서 그는 비겁이 무엇인지를 알았고 결국 그는 영웅이 될 수 없었다고 말입니다.

“그만 나가주시오. 나는 살고 싶습니다. 나는 영웅이 되고 싶지 않습니다. 나에겐 지금 비명소리밖에 아무것도 들리지 않아요.”

윌리! 그런데도 결국 그 기사에는 비명이 함성으로 바뀌어 있었고 등 뒤의 상흔이 앞가슴으로 변조되어 있었고 비겁하다는 고백이 영웅담으로 각색되어 있었다고 사서관은 말했습니다.

나는 그때 물어보았습니다. 당신의 조카가 마지막 숨을 거둘 때 비명을 질렀느냐고요. 그는 확실치 않다고 했습니다. 무엇인가 외마디 소리를 질렀지만, 그게 무슨 말이었는지 아무도 알아들을 수 없었다고 했습니다.

“그것이 비명이었을까요?”라고 그는 반문하는 것이었습니다.

윌리. 내가 사서관의 이야기, 그 비명의 이야기에 관심을 갖고 또 그 학생이 죽을 때 비명을 질렀느냐고 물은 것은 실은 박대위 생각을 하고 있었기 때문입니다. 내가 궁금하게 생각한 것은 박대위가 추락 직전에, 말하자면 죽기 직전에 비명을 질렀을까, 그렇지 않으면 과연 어금니를 깨물고 입가에 미소를 지으면서 죽어 갔을까? 하는 문제였습니다. 박대위와 내가 마지막으로 주고받은 말도 바로 인간의 비명에 대한 이야기였습니다. 그러니까 그를 마지막으로 본 것은 내가 한국을 떠나던 전날 밤, 소위 내가 그 망명 유학을 떠나게 되어 환송회가 열렸던 때입니다.

윌리! 박대위의 이야기를 하려면 아무래도 모든 것을 솔직하게 털어놓아야 할 것 같습니다. 전쟁은 절망적이었습니다. 우리는 부산으로 피난을 내려갔고, 그곳도 위험해지자 돈과 권력 있는 사람들은 먼 나라로 도망칠 궁리를 하고 있었을 때입니다. 그래서 아버지는 외아들인 나를 미국으로 유학을 보내게 된 것입니다.

환송회가 끝나자 나는 연회장에서 나와 막차를 타려고 했습니다. 그때 누가 어깨를 툭 치는 것이었습니다. 공군 제복을 입은 군인이었습니다. 어두워서 나는 그가 누군지를 알아내지 못했습니다.

그러자 그는 다시 내 어깨를 잡아채면서 "넌 죽음에서 도망치려고 기를 쓰고 있구나! 하지만 죽음에서 도망치려면 죽음에 곧장 대드는 방법밖에 없단 말이야."라고 말했습니다.

나는 어둠 속에서 어금니를 문 채 흰 이를 드러내놓고 웃는 그 얼굴을 보았던 것입니다. 비로소 그게 누구인지를 알 수 있었습니다. 박준은 자기가 공군에 입대했다는 것과 휴가 중 부산에 놀러 왔다가 나의 도미 환송회가 있다는 소식을 들었다고 했습니다. 그리고 그는 지각한 손님에게도 축하할 기회를 달라고 했습니다.

윌리, 나는 그때 일을 모두 기억할 수는 없습니다. 다만 우리는 싸구려 술집에서 몹시 취해 있었다는 것과 박준은 인간의 '비명'에 대해 몹시 흥분하며 떠들어대던 생각이 날 뿐입니다.

그는 말했습니다.

"모두들 난파선의 쥐새끼들이란 말이다. 물론 너는 여기에서 도망칠 수는 있겠지. 너의 아버지는 권력과 돈을 가졌으니까! 그러나 권력과 돈으로 죽음을 막아낼 수 있다고 생각하나? 죽음에서 도망치려 할 때 사람들은 겁에 질린 비명을 지르지……. 결국 네가 이 죽음의 자리에서 도망쳐도 그 비명소리만은 감출 수 없는 거야. 미국보다 더 먼 나라엘 가봐라! 그래도 네가 지르는 그 비명소리를 똑똑히 들을 수 있을 것이다."

"이봐! 나는 사람들의 비명소리를 들을 때마다 분노가 치밀어 오른단 말야. 창피하고 분한 생각이 들어. 그건 인간을 모욕하는 소리야. 그런데 그 비명이 지금 온통 천지를 뒤덮고 있다. 누가, 대체 누가 감히 인간에게 비명을 지르게 만드는 거냐? 난 그놈이 누구인지를 똑똑히 안다. 넌 내 아버지를 알고 있겠지. 목이 쉬어 터져서, 낡은 풍금에서 바람이 새어나오듯이 말하는 불쌍한 내 아버지를 말야. 내가 이야기했던가? 나는 아버지처럼 되고 싶지 않다고. 아버지처럼 뱃사공이 되고 싶지 않다는 이야기는 아니다. 아버지처럼 비명을 지르지 않겠다는 말이다. 난 아버지처럼 바다 위에서 표류하고 상어 떼에 쫓겨도, 죽음의 공포가 바싹 이 목을 조른대도 말야, 절대로 비명을 지르지는 않겠어. 이렇게 말야. 이것 좀 봐, 이렇게 유들유들하게 흰 이를 내밀고. 알지, 이렇게 웃으면서 말야, 죽음이란 놈을 천천히 맞이할 테다. 그놈도 결코 나를 무릎 꿇게 할 수 없을 거야. 난 아버지가 쉰 목소리로 말할 때 말야, 아니 시체처럼 파랗게 질려가지고 구조선 갑판에서 흠씬 젖은 몸으로 기어내려올 때, 난 어린 나이였지만 복수를 해야겠다는 결심을 한 거야."

월리! 정말 그의 아버지는 목이 쉬어 있었습니다. 나도 그 소리를 들은 적이 있어요. 박준의 집에 놀러가면 으레 어두운 뒷방에 누워서 쉰 목소리로 기침하는 소리가 들려왔으니까요. 죽음 앞에서 채찍을 맞는 사람처럼 기를 펴지 못한 채, 파리하게 시들어가는 아버지를 지켜보면서 그는 소년 시절을 보냈던 것입니다.

조난을 당하여 며칠 동안 파도에 밀려다니던 그의 아버지는 정신착란을 일으켰고, 그 후에도 여전히 파도가 세게 몰아치는 날이면 귀를 틀어막으며 헛기침 같은 비명을 지른다는 것입니다.

박준은 또 그때 키위kiwi(무익조)란 새에 대해서 말했었던 것을 나는 기억하고 있습니다. 당신도 아마 키위새를 알고 있을 것입니다. 물론 그것은 뉴질랜드에서 사는 특수한 새이긴 하지만, 미국의 구두약 상표에 키위란 것이 있고 또 그 구두약 뚜껑에 키위 새의 사진이 원색으로 찍혀져 있었기 때문에 한국에서도 누구나 눈에 익게 된 새입니다.

"너 키위란 새 알지? 병아리처럼 생긴 놈 말야."라고 박준이 말 했을 때 내가 얼른 연상한 것도 바로 키위라는 구두약 뚜껑이었 습니다. 박준은 내 대답도 기다리지 않고, 키위새에 관해서 혼자 떠들어댔습니다.

"공군에서 말이지…… 우리 공군이 아니구 영국 공군들 말 야……. 비행기를 타지 못하고 지상에서만 근무하는 공군을 뭐 라고 하는 줄 아나? 그걸 바로 키위라고 하네…… 알겠어? 키 위…… 그 이유를 알겠느냐 말야."

그는 키위란 놈이 새이긴 하지만 날개도 꽁지도 없는 새, 병아 리같이 땅 위에서만 기어다니는 새, 하늘을 날지 못하는 새라고 설명했습니다. 그리고 자기는 키위가 되지 않으려고 어떤 인간이 보여준 것보다도 더 치열한 의지를 실현했다고 말하는 것이었습 니다.

윌리, 당신은 비행공포증이란 말을 들어본 적이 있으십니까? 나도 실은 그에게서 그날 처음으로 들은 말입니다. 그것은 일종 의 노이로제에 속하는 병명病名입니다. 비행사가 처음 훈련을 받 을 때 우연한 사고로 강한 충격을 받게 되면 비행공포증이라는 독특한 노이로제에 걸리게 되고 일단 그 증상이 일어나면 누구도 다시는 비행사가 될 수 없다는 겁니다. 조종간을 잡기만 해도 땀이 나고 몸이 떨려온다는 겁니다. 인간의 의지로는 어떻게 할 수 없는 공포증이라 했습니다.

윌리, 그도 연습 도중에 비행공포증에 걸렸던 것입니다. 그러나 그는 거의 초인적인 의지로 비행공포증을 극복했고 끝내는 하늘을 나는 공군 조종사가 되었다고 말했습니다. 그는 '키위'라고 몇 번인가 소리를 질렀습니다.

"키위, 키위, 날개 없는 새. 내가 키위가 될 뻔했다니! 낮에는 풀숲에서 잠을 자다가 밤에나 조심스럽게 기어나와 땅속에 잠든 굼벵이를 파먹는 불쌍한 키위. 빌어먹을 키위. 그래 애비는 바다에, 자식놈은 하늘에 공포를 집어먹고 산다니. 그래서 키위처럼 땅속을 뒤지면서 기웃거리고 사는 거다. 날개는 퇴화해버리고 그 대신 부리만 길어져서 기우뚱거리며 숲 속을 지나는 키위가 되어야 한다니…….

나는 비행공포증에 걸렸을 때, 어금니를 악물고 그놈의 병과 싸우고 있었다. 비행기를 탈 수 없다고 진단한 군의관의 이를 두 개나 분질러놓았단 말야. 그때 누가 나에게 키위 구두약이라도 가져왔다면 난 그놈을 아주 죽여버리고 말았을 거야."

윌리, 나는 그의 이야기를 들으며 미안하다고 했습니다. 나는 늘 도망만 다니도록 훈련된 사람이라는 말을 했습니다. 이젠 전장에서, 조국에서까지도 도망치는 것이라고 했습니다. 나는 그래서 너에게 미안한 생각이 든다고 말입니다.

그러나 박준은 "넌 날 애국자로 알고 있구나."라고 조소했습니다.

"나는 전쟁이 일어나지 않았더라도 비행사가 되었을 거다……. 내가 싫어하는 건 전쟁 속에서 들려오는 인간들의 비명 소리뿐이야. 그들처럼 비명을 지르면서 전쟁을 피해다니고 싶지 않다는 거지."

월리, 시카고의 거리를 지나면서, 나는 내가 한국인이 아니라고 몇 번이나 다짐한 일이 있었습니다. 남루하고 슬픈 조국의 뉴스를 들을 때마다 나는 그것과 아무 상관없는 사람이라고 우기고 싶었습니다. 코즈모폴리턴이 되어버린 하나의 흑인, 하나의 유태인, 세계를 방랑하는 무국적자……. 부모나 내 조상까지도 거부할 수 있었습니다. 그러나 월리, 박준을 생각할 때만은 나 자신을 거부할 도리가 없었습니다. 필머하우스가 있는 고층빌딩가를 지날 때 나는 한 마리의 키위새가 되는 것입니다. 어두운 땅 밑을 뒤지면서 어슬렁어슬렁 기어다니는 그 괴이한 털북숭이 키위, 그렇지 않으면 난파선에서 달아나려고 비명을 지르는 물에 젖은 쥐, 그런 것을 느끼곤 했습니다. 어느 때는 그것이 살아 있는 키위도 쥐도 아니라는 것을 느꼈습니다. 쓰레기통에 버려진 빈 구두약 뚜껑, 비와 바람 속에서 녹슬어가는 구두약 뚜껑의 키위새, 쓰레기터에 버려진 쥐의 시체…….

내가 시카고에 갔을 때는 이미 옛날의 그 도시가 아니었습니다. 알 카포네가 주름잡던 범죄의 도시, 밀주와 마약의 갱들이 우글거리던 시카고, 한꺼번에 삼십만의 돼지를 도살할 수 있는 유니언 스토크야드의 도살장도 이미 자취를 감추어가고 있었고, 칼 샌드버그가 노래 부른 그 도시의 활력도 이미 거기에는 없었습니다.

그렇지만 바다와 같은 미시간 호숫가를 산책하다가 나는 활력에 넘치던 오만불손한 그 시카고의 전설에 매혹됩니다. 그러면 으레 박준이 내 곁으로 오는 겁니다. 나는 딱 벌어진 그의 어깨를 잡고 어금니를 깨문 채 미소를 짓는 그의 얼굴을 홀린 듯이 쳐다보는 겁니다.

"너는 도망칠 수 없다. 비명을 지르는 동안 너는 절대로 도망칠 순 없다."

그는 그렇게 말하는 것입니다.

이렇게 십 년 동안의 내 시카고 생활에서, 박준은 내 침대 곁에 누워 있었던 것입니다. 그래서 나는 그 괴로운 밤들을 참을 수 있었는지도 모릅니다. 당신은 그것을 이해할 수 있을 것이라 생각합니다. 편지를 한다거나 꼭 만나보고 싶다는 그런 생각이 없어도 항상 곁에 머물러 있는 친구, 그러한 교분 말입니다.

더 이상 글을 쓸 수 없을 것 같습니다. 나는 지금 몹시 피로합니다. 박대위의 죽음을 알게 된 것이 묘하게도 나를 허탈 상태로 몰아넣고 있습니다.

박대위는 정말 비명을 지르지 않고 죽어갔을까? 그의 말대로 흰 이를 내놓고 유들유들하게 웃으면서 죽음을 뛰어넘었을까? 그렇지 않으면 낡은 풍금에 바람이 새는 것 같은 그 아버지의 비명처럼 그도 다급한 소리를 지르며 죽어갔을까?

월리! 물론 이런 물음에 대답해줄 사람은 나나 당신이 아닙니다. 아무도 대답할 수는 없을 것입니다. 단 한 사람……. 그것은 박대위 자신만이 대답할 일입니다. 그러나 월리, 그는 이미 우리와 함께 있지 않다는 것입니다.

월리.

편지를 보내놓고 나는 몹시 후회했습니다. 당신이 알지 못하는 박대위에 대해서 그리고 너무 자신의 감정에 대해서만 이야기한 것을 미안하게 생각했습니다. 그렇기 때문에 당신이 그처럼 박대위에 대해 깊은 관심을 보여주리라고는 기대하지 않았던 일입니다.

'박대위의 이야기를 통해서 우리가 떨어져 있지만 동일한 인간의 현장 속에서 같이 살고 있다는 사실을 확인했다.'라고 한 당신의 말에 나는 다시 용기를 갖고 이 편지를 씁니다.

월리, 당신의 주문대로 오늘은 나와 박대위와의 관계를 좀 더 자세하게 써보기로 하겠습니다. 그리고 나도 지금은 당신처럼

'비행기가 추락할 때, 박대위가 분명히 웃으면서 죽음을 맞이했기'를 빌고 있습니다.

내가 그를 알게 된 것은 중학교 사 학년 때 일입니다. 나는 몸이 쇠약해 있었고 아버지는—그 외아들이었다는 것이 어떤 의미를 갖고 있는가를 당신은 이해해주셔야겠습니다. 한국에는 아직도 가족 사회의 유습이 뿌리 깊게 남아 있다는 것을 말입니다.

나는 나이기 전에 정승을 지낸 할아버지의 손자이고 무덤 속에 누워 있는 사람들의 한 전령으로 이 세상을 사는 존재입니다. 혈통이라는 배턴을 쥐고 아슬아슬하게 뛰어가는 하나의 주자走者에 불과했던 것입니다. 내가 감기에 걸려 기침만 해도 온 집안이 발칵 뒤집히기가 일쑤입니다. '비겁'이야말로 '외아들'의 생명을 위해서는 미덕이 되는 것이었기 때문에 나는 어려서도 이웃집 애들과 싸움하기보다는 무릎을 먼저 꿇도록 훈련을 받아온 셈입니다. 안전, 평화, 무사, 도피. 나는 그러한 일들밖에 투쟁이라든가 하는 위험을 모르고 자라왔던 것입니다.

아버지는 나를 서울의 탁한 공기에서 도피시켜야 한다고 생각한 것입니다. 그래서 먼 친척이 살고 있는 T마을—서해의 바닷가에 있는 어촌입니다—에서 전지 요양을 하게 된 것입니다. 그래서 한동안 나는 그 시골 중학교에 적을 두게 되었고 거기서 나는 바다와 거친 뱃놈 아이들과 그리고 박준을 알게 된 것입니다.

내가 박준을 만난 것은 여름이었습니다.

월리, 나는 여름 바다와 그를 동시에 만난 것입니다. 활 모양의 해안선에는 하얀 모래톱과 자갈들이 마치 부서진 태양의 조각들처럼 빛나고 있었습니다. 녹색의 그 거대한 바다에서 바람이 불고 있었습니다. 철썩거리는 파도소리가 들려오고 소나무 가지들이 웅성거리는 것을 나는 지금도 기억합니다. 그때 이상하게도 내 심장이 쾅 하고 멎다가 갑자기 두근거리기 시작했습니다. 그것은 그때까지 전연 겪어본 일이 없었던 경험입니다.

월리, 나는 여름 바다가 숨 쉬는 것을 본 것입니다. 그런데 놀란 마음으로 바다를 쳐다보고 있을 그때 아이들이 떼를 지어 나를 에워쌌던 것입니다. 까맣게 탄 얼굴들, 웃통을 벗어젖힌 그들의 몸에서는 짭짤한 바다 냄새가 풍기고 있었습니다.

'서울뜨기', '팔삭둥이', '건방진 새끼', '전학생이 까분다', '뱃놈 맛을 보여주자'……. 그애들은 나에게 욕지거리를 했습니다. 그러고는 바닷가에 쓰러져 있는 낡은 목선으로 끌고 가는 것입니다. 나는 두근거리는 심장을 끌어안은 채 그들에게 질질 끌려가기만 했습니다. 굴 껍데기가 다닥다닥 붙어 있는 부서진 목선엔 소금이 하얗게 절어 있었고 사람이 올라탈 때마다 비명을 지르듯이 삐걱거렸습니다. 나는 그 폐선廢船의 갑판에서 무릎을 꿇은 것입니다.

월리! 나는 투쟁과 모험을 모르는 아이였다고 말했습니다. 방에서 화초처럼 자란 아이였다고 말입니다. 허전한 바다와 텅 빈 대낮과 새까맣게 그을은 그 바닷가의 애들이 무섭기만 했습니다.

"너 시계를 찼다고 시골에 와서 까부는 거냐?"

한 아이가 이렇게 쏘아붙였을 때, 나는 얼른 시계를 풀어 그들에게 주었습니다. 그리고 용서를 빌었습니다.

"너 만년필을 찼다고 뻐기는 거냐?"

또 한 아이가 만년필을 갖고 있다고 트집을 걸어왔습니다. 나는 다시 만년필을 뽑아 그들에게 주었습니다. 나는 가지고 있는 모든 것을 그들에게 그렇게 넘겨주었습니다. 애들은 손에 부러진 키와 장대를 들고 있었던 것입니다.

"너 얼굴이 희다고 거만하게 노는 거냐?"

윌리, 내 얼굴은 정말 희었습니다. 그러나 이 흰 얼굴만은 시계나 만년필처럼 그들에게 내어줄 방법이 없다는 것을 당신도 알 것입니다. 갑자기 부러진 키가 내 머리 위로 날아왔고 나는 그 자리에서 비명을 지르며 쓰러졌습니다. 코끝에서 해초와 소금 냄새가 났습니다. 그리고 주위가 갑자기 조용해진 것 같았습니다. 나는 우람한 팔—기중기 같은 팔에 끌려 다시 일어서고 있었습니다.

아! 윌리, 그때 나는 어금니를 꽉 물고 흰 이를 드러내며 웃음 짓는 그 얼굴을 처음으로 본 것입니다.

"괜찮니……."

그는 내 옷을 털어주고 시계와 만년필을 다시 채워주었습니다.

이상스러운 일이었습니다. 애들은 그가 나타나자 모두 도망쳐버리고 만 것입니다.

"이제 걱정할 것 없어. 서울놈은 다 그렇게 허우대가 약하냐? 무서운 일이 있으면 어금니를 꽉 깨물어. 깡패놈들은 보기보단 모두 약한 놈들이니까. 이쪽에서 노려보고 소리를 지르지만 않는다면 똥개처럼 섣불리 덤비지 못한단 말야. 저보다 약한 놈들에게 힘자랑하는 놈은 모두가 똥개 같은 놈들이야……."

그는 어른처럼 나를 타일러주었습니다. 나는 여름 바다와 박준을 동시에 본 것입니다. 그것은 아버지의 서재나 유모의 침방에서나 주일학교의 마루방에서는 한 번도 맛본 일이 없던 새로운 세계였던 것입니다. 나는 박준이 있는 학급으로 옮겼고 학교가 끝나면 바닷가에서 줄곧 함께 지냈습니다. 내 건강은 좋아지고 있었습니다. 해초 냄새를 풍기는 박준에게 나는 그만 홀려버리고 만 것입니다.

그애는 거침없이 대낮에도 발가벗고는 곧잘 모래 위에 큰대 자로 눕는 버릇이 있었습니다. 번쩍이는 햇볕이 꿈틀거리는 그의 온몸의 근육으로 쏟아지고 있는 것을 나는 얼마나 부러운 눈초리로 바라보고 있었는지 모릅니다.

윌리, 그의 이야기를 여기에서 모두 쓸 수는 없습니다. 그의 마지막 이야기만을 적겠습니다.

여름과 가을을 보내고 겨울이 되었습니다. 겨울 바다는 황량했고, 내가 그 바닷가를 떠나야 할 때가 온 것입니다. 내게는 그 겨울 바다가 박준의 마지막 인상이기도 한 것입니다.

그날 교실은 몹시 추웠습니다. 점심시간이었는데 갑자기 수학 선생과 훈육 주임이 우리 학급 문을 열고 들이닥쳤습니다. 수학 선생은 그의 낡은 낙타 오버를 들고 교단에 올라서는 것이었습니다. 그 선생의 별명이 바로 '낙타'이기도 합니다. 그는 가난했고 홀아비였습니다. 숙직실에서 혼자 자취를 하고 있었고 그의 전 재산이란 바로 그 해지고 털 빠진, 단벌의 낙타 오버입니다. 그의 아버지가 대를 물려준 것이라고 애들은 말했습니다.

나는 이 수학 선생이 헐렁거리는 낙타 오버를 걸치고 꾸부정한 걸음걸이로 교정을 지날 때마다 그 별명이 참으로 그에게 잘 어울린다고 생각했습니다. 그는 정말 털 빠진 낙타, 겨울의 낙타였습니다.

윌리! 그런데 그 한 벌의 낙타 오버가 면도날로 갈가리 찢겨 있었던 것입니다. 수학 선생은 찢긴 오버를 들고 울먹이면서, "누가 이 오버를 찢었어? 누가 이 오버를 찢었어?"라며 같은 말만 되풀이했습니다.

윌리, 겨울의 낙타를 생각해보십시오. 그런데 윌리, 갑자기 손을 들고 일어서는 학생이 있었습니다. 박준이었습니다. 훈육 주임은 그의 뺨을 후려치고는 밖으로 끌어냈습니다. 학급 애들이 우르르 창가에 몰려 박준이 벌을 서는 광경을 보고 있었습니다.

그때 나는 몹시 불안했습니다. 넓은 운동장의 트랙을 스무 바퀴 돌라고 훈육 주임은 말했던 것입니다. 박준은 윗도리를 벗고 뛰기 시작했습니다. 아무도 그가 이 운동장을 스무 바퀴나 돌 수 있다고는 믿지 않았을 겁니다. 훈육 주임 역시 그렇게 생각했을 것입니다. 홧김에 한 소리니까요. 창가에서 내다보고 있던 애들은 그가 한 바퀴 돌 때마다 하나…… 둘…… 셋…… 하면서 횟수를 세었습니다.

그건 참으로 놀라운 일이었습니다. 그가 비틀대며 열다섯 바퀴나 돌았을 때 훈육 주임은 얼굴이 파랗게 질려가지고, 그만 뛰라고 소리를 질렀어요. 그러나 그는 비틀거리면서 쓰러질 때까지 뛰었고, 쓰러지고 난 뒤에도 포복을 하듯이 기기 시작했습니다. 살얼음이 깔린 운동장에서 그는 사막에 쓰러진 조난자처럼 한 걸음 한 걸음 앞으로 기어나가고 있었던 것입니다. 훈육 주임과 수학 선생이 그를 잡아 일으켜서는 애원을 하다시피 끌어오려고 했습니다.

아! 윌리, 나는 그가 운동장에서 일어나는 것을 보았습니다. 몸은 땀투성이가 되었고, 가슴은 터질 듯이 헐떡이고 있었지만 박준은 기진맥진한 상태에도 웃고 있었습니다. 나는 그의 웃음을 보았습니다. 인간이 얼마나 자랑스러운 짐승인가를 나는 보았습니다.

학교에서 돌아오는 길에 나는 물었습니다.

"너는 왜 그런 짓을 했어? 약한 사람을 건드리는 놈은 똥개만도 못한 놈이라고 넌 말하지 않았었니. 왜 하필 불쌍한 선생을 골려주었지?"

그는 무뚝뚝하게 대답했습니다.

"두고 보렴. 낙타는 말야, 틀림없이 새 오버를 장만하게 될 거야. 그 낡고 해져버린 털 빠진 낙타 오버가 그의 곁에 있는 동안 그는 새 오버를 마련할 수 없을 거야. 난 그런 게 싫다. 사람이 그까짓 넝마 같은 오버에 짓눌려 살아서야 되겠니! 나는 그저 그를 남루한 낙타 오버에서 해방시켜준 것뿐이야. 정말 두고 봐라, 그는 새 오버를 장만할 테니까."

박준은 어금니를 물고 웃었습니다.

윌리. 나는 얼마 뒤에 그 시골 바다를 떠났습니다. 다시 화초밭이 있는 내 온실 속으로 돌아온 것입니다. 편지를 보냈지만 그에게서는 답장이 오질 않았습니다. 그는 글을 쓰는 것을 싫어했던 것입니다. 그 다음 일은 지난번에 쓴 편지에서 이미 자세히 적었습니다. 그를 다시 만난 것은 도미 환송회장에서 나오던 그때였으니까요.


인사가 늦었습니다. 키위새에 대하여 조사를 해서 보내주신 당신의 자료를 잘 읽었습니다. 키위새를 애프터릭스Apteryx라고도 한다는 것은 당신의 글을 읽고 처음 안 일입니다. 나는 라틴어를 싫어했지만 정말 라틴어는 도움을 줄 때가 많다는 것을 알았습니다. 애프터릭스Apteryx의 A는 무無라는 뜻, pteryx는 날개, 즉 무익조無翼鳥란 말이군요. 도움을 주셔서 감사합니다. 그리고 그게 세계 천연보호물로 날로 멸종해가고 있는 새라니 더욱 상징적으로 느껴지는군요.

월리.

오랫동안 편지를 드리지 못한 것을 용서해주십시오. 나의 여름은 게을렀습니다. 나는 여름 동안 소년 시절에 전지 요양을 했었던—박준을 만났던 바로 T마을 말입니다—그곳에서 피서를 했습니다. 내가 날씨나 자연에 대해서는 말하지 않기로 했다는 것을 당신은 들은 적이 있을 것입니다. 내가 지금 글을 쓰는 것은 그런 여름 바다의 이야기가 아닙니다.

월리.

몇 번이나 망설이다가 이 글을 씁니다. 그것은 너무 놀랍고도 슬픈 일이어서 남에게 공개할 것이 못 됩니다. 그러나 나는 잔인한 마음으로 다시 박대위에 관한 이야기를 계속해야겠습니다. 월리—당신은 만약 박대위가 지금 이 세상에 아직도 살아 있다고 한다면 내가 농담하는 줄로 아실 겁니다. 그러나 그것은 어쨌든 사실입니다.

나는 예수가 부활했다는 성서의 기적에 대해서 말하려는 것은 아닙니다. 그것은 현실의 일이었고, 또 슬픈 일이었습니다. 내가 T마을에 갔을 때, 우연히 나는 그의 소식을 듣게 된 것입니다.

　박대위는 비행기가 추락한 그 산골짜기에서 부러진 다리를 끌며 삼 일 동안이나 헤매던 끝에 어느 외딴 산가를 발견했었다는 것입니다. 그는 그의 의지와 기적으로 살아난 것입니다. 나는 그 이야기를 들었을 때 내가 인간으로 태어난 것을 진심으로 감사했습니다. 인간이란 말의 음향을 그때처럼 자랑스럽게 느껴본 적도 없었습니다. 나는 그가 상이군인들로 조직된 어느 청년 단체의 간부로 있다는 것을 곧 확인할 수 있었습니다.

　월리, 그러나 그가 소속되어 있는 단체가 평판이 별로 좋지 않은 정치적 폭력 단체라는 점에 나는 가벼운 불만을 품기도 했습니다. 그래서 서울로 올라오자 곧 그를 만났고 명동의 유흥가에서 재회의 기쁨을 나누기도 했던 것입니다. 월리, 그것만으로 모든 일이 끝났더라면……. 술을 마시고 그의 부활을 축하하고 짜릿한 소년 시절의 추억이나 전쟁 속에서 겪었던 무용담에 열을 올리고 그랬더라면 모든 것은 해피엔드로 끝났을 일입니다.

　월리, 그것은 내 잘못이기도 합니다. 나는 그 비명에 대한 궁금증을 뿌리칠 수 없었기 때문입니다. 비행기가 추락할 때, 그는 과연 소리를 지르지 않았을까? 그는 정말 죽음 앞에서 웃을 수 있었을까? 나는 진상을 묻고 싶었던 것입니다.

　월리, 나는 박대위가 다리를 절고 있는 것을 보았습니다. 그러나 그러한 변화가 조금도 나를 슬프게 하지는 않았습니다. 당신도 육체의 불구라는 것이 표면적인 비극에 지나지 않다는 것을 알고 있을 것입니다.

나를 불안하게 한 것은 박대위의 웃는 표정이 변해 있었다는 점입니다. 겉으로 보기에 그 웃음은 옛날의 그것보다 훨씬 더 호걸풍으로 보였을 것입니다.

"난 자네가 죽은 줄로만 알았네."

이렇게 말하자 그는 입을 딱 벌리고 "허, 허, 허!" 하고 호탕한 웃음소리를 내며 웃는 것이었습니다. 나는 그가 우는 것을 본 적이 없었던 것처럼 소리를 내고 웃는 일도 본 적이 없었습니다. 어금니를 무는 습관도 사라진 것 같았습니다. 어금니를 물고 미소를 짓는 그 부조리한 표정을 찾아볼 수 없게 되자 나는 초조한 마음이 들기 시작했던 것입니다.

"자네 많이 변했군……."

내가 그렇게 말하자 윌리, 박대위는 갑자기 성난 표정을 하면서 술상을 손으로 탁 쳐버렸습니다.

"변하다니! 박준이가 다리 병신이 되었다구 죽은 줄 아나! 명동 바닥에서 박준을 몰라주는 놈이 있어, 어디들 말해봐. 이봐, 이 쌍년들아, 술 가져와, 술!"

나는 그런 말을 꺼낸 것을 곧 후회했습니다. 박대위는 주전자를 카운터 쪽으로 내던졌습니다. 나는 그때 유리컵들이 와르르 깨지는 소리를 들은 것입니다. 그런데도 아무도 그에게 항거하려는 사람은 없었고 모두들 부장님, 부장님, 하고 설설 기고 있었습니다.

당신은 한국의 술집 풍습에 대해서 잘 이해가 가지 않을 줄 압니다. 그러나 어느 나라 술집이든 정신적인 배설을 하는 추잡한 변소 같은 점이 있는 법입니다. 그런 자리에서 사람들이 조금씩 과장해서 말한다거나 거칠게 행동한다는 것쯤은 대수로운 일이 아닐 겁니다. 월리, 나는 박대위를 이해하려고 애썼습니다.

그러나 그가 "박사와 깡패가 어울려 술을 마신다고 창피해하는 모양이구나."라고 말했을 때, 나는 낡은 목선의 갑판에서 "시계를 찼다고 시골 놈을 깔보냐?"고 대들던 애들의 표정 같은 것을 그에게서 느꼈던 것입니다. 나는 한 번도 박대위의 얼굴에서 그런 표정을 본 적이 없었습니다.

나는 자꾸 성급해져서, 비행기의 추락에 관해 물으려고 들었습니다. 그게 사정을 더 나쁘게 한 원인입니다.

"비행기가 떨어지려 할 때 자네는 말야……."

이렇게 말하려고 하자, 취기에 찬 얼굴로 그는 나를 노려보며 말을 가로채는 것이었습니다.

"박준이가 죽을 줄 아나, 호락호락하게 죽을 줄 아나……. 남들은 다 죽은 줄 알고 장례까지 지냈지만 나는 부러진 다리를 끌고 험한 산골짜기를 기어 내려왔단 말야. 박준이가 아니면 누가 그런 짓을 할 수 있어, 누가 그렇게 할 수 있냔 말야⋯⋯."

박대위가 자기 자랑을 늘어놓자, 나는 웬일인지 메스꺼운 생각이 들었습니다. 그가 나를 '난파선의 쥐새끼'라고 했을 때에도 나는 성내지 않았던 것을 당신은 알고 있을 것입니다.

나는 화제를 유도하기 위해서 "그러나 그 훈련병은⋯⋯ 같이 탔던 그 훈련병은 비행기가 떨어지려고 할 때 소리를 질렀겠지, 사람 살리라구 말야⋯⋯ 그때 자네는⋯⋯."

나는 말을 계속하려고 했지만, 박대위는 다시 술잔을 내 코에다 대고 말을 가로막는 것이었습니다.

월리! 내가 훈련병 이야기를 꺼내자 그는 무엇인가 두려워하는 눈치였습니다. 감추고 있는 것이 있는 것 같았습니다. 그의 손은 잠시도 가만히 있질 않고 허공에서 초조하게 무엇을 잡으려는 것처럼 더듬대고 있었습니다.

"그는 죽었어. 죽은 사람의 이야기는 꺼내지 말아. 그는 즉사했던 거야. 정말이야. 정말 그는 비행기가 추락했을 때 이미 죽어 있었어⋯⋯."

나는 박대위의 눈이 빛나는 것을 보았습니다. 월리, 나는 그가 즉사란 말에 유난히도 강한 악센트를 주고 있음에 놀랐습니다. 그리고 훈련병의 시체가 수백 미터 떨어진 골짜기에서 발견되었다는 기사 생각이 났습니다. 그래서,

"즉사했다구? 그런데 신문에는 말야⋯⋯."

나는 무심히 그가 즉사했다는 게 이상하다고 생각했습니다. 박대위는 갑자기 손아귀에 잡혀 있던 유리컵을 바싹 부수고는 내 멱살을 잡았습니다. 그의 손에서는 피가 흐르고 있었고, 내 와이셔츠에까지 붉은 피가 번져가고 있었습니다. 그는 나를 밖으로 끌어내는 것이었습니다.

월리! 정말 나는 무슨 영문인지 모르고 그냥 끌려갈 수밖에 없었습니다.

"넌 날 의심하니? 의심해? 그가 즉사하지 않았다는 거냐? 나 혼자 살려고 도망쳤다는 거냐? 산 사람을 버려두고 나 혼자 쥐새끼처럼 도망쳤다는 말이냐?"

그는 나의 턱을 쳤고, 나는 흙바닥에 쓰러졌습니다. 이번에는 소금 냄새, 해초 냄새가 아니라 코밑에서 묵은 신문철의 매캐한 곰팡내가 풍겨오는 것 같았습니다. 그의 몸에서는 근속 삼십 년의 늙은 사서관의 체취 같은 고서 냄새가 나는 것 같았습니다.

월리! 나는 그 냄새가 무엇인지를 잘 알고 있습니다. 한국에 돌아오자 줄곧 맡아왔던 그 냄새입니다.

나는 그때 노여운 생각보다 박대위를 동정하고 싶었습니다.

"박대위……."

나는 다시 때리려는 그를 끌어안고 울었습니다. 난 술이 취해 있었고, 조금은 감상적이었습니다. 명동의 술집 골목을 지나면 으레 술안주 냄새와 술주정꾼들의 고함소리와 노랫소리를 들을 수가 있습니다. 그것은 늘 감상적으로 만듭니다. 눈물이 번진 얼굴로 박대위를 바라보면서 나는 말했습니다.

"박대위……. 난 미국에서 키위새처럼 세상을 살았다. 네가 정말 부러웠어. 그런데 박대위! 내가 돌아왔을 때는 이미 네가 죽어 있었더구나. 슬픔보다도 나는 분했었다. 정말 분했었다."

갑자기 박대위도 날 끌어안으면서 "헉!" 하고 흐느끼기 시작했습니다. "인간은 일생을 통해서 세 번 이상 울어서는 안 된다."고 농담을 하던 그였습니다. 그건 하나님의 아들이라는 예수도 세 번 울었기 때문이라는 것입니다. 그러던 박대위가 울기 시작한 것입니다.

"이봐, 자네, 지금 키위…… 키위…… 라고 했지……. 난 날개 없는 키위가 된 거야. 발이 부러진 것은 참을 수 있었지만, 그때 일이 나를 미치게 한다. 더 이상 묻지 마……. 거짓말이야, 어쩔래! 훈련병은 즉사하지 않았다. 살아 있었지. 살아 있었단 말야. 공포에 질린 눈으로 날 쳐다보고 있었으니까! 그는 말도 하지 못했어. 그러나 난 그를 업고 내려올 만큼 여유가 없었네. 나 혼자 캐노피에서 기어나와 도망치려 하니까 그놈은 원망스런 눈으로 날 쳐다보지 않던가. '데려가주세요. 나를 버리지 마세요. 죽기 싫어요. 대위님…….' 그는 그렇게 말하고 있는 것 같았어.

그러나 난 무엇에 홀린 듯이 빨리 밑으로 평평한 땅이 있는 곳으로 내려가야 한다는 유혹을 뿌리치지 못했어. 혼자 도망친 거야. 죽음은 정말 검은빛이더군. 검은빛 속에서 바늘귀만 하게 뚫린 하늘 공백을 찾아 나는 기어 내려가고 있었던 거야. 비겁자! 못난 키위…… 난 뒤돌아보았어. 훈련병을 데려오려고…… 그러나 웬일인지 자꾸 그는 죽어갔고, 그를 끌어낸다 하더라도 도중에 죽고 말 것이라는 생각이 들더군…… 자기 변명이었지…… 다시 기어내려가려고 하는데 비행기의 잔해 밖으로 축 늘어진 그의 손이 흔들거리지 않던가! 그 손은 나를 부르고 있었던 거야. 그러나 나는 '아니다, 아니다, 저건 부러진 손이 그냥 바람에 흔들리는 것이다.'라고 속으로 외치면서 도망치고 있었어……."

윌리! 박대위는 술을 토했습니다. 나는 간신히 그를 부축해가지고 메인 스트리트를 걸어나왔습니다.

술 냄새가 아니라 그의 몸에서는 묵은 신문철 냄새, 먼지와 습기와 바람 냄새, 좀먹고 바래가는 그 종이 냄새가 풍겨왔습니다.

"난 그때부터 흔들리지 않는 땅만을 디디고 사는 날개 없는 새, 키위가 된 거야. 하늘도 바다도 이젠 다 글렀어! 다 끝장이 난 거야."

박대위는 말했습니다.

윌리! 내 이야기도 끝났습니다.

우리는 서로 부축하면서 어둠이 깔린 땅바닥을 조심스럽게 걸었습니다. 그에게 아무것도 더 묻질 않았습니다. 취해버린 박대위를 자동차에 간신히 태우고 그를 전송했을 때 나는 비명소리를 역력히 들은 것입니다. 통행금지가 가까워지자 급히 서두르기 시작하는 차량들 틈으로 박대위를 태운 택시는 밀려들어가고 있었습니다.

그때 갑자기 그 택시는 가로지르는 차 한 대를 비키기 위해 급정거했던 것입니다. 브레이크 소리. "끼익!" 하고 쇳조각이 마찰하는 브레이크 소리가 내 귀청을 때렸습니다.

깊은 땅속, 아니 첩첩이 쌓이는 어둠 속, 아니 하늘의 어느 구석, 무엇인가 두꺼운 층을 찢고 터져나오는 비명소리를 나는 분명히 들은 것입니다.

윌리, 나는 그 순간 엉뚱하게도 아스트로의 얼굴이 떠올랐습니다. 레오나르도 다 빈치의 조수 아스트로 말입니다. 날개를 달고 하늘을 날고 싶었던 아스트로. 스승 몰래 미완성의 비행기를 훔쳐 날려고 하다가 낭떠러지에 떨어져 죽어간 아스트로의 운명을 말입니다. 찢어진 날개에 싸여 죽어가던 그의 유언 '선생님, 용서하십시오. 미안합니다. 나는 날고 싶었어요.'라고 한 그 유언이 생각나더군요…….

그런데 윌리! 인간 예수가 십자가에 매달려 마지막 비명을 질렀던 것을 기억하십니까? 그것은 부활의 소리, 신으로 변모하는 소리였습니다.

그러나 이젠 그 순서가 거꾸로 된 부활의 시대입니다. 신이나 영웅들이 다시 십자가에 못 박힐 것입니다. 그들은 비명을 지르면서 하나의 키위새로, 영원히 땅에 엎드려 사는 하나의 키위, 하나의 평범한 인간으로 탄생해갈 것입니다. 그것이 우리들이 살고 있는 현장입니다.

그러나 윌리! 이제 내 편지를 더 기다리지 마십시오. 나는 자신 있게 말할 수 있는 화제를 갖고 있지 않습니다.

암살자

살얼음이 깔려 있었다. 그들이 논바닥을 지나갈 때 유리 조각이 바스러지는 것 같은 발소리가 들렸다. 이젠 짖어대던 동네 개소리도 들려오지 않는다. 발소리, 살얼음이 바스러지는 그 발소리뿐이었다. 그들은 삼십 분 동안이나 어둠 속을 걸어왔다.

"어느 쪽이냐?"

엽총을 걸머멘 청년이 소년을 향해서 물었다. 그들은 논바닥을 지나 산모퉁이의 갈림길로 나선 것이었다. 소년은 길에 들어서자 걸음을 멈추고 입을 꽉 다문 채 몸을 부르르 떨었다.

"호수로 가는 길이 어느 쪽이야? 빨리 앞장서서 걸어라."

이번에는 가죽점퍼를 입은 청년이 재촉했다. 소년은 숙이고 있던 고개를 쳐들고 갑자기 헛소리를 하듯 커다란 소리로 떠들기 시작했다.

"오른쪽이에요. 그래요, 오른쪽 길이란 말씀이에요. 그 길로 가면 호수가 나타나요. 하지만 별장은 호수의 왼편 언덕에 있어요.

감나무가 하나 있구, 집은 두 채예요. 감나무가 있는 쪽이 김장군이 와 있는 곳이구, 그리고 거기에서…… 그리고 거기에서 말이죠. 저의 집이…….”

엽총을 멘 청년이 그 소년의 입을 틀어막았다.

“알았다니까. 목소리가 너무 크다. 몇 번이나 말해야 알겠나. 넌 묻는 말에만 대답하란 말야.”

소년의 눈에는 눈물이 괴어 있는 것 같았다. 어둠 속에서도 그들을 올려다보고 있는 소년의 눈이 번뜩이고 있었다.

“난 몰라요. 난 아무것도 안 했단 말예요. 길만 가르쳐주는 겁니다.”

그들은 아무 말도 하지 않았다. 소년은 이따금 엽총의 검은 총신을 보고 몸을 부르르 떨었다. 숲길로 들어서자 이젠 가랑잎 소리가 들렸다.

“넌 약속대로 서울에 가서 살게 된다. 거기에서 학교도 다니구. 그렇지만 일이 잘 안 되면 넌 죽게 된다. 너의 어머니까지 말야.”

“어머니가 죽는다구요?”

“김장군이 살아 있게 되면 말이다.”

가죽점퍼를 입은 청년은 별장지기 소년의 어깨를 두드렸다.

“겁먹을 것 없다. 난 너만 한 나이에 중국에서 혼자 이런 일을 했단 말야.”

그들이 산등성이를 넘자 바람이 불어왔다. 엽총을 멘 청년은 총대의 멜빵을 바꿔 메면서 헝클어진 머리카락을 쓸어올렸다. 어둠 속 한구석이 터지면서 희끄무레한 호수가 나타나기 시작했다.

가죽점퍼를 입은 청년은 잠시 걸음을 멈추고 호수를 내려다보았다. 그리고 떨고 서 있는 소년의 얼굴을 곁눈질로 살펴보았다.

"어린애를 끌어들인 게 난 아무래도 잘못이었다는 생각이 드는데."

귀엣말로 엽총을 멘 청년에게 말했다. 그러나 상대편은 아무 대꾸도 하지 않았다. 가죽점퍼는 다시 호수 쪽을 바라보면서 담배 한 개비를 꺼내 입에 물었다.

"성냥 가진 것 없어?"

호주머니를 더듬어대다 그는 성냥을 달라고 했다. 엽총을 멘 청년은 라이터를 켜며 말했다.

"자네는 초조한 모양이군, 벌써 지금이 열 대째란 말야."

담뱃불이 반딧불처럼 호숫가의 숲 사이에 명멸해가면서 호수의 북쪽으로 흘러가고 있었다. 한동안 침묵이 또 계속되었다.

"난 어떻게 되는 거예요?"

"묻는 말에나 대답하라고 하지 않았어."

엽총을 멘 청년은 소년을 향해 짜증을 냈다.

"곧이에요. 보세요, 저 언덕이란 말예요. 난 내 방으로 그냥 들어가겠어요. 당신들이 무슨 짓을 해도 상관하지 않겠어요."

가죽점퍼는 소년이 손가락질하는 언덕을 보았다. 어둠 속에서 불빛이 새어나오고 있었다. 숲에 둘러싸인 양관의 지붕이 한층 검은빛을 띠고 그 윤곽을 드러내놓고 있었다.

"넌 서울로 가게 된다고 했지. 우린 약속을 지킨다. 네가 서울로 보내달라고 말하지 않았니?"

가죽점퍼는 다시 소년의 어깨를 두드렸다.

"하지만 당신네들은 장군이 언제 내려오는지 그것만 알려달라고 하지 않았어요? 난 뭐가 뭔지 몰랐단 말예요. 어머니는 아직 내가 당신들한테 그 돈을 받은 것도 모르시구 있구요. 그걸 알면 야단이 날 거예요."

소년은 엽총의 검은 총신을 보며 헛소릴 하듯이 말했다.

"묻는 말에나 대답하라고 하지 않았어! 말소리가 너무 크다."

가죽점퍼가 앞섰다.

"따라와, 이젠 네가 우리 뒤를 따라오는 거야. 그런 다음 넌 별장 개를 끌어내는 거다. 밖으로 끌어내다가 소리를 내지 못하게 하구 그놈을 처치해야 한다."

별장지기 소년은 그 자리에 서서 부들부들 떨고 있었다.

"우리 집 개를요? 나보구 그걸?"

"그게 네가 맡은 일이야. 우리들 가운데 개가 보고도 짖지 않을 사람은 너밖에 없지. 그러니까 그놈을 죽일 사람은 너밖에 없단 말이다."

"난…… 난 못하겠어요. 그건 내가 기른 개예요. 날 보면 꼬리를 치고 달려오는 그 개를 내가 어떻게 죽일 수 있어요?"

엽총을 멘 청년은 별장지기 소년에게 총대를 들이댔다.

"실수하면 너도 너의 어머니도 다 죽게 된다고 하지 않았나. 난 잔소리를 싫어하는 사람이니까 말을 자꾸 시키지 마라."

그들은 언덕을 향해 걸었다. 이번에는 발소리가 들려오지 않았다. 숨소리만이, 가랑잎이 바람결에 서걱거리는 것 같은 숨소리만이 들려왔다. 소년을 떼어놓은 채 그들은 별장의 뒤꼍으로 돌아갔다.

"그놈이 해치울 수 있을까?"

가죽점퍼는 낙엽 위에 주저앉아 별장을 굽어보며 말했다. 양관, 감나무 잎 사이로 비치는 별장의 창문 하나에서 불빛이 흘러나오고 있었다. 안개에 싸인 것 같은 희끄무레한 공간이 별장 아래로 깔려 있다. 그것은 호수일 것이었다. 그쪽으로 개를 끌고 기어가는 소년의 검은 그림자를 그들은 볼 수 있었다.

가죽점퍼는 담배 한 개비를 꺼내가지고 엄지손가락에 탁탁 치면서 귀엣말로 말했다.

"정말 그놈이 개를 죽일 수 있을까?"

"웬일이야, 자넨 초조한 모양이군. 상해 바닥에서 굴렀다는 말도 다 거짓말이었군 그래."

엽총을 멘 청년은 라이터를 꺼내며 비웃었다.

"소년을 끌어들인 것이 아무래도 잘못이었단 말야. 그리고 난 호수나 강물을 보면 이상한 충동을 느낀단 말야."

엽총을 멘 청년은 그의 말에 아무 대꾸도 하지 않고 명령조로
이렇게 말했다.

"저 불빛이 꺼질 때까지 여기서 기다리기로 하자."

가죽점퍼는 담배를 피우면서 그 가랑잎 위에 누웠다.

별들이 엉성하게 돋아 있는 검은 하늘을 올려다보며 그는 혼잣
말처럼 이야기를 했다.

"호수가 자꾸 신경을 곤두세운단 말야. 자넨 어떻게 하다 사람
을 죽이기 시작했나? 난 말야, 우연한 기회에, 그래, 정말 우연한
기회에 사람을 찌르기 시작했던 거다."

가죽점퍼는 호주머니에서 잭나이프를 꺼냈다. 그리고 그것을
접었다 폈다 하면서 엽총 쪽은 돌아보지도 않은 채, 그리고 담뱃
재를 털지도 않은 채 혼잣말처럼 지껄여댔다.

"꼭 이런 호숫가였어. 실은 그때 그건 강변이었지만 난 저 별장
지기 애만 했을까? 중학교 4학년 때였으니까. 일본애들은 날 못
살게 굴었다. 컴퍼스 끝으로 찌르기도 하구 내 책가방을 찢기도
하구……."

엽총을 멘 청년은 별장의 불빛만 지켜보고 있었다. 호수에서
바람이 불 때마다 덜 떨어진 참나무의 마른 잎들이 서걱거리는
소리가 들려왔다. 사람이 걸어오고 있는 발소리 같았지만 그들은
놀라지 않았다.

"견디다 못해 난 그날 미우라라고 하는 덩치 큰 일본애 하나와 맞상대를 붙었어. 우린 학교를 파하자 강가로 갔었다. 물론 힘이 달려서 난 매를 맞았지. 코피가 터졌어. 그 피가 모래사장에 떨어지는 걸 보자, 난 그만 정신을 잃고 창칼을 꺼냈다. 칼을 꺼내 그놈의 가슴에다 대고 찌르려고 했어. 난 정말 찌르려고 한 게 아니었는데 미우라는 칼을 보자 갑자기 놀라더니 이상한 웃음을 웃더군. 이상한 웃음. 자네도 그런 웃음을 본 적이 많겠지. 놀라면서도, 공포에 떨면서도 핼쑥하게 웃는 입술 말야. 미우라는 그 입가에 애원하듯이 그리고 비굴한 그리고 멋쩍은 그 미소를 띠면서 '너……너……정말 날 찌를래……. 이봐 칼을 치워……. 이렇게 빈다니까, 잘못했다니까.' 그앤 모래 위에 무릎을 꿇으면서 애원하더군. 그때의 미소가 이상하게 날 미치게 만들었던 거야. 무언지 난 지금도 설명할 수 없어. 정신없이 그 미소를 향해 찌른 거야. 정신을 차리고 보니 그애는 강바닥에 피를 흘리고 죽어 있었단 말야. 퍼런 강물이 물귀신처럼 날 떨리게 하더군. 난 도망쳤지. 형사들이 쫓아다녀서 결국 만주로 뛰고…… 상해까지 뛴 거야."

엽총을 멘 청년은 별장의 불빛을 지켜보다가 가죽점퍼를 잡아 일으켰다.

"자넨 오늘 이상스레 들떠 있군……. 말이 많아…… 말이 많으면 실수를 하게 된단 말야."

가죽점퍼는 담뱃불을 손가락으로 비벼 끄고는 헛기침 소리를 내며 웃었다.

"실수…… 내가 실수할 것 같은가?"

잭나이프의 날을 펴면서 그는 말했다.

"오늘밤은 무슨 일이 있어도 실수하지 않을 테니까 두고 봐. 사실 난 한 번도 실수한 적이 없어. 수십 명을 찌르고 찌르고 또 찌르고…… 무수한 사람을 죽였지. 그런데 너 나 할 것 없이 칼을 들이대면 그때 미우라처럼 이상한 미소를 짓더란 말일세……. 자네도 봤지? 죽음의 순간까지도, 애원하면서 혹시나 혹시나 하고 아첨하듯 웃는 그 미소 말일세. 난 그 미소를 향해서 수없이 찔렀단 말야. 아냐, 그 미소를 생각할 때마다, 난 또 하나의 사람을 찾아야 했던 거야. 내가 그들을 죽였는데도 어쩐지, 꼭 실패했다는 생각이 들었지. 그 미소를 생각하면 말야. 그들은 살려달라고 했다. 내게 동정을 청했다. 칼이 심장을 뚫기 직전까지도 내가 자기를 찌르지 않을지도 모른다는 희미한 희망을 위해서 그들은 웃었다. 그런데 난 그들을 찔렀거든. 일본 헌병, 첩보원의 앞잡이들, 꾸리, 인력거꾼…… 지령만 내리면 누구든 난 죽였어. 그런데 한 놈도 예외 없이 미우라처럼 놀람과 애원과 아첨과 비굴한 절망과 그런 것이 뒤범벅이 된 미소를 지으며 죽어갔지. 덤벼들거나 증오든 분노든 그런 표정을 짓고 칼을 받는 친구는 없었던 거야."

엽총을 멘 청년은 일어섰다.

"자넨 오늘밤 실수할 것 같군. 나 혼자 해치우고 오겠네."

가죽점퍼는 벌떡 일어나면서 엽총을 잡았다.

"안 돼, 오늘을 기다리고 있었어. 내가 꼭 해치운단 말야."

엽총을 쥔 손을 뿌리치면서 그는 점퍼를 입은 청년에게 나직한, 그러나 성난 목소리로 말했다.

"자네는 이번 이 일이 얼마나 중요한 기회인지를 알고 있겠지. 이번에도 실패하면 우리 당은 끝장이 나는 거야. 난 긴말을 좋아하지 않네. 이번의 결정적인 찬스를 자네 때문에 놓치고 싶지 않단 말야. 내 말을 들어봐. 우리 편은 세 번 다 실패했어. 저쪽에서도 두 번 실패했고, 누가 먼저 상대편 당수를 암살하느냐에 따라 대세가 판가름나는 걸 자네도 알고 있잖아. 해방 직후의 이 혼란만 지나가면 앞으로 암살은 영영 못하게 된단 말야. 군중대회 때 한 번, 그의 사택에서 한 번, 또 자동차의 폭발물 투척이 한번…… 세 번이나 다 실패했어. 그들은 경계를 하고 있고, 김장군은 알다시피 토치카 같은 사람이야. 그런데 이런 호젓한 기회가 두 번 다시 올 것 같은가?"

가죽점퍼는 그를 억지로 그 자리에 앉혔다.

"내 말을 좀 들어봐!"

그는 엽총을 멘 청년의 손을 잡았다.

"그러니까 틀림없이 난 해치울 수 있단 말야. 미우라란 놈처럼 그런 미소를 짓지 않고 죽을 사람은 김장군밖에 없을 거다. 내 마음을 알아달라구. 오랫동안 별러왔지. 싸움터에서 자란 담대한 김장군만은 그 공허한 미소를 짓지 않고 내 칼을 받을 거다. 단 한 번, 단 한 번만이라도 난 그것을 원하고 있었어. 그게 오늘밤 이루어지는 거다."

"자네의 이야기는 꼭 정신착란증 환자의 말 같단 말야. 자넬 믿을 수가 없어."

그러나 가죽점퍼는 고개를 저었다.

"복잡한 이야기가 아니라구. 자네도 경험했을 거라고 하지 않아. 사람이 산속에서 늑대를 만났다고 해봐. 늑대가 덤벼들 때에도 그들은 그런 미소를 지을까? 사람이 사람을 죽일 때에만 그런 애원의 미소가 생기는 거야. 아무리 급할 때에라도 사람은 사람을 믿기 때문에 그렇게 웃는 거지. 무슨 여지가 있을 거라구. 그래 그 인간적인 여지를 찾아 그들은 구명의 웃음을 짓는 거지. 그러니까 결과적으로 피살자는 언제나 자기를 죽이는 암살자를 믿으며 죽어가는 거란 말야. 난 그게 싫어. 인간적인 여지를 믿는 그들이 싫어. 난 냉혹하다. 그래서 냉혹하게 죽어가는 놈을 원한단 말야. 김장군은 그렇게 죽을 거구. 그러면 난 더 살인을 하지 않게 돼……. 날 실망시키지 않을 거야."

그때 호숫가 쪽에서 이상한 소리가 들렸다. 허파에서 "슈우" 하고 바람이 새어나오는 것 같은 소리였다. 가죽점퍼는 엽총을 멘 청년의 손을 끌었다. 소년이 꼬리를 치며 따라온 그 개를 죽여버린 것 같다고 말하면서, 불빛이 꺼지기를 기다릴 것 없이 지금 해치우자고 말했던 것이다.

"지금?"

"그래 지금 해치워. 불이 켜져 있어야 해! 칼을 받을 때의 김장군 얼굴을 봐야 해. 냉엄한 장군! 피가 없는 사람처럼 싸늘한 표정을 짓고 죽어가는 김장군을 나는 봐야겠다."

그들은 감나무를 타고 뒤뜰로 내려섰다. 흘러나오는 불빛을 향해서 한 걸음 다가섰다.

"총소릴 내지 말게, 소리 없는 밤이니까……."

가죽점퍼는 잭나이프를 폈다. 가까이 가자 창 틈에서 불빛과 사람 목소리가 흘러나왔다.

"편하게 살 때가 온대두. 이봐, 미스 신보다 내 쪽이 더 위험하대두 그래요. 내 목을 노리는 살인자가 득실거리는 판에 이렇게 홀몸으로 몰래 빠져나와서 밀회를 한다는 건 모험이오. 정권을 잡을 때까지만…… 약속하겠소."

여인의 가느다란 울음소리가 흘러나왔다.

"방탕한 게 아니라니까. 미스 신이 환영대회 때 꽃다발을 가지고 단상에 올라선 그 순간 난 인생관이 변해버렸다고 하지 않았소. 만주 벌판에서 난 승냥이떼 처럼 수십 년을 지냈거든. 난 그 누구도 사람을 사랑하진 않았소. 그러나 지금은 다르단 말야. 소아마비에 걸린 사람을 봐서 알겠지. 다른 육체는 다 건강하게 자랐어도 소아마비에 걸린 그 발만은 옛날 어렸을 때 그대로란 말이오. 꼭 그래…… 내가 그렇단 말이오. 어렸을 때 난 그 사랑을 이 땅에 두고 떠났던 거요. 내 사랑은 그 뒤에 더 자라지 않았소. 이제 첫사랑이나 다름이 없단 말이오. 이제야 사랑이란 걸 알 것 같아. 처음으로 느끼는 애정이오."

옷을 벗는 소리가 들려왔다. 여자의 흐느낌 소리는 잦아들고 있었다.

"이 겨울만 그런대로 넘기면……."

이불이 펼쳐지는 소리가 들려왔다.

"미스 신만 괴로운 게 아니오! 살인자들이 우글거리는 판국에 밀회를 한다는 건 위험한 일이지. 불을 끌까?"

가죽점퍼는 불을 끄자는 말을 듣자, 창문을 걷어차고 방 안으로 뛰어들어갔다.

"위험한 일입니다, 장군님! 살인자가 득실거리는데 밀회를 한다는 건 말입니다."

장군과 여인은 자리에서 벌떡 일어나 소릴 지르려고 했다.

"난 소리내는 것을 좋아하지 않습니다."

엽총을 멘 청년이 그들을 향해 총구를 겨누었다.

알몸뚱이로 일어선 그들은 그제야 이불로 몸을 감추며 방구석으로 피신을 했다. 가죽점퍼의 청년은 잭나이프를 겨누고 한 걸음 앞으로 다가섰다.

장군은 이미 늙은 몸이었다. 병든 노마처럼 앙상하게 드러난 늑골과 뱃가죽이 등불의 음영 때문에 한결 더 굴곡이 심하게 나타났다.

"이놈들!"

김장군이 간신히 체통을 차리면서 쏘아보았다.

"도둑이야!"

여인이 소리를 치면서 창 쪽으로 달려가려고 했다. 그와 동시에 가죽점퍼의 잭나이프가 번쩍였다. 단 한칼에 급소를 맞은 여인은 피를 쏟으면서 하얀 요 위에 쓰러졌다.

가죽점퍼는 표정 없는 얼굴로 여인의 시체를 잠시 들여다보았다. 아직 앳된 단발머리의 처녀, 학생티가 그대로 남아 있는 처녀였다.

가죽점퍼는 다시 이불로 몸을 가리고 웅크린 장군 쪽을 향해 잭나이프를 돌렸다. 여인이 죽은 것을 보자 갑자기 김장군의 풀이 꺾이는 것 같았다.

"자네들! 용건이 뭔가?"

두 손으로 하체를 가린 이불을 감아쥐고 김장군은 어색하게 말했다.

"안심하십쇼, 좀도둑은 아닙니다."

잭나이프를 쥔 가죽점퍼가 한 걸음 다가섰다.

"뭘 원하는가?"

김장군의 얼굴은 경련을 일으키고 있었다.

"장군의 긍지입니다. 비겁하게 굴지 마십시오."

김장군은 그 뜻을 이해하지 못하는 것 같았다.

"여보게 청년들. 난 사실 정치에서 손을 떼고 싶소. 나도 이제 조용히 쉬고 싶소. 은퇴할 작정이었단 말이오. 난국만 수습하고 정부가 들어서면……."

가죽점퍼는 다시 한 걸음 다가섰다. 김장군도 이불을 움켜쥔 채 하체를 가리고 벽 쪽으로 물러섰다.

"장군답게 구십시오. 이 땅을 떠나셔야 합니다."

김장군은 자기 나체를 감추기 위해서 다시 한 번 이불을 추켜올렸다.

"나보고 떠나라고…… 어디로 떠나란 말인가? 나 때문에 정치가 안 된다면 떠나지."

가죽점퍼는 한 걸음 더 다가섰다.

"태양이 두 개가 있어서는 안 됩니다. 영원히, 영원히 돌아오시지 말아야 합니다."

"영원히라구?"

"네! 영원히. 지금 가셔야 합니다."

가죽점퍼는 장군의 왼쪽 가슴에 잭나이프를 갖다댔다. 순간 장군의 입술에는 이상한 미소가 번지고 있었다.

"청년! 동지. 설마 날 죽이지는 않겠지. 난 이 나라를 위해 평생을 바쳐 싸운 사람이오. 그리고 난 떠날 테니까. 난 떠난단 말일세."

"영원히 떠나셔야 합니다."

"이 사람아, 잠깐만……."

장군은 떨리는 두 손으로 황급히 칼을 막으려 하면서 애원하듯이 멋쩍은 웃음을 짓고 있었다. 순간 잭나이프가 직선을 그으며 번쩍했다.

"늙은이의 몸에서 이 많은 피가 흐르다니!"


가죽점퍼는 아무 말 없이 밖으로 나왔다. 엽총을 멘 청년이 그 뒤를 따라오면서 또 한 번 나직한 소리를 내고 웃었다.

호수로 가는 길목에서 소년은 기다리고 있었다. 와들와들 떨고 있는 그 소년의 발밑에는 목에 새끼를 감고 혓바닥을 늘어뜨린 셰퍼드 한 마리가 쓰러져 있었다.

"잘했다. 넌 서울로 갈 거다."

가죽점퍼가 그의 어깨를 두드렸다. 엽총을 멘 청년은 소년에게 앞장서라고 했다.

"아니! 또 어딜 가요? 길은 아시잖아요?"

엽총을 멘 청년은 호수 가까이까지만 가자고 했다. 그들은 말 없이 걷기 시작했다. 가랑잎 소리가 울려왔다. 언덕을 내려서자, 물비린내가 풍겨왔다. 희끄무레하던 호면湖面이 훨씬 더 희게 번뜩이는 것 같았다. 새벽이 오고 있었던 것이다. 소년은 호숫가에 이르자 인사를 했다. 그러나 엽총을 멘 청년은 돌아서려는 소년을 그 자리에 불러 세웠다.

"벌써 호숫가에 왔구나. 널 서울로 데려가야겠다."

"아저씨들? 왜 이러세요?"

가죽점퍼는 웃었다.

"지금! 지금 서울로 가자."

"어머니에게 인사도 하지 않았는데요."

가죽점퍼는 잭나이프를 꺼냈다. 소년은 두어 걸음 물러서면서 다시 또 와들와들 떨었다.

"날 어떻게 하시려는 거예요? 날 죽이려는 거예요? 난 아무 잘못도 없어요."

"그래, 넌 아무 잘못도 없다. 하지만 너무 많은 비밀을 알고 있는 것이 탈이다."

"김장군을 죽이지 못했나요? 왜 날 죽이려고 해요?"

엽총을 멘 청년은 주저앉은 소년을 일으켰다.

"넌 말이 많다. 묻는 말에나 대답하라고 하지 않던."

"살려주세요, 받은 돈을 다 내드릴게요. 말하지 않을게요. 서울에 안 가도 좋아요. 아저씨 살려주세요."

눈물이 번진 얼굴이었지만 소년은 어색한 미소를 짓고 애원했다. 다시 잭나이프가 그 미소를 찔렀다. 호수에서 철렁하는 물소리가 울려왔다. 호수는 아직 얼지 않았다. 새벽의 호수는 눈을 뜨고 있었다. 소년이 쓰러진 호수로 가죽점퍼는 잭나이프를 던졌다.

"끝났어! 난 다시는 칼을 만지지 않겠네."

가죽점퍼는 담배 한 개비를 꺼내어 엄지손가락 위에다 탁탁 쳤다.

"라이터 있지?"

그러나 엽총을 든 청년은 라이터를 꺼내지 않고 빙그레 웃었다.

"그래 끝난 거야, 이제 자네 차례니까."

가죽점퍼는 섬뜩 놀란 표정을 하고 두어 걸음 물러섰다. 입에 문 담배가 떨어졌다.

"자네 말마따나 우리에겐 잘못이 없지만 너무 많은 비밀을 알고 있는 게 탈이었네. 나도 며칠 안 남았겠지만."

"그렇게 지령을 받았나?"

"물론이지, 각하는 비밀을 알고 있는 사람의 수가 하나라도 적은 것을 원하고 계시니까. 당은 자네의 손을 믿을 순 있지만 입은 믿을 수가 없다는 걸세."

"자넨 처음부터 날 이 호숫가에서 죽일 계획이었나?"

"그렇지. 소년과 자네는 격투를 하다가 익사한 것처럼 꾸며놔야 뒤가 깨끗해질 테니까."

"줄곧…… 줄곧 너의 그 계획을 머릿속에 그리며 나와 같이 걷고 있었군."

총을 멘 청년은 엽총을 내렸다. 그것을 보자 가죽점퍼는 공허하게 웃었다.

"아! 이젠 내 차롄가? 그러나 자네, 난 애원하는 미소는 짓지 않겠네. 난 인간을 믿지 않으니까, 쓸데없는 일이란 걸 아니까……. 산속을 걷다가 늑대를 만난 것처럼 그렇게 혼자서 죽어갈 걸세…… 혼자 살아왔으니까 말야."

청년은 엽총을 그의 가슴에 겨누고 방아쇠를 잡아당기려고 했다.

"서툰 짓이군. 자넨 암살자가 되려면 아직도 멀었어. 소리내지 말게. 암살자는 조용히 다가서서 소리 없이 해치우는 걸세."

가죽점퍼를 입은 청년은 점퍼 주머니에 두 손을 넣은 채 그의 얼굴을 조용히 바라다보며 말했다. 엽총의 개머리판이 허공을 쳤다. 호수는 다시 한 번 출렁였다. 텀벙 소릴 내고 새벽의 호수는 출렁거렸다.

가죽점퍼를 입은 청년은 웃었다. 그러나 그 웃음이 목숨을 애걸하는 그런 웃음이었는지 혹은 진짜로 우스워서 웃는 웃음이었는지 엽총을 멘 청년으로서는 알 수 없었다.

며칠만 있으면 호수는 얼 것이다. 논바닥을 지나갈 때 유리 조각이 바스러지는 것 같은 발소리가 들렸다.

엽총을 멘 청년은 혼자서 걷고 있었다.

살얼음이 깔려 있었다. 그들이 논바닥을 지나갈 때 유리 조각이 바스러지는 것 같은 발소리가 들렸다. 이젠 짖어대던 동네 개 소리도 들려오지 않는다. 발소리, 살얼음이 바스러지는 그 발소리뿐이었다. 그들은 삼십 분 동안이나 어둠 속을 걸어왔다.

"어느 쪽이냐?"

엽총을 걸머멘 청년이 소년을 향해서 물었다. 그들은 논바닥을 지나 산모퉁이의 갈림길로 나선 것이었다. 소년은 길에 들어서자 걸음을 멈추고 입을 꽉 다문 채 몸을 부르르 떨었다.

"호수로 가는 길이 어느 쪽이야? 빨리 앞장서서 걸어라."

이번에는 가죽점퍼를 입은 청년이 재촉했다. 소년은 숙이고 있던 고개를 쳐들고 갑자기 헛소리를 하듯 커다란 소리로 떠들기 시작했다.

"오른쪽이에요. 그래요, 오른쪽 길이란 말씀이에요. 그 길로 가면 호수가 나타나요. 하지만 별장은 호수의 왼편 언덕에 있어요. 감나무가 하나 있구, 집은 두 채예요. 감나무가 있는 쪽이 김장군이 와 있는 곳이구, 그리고 거기에서…… 그리고 거기에서 말이죠. 저의 집이……."

엽총을 멘 청년이 그 소년의 입을 틀어막았다.

"알았다니까. 목소리가 너무 크다. 몇 번이나 말해야 알겠나. 넌 묻는 말에만 대답하란 말야."

소년의 눈에는 눈물이 괴어 있는 것 같았다. 어둠 속에서도 그들을 올려다보고 있는 소년의 눈이 번뜩이고 있었다.

"난 몰라요. 난 아무것도 안 했단 말예요. 길만 가르쳐주는 겁니다."

그들은 아무 말도 하지 않았다. 소년은 이따금 엽총의 검은 총신을 보고 몸을 부르르 떨었다. 숲길로 들어서자 이젠 가랑잎 소리가 들렸다.

"넌 약속대로 서울에 가서 살게 된다. 거기에서 학교도 다니구. 그렇지만 일이 잘 안 되면 넌 죽게 된다. 너의 어머니까지 말야."

"어머니가 죽는다구요?"

"김장군이 살아 있게 되면 말이다."

가죽점퍼를 입은 청년은 별장지기 소년의 어깨를 두드렸다.

"겁먹을 것 없다. 난 너만 한 나이에 중국에서 혼자 이런 일을 했단 말야."

그들이 산등성이를 넘자 바람이 불어왔다. 엽총을 멘 청년은 총대의 멜빵을 바꿔 메면서 헝클어진 머리카락을 쓸어올렸다. 어둠 속 한구석이 터지면서 희끄무레한 호수가 나타나기 시작했다.

가죽점퍼를 입은 청년은 잠시 걸음을 멈추고 호수를 내려다보았다. 그리고 떨고 서 있는 소년의 얼굴을 곁눈질로 살펴보았다.

"어린애를 끌어들인 게 난 아무래도 잘못이었다는 생각이 드는데."

귀엣말로 엽총을 멘 청년에게 말했다. 그러나 상대편은 아무 대꾸도 하지 않았다. 가죽점퍼는 다시 호수 쪽을 바라보면서 담배 한 개비를 꺼내 입에 물었다.

"성냥 가진 것 없어?"

호주머니를 더듬어대다 그는 성냥을 달라고 했다. 엽총을 멘 청년은 라이터를 켜며 말했다.

"자네는 초조한 모양이군, 벌써 지금이 열 대째란 말야."

담뱃불이 반딧불처럼 호숫가의 숲 사이에 명멸해가면서 호수의 북쪽으로 흘러가고 있었다. 한동안 침묵이 또 계속되었다.

"난 어떻게 되는 거예요?"

"묻는 말에나 대답하라고 하지 않았어."

엽총을 멘 청년은 소년을 향해 짜증을 냈다.

"곧이에요. 보세요, 저 언덕이란 말예요. 난 내 방으로 그냥 들어가겠어요. 당신들이 무슨 짓을 해도 상관하지 않겠어요."

가죽점퍼는 소년이 손가락질하는 언덕을 보았다. 어둠 속에서 불빛이 새어나오고 있었다. 숲에 둘러싸인 양관의 지붕이 한층 검은빛을 띠고 그 윤곽을 드러내놓고 있었다.

"넌 서울로 가게 된다고 했지. 우린 약속을 지킨다. 네가 서울로 보내달라고 말하지 않았니?"

가죽점퍼는 다시 소년의 어깨를 두드렸다.

"하지만 당신네들은 장군이 언제 내려오는지 그것만 알려달라고 하지 않았어요? 난 뭐가 뭔지 몰랐단 말예요. 어머니는 아직 내가 당신들한테 그 돈을 받은 것도 모르시구 있구요. 그걸 알면 야단이 날 거예요."

소년은 엽총의 검은 총신을 보며 헛소릴 하듯이 말했다.

"묻는 말에나 대답하라고 하지 않았어! 말소리가 너무 크다."

가죽점퍼가 앞섰다.

"따라와, 이젠 네가 우리 뒤를 따라오는 거야. 그런 다음 넌 별장 개를 끌어내는 거다. 밖으로 끌어내다가 소리를 내지 못하게 하구 그놈을 처치해야 한다."

별장지기 소년은 그 자리에 서서 부들부들 떨고 있었다.

"우리 집 개를요? 나보구 그걸?"

"그게 네가 맡은 일이야. 우리들 가운데 개가 보고도 짖지 않을 사람은 너밖에 없지. 그러니까 그놈을 죽일 사람은 너밖에 없단 말이다."

"난…… 난 못하겠어요. 그건 내가 기른 개예요. 날 보면 꼬리를 치고 달려오는 그 개를 내가 어떻게 죽일 수 있어요?"

엽총을 멘 청년은 별장지기 소년에게 총대를 들이댔다.

"실수하면 너도 너의 어머니도 다 죽게 된다고 하지 않았나. 난 잔소리를 싫어하는 사람이니까 말을 자꾸 시키지 마라."

그들은 언덕을 향해 걸었다. 이번에는 발소리가 들려오지 않았다. 숨소리만이, 가랑잎이 바람결에 서걱거리는 것 같은 숨소리만이 들려왔다. 소년을 떼어놓은 채 그들은 별장의 뒤꼍으로 돌아갔다.

"그놈이 해치울 수 있을까?"

가죽점퍼는 낙엽 위에 주저앉아 별장을 굽어보며 말했다. 양관, 감나무 잎 사이로 비치는 별장의 창문 하나에서 불빛이 흘러나오고 있었다. 안개에 싸인 것 같은 희끄무레한 공간이 별장 아래로 깔려 있다. 그것은 호수일 것이었다. 그쪽으로 개를 끌고 기어가는 소년의 검은 그림자를 그들은 볼 수 있었다.

가죽점퍼는 담배 한 개비를 꺼내가지고 엄지손가락에 탁탁 치면서 귀엣말로 말했다.

"정말 그놈이 개를 죽일 수 있을까?"

"웬일이야, 자넨 초조한 모양이군. 상해 바닥에서 굴렀다는 말도 다 거짓말이었군 그래."

엽총을 멘 청년은 라이터를 꺼내며 비웃었다.

"소년을 끌어들인 것이 아무래도 잘못이었단 말야. 그리고 난 호수나 강물을 보면 이상한 충동을 느낀단 말야."

엽총을 멘 청년은 그의 말에 아무 대꾸도 하지 않고 명령조로 이렇게 말했다.

"저 불빛이 꺼질 때까지 여기서 기다리기로 하자."

가죽점퍼는 담배를 피우면서 그 가랑잎 위에 누웠다.

별들이 엉성하게 돋아 있는 검은 하늘을 올려다보며 그는 혼잣말처럼 이야기를 했다.

"호수가 자꾸 신경을 곤두세운단 말야. 자넨 어떻게 하다 사람을 죽이기 시작했나? 난 말야, 우연한 기회에, 그래, 정말 우연한 기회에 사람을 찌르기 시작했던 거다."

가죽점퍼는 호주머니에서 잭나이프를 꺼냈다. 그리고 그것을 접었다 폈다 하면서 엽총 쪽은 돌아보지도 않은 채, 그리고 담뱃재를 털지도 않은 채 혼잣말처럼 지껄여댔다.

"꼭 이런 호숫가였어. 실은 그때 그건 강변이었지만 난 저 별장지기 애만 했을까? 중학교 4학년 때였으니까. 일본애들은 날 못 살게 굴었다. 컴퍼스 끝으로 찌르기도 하구 내 책가방을 찢기도 하구……."

엽총을 멘 청년은 별장의 불빛만 지켜보고 있었다. 호수에서 바람이 불 때마다 덜 떨어진 참나무의 마른 잎들이 서걱거리는 소리가 들려왔다. 사람이 걸어오고 있는 발소리 같았지만 그들은 놀라지 않았다.

"견디다 못해 난 그날 미우라라고 하는 덩치 큰 일본애 하나와 맞상대를 붙었어. 우린 학교를 파하자 강가로 갔었다. 물론 힘이 달려서 난 매를 맞았지. 코피가 터졌어. 그 피가 모래사장에 떨어지는 걸 보자, 난 그만 정신을 잃고 창칼을 꺼냈다. 칼을 꺼내 그놈의 가슴에다 대고 찌르려고 했어. 난 정말 찌르려고 한 게 아니었는데 미우라는 칼을 보자 갑자기 놀라더니 이상한 웃음을 웃더군. 이상한 웃음. 자네도 그런 웃음을 본 적이 많겠지. 놀라면서도, 공포에 떨면서도 핼쑥하게 웃는 입술 말야. 미우라는 그 입가에 애원하듯이 그리고 비굴한 그리고 멋쩍은 그 미소를 띠면서 '너……너……정말 날 찌를래……. 이봐 칼을 치워……. 이렇게 빈다니까, 잘못했다니까.' 그앤 모래 위에 무릎을 꿇으면서 애원하더군. 그때의 미소가 이상하게 날 미치게 만들었던 거야. 무언지 난 지금도 설명할 수 없어. 정신없이 그 미소를 향해 찌른거야. 정신을 차리고 보니 그애는 강바닥에 피를 흘리고 죽어 있었단 말야. 퍼런 강물이 물귀신처럼 날 떨리게 하더군. 난 도망쳤지. 형사들이 쫓아다녀서 결국 만주로 뛰고…… 상해까지 뛴 거야."

엽총을 멘 청년은 별장의 불빛을 지켜보다가 가죽점퍼를 잡아일으켰다.

"자넨 오늘 이상스레 들떠 있군……. 말이 많아…… 말이 많으면 실수를 하게 된단 말야."

가죽점퍼는 담뱃불을 손가락으로 비벼 끄고는 헛기침 소리를내며 웃었다.

"실수…… 내가 실수할 것 같은가?"

잭나이프의 날을 펴면서 그는 말했다.

"오늘밤은 무슨 일이 있어도 실수하지 않을 테니까 두고 봐. 사실 난 한 번도 실수한 적이 없어. 수십 명을 찌르고 찌르고 또 찌르고…… 무수한 사람을 죽였지. 그런데 너 나 할 것 없이 칼을 들이대면 그때 미우라처럼 이상한 미소를 짓더란 말일세……. 자네도 봤지? 죽음의 순간까지도, 애원하면서 혹시나 혹시나 하고 아첨하듯 웃는 그 미소 말일세. 난 그 미소를 향해서 수없이 찔렀단 말야. 아냐, 그 미소를 생각할 때마다, 난 또 하나의 사람을 찾아야 했던 거야. 내가 그들을 죽였는데도 어쩐지, 꼭 실패했다는 생각이 들었지. 그 미소를 생각하면 말야. 그들은 살려달라고 했다. 내게 동정을 청했다. 칼이 심장을 뚫기 직전까지도 내가 자기를 찌르지 않을지도 모른다는 희미한 희망을 위해서 그들은 웃었다. 그런데 난 그들을 찔렀거든. 일본 헌병, 첩보원의 앞잡이들, 꾸리, 인력거꾼…… 지령만 내리면 누구든 난 죽였어. 그런데 한 놈도 예외 없이 미우라처럼 놀람과 애원과 아첨과 비굴한 절망과 그런 것이 뒤범벅이 된 미소를 지으며 죽어갔지. 덤벼들거나 증오든 분노든 그런 표정을 짓고 칼을 받는 친구는 없었던 거야."

엽총을 멘 청년은 일어섰다.

"자넨 오늘밤 실수할 것 같군. 나 혼자 해치우고 오겠네."

가죽점퍼는 벌떡 일어나면서 엽총을 잡았다.

"안 돼, 오늘을 기다리고 있었어. 내가 꼭 해치운단 말야."

엽총을 쥔 손을 뿌리치면서 그는 점퍼를 입은 청년에게 나직한, 그러나 성난 목소리로 말했다.

"자네는 이번 이 일이 얼마나 중요한 기회인지를 알고 있겠지.

이번에도 실패하면 우리 당은 끝장이 나는 거야. 난 긴말을 좋아하지 않네. 이번의 결정적인 찬스를 자네 때문에 놓치고 싶지 않단 말야. 내 말을 들어봐. 우리 편은 세 번 다 실패했어. 저쪽에서도 두 번 실패했고, 누가 먼저 상대편 당수를 암살하느냐에 따라 대세가 판가름나는 걸 자네도 알고 있잖아. 해방 직후의 이 혼란만 지나가면 앞으로 암살은 영영 못하게 된단 말야. 군중대회 때 한 번, 그의 사택에서 한 번, 또 자동차의 폭발물 투척이 한 번…… 세 번이나 다 실패했어. 그들은 경계를 하고 있고, 김장군은 알다시피 토치카 같은 사람이야. 그런데 이런 호젓한 기회가 두 번 다시 올 것 같은가?"

가죽점퍼는 그를 억지로 그 자리에 앉혔다.

"내 말을 좀 들어봐!"

그는 엽총을 멘 청년의 손을 잡았다.

"그러니까 틀림없이 난 해치울 수 있단 말야. 미우라란 놈처럼 그런 미소를 짓지 않고 죽을 사람은 김장군밖에 없을 거다. 내 마음을 알아달라구. 오랫동안 별러왔지. 싸움터에서 자란 담대한 김장군만은 그 공허한 미소를 짓지 않고 내 칼을 받을 거다. 단 한 번, 단 한 번만이라도 난 그것을 원하고 있었어. 그게 오늘밤 이루어지는 거다."

"자네의 이야기는 꼭 정신착란증 환자의 말 같단 말야. 자넬 믿을 수가 없어."

그러나 가죽점퍼는 고개를 저었다.

"복잡한 이야기가 아니라구. 자네도 경험했을 거라고 하지 않아. 사람이 산속에서 늑대를 만났다고 해봐. 늑대가 덤벼들 때에도 그들은 그런 미소를 지을까? 사람이 사람을 죽일 때에만 그런 애원의 미소가 생기는 거야. 아무리 급할 때에라도 사람은 사람을 믿기 때문에 그렇게 웃는 거지. 무슨 여지가 있을 거라구. 그래 그 인간적인 여지를 찾아 그들은 구명의 웃음을 짓는 거지. 그러니까 결과적으로 피살자는 언제나 자기를 죽이는 암살자를 믿으며 죽어가는 거란 말야. 난 그게 싫어. 인간적인 여지를 믿는 그들이 싫어. 난 냉혹하다. 그래서 냉혹하게 죽어가는 놈을 원한단 말야. 김장군은 그렇게 죽을 거구. 그러면 난 더 살인을 하지 않게 돼……. 날 실망시키지 않을 거야."

그때 호숫가 쪽에서 이상한 소리가 들렸다. 허파에서 "슈우" 하고 바람이 새어나오는 것 같은 소리였다. 가죽점퍼는 엽총을 멘 청년의 손을 끌었다. 소년이 꼬리를 치며 따라온 그 개를 죽여버린 것 같다고 말하면서, 불빛이 꺼지기를 기다릴 것 없이 지금 해치우자고 말했던 것이다.

"지금?"

"그래 지금 해치워. 불이 켜져 있어야 해! 칼을 받을 때의 김장군 얼굴을 봐야 해. 냉엄한 장군! 피가 없는 사람처럼 싸늘한 표정을 짓고 죽어가는 김장군을 나는 봐야겠다."

그들은 감나무를 타고 뒤뜰로 내려섰다. 흘러나오는 불빛을 향해서 한 걸음 다가섰다.

"총소릴 내지 말게, 소리 없는 밤이니까……."

가죽점퍼는 잭나이프를 폈다. 가까이 가자 창 틈에서 불빛과 사람 목소리가 흘러나왔다.

"편하게 살 때가 온대두. 이봐, 미스 신보다 내 쪽이 더 위험하대두 그래요. 내 목을 노리는 살인자가 득실거리는 판에 이렇게 홀몸으로 몰래 빠져나와서 밀회를 한다는 건 모험이오. 정권을 잡을 때까지만…… 약속하겠소."

여인의 가느다란 울음소리가 흘러나왔다.

"방탕한 게 아니라니까. 미스 신이 환영대회 때 꽃다발을 가지고 단상에 올라선 그 순간 난 인생관이 변해버렸다고 하지 않았소. 만주 벌판에서 난 승냥이떼 처럼 수십 년을 지냈거든. 난 그 누구도 사람을 사랑하진 않았소. 그러나 지금은 다르단 말야. 소아마비에 걸린 사람을 봐서 알겠지. 다른 육체는 다 건강하게 자랐어도 소아마비에 걸린 그 발만은 옛날 어렸을 때 그대로란 말이오. 꼭 그래…… 내가 그렇단 말이오. 어렸을 때 난 그 사랑을 이 땅에 두고 떠났던 거요. 내 사랑은 그 뒤에 더 자라지 않았소. 이제 첫사랑이나 다름이 없단 말이오. 이제야 사랑이란 걸 알 것 같아. 처음으로 느끼는 애정이오."

옷을 벗는 소리가 들려왔다. 여자의 흐느낌 소리는 잦아들고 있었다.

"이 겨울만 그런대로 넘기면……."

이불이 펼쳐지는 소리가 들려왔다.

"미스 신만 괴로운 게 아니오! 살인자들이 우글거리는 판국에 밀회를 한다는 건 위험한 일이지. 불을 끌까?"

가죽점퍼는 불을 끄자는 말을 듣자, 창문을 걷어차고 방 안으로 뛰어들어갔다.

"위험한 일입니다, 장군님! 살인자가 득실거리는데 밀회를 한다는 건 말입니다."

장군과 여인은 자리에서 벌떡 일어나 소릴 지르려고 했다.

"난 소리내는 것을 좋아하지 않습니다."

엽총을 멘 청년이 그들을 향해 총구를 겨누었다.

알몸뚱이로 일어선 그들은 그제야 이불로 몸을 감추며 방구석으로 피신을 했다. 가죽점퍼의 청년은 잭나이프를 겨누고 한 걸음 앞으로 다가섰다.

장군은 이미 늙은 몸이었다. 병든 노마처럼 앙상하게 드러난 늑골과 뱃가죽이 등불의 음영 때문에 한결 더 굴곡이 심하게 나타났다.

"이놈들!"

김장군이 간신히 체통을 차리면서 쏘아보았다.

"도둑이야!"

여인이 소리를 치면서 창 쪽으로 달려가려고 했다. 그와 동시에 가죽점퍼의 잭나이프가 번쩍였다. 단 한칼에 급소를 맞은 여인은 피를 쏟으면서 하얀 요 위에 쓰러졌다.

가죽점퍼는 표정 없는 얼굴로 여인의 시체를 잠시 들여다보았다. 아직 앳된 단발머리의 처녀, 학생티가 그대로 남아 있는 처녀였다.

가죽점퍼는 다시 이불로 몸을 가리고 웅크린 장군 쪽을 향해 잭나이프를 돌렸다. 여인이 죽은 것을 보자 갑자기 김장군의 풀이 꺾이는 것 같았다.

"자네들! 용건이 뭔가?"

두 손으로 하체를 가린 이불을 감아쥐고 김장군은 어색하게 말했다.

"안심하십쇼, 좀도둑은 아닙니다."

잭나이프를 쥔 가죽점퍼가 한 걸음 다가섰다.

"뭘 원하는가?"

김장군의 얼굴은 경련을 일으키고 있었다.

"장군의 긍지입니다. 비겁하게 굴지 마십시오."

김장군은 그 뜻을 이해하지 못하는 것 같았다.

"여보게 청년들. 난 사실 정치에서 손을 떼고 싶소. 나도 이제 조용히 쉬고 싶소. 은퇴할 작정이었단 말이오. 난국만 수습하고 정부가 들어서면……."

가죽점퍼는 다시 한 걸음 다가섰다. 김장군도 이불을 움켜쥔 채 하체를 가리고 벽 쪽으로 물러섰다.

"장군답게 구십시오. 이 땅을 떠나셔야 합니다."

김장군은 자기 나체를 감추기 위해서 다시 한 번 이불을 추켜올렸다.

"나보고 떠나라고…… 어디로 떠나란 말인가? 나 때문에 정치가 안 된다면 떠나지."

가죽점퍼는 한 걸음 더 다가섰다.

"태양이 두 개가 있어서는 안 됩니다. 영원히, 영원히 돌아오시지 말아야 합니다."

"영원히라구?"

"네! 영원히. 지금 가셔야 합니다."

가죽점퍼는 장군의 왼쪽 가슴에 잭나이프를 갖다댔다. 순간 장군의 입술에는 이상한 미소가 번지고 있었다.

"청년! 동지. 설마 날 죽이지는 않겠지. 난 이 나라를 위해 평생을 바쳐 싸운 사람이오. 그리고 난 떠날 테니까. 난 떠난단 말일세."

"영원히 떠나셔야 합니다."

"이 사람아, 잠깐만……."

장군은 떨리는 두 손으로 황급히 칼을 막으려 하면서 애원하듯이 멋쩍은 웃음을 짓고 있었다. 순간 잭나이프가 직선을 그으며 번쩍했다.

"늙은이의 몸에서 이 많은 피가 흐르다니!"


가죽점퍼는 아무 말 없이 밖으로 나왔다. 엽총을 멘 청년이 그 뒤를 따라오면서 또 한 번 나직한 소리를 내고 웃었다.

호수로 가는 길목에서 소년은 기다리고 있었다. 와들와들 떨고 있는 그 소년의 발밑에는 목에 새끼를 감고 혓바닥을 늘어뜨린 셰퍼드 한 마리가 쓰러져 있었다.

"잘했다. 넌 서울로 갈 거다."

가죽점퍼가 그의 어깨를 두드렸다. 엽총을 멘 청년은 소년에게 앞장서라고 했다.

"아니! 또 어딜 가요? 길은 아시잖아요?"

엽총을 멘 청년은 호수 가까이까지만 가자고 했다. 그들은 말 없이 걷기 시작했다. 가랑잎 소리가 울려왔다. 언덕을 내려서자, 물비린내가 풍겨왔다. 희끄무레하던 호면湖面이 훨씬 더 희게 번뜩이는 것 같았다. 새벽이 오고 있었던 것이다. 소년은 호숫가에 이르자 인사를 했다. 그러나 엽총을 멘 청년은 돌아서려는 소년을 그 자리에 불러 세웠다.

"벌써 호숫가에 왔구나. 널 서울로 데려가야겠다."

"아저씨들? 왜 이러세요?"

가죽점퍼는 웃었다.

"지금! 지금 서울로 가자."

"어머니에게 인사도 하지 않았는데요."

가죽점퍼는 잭나이프를 꺼냈다. 소년은 두어 걸음 물러서면서 다시 또 와들와들 떨었다.

"날 어떻게 하시려는 거예요? 날 죽이려는 거예요? 난 아무 잘못도 없어요."

"그래, 넌 아무 잘못도 없다. 하지만 너무 많은 비밀을 알고 있는 것이 탈이다."

"김장군을 죽이지 못했나요? 왜 날 죽이려고 해요?"

엽총을 멘 청년은 주저앉은 소년을 일으켰다.

"넌 말이 많다. 묻는 말에나 대답하라고 하지 않던."

"살려주세요, 받은 돈을 다 내드릴게요. 말하지 않을게요. 서울에 안 가도 좋아요. 아저씨 살려주세요."

눈물이 번진 얼굴이었지만 소년은 어색한 미소를 짓고 애원했다. 다시 잭나이프가 그 미소를 찔렀다. 호수에서 철렁하는 물소리가 울려왔다. 호수는 아직 얼지 않았다. 새벽의 호수는 눈을 뜨고 있었다. 소년이 쓰러진 호수로 가죽점퍼는 잭나이프를 던졌다.

"끝났어! 난 다시는 칼을 만지지 않겠네."

가죽점퍼는 담배 한 개비를 꺼내어 엄지손가락 위에다 탁탁 쳤다.

"라이터 있지?"

그러나 엽총을 든 청년은 라이터를 꺼내지 않고 빙그레 웃었다.

"그래 끝난 거야, 이제 자네 차례니까."

가죽점퍼는 섬뜩 놀란 표정을 하고 두어 걸음 물러섰다. 입에 문 담배가 떨어졌다.

"자네 말마따나 우리에겐 잘못이 없지만 너무 많은 비밀을 알고 있는 게 탈이었네. 나도 며칠 안 남았겠지만."

"그렇게 지령을 받았나?"

"물론이지, 각하는 비밀을 알고 있는 사람의 수가 하나라도 적은 것을 원하고 계시니까. 당은 자네의 손을 믿을 순 있지만 입은 믿을 수가 없다는 걸세."

"자넨 처음부터 날 이 호숫가에서 죽일 계획이었나?"

"그렇지. 소년과 자네는 격투를 하다가 익사한 것처럼 꾸며놔야 뒤가 깨끗해질 테니까."

"줄곧…… 줄곧 너의 그 계획을 머릿속에 그리며 나와 같이 걷고 있었군."

총을 멘 청년은 엽총을 내렸다. 그것을 보자 가죽점퍼는 공허하게 웃었다.

"아! 이젠 내 차례가? 그러나 자네, 난 애원하는 미소는 짓지 않겠네. 난 인간을 믿지 않으니까, 쓸데없는 일이란 걸 아니

까……. 산속을 걷다가 늑대를 만난 것처럼 그렇게 혼자서 죽어
갈 걸세…… 혼자 살아왔으니까 말야."

청년은 엽총을 그의 가슴에 겨누고 방아쇠를 잡아당기려고 했
다.

"서툰 짓이군. 자넨 암살자가 되려면 아직도 멀었어. 소리내지
말게. 암살자는 조용히 다가서서 소리 없이 해치우는 걸세."

가죽점퍼를 입은 청년은 점퍼 주머니에 두 손을 넣은 채 그의
얼굴을 조용히 바라다보며 말했다. 엽총의 개머리판이 허공을 쳤
다. 호수는 다시 한 번 출렁였다. 텀벙 소릴 내고 새벽의 호수는
출렁거렸다.

가죽점퍼를 입은 청년은 웃었다. 그러나 그 웃음이 목숨을 애
걸하는 그런 웃음이었는지 혹은 진짜로 우스워서 웃는 웃음이었
는지 엽총을 멘 청년으로서는 알 수 없었다.

며칠만 있으면 호수는 얼 것이다. 논바닥을 지나갈 때 유리 조
각이 바스러지는 것 같은 발소리가 들렸다.

엽총을 멘 청년은 혼자서 걷고 있었다.

# 소돔의 성 속에서

도시는 피로해 있다.

아무래도 도시는 지금 밤을 기다리고 있는 것 같다.

피를 상실한 혈관 같은 불 꺼진 네온의 유리관이라든가, 권태로운 일광日光을 반사하고 있는 쇼윈도의 큰 거울이라든가, 전쟁 때 기총 사격을 받은 흠집이 아직도 여물지 않은 빌딩의 퇴색한 회색 벽이라든가, 그런 모든 것들이 휴식을 기다리며 허덕거리고 있다.

즐비한 간판의 색채들도 먼지가 묻어 누렇게 변색된 채 늦가을의 여린 햇볕을 받고 있었다.

이 사이를 사람들은 바삐 걸어가고 있다. 걸어간다기보다는 한 중심을 향해서 맴돌고 있는 것처럼 보인다.

그들은 소음과 간판 색깔 등 그런 것들엔 별로 관심이 없는 것 같다. 도시 사람들은 대부분 낯선 사람이기 때문에 주변 사람들과 이야기하는 것도 없고 또 신경 쓰지 않아도 되는 모양이다.

거부하는 몸짓으로 사람들은 그렇게 걷고 있다.

노후한 차들이 떨그덕거리고 지나가는 차도 위로 영구차가 지나간다. 그 구식 차체가 벌써 이 세상 것이 아닌 것 같은 묘지의 음산한 냄새를 풍기고 있다. 유리창은 모두 수은칠을 해놓아서 내부를 들여다볼 수가 없다. 그 차 안에는 흰 관포가 덮인 시체가 썩어가고 있을 것이다. 그 옆에는 죄수와 같이 음침한 얼굴을 하고 베옷 입은 상제들이 대나무를 짚고 잠자코 앉아 있을 것이다. 그들의 눈은 몹시 울었던 탓으로 벌겋게 부어 있을 것이고 여자 상제들은 옆에 앉아서 아직도 훌쩍거리면서 망인과의 과거를 회상하고 있을는지도 모른다.

사실 그들은 '죽음' 그 자체를 서러워하고 있는 것이 아니다. 그들은 '죽음'이란 것을 조금도 모르고 있다. 망인을 통해서 비로소 자기네들이 살아 있다는 의식을 회복했기 때문일 것이다. 그가 죽기 전 그들은 자기가 살아 있다는 의식을 회복했기 때문일 것이다. 그가 죽기 전 그들은 자기가 살아 있다는 것을 의식하지 못했을 것이다. 타인의 '죽음'이 잊어버리고 있던 자기네들의 '생'을 눈뜨게 한 것이다.

그래서 상제들은 아마 수십 년 동안 살아온 그들의 생을 한꺼번에 회의하고 그 감정이 그들을 울리는 것이다.

다투고 사랑하고 증오하고 속이며 살아갔던 가난하고 어려운 생활들을 조용히 생각해볼 기회를 갖게 된 것에 불과하다.

그런데도 사람들은 그것을 '죽음'에 대한 슬픔이라고 흔히 오해하고 있다. '생'에 대한 눈물을 흘리고 있으면서 말이다.

그러나 길을 걷고 있는 도시인들은 영구차 같은 것엔 여전히 무관심하다. 아무도 그것을 눈여겨보려고 하지도 않고 또 눈에 띄었다 하더라도 별로 '죽음'이란 것을 생각하고 있는 것 같지가 않다.

사람들은 그러한 '죽음'에 대해서는 아주 불감증이 되어버린 지 오래다. 지금 사람들의 관심은 '죽음'보다는 하나의 '사건'에 있는 모양이다.

며칠 전 ○○은행 앞의 주차장 근처에 많은 사람들이 모여 웅성거리고 있었다. 그 군중의 혼잡을 제어하기 위해서 정복한 경관들이 호루라기를 불면서 연신 손을 벌려 사람들을 밀어내고 있었다. 그 무표정한 경관들 옆에는 시꺼먼 가마니가 깔려 있었고 그 밑으로 붉게 응결한 피가 느릿느릿 포석 사이로 흐르고 있다.

거기에 모여든 사람들은 '죽음'에 관심을 가지고 있는 것이 아니라 그러한 '죽음'을 일으킨 '사건' 자체에 흥미를 가지고 있는 눈치였다. 그런 똑같은 군중들을 나는 시장에서도 본 일이 있다. '날치기'를 잡아놓고 장사치들이 짓밟고 있었을 때의 일이다. 매를 맞고 있는 것은 열여덟가량 된 교복을 입은 소년이었다. 땅에 쓰러져서 매를 피하고 있는 그의 손에는 아직도 몇 장의 지폐가 움켜쥐어져 있었고 머리와 입에서는 선지피가 흐르고 있었다. 눈은 절망적이었다. 그 옆에서 여남은 살 된 소녀 하나가 겁에 질려 울고 서 있다. 아마 그의 여동생인 듯싶다.

뻔한 일이다. 사람들은 이러한 구경거리밖에 흥미를 갖고 있지 않다. 또 화제를 찾아서 그들은 사건이 생긴 현장으로 모여드는 것이었다. 난파선을 쫓아가는 공복의 상어떼처럼 말이다.

그들은 집으로 돌아와서 자랑스럽게 실제로 목격한 그 사건들을 이야기할 것이다. 그리고 만약 그날 목격했던 일이 석간신문에라도 보도되었다면 그들의 즐거움은 절정일 수 있다.

그러니까 '자연사' 같은 것은 거의 문제시되지 않는다. 누구도 슬픈 생각으로 신문 광고란의 검은 테 두른 부고를 읽는 사람은 없을 게다. 그만치 그들은 '생'에 대해서 무관심한 것이다. 이 죽음의 도시에서는 눈이 모두 밖을 향해서만 열려져 있다. 내부를 향해서 열린 창은 없는 것 같다.

바이올렛 빛깔의 드레스를 입은 여인 하나가 양장점에서 나온다. 억지로 웃음을 참고 평범해지려는 표정이다. 혼기를 놓친 여인에게서 흔히 찾아볼 수 있는 억세고 신경질적인 눈초리를 하고 있다. 그러한 그녀의 그늘진 눈은 새로 맞춰 입은 그 코트 위를 더듬고 있다. 상가의 유리창에 가끔 몸을 비춰보면서 걸어간다. 그러다가 서너 번째나 길 가던 사람과 맞부딪힌 것 같다. 그녀는 필경 개인회사의 여비서였거나 어느 관공서의 타이피스트였을 것이 분명하다. 몇 달째 봉급에서 내일을 위하여 조금씩 떼어둔 돈으로 그녀는 오늘 그 신조新調의 코트를 찾았을 것이 분명한 일이다. 화사한 코트를 입은 순간, 그녀는 그녀의 애인을 생각했거나 혹은 질투심이 많은 그녀의 동료들을 생각해보았을 것이다. 그리고 속으로 그들 앞에서 태연해지리라고 생각했을 것이다.

사람들은 모두가 샌드위치맨이나 마네킹처럼 자기를 하나의 광고품으로 만들어가고 있다. 그것이 살아가는 한 방식이고 고독을 없애는 처방인 듯하다.

피로한 것은 도시만이 아니다.

사람들의 표정도 음성도 심지어는 라디오방의 스피커에서 울려오는 노랫소리도 모두 피로했다.

그러면서도 그것들은 휴식을 더 무서워하고 있는 것처럼 보인다. 동상처럼 영원한 외형만을 위해서 사는 사람들에게 이 피로한 겉모습은 여간 치명적인 것이 아니다.

또 도시는 한편 분열되어 있다.

지적도처럼 서로의 세밀한 경계를 이루고 갈가리 찢겨 존재해 있는 것이다.

벽과 벽이 잇닿은 빌딩들은 서로 육중한 몸을 가지고 서로 반발하고 증오하고 있는 것이다.

한데 붙은 빌딩의 벽은 마치 국경 사이를 흐르는 강물처럼 푸른 경계선을 이루고 있다. 빌딩은 다시 수없이 많은 방과 방의 벽으로 분할되고 다만 긴 복도와 층계만이 국제 도시처럼 공동 소유인 것이다. 방문의 열쇠만 잠그면 그 안의 폐방은 완전히 다른 나라가 되어버린다. 대개 도시인은 집이 아니라 이러한 방 안에서 살아가고 있다. 대문에 자기 문패를 달지 못하고 사는 사람들이 얼마나 많은지 모른다.

K를 만나기 위해서 S빌딩을 올라가는 일이 있다.

K의 사무실은 오층의 구석진 방이었다. K는 중학교 때 가끔 벌을 선 기억이 있는 친구다. 그 밖의 것은 나는 잘 모른다. 가끔 길에서 만나는 K는 카멜레온처럼 시시로 신분이 다르기 때문이다. 어느 때는 거지꼴을 하고 정신 나간 사람처럼 몇 시간씩이나 길가에 서 있기도 하고 또 어느 때는 자가용 넘버를 단 자동차 속에 거만한 표정을 하고 누워 있는 것을 목격한 일도 있다. 그 옆에는 언제나 젊고 싱싱한 여인이 기대어 있었다고 생각된다. K는 결혼도 하지 않고 또 일정한 주소도 가지고 있는 것 같지 않다. 그러면서도 그는 별로 불편을 느끼고 있는 것 같지 않다. 그리고 그의 주변에는 역시 그와 비슷한 사람들이 많이 따라다니지만 한결같이 그들의 직업을 나는 모른다. K가 밀수업을 한다는 말이 있는가 하면 어느 굉장한 권력가의 비서격이라는 말도 있다. 무슨 정당의 간부라는 말도 들었다. 하지만 나는 그런 것을 모른다.

우연한 기회에 K의 사무실에 들른 후로 이따금 그곳을 찾아갈 뿐이다. 비교적 한적했기 때문에 가끔 들러 낮잠을 잘 수 있다. 소파도 있고 하니까 말이다.

K의 사무실에 들르려면 많은 층계를 올라가지 않으면 안 된다.

그러다가 좁은 층계에서 그들과 만나면 그들은 으레 어깨를 좁혀 나의 몸을 피한다. 몸과 몸이 서로 닿는 것을 몹시 두려워하는 것 같다. 역시 사람들은 국경과 같이 냉엄하게 자기와 남과의 경계선을 잘 지켜가고 있다. 수많은 방에는 숫자와 조그만 간판들이 붙어 있다. 그 방들은 모두 커튼을 쳤거나 유리를 해 박아서 한결같이 내부의 풍경이 보이질 않는다. 이따금 그러한 방들을 거쳐 지나노라면 고성으로 전화를 받는 목소리라든가 벨 소리라든가 타이프라이터의 소리가 흘러나온다. 어느 방은 병실처럼 조용하거나 요오드포름이나 알코올 같은 악기惡氣 냄새가 나는 일이 있다. 이 밖의 것에 있어서는 외부와 아무것도 섞여 있지 않다.

K의 사무실은 타원형 생철에 군번처럼 찍힌 '603'의 숫자밖에는 아무 표식標識이 없다. 언제 가보아도 하나밖에 없는 늙은 사무원이 항상 창가에 앉아서 장부를 기입하고 있다. 그리고 그 옆에는 유난히 큰 테이블에 발을 올려놓고 회전의자에 누워 있는 K가 있을 뿐이다.

벽에는 어느 항공회사의 일제 캘린더가 붙어 있고 커다란 '맥주' 광고의 반나체의 미녀가 미소를 짓고 있다. 대개 나는 이 광고 속의 여인을 바라보다가 소파에 앉아 낮잠이 든다. 꽤 음란할 모델의 사생활을 상상해본다. 보통 그렇지 않으면 창가에 가서 도시를 바라보거나 하는 것이 내 안의 경계선에서 벌어지는 일들이다. 그 경계선을 넘으면 모든 것이 사막처럼 조용하다.

K나 그 사무원은 나에게 있어선 하나의 이국이고 나는 그 안으로 들어갈 어떤 여권도 가지고 있지 않는 것이라 생각된다.

늙은 사무원은 나에게까지 비굴한 웃음을 웃고 인사를 한다. 그는 언제 보아도 죄지은 사람처럼 머뭇거리고 놀라며 눈치를 본다. 걸음걸이도 빙판을 걸어가는 것처럼 조심스럽다. 그는 이렇게 사오십 년 동안을 살아온 것 같다.

K의 사무실에 들렀던 어느 날의 일이다. K는 장부로 책상을 두드리면서 고함을 지르고 있었고 허리가 구부정한 이 늙은 사무원은 고양이처럼 의자에 발을 모으고 앉아서 울고 있었다.

'울음'은 정말 추악한 것이다.

더구나 늙은 남자의 훌쩍거리는 울음은 죽고 싶을 만큼 창피스럽고 추악한 것이다.

그 다음부터 나는 이 사무원이 언제나 울고 있다는 사실을 발견한 것이다. 비굴한 웃음을 띠고 나에게 공손히 허리를 굽히고 있을 때도 나는 여전히 그가 울고 있다는 사실을 발견하고 놀랐던 것이다.

그러나 그 늙은 사무원도 저쪽 경계선 너머에서 생활하고 있는 것만은 틀림없다. 때로는 항상 이해심이 없는 그의 늙은 아내와 때리고 싸우거나 자식들을 불러놓고 근엄한 표정으로 훈계하는 일도 있을 게다. 집세는 밀리고 방은 어둡고 찢어진 벽지 너머에서는 끊임없이 바람이 새어 들어올 것이다.

　그러나 그것은 나의 상상이다. 그의 청년기라든가 고향이라든가 하는 것들을 나는 아직 하나도 모른다. 내가 생각하고 있는 늙은 사무원은 그 자신과는 다른 언제나 엉뚱한 존재일지도 모를 일이다. 되도록이면 남을 자기 멋대로 해석하지 않는 편이 좋을 것 같다.

　나 혼자 멋대로 상상한 거리라든가 K라든가 늙은 사무원이라든가 하는 것들은 실제로 존재하는 거리나 사람이 아닌 것이다.

　초醋 속에 들어간 달걀껍질은 그것의 딱딱했던 외형을 상실하고 흐물거리는 법이다. 내 의식 속에서는 모든 사물이 변형되고 흐느적거리고 변색하고 한다. 그것들은 모두 본래의 것이 아니다. 역시 나는 그것들의 경계선 너머로 침입해 들어갈 수는 없는 일이다. 설령 그것들의 경계선 안으로 들어간다 해도 이번에는 내가 거꾸로 달걀껍질처럼 녹아 없어지고 말 것이다. 그것들의 존재는 마치 흡판 같은 것을 가지고 나를 흡수해버리고 말 게다. 사람들은 서로가 평생 이런 짓밖에는 더 되풀이할 줄 모른다.

　고체와 고체는 서로 삼투될 수 없는 성질을 가지고 있다. 그것들은 모두 변하지 않는 윤곽을 지켜가느라 애를 쓰고 있다.

　밤이 깊었다. 종차終車인 것 같다.

　그 전차는 미국에서 원조물로 보내온 것이어서 꽤 크고 화려하다.

환한 전등이 작업실처럼 많이 켜져 있는 차내는 집으로 돌아가는 전차운공電車運工들이 여남은, 그리고 술취한 사람들과 야간작업을 끝내고 돌아가는 여직공이 몇 명 앉아 있을 뿐이다. 전차 운전사들은 똑같이 낡고 퇴색한 검은 제복을 입고 있었고 경전京電 마크가 달린 귀물貴物 같은 제모들을 쓰고 있었다. 그들은 모두 도시락을 들고 있었고 주름 잡힌 얼굴들은 과거에 사는 사람인 것 같이 보였다. 제복을 입은 탓인지 나는 그들 하나하나를 분간할 수가 없다.

나는 이 차에 오르기 전 이 차체에 커다랗게 그려진 ICA의 표시를 보았다. 그것은 성조기 위로 서로 악수하고 있는 두 손이 그려져 있는 것이었다. 악수하고 있는 두 손은 분명 분열과 반대되는 인상을 주고 있다. 서로의 경계선을 짓고 반발하는 빌딩의 인상과는 다른 것이었다. 거기엔 결함이, 고도孤島와 고도가 합쳐져 거대한 하나의 대륙을 형성해 있는 이미지가 있었다.

하지만 나는 그것이 아무래도 저 전차운공처럼 제복과 제복으로 획일화된 피상적인 결합의 의미라는 것을 곧 알아차리고 말았다.

제복은 사실 개인과 개인의 경계선을 불명확하게 해놓는다. 그렇지만 그런 경계선에서의 해방이란 정치적인 것에 불과하다.

정치—내 머리는 몹시 피로해서 더 깊이 생각할 수가 없다.

나는 더 자세히 전차운공들을 관찰할 수가 없다.

제복 위에는 빌딩의 방문에 붙어 있는 것처럼 서로 다른 숫자의 번호가 붙어 있다는 것을 발견했기 때문이다.

숫자들은 모두 그들처럼 고독해 보였다.

페인트가 벗겨져 희미한 '악수'하는 두 손의 광경이 곧 묵멸默滅해지자 나는 내가 혼자 전차의 의자 위에 기대앉았다는 것을 의식하기 시작했다. 나는 내가 앉은 이 의자 위에 많은 사람들이 앉았다 갔을 것이라는 엉뚱한 생각까지 하고 말았다.

이 전차는 미국 것이었기 때문에 한때는 브로드웨이나 시카고 가두를 달리고 있었을 것이 확실한 일이다.

스미스, 브라운, 엘리자…… 낯선 이름을 가진 사람들이 내가 앉은 이 시트 위에 앉아 있었을 것이라고 생각했다. 그러나 그러한 사람들을 명확하게 생각해낼 수 없다. 참 그들은 나와는 멀리 떨어져 있는 사람들이다.

떨어져 있는 것은 시간뿐만 아니라 공간에 있어서도 그렇다. 그들은 지금 내가 자기가 앉았던 똑같은 의자에 앉아 있다는 것을 상상도 하지 못할 것이다. 그런 일은 사실 얼굴을 알고 있는 사람들끼리라도 불가능한 일이다. 그런데 그들은 내 기억에도 없는 사람들인 것이다.

의자는 도구에 불과하다.

도구 속에는 아무런 혼도 없어서 도구는 인간과 인간을 서로 결합시켜주지는 않는다.

도구 속에는 아무런 정신도 숨어 있지 않다.

그것은 마치 전류와 전류를 혼류시키지 않기 위해서 장치된 불량도체不良導體의 에보나이트처럼 인간과 인간들 사이를 두절해놓는다.

고물상에서 사들인 물건들은 그전의 소유자와 새로운 소유자들의 관계를 하등 연결시켜주지는 못할 것이다. 고물을 쓰면서 그전에 그 물건을 사용했던 소유자를 기억해보는 사람이 없듯이, 한번 팔아버린 물건을 지금 누가 그것을 사용하고 있는가를 알려고 애쓰는 사람도 없는 것이다.

차 안이 별안간 소란해졌다. 차가 커브를 돌면서 역코스를 달리던 차와 스쳐 지나가고 있기 때문이다.

창밖에는 역시 여러 개의 불 켜진 창들이 지나가고 있었다. 나는 그때 스쳐 지나가는 전차의 내부를 들여다보고 있었다. 그것의 내부도 역시 비어 있었다. 반대 방향의 집으로 돌아가고 있는 전차운공들이 떼를 지어 타고 있다. 그들은 손을 들어 이쪽 동료들에게 인사를 하고 있는 것같이 보였다.

그때 나는 창가에 서 있는 어느 여인과 눈이 마주쳤다. 그녀도 이 전차 속을 들여다보고 있는 중이었다. 그러나 그것은 일순간의 일이었다. 눈앞에서는 벌써 전차가 사라지고 문을 닫고 있는 어두운 상가가 스쳐가고 있었다.

하마터면 나는 별안간 그 여인을 소리쳐 부를 뻔했다. 곧 나는 나의 어리석음을 깨닫고 자리에 다시 주저앉고 말았다. 창과 창이 마주칠 때는 손을 뻗치기만 하면 닿을 수 있는 거리에 그녀가 서 있었다. 하지만 내가 그때 소리쳐 불렀다고 해도 그녀는 알아듣지 못했을 것이다. 우리는 미지의 사막 그 끝과 끝에 서 있는 것이다. 참으로 그것은 먼 거리일 것이다.

그것은 어리석은 짓이다. 그녀는 우연히 내 눈에 띄었기 때문에 보았을 뿐이다. 그뿐이다. 나와 마찬가지로 그녀도 나에 대해서 아무것도 모르고 있는 사람이다. 그녀는 나를 생각하고 있지 않다.

그러고 보면 스미스나 브라운이나 엘리자나 하는 사람들처럼 그녀는 나와 아무런 상관이 없는 이방異邦의 사람인 것이다. 그렇지만 분명 나는 그녀가 초점 잃은 커다란 눈으로 내 얼굴을 더듬고 있었던 것을 분명히 말할 수 있다. 평생을 두고 한 번밖에 더 있을 수 없는 사건이다. 죽을 때까지 모르고 있을 것이다.

이러한 일은 아주 어렸을 때도 있었다.

백화점에는 붉은 목마와 밤색 목마 한 쌍이 있었다. 은전을 집어넣고 그 말에 올라타면 그 목마는 전력으로 움직이는 것이었다. 내가 밤색 목마에 올라타고 있을 때, 바로 옆 붉은 목마에는 같은 나이 또래의 계집애가 타고 있었다. 차양이 넓은 하양 등산모와 녹색 코듀로이 바지를 입고 있었다.

그런데 계집애는 무서워서 소리내어 울고 있었고 목마는 아랑

곳없이 몇 분 동안 더 계속해서 움직이고 있었다. 그때 나는 말에서 내리는 그 계집애를 보고 있었고 또 그 계집애도 눈물 어린 검은 눈으로 나를 쳐다보고 있었다.

그것뿐이다. 성장한 지금에 와서 나는 그 미지의 어린 벗에 대해 생각해본 것이 전부다. 그녀는 지금쯤 결혼을 해서 애엄마가 되었거나 그렇지 않으면 벌써 이 세상을 떠난 몸이 되어 있을지도 모른다.

아무리 애써도 나는 그녀가 어디에 있는지 또 이름이 무엇인지 알 도리가 없다. 그녀가 살아 있다고 해도 그런 일을 깨끗이 잊어버리고 있었을는지도 모르고, 또는 그녀와 나는 가끔 어느 전차 속에서 페이브먼트 위에서 만난 일이 있었을는지도 모른다.

전차는 몇 개의 정류장을 지난 모양이다.

전주電柱에는 정류장 표지가 붙어 있었고 희미한 그 가등街燈 밑에는 아직도 차를 기다리고 있는 몇몇 사람이 먼 곳을 바라다보며 서 있다. 나는 차고가 있는 종점에까지 가야 한다.

아까부터 나는 맞은편에 앉아 있는 청년 하나가 나를 응시하고 있다는 생각이 들었다. 떠들썩하던 주정뱅이가 내렸는지 차 안은 한층 고요해졌다. 나는 호기심에 그 청년을 살피기 시작했다. 그 청년은 검은 안경을 쓰고 있었다.

그러나 그것은 전등의 불빛을 반사하고 있는 탓으로 하얀 스테인리스처럼 빛나고 있었다.

초점을 분간할 수 없는 타원형 색안경이 나를 향해 있다. 그는 지금 그 장막 뒤에서 열심히 나를 응시하고 있다. 내가 어떠한 사람으로부터 몰래 응시되고 있다는 것을 확인하자 별안간 등골이 써늘해지는 것을 느꼈다. 불안한 생각이 들면서 현기증이 났다.

그러나 그러한 감정은 오래가지는 않았다. 그가 실명한 상이군인이라는 것을 곧 알 수 있었기 때문이다. 그의 곁에는 지팡이가 있었고 척 늘어뜨리고 있는 왼손이 '갈고리'라는 것을 알았다.

그러자 이번에는 여기에서 마음 놓고 그쪽을 관찰하기 시작했다.

'갈고리'는 그의 색안경처럼 하얗게 반짝거리고 있었다. 스테인리스의 손, 나는 갑자기 인간의 사지가, 아니 모든 육체가 도구였다는 것을 알고 새삼스럽게 놀랐다.

생명은 이 육체의 도구 속에 싸여 있고 인간의 그 모든 외모는 생명의 수단이 되는 도구의 모양이라는 것을 말이다.

집게나 해머와 다름이 없는 도구―그렇지만 사람들은 '손'을 도구로서만 생각하지 않는다. 오히려 도구가 되는 육체의 부분이 생명인 것으로 알고 있다.

기린의 목은 소방서의 높은 탑과 같은 의미에서 도구인 것이다. 새의 날개는 프로펠러와 같은 의미에서 도구인 것이다.

하지만 사람들은 이러한 생물의 도구를 오히려 그 생물 자체의 생명으로 보고 있는 것이다.

개개 동물의 생명은 이러한 외형의 도구 뒤에 깊숙이 갇혀 있는 것이다. 그러나 스테인리스의 손은 진짜 '손'과는 아무래도 의미가 다를 것이다. 진짜 손은 해머나 집게와 달라서 직접 생명과 연결되어 있다.

생명에서 분리될 수 없는 깊은 관계를 가지고 있는 것이다. 그렇지만 스테인리스의 손은 거꾸로 생명의 불량도체인 것이다.

생명의 불량도체, 나는 그 상이군인의 스테인리스 손을 바라보고 있으니까 별안간 무서운 생각이 들기 시작했다. 사람들은 지금 스테인리스 속에 살고 있는 것이다. 이 생명의 불량도체는 생명을 침식해 들어가고 있는 것이다.

나는 심장병 환자가 심장을 도려내고 기계 심장을 달고 다니는 어느 대중소설 속의 주인공을 생각해보았다.

미구未久에 우리들은 기계의 심장, 기계의 눈, 기계의 다리를 하고 살아갈 것이라는 것을 느끼자 슬픈 생각이 들었다.

무섭고 슬픈—눈을 대신하는 안경, 발을 대신하는 자동차, 목청을 대신하는 '마이크'……. 스테인리스의 도구가 생명을 좁은 골목으로 감금해 가고 있다고 생각하는 동안 전차는 종점까지 왔다. 상가는 거의 닫혀 있었다. 상이군인은 지팡이를 곤충의 촉각처럼 더듬대면서 어둠이 깔린 포장된 길로 사라져가고 있었다.

도시는 발을 뻗고 휴식하고 있다.

얼마 지나지 않아 길들은 모두 봉쇄될 것이고 이따금 군용차들이 바람소리처럼 어둠의 길을 달릴 것이다.

　지금 시간이 봉쇄되려 하고 있다. 곧 사이렌이 들려올 것이다. 차고에도 불이 꺼지고 허공에 뜬 항공표식의 붉고 푸른, 인조의 별들만이 어렴풋한 구름에 싸여 빛나고 있다.

　순간 몹시 피로한 나를 발견한다. 혈액이 모두 흘러내린 건조한 육체를 그리고 소금 기둥이 되어 어둠 속에 서 있는 나를 발견한다. 소돔의 성에 불이 붙고 있는 것이다.

여름 풍경 2점

또다시 잔인한 계절은 도살장의 주변마다 그 숱한 천치天痴의 꽃들을 피워놓았다.

나비를 유혹하던 본래의 색채도 사라지고 지금은 묵색墨色의 상장喪章을 닮은 화병花瓶만이 있다.

폭우가 지나간 천공에도 무지개는 없다.

평범한 성좌, 그 부동의 자세 그리고 끝없이 반복되는 조수의 파동, 또한 구름. 그러한 자연은 이미 소조小鳥의 노래가 되는 고향이 아니다.

학갈涸渴한 하천에 모래만이 빛나는 사바나—한 그루 나무도 없이 땅과 하늘이 맞닿은 회색의 대지—'사바나', 유랑하는 유목민도 없이 그렇게 정적한 지역이다.

흙비가 내리던 갈증에 견디지 못해 메마른 토층이 구제龜製하고 천식 환자의 입김처럼 후텁지근한 바람이 전애塵埃 속을 달린다.

또다시 잔인한 계절, 윤기 흐르는 절색絕色의 유혹이다. 수없는 생명이 박탈되고 퇴색해버린 도살장의 지옥은 또 다른 살벌한 풍경을 펼치고 있다.


## 하일夏日

오후의 햇볕이 내리쬔다.

유록색 담쟁이의 넝쿨 너머로 환한 환한 대낮이 흐른다.

한구석 빈틈도 없이 꽉 찬 한여름 햇살은 생철 차양 위로 비껴들고 있다.

떡갈나무, 전나무, 백화목 그러한 마들가리 초梢에 한줄기 바람이 스쳐가고 스쳐오면 흰 벽에 비치는 나무 이파리의 그림자마다 물결 같은 파란 무늬가 어린다.

산장山莊의 창을 열면 칼날로 친 듯한 황토의 단애斷崖. 수직선으로 흐른 뚜렷한 윤곽 너머로 색지色紙를 도려낸 것 같은 단조한 바다의 풍경이 보인다.

소금발이 깔려 있는 눈부신 갯바닥의 움직이지 않는 어선의 그림자, 파도소리조차 들리지 않는 물굽이의 빛깔, 야릇한 원색으로 칠해진 이들 경치는 활활 타오르는 태양빛 속에서 비등하고 있다.

니스가 벗겨진 테이블, 등의자 그리고 유리, 청동의 화병, 흩어진 책들의 구도, 실내의 정물은 조용한 음악처럼 대낮 속에 젖는다. N씨는 지금 등의자에 기대어 졸고 있다.

잉크와 니코틴으로 얼룩진 마른 잎 같은 손가락 사이에서 자줏빛 담배 연기가 한 오라기씩 풀려서 오르고 있다.

그의 발밑에선 끈끈한 타액을 흘리는 포인터 한 마리가 사지를 펴고 낮잠을 잔다.

N씨의 무릎 위에 놓였던 조간신문이 너풀 바람에 날려 나뭇잎처럼 조용히 땅 위에 깔린다.

그는 깜박 눈을 뜬다.

금세 대낮이 보인다.

"찌―ㄱ." 하고 울어대던 왕매미의 마지막 여운을 쫓아서 눈부신 햇살 속에 한밤의 침묵이 밀려든다.

축축하게 땀진 등 밑에 선뜻 서늘한 마룻장의 촉감을 느끼고 어렴풋한 시선으로 주위를 더듬는다.

머리맡엔 여름방학의 과제장, 때 구정물이 흐르는 손바닥 위에서 빨간 연필 하나가 굴러떨어진다.

활짝 열어젖힌 분합문 너머로 네모지게 잘린 여름 풍경, 돌담 위에선 금쪽같이 빛나는 호박꽃, 그 속에서 한 마리의 풍뎅이가 누런 꽃가루 투성이를 하고 날아가버린다. 무섭게 파란 하늘, 산마루 위에 뜬 몇 조각 구름이 미동도 하지 않는다.

폐가廢家 안에 들어온 것 같은 정적에 별안간 무서운 생각이 든다. 졸음이 깨지 않은 발걸음으로 안방엘 가서 들여다본다.

폐허. 방 안엔 허물처럼 벗어던진 어머니의 치마뿐이다.

흰 도화지에 그리다 만 서툰 크레파스의 풍경화가 역시 책상 위에서 조용하다.

사랑방으로 뛰어가본다. 뜰 마루 밑에는 한 짝의 헌 구두와 빈 병이며 깡통이며 나무토막이 거미줄에 얽혀 뿌연 먼지 속에 뒹굴고 있다.

장지문을 연다. 담배 연기와 같은 야릇한 냄새가 풍겨나온다.

어둑한 방 한구석, 자개 평상이 유난히 서기하는 광채를 띠고 있다. 그저 텅 빈 방이다.

사군자의 묵화를 그린 길다란 족자 옆에 묵단의 벽시계가 걸려 있다. 묵직한 침묵을 휘젓고 있는 둔탁한 시계 소리, 빈방의 까무러친 정적의 시계 소리─다시 뒷마당으로 뛰어나온다.

뱀풀, 개솔새, 강아지풀 그런 잡초들이 우거진 담 밑으로 여름 햇살이 내리쬔다.

풀밭 위에는 바스락 소리도 없이 곤충들이 기어다니고 한 마리의 도마뱀이 화석같이 죽은 듯 돌 사이에 끼여 꼼짝도 하지 않는다. 바늘귀만 한 까만 눈에 하늘과 구름이 스쳐가고 발름거리는 하얀 뱃가죽이 취우와 같은 폭양에 젖는다. 햇빛과 하늘과 나무 그림자 텅 빈 대낮의 정적 속에 귀가 멍멍하다. 그냥 밀물 같은 대낮뿐이다.

탄광으로 가는 붉은 마찻길이 한없이 허전하다.

심심하고 밝고 가벼운 색채 뒤에는 침중하게 가라앉은 묵직한 시간이 정지되어버린 엄청난 공백 그리고 담벼락 허공을 잡는 담쟁이덩굴, 또 우물가의 조약돌…….

"삐이걱."

대문 소리가 난다.

"어머니!"

정신없이 맨발로 뛰어 치마폭에 안겨서는 그저 엉엉 소리쳐 울어버린다.

"애가 어디 아픈 게로구나."

어머니의 손이 이맛전을 짚는다.

따뜻하고 보드라운 손의 감촉 안에서 관자놀이가 팔딱거리는 것을 느낀다. 눈물이 가득 고여버린 눈으로 다시 주위를 바라보면 이중 삼중 몇 층의 턱이 져 어른대는 하얀 어머니—하얀 어머니—멀리서 출렁거리는 파란 하늘, 터질 듯 붉은 가고 속의 일년감에 스쳐가는 대낮의 빛깔—어서 들어가 누워 있어라, 약을 먹어야겠구나—환한 여름의 대낮.

"침대에 가 쉬세요. 여긴 이제 볕이 들어요……."

눈을 뜨면 비껴 들어오는 뙤약볕, N씨는 눈앞에 멍하니 서 있는 아내의 얼굴을 기억한다. 하얀 원피스, 그녀는 다시 등의자를 흔들어 그를 깨웠다.

"너무 심심해요."

"뭐가?"

"뭐라니요 참! 그렇지 않아도 심심한데 당신마저 주무시면 어떡해요?"

N씨는 아내의 얼굴에서 좀 서글퍼 보이는 표정을 느낀다.

"소설 구상한 얘길 하면 당장에 듣기 싫다고 이맛살을 찌푸릴 테고…… 기왕 할 말이 없을 바에야 잠이나 자자는 게지……."

N씨도 딱한 표정이었다.

"다시 서울로 가요……. 피서고 뭐고…… 산장은 정말 심심해서 싫어요."

N씨는 아내의 '심심하다'는 말에 놀란다.

지금 그녀는 확실히 무슨 환상에 쫓기고 있는 것이다.

그렇듯 침통한 표정은 필경 어느 여름날 대낮 속에서 잃어버린 시간과 색채와 혹은 최초로 만난 어느 남자와의 오후를 생각하고 있는 것일 게다.

어느 오후 어느 산장 파라솔처럼 펼쳐진 여름날의 인상이 지금 뜨개질하며 졸던 환몽幻夢 속에 마구 쏟아져내렸을 것이라고 생각했다.

N씨는 아내의 과거를 모른다. 그와 결혼하기 이전의 아내는 전연 남이었다는 새삼스런 생각을 하면서 N씨는 속으로 웃었다.

"여름날은 참 지루해 죽겠어요. 가뜩이나 이런 시골엔 무슨 할 일이 있어야죠. 시끄러운 서울에 가서 자잘한 살림을 하고 떠들썩하니 부산을 피우고 그 편이 훨씬 나은걸요, 심심한 건 싫어요. 살아온 생활들이 싫어져요. 당신까지도 미워지는걸요."

아내는 정지된 시간이, 여름의 대낮이 무서웠던 것이다.

필름이 끊긴 공백의 스크린과도 같은 여름날 오후 그 틈새로 스며들어오는 환상들이 있다.

그러한 환상은 그를 슬픔으로 유혹할 것이다. 그의 생명과 생활과 모든 가구家具를 비웃을 것이다.

N씨는 〈서머타임〉 노래를 한 곡조 휘파람으로 불며 등의자에서 일어났다. 그녀를 좀 위로해주고 싶은 생각이 들었다.

"참, 당신의 고향이 어디였지? 시골이랬지! 온양? 청양? 그럼 화양?"

그때 갑자기 아내는 그의 가슴 위에 얼굴을 파묻었다. 그리고는 아무 까닭 없이 그저 흐느껴 울기 시작한다. 남인걸요. 우리는 어차피 남인걸요.

하얀 하얀 아내의 원피스 너머로 꽉 찬, 그러나 텅 빈 대낮의 여름 햇살이 흐르고 있었다.

포인터, 유리, 나무 이파리의 그림자, 황톳길, 책의 구도, 그런 정물들이 조용한 음악처럼 여름 대낮 속에 젖는다.

그가 밭에서 돌아왔을 때 벌써 김노인은 숨을 거두고 난 후였다. 잠깐 나가 논판의 물꼬만 보고 돌아온다는 것이 한나절이나 지났다. 하지夏至 때가 되면 워낙 농가는 바쁠 때다. 그래서 그의 아내가 장감長感으로 죽었을 때도 역시 마찬가지였다.

그가 깨밭을 매고 있을 때 울며 쫓아온 칠성이 녀석을 따라 집 앞 사립문을 열자 안에서는 늙은 김노인의 곡성이 들려오고 있었다. 처음으로 아버지의 울음소리를 들으면서 아내의 시체를 묵묵히 바라보고 있을 때, 그저 허망한 생각뿐이었다.

그때 아내가 운명한 그 자리에서 김노인 역시 혼자 명을 거둔 것이다. 썰렁한 갈자리 바닥에 나무토막처럼 뒹굴어 있는 김노인의 시체는 하잘것없는 나무토막 그대로였다. 갈기갈기 찢긴 새까만 홑이불이 앙상한 앞가슴을 덮고 있었다. 삭정이같이 여윈 두 다리의 발목이 비틀어져 있다.

그는 이때나 저때나 소리쳐 울지 않았다. 그저 그들이 이 세상을 떠나는 적적한 자기의 처지가 무척 한스러웠을 뿐이었다. 약한 첩 제대로 먹지도 못하고 노환으로 몇 달을 고생하던 김노인 자신을 생각하면 하루라도 일찍 명을 달리한 것이 한편 다행스런 일이라고까지 생각하는 것이다.

미음을 떠먹이고 문 앞에 짚을 깔고 그가 생전에 쓰던 얼마 되지 않는 낡은 물건들을 모아 불을 지르기만 하면 모든 일이 끝나는 것이다.

이 빠진 뚝배기, 때 묻은 버선짝, 장죽, 그런 물건들을 불에 사르고는 그 길로 칠성이가 다니는 읍내 학교로 달려갔다.

"김서방! 친상을 당하셨댔죠."

벌써 김노인의 죽음을 아는 몇몇 동리 사람들의 인사를 받아가며 마을길을 지났다.

낮은 교탁 위에서 사십이 넘은 늙은 선생이 꾸벅꾸벅 졸고 칠성이는 아이들과 섞여 귀를 틀어막고 무슨 글인지 커다란 소리로 외우고 있었다. 처음에는 무슨 영문인지도 모르고 끌려나오던 칠성이가 교문을 나서자 별안간 소리쳐 울기 시작했다.

그는 그저 아무 말 없이 우는 녀석의 손목을 잡아끌었다.

가게 앞을 지나자 그는 칠성이에게 빨간 고무풍선 하나를 사주었다.

"할아버지가 죽었수?"

그제서야 칠성이는 눈물을 닦으며 새까맣게 그을린 아버지의 얼굴을 쳐다보았다. 그는 그저 아무 대꾸도 없이 고개를 한 번 끄덕여 보이고는 여전히 묵묵한 표정을 지으며 띄엄띄엄 걸었다. 그들은 서로 말이 없이 징검다리를 건너 산신당 고갯길을 접어들었다. 칠성이는 빨간 고무풍선을 쥐고 그는 아들의 물 바랜 검정 책보를 들고.

마을 어귀의 미루나무 숲에선 "찌ㅡㄱ!" 하니 철 이른 매미가 울어댄다.

도랑물소리가 들린다. 억새풀이 우거진 계곡에 떡깔잠자리 한 쌍이 오르내린다. 황톳길의 자갈들이 여름 햇살에 눈부시게 빛나고 있다. 그는 김노인의 시체를 지게 위에 얹고 확확 땅의 훈기가 오르는 산길을 걷고 있었다. 그 뒤에선 어린 칠성이가 고무풍선을 날리면서 따라오고 있다.

그들은 역시 한마디 말도 없었다. 그는 베잠방이의 소매로 자꾸만 흐르는 이마 위의 땀을 씻으면서 꼭 이러한 날 똑같은 길을 아내의 시체를 메고 올라갔었다고 생각했다. 황새바위 골짜기에는 할아버지, 할머니, 어머니 그리고 그 아내의 무덤들이 있었다. 잔솔과 돌자갈만이 깔려 있는 산비탈이라 산소 자리는 못 되었다. 그러나 김노인은 한꺼번에 차례를 지낼 수 있다는 이유 하나로 모두 이 자리에 그들 영구를 모신 것이다.

유난히 적적한 이들 묘지는 황량한 잡초들로 덮여 있었다. 하눌타리, 메꽃, 비비추, 제비붓꽃, 초여름의 풀꽃이 송이져 피어 있었다.

그는 긴 한숨을 내쉬고는 허물어진 어머니의 무덤가 질펀한 풀무덤에 구덩이를 파기 시작했다. 붉은 황토와 모래자갈을 파헤칠 때마다 풍겨나오는 흙냄새라든가 시체 위에 흙을 끼얹고 짚신발로 다지던 그때의 말할 수 없는 해심한 마음은 모두가 기억하고 있는 그대로였다.

떼장을 뜨기 위해서 맞은편 골짜기로 건너갔을 때 그는 문득 풀 속에 묻혀 그냥 잠이 들어버린 칠성이의 모습을 발견했다. 풍선은 혼자 저만치 떨어진 곳에 흔들흔들 산바람에 날고 있었다.

그는 슬며시 눈을 감았다. 그가 어렸을 때 일이다. 지금 땅속에 묻힌 김노인이 바로 할아버지의 시체를 메고 황새바윗길을 오를 때 그는 그냥 울면서 아버지의 뒤를 쫓아왔던 것이다. 김노인은 철없이 우는 그에게 유지 쌈지에서 부싯돌을 꺼내주면서 자꾸 달래는 것이었다.

김노인이 할아버지의 시체를 묻고 있는 동안 그는 부싯돌을 쳐 마른 쑥잎에 불을 붙이며 놀다가는 그냥 그 자리에 쓰러져 잠이 들어버렸다. 칠성이가 바로 누워 있는 그 언저리라고 생각됐다.

그는 아내의 무덤가 엉겅퀴가 숱해 우거진 빈 터전을 눈여겨보다가 그만 깊은 한숨을 내쉬고 말았다.

칠성이가 커서 어른이 되면 자기와 똑같은 농부가 될 것이다. 설압 뜰 서너 마지기 논과 밭을 갈 것이다. 그러다가 어느 날 자기는 죽은 송장이 되어 칠성이의 지게 위에 얹혀 황새바위로 올 것이다. 칠성이는 역시 울지 않을 것이다. 필시 손주 녀석의 울음을 달래면서 저 황토 땅을 파헤치고 짚신발로 흙을 다질 것이다. 손주 녀석은 칠성이가 쓰러져 자는 저 언저리에서 또 낮잠을 잘 것이다. 어느 날 또 칠성이는 그 아들의 지게 위에 얹혀 이 황새바위에 올 것이다. 역시 손주의 손주가 떼장 밭에 누워 잠들 것이다.

그는 빈 지게를 다시 메었다. 칠성이 녀석이 눈을 비비며 일어섰다. 졸음이 가시지 않는 눈으로 붉은 고무풍선을 찾고 있었다.

"아버지, 이제 집으로 가?"

그는 한 번 고개를 끄덕해 보이고 산비탈길을 내려오기 시작한다.

칠성이는 아직도 황토 냄새가 풍기는 애비의 거친 손아귀에 끌려 터덜터덜 산길을 내려온다.

하늘은 그냥 파랗다. 소리개 한 마리가 소리도 없이 빙빙 맴돌고 있다. 산마루에서 두어 점의 흰 구름이 졸고 있다. 다람쥐 한 마리가 풀숲에 숨는다. 바삭 하는 마른 잎 소리가 나고 다시 산속의 깊은 정적이 밀려온다.

산길은 다시 귀먹은 듯 조용해진다.

"아버지, 내일은 나 학교 갈래……."

그는 무표정한 칠성이의 조그만 얼굴을 들여다보았다.

긴 한숨을 내쉰다.

부자父子는 아무 말 없이 앞서거니 뒤서거니 황톳길을 내려간다.

어느 소년을 위한 서사시

구름 뒤에서 빛나는 태양의 둔탁한 햇살과,

물이 잦아든 늪 위에 서린 어둠과,

혹은 유들유들한 개구리의 배때기와도 같은 비린 색깔과─.

이 밖에 나는 아무것도 모른다.

그것은 판수의 눈은 아니다.

아버지의─.

나에게 있어 아버지의 모든 존재다.

아버지의 손이 놓아주면 나는 흔히 부뚜막이나 툇마루에서 낮
잠을 잤다.

모두가 그러한 날들이다.

그러나 파충류의 선뜻한 찬 피의 촉감이 내 손목을 스치면 언
제나 눈을 떠야 했다.

눈을 뜨면 아버지의 희멀건 눈이─그러니까 내 전부의 의식이
있고 달래나 그런 덩굴이 조그만 손을 옭아매고 있는 것을 느낀다.

옴츠러들었다가는 다시 펴지고, 바삭바삭한 숱한 주름들이 모여들었다간 흩어지고 무한과 같이 일어나는 아버지의 입 언저리에서 하나의 의미, 그러니까 말을 찾아내야 된다.

때로는 허공을 움켜잡는 아버지의 손의 힘줄이나 꾸물거리는 그의 몸집에서 일어나는 경련 비슷한 움직임에서 어떠한 명령들을 읽는다.

그러면 아버지가 뒤를 따르고 나는 그가 하고자 하는 길을 걷고 있다.

여전히 덩굴이 허리며 팔목을 휘감은 채다.

온몸으로 싸늘한 냉기가 스며들기 시작하면 내 몸과 피가 아버지의 눈 속으로 녹아들어간다.

말을 못하는 아버지는 식물처럼 언제나 잠잠하긴 했지만 연상 무거운 침묵이 나를 억누르고 있다.

아버지의 시선은 항상 하늘을 향해 떠 있다.

그러나 구름을 바라보고 있는 것이 아니다.

사실 앞에서 걸어가고 있는 조그만 내 몸을 쏘아보고 있는 것이리라.

거미 다리가 냉큼 와서 누런 화폐를 집어간다.

일은 흔히 이런 순서로서 일어나게 된다.

돌아오는 길은 한결 가뿐하다.

아버지가 이제 내 뒤에서 묻어오고 있는 것이다.

높은 방죽길을 해서 논두렁을 건너면 집이다.

우리는 굴속으로, 아니 주머니 속으로 기어들어간다.

이 밖에 계절도,

하늘도,

구름도,

꽃도,

아무것도 모른다.

내 나이와 이름도 분명치 않다.

열서너 해 동안의 모든 내 기억은 이것뿐이다.

무엇이 물방울처럼 일어나기는 했지만, 그것은 더 두려운 것 같기만 해서 나의 생각은 낮잠과 함께 잤다.

내 입을 통하여 그렇게 많은 운명을 판단했지만 그것도 지금 기억할 수는 없다.


포대기를 두르고 있는 노파의 얼굴이 생각난다.

얼굴이 너무 많이 헐었다.

그래도 그의 앞날을 예언하는 엽전들이 흩어지고 그를 위하여 성좌같이 찬란한 위치를 마련한다.

"상쾌요, 상쾌! 그대 딸은 살았소. 다시 만날 수 있겠소!"

질퍽질퍽한 눈물 뒤로 불꽃 같은 것이 어린다.

나는 아버지 대신 그 딸의 죽음을 예언한다.

노파는 가랑잎처럼 쓰러지고 울음이 터진다.

끈적끈적한 거미 다리가 뻗쳐서 팽개친 노파의 화폐를 묻혀간다.

기껏해야 이와 같은 희미한 기억들이 내 전부다. 이와 비슷비슷한 것들이다.


이렇게밖에 나는 나의 아버지를 모른다.

나는 아버지의 촉수 그리고 그 음산한 색깔, 눈과 입술과 까맣게 탄 입술과 그것들의 일부다.

아버지의 오늘과 나의 오늘은 같은 날이다.

아버지와 떨어져 있을 때는 낮잠을 자야 할 시간이다.

얼마 동안 낮잠을 잤다. 나는 자면서도 꿈을 꾼 것 같지가 않다. 꿈이 무엇인지 잘 모른다.

아버지의 점괘는 대부분 꿈꾼 데서 오는 것이라고 남들이 말한다. 그러나 나는 그날도 역시 꿈꾼 일 없이 잠을 잤다.

눈을 감으면 언제나 희푸른 아버지의 눈이 —.

그러니까 구름 뒤에서 빛나는 햇살 같은 것을 본다.

잠을 자도 마찬가지다.

그날도 늘 하듯이 찬 피의 느릇느릇한 촉감을 코에 느끼고 눈을 떴다.

내 잠은 끝났다.

아버지로 돌아가야 할 시간이다.

눈을 떴다.

아버지의 눈을 볼 차례다.

불투명한 전부의 색깔을 그리고 입술에서 일어나는 말들을—나는 일어서서 또 걸어야 한다.

그러나,

그러나 이것이 웬일이냐?

별안간 보지 못한 하늘이 눈앞에 꽉 박혀 있다.

하늘이 나타났다.

파란 하늘이 나를 향해 쏟아지고 있다.

빛나는 색깔이다.

내 피와 숨결에 젖어 있는 아버지의 눈과 숨결이 있어야 할 자리에서 하늘을 발견하고 무서웠다.

보지 못한 것을 보고 만 것이다.

하늘을 발견하고 놀란 나의 가슴을 꿰뚫어보고 있는 아버지의 차디찬 눈을 느끼고 정신이 오싹 움츠러든다.

"아녜요, 아녜요……."

하늘을 본 탓인가?

아닌 게 아니라 탐스러운 하늘의 빛깔은—그러나 그것만도 아니다.

그러면 개구리가 아버지와 같았기 때문인가? 아버지의 말을

거역하고 싶은 생각이 늘 맘 한구석에 도사리고 있었다는 것일
까? 그것도 아니다.

정말로 그런 마음은 조금도 없다.

아버지가 알면 큰일날 일이다.

그 눈먼 개구리의 행동을 대신한 내가 미워서 그랬을 것이다.

뾰족한 돌을 들었다.

그 돌에서도 아버지의 손과 같은 촉감을 느꼈다.

눈앞에서 하늘이 돌고 있다.

너무 눈이 부시다.

얼굴이 화끈 달아올랐다.

눈먼 흉측한 개구리가 아직 꾸물거린다.

수채의 썩은 물에서 부글부글 물방울들이 일어나고 있다.

"이놈, 이놈의 병신ㅡ어디 죽어봐라."

"요놈의 눈먼 소경."

아버지가 보지나 않을까?

그 눈이 나를 끈적끈적하게 옭아매고 있는 것은 아닐까.

아무래도 아버지가 뒤에서 노려보고 있다.

나는 뒤를 돌아다보지 않았다.

지금 개구리를 죽이고 있는 중이니까.

돌은 정통으로 그놈의 멀겋게 튀어나온 눈에 가 박힌다.

"꽥ㅡ."

아직도 그것이 누구의 비명이었는지 모른다.

개구리와 나와 아버지와, 그중 하나임에는 틀림없는 것.

전부가 한꺼번에 지른 비명일지도 모른다.

시간이 흐르고 있다.

감았던 눈을 살며시 떠본다.

네 다리를 쭉 뻗고 발라당 엎어진 채 뒤집힌 유들유들한 개구리의 배때기—햇빛의 덩어리가 허연 그놈의 배때기에 떨어지고 있다.

무섭다.

나는 아버지의 눈을 본 것이다.

다시 눈을 가렸다.

땅이 푹 꺼진다.

하늘이 가라앉는다.

나는 쓰러지고 또 잠을 잔다.

잠을 자는 척하고 있다.

그저 누운 채로다.

개구리의 죽은 자리에서 무서운 일이 방금 벌어지고 있는 것이다.

나는, 나는 낮잠을 잘 수 없다.

낮잠을 자지 못하는 이 시간을 어떻게 하잔 말인가.

진흙에 얼굴을 묻고 나는 지금 두려운 마음으로 떨고 있다.

―아버지가 아실까?

어째서 나는 아버지의 말을 거역했는가?

그러지 않으면 안 되었던가.

정말 슬픈 일이다.

열네 번째의 봄을 비로소 느꼈기로, 아무것도 아닌 계집애의 발과 눈과 독을 보았기로 어째서 그것이 죄가 되는 것일까.

개구리를 죽인 것이 말하자면 하늘이, 어느새 나의 마음을 이런 죄악으로 좀먹고 있었던 것은 아닐까?

아버지를 이렇게 원망해도 괜찮을 것인가.

다른 것을 내가 생각만 한다는 것도 너무 무서운 일인데…….

나는 오랫동안 낮잠을 자지 못했다.

흰 포장 너머로 햇살이 쫙 흐르고 있다.

어둠과 밝음이 흐르고 있는 그 지역에서 나는 영영 아버지를 잃고 말았다.

딸랑거리는 음향과 고갈해가는 마른 댓잎이―아버지의 손이―흔들거린다.

아버지는 나에게 분노를 느끼고 있다.

하늘을―파란 하늘을 생각했다.

하늘엔 그 계집애의 얼굴이 있었다고 기억된다.

죽음을 예감한 계집애의 눈과 얼굴.

그 반쪽의 분신分身을 어째서 나는 불쌍하다 했는가.

살며시 열어놓은 장지문 틈바귀로 내다보이는 벽지壁紙를 생각한다.

그 계집애가 누운 방이다.

어두운 그림자 속에서 석류꽃들이 활짝 피어 있다.

녹음 같은 것이 바람처럼 일고 있다.

나는 그 아편 같은 죄악을 빨아먹고 사지가 뒤틀리는 환희를 느꼈단 말인가.

무슨 냄새가 있지 않았던가.

눈[雪]이 서린 계집애의 목을 생각할 때 그런 냄새가 있었는가.

그 냄새를 맡을 때 그 계집애의 목을 느끼게 되었던 것인가?

아버지에게도 그 계집애의 냄새가 스치고 지나갔을까?

"……한 삼 년째 한 번도 바깥을…… 어린것이 참말 딱해서…… 아파도 몸부림 하나 치지 않는 애니까 한결 걸리기만 하고…… 늘 죽는다는 말밖에는…… 무척 살고 싶은 눈치예요……. 아픈 주사를…… 곧잘 참아내지요……. 학교에 가고 싶은 모양이에요. 친구가 보고 싶은 모양인데…… 아무도 찾아오지 못하게 하는걸요……. 살고 죽는 것은 제 팔자니까…… 그것만 알았으면…… 죽는다고 해도…… 그에게는…… 지금 정신없이 자고 있으니까…… 빗소리와 창가에 비치는 햇살을 제일 싫어하니까…… 언제나 방 안을 어둡게 할 수밖에…… 그 어둠이 싫은 모양인데도……."

사람에겐 어째서 눈물이라는 것이 있을까.

눈물은 어디에 필요한 것인가.

하늘을 느낄 줄 아는 사람만이 가지고 있는 것일까?

계집애의 어머니는 왜 자꾸 눈물을 흘릴까.

어째서 아버지는 울지 않았을까.

아버지의 눈에는 언제나 침침한 눈물이 괴어 있는데 계집애의 어머니의 눈물과 아버지의 눈물과는 다른 것일까?

죽고 싶다던 계집애는 어째서 잠을 깨고 장지문을 열었을까?

그의 어머니처럼 눈물 같은 것이 필요해서 그랬을까?

살며시 엿보는 그 계집애는 살고 싶어서 그랬겠지…….

그렇다면 아버지의 점괘가 그 계집애를 위협하는 것이 아니었으면 좋았을 텐데…….

왜 엽전들은 꼭 그런 방향으로 흩어졌을까?

화려한 성좌같이 흩어진 무늬들을 계집애는 보고 있었을까?

그것이 무엇을 선언하고 있는가를 눈치챘을까?

만약 그중 몇 개가 다른 곳으로 튀기만 했더라도 나는 아버지의 말을 거역하지는 않았을 텐데.

그러나 엽전은 제멋대로 흩어지는 것이니까.

아버지의 입술이 이지러졌다.

흔들거리는 머리와, 입술이 이지러졌다.

주름이 펴지고 앙상한 손이 가로놓인다.

"흉괘—죽는다…… 어쩔 수 없다."

난 그것이 무슨 말인가를 금세 느낀다.

내가 이제 그 말을 옮길 차례다.

아버지의 시선이 아니라 계집애와 계집애의 어머니의 똑같은 그 시선들이 내 입을 응시하고 있다.

하얀 소녀의 얼굴이 내 앞에 나타난다.

커다란 하늘과 같이 내 얼굴을 덮는다.

나는 말할 수가 없다.

아버지가 무엇이라고 했는지 모른다.

나는 나의 불행을 속으로 울었다.

원추리같이 파랗게 질려버린 얼굴을 가릴 내 손이 어디 있나도 느낄 수 없다.

아버지의 손이 내 얼굴을 찾고 있다.

아버지는 노하셨다.

아버지가 이 배반을 알고 계신다.

소녀의 하얀 귀가 앞에서 흔들거린다.

몰래 열어놓는 장지문 틈바귀에서 환한 석류꽃들이 피어 있다. 계집애의 누웠던 하늘빛 이불과—그 속의 체온이 내 몸속을 달린다.

간지럽다.

"살고말고요. 살고말고요. 상쾌입니다, 상쾌."

나는 거짓말을 했다.

아버지의 말을 속였다.

계집애의 그 큰 눈이, 까만 것이 빛났다.

눈물 같은 것이 빛났다.

계집애의 눈이 나를 바라본다.

나는 그 자리에 엎어질 것만 같다.

아버지의 눈초리를 왜 그때 잊고 있었을까?

구름 뒤에서 빛나는 태양의 둔탁한 햇살과,

물이 잦아든 늪 위에 서린 어둠과, 자꾸만 고갈해가는 댓잎과,

혹은 유들유들한 배때기와 같은 비린 색깔과—

왜 이런 것들을 잊어버리고 있었던가.

왜 이런 것들을 잊어버리고 내가 살 수 없을까?

무서운 죄악의 시초라고 남들이 말한다.

죄악은 과연 이렇게 달콤하기만 한 것일까?

혹은 정말로 무섭고 서러운 것은 아닐까?

아버지는 내 마음을, 지금 이 계절을 느끼는 자가웃밖에 안 되는 내 마음을 꿰뚫어보고 있을 게다.

왜 그전에 아버지는 말이 없을까?

아버지도 눈물 같은 것을 흘리고 있었던 것은 아닐까?

그런데 그 눈은 어째서 여전히 구름 뒤에서 빛나는 태양의 둔탁한 햇살만 있었을까?

어째서 나는 아버지의 말을 거역해야만 되었는가?

정말 슬픈 일이다.

그 계집애의 눈이 그런 거짓을 나에게 가르쳐주었다면 어째서 나는 지금 계집애의 눈을 개구리 죽이듯이 때려죽이지 못하고 있을까?

그 계집애의 죽음을 이렇게 생각하고 있어도 괜찮을까?

아버지가 이것을 알면 이제 나를 버릴 것이다.

버리면 저 하늘과 계집애의 하얀 목이 내 것이 될 것인가?

혹은 아버지의 손에 뻗친 덩굴이 더 힘껏 움켜잡을 것인가?

그러면 그런 것들은 나와는 아무 상관 없이 존재하고 있는 것들은 아닐까?

무섭다.

개구리와 같이 아버지를 돌로 때릴 수는 없다.

그러면, 그러면 내가 저지른 거짓말과 배반을 어떻게 해야 되는가?

낮잠을 잘 수가 없다.


나는 혼자 있고 싶습니다.

숱한 야화野花가 있는 어느 길을 걷고 싶습니다.

나를 따라오지 마십시오.

아버지—,

당신은 내 운명을 판결하십시오. 성좌처럼 흩어진 그 엽전들이 나를 위협하지는 않습니다.

그 소녀도 살았습니다.

당신이 내릴 운명의 판단이 틀렸다고 믿지는 않습니다.

그러나 소녀는 살아 있습니다.

아버지—,

그 눈을 감으십시오.

바람에 흔들리는 삭정이 같은 앙상한 손을 감추십시오.

구름이며 바람이며 어쨌든 내 몸은 가벼워져야 될 것입니다.

당신 아닌 것이 알고 싶습니다.

아버지—,

당신의 말일랑 당신이 하십시오.

가고 싶은 당신의 길은 당신이 걸으십시오.

후텁지근한 내 숨결을 부끄럽지 않게 해주십시오.

덩굴 같은 당신의 손과 싸늘한 핏줄을 걷어주십시오.

아버지—,

눈먼 채찍질이 나는 싫습니다.

바람이 새어나오는 까만 입술과 타버린 당신의 혓바닥에서 더 이상 아무런 말도 찾아내고 싶지 않습니다.

후회를 알기 위해서 당신을 버리렵니다.

당신의 끈적끈적한 눈먼 촉수에서 벗어나면 나는 후회할 것입니다.

　그렇지만 나 홀로 내 죽음을 기다릴 때까지 당신의 이름을 부르지는 않겠습니다.

　아버지―,

　눈을 감으면 파란 하늘이 보입니다.

　구름이 흐르고 초록색 나무의 싱싱한 그늘들이 어립니다.

　이단이라고 부르지 마십시오.

　당신이 보지 못하는 것을 나는 볼 수 있었습니다.

　그것이 불행이라고 말하지 마십시오.

　앞으로 너무 많은 세월들이 남아 있습니다.

　구름이 흘러가듯이 바람이 스쳐가듯이 혹은 야화野花가 홀로 제 모습을 잃어가듯이―아버지―나는 그렇게 혼자 있고 싶습니다.

　범죄라고 노하지 마십시오.

　자꾸만 익어가는 열매를 부정할 수는 없습니다.

　무엇인가를 묻지 마십시오.

　아직 나는 그것을 잉태한 채로 아무것도 모르고 있습니다.

　자꾸 무르익는 그 향기를 잊을 수는 없습니다.

　아버지―,

　나는 혼자 있고 싶습니다.

　모든 것을 후회하기 위해 당신의 눈과 입과 입술과 주름살과 또는 무한히 내뻗은 각질의 혈관을 버리겠습니다.

당신의 지역에서 나를 놓아주십시오.

피벽 너머의 무한 속에 나를 맡기고 싶습니다.

한낱의 흙덩이에서, 나뭇잎에서, 말라가는 한 방울의 물속에서, 내 운명과 목숨을 점치고 싶습니다.

엽전을 나를 향해 던지지는 마십시오.

내 운명을, 슬픈 위치를 가지고 판단하지 마십시오.

부서진 완구玩具와 같이 버림받은 당신을 생각하겠습니다.

"나의 아들은 나를 버리지 않았노라."

당신이 끝내 이렇게 기뻐하면 나에겐 후회의 포도송이들이 열릴 것입니다.

adieu adieu! mon père.


—싫은 것은 싫은 것대로 가게 하라.


뒤에서 자갈을 밟는 발소리가 들린다.

등 뒤에 무엇이 찰싹 붙어 있다.

아버지의 눈과 입과 덩굴 같은 손과……

그런 무엇이 붙어 있다.

내 피를 빨고 있다.

휘저어도 휘저어도 자꾸만 커지기만 한다.

무엇이 내 손을 자꾸만 졸라매고 있다. 숨이 막힌다. 나는 죽을 것이다.

아버지는 내 범죄를 안다.

반역을 알고 있다.

—싫은 것은 싫은 것대로 가게 하라.

구름 뒤에서 빛나는 태양의 둔탁한 햇살과,

물이 잦아든 늪 위에 서린 어둠과,

자꾸만 고갈해가는 댓잎[竹葉]과,

혹은 유들유들한 개구리의 배때기와도 같은 비린 색깔과—

—싫은 것은 싫은 것대로 가게 하라.

나는 아버지의 앞에서 걷고 있다.

어디를 가는지 나는 모른다.

아버지의 가고자 하는 길을 모른다.

어쨌든 나는 아버지의 앞에서 걷고 있다.

아버지의 눈에 이끌려 걸어만 가고 있다.

자갈을 밟는 발자국 소리가 뒤에서 따라오고 있다.

하늘과 구름을 생각했다.

물결이 일어나기 시작한다.

무수한 물거품이 솟아 있다.

무수한 물거품이 터진다.

물결에 끝없이 퍼져가는 파문, 그 파문에서 안개 같은 것이 피어오르고 있다.

　가자—.

　나는 걸어야 한다. 천 피트 높은 외골수의 길—붉은 길을 아버지의 덩굴진 손에 얽힌 채 걸어야 한다.

　가자—.

　황톳길이다. 숨이 막힐 것 같다.

　구름 뒤에서 빛나는 태양의 둔탁한 햇살과,

　물이 잦아든 늪 위에 서린 어둠과,

　—싫은 것은 싫은 것대로 가게 하라.

　혹은 유들유들한 개구리의 배때기와도 같은 비린 색깔과,

　—싫은 것은 싫은 것대로 가게 하라.

　계집애의 갸름한 목이 있다.

　숱한 야화野花가 있다. 하늘과 구름이—내가 혼자 갈 길이 보인다.

　—가자.

　뒤에서 자갈 밟는 소리가 들린다.

　아버지의 발자국이 따르고 있다.

　는적는적한 시선이 나를 감시하고 있다.

　파문이 커진다.

　안개 같은 것이 피어오르고 있다.

　나는 기진한다.

정신이 회색灰色 일색으로 물이 들어버렸다.

회색빛을 한 한 마리의 쥐가 가슴속을 달린다.

범죄와 반역의 쥐다.

—가자.

바삭바삭한 주름살이 퍼졌다 모였다 한다.

나의 목을 졸라매고 있는 신축성 있는 끈이다.

— 싫은 것은 싫은 것대로 가게 하라.

파란 물이 내려다보인다.

소용돌이가 흰 거품을 일고 감돌고 있다.

바람을 자르고 흐르는 물살이 보인다.

빨간 황토흙, 낭떠러지가 부시다.

깎아 세운 흙덩이들이 무너지고 있는 것 같다.

나를 살려줄 것 같다.

—가자.

눈먼 개구리의 주검이 앞에 있다.

눈 빠진 까만 동공이 들여다보인다.

별안간 내 눈을 향해 튀었다.

아버지다, 아버지,

앞에서 아버지가 나를 향해 뛰어온다.

아—

나의 범죄를 알고 있다.

덩굴 같은 손이 내 목을 조른다.

저어본다. 눈먼 개구리다.

주검이 내 앞을 가로막는다.

그 너머로 갸름한 소녀의 목이 보인다.

하얀 눈의 향기가 풍기고 있다.

하늘이며 구름이며 꽃이며ㅡ손을 휘저었다.

물결의 파문이 방향을 잃고 어지러운 선회를 한다.

나는 미쳤다.

빨간 피가 손끝으로 모여든다.

ㅡ싫은 것은 싫은 것대로 가게 하라.

ㅡ싫은 것은 싫은 것대로 가게 하라.

ㅡ가자.

ㅡ가자.

ㅡ가자.

ㅡ싫은 것은 싫은 것대로 가게 하라.

주검이 내 손목을 물어뜯었다. 뿌리치고 뿌리치고 하여도 아ㅡ.

구름 뒤에서 빛나는 태양의 둔탁한 햇살과,

물이 잦아든 늪 위에 서린 어둠과ㅡ

천 피트 발밑에 세찬 물이 흐르고 있다.

무엇을 삼키고 싶은 물거품의 갈증을 향하여 그것들을 던져라.

아버지의 모든 것을 빨아 삼킬 것이다.

이 추근추근한 덩굴이 풀어질 것이다.

─싫은 것은 싫은 것대로 가게 하라.

"그쪽은 낭떠러지, 아버지…… 왼쪽으로 왼쪽으로…… 아, 위험합니다."

아버지는 내 범죄를 모르고 있다.

어린애같이 내 말을 듣는다.

눈먼 아버지의 다리가, 나의 뒤를 따르던 다리가 허공을 밟는다. 마지막 한 발자국도,

"아! 아버지 한 발자국만 더, 한 발자국만……."

눈을 감았다.

확─아버지가 웃으며 덤벼들다가 사라진다.

내가 방금 저지른 범죄를 알았다.

붉은 낭떠러지로 점점 돌아드는 하나의 점이 흐르고 있다.

물이 튀었다.

세찬 소용돌이가 물거품을 일고 빨아들인다.

파란 물결로 아버지가 쓰러졌다.

구름 뒤에서 빛나는 태양의 둔탁한 햇살과─물이 빨아버렸다─물이 잦아든 물 위에 서린 어둠과─물이 빨아버렸다─자꾸만 고갈해가는 댓잎과─물이 빨아버렸다─혹은 유들유들한 개구리의 배때기와도 같은 비린 색깔과─물속으로 잠겨들어갔

다—모든 것이 물속으로 사라지고 말았다.

정적이 물 위에 뜨고 있다.

아버지가 사라진 물 위에 나의 하늘이 비치고 있다.

빨갛고 까맣고 허연 하늘의 그림자가 어리고 있다.

뒤에서 따라오던 발소리도 끈적끈적한 덩굴도 아무것도 없다.

—별안간 검붉은 구름이 머리를 스치고 지나간다.

그런데 난 어디를 향해서 걸어야 할지 모른다.

나 혼자 길을 가본 일이 없다.

물에 비친 하늘을 쳐다본다.

물에 비친 똑같은 하늘이다.

웬일로 하늘이 저렇게 무서우냐?

까만 구름이 꿈틀거리는 아래로 빨갛게 취해버린 노을이 흐르고 있다.

그 노을 위에 뭉클한 어둠의 먹장이 금세금세 피어오르고 있다.

번개가 소리 없이 스치고 지나간다.

하늘이 갈라진다.

아—아—,

하늘에서 무엇이 일어나려고 한다.

검은 구름 속에서 아버지의 얼굴이 다시 보이려고 한다. 하늘이 움직인다.

아—아,

나를 향하여 거꾸로 쓰러진다.

검은 구름과 뻘건 노을과 내닫는 번갯불이…… 크다.

커다란 하늘이 무서운 바람과 함께 쓰러진다.

나를 향해 자빠지고 있다.

나는 숨이 막힌다.

놀과 어둠 같은 구름과, 번개와 번개가 된다.

회오리가 불고 다시 하늘이 거꾸로 떨어진다.

크다.

커다란 하늘이 쓰러진다.

—파다악.

아찔하다.

하늘과 함께 내가 물속으로 쓰러지려고 한다.

몸이 기운다.

넘어지려고 한다.

—쾅.

날쌘 바람이 어깨를 스친다.

아버지의 참나무 지팡이다.

하늘이 다시 뒤집힌다.

내가 낭떠러지 위에 서 있는 것을 느낀다.

어깨 위에서 무엇이 잡아당기고 있다.

덩굴 같은 손—

"무엇 하고 서 있는 거야."

아버지의 흰 눈이 쏘아붙이고 있다.

떨고 있는 팔을 더 힘껏 졸라매고 있는 손이 있다.

……

"아니. 아무것도 아녜요. 하늘에 구름이 흐르고 있어요. 비가 올 것 같군요."

# 대덜러스의 욕망

이태동 | 문학평론가, 서강대학교 명예교수

본 적이 있는가? 어느 아침에 하늘로 날아가던 새들이
일제히 방향을 바꾸어 급선회하는 그 삽상한 변화를.
까맣게 사라져가던 점들이 황금빛으로 번쩍이면서,
가깝게 다가오고 있는 그 긴장.

— 「일제히 방향을 바꾸고 날아가는 새 떼처럼」 중에서

## 1

얼마 전에 작고한 작가 이병주는 한국의 '문예평론'은 이어령李御寧을 통해서 비로소 문학이 되었다고 말했다.[3]

그는 이러한 시각을 뒷받침하기 위해 이어령이 쓴 「우상 파괴론」을 그 예로 들었다.

---

3)  이병주, 『이어령의 지성채집』, 나남, 1986, 431쪽.

그러나 그는 불행하게도 이어령이 그의 재능을 세상에 처음 알린 「날개를 잃은 증인」이라는 '이상론李箱論'을 언급하지 않았다. 이어령의 유명한 '이상론'은 그의 나이 불과 스물한 살 때에 쓴 것이지만, 이 글을 읽어본 사람이면 누구나 이 글이 그 당시 침체되고 뒤떨어졌던 비평계에 신선한 충격을 주고도 남음이 있다는 것을 쉽게 인식할 수 있을 것이다.

사실, 책읽기에 숙련된 형안炯眼을 가진 사람에게도 이상의 작품은 아직까지 읽기가 어렵고 난해하기만 하다. 그럼에도 불구하고 이어령은 그 젊은 나이에 스스로 천재라고 자처하던 이상의 거울 뒷면을 꿰뚫어보고, '지식의 열매'를 훔쳐보듯 그의 문학이 지닌 비밀의 뜻을 우리들에게 보여주었다. 그러나 그것만이 아니었다. 이 비평문은 그것이 지닌 참신한 언어와 현란한 수사학뿐만 아니라 치밀한 구성과 지성의 빛으로 넘쳐흐르고 있다.

그러나 무엇보다 중요한 것은 이어령이 우리 문학사에서 처음으로 자의식의 존재 가치를 이상의 작품 가운데서 발견하고 그것을 그의 문학적인 출발로 삼았다는 것이다. 그는 이상의 '슬픈 죽음'을 '왜경倭警의 가혹한 학대와 음산한 감방의 공기와 병균의 잠식에서 입은 육체적인 죽음'이 아니라 '오해받은 예술과 인격'으로 인한 '정신적인 죽음'으로 보고, 그 자신은 이상처럼 '홍진의 상식과 낡은 관습에 그대로 추종하는 아나크로니스트(시대착오자)들의 독소적 분비물이 그의 정신을 무참히도 매몰'시키는 것을 허락하지 않았다. 그래서 그는 이상을 문학사 속에서 제자리를 찾아 앉혀둠과 동시에, 마치 대덜러스처럼 이상의 모든 작품들 가운데서 「날개」의 마지막 부분을 '가장 감동적이고 열정적'이라고 말한 것도, 그곳에서 '새로운 탄생의 순간'을 느꼈기 때문일 것 같다.

이때 뚜우 하고 정오 사이렌이 울렸다. 사람들은 네 활개를 펴고 닭처럼 푸드덕거리는 것 같고 온갖 유리와 강철과 대리석과 지폐와 잉크가 부글부글 끓고 수선을 떨고 하는 것 같은 찰나. 그야말로 현란을 극한 정오다.

나는 불현듯이 겨드랑이가 가렵다. 아하 그것은 내 인공의 날개가 돋았던 자국이다. 오늘은 없는 날개.

머릿속에서 희망과 야심의 말소된 페이지가 딕셔너리 넘어가듯 번뜩였다.

나는 걷던 걸음을 멈추고 어디 한번 이렇게 외쳐보고 싶었다. 날개야 다시 돋아라. 날자, 날자, 날자, 한번만 날자꾸나, 한번만 더 날아보자꾸나.

비록 이어령은 문학사 속에서 이상의 다음 세대에 속하는 사람이지만, 그 역시 '아나크로니스트의 독소적인 분비물이 항상 그

의 정신을 매몰'시키려는 위협을 느껴왔고 지금도 그렇게 느낄지
도 모른다. 그러나 그는 이상보다 강하고 건강하다. 이러한 사실
은 그가 이상의 「날개」를 탁월하게 분석한 것에서도 나타나고 있
는 것처럼 남다르게 예리한 자의식을 가지고 있지만, 그것의 수
인囚人이 되지 않고 그것에서 벗어날 수 있는 것으로서 증명되고
있다.

자의식 가운데 포착된 인간의 현실, 인간의 운명 가운데 무엇
인가를 하나 자기가 선택한다는 것은 바로 그러한 자의식이 명령
한 것이요, 그리하여 그 자의식으로부터 해방되는 것이다. 자기
는 그때 다시 돌아온다.

> 자의식의 거울로부터 다시 자기 스스로의 얼굴로 돌아오는 것이다.
> 거기에서부터 행동의 선택이 있고 행동의 자유가 시작된다.[4]

그래서 그는 「제3세대 선언」에서 밝힌 것처럼, '모든 울분과
공허를 자취방을 드나드는 늙은 쥐를 두들겨 잡는 것으로나 달래
던 때에' 스물두 살의 젊음이라는 패기를 가지고 「우상 파괴론」
을 쓰면서 일급 평론가로서 그의 날개를 펼쳤던 것이다.

---

4)  이어령, 「한국소설의 어제와 오늘」, 258쪽.

## 2

이상의 영향을 받은 듯한 그의 날갯짓은 여기에만 국한된 것이 아니다.

그것은 지금까지 그의 글 어느 곳에서나 쉴 사이 없이 숨 쉬며 나타나고 있다. 이를테면, 그가 1970년대에 쓴 비평, 즉 '이육사의 시적 구조'를 탐색한 「자기 확대의 상상력」이란 글도 따지고 보면, 그 근원을 그의 이상론에 나타난 날개의 이미지에서 찾아볼 수 있을 듯하다.

그는 이육사가 그의 시에서 사용한 '황혼黃昏'의 이미지를 '골방'이라는 축소된 자의식적 공간 이미지로 해석하고 있다. 다시 말하면, 그는 육사의 '황혼'을 닫혀진 '가을 아니 겨울이 아니라 신록처럼 재생하고 있는 5월의 황혼이며, 헤어지는 것이 아니라 내일에 만나는 것이며, 닫아버리는 것이 아니라 열게 하는 것'으로 보고 있다. 이러한 시적 구조는 그가 '황혼'과 '골방'의 이미지를, 조르주 풀레George Poulet가 분석한 엠마 보바리 부인의 의식 공간의 수축과 확대를 형상화한 양산 꼭지의 이미지와 비교할 때 더욱 선명하게 나타난다.

사슬에서 풀려난 그레이하운드가 원을 그리며 벌판을 뛰어다닐 때 엠마의 마음도 그 개처럼 확산되어 그 시선은 좌우로 떠돌다가 지평선까지 뻗쳐간다. ……그러나 엠마의 마음은 자신에게로 돌아오고 그녀의 시선은 잔디를 찌르고 있는 상아의 양산 꼭지에 머무른다. 마음은 지평선에서 양산의 꼭지의 점으로 축소되고 엠마는 이렇게 탄식한다.

"아, 대체 어떻게 하다가 나는 결혼하게 되었는가?"

벌판은 확대된 공간이며 양산의 뾰족한 끝은 더 이상 축소 불가능한 점이다. 엠마의 마음이 그레이하운드를 따라 지평선으로 자유분방하게 되었을 때와는 달리 이 축소된 점으로 돌아왔을 때의 그녀는 현실의 절망적인 고독에 빠지게 된다. 우리가 엠마의 의식 공간을 역으로 진행시켜보면, 이육사의 골방과 황혼의 대응관계를 손쉽게 파악할 수 있을 것이다.

골방은 엠마의 양산 끝으로 찌른 뾰족한 점이며, 그 점의 의식은 바다에 떠 있는 갈매기처럼 외로운 인간의 현실의식이 될 것이다. 다만 엠마의 의식이 확산(벌판)에서 축소(양산 끝)로 돌아오고 있는 데 비해서 육사의 황혼은 축소(골방)에서 확대된 공간으로 나가고 있다.[5]

여기서 풀레가 양산 끝을 축소의 이미지로 사용한 것은 그것이 펼쳐진 양산의 모양과 대조를 이루기 때문이다. 그런데 양산이 그 뾰족점을 중심으로 퍼졌다가 접혀지는 것은 새의 날갯짓의 수축과 확대에 대한 하나의 훌륭한 비유가 될 수 있다.

이어령이 풀레가 분석한 보바리 부인의 의식 공간에 대해 남다

---

5)  이어령, 「자기 확대의 상상력 : 이육사의 시적 구조」, 273~274쪽.

른 관심을 가지고 육사의 시를 분석한 것은 그것이 그의 마음속에 항상 움직이고 있는 날갯짓을 위한 욕망과 의식적으로 혹은 무의식적으로 일치되고 있기 때문인지도 모른다.


## 3

그런데 이어령의 대털러스적인 욕망이 가장 선명하게 나타난 곳은 그의 비평문보다 소설이다. 그것은 소설이 논리가 아니고 경험에 바탕을 두고 있기 때문일 것이다. 그가 1966년 『장군의 수염』에 이어 두 번째 《사상계》에 발표한 「무익조」는 그 제목이 말해주듯 날개의 이미지와 대단히 밀접한 관계를 가지고 있다. 이 작품이 1960년대에 씌어졌다는 것을 감안한다면, 형식 면에서나 주제 면에서, 대단히 리버럴하고 전위적인 모습을 보이고 있다. 우선 형식적인 면에서 이 작품은 전통적인 직설법의 원형인 서한문체를 사용하고 있지만, 주제의 표현 방식이 '먼지 낀 십년 전 묵은 신문철의 곰팡내' 등이 나타내고 있는 아나크로니스트적인 상황에서 벗어나고자 하는 날개와 같은 이미지 등으로 이루어지고 있다.

6·25 전쟁과 같은 부조리한 상황에서 벗어나기 위해 미국으로 '망명 유학'을 갔다가 돌아와서 도서관에서 묵은 신문철을 뒤지는 화자는 물론, 그가 미국 시카고대학에 있는 월리라는 친구에

게 편지로 이야기하는 대상이 되고 있는 박준도 모두 다, 날개를 가지고 푸른 하늘을 날려고 하다가 좌절된 무익조의 이미지가 투영된 존재들이다.

화자의 관찰과 경험에 의하면 이야기 속의 이야기 주인공인 공군 대위 박준은 어렸을 때부터 인간의 위엄을 지키면서 부조리한 현실과 외연히 대결해서 살아남을 수 있다고 믿었던 인물이었다. 실제로 그는 화자가 미국으로 망명 유학을 떠날 때 날개를 상징하는 공군 제복을 입고 그의 환송회에 나타나 죽음에서 도망치는 유일한 방법은 "죽음에 곧장 대드는 길밖에 없다."고 말했다. 그는 항상 어금니를 꽉 다물고 웃는 모습을 보였기 때문에, 결코 죽음 앞에서도 비명을 지르지 않는 사람일 것으로 비친다.

또 그가 얼마나 진취적인 사람이었는가는 화자가 말하는 유년 시절의 경험을 통해서도 쉽게 알 수가 있다. 화자는 화자이기 이전에 '정승을 지낸 할아버지의 손자이고 무덤 속에 누워 있는 사람들의 한 전령으로 이 세상을 사는 존재로서 혈통이라는 배턴을 쥐고 아슬아슬하게 뛰어가는 주자'에 불과했지만, 그는 바닷가의 '뱃놈 아이들'과 싸워서 이길 수 있는 강인한 용기를 보였다. 화자가 박준을 맨 처음 만나게 된 것은 그가 아버지의 권고로 서해안의 어느 어촌 마을로 요양을 갔다가 그곳에 있는 아이들에게 '서울뜨기'라고 놀림을 당하며 그가 가진 모든 것을 빼앗기고 있을 때였다.

그때 박준은 어디서 나타나서 어금니를 꽉 물고 그들을 물리쳐 주었기 때문에, 그에게서 싱싱한 해초 냄새까지 맡을 수가 있었다.

나는 여름 바다와 박준을 동시에 본 것입니다. 그것은 아버지의 서재나 유모의 침방에서나 주일학교의 마루방에서는 한 번도 맛본 일이 없던 새로운 세계였던 것입니다. 나는 박준이 있는 학급으로 옮겼고 학교가 끝나면 바닷가에서 줄곧 함께 지냈습니다. 내 건강은 좋아지고 있었습니다. 해초 냄새를 풍기는 박준에게 나는 그만 홀려버리고 만 것입니다.

이것만이 아니었다. 수학 선생이 '털 빠진 낙타 오버'를 버리고 새것을 하나 구해 입도록 하기 위해서 아무도 보지 않을 때 그것을 면도날로 찢어버린 것 때문에 무서운 벌을 받았지만, 그는 그것을 영웅적인 인간의 의지로 극복하는 의지를 보였었다.

그래서 화자는 망명 유학을 가서 시카고 거리를 거닐면서 자신이 한국인이라는 사실을 부정하고, 또 '남루하고 슬픈 조국의 뉴스를 들을 때마다 그것과 아무런 상관이 없는 사람이라고 우기고' 싶었지만, 박준을 생각할 때만은 자신을 거부할 수 없어서 필머하우스가 있는 고층건물가를 지날 때 한 마리의 '키위[無翼鳥]'가 됨을 느꼈다.

그러나 그 당시 한국적인 상황은 박준으로 하여금 그의 인간적인 용기로써 그의 날개를 펴도록 허락하지 않았다. 그래서 화자가 미국에서 돌아와 곰팡내 나는 묵은 신문철을 뒤져서 박준의 비행기 추락 사고에 관한 기사를 읽는다. 그러나 그는 행방불명이 되었다고 하는 박준이 죽을 때는 그의 훈련병들과는 달리 비행공포증을 극복하고 하늘을 나는 조종사가 되었을 때처럼 비명을 지르지 않았을 것이라고 생각한다.

그러나 얼마 있지 않아서 박대위가 추락한 비행기에서 나와 부러진 다리를 끌고 산골짜기를 삼 일 동안 헤맨 끝에 살아났다는 소식을 듣고서 그를 만나 인간 승리에 관한 이야기를 듣고자 한다. 그러나 그가 상이군인이 된 박준을 만났을 때 그에게서 그 옛날의 해초 냄새를 더 이상 맡을 수가 없었다. 그는 그에게서 어금니를 무는 모습도 볼 수 없었고, 정치적인 폭력조직의 도구가 되어 신체적으로는 물론 정신적으로 무너져서 묵은 신문철의 매캐한 곰팡내와 고서古書 냄새가 풍겨옴을 느낀다. 그러면 그렇게 건강하게 하늘을 날던 조종사 박준을 이렇게 만든 것은 그와 박준이 처해 있던 한국적인 상황 때문이다. 신문 보도는 추락한 비행기에 탄 박준과 훈련병들이 전부 즉사했다고 말했지만, 그는 즉사하지 않고 추락한 비행기 속에서 심한 상처를 입은 채 살아 있었다. 그 당시 괴롭고 암울했던 한국적 상황을 말하듯 그가 즉사하지 않고 추락한 비행기에서 빠져나오지 못하는 훈련병이 살려달라고 부른 소리를 외면하고 박준답지 않게 돌아서게 만든 상황이 그로 하여금 날개 잃은 '키위'로 만들었다.

"박대위……. 난 미국에서 키위새처럼 세상을 살았다. 네가 정말 부러웠어. 그런데 박대위! 내가 돌아왔을 때는 이미 네가 죽어 있었더구나. 슬픔보다도 나는 분했었다. 정말 분했었다."
갑자기 박대위도 날 끌어안으면서 "헉!" 하고 흐느끼기 시작했습니다.

(……)

"이봐, 자네, 지금 키위…… 키위……라고 했지……. 난 날개 없는 키위가 된 거야. 발이 부러진 것은 참을 수 있었지만, 그때 일이 나를 미치게 한다. 더 이상 묻지 마……. 거짓말이야, 어쩔래! 훈련병은 즉사하지 않았다. 살아 있었지. 살아 있었단 말야. 공포에 질린 눈으로 날 쳐다보고 있었으니까! 그는 말도 하지 못했어. 그러나 난 그를 업고 내려올 만큼 여유가 없었네. 나 혼자 캐노피에서 기어나와 도망치려 하니까 그놈은 원망스런 눈으로 날 쳐다보지 않던가. '데려가주세요. 나를 버리지 마세요. 죽기 싫어요. 대위님…….' 그는 그렇게 말하고 있는 것 같았어.
그러나 난 무엇에 홀린 듯이 빨리 밑으로 평평한 땅이 있는 곳으로 내려가야 한다는 유혹을 뿌리치지 못했어. 혼자 도망친 거야. 죽음은 정말 검은빛이더군. 검은빛 속에서 바늘귀만 하게 뚫린 하늘 공백을 찾아 나는 기어내려가고 있었던 거야. 비겁자! 못난 키위…… 난 뒤돌아보았어. 훈련병을 데려오려고…… 그러나 웬일인지 자꾸 그는 죽어갔고, 그를 끌어낸다 하더라도 도중에 죽고 말 것이라는 생각이 들더군……. 자기 변명이었지……. 다시 기어 내려가려고 하는데 비행기의 잔해 밖으로 축 늘어진 그의 손이 흔들거리지 않던가! 그 손은 나를 부르고 있었던 거야. 그러나 나는 '아니다. 아니다, 저건 부러진 손이 그냥 바람에 흔들리는 것이다'라고 속으로 외치면서 도망치고 있었어……."

날려고 하다가 추락한 비행기도 비행기려니와 그 추락한 비행기 주변에서 일어나는 상황이 박준을 날개 잃은 사람으로 만들었다. 이러한 상황에서 작가가 박준에게 요구하는 것은 조지프 콘래드Joseph Conrad처럼 극한 상황에서의 인간적인 성실성과 비극적인 영웅주의를 보이도록 하는 것이다. 그러나 박준에게 부닥친 현실, 즉 혼미스럽고 부조리한 전후의 한국적인 상황이 그로 하여금 영웅적인 행동을 보이도록 하는 것을 허락하지 않았다.

그래서 이러한 상황의 관찰자이고자 한 화자話者는 박준의 운명을 '날개를 달고 하늘을 날고 싶어서' 스승 몰래 미완성 비행기를 훔쳐 날려고 하다 낭떠러지에 떨어져 죽어간 레오나르도 다

빈치의 조수 아스트로에 비유하고 있다. 그는 우리가 살고 있는 오늘의 현실은 신이나 영웅들이 십자가에 못 박히지만 예수처럼 부활하거나 인간의 존엄성을 확인하는 비극적인 인간 승리를 하지 못하고 '비명을 지르면서 하나의 키위새로 영원히 땅에 엎드려 사는 하나의 키위, 하나의 평범한 인간으로 탄생'하게끔 한다고 고발하고 있다.

이처럼 이 작품의 화자와 그의 친구 박준은 이상의 「날개」의 주인공 '나'의 또 다른 얼굴들임에 틀림없다.


### 4

1969년 이어령이 《세대》지에 발표한 『환각의 다리』 역시 주제나 형식면에서 「날개」가 지니고 있는 의미를 또 다른 상황과 풍경 속에서 새롭게 구체화하고 있다. 다시 말하면, 이 작품은 4·19와 5·16이라는 역사적 소용돌이 속에서 전현수라는 이름을 가진 젊은이의 사랑과 외로움에 대한 욕망과 좌절을 '메타픽션'과도 유사한 전위적인 형식 속에서 독특하게 전개시키고 있다.

이 작품의 주인공인, 삶의 신비에 눈뜨기 시작한 사미는 교실과 집에서 불문학 교재인 스탕달의 「바니나 바니니Vanina Vanini」를 번역해서 읽으며 작품 속에 나타난 여주인공 바니나의 운명과 자신의 운명을 포개어놓고, 자신의 애인인 현수와의 만남과 헤어짐을 '의식의 흐름'의 기법을 통해 우리들에게 극적으로 전달해 주고 있다.

효자동에 위치한 어느 부유한 외과 병원집 딸인 사미는 4·19혁명이 시작되는 날 경무대로 가는 길에서 심한 부상을 입고 병원으로 실려와서 누운 현수라는 젊은 대학생에게 수혈을 하다가 그에게 깊은 사랑을 느낀다.

그래서 사미는 외부적 사회 상황에 대해서는 전혀 관심이 없는 김석훈이라는 외과의사로부터 안락하고 행복한 가정생활을 보장하는 구혼을 집요하게 받고 있었지만, 그녀가 읽고 있는 스탕달의 작품 속 바니나가 '오렌지나무가 심어져 있는 테라스에 면한 창문을 통해' 골방으로 들어와 숨어 있던 상처 입어 피 흘리던 숯구이 당원, 탈옥수 미시릴리를 사랑하게 되는 것처럼 외상 입은 현수가 흘리는 피를 슬픔과 아픔으로 바라볼 만큼 그를 사랑하게 된다. 그래서 사미는 현수와 호흡을 같이하며 그와 함께 낡은 것을 버리고 새로운 것을 창조하기 위해 데모대들처럼 그와 함께 무엇인가 '떠들고 싶은 충동'을 느낀다. 그래서 사미는 그에게 구혼까지 한다.

그러나 현수는 사미와 결혼해 최은호 외과의 데릴사위로 들어가서 사육을 당하듯이 편안하게 사는 일상적인 삶의 선택을 거부하고 보다 나은 이상 사회를 건설하고자 하는 욕망을 버리지 못한다.

그가 이러한 자세를 취하게 된 것은 그가 대학을 다니면서 가정교사 노릇을 하기 위해 입주했던 어느 의사집에서의 경험 때문이었다. 어머니를 가난 때문에 잃어버린 현수가 '가난을 복수하기 위해' 찾은 병원집 의사는 무면허 돌팔이 의사였고, 그 돌팔이 의사를 찾은 환자들은 모두 다 슬픈 표정을 하고 있었다. 그래서 그는 '새로운 땅에 새로운 병원을 세워야 한다는 생각'에 최루탄 속을 뛰어들었고, 목이 쉬도록 소리를 지른 후 '곤봉과 구둣발과 기마대의 말발굽'에 얻어맞고 짓밟혀 사미가 보게 되는 피를 흘려야만 했었다.

그래서 그는 그 병원에서 상처를 치료하고 회복기에 들어서게 되자 새로운 생명력에서 오는 해방감을 느끼면서, 사미와 더불어 '영원히 5월만 계속되는 뜰'이 있는 집을 설계하지만, 5월이 되어 깁스를 풀게 되자, 그 앞에 열려 있는 미래 때문이라고 하면서 사미 곁을 떠난다.

그 후 사미는 현수가 4·19 때 상처입은 것을 훈장으로 삼아 무슨 학생회 회장이 되어 정치 활동에 참여하고 있는 것을 보고 그의 젊음을 낭비하지 말라고 말한다. 사미는 그를 구해야만 된다는 생각에 외투를 버리고 시대정신에 맞게 살아야만 된다는 주장과 그 목소리를 듣는다.

그런데도 5·16 군사 쿠데타가 일어나게 되자 현수는 그가 이미 탈퇴했을 때지만 그가 조직했었던 단체, 즉 '새로운 땅에 새로운 병원'을 세우도록 말해준 그 단체가 '낡은 볼셰비키 비슷한 외투'를 걸치고 다닌 것이 원인이 되어 체포, 자기 혼자 안전지대에 머물 수 없다는 의무감에서 그들과 고통을 함께하기 위해 감옥으로 찾아간다. 그가 그들과 함께 감옥 생활을 하기로 결심한 것은 그가 배신자라는 오해를 받을까 봐 두려웠기 때문이 아니라 '그들과 함께 고통을 나눌 때만이 진정으로 그들이 잘못된 길을 걸어가고 있다는, 새로운 땅은 그런 데에 있지 않았다는 것을 그들에게 알려'주기 위함이었다.

나는 그들과 함께 있지 않으면 안 돼! 한 사람의 사랑보다도 나는 그 돌팔이 의사에게 모여들었던 그 많은 환자를 사랑해야 할 의무 쪽을 택해야겠어. 애정은 봄밤처럼 감미롭기는 하나 아주 짧은 것이며 의무는 보잘것없이 줍고 손이 시려도 그 밤은 길고 또 길지. 이 긴 밤을 위해서 나는 나의 젊음을 장작불처럼 불태우지 않으면 안 돼.

현수가 형무소에 들어간 뒤 한 달쯤 되어 사미는 죄수복을 입은 그를 찾아가서 그의 친구들이 모든 죄를 그에게 다 뒤집어씌우려고 하니, 사실대로만 밝히라고 간청한 후, 자신은 죽어가는 아버지의 성화에 못 이겨 전혀 애정을 느끼지 않는 김석훈과 결혼하게 된다고 말한다. 그때 현수는 면회시간의 마지막 삼 분 동안 사미에게 '새로운 땅을, 그녀의 방에서 창을 열고 내려다보면

제라늄 같은 꽃들이 피어 있는 정원이 보이는 그렇게 조용한 사미의 방에서 구해보려고 무척 애썼다는 것'과 그녀의 순수한 눈동자와 경찰서 뒤뜰에 지천으로 피어 있는 봄꽃들이 그로 하여금 다른 친구들처럼 '권력의 시궁창이나 값싼 영웅심의 구름' 속으로 빠져들지 않고 인간으로서 그의 의무를 다하도록 하는 용기를 주었다고 말한다.

이와 같은 『환각의 다리』의 플롯과 감동적인 장면들은 사미가 프린트물로 읽고 있는 스탕달의 「바니나 바니니」에 나오는 이와 유사한 장면들을 문법을 따져가며 읽는 동안 '콜라주' 형식으로 펼쳐졌다가 그것이 끝나자마자 닫혀버린다. 여기서 사용된 스탕달의 작품의 풍경들은 사미가 현수와 가졌던 비극적인 사랑을 이야기하게끔 하는 틀을 제공하고 있음은 물론 소설의 거울과 그 거울에 비쳐지는 대상의 역할을 동시에 하고 있다.

그 결과 같은 『환각의 다리』는 최근 포스트모더니즘 소설에서 말하는 '자기 반영성self-reflexivity'의 성격을 강하게 나타내고 있다. 다시 말하면 작가 이어령은 존 바스John Barth나 보르헤스Jorge Luis Borges처럼 아리스토텔레스적인 외부 자연을 모방하는 전통적인 사실주의 소설 양식이 고갈되었기 때문에 소설의 '인공성'과 '텍스트성' 같은 것을 염두에 둔 듯하다. 그리고 이 작품의 많은 부분에서 「바니나 바니니」의 장면들을 인용한 것이 실제 이 작품의 작중인물들이 자연적인 현실을 모방한 것 못지않게 리얼하게 느껴지는 것은 보르헤스의 '도서관 이론' 때문이 아닌가 한다. 존 바스는 보르헤스의 단편 중에서 「바벨의 도서관」에 대해서 다음과 같이 말하고 있다.

가장 인기 있는 그의 단편소설 중 하나에 나오는 무궁무진한 장서를 소유한 도서관을 고갈된 문학의 이미지로 각별히 적절히 묘사하고 있다. 즉 「바벨의 도서관」에는 있을 수 있는 모든 문자와 공간에 대한 알파벳의 조합이 소장되어 있고, 여기에는 당신이나 나의 논박이나 변명, 실제로 있을 미래의 역사 그리고 비록 그가 말하고 있지는 않으나 여기에는 틀론Tlon의 백과사전뿐만 아니라 다른 모든 세계의 백과사전도 포함되어 있다. 왜냐하면 마치 루크레티우스Titus Carus Lucretius의 우주와 마찬가지로 자연계의 기본 요소와 그 결합 형태는 유사하지만(비록 방대한 숫자이긴 하지만) 각 기본 요소와 그 결합 요소의 결합 형태의 개개 건수는 마치 그 도서관 장서처럼 무궁무진하기 때문이다.[6]

이렇게 작가가 이 작품을 쓸 때 소설의 주인공으로 하여금 현실만을 이야기하게 한 것이 아니라, 스탕달의 소설을 많이 모방한 것은 어떻게 생각하면 형이상학과 인식론의 허무주의가 완전

6) John Barth, "The Literature of Exhaustion", Raymond Federman ed.,Surfiction: Fiction Now and Tomorrow, Chicago, 1975, pp. 31~32.

한 사실주의의 불가능을 가져왔기 때문일지도 모른다. 작가의 견해로 보아 비록 동서양의 차이는 있겠지만, 스탕달이 「바니나 바니니」를 쓸 때의 사회 상황이 『환각의 다리』를 쓸 때의 사회 상황과 크게 달라진 것이 없기 때문에 작가는 스탕달의 소설에 나타난 극한적인 '어두운 상황'을 '패러디'한 것일 수도 있다. 그러나 이어령은 포스트모더니즘 소설 기법이 정립되기 이전에 이 작품을 썼기 때문에, 그가 스탕달 소설을 액자 소설의 틀에 해당되는 하나의 형식으로 사용한 것은 부조리한 인간 현실을 보다 치열하게 조명하기 위해 두 개의 거울을 비추려는 것과 마찬가지라고 말할 수 있겠다.

그런데 이러한 형식이 뒷받침하고 있는 이 작품의 주제는 작가 이어령이 크게 영향을 입은 「날개」의 그것과 같은 문맥에 있거나 그 연장선상에 있는 듯하다. 즉 『환각의 다리』의 중심인물들은 「무익조」처럼 날개 잃은 상태지만, 그가 어릴 때 바다와 보리밭을 보았듯이 닫혀진 상황에서 머무르지 않고 열려진 공간을 찾아 멀리 날고자 하는 의욕을 강하게 보이고 있다. 비록 상징적인 표현이지만, 사미가 석훈에게 말한 것처럼 그녀는 외과의사인 죽어가는 아버지에 의해 두 다리를 절단당해 혼자서 땅을 디디고 일어설 만한 다리를 잃었다고 말하지만, 환자가 다리 절단 수술을 하고 마취에서 깨어났을 때처럼 다리가 있는 것으로 생각하고, 현수를 향해 '순수한 애정'의 세계를 추구한다.

현수의 경우도 마찬가지다. 그가 불온한 사상 때문에 투옥된 친구들을 배신하지 않고 그들과 아픔을 같이하겠다는 의무감에서 스스로 허위 자백을 하며 감옥에 가려고 할 때, 사미가 그런 행동을 '환각의 다리' 같다고 말하지만, 그는 그녀와 인식을 달리하고 의무라는 이름으로 '환각의 다리'를 현실로 전환하고자 했다.

그렇다면 작가가 여기서 두 사람의 중심인물을 통해 말하고자 한 '환각의 다리'는 무엇을 의미할까? 그것은 K교수가 사미에게 설명하는 바와 같이 메를로 퐁티가 말하는 '인식의 형상화'와도 같은 것이다.

인간의 신경 그리고 그 육체는 하나의 기계가 아니라는 것을 그는 환각의 다리란 체험을 통해 증명하려 했던 거야. 기계론적 심리학을 반박한 것이라고 요약할 수 있어. 세계는 그냥 있으니까 있는 게 아냐. 있도록 내가 만들어내는 거지. 그 의지와 지향성이 있으니까 다리는 없어져도 있는 것처럼 느껴지는 거란 말야. 다리가 있고 우리가 그것을 느끼는 게 아니라 우리가 느끼는 지각이 있기 때문에 다리는 거기 있는 거야.

비록 사미와 현수가 부닥친 현실이 어둠 속에서 날개를 잃은 것과 같은 닫혀진 상황 바로 그것이지만, 그들은 「날개」의 마지막 장면에서처럼 인공의 날개를 그들의 상상력 속에서 펼쳐 보인다. 현수는 감옥에 갇혀 있지만, 사미 집 창문에서 5월의 푸르름이 항상 머물 수 있는 날을 보기 위해 오늘의 어려움을 견디고 있다. 사미는 마음에도 없는 석훈과 결혼을 해야만 하는 어둠 속에 머물고 있지만 현수에 대한 변하지 않는 사랑과 더불어 오는 여명의 빛과 소리를 보고 듣는다.

그래서 이 작품에서 나타난 외적인 상황은 매우 부조리하고 암울하지만 사랑의 힘으로 그것을 박차고 멀리 날고자 하는 욕망은 무한하다.

이어령은 1960년대에 『장군의 수염』을 비롯하여 여기서 논의한 두 편의 작품, 「무익조」와 『환각의 다리』 그리고 1980년대에 『둥지 속의 날개』 등과 같은 문제작을 썼다. 이들 작품들 주제는 한결같이 낡은 외투를 벗고 새로운 세계를 향해 날려는 인간의 욕망과 좌절을 그 내용으로 하고 있다.

이러한 주제를 우리들에게 실어주는 형식 또한 언제나 그 시대에 앞설 만큼 전위적인 면을 보이고 있다. 그의 이러한 문학적 현상은 그가 우리 문단에 첫발을 내디딜 때 가지고 나온 그의 탁월한 '이상론'은 물론 '우상 파괴론'과 결코 무관하지 않다. 그것은 그의 날갯짓의 확대된 연장선상에 놓여 있다. 그가 아이가 아니고 어른이 되었을 때도 '바람개비'를 유난히 좋아했던 것도 그의 꿈이 그 속에서 잉태되었기 때문이 아닌가 한다.

그는 이상의 영향을 누구보다 많이 받았지만 결코 '홍진의 상실과 낡은 관습에 그대로 추종하는 아나크로니스트들의 독소적 분비물이 그의 정신을 매몰'시키기를 결코 허락하지 않는 날개를 가진 한국인 '대덜러스'임에 틀림없다.

# 반만년 민족사의 지평, 돌올하게 솟은 문화의 얼굴

김종회 | 문학평론가

## 왜 지금도 이어령인가

필자가 《문학수첩》이란 문예지에 창간 편집위원으로 참여하고 있을 때의 일이다. 한국 문단의 원로 문학평론가이자 대표적 문화이론가인 이어령 선생을 대담에 모셨다. 21세기의 첫 새벽에 해당하는 시기, 그래서 '문화의 세기와 우리 문학의 새로운 패러다임'이란 제목을 붙였고 장소는 서울 시내 《중앙일보》 고문실이었다. 20세기 중반부터 우리 문화 및 문학의 새로운 의미 개념을 제시하면서, 그것을 해석하는 달변의 논객으로 일세를 풍미해온 선생은 이미 생존해 있는 채로 하나의 전설이 되었다.

그 연배의 시인이나 작가들은 전혀 기억하지 못하는 동시대의 젊은 세대들이 선생의 함자만큼은 명료하게 그리고 매우 구체적으로 인지하고 있으니, 이는 곧 세월의 경과를 뛰어넘어 새로이 변화하는 문물을 선도해온 선생의 공로요 영향력을 말하는 일이다. 1950년대에 '저항의 문학'이란 선명한 가치를 내걸고 문단에서 가장 독창적인 목소리를 발양했던, 그리고 『흙 속에 저 바람 속에』를 비롯한 다수의 문명비평 또는 문화비평으로 낙양의 지가를 올렸던 선생은, 그 대담에서도 그간의 저술에 필적하는 분량의 새로운 집필 계획을 수립하는 등 활발한 의욕에 넘쳐 있었다.

세기의 분별이 바뀌고 10년, 그동안도 선생은 쉬지 않았다. 끊임없이 문화적 화두를 세상에 던지는가 하면, 기독교의 세례를 통해 종교적 차원에서도 경천동지의 파문을 생산하였다. 왜, 어떻게 이와 같은 화제의 중심에 서는 인물로 살아왔을까. 그 대답은 선생의 내부와 외부에 동시적으로 존재할 것이다. 시대의 문물을 바라보는 예리한 혜안과 그것을 언어의 형식이나 문화의 양식으로 전화하는 식견, 의미가 확연히 정돈된 컨텐츠와 다음다음의 세대들조차 놀라 순발력이 동시다발로 작용하는 자리에 선생의 세계가 있다. 좀 무례하고 성급하게 말하자면, 이런 인물은 한 세기에 두 번 나기 어렵다.

요컨대 그는 우리 시대의 지성을 대표하는 문화 아이콘이요 그 스스로는 천재적 발상의 소유자이다. 그러기에 선생을 모시고 청해 듣는 새로운 천년의 문화 패러다임은 과연 무엇이 과거로부터 온 것이며 무엇이 새롭게 추구해야 할 것인가를 가늠하는 데 가장 적절한 분석·평가·판단·처방을 포괄할 수 있을 터이다. 그리하여 민족 공동체에서부터 개인의 삶에 이르기까지, 우리가 열고 가꾸며 이루어가야 할 앞날의 모습을 추단하는 가장 유효한 시금석이 되리라 여겨진다. 선생을 모셨던 대담의 의미는 바로 그러한 것이었고, 미상불 선생은 현란한 인식과 언어의 잔치를 통해 다양하다기하면서도 일괄된 관점을 공여해주었다.

선생의 손길이 닿은 문학 및 문화의 범주는 너무 넓어서 거기에 합당한 호명을 부가하기가 어렵다. 그러나 그 가운데 적지 않은 부면이 당대의 대중문화와 폭넓은 접점을 이룬다. 대중문화는 보편적인 사람들이 누리는 정신적·물질적 가치에 기반을 둔다. 이는 그 이름처럼 현대 대중사회를 기반으로 성립된 문화이다. 많은 사람들이 좋아하는 문화인만큼 많은 사람들, 곧 대중에 의해 만들어지며 쉽게 사람들의 호의를 끌고, 때로는 저속한 수준으로 침윤하는 것을 두려워하지 않는다. 다시 말해 동시대 사회의 부정적 가치를 전파할 위험이 상존한다.

이러한 대중문화의 한국적 면모를 예리하게 분석하고 비판하며, 그 가운데 잠복한 구조적 특성을 설득력 있게, 또는 감동적으로 드러내 보이는 당대의 지성이 이어령인 것이다. 그러나 이러한 언표는 그가 가진 문필가로서의 여러 얼굴 가운데 겨우 하나만을 언급한 것일 따름이다. 일찍이 셰익스피어는 백만인百萬人의 성격을 지녔다는 서구의 수사修辭가 있었지만, 그는 그야말로 천 개의 얼굴을 가진 인물이다.

누군가가 재미삼아 세어보니, 그의 직함이 무려 십수 개였다고 한다. 문학평론가, 대학 교수, 신문 칼럼니스트, 문화부 장관, 문명비평가, 에세이스트, 시인……. 어느 호칭을 사용해 그를 불러야 할지 난감할 지경이 허다하겠으되, 궁극적으로 그는 '글을 쓰는 사람'이다. 1956년 5월 6일 《한국일보》에 평론 「우상의 파괴」를 발표하며 문단에 나온 지 반세기를 넘긴 지금, 그의 이름을 달고 세상에 나온 저술이 벌써 200권을 넘었다.

그런데 그 저술들이 그냥의 책이 아니다. 그의 책들은 그때마다 살아 있는 시대의 화두話頭가 되었다. 천재성의 필자, 비범한 상상력의 소유자, 겹시각의 황제 등 현란한 수식어들이 그다지 무리해 보이지 않는다. 그는 언제나 닫혀 있는 인식과 세계관의 창을 활짝 열어주는 선각자이다. 기존 문학의 우상을 파괴하고 창의적 시각의 새 길을 열자고 주창했던 그는, 어느 결에 그 자신이 하나의 새로운 우상이 되어 있다. 그로부터 혹독한 비판을 받았던 백철·조연현·서정주·김동리 등은 이미 세상에 있지 않지만, 어쩌면 그도 후세의 사필史筆을 두려워해야 할지도 모른다.

그에게 글쓰기란, 그리고 글쓰기를 통해 사고의 전복을 감행하는 까닭은 과연 무엇이었을까? 다음의 인용문이 참고가 될지 모르겠다. "우리의 꿈은, 뒤에 오는 사람들이 우리를 딛고 우리 위에서 이루게 하는 것입니다. 나는 평생을 창조적인 작업을 위해 살아왔습니다. 누가 하라고 해서 한 것이 아니라 그것이 나의 삶 그 자체의 즐거움이었기 때문입니다."(김윤식 외, 『상상력의 거미줄-이어령

문학의 길찾기』, 생각의 나무, 2001)

"세태를 앞서 읽는 눈과 시대적 선언이야말로 이어령의 전매
특허다."라는 안내의 말과 더불어, 그가 "매 10년마다 문명비평
가로서 세태의 흐름을 정확히 꿰뚫어보고 그에 걸맞은 시대적 선
언을 내놓았다."는 설명이 인터넷 공간 곳곳에 떠 있다. 그 '시대
를 바꾼 키워드'들은, 일부 지나치게 강조된 부면이 있는 채로 다
음과 같이 정리되어 있다.

① 1980년대, '흙 속에 저 바람 속에': 가난의 극복이 유일의 명
제였던 시절에 이 책을 통해 우리 사회가 농업사회에서 산업사회
로 옮겨가야 함을 역설하여, 당대 최대의 베스트셀러를 기록하고
어둡던 시대 분위기를 일신했다.

② 1970년대, '신바람 문화': 군사독재에 눌려 암울과 좌절에
빠져있던 우리 민족의 열정을 깨워 신바람을 불러일으켜 우리 스
스로도 몰랐던 한국인의 자긍심을 높였다.

③ 1980년대, '벽을 넘어서': 올림픽 개·폐회식 및 초대형 국가
이벤트를 기획하여, 향후의 세계야말로 남북 분단과 동서 냉전의
벽을 넘어 진정한 용서와 화합이 이루어져야 함을 역설, 지구촌
의 공감을 불러일으켰다.

④ 1990년대, '산업화는 늦었지만 정보화는 앞서 가자': 정보
화시대를 맞아 IT강국을 기반으로 한국이 글로벌 정보사회의 리

더가 되어야 함을 역설했다. 세계와 경쟁하는 '문화의 힘과 비전'을 강조, 소프트파워를 결집하는 원동력이 되었다. '새천년의 꿈! 두 손으로 잡으면 현실이 됩니다' 역시 시대를 리드하는 슬로건이었다.

⑤ 2000년대, '디지로그 선언!': 세계가 놀라는 파워 코리아의 힘, 아날로그와 디지털의 문명 융합을 외치는 사자후가 2006년 벽두부터 세상을 놀라게 하고 있다. 석학의 생애를 결산하는 이 선언 속에 나라와 국민을 사랑하는 놀라운 시대 정신이 담겨 있다.

그렇다. 아무래도 그는 옛 세대의 가치관이 무너지고 새 세대의 그것은 아직 세워지지 못한 시대적 상황 속에서, 이 양자를 함께 바라보며 우리가 선 지점의 자표를 깨우치고 가야 할 길의 방향을 인도하도록 예정된 예인 등대의 불빛임에 틀림없다. 누가 있어, 이 겨레의 정체성이 어떠하며 왜 어떤 각오로 무엇을 향해 살아가야 할지를, 그와 같이 적시할 수 있겠는가. 그러기에 이어령인 것이다.


### 그 삶과 작품 세계

이어령은 1934년 충남 아산 출생이며, 앞서 언급한 바와 같이

1956년《한국 일보》에 「우상의 파괴」를 팔표하면서 문단에 나왔
다. 그는 이 글에서 당시 문단의 중심에 있던 김동리, 조향, 이무
영, 최일수 등을 맹렬하게 비판하며 새로운 시대를 여는 이론적
기수로 주목을 받았다. 그 이후 '작품의 실존성'에 관해 김동리
와, 그리고 '전통론'에 관해 조연현과 논쟁을 벌이는 등 '저항의
문학'을 기치로 전후세대의 중심에 선 비평가로 떠올랐다.

　1960년부터 약관의 나이에《서울신문》,《한국일보》,《경향신
문》,《중앙일보》의 논설위원을 지내고, 1966년 이화여대 교수가
되었다. 1972년《문학사상》을 창간하여 주간으로서 이를 운영하
였으며, 1981년부터 2년간 일본동경대 비교문화연구소에 객원
연구원으로 다녀왔다. 1990년 초대 문화부 장관을 시작으로 올
림픽기념사업추진위원회 위원, 2002월드컵조직위원회공동의장,
새천년준비위원회 위원장 등 시대와 사회의 흐름을 선도하는 직
위를 맡아 때마다 참신한 아이디어와 추진력을 보여주었다.

　1959년 『저항의 문학』 이후 거의 해마다 지속적으로 발간된
그의 저서들은, 일반적 상식으로서는 계량이 힘든 분량과 내용
을 자랑한다. 『흙 속에 저 바람 속에』나 『축소지향의 일본인』 등
의 문명비평적 에세이는 이미 국내외에서 하나의 고전이 되었고,
저자 자신이 최고의 작품으로 소개한 『공간의 기호학』과 『말』은
'문학적 언어와 사고의 결정체'란 저자의 언급을 동반하고 있다.
그는 자신이 만들어온 언의의 성격에 대해 시대별 기능별로 다음

과 같이 분류하였다.

　　자신의 내부에 있는 신화의 도시는 신기루가 아니라 낙타의 혹이며 선인장 안에서 솟는 샘이다. 그런데 이 신화의 도시에서 내가 발견한 것은 세 가지의 언어이다.
　　첫째의 언어는 프로메테우스이다. …… 프로메테우스의 언어들은 신과 인간을 갈라놓는, 그리고 자연의 질서와 기술의 질서를 갈라놓는 '불'의 언어, 반항의 언어이다.
　　둘째의 언어는 헤르메스이다. …… 헤르메스는 대립되어 있는 세계의 담을 뛰어넘고 모순의 강을 건너뛰는 '다리'의 언어이다.
　　마지막 언어는 오르페우스의 언어이다. …… 그것은 상충하는 것을 하나로 융합케 하는 결합의 언어이다.
　　신화의 도시 속에 있는 이 세 가지 언어야말로 지금까지 지니고 있던 내 모든 언어의 뿌리였다.

미상불 그에게 언어의 마술사, 언어의 연금술사 등 호사를 극한 호명을 부여할지라도, 그것이 결코 무리해 보이지 않을 것이다. 그런데 그러한 화려한 언어들의 잔치는 그 배면에 숨은 날카로운 문제의식이 없이는 별반 값없는 허장성세에 그쳤을지도 모른다. 그의 날선 칼날은 시대 및 사회적 문제의 정곡을 찌르는가 하면, 우리 삶의 일상성을 부양하고 있는 내밀한 의식의 구조를 정교하게 적출摘出하기도 했다.

문학으로 돌아와보면 그는 일종의 이단자였다. 문학의 울타리 안에 거주하며 작가와 작품의 세계를 들여다보기에 그는 너무 큰 호흡을 가졌던 터이다. 그러기에 탕자처럼 문학의 집을 벗어나 배회했고, 모든 방랑자가 그러하듯이 원래의 집으로 돌아오기도 했으며, 그 경계에 대한 인식 자체를 무의미한 것으로 만들기도 했다. 이를테면 그는 한 시대의 한국 문학이, 동종교배로 일관해온 그 오랜 관성의 각질을 부수기 위해 공들여 준비한 비장의 무기인지도 모른다.

경우에 따라 그의 문필이 지나치게 현상적 해석을 앞세우거나 재능의 속도에 밀려 숙독宿讀의 깊이를 간과하는 사례가 있을 수 있고, 더러 이를 지적한 논자들도 출현했다. 그러나 그가 아니면 언감생심 짚어낼 수 없는 그 많은 시각, 논점, 해석, 추론을 어떻게 감당할 수 있을 것인가. 만약 그가 없었더라면 우리 문화와 문명에 대한 여러 차원의 성찰과 감응력을 어디서 빌려와야 할 것인가.

예컨데 염상섭의 「표본실의 청개구리」를 두고 그것이 자연주의 소설이라는 논거는, 개구리를 실험실에서 꺼낸 장면에서 김이 모락모락 난다는 묘사가 하나의 보기였다. 그런데 개구리가 냉혈 동물이어서 실제 실험에서는 김이 나지 않는다는 것이다. 또한 이효석의 「메밀꽃 필 무렵」에서 허생원이 동이가 자기 아들임을 짐작하는 대목은, 왼손잡이라는 유전적 사실이 아니라는 것이다. 그가 걷어들인 이와 같은 반론의 증빙들은 단순히 호사가적 취향이 아니라, 언제나 부정적 성찰의 정신을 예민하게 가동해온 결과에 해당한다.

그에게도 문학 창작이 있다. 창작집과 장편소설이 여러 권 있어 『장군의 수염』, 『무익조無翼鳥』, 『환각의 다리』, 『의상과 나신』 등의 제목을 들어 본 바 있다. 그는 자신의 시를 두고, 서정주가 「시론」이라는 시에서 제주 해녀가 님 오시는 날 따려고 물속 바위에 붙은 그대로 전복을 남겨둔다고 한 그 숨김의 발화법을 빌려서 설명했다. 실제로 그는 5년 전인 2006년 계간 《시인세계》 겨울호에 시 두 편을 발표할 만큼 일생을 두고 시에 대한 집념을 버리지 못했다. 그러나 그는 역시 미련을 내던지지 못한 시인이라기보다는 불세출의 문명비평가이다. 《중앙일보》 칼럼(2006. 10. 30)에 실린 그의 말을 빌려보자.

88올림픽 개막식 때 굴렁쇠를 굴리자고 제안했던 것도 나에겐 똑 같은 의미였다. 내가 올림픽 개막식에 관여한 건 공연에까지 손을 뻗친게 아니었다. 그것 또한 문학적 행위였다. 김영태 시인이 올림픽 개막식을 보고 쓴 시가 있다. 굴렁쇠 굴리는 걸 본 시인은, 풀밭에 쓴 가장 긴장되고 아름다운 일행시라고 노래했다. 내 의도가 바로 그러했다. 잠실의 광장, 그 초록색 원고지에 일행시를 쓴 것이었다. 88올림픽 개막식은 나에게 몇십억 원짜리 호사스런 글쓰기였다.

아직도 쉬지 않고 글쓰기를 계속하고 있는 그의 생각과 눈과 손길이 어디를 향해 얼마나 더 나아갈지 우리는 알 수가 없다. 분명한 것은, 지금껏 그래왔듯이 그가 앞으로의 시간을 어느 한순간도 의미 없이 보내지 않으리라는 점이다. 그리고 그것은 우리의 민족적 삶에 대한 새로운 해석과 방향성의 제시를 보여주리라는 믿음과 기대를 불러온다. 그래서 다시 이어령인 것이다.

### 바람과 흙 속에서 찾은 보화

1970년대 젊은 대학생들의 가방 속에 꼭 한 권씩 들어 있던 책이 이어령의 에세이였다. 마치 전란에서 사망한 독일군 병사들의 배낭 속에 꼭 헤르만 헤세의 『데미안』이 숨어 있었듯이. 필자 또한 예외가 아니었다. '거부하는 몸짓으로 이 젊음을'이나 '아들이여 이 산하를'과 같은 제목, 그리고 '저 물레에서 운명의 실이' 등의 레토릭만으로도 가슴이 설레고 어쩌면 지성미 넘치는 아고라 광장에 들어선 희랍의 젊은이처럼 어깨에 힘이 들어가곤 했다. 그리고 이러한 에세이들의 결정판이 곧 『흙 속에 저 바람 속에』가 아니었을까 싶다. 한국적 삶의 풍토에 연재 글을 쓰기로 한 선생은, 제목에서부터 그 어휘를 살짝 비틀어 기막힌 언어의 조화를 창달했다.

이 책은 평범하고 보잘것없어 보이는 한국인의 삶과 그것의 세부를 구성하는 경물들을 두고, 그 속내와 쓰임새를 인문·역사·철학의 모든 장르를 활용하면서 해설한다. 한국인의 울름과 굶주림, 해와 달 설화와 시집살이의 사회학, 도농都農과 동서양의 비교 등이 천의무봉으로 어우러지고 함께 논거되며 기상천외한 관찰을 이끌어낼 때, 거기에 탄복과 상찬을 보내지 않고는 배기기 어려웠던 것이 사실이다. 그 '흙 속에 저 바람 속에'는 오늘날 중인환시리衆人環視裏에 다시 집필이 시작되어, 2011년 11월호 《문학사상》의 지면에까지 잇대어져 있다.

그런데, 혹자는 필자에게 이렇게 말할지도 모른다. 당신은 도대체 어떻게 된 평론가이기에 이어령 선생에 대해 맹목적 숭배자처럼 글을 쓰고 있느냐고. 필자가 선생의 후학으로서 절대적 존경을 드리는 것은 틀린 일도 아니고 부끄러운 일도 아니다. 물론 선생의 학문·문화·문학의 세계에서 단처短處가 없는 바가 아니겠으나, 이를 상쇄하고 함몰하는 특장들이 계수·계량이 어려울 만큼 즐비한 형국이라 그 대목을 언급한 겨를이 없었던 차이다. 선생이 너무 빛나는 아이디어와 과단성 있는 진행 방향을 갖고 있기에, 한걸음 늦추어서 보다 느린 발걸음으로 일이나 사물의 뒷면 또는 어두운 면을 살펴야 할 지경에서는 누수의 지점이 발생할 수 있다. 왜 천려일실千慮一失이란 말도 있지 않는가.

그러기에 배고픈 서민들은 초근목피를 구하려고 산으로 갔고 배부른 선비들은 정쟁을 피하여 또한 산으로 갔다. 그리하여 이 땅은 걸인과 한운야학閑雲野鶴을 찾는 은둔 거사로 적막강산을 이루었던 게다.

(……)

우리가 좋다는 말 대신에 '괜찮다'는 말을 쓰게 된 이유도 거기에 있다. 괜찮다는 '관계하지 않는다'라는 긴 말이 줄어서 된 것이다.

현실에 관계하기만 하면, 나라 일에 관계하기만 하면, 목숨을 잃었다. 죄 없는 처자식까지도 억울한 형벌을 받아야 했다. 혹은 쓸쓸한 귀향살이에서 눈물을 거문고로나 달래야 했다. 즉, 관계하지 않는 것이 좋은 일이다. 그러지 않고서는 살 수가 없었기 때문이다.

『흙 속에 저 바람 속에』 가운데 실려 있는 「윷놀이의 비극성」이란 글의 일절이다. 배고픈 설움과 마찬가지로 지금도 그 정쟁이라는 눈물의 윷놀이가 우리 주변에서 벌어지고 있다고 탄식하는 저자는 '괜찮다'라는 말의 본딧말을 잘못 가져온 듯하다. 필자가 알기로 정확한 어원은 '관계하지 않는다'가 아니라 '공연하지 아니하다'이다. 그렇다고 해서 윷놀이의 비극성이 설명되지 않을 바는 아니로되, 그것을 풀어가는 언어적 의미 형성의 과정은 전혀 딴 길이 되는 셈이다. 공연하지 아니하고 마땅한 사유가 있으니 괜찮다고 다독거리는 것이, 이 말의 풀이가 되어야 하지 않을까 싶다.

선생이 이 책을 통해 동료 문인에게 관심을 표명한 두 가지 사례가 있다. 하나는 오탁번 교수의 짧은 글 「이어령의 point of view」이고, 다른 하나는 김윤식 교수의 논평, 세대별로 선생의 문화 선도적 역할을 규정한 논평이다. 김윤식 교수의 표현처럼 30대에 『흙 속에 저 바람 속에』를 써서 한국인을 놀라게 하고, 40대에 『축소지향의 일본인』을 써서 일본 사람을 놀라게 하고, 그리고 50대에는 올림픽 문화 행사를 통해 세계를 놀라게 한 것은 어김없는 사실이다.

여기서 우리가 주목해야 마땅한 것은 어떻게 그처럼 세대를 넘어서 지속적 시간을 누리는 문화 창도倡道가 가능한가이다. 이 글을 쓰기 위해 선생의 여러 저서를 쌓아놓고 읽고 또 읽던 필자는 두 권의 책에 오래 눈길이 갔다. 하나는 『우리문화박물지』(디자인하우스, 2007)이고 다른 하나는 『디지로그』(생각의 나무, 2006)이다. 앞의 책은 '이어령의 이미지+생각'이라는 부제가 암시하는 바와 같이, 우리 전통 사회의 삶을 지탱하던 다양 다기한 가재도구의 물목들을 그림과 더불어 논평한 것이다. 그리고 뒤의 책은 '한국인이 이끄는 첨단정보사회, 그 미래를 읽는 키워드'라는 부제가 지시하는 바와 같이, 저 과거의 아날로그에서 디지털 세계로 가는 어지러운 외나무다리를 건너도록 안내하는 것이다.

그 언저리에서 필자는 분명히 알 수 있었다. 선생은 본능적으로 생래적으로 우리 과거의 삶과 그 구체적 세부를 깊이 있게 탐색하는 촉수를 가졌으며, 동시에 정보와 기술의 혁명이 불꽃처럼 휘황한 미래를 내다보는 선견先見의 눈을 가진 인물인 터이다. 거기에다 그와 같은 양자를 수미상관하게 조합하는 방식과, 그것의 정곡을 찌르며 설명하는 언어 및 문장 구사의 탁발함을 갖추었으니, 세상을 놀라게 하지 않는 일이 오히려 기적일 수밖에 없다.

그러한 연유로 선생의 생각과 말과 글은, 간단없이 '새로운 문화 창조의 원천을 어디서 찾을 것인가'를 추구하고 해석하고 선포한다. 이 주제에 대한 글은 『글로벌 시대의 한국과 한국인』(아카넷, 2007)이란 책에 실려 있다. 이 책에는 선생 이외에도 21세기 글로벌 거버넌스 시대에 한국을 대표하는 각 분야의 글로벌 리더 9인의 글을 더 담고 있다. 그러나 그 가장 앞자리는 언제나 선생의 것이다. 약관의 나이에 젊은 혈기와 함께 한국 문단을 혁파하던 선생도, 어느덧 우리 사회의 가장 중진 원로의 지위에 이른 것이다. 그럼에도 불구하고 선생의 의식은 만년 약관, 만년 청춘이다.

선생 자신이 너무 앞서가는 분인 까닭으로, 선생을 모시고는 대화가 쉽지 않다. 어느 누구든, 하기로 한다면 심지어 일국의 통치자까지도 선생의 말만 들어야 할지 모른다. 그런데 필자의 우둔한 생각으로는 이 일방소통의 단절감은, 이제 선생의 연륜이나 견식으로 보아 조금은 수정되어야 하지 않을까 한다. 그것이 우리 시대의 진정한 존경을 수거하는 거인의 얼굴이어야 한다는 충정에서 하는 말이다.

강과 바다가 수백 개 산골 물줄기의 복종을 받는 이유는, 그것들이 항상 낮은 곳에 있기 때문이다. 사람들의 뒤에 있을지라도 무게를 느끼지 않게 하며, 그들보다 앞에 있을지라도 그 마음을 상하지 않게 해야 한다는 노자老子의 말로, 이 글을 쓰는 필자 스스로를 경계하며 졸고를 마감한다.

### 김종회

1988년 《문학사상》에 평론 「삶과 죽음의 존재양식-환순원론」이 당선되어 등단했다. 평론집으로 『위기의 시대와 문학』, 『문학과 전화기의 시대정신』『문화 통합의 시대와 문학』, 『문학과 예술론』외 다수의 저서가 있다. 김환태평론문학상·한국문학평론가협회상·시와시학상·경희문학상·김달진문학상·편운문학상·유심작품상 등을 수상했다. 경희대 국어국문학과 교수로 재직했으며, 한국문학평론가협회 및 국제한인문학회의 회장을 역임했다.

# 이어령 작품 연보

## 문단 : 등단 이전 활동

| | | |
|---|---|---|
| 「이상론 – 순수의식의 뇌성(牢城)과 그 파벽(破壁)」 | 서울대 《문리대 학보》 3권, 2호 | 1955.9. |
| 「우상의 파괴」 | 《한국일보》 | 1956.5.6. |

## 데뷔작

| | | |
|---|---|---|
| 「현대시의 UMGEBUNG(環圍)와 UMWELT(環界)<br>–시비평방법론서설」 | 《문학예술》 10월호 | 1956.10. |
| 「비유법논고」 | 《문학예술》 11,12월호 | 1956.11. |
| * 백철 추천을 받아 평론가로 등단 | | |

## 논문

**평론·논문**

| | | | |
|---|---|---|---|
| 1. | 「이상론 – 순수의식의 뇌성(牢城)과 그 파벽(破壁)」 | 서울대 《문리대 학보》 3권, 2호 | 1955.9. |
| 2. | 「현대시의 UMGEBUNG와 UMWELT – 시비평방<br>법론서설」 | 《문학예술》 10월호 | 1956 |
| 3. | 「비유법논고」 | 《문학예술》 11,12월호 | 1956 |
| 4. | 「카타르시스문학론」 | 《문학예술》 8~12월호 | 1957 |
| 5. | 「소설의 아펠레이션 연구」 | 《문학예술》 8~12월호 | 1957 |

6. 「해학(諧謔)의 미적 범주」 《사상계》 11월호 1958

7. 「작가와 저항-Hop Frog의 암시」 《知性》 3호 1958.12.

8. 「이상의 시의와 기교」 《문예》 10월호 1959

9. 「프랑스의 앙티-로망과 소설양식」 《새벽》 10월호 1960

10. 「원형의 전설과 후송(後送)의 소설방법론」 《사상계》 2월호 1963

11. 「소설론(구조와 분석)-현대소설에 있어서의 이미지 《세대》 6~12월호 1963
의 문제」

12. 「20세기 문학에 있어서의 지적 모험」 서울법대 《FIDES》 10권, 2호 1963.8.

13. 「플로베르-걸인(乞人)의 소리」 《문학춘추》 4월호 1964

14. 「한국비평 50년사」 《사상계》 11월호 1965

15. 「Randomness와 문학이론」 《문학》 11월호 1968

16. 「최남선의 「해에게서 소년에게」 분석」 《문학사상》 2월호 1974

17. 「춘원 초기단편소설의 분석」 《문학사상》 3월호 1974

18. 「문학텍스트의 공간 읽기-「早春」을 모델로」 《한국학보》 10월호 1986

19. 「鄭夢周의 '丹心歌'와 李芳遠의 '何如歌'의 비교론」 《문학사상》 6월호 1987

20. 「'處容歌'의 공간분석」 《문학사상》 8월호 1987

21. 「서정주론-피의 의미론적 고찰」 《문학사상》 10월호 1987

22. 「정지용-창(窓)의 공간기호론」 《문학사상》 3~4월호 1988

### 학위논문

1. 「문학공간의 기호론적 연구-청마의 시를 중심으로」 단국대학교 1986

# 단평

### 국내신문

1. 「동양의 하늘-현대문학의 위기와 그 출구」 《한국일보》 1956.1.19.~20.

2. 「아이커러스의 귀화-휴머니즘의 의미」 《서울신문》 1956.11.10.

3. 「화전민지대 – 신세대의 문학을 위한 각서」　《경향신문》　1957.1.11.~12.

4. 「현실초극점으로만 탄생 – 시의 '오부제'에 대하여」《평화신문》　1957.1.18.

5. 「겨울의 축제」　《서울신문》　1957.1.21.

6. 「우리 문화의 반성 – 신화 없는 민족」　《경향신문》　1957.3.13.~15.

7. 「묘비 없는 무덤 앞에서 – 추도 이상 20주기」　《경향신문》　1957.4.17.

8. 「이상의 문학 – 그의 20주기에」　《연합신문》　1957.4.18.~19.

9. 「시인을 위한 아포리즘」　《자유신문》　1957.7.1.

10. 「토인과 생맥주 – 전통의 터너미놀로지」　《연합신문》　1958.1.10.~12.

11. 「금년문단에 바란다 – 장미밭의 전쟁을 지양」　《한국일보》　1958.1.21.

12. 「주어 없는 비극 – 이 시대의 어둠을 향하여」　《조선일보》　1958.2.10.~11.

13. 「모래의 성을 밟지 마십시오 – 문단후배들에게 말　《서울신문》　1958.3.13.
한다」

14. 「현대의 신라인들 – 외국 문학에 대한 우리 자세」　《경향신문》　1958.4.22.~23.

15. 「새장을 여시오 – 시인 서정주 선생에게」　《경향신문》　1958.10.15.

16. 「바람과 구름과의 대화 – 왜 문학논평이 불가능한가」《문화시보》　1958.10.

17. 「대화정신의 상실 – 최근의 필전을 보고」　《연합신문》　1958.12.10.

18. 「새 세계와 문학신념 – 폭발해야 할 우리들의 언어」《국제신보》　1959.1.

19. *「영원한 모순 – 김동리 씨에게 묻는다」　《경향신문》　1959.2.9.~10.

20. *「못 박힌 기독은 대답 없다 – 다시 김동리 씨에게」《경향신문》　1959.2.20.~21.

21. *「논쟁과 초점 – 다시 김동리 씨에게」　《경향신문》　1959.2.25.~28.

22. *「희극을 원하는가」　《경향신문》　1959.3.12.~14.
* 김동리와의 논쟁

23. 「자유문학상을 위하여」　《문학논평》　1959.3.

24. 「상상문학의 진의 – 펜의 논제를 말한다」　《동아일보》　1959.8.~9.

25. 「프로이트 이후의 문학 – 그의 20주기에」　《조선일보》　1959.9.24.~25.

26. 「비평활동과 비교문학의 한계」　《국제신보》　1959.11.15.~16.

27. 「20세기의 문학사조 – 현대사조와 동향」　《세계일보》　1960.3.

28. 「제삼세대(문학) – 새 차원의 음악을 듣자」　《중앙일보》　1966.1.5.

29. 「'에비'가 지배하는 문화 – 한국문화의 반문화성」　《조선일보》　1967.12.28.

30. 「문학은 권력이나 정치이념의 시녀가 아니다 – '오　《조선일보》　1968.3.
　　늘의 한국문화를 위협하는 것'의 조명」

31. 「논리의 이론검증 똑똑히 하자 – 불평성 여부로 문　《조선일보》　1968.3.26.
　　학평가는 부당」

32. 「문화근대화의 성년식 – '청춘문화'의 자리를 마련　《대한일보》　1968.8.15.
　　해줄 때도 되었다」

33. 「측면으로 본 신문학 60년 – 전후문단」　《동아일보》　1968.10.26.,11.2.

34. 「일본을 해부한다」　《동아일보》　1982.8.14.

35. 「푸는 문화 신바람의 문화」　《중앙일보》　1982.9.22.

36. 「떠도는 자의 우편번호」　《중앙일보》 연재　1982.10.12.
　　　　　　　　　　　　　　　　　　　　　　　　　　　~1983.3.18.

37. 「희극 '피가로의 결혼'을 보고」　《한국일보》　1983.4.6.

38. 「북풍식과 태양식」　《조선일보》　1983.7.28.

39. 「창조적 사회와 관용」　《조선일보》　1983.8.18.

40. 「폭력에 대응하는 지성」　《조선일보》　1983.10.13.

41. 「레이건 수사학」　《조선일보》　1983.11.17.

42. 「채색문화 전성시대 – 1983년의 '의미조명'」　《동아일보》　1983.12.28.

43. 「귤이 탱자가 되는 사회」　《조선일보》　1984.1.21.

44. 「한국인과 '마늘문화'」　《조선일보》　1984.2.18.

45. 「저작권과 오린지」　《조선일보》　1984.3.13.

46. 「결정적인 상실」　《조선일보》　1984.5.2.

47. 「두 얼굴의 군중」　《조선일보》　1984.5.12.

48. 「기저귀 문화」　《조선일보》　1984.6.27.

49. 「선밥 먹이기」　《조선일보》　1985.4.9.

50. 「일본은 대국인가」　《조선일보》　1985.5.14.

51. 「신한국인」　《조선일보》 연재　1985.6.18.~8.31.

52. 「21세기의 한국인」　《서울신문》 연재　1993

53. 「한국문화의 뉴패러다임」　《경향신문》 연재　1993

54. 「한국어의 어원과 문화」　《동아일보》 연재　1993.5.~10.

55. 「한국문화 50년」　《조선일보》 신년특집　1995.1.1.

748

56. 「半島性의 상실과 회복의 역사」 《한국일보》 광복50년 신년특집 1995.1.4.
특별기고
57. 「한국언론의 새로운 도전」 《조선일보》 75주년 기념특집 1995.3.5.
58. 「대고려전시회의 의미」 《중앙일보》 1995.7.
59. 「이인화의 역사소설」 《동아일보》 1995.7.
60. 「한국문화 50년」 《조선일보》 광복50년 특집 1995.8.1.
외 다수

## 외국신문

1. 「通商から通信へ」 《朝日新聞》 교토포럼 主題論文抄 1992.9.
2. 「亞細亞の歌をうたう時代」 《朝日新聞》 1994.2.13.
외 다수

## 국내잡지

1. 「마호가니의 계절」 《예술집단》 2호 1955.2.
2. 「사반나의 풍경」 《문학》 1호 1956.7.
3. 「나르시스의 학살 – 이상의 시와 그 난해성」 《신세계》 1956.10.
4. 「비평과 푸로파간다」 영남대 《嶺文》 14호 1956.10.
5. 「기초문학함수론 – 비평문학의 방법과 그 기준」 《사상계》 1957.9.~10.
6. 「무엇에 대하여 저항하는가 – 오늘의 문학과 그 근거」 《신군상》 1958.1.
7. 「실존주의 문학의 길」 《자유공론》 1958.4.
8. 「현대작가의 책임」. 《자유문학》 1958.4.
9. 「한국소설의 현재의 장래 – 주로 해방후의 세 작가 《지성》 1호 1958.6.
를 중심으로」
10. 「시와 속박」 《현대시》 2집 1958.9.
11. 「작가의 현실참여」 《문학평론》 1호 1959.1.
12. 「방황하는 오늘의 작가들에게 – 작가적 사명」 《문학논평》 2호 1959.2.
13. 「자유문학상을 향하여」 《문학논평》 1959.3.
14. 「고독한 오솔길 – 소월시를 말한다」 《신문예》 1959.8.~9.

15. 「이상의 소설과 기교-실화와 날개를 중심으로」 《문예》 1959.10.

16. 「박탈된 인간의 휴일-제8요일을 읽고」 《새벽》 35호 1959.11.

17. 「잠자는 거인-뉴 제네레이션의 위치」 《새벽》 36호 1959.12.

18. 「20세기의 인간상」 《새벽》 1960.2.

19. 「푸로메떼 사슬을 풀라」 《새벽》 1960.4.

20. 「식물적 인간상-『카인의 후예』, 황순원 론」 《사상계》 1960.4.

21. 「사회참가의 문학-그 원시적인 문제」 《새벽》 1960.5.

22. 「무엇에 대한 노여움인가?」 《새벽》 1960.6.

23. 「우리 문학의 지점」 《새벽》 1960.9.

24. 「유배지의 시인-쌩종·페르스의 시와 생애」 《자유문학》 1960.12.

25. 「소설산고」 《현대문학》 1961.2.~4.

26. 「현대소설의 반성과 모색-60년대를 기점으로」 《사상계》 1961.3.

27. 「소설과 '아펠레이션'의 문제」 《사상계》 1961.11.

28. 「현대한국문학과 인간의 문제」 《시사》 1961.12.

29. 「한국적 휴머니즘의 발굴-유교정신에서 추출해본 《신사조》 1962.11.
    휴머니즘」

30. 「한국소설의 맹점-리얼리티 외, 문제를 중심으로」 《사상계》 1962.12.

31. 「오해와 모순의 여울목-그 역사와 특성」 《사상계》 1963.3.

32. 「사시안의 비평-어느 독자에게」 《현대문학》 1963.7.

33. 「부메랑의 언어들-어느 독자에게 제2신」 《현대문학》 1963.9.

34. 「문학과 역사적 사건-4·19를 예로」 《한국문학》 1호 1966.3.

35. 「현대소설의 구조」 《문학》 1,3,4호 1966.7., 9., 11.

36. 「비판적 『삼국유사』」 《월간세대》 1967.3~5.

37. 「현대문학과 인간소외-현대부조리와 인간소외」 《사상계》 1968.1.

38. 「서랍 속에 든 '不穩詩'를 분석한다-'지식인의 사 《사상계》 1968.3.
    회참여'를 읽고」

39. 「사물을 보는 눈」 《사상계》 1973.4.

40. 「한국문학의 구조분석-反이솝주의 선언」 《문학사상》 1974.1.

41. 「한국문학의 구조분석-'바다'와 '소년'의 의미분석」 《문학사상》 1974.2.

42. 「한국문학의 구조분석-춘원 초기단편소설의 분석」 《문학사상》 1974.3.

| 43. 「이상문학의 출발점」 | 《문학사상》 | 1975.9. |
| 44. 「분단기의 문학」 | 《정경문화》 | 1979.6. |
| 45. 「미와 자유와 희망의 시인 – 일리리스의 문학세계」 | 《충청문장》 32호 | 1979.10. |
| 46. 「말 속의 한국문화」 | 《삶과꿈》 연재 | 1994.9~1995.6. |

외 다수

## 외국잡지

| 1. 「亞細亞人の共生」 | 《Forsight》新潮社 | 1992.10. |

외 다수

## 대담

| 1. 「일본인론 – 대담:金容雲」 | 《경향신문》 | 1982.8.19.~26. |
| 2. 「가부도 논쟁도 없는 무관심 속의 '방황' – 대담:金璟東」 | 《조선일보》 | 1983.10.1. |
| 3. 「해방 40년, 한국여성의 삶 – "지금이 한국여성사의 터닝포인트" – 특집대담:정용석」 | 《여성동아》 | 1985.8. |
| 4. 「21세기 아시아의 문화 – 신년석학대담:梅原猛」 | 《문학사상》 1월호, MBC TV 1일 방영 | 1996.1. |

외 다수

## 세미나 주제발표

| 1. 「神奈川 사이언스파크 국제심포지움」 | KSP 주최(일본) | 1994.2.13. |
| 2. 「新潟 아시아 문화제」 | 新潟縣 주최(일본) | 1994.7.10. |
| 3. 「순수문학과 참여문학」(한국문학인대회) | 한국일보사 주최 | 1994.5.24. |
| 4. 「카오스 이론과 한국 정보문화」(한·중·일 아시아 포럼) | 한백연구소 주최 | 1995.1.29. |
| 5. 「멀티미디어 시대의 출판」 | 출판협회 | 1995.6.28. |
| 6. 「21세기의 메디아론」 | 중앙일보사 주최 | 1995.7.7. |
| 7. 「도자기와 총의 문화」(한일문화공동심포지움) | 한국관광공사 주최(후쿠오카) | 1995.7.9. |

| 8. 「역사의 대전환」(한일국제심포지움) | 중앙일보 역사연구소 | 1995.8.10. |
|---|---|---|
| 9. 「한일의 미래」 | 동아일보, 아사히신문 공동주최 | 1995.9.10. |
| 10. 「춘향전'과 '忠臣藏'의 비교연구」(한일국제심포지엄) | 한림대·일본문화연구소 주최 | 1995.10. |
| 외 다수 | | |

---

**기조강연**

---

| 1. 「로스엔젤러스 한미박물관 건립」 | (L.A.) | 1995.1.28. |
|---|---|---|
| 2. 「하와이 50년 한국문화」 | 우먼스클럽 주최(하와이) | 1995.7.5. |
| 외 다수 | | |

# 저서(단행본)

---

**평론·논문**

---

| 1. 『저항의 문학』 | 경지사 | 1959 |
|---|---|---|
| 2. 『지성의 오솔길』 | 동양출판사 | 1960 |
| 3. 『전후문학의 새 물결』 | 신구문화사 | 1962 |
| 4. 『통금시대의 문학』 | 삼중당 | 1966 |
| * 『축소지향의 일본인』 | 갑인출판사 | 1982 |
|    * '縮み志向の日本人'의 한국어판 | | |
| 5. 『縮み志向の日本人』(원문: 일어판) | 学生社 | 1982 |
| 6. 『俳句で日本を讀む』(원문: 일어판) | PHP | 1983 |
| 7. 『고전을 읽는 법』 | 갑인출판사 | 1985 |
| 8. 『세계문학에의 길』 | 갑인출판사 | 1985 |
| 9. 『신화속의 한국인』 | 갑인출판사 | 1985 |
| 10. 『지성채집』 | 나남 | 1986 |
| 11. 『장미밭의 전쟁』 | 기린원 | 1986 |

| 12. 『신한국인』 | 문학사상 | 1986 |
| 13. 『ふろしき文化のポスト・モダン』(원문: 일어판) | 中央公論社 | 1989 |
| 14. 『蛙はなぜ古池に飛びこんだのか』(원문: 일어판) | 学生社 | 1993 |
| 15. 『축소지향의 일본인—그 이후』 | 기린원 | 1994 |
| 16. 『시 다시 읽기』 | 문학사상사 | 1995 |
| 17. 『한국인의 신화』 | 서문당 | 1996 |
| 18. 『공간의 기호학』 | 민음사(학위논문) | 2000 |
| 19. 『진리는 나그네』 | 문학사상사 | 2003 |
| 20. 『ジャンケン文明論』(원문: 일어판) | 新潮社 | 2005 |
| 21. 『디지로그』 | 생각의나무 | 2006 |
| 22. 『이어령의 삼국유사 이야기1』 | 서정시학 | 2006 |
| * 『하이쿠의 시학』 | 서정시학 | 2009 |
|    * '俳句で日本を讀む'의 한국어판 | | |
| * 『젊은이여 한국을 이야기하자』 | 문학사상사 | 2009 |
|    * '신한국인'의 개정판 | | |
| 23. 『어머니를 위한 여섯 가지 은유』 | 열림원 | 2010 |
| 24. 『이어령의 삼국유사 이야기2』 | 서정시학 | 2011 |
| 25. 『생명이 자본이다』 | 마로니에북스 | 2013 |
| * 『가위바위보 문명론』 | 마로니에북스 | 2015 |
|    * 'ジャンケン文明論'의 한국어판 | | |
| 26. 『보자기 인문학』 | 마로니에북스 | 2015 |
| 27. 『너 어디에서 왔니(한국인 이야기1)』 | 파람북 | 2020 |
| 28. 『너 누구니(한국인 이야기2)』 | 파람북 | 2022 |
| 29. 『너 어떻게 살래(한국인 이야기3)』 | 파람북 | 2022 |
| 30. 『너 어디로 가니(한국인 이야기4)』 | 파람북 | 2022 |

## 에세이

| 1. 『흙 속에 저 바람 속에』 | 현암사 | 1963 |
| 2. 『오늘을 사는 세대』 | 신태양사출판국 | 1963 |

3. 『바람이 불어오는 곳』        현암사        1965

4. 『하나의 나뭇잎이 흔들릴 때』        현암사        1966

5. 『우수의 사냥꾼』        동화출판공사        1969

6. 『현대인이 잃어버린 것들』        서문당        1971

7. 『저 물레에서 운명의 실이』        범서출판사        1972

8. 『아들이여 이 산하를』        범서출판사        1974

  * 『거부하는 몸짓으로 이 젊음을』        삼중당        1975

    * '오늘을 사는 세대'의 개정판

9. 『말』        문학세계사        1982

10. 『떠도는 자의 우편번호』        범서출판사        1983

11. 『지성과 사랑이 만나는 자리』        마당문고사        1983

12. 『푸는 문화 신바람의 문화』        갑인출판사        1984

13. 『사색의 메아리』        갑인출판사        1985

14. 『젊음이여 어디로 가는가』        갑인출판사        1985

15. 『뿌리를 찾는 노래』        기린원        1986

16. 『서양의 유혹』        기린원        1986

17. 『오늘보다 긴 이야기』        기린원        1986

  * 『이것이 여성이다』        문학사상사        1986

18. 『한국인이여 고향을 보자』        기린원        1986

19. 『젊은이여 뜨거운 지성을 너의 가슴에』        삼성이데아서적        1990

20. 『정보사회의 기업문화』        한국통신기업문화진흥원        1991

21. 『기업의 성패 그 문화가 좌우한다』        종로서적        1992

22. 『동창이 밝았느냐』        동화출판사        1993

23. 『한, 일 문화의 동질성과 이질성』        신구미디어        1993

24. 『나를 찾는 술래잡기』        문학사상사        1994

  * 『말 속의 말』        동아출판사        1995

    * '말'의 개정판

25. 『한국인의 손 한국인의 마음』        디자인하우스        1996

26. 『신의 나라는 가라』        한길사        2001

  * 『말로 찾는 열두 달』        문학사상사        2002

　　＊'말'의 개정판

27. 『붉은 악마의 문화 코드로 읽는 21세기』　　중앙M&B　　　　2002

＊ 『뜻으로 읽는 한국어 사전』　　　　　　　문학사상사　　　　2002

　　＊'말 속의 말'의 개정판

＊ 『일본문화와 상인정신』　　　　　　　　　문학사상사　　　　2003

　　＊'축소지향의 일본인 그 이후'의 개정판

28. 『문화코드』　　　　　　　　　　　　　　문학사상사　　　　2006

29. 『우리문화 박물지』　　　　　　　　　　　디자인하우스　　　2007

30. 『젊음의 탄생』　　　　　　　　　　　　　생각의나무　　　　2008

31. 『생각』　　　　　　　　　　　　　　　　생각의나무　　　　2009

32. 『지성에서 영성으로』　　　　　　　　　　열림원　　　　　　2010

33. 『유쾌한 창조』　　　　　　　　　　　　　알마　　　　　　　2010

34. 『빵만으로는 살 수 없다』　　　　　　　　열림원　　　　　　2012

35. 『우물을 파는 사람』　　　　　　　　　　　두란노　　　　　　2012

36. 『책 한 권에 담긴 뜻』　　　　　　　　　　국학자료원　　　　2022

37. 『먹다 듣다 걷다』　　　　　　　　　　　　두란노　　　　　　2022

38. 『작별』　　　　　　　　　　　　　　　　　성안당　　　　　　2022


## 소설

1. 『이어령 소설집, 장군의 수염/전쟁 데카메론 외』　현암사　　　1966

2. 『환각의 다리』　　　　　　　　　　　　　　서음출판사　　　　1977

3. 『둥지 속의 날개』　　　　　　　　　　　　　홍성사　　　　　　1984

4. 『무익조』　　　　　　　　　　　　　　　　　기린원　　　　　　1987

5. 『홍동백서』(문고판)　　　　　　　　　　　　범우사　　　　　　2004


## 시

『어느 무신론자의 기도』　　　　　　　　　　　문학세계사　　　　2008

『헌팅턴비치에 가면 네가 있을까』　　　　　　열림원　　　　　　2022

| 『다시 한번 날게 하소서』 | 성안당 | 2022 |
| 『눈물 한 방울』 | 김영사 | 2022 |

## 칼럼집

| 1. 『차 한 잔의 사상』 | 삼중당 | 1967 |
| 2. 『오늘보다 긴 이야기』 | 기린원 | 1986 |

## 편저

| 1. 『한국작가전기연구』 | 동화출판공사 | 1975 |
| 2. 『이상 소설 전작집 1,2』 | 갑인출판사 | 1977 |
| 3. 『이상 수필 전작집』 | 갑인출판사 | 1977 |
| 4. 『이상 시 전작집』 | 갑인출판사 | 1978 |
| 5. 『현대세계수필문학 63선』 | 문학사상사 | 1978 |
| 6. 『이어령 대표 에세이집 상,하』 | 고려원 | 1980 |
| 7. 『문장백과대사전』 | 금성출판사 | 1988 |
| 8. 『뉴에이스 문장사전』 | 금성출판사 | 1988 |
| 9. 『한국문학연구사전』 | 우석 | 1990 |
| 10. 『에센스 한국단편문학』 | 한양출판 | 1993 |
| 11. 『한국 단편 문학 1-9』 | 모음사 | 1993 |
| 12. 『한국의 명문』 | 월간조선 | 2001 |
| 13. 『뜻으로 읽는 한국어 사전』 | 문학사상사 | 2002 |
| 14. 『매화』 | 생각의나무 | 2003 |
| 15. 『사군자와 세한삼우』 | 종이나라(전5권) | 2006 |

    1. 매화

    2. 난초

    3. 국화

    4. 대나무

    5. 소나무

| 16. 『십이지신 호랑이』 | 생각의나무 | 2009 |

17. 『십이지신 용』　　　　　　　　　　생각의나무　　　　　2010

18. 『십이지신 토끼』　　　　　　　　　　생각의나무　　　　　2010

19. 『문화로 읽는 십이지신 이야기 – 뱀』　　열림원　　　　　　2011

20. 『문화로 읽는 십이지신 이야기 – 말』　　열림원　　　　　　2011

21. 『문화로 읽는 십이지신 이야기 – 양』　　열림원　　　　　　2012

## 희곡

1. 『기적을 파는 백화점』　　　　　　　　갑인출판사　　　　　1984
   * ‘기적을 파는 백화점’, ‘사자와의 경주’ 등 다섯 편이
   수록된 희곡집
2. 『세 번은 짧게 세 번은 길게』　　　　　기린원　　　　　1979, 1987

## 대담집&강연집

1. 『그래도 바람개비는 돈다』　　　　　　동화서적　　　　　　1992
   *　『기업과 문화의 충격』　　　　　　　문학사상사　　　　　2003
   　　* ‘그래도 바람개비는 돈다’의 개정판
2. 『세계 지성과의 대화』　　　　　　　　문학사상사　　　　1987, 2004
3. 『나, 너 그리고 나눔』　　　　　　　　문학사상사　　　　　2006
4. 『지성과 영성의 만남』　　　　　　　　홍성사　　　　　　　2012
5. 『메멘토 모리』　　　　　　　　　　　열림원　　　　　　　2022
6. 『거시기 머시기』(강연집)　　　　　　김영사　　　　　　　2022

## 교과서&어린이책

1. 『꿈의 궁전이 된 생쥐 한 마리』　　　　비룡소　　　　　　　1994
2. 『생각에 날개를 달자』　　　　　　　　웅진출판사(전12권)　1997
   1. 물음표에서 느낌표까지
   2. 누가 맨 먼저 시작했나?
   3. 엄마, 나 한국인 맞아?

4. 제비가 물어다 준 생각의 박씨

5. 나는 지구의 산소가 될래

6. 생각을 바꾸면 미래가 달라진다

7. 아빠, 정보가 뭐야?

8. 나도 그런 사람이 될 테야

9. 너 정말로 한국말 아니?

10. 한자는 옛 문화의 공룡발자국

11. 내 마음의 열두 친구 1

12. 내 마음의 열두 친구 2

3. 『천년을 만드는 엄마』　　　　　　　삼성출판사　　　　　　1999

4. 『천년을 달리는 아이』　　　　　　　삼성출판사　　　　　　1999

* 『어머니와 아이가 만드는 세상』　　　문학사상사　　　　　　2003

　　* '천년을 만드는 엄마', '천년을 달리는 아이'의 개정판

* 『이어령 선생님이 들려주는 축소지향의 일본인 1, 2』

　　* '축소지향의 일본인'의 개정판　　　생각의나무(전2권)　　　2007

5. 『이어령의 춤추는 생각학교』　　　　푸른숲주니어(전10권)　　2009

1. 생각 깨우기

2. 생각을 달리자

3. 누가 맨 먼저 생각했을까

4. 너 정말 우리말 아니?

5. 뜨자, 날자 한국인

6. 생각이 뛰어노는 한자

7. 나만의 영웅이 필요해

8. 로그인, 정보를 잡아라!

9. 튼튼한 지구에서 살고 싶어

10. 상상놀이터, 자연과 놀자

6. 『불 나라 물 나라』　　　　　　　　대교　　　　　　　　　2009

7. 『이어령의 교과서 넘나들기』　　　　살림출판사(전20권)　　2011

1. 디지털편 – 디지털시대와 우리의 미래

2. 경제편 – 경제를 바라보는 10개의 시선

3. 문학편 – 컨버전스 시대의 변화하는 문학

4. 과학편 – 세상을 바꾼 과학의 역사

5. 심리편 – 마음을 유혹하는 심리의 비밀

6. 역사편 – 역사란 무엇인가?

7. 정치편 – 세상을 행복하게 만드는 정치

8. 철학편 – 세상을 이해하는 지혜의 눈

9. 신화편 – 시대를 초월한 상상력의 세계

10. 문명편 – 문명의 역사에 담긴 미래 키워드

11. 춤편 – 한 눈에 보는 춤 이야기

12. 의학편 – 의학 발전을 이끈 위대한 실험과 도전

13. 국제관계편 – 지구촌 시대를 살아가는 지혜

14. 수학편 – 수학적 사고력을 키우는 수학 이야기

15. 환경편 – 지구의 미래를 위한 환경 보고서

16. 지리편 – 지구촌 곳곳의 살아가는 이야기

17. 전쟁편 – 인류 역사를 뒤흔든 전쟁 이야기

18. 언어편 – 언어란 무엇인가?

19. 음악편 – 천년의 감동이 담긴 서양 음악 여행

20. 미래과학편 – 미래를 설계하는 강력한 힘

| 8. | 『느껴야 움직인다』 | 시공미디어 | 2013 |
| 9. | 『지우개 달린 연필』 | 시공미디어 | 2013 |
| 10. | 『길을 묻다』 | 시공미디어 | 2013 |

## 일본어 저서

| * | 『縮み志向の日本人』(원문: 일어판) | 学生社 | 1982 |
| * | 『俳句で日本を讀む』(원문: 일어판) | PHP | 1983 |
| * | 『ふろしき文化のポスト・モダン』(원문: 일어판) | 中央公論社 | 1989 |
| * | 『蛙はなぜ古池に飛びこんだのか』(원문: 일어판) | 学生社 | 1993 |
| * | 『ジャンケン文明論』(원문: 일어판) | 新潮社 | 2005 |
| * | 『東と西』(대담집, 공저:司馬遼太郎 編, 원문: 일어판) | 朝日新聞社 | 1994. 9 |

## 번역서

『흙 속에 저 바람 속에』의 외국어판

| | | | |
|---|---|---|---|
| 1. | *『In This Earth and In That Wind』<br>(David I. Steinberg 역) 영어판 | RAS-KB | 1967 |
| 2. | *『斯土斯風』(陳寧寧 역) 대만판 | 源成文化圖書供應社 | 1976 |
| 3. | *『恨の文化論』(裵康煥 역) 일본어판 | 学生社 | 1978 |
| 4. | *『韓國人的心』 중국어판 | 山係人民出版社 | 2007 |
| 5. | *『B TEX KPAЯX HA TEX BETPAX』<br>(이리나 카사트키나, 정인순 역) 러시아어판 | 나탈리스출판사 | 2011 |

『縮み志向の日本人』의 외국어판

| | | | |
|---|---|---|---|
| 6. | *『Smaller is Better』(Robert N. Huey 역) 영어판 | Kodansha | 1984 |
| 7. | *『Miniaturisation et Productivité Japonaise』<br>불어판 | Masson | 1984 |
| 8. | *『日本人的縮小意识』 중국어판 | 山係人民出版社 | 2003 |
| 9. | *『환각의 다리』『Blessures D'Avril』 불어판 | ACTES SUD | 1994 |
| 10. | *『장군의 수염』『The General's Beard』(Brother<br>Anthony of Taizé 역) 영어판 | Homa & Sekey Books | 2002 |
| 11. | *『디지로그』『デヅログ』(宮本尙寬 역) 일본어판 | サンマーク出版 | 2007 |
| 12. | *『우리문화 박물지』『KOREA STYLE』 영어판 | 디자인하우스 | 2009 |

## 공저

| | | | |
|---|---|---|---|
| 1. | 『종합국문연구』 | 선진문화사 | 1955 |
| 2. | 『고전의 바다』(정병욱과 공저) | 현암사 | 1977 |
| 3. | 『멋과 미』 | 삼성출판사 | 1992 |
| 4. | 『김치 천년의 맛』 | 디자인하우스 | 1996 |
| 5. | 『나를 매혹시킨 한 편의 시1』 | 문학사상사 | 1999 |
| 6. | 『당신의 아이는 행복한가요』 | 디자인하우스 | 2001 |
| 7. | 『휴일의 에세이』 | 문학사상사 | 2003 |
| 8. | 『논술만점 GUIDE』 | 월간조선사 | 2005 |
| 9. | 『글로벌 시대의 한국과 한국인』 | 아카넷 | 2007 |

10.『다른 것이 아름답다』　　　　　지식산업사　　　　　2008

11.『글로벌 시대의 희망 미래 설계도』　아카넷　　　　　2008

12.『한국의 명강의』　　　　　　　마음의숲　　　　　2009

13.『인문학 콘서트2』　　　　　　이숲　　　　　　2010

14.『대한민국 국격을 생각한다』　　올림　　　　　　2010

15.『페이퍼로드-지적 상상의 길』　두성북스　　　　　2013

16.『知의 최전선』　　　　　　　아르테　　　　　　2016

17.『이어령, 80년 생각』(김민희와 공저)　위즈덤하우스　　　2021

18.『마지막 수업』(김지수와 공저)　　열림원　　　　　2021

## 전집

1.『이어령 전작집』　　　　　　동화출판공사(전12권)　　1968

    1. 흙 속에 저 바람 속에

    2. 바람이 불어오는 곳

    3. 거부하는 몸짓으로 이 젊음을

    4. 장미 그 순수한 모순

    5. 인간이 외출한 도시

    6. 차 한잔의 사상

    7. 누가 그 조종을 울리는가

    8. 하나의 나뭇잎이 흔들릴 때

    9. 장군의 수염

    10. 저항의 문학

    11. 당신은 아는가 나의 기도를

    12. 현대의 천일야화

2.『이어령 신작전집』　　　　　갑인출판사(전10권)　　1978

    1. 현대인이 잃어버린 것들

    2. 저 물레에서 운명의 실이

    3. 아들이여 이 산하를

    4. 서양에서 본 동양의 아침

5. 나그네의 세계문학

6. 신화속의 한국인

7. 고전을 어떻게 읽을 것인가

8. 기적을 파는 백화점

9. 한국인의 생활과 마음

10. 가난한 시인에게 주는 엽서

3. 『이어령 전집』 　　　　　　　　삼성출판사(전20권) 　　　　　　1986

  1. 흙 속에 저 바람 속에

  2. 노래여 천년의 노래여

  3. 푸는 문화, 신바람의 문화

  4. 내 마음의 뿌리

  5. 한국과 일본과의 거리

  6. 여성이여, 창을 열어라

  7. 차 한잔의 사상

  8. 거부하는 몸짓으로 이 젊음을

  9. 누군가에 이 편지를

  10. 하나의 나뭇잎이 흔들릴 때

  11. 서양으로 가는 길

  12. 축소지향의 일본인

  13. 현대인이 잃어버린 것들

  14. 문학으로 읽는 세계

  15. 벽을 허무는 지성

  16. 장군의 수염

  17. 둥지 속의 날개(상)

  18. 둥지 속의 날개(하)

  19. 기적을 파는 백화점

  20. 시와 사색이 있는 달력

4. 『이어령 라이브러리』 　　　　　　문학사상사(전30권) 　　　　　2003

  1. 말로 찾는 열두 달

2. 하나의 나뭇잎이 흔들릴 때

3. 흙 속에 저 바람 속에

4. 뜻으로 읽는 한국어 사전

5. 장군의 수염

6. 환각의 다리

7. 젊은이여 한국을 이야기하자

8. 푸는 문화 신바람의 문화

9. 기적을 파는 백화점

10. 축소지향의 일본인

11. 일본문화와 상인정신

12. 현대인이 잃어버린 것들

13. 시와 함께 살다

14. 거부하는 몸짓으로 이 젊음을

15. 지성의 오솔길

16. 둥지 속의 날개(상)

16. 둥지 속의 날개(하)

17. 신화 속의 한국정신

18. 차 한 잔의 사상

19. 진리는 나그네

20. 바람이 불어오는 곳

21. 기업과 문화의 충격

22. 어머니와 아이가 만드는 세상

23. 저 물레에서 운명의 실이

24. 노래여 천년의 노래여

25. 장미밭의 전쟁

26. 저항의 문학

27. 오늘보다 긴 이야기

29. 세계 지성과의 대화

30. 나, 너 그리고 나눔

5. 『한국과 한국인』　　　　　　　삼성출판사(전6권)　　　　　1968

　　1. 한국인의 정신적 고향(상)

　　2. 한국인의 정신적 고향(하)

　　3. 노래여 천년의 노래여

　　4. 생활을 창조하는 지혜

　　5. 웃음과 눈물의 인간상

　　6. 사랑과 여인의 풍속도

# 지성의 숲을 걷기 위한 길 안내

34종 24권 5개 컬렉션으로 분류, 10년 만에 완간

이어령이라는 지성의 숲은 넓고 깊어서 그 시작과 끝을 가늠하기 어렵다. 자 칫 길을 잃을 수도 있어서 길 안내가 필요한 이유다. '이어령 전집'의 기획과 구성의 과정, 그리고 작품들의 의미 등을 독자들께 간략하게나마 소개하고자 한다. (편집자 주)

북이십일이 이어령 선생님과 전집을 출간하기로 하고 정식으로 계약 을 맺은 것은 2014년 3월 17일이었다. 2023년 2월에 '이어령 전집'이 34종 24권으로 완간된 것은 10년 만의 성과였다. 자료조사를 거쳐 1차 로 선정한 작품은 50권이었다. 2000년 이전에 출간한 단행본들을 전집 으로 묶으며 가려 뽑은 작품들을 5개의 컬렉션으로 분류했고, 내용의 성 격이 비슷한 경우에는 한데 묶어서 합본 호를 만든다는 원칙을 세웠다. 이어령 선생님께서 독자들의 부담을 고려하여 직접 최종적으로 압축한 리스트는 34권이었다.

평론집 『저항의 문학』이 베스트셀러 컬렉션(16종 10권)의 출발이다. 이 어령 선생님의 첫 책이자 혁명적 언어 혁신과 문학관을 담은 책으로

1950년대 한국 문단에 일대 파란을 일으킨 명저였다. 두 번째 책은 국내 최초로 한국 문화론의 기치를 들었다고 평가받은 『말로 찾는 열두 달』과 『오늘을 사는 세대』를 뼈대로 편집한 세대론 『거부하는 몸짓으로 이 젊음을』으로, 이 두 권을 합본 호로 묶었다. 베스트셀러 컬렉션의 세 번째 책은 박정희 독재를 비판하는 우화를 담은 액자소설 「장군의 수염」, 보카치오의 『데카메론』 형식을 빌려온 「전쟁 데카메론」, 스탕달의 단편 「바니나 바니니」를 해석하여 다시 쓴 한국 최초의 포스트모던 소설 「환각의 다리」 등 중·단편소설들을 한데 묶었다. 한국 출판 최초의 대형 베스트셀러 에세이 『흙 속에 저 바람 속에』와 긍정과 희망의 한국인상에 대해서 설파한 『오늘보다 긴 이야기』는 합본하여 네 번째로 묶었으며, 일본 문화비평사에 큰 획을 그은 기념비적 작품으로 일본문화론 100년의 10대 고전으로 선정된 『축소지향의 일본인』은 베스트셀러 컬렉션의 다섯 번째 책이다.

여섯 번째는 한국어로 쓰인 가장 아름다운 자전 에세이에 속하는 『하나의 나뭇잎이 흔들릴 때』와 1970년대에 신문 연재 에세이로 쓴 글들을 모아 엮은 문화·문명 비평 에세이 『현대인이 잃어버린 것들』을 함께 묶었다. 일곱 번째는 문학 저널리즘의 월평 및 신문·잡지에 실렸던 평문들로 구성된 『지성의 오솔길』인데 1956년 5월 6일 《한국일보》에 실려 문단에 충격을 준 「우상의 파괴」가 수록되어 있다.

한국어 뜻풀이와 단군신화를 분석한 『뜻으로 읽는 한국어사전』과 『신화 속의 한국정신』은 베스트셀러 컬렉션의 여덟 번째로, 20대의 젊은이에게 들려주고 싶은 말을 엮은 책 『젊은이여 한국을 이야기하자』는 아홉 번째로, 외국 풍물에 대한 비판적 안목이 돋보이는 이어령 선생님의 첫 번째 기행문집 『바람이 불어오는 곳』은 열 번째 베스트셀러 컬렉션으로 묶었다.

이어령 선생님은 뛰어난 비평가이자, 소설가이자, 시인이자, 희곡작가였다. 그는 남들이 가지 않은 길을 가고자 했다. 그 결과물인 크리에이티브 컬렉션(2권)은 이어령 선생님의 장편소설과 희곡집으로 구성되어 있다. 『둥지 속의 날개』는 1983년 《한국경제신문》에 연재했던 문명비평적인 장편소설로 10만 부 이상 팔린 베스트셀러이고, 원래 상하권으로 나뉘어 나왔던 것을 한 권으로 합본했다. 『기적을 파는 백화점』은 한국 현대문학의 고전이 된 희곡들로 채워졌다. 수록작 중 「세 번은 짧게 세 번은 길게」는 1981년에 김호선 감독이 영화로 만들어 제18회 백상예술대상 감독상, 제2회 영화평론가협회 작품상을 수상했고, TV 단막극으로도 만들어졌다.

아카데믹 컬렉션(5종 4권)에는 이어령 선생님의 비평문을 한데 모았다. 1950년대에 데뷔해 1970년대까지 문단의 논객으로 활동한 이어령 선생님이 당대의 문학가들과 벌인 문학 논쟁을 담은 『장미밭의 전쟁』은 지금도 여전히 관심을 끈다. 호메로스에서 헤밍웨이까지 이어령 선생님과 함께 고전 읽기 여행을 떠나는 『진리는 나그네』와 한국의 시가문학을 통해서 본 한국문화론 『노래여 천년의 노래여』는 합본 호로 묶었다. 한국인이 사랑하는 김소월, 윤동주, 한용운, 서정주 등의 시를 기호론적 접근법으로 다시 읽는 『시 다시 읽기』는 이어령 선생님의 학문적 통찰이 빛나는 책이다. 아울러 박사학위 논문이기도 했던 『공간의 기호학』은 한국 문학이론사에서 **빼놓을** 수 없는 명저다.

사회문화론 컬렉션(5종 4권)은 이어령 선생님의 우리 사회와 문화에 대한 관심을 담았다. 칼럼니스트 이어령 선생님의 진면목이 드러난 책 『차 한 잔의 사상』은 20대에 《서울신문》의 '삼각주'로 출발하여 《경향신문》의 '여적', 《중앙일보》의 '분수대', 《조선일보》의 '만물상' 등을 통해 발표한 명칼럼들이 수록되어 있다. 『어머니와 아이가 만드는 세상』은 「천년을 달리는 아이」, 「천년을 만드는 엄마」를 한데 묶은 책으로, 새천년의 새 시대를 살아갈 아이와 엄마에게 띄우는 지침서다. 아울러 이어령 선생님의 산문시들을 엮어 만든 『시와 함께 살다』를 이와 함께 합본 호로 묶었다. 『저 물레에서 운명의 실이』는 1970년대에 신문에 연재한 여성론을 펴낸 책으로 『사씨남정기』, 『춘향전』, 『이춘풍전』을 통해 전통사상에 입각한 한국 여인, 한국인 전체에 대한 본성을 분석했다. 『일본문화와 상인정신』은 일본의 상인정신을 통해 본 일본문화 비평론이다.

한국문화론 컬렉션(5종 4권)은 한국문화에 대한 본격 비평을 모았다. 『기업과 문화의 충격』은 기업문화의 혁신을 강조한 기업문화 개론서다. 『푸는 문화 신바람의 문화』는 '신바람', '풀이'라는 키워드를 통해 고금의 예화와 일화, 우리말의 어휘와 생활 문화 등 다양한 범위 속에서 우리 문화를 분석했고, '붉은 악마', '문명전쟁', '정치문화', '한류문화' 등의 4가지 코드로 문화를 진단한 『문화 코드』와 합본 호로 묶었다. 한국과

768

일본 지식인들의 대담 모음집 『세계 지성과의 대화』와 이화여대 교수직을 내려놓으면서 각계각층 인사들과 나눈 대담집 『나, 너 그리고 나눔』이 이 컬렉션의 대미를 장식한다.

2022년 2월 26일, 편집과 고증의 과정을 거치는 중에 이어령 선생님이 돌아가신 것은 출간 작업의 커다란 난관이었다. 최신판 '저자의 말'을 수록할 수 없게 된 데다가 적잖은 원고 내용의 저자 확인이 필요한 부분이 있었으니 난관이 아닐 수 없었다. 다행히 유족 측에서는 이어령 선생님의 부인이신 영인문학관 강인숙 관장님이 마지막 교정과 확인을 맡아주셨다. 밤샘도 마다하지 않으면서 꼼꼼하게 오류를 점검해주신 강인숙 관장님에게 이 지면을 빌려 감사의 말씀을 드린다.

KI신서 10640
이어령 전집 03

# 장군의 수염·전쟁 데카메론·환각의 다리 외

**1판 1쇄 인쇄** 2023년 2월 17일
**1판 1쇄 발행** 2023년 2월 26일

**지은이** 이어령
**펴낸이** 김영곤
**펴낸곳** (주)북이십일 21세기북스

**TF팀 이사** 신승철
**TF팀** 이종배
**출판마케팅영업본부장** 민안기
**마케팅1팀** 배상현 한경화 김신우 강효원
**출판영업팀** 최명열 김다운
**제작팀** 이영민 권경민
**진행·디자인** 다함미디어 | 함성주 유예지 권성희
**교정교열** 구경미 김도언 김문숙 박은경 송복란 이진규 이충미 임수현 정미용 최아림

**출판등록** 2000년 5월 6일 제406-2003-061호
**주소** (10881) 경기도 파주시 회동길 201(문발동)
**대표전화** 031-955-2100 **팩스** 031-955-2151 **이메일** book21@book21.co.kr

© 이어령, 2023

ISBN 978-89-509-3824-6 04810

**(주)북이십일 경계를 허무는 콘텐츠 리더**

21세기북스 채널에서 도서 정보와 다양한 영상자료, 이벤트를 만나세요!
페이스북 facebook.com/jiinpill21 포스트 post.naver.com/21c_editors
인스타그램 instagram.com/jiinpill21 홈페이지 www.book21.com
유튜브 youtube.com/book21pub

• 책값은 뒤표지에 있습니다.
• 이 책 내용의 일부 또는 전부를 재사용하려면 반드시 (주)북이십일의 동의를 얻어야 합니다.
• 잘못 만들어진 책은 구입하신 서점에서 교환해드립니다.